U1002680

【广东中华文化王季思学术基金⊙黄天骥学术基金丛书之二十八】

南戏演剧形态研究

欧阳江琳 著

广东高等教育出版社
·广州·

图书在版编目（CIP）数据

南戏演剧形态研究/欧阳江琳著. —广州：广东高等教育出版社，2019.8

（广东中华文化王季思学术基金·黄天骥学术基金丛书）

ISBN 978－7－5361－6460－4

Ⅰ. ①南…　Ⅱ. ①欧…　Ⅲ. ①南戏－研究　Ⅳ. ① I207.37

中国版本图书馆 CIP 数据核字（2019）第 080542 号

南戏演剧形态研究

NANXI YANJU XINGTAI YANJIU

广东高等教育出版社出版发行

地址：广州市天河区林和西横路/510500

营销电话：（020）87553335

网址：www.gdgjs.com.cn

佛山市浩文彩色印刷有限公司印刷

890 毫米×1 240 毫米　32 开本　16.5 印张　450 千字

2019 年 8 月第 1 版　2019 年 8 月第 1 次印刷

定价：58.00 元

前记一

黄天骥

中国古代戏曲和古代文学作品，是取之不尽用之不竭的宝藏。华夏子孙，有责任发掘开采，分析整理，让体现着东方文化的瑰宝，在世界民族之林中焕发光辉。自然，我们也不能一味陶醉在祖先遗泽之中，审视它，研究它，弃其糟粕，取其精华，使之有助于祖国精神文明建设，才是我们整理古代戏曲、古代文学的目的。

近几年，广东经济有了飞跃的发展，许多有识之士，认识到在这块热土中弘扬中华文化的重要性。因而采取多种方式，大力推动对中华文化的学术研究。因时际会，“广东中华文化王季思古代戏曲、古代文学研究基金”得以乘风御气，建立起来。有了这个条件，我们就有可能出版丛书，在研究我国传统文化的领域中，做一点力所能及的工作。

我们出版这套丛书，也是为了纪念王季思

老师。

王起，字季思（1906—1996），浙江温州人。早岁师从孙诒让、吴梅先生，以《西厢五剧注》名世。20世纪40年代后期，王季思老师到广东中山大学任教，历任中文系主任、古文献研究所所长等职。数十年来，他热爱祖国，热爱中华文化，把全部精力投入到教学和科研的工作中，在古代戏曲、古代文学领域作出了巨大的贡献。“文化大革命”后，拨乱反正，王季思老师被聘为国务院学位委员会第一届学科评议组成员、国家古籍整理出版规划小组顾问，被公认是中国古代戏曲古代文学研究的权威。

王季思老师一生热爱学生，教育青年。他常说：学术乃天下公器。学生和后辈学者向他求教，他从来都认真、热诚地给予帮助。直到七八十岁高龄，他还培养硕士生、博士生，矻矻穷年，不遗余力。他经常强调建设祖国教育和文化事业，要有人继承，渴望薪火相传，让中华文化之光一代又一代照遍大地。

弘扬中华文化，继承王季思老师匡扶后进的精神，是受过他老人家教诲的学生的共同心愿。1993年，广州市政协和中山大学联合主办“庆祝王季思教授从教七十周年大会”。其后，诸位校友像杨资元、赖春泉等学长，深感为促进学术的发展，应做一些更加切实的工作，朱孟依先生积极支持。经过各方面的努力，我们决心出版这一套丛书，希望能实现王季思老师多年的心愿，帮助热心于中国古代戏曲古代文学而又甘心坐冷板凳的学者迅速成长，让学术之花也在生长红棉的土地上盛开。

学术的殿堂是靠一砖一石垒成的，我们希望扎扎实实地奋工添瓦，不想欣赏海市蜃楼。目前，我们的能力有限，更兼文化建设不可能一蹴而就。因此，我们的想法是：环绕着中国古代戏曲、古代文学的论题，逐年出版有较高水平的学术著作。只要持之以恒，锲而不舍，日积月累，代代相传，我们一定能在祖国学术领域的南天，垒筑起一座丰碑。

王季思老师曾有诗云：

人生有限而无限，历史无情还有情；
薪火相传光不绝，长留双眼看春星。

丛书付梓之际，我们抄录这首诗，作为奠基之石，以明旨意，兼励来者。

1996年6月16日于中山大学

前记二

欧阳光　康保成

自1996年广东中华文化王季思学术基金丛书第一种出版以来，迄今已过去了整整十年。十年来，我们根据有限的财力，精心甄选入围选题，在广东高等教育出版社的大力支持下，以每年一到两种的节奏，已陆续出版了13种著作。

看着眼前这套积少成多渐成规模的丛书，不禁让人深深感慨。这套丛书的作者基本上都是中山大学中文系的中青年学者或博士学位获得者，选题以古代戏曲研究为多，同时也涵括了古代文学研究的其他领域。这些著作也许算不上什么鸿篇巨制，我们也没有像时尚所热衷的那样对它进行包装和宣传，在当今热闹非凡的学术著作出版大潮中，它甚至显得有些冷清和落寞，但这些著作都是对有关领域作了艰苦细致的研究之后的心得之作，或对有关研究领域有所开拓，或推动了有关研究向纵深发展，自有其难以掩盖的学术价值。丛书从总体上展现了中山大学中文系中青年学者的风采，也体现了中山大学中文系沉潜、严谨、包容、开放的良好学风。

最近，珠海市民营企业家李平秋先生捐资设立黄天骥学术基金，用于支持我系古代戏曲和古代文学等学科的发展。李平秋先生1983年毕业于中山大学中文系，之后投身于市场经济大潮，艰苦创业，努力打拼，取得了事业的成功；在事业有所成就的时候，却不忘回报社会。他有感于母系的培育之恩，倾心敬佩黄天骥先生的师德人品，因而出资设立以黄天骥先生命名的学术基金，其拳拳赤子之心，殷殷校友之情，令人感佩。

这样一来，我们除了王季思学术基金之外，又有了黄天骥学术基金。两个基金虽然命名不同，其宗旨则是一以贯之的，即为传承和弘扬我国优秀传统文化推进古代戏曲、古代文学的研究而添砖加瓦，略尽绵薄。根据这一宗旨，我们将把两个基金的增值部分合并在一起使用。其中继续资助出版中青年学者高质量的研究成果，帮助中青年学者在学术上更快地成长，仍然是两个基金的主要工作。

王季思先生是中山大学中文系古代戏曲、古代文学学科的开拓者、奠基人；黄天骥先生是继王季思先生之后中山大学中文系古代戏曲、古代文学学科的领军人物，在海内外学术界享有崇高的威望。两位先生的共同特点是不仅重视学术的创造，同时也注重学术的传承，他们都倾力培养后学，提携奖掖不遗余力，这也正是中山大学中文系古代戏曲、古代文学学科能够生生不息，始终充满活力，并不断有创造性成果涌现的原因。

学术的发展离不开传承，也离不开积累，我们所做的正是传承和积累的工作。这一工作也许一时半会儿看不出明显的效果，但正如黄天骥先生在本丛书的“前记一”中所说的：“只要持之以恒，锲而不舍，日积月累，代代相传，我们一定能在祖国学术领域的南天，垒筑起一座丰碑。”

让我们以此互勉。

2006年11月16日于中山大学

目　录

绪　论

南戏是一种古老的戏曲样式，起源于两宋之交，发展于元代，明中期逐渐演变为传奇。它是中国戏曲体制形成的重要标志，在中国戏曲史上有着特殊的地位。

南戏起源于浙江温州民间，历代演剧始终没有脱离民间这片沃土，其创作者多“无名氏”，艺人多“草台班”，剧本多“提纲”或“雷同”之作，文辞多俗陋，虽没有过元杂剧的登堂入室，明清传奇的大红大紫，却也汩汩流淌，不曾息止。可是，因为这种托体卑微的“草根”身份，南戏一开始令士子文人耻于染指，相关文献记载吉光片羽，宋元剧本的保存也零零散散，直到明代中叶徐渭极具良识洞见，方拔南戏于陌上田间，使世人得窥南戏部分名目。而此时南戏整体上已渐入历史尾声，向传奇阶段挺进了。可以说，历史前台的聚光灯从来不曾笼罩南戏，只是到了南戏向传奇蜕变的最后阶段，方才留下惊鸿一瞥。这使得人们对南戏的认识，仍存在很多的盲点，比如，明代南戏一度被认为“已消失”，南戏的下限被断在元末，宋元南戏与明代南戏的差别何在，明代南戏又如何蜕变为传奇……种种疑点的存在，表明人们对宋元南戏、明代南戏的认识仍在探索中行进。

相对宋金杂剧、元杂剧而言，南戏的演剧形态自成一格。形成之初，南戏就呈现与元杂剧一人主唱、一本四折有别的演剧形态。其剧本篇幅庞大，七种脚色生、旦、净、末、丑、外、贴，既唱且白，载歌载舞，一起演述着“悲欢离合”的各种故事。

这种自由磅礴的表演形态与风格，赋予了南戏顽强而绵久的生命力。南戏弟子们带着它，走出发源地温州，走遍五湖四海，将南戏种子播撒在南北大地，四处生根发芽，流变出多种地方声腔的表演。可以说，独具特色的演剧形态是南戏得以延续发展、蜕变而为明传奇体制的根本原因。至今福建、江西、广东、安徽、浙江等地都保留了古老南戏的演剧遗存。

以此，南戏的研究意义与价值不可估量。首先，南戏的起源、发展、流变，几乎纵贯整个中国戏曲史，完善宋、元、明南戏史的研究，将有益于全面观照古代戏曲史的发展轨迹，特别是对明代南戏的考察，更有助于勾勒宋元南戏向明传奇的嬗变过程，填补南戏发展史研究之不足；其次，南戏演剧形态自成体系，独具风格，如果立足艺术本体的视角，从剧本体制、脚色体制、舞台艺术等形态层面，对南戏进行全面的、系统的剖析，不但有助于深化对南戏艺术特征的认识，亦可以延伸探索戏曲形态发展的艺术规律；最后，艺术形态的构成背后，往往蕴含了时代、民俗、地方文化的诉求。南戏之根深埋于民间，考察南戏的表演形态，对深刻了解南戏丰富的民间文化内涵，善莫大焉。

在上述基础上，本书选择从“演剧形态”的角度深入研究南戏，以期深挖南戏的价值与意义。

一、南戏前人研究述略

有关南戏的学术性研究，始肇于 20 世纪初。1913 年，王国维《宋元戏曲史》完稿，在富论元杂剧之余，其深具史家慧眼，专设两章谈论南戏之渊源、时代与文章。因当时尚未及见《永乐大典戏文三种》《九宫正始》《寒山堂曲谱》等南戏文献，王国维的研究也存在不少缺憾，有关南戏剧本、舞台、流变的考察，皆付之阙如。然王氏对南戏研究的开创之功、洞悉之见，不可抹杀，故徐朔方谓之为“大醇小疵”①。此后，学界对南戏之研究不断展开，迄今为止已逾百年，各方面成果丰硕，以下略加综述之。

（一）南戏文献的整理

文献整理是学术研究的基石。有关南戏文献的整理，主要包括南戏剧本辑佚、南戏剧目汇编、南戏剧本校注、文献汇编等方面。

1. 南戏剧本辑佚

作为民间戏剧，南戏剧本向来不为人所重视，缺乏有意识的系统整理。目前，纯正宋元刊本的南戏无一幸存，像《张协状元》、《宦门子弟错立身》、元本《琵琶记》等，虽属元本系统，然皆明人或清人刊钞，即便明嘉靖前南戏刊本现存也寥寥无几。

南戏剧本散佚严重，引起了近代有识之士的关注。20世纪初，姚华《菉漪室曲话》辑录3种南曲佚曲。随着20世纪二三十年代《永乐大典戏文三种》《南九宫谱》的陆续发现，宋元南戏辑佚渐具规模，取得令人瞩目的成绩。佼佼者有钱南扬的《宋元南戏百一录》（哈佛燕京学社，1934）收45种南戏佚曲；赵景深的《宋元戏文本事》（北新书局，1934）收46种南戏佚曲；冯沅君的《南戏拾遗》（哈佛燕京学社，1936）增补43种南戏佚曲等。这三本书几乎同时为南戏编目录、考本事、辑佚曲，删除重复者，合收宋元南戏剧目128种。久笼迷雾的宋元南戏，终于得以重见天日。1956年钱南扬再次增补编撰《宋元戏文辑佚》（古典文学出版社，1956），共收123种南戏佚曲，此书可谓嘉惠学林，堪称研究宋元南戏的资料宝库。自此之后，成规模的南戏辑佚工作告一段落。至20世纪80年代《风月锦囊》

① 徐朔方、孙秋克：《二十世纪南戏与传奇研究回顾》，载《古典文学知识》，13页，2003年第5期。

的回归，再次掀起南戏辑佚的一个小高潮。孙崇涛、俞为民、黄仕忠通过是书，增补宋元及明初十余种南戏的佚曲①，合力为南戏辑佚添砖续瓦。此外，一些曲谱也为南戏辑佚提供了宝贵资料，如李晓芹从中国国家图书馆馆藏《曲谱大成》考得宋元南戏佚曲 6 支。②

2. 南戏剧目汇编

明清时期，先识者曾整理过一些南戏目录，如徐渭《南词叙录》收宋元南戏 65 种，明南戏 48 种；清姚燮《今乐考证》收元南戏 9 种③，清无名氏《传奇汇考标目（别本）》收元南戏 103 种④，不致令南戏明珠尘埋。民国年间，《永乐大典》戏目、南曲曲谱、明清选曲本等南戏资料的发现，极大地丰富了南戏剧目的搜集。此后代表性剧目汇编有：钱南扬《戏文概论》（上海

---

① 孙崇涛：《风月锦囊考释》，北京：中华书局，2000；俞为民：《〈风月锦囊〉所辑南戏佚曲述略》，载《文献》，15～28 页，1992 年第 1 期；黄仕忠：《宋元戏文拾遗》，载《中山大学学报》，98～105 页，1994 年第 1 期。

② 李晓芹：《国图藏〈曲谱大成〉所见南戏佚曲辑述》，载《文献》，169～172 页，2010 年第 2 期。

③ 按：此 9 种南戏，姚燮的《今乐考证》归“金元院本”目下，“院本”即南戏。其中误入董解元西厢记诸宫调一种，余为 9 种。又，是书明代南戏与传奇混录。见《中国古典戏曲论著集成》，第十册，北京：中国戏剧出版社，1959。

④ 按：此 103 种南戏，清无名氏《传奇汇考标目（别本）》归“元传奇”目下，“传奇”即南戏。其中误收了杂剧、诸宫调作品，如王实甫《西厢记》、王伯成《开元天宝遗事》、刘东生《金童玉女娇红记》、吴昌龄《西游记》等，然不易甄别，故仍计入总数。又，是书明代南戏与传奇混录。见《中国古典戏曲论著集成》，第七册，北京：中国戏剧出版社，1959。

古籍出版社，1981）收录宋元南戏236种、明南戏60种①；傅惜华《明代传奇全目》（中华书局，1959）卷一"南戏复兴时期传奇家作品"收录明南戏47种；庄一拂《古典戏曲存目汇考》（上海古籍出版社，1982）收宋元南戏320种，明代南戏125种；刘念兹《南戏新证》（中华书局，1986）辑录宋元南戏244种，明南戏125种；李修生《古本戏曲剧目提要》（文化艺术出版社，1997）载宋元明南戏48种；吴敢《宋元明南戏总目》收宋元（含元明）南戏239种、明南戏150种②；郭英德《明清传奇综录》（河北教育出版社，1997）卷一"传奇生长期"，收明成化初至万历十四年剧作58种，其中大半为明南戏。

3. 南戏剧本校注

历代南戏剧本全本幸存者少之又少。今人对留存下来的南戏剧作予以高度的重视，重新加以汇编、校注，刊布于世，方便世人寓目。

总集本：1959年，郑振铎主持大型戏曲丛书"古本戏曲丛刊"影印出版，初集约百种，汇集了明代各类版本的元明南戏、传奇作品，是南戏研究不可或缺的剧本资源；1982年，中华书局出版明毛晋汇编《六十种曲》，包含《琵琶记》《荆钗记》《白兔记》《幽闺记》等不少南戏作品；1985年，台湾林侑莳主编《全明传奇》出版（台湾天一出版社，1985），共收明代传奇247种，宋元南戏亦附其首③；1999年，王季思主编《全元戏

① 按：60种剧目主要根据《南词叙录》《九宫正始》所引明代南戏收录，然钱南扬亦言，此仅为不完全的整理情况，像《宝文堂书目》《徐氏家藏书书目》等书目所载，均未征录。

② 吴敢：《宋元明南戏总目》，见《南戏国际学术研讨会论文集》，北京：中华书局，2001。

③ 苗怀明：《二十世纪戏曲文献学述略》，141页，北京：中华书局，2005。

曲》出版（人民文学出版社，1999），收元代全本南戏19种，存佚曲南戏119种。地方戏曲丛书中，如“泉州传统戏曲丛书”十六卷本（中国戏剧出版社，1999），包含了傀儡戏、梨园戏、小梨园戏的地方南戏剧本汇编。

单行本、合刊本：南戏单行本、合刊本的出版相对集中在经典剧目，包含校注本、校点本、影印本等。代表作有：钱南扬《永乐大典戏文三种校注》（中华书局，1979）、钱南扬《元本琵琶记校注》（上海古籍出版社，1980）、《白兔记》明成化北京永顺堂刻本影印（江苏广陵古籍刻印社，1980）、《明本潮州戏文五种》（广东人民出版社，1985）、刘念兹校注《金钗记》（广东人民出版社，1985）、俞为民校注《宋元四大戏文读本》（江苏古籍出版社，1988）、俞海宜校释《白兔记简注》（宝文堂书店，1988）、孙崇涛主编《古本琵琶记汇编》（中华书局，2007）等。霍松林《西厢汇编》（山东文艺出版社，1987）则包括李日华、陆采两种《南西厢记》，均为《西厢记》的明代南戏改本。自1985年始，中华书局组织出版“明清传奇选刊”，陆陆续续以两种剧作合刊的形式，发行了24种作品，其中《连环记·金印记》（张树英点校·孙崇涛点校，1988）、《双忠记·高文举珍珠记》（王锳点校·吴书荫点校，1988）、《南西厢记·明珠记》（张树英点校，2000）、《断发记·金丸记》（卜键点校·王锳点校，2000）8种，均属于明清刊本的南戏。

选曲本：1984—1987年，台湾王秋桂主持“善本戏曲丛刊”，影印收录了众多明代戏曲选本，诸如《风月锦囊》《词林一枝》《摘锦奇音》《八能奏锦》《乐府红珊》《群音类选》等，是南戏研究难得的参考资料。此外，孙崇涛、黄仕忠《风月锦囊笺校》（中华书局，2000）、中华书局影印明刊本《群音类选》（中华书局，1980）的出版，也大大方便了学界的研究。

4. 南戏各类相关文献的汇编

南戏各类相关文献的汇编大致包括与南戏演剧有关的历史文献、戏曲方志、前代剧论等。

专门的南戏文献汇编有：俞为民、洪振宁主编《南戏大典（资料编）》（黄山书社，2012），涵盖了明清两代大量散见的南戏序跋、题辞、评论、杂记、曲谱、曲目等资料，堪称大观；侯百朋《琵琶记资料汇编》（书目文献出版社，1989），辑录蔡、赵故事记载和《琵琶记》及作者高明的主要资料，是研究《琵琶记》的必备资料。

其他相关文献汇编有：《中国古典戏曲论著集成》（中国戏剧出版社，1959），包含徐渭《南词叙录》、吕天成《曲品》、祁彪佳《远山堂剧品》、王骥德《曲律》等涉及南戏的曲学论著。今人古代剧论汇编则有陈多、叶长海《中国历代剧论选注》（湖南文艺出版社，1987），蔡毅《中国古典戏曲序跋汇编》（齐鲁书社，1989），吴毓华《中国古代戏曲序跋集》（中国戏剧出版社，1990），俞为民、孙蓉蓉《历代曲话汇编》（黄山书社，2008）等，都从古代剧论曲话中搜罗了不少南戏的资料。此外，王利器《元明清三代禁毁小说戏曲史料汇编》（作家出版社，1958），赵景深、张增元《方志著录元明清曲家传略》（中华书局，1987），林庆熙、郑清水、刘湘如《福建戏史录》（福建人民出版社，1983），《中国戏曲志》（各省卷），均从禁戏史料、地方志、地方戏剧等不同文献中整理、提供给学界较为丰富的南戏研究资料。

以上南戏剧目整理、剧曲辑佚、剧本校刊、文献汇编，合力打开了南戏研究的富矿，使宋元明南戏原来潜藏于地表之下的暗流奔涌地上，发出巨雷般的轰鸣声，不仅唤起人们对于南戏的关注，而且也为后续的南戏研究奠定了坚实基础。

（二）南戏具体作品的研究

对于南戏单个剧作的研究，学界用力甚勤，收获颇丰，研究主要呈现三方面特征。

首先，南戏经典名剧呈现蜂窝状的研究态势，研究者与论文数量最多，像《永乐大典戏文三种》、“四大南戏”、《琵琶记》等，都是南戏研究的热门剧作。以“南戏之祖”《琵琶记》的研究为例，1956年，中国戏剧家协会召开全国性《琵琶记》讨论会，会后刊发《〈琵琶记〉讨论专刊》（人民文学出版社，1956），掀起《琵琶记》的研究热潮。此后，学术专著层出不穷，代表作有戴不凡《论古典名剧〈琵琶记〉》（中国青年出版社，1957）、张棣华《〈琵琶记〉考述》（台北正中书局，1966）、董每戡《五大名剧论》（人民文学出版社，1984）、侯百朋《高则诚和〈琵琶记〉》（陕西人民出版社，1984）、王永炳（新加坡）《〈琵琶记〉研究》（北京出版社，1994）、黄仕忠《〈琵琶记〉研究》（广东高等教育出版社，1996）、金英淑（韩国）《〈琵琶记〉版本流变》（中华书局，2003）、杨宝春《〈琵琶记〉的场上演变研究》（三联书店，2009）等。单篇论文则不计其数。据知网期刊目录索引，近十年专门研究《琵琶记》的论文有上百篇，硕士、博士论文有12篇，从作者身世生平、作品意蕴、版本流变、演剧活动、传播形式等各个方面展开了全面的研讨。当然，论文刊发数量众多，质量难免良莠不齐，里面夹杂了不少重复的论调，需要沙中沥金。

其次，从成果上看，单个剧作在本事考证、版本流变、剧本形态的研究上，均取得不俗成绩。早期的南戏研究，如冯沅君、赵景深、钱南扬等学者，都曾在各自论著中考究一些宋元南戏本事。此后部分单个剧本考论愈深，例如，赵景深《元明南戏考略》（人民文学出版社，1990）推考了“荆刘拜杀”四大南戏、《寻亲记》、《王祥》等剧作的故事变迁；俞为民《宋元南戏考论

（正、续编）》（台湾商务印书馆，1994；中华书局，2004），以改本互勘的方式，考述了《张协状元》、元末四大南戏、《琵琶记》、《赵氏孤儿》、《牧羊记》等宋元南戏的作者及其版本流变；孙崇涛《南戏论丛》（中华书局，2001）对《白兔记》、《金印记》、《南戏西厢记》、奎章阁藏本《伍伦全备记》的源流演变予以了详细考订；田仲一成《古典南戏研究——乡村、宗族、市场之中的剧本变异》（中国社会科学出版社，2012），以《琵琶记》、"四大南戏"、南戏化的《西厢记》为对象，对比分析明清时期的不同文本异同，并透过文本差异，考察明代南戏演剧的社会性质。此类研究的单篇论文更是不胜枚举，如梁会锡（韩国）《〈张协状元〉写定于元代中期以后》（载《艺术百家》，2000年第1期）、薛瑞兆《论〈张协状元〉的产生年代及历史意义》（载《北方论丛》，1986年第3期）、廖奔《南戏〈宦门子弟错立身〉时代考辨》（载《中州学刊》，1983年第4期）、朱恒夫《戏文〈宦门子弟错立身〉产生于元代》（载《文学遗产》，1986年第4期）、金宁芬《〈牧羊记〉的演变》（载《艺术百家》，1990年第1期）、王季思和康保成师《〈牧羊记〉二题》（载《艺术百家》，1993年第1期）、侯百朋《世德堂刊本〈重订拜月亭〉》（载《南戏探讨集》，第5、6辑合刊）、吴秀卿《〈拜月亭〉的演变》（载《河北学刊》，1995年第4期）、叶子铭和吴新雷《〈荆钗记〉南戏演变初探》（载《文汇报》，1961年11月29日）、吴秀卿《南戏〈荆钗记〉的流传与小说本的出现》（见《南戏国际学术研究会论文集》，中华书局，2001）等，为考察南戏的源流演变提供了一个个坚实的力证。

最后，南戏新材料的发现，极大地推动了南戏的剧本研究。随着宣德本《金钗记》、成化本《白兔记》、嘉靖写本《琵琶记》、韩国奎章阁本《五伦全备记》以及《风月锦囊》《明刊闽南戏曲弦管选本三种》《海外孤本晚明戏剧三种》等南戏重现世间，人们对相应的南戏剧作展开了广泛深入的研究。例如对“天壤间孤本”《风月锦囊》的研究，由罗锦堂于20世纪50年代后所写的五篇论文拉开序幕①，之后香港刘若愚用英文撰写《风月锦囊考》，对锦夲的版本、内容、年代、作者进行了整体性研究。② 内地孙崇涛在《中华戏曲》第8至16期连续发文20余篇，掀起了《风月锦囊》的研究热潮。彭飞、朱建明、黄仕忠、俞为民、上田望等人分别撰文探讨《风月锦囊》剧目源流的情况。③ 再如，20世纪70年代宣德本《金钗记》的发现，也促使该剧的研究呈现井喷之势。赵景深《宣德抄本南戏〈金钗记〉的发现》（载《文学遗产》，1980年第3期）、刘念兹《宣德写本〈金钗记〉校后记》（载《学术研究》，1982年第4期）、陈历明《明初南戏演出本〈刘希必金钗记〉》（载《文物》，1984年第11期）、饶宗颐《〈明本潮州戏文五种〉说略》（见《明本潮州戏文五种》，广东人民出版社，1985）、陈历明《〈金

① 按：这五篇文章分别为《风月锦囊——流落于西班牙文献之一》（载《大陆杂志》，第13卷第4、5期）、《全家锦囊琵琶记——流落于西班牙文献之二》（载《大陆杂志》，第13卷第10期）、《五伦全备与紫香囊的关系》（载《大陆杂志》，第14卷第2期）、《全家锦囊合纵记——流落于西班牙文献之四》（载《大陆杂志》，第14卷第7期）、《流落西班牙的四大传奇》（见《锦堂论曲》，台北：联经出版事业公司，1977）。

② 刘若愚著，王秋桂译：《风月锦囊考》，载台湾《中外文学》，1976年第5卷第6期。

③ 彭飞、朱建明：《〈风月锦囊〉疏辨》（载《戏剧艺术》，1989年第1期）；黄仕忠：《〈杀狗记〉版本考略》（载《文献》，1991年第2期）、《三国志戏文考》（载《中山大学学报》，1997年第5期）、《〈风月锦囊〉刊印考》（载《学术研究》，1998年第3期）；俞为民：《〈风月锦囊〉所辑南戏佚曲述略》（载《文献》，1992年第1期）；（日）上田望：《明代民间戏曲中的三国戏——〈全家锦囊〉所选〈精选续编全家锦三国志大全〉》（见《戏曲研究：第50辑》，北京：文化艺术出版社，1994）。

钗记〉及其研究》(广西师范大学出版社，1992)、王兆乾《南戏刘文龙的演变及其在池州的遗存》(见《古腔新论——全国青阳腔学术研讨会论文集》，安徽文艺出版社，1994)、吴国钦《潮泉腔、潮剧与刘希必金钗记》(载《广东艺术》，1996 年第 3 期)、《论明本潮州戏文刘希必金钗记》(载《中山大学学报》，1997 年第 9 期)等，都是《金钗记》研究涌现出来的优秀成果。它们从最初介绍抄本概貌，到本事考索、声腔流变，一步步深入研究，很多学者还有意识地将《金钗记》作为追考南戏在明初地方流变的一个可靠例证。

此外，刘念兹《嘉靖写本〈琵琶记〉校录后记》(载《戏曲研究》，1980 年第 3 期)、李平《流落欧洲的三种晚明戏剧散出选集的发现》(见《海外孤本晚明戏剧选集三种》，上海古籍出版社，1993)、吴秀卿《奎章阁藏本〈五伦全备记〉初探》(载《中华戏曲》，第 20 辑)、《〈五伦全备记〉新探》(见《明清戏曲国际研讨会论文集》，台湾“中央研究院”中国文哲研究所筹备处，1998)、徐朔方《奎章阁藏本〈五伦全备记〉对中国戏曲史研究的启发》(见《徐朔方说戏曲》，上海古籍出版社，2000)、白之《〈白兔记〉诸异本比较》(载《文艺研究》，1987 年第 9 期)、陈多《畸形发展的明代传奇——三种明刊〈白兔记〉的比较研究》(见《南戏国际学术研讨会论文集》，中华书局，2001)、孙崇涛《成化本白兔记艺术形态探索》(见《南戏论丛》，中华书局，2001)、班友书《水云亭——古本高文举的发现》(载《戏曲研究》，第 40 辑)、施炳华《〈荔镜记〉音乐与语言之研究》(文史哲出版社，2000)等，都是针对新发现南戏结出的研究硕果，在此限于篇幅，不一一列举。

总之，单个剧本的研究探源溯流、抉幽发微，尤其在版本变迁方面硕果累累。厘清这些剧目剧本，不仅可以了解某个剧本的故事与文本形态流变，而且有助于深入考察它们的演剧形态的演变轨迹。而一旦将这些剧本与演剧形态的研究汇集起来，集腋成裘，百川汇海，就有可能揭示出南戏形态的基本状貌与流变轨迹。因此，单个或某类剧本的研究成果，是笔者论证南戏研究形态的一块块坚固的基石。

（三）南戏发展史的研究

对南戏发展史的研究，旨在呈现南戏的源流变迁及各个阶段的发展状貌。这个工作起步于王国维《宋元戏曲史》，其后凡古代戏曲通史或文学史著作均会对南戏源流、作家作品有所介绍，像吴梅、青木正儿、郑振铎、周贻白、张庚与郭汉城、廖奔与刘彦君、田仲一成等学者的论著，都颇具代表意义。例如，周贻白《中国戏剧史长编》（人民文学出版社，1960），考究宋元南戏渊源，分析曲调排场，堪称场上南戏的史家语；张庚、郭汉城《中国戏曲通史》（中国戏剧出版社，1981）将南戏艺术的产生与发展放在历史、政治、经济、文化背景中考察，内容厚重，其在南戏舞台美术、音乐声腔方面也做出了有益的探索；廖奔、刘彦君《中国戏曲发展史》（山西教育出版社，2000），则分为宋代南戏、元代南戏、明代南戏三个部分，探讨南戏的渊源、剧本创作及南戏体制演进，是目前探讨南戏视角最为完备的一部古代戏曲通史，该书还设立了“特殊戏剧样式”的章节，亦与南戏兴起及发展密切相关。

专门的南戏史研究代表作有钱南扬《戏文概论》（上海古籍出版社，1981），它是著者多年南戏研究的厚积薄发，从宋元至明初，从渊源至流变，拉开了历代南戏的一本总账，至今来看仍是南戏研究者案头必备的一部力著。俞为民《南戏通论》（浙江人民出版社，2008），俞为民、刘水云《宋元南戏史》（凤凰出版社，2009），全面观照了宋元明南戏的发展，并以点带面地解读了各阶段的代表剧作，对南戏艺术体制也设有专章的探讨。金宁芬《南戏研究之变迁》（天津教育出版社，1992）对宋元明南戏的历史发展进行了纵向的描述。

研究者还在南戏发展史的一些问题上展开了热烈的讨论。问题一：南戏起源的时间与地点。据文献记载，南戏最早出现在两宋之际。说法概有三种：一为“宣和间”（1119—1125），一为“南渡之际”（1127），一为“南宋光宗朝”（1190—1194）。现代学者如钱南扬、周贻白、张庚、廖奔等大多倾向“南渡之际”的说法，俞为民则认为“南戏产生的时间当在‘南宋都杭’之前的北宋时期”①。笔者认为，北宋“宣和”与“南渡”年代很近，对于一个剧种的孕育形成，这样的时间差可以不做区别。而“南渡”到“光宗朝”相距六七十年，则不可模糊统论之。祝允明《猥谈》说：“余见旧牒，其时有赵闳夫榜禁，颇述名目，如《赵贞女蔡二郎》等，亦不甚多。”据金宁芬《南戏形成时间辨》一文（见《文学遗产增刊》第15辑，中华书局，1983），赵闳夫同太祖兄弟赵瑨夫为宋光宗绍熙元年（1190）进士，故赵闳夫大约为光宗朝前后人。此时南戏已经产生包括《赵贞女》在内的一批剧目，说明其本身有了相当的发展，那么南戏的形成理应在此之前，“南渡”的说法显得更为合理。

关于南戏起源的地点也是聚讼纷纭。钱南扬、张庚、郭汉城、孙崇涛、俞为民等主张温州起源的一点论；徐朔方、刘念兹、廖奔等提倡南戏同时并起于南方诸地的多点论：“根据历史文献的记载及解放后古老剧种的发掘、调查，我们认为南戏是在闽浙两省沿海一带同时出现，而互相影响，产生的地点具体来说是在温州、杭州以及福建的莆田、仙游、泉州等地。”② 对此，曾永义认为“多源并起说”没有考虑到“小戏”与“大戏”之别：“小戏为较简单之歌舞综合艺术，可以多源并起；大戏为完

① 俞为民：《南戏通论》，6页，杭州：浙江人民出版社，2008。

② 刘念兹：《南戏新证》，24页，北京：文化艺术出版社，2014。

成之综合性文学与艺术，只能一源而多派。”① 南戏是大戏剧种，理属一源多派，其先发源于温州，之后流向四边，生发出包括赣闽广等地的南戏诸声腔剧种。这应是比较合理的见解。

问题二：南戏兴起的渊源。南戏与北杂剧为两种不同体制的戏剧艺术，两者的渊源所自是研究者十分关心的问题。王国维认为：“（南戏）其渊源所自，或反古于元杂剧。”② 这个推论已为学界认同，然具体脱胎何处，意见仍不统一。兹介绍几种代表观点。

（1）歌舞小戏说。持此说法的，如钱南扬说：“戏文的原始面目，应该是纯为民歌小曲。”③ 张庚、郭汉城《中国戏曲通史》：“南戏是在北宋末叶的南方兴起的，……根源则出自南方的民间歌舞小戏。”④ 孟瑶《中国戏曲史》则认为宋室南渡后，故宫歌舞乐曲于仓率间佚失殆尽，给予了南戏发展的良机，“因缘时会，那偏处温州一隅的民间小型随口可歌的戏曲，更趁机传到行在——杭州，经过了文人的参加，贵族的提倡，于是南戏大行”⑤。总的来说，南戏根子里是从南方民间歌舞小戏中走出来的。

（2）宋杂剧说。南戏初名“永嘉杂剧”“温州杂剧”，故宋杂剧与南戏的密切关系也引起了很多学者的关注。例如，俞为民《南戏起源考辨》一文，从名称、长篇故事、艺术体制三方面，研讨了南戏与宋杂剧之间的关系，并得出结论：“宋杂剧是南戏

① 曾永义：《也谈戏曲的渊源、形成与发展》，见《戏曲源流新论》，49页，北京：文化艺术出版社，2001。

② 王国维：《宋元戏曲史》，93页，长沙：岳麓书社，1998。

③ 钱南扬：《戏文概论》，22页，上海：上海古籍出版社，1981。

④ 张庚、郭汉城：《中国戏曲通史》（上），101页，北京：中国戏剧出版社，1992。

⑤ 孟瑶：《中国戏曲史》，145页，台北：传记文学出版社，1979。

的直接渊源，是孕育南戏的母体。”[①] 也有学者对此表示怀疑：“南戏与宋杂剧的关系似不像北杂剧与金院本的关系那么一脉相承，尤其是在题材上，受说唱艺术的影响甚至比受宋杂剧的影响还要大。这也表明，南戏在形成与发展过程中，吸收更多的还是民间伎艺。”[②] 因此，南戏是否源于杂剧的问题还值得进一步讨论。

（3）综合说。这个说法认为南戏不止一种渊源，而是杂糅了众多因素综合而成。例如，余从在《中国戏曲史略》中说：“南戏是在宋代民间歌舞、杂剧、说唱发展的基础上综合形成的戏曲艺术，是中国南方最早形成的以歌舞演故事为特征的舞台表演艺术。”[③] 周贻白既肯定了南戏与北宋杂剧的渊源关系，“无论为歌舞剧或滑稽剧，事实上都得算是南戏的前身”，又认同了南戏的“不叶宫调”源出“里巷歌谣”与“宋人词”，“这应当是南戏表明来处的一种特色”[④]。胡忌《宋金杂剧考》认为“故南戏与北曲杂剧的成立，主要即是宋金杂剧院本和讲唱伎艺的相互结合”[⑤]。刘晓明则综合“杂剧说”与“民间歌舞小戏说”，指出“南戏在北宋杂剧对抗性谐谑诨科的基础上加入了两大戏剧因素——唱腔与演故事”[⑥]，而此唱腔即源自温州当地的民间

① 俞为民：《南戏起源考辨》，载《艺术百家》，74页，1993年第2期。

② 张庚、郭汉城：《中国戏曲通史》上册，106页，北京：中国戏剧出版社，1992。

③ 余从：《中国戏曲史略》，82页，北京：人民音乐出版社，1993。

④ 周贻白：《中国戏曲史长编》，121页，129页，上海：上海书店出版社，2004。

⑤ 胡忌：《宋金杂剧考》，72页，上海：古典文学出版社，1957。

⑥ 刘晓明：《南戏本义与发源地考》，载《广东教育学院学报》，18页，2001年第3期。

歌谣。

此外，南戏源起的说法还有："祭祀说"，如田仲一成重视戏剧与宗教祭祀的密切渊源（《中国戏剧史》，东京大学出版会，1998）；"外来说"，如许地山、郑振铎认为南戏脱胎于印度梵剧（许地山：《梵剧体例及其在汉剧上的点点滴滴》，载《小说月报》，第17卷号外，1927）；郑振铎：《插图本中国文学史》，人民文学出版社，1957）；"傀儡说"，如孙楷第主张戏剧源于宋傀儡戏、影戏（《傀儡戏考原》，上杂出版社，1952）；"讲唱说"，如黄仕忠强调说唱故事对南戏形成的核心作用（《中国戏曲史研究》，中山大学出版社，1997）。关于南戏的起源之谜，也许还会产生更多新的说法。

（四）南戏文本与艺术体制的研究

有别于并时存在的元杂剧，南戏文本与艺术体制呈现出自成一体的独特性，很早便吸引了学界的目光。王国维、青木正儿、周贻白、张庚、徐朔方（《南戏的艺术特征和它的流行地区》，载《艺术研究》，第8辑）等阐述了南戏体制的特征，不过总体上还是比较简略，存在较大的研究空间。近30年来，有关南戏体制的研究持续展开，各方面探讨不断深入。

（1）南戏的曲律声腔方面，在前辈学者吴梅、王季烈、青木正儿曲学研究的基础上，周维培《曲谱研究》（江苏古籍出版社，1997）全面论述了元人《九宫十三调词谱》，蒋孝《旧编南九宫谱》，沈璟《南曲全谱》，徐于室、钮少雅《九宫正始》，张大复《寒山堂曲谱》等南曲格律谱；俞为民《曲体研究》（中华书局，2005）考察南曲曲调组合形式、曲体、曲韵、曲谱的沿革与流变等，堪称南曲曲律方面研究的代表。南戏遗存的地方声腔也是探索古代南戏演剧的重要途径。明代中叶后，南戏不断催生出多种声腔，它们落地生根，遍开诸野，顽强传存于民间。学界热衷于由此角度研讨南戏的源流变化。叶德均《明代南戏五大腔调及其支流》（见《戏曲小说丛考》，中华书局，1979）是较早探讨南戏声腔的代表性成果。叶开源、张世尧《婺剧高腔考》（日本东京龙溪书舍，1981）、戴不凡《论“迷失了的”余姚腔——从四个余姚腔剧本的发现谈起》（载《戏曲研究》，第1辑），则从地方南戏声腔遗存探讨了南戏的声腔。陆小秋、王锦琦《高腔音乐与南戏的关系》（载《艺术研究》，第13辑）、《论高腔的源流》（载《戏曲研究》，第48辑），直接提出了“高腔音乐源于南戏”的观点。流沙《明代南戏声腔源流考辨》（财团法人施合郑民俗文化基金会，1999）深入考察了明代南戏弋阳、海盐、昆山、余姚、青阳等地的演化流变，论证之缜密，观点之新颖，令人耳目一新。苏子裕《弋阳腔发展史略》（中国戏剧出版社，2006）论证了弋阳腔的源流发展，廖奔《中国戏曲声腔源流史》（人民文学出版社，2012）也论述了南曲腔调的产生与变体。

（2）剧本体制方面，郭英德《明清传奇戏曲文体研究》（商务印书馆，2007）基本勾勒出南戏分出标目、下场诗、开场、生旦家门的文体样式；俞为民《南戏文本形态的特征及其演变》（载《戏曲艺术》，2007年第4期）认为南戏经历了提纲戏、舞台记录本、文人整理的坊刻本三种文本形态；蒋星煜《南戏、传奇的演出与副末开场》（载《杭州师范学院学报》，1996第4期），元鹏飞《明清传奇开场脚色考》（载《国学研究》，2005年第16卷）、《明清传奇开场形式考源》（载《中华戏曲》，2005年第2期）等文，具体研讨了南戏副末开场的形式与起源；廖奔《南戏体制变化二例》（见《南戏国际学术研讨会论文集》，中华书局，2001）注意到南戏登场、分出规制的变化；洛地《戏曲与浙江》（浙江人民出版社，1991）、许建中《明清传奇结构研究》（中州古籍出版社，1999）、刘效鹏《永乐大典三本戏文与五大南戏的结构比较》［载《文学评论》（台湾），第3集］

则具体分析了南戏点线结构、双线结构的模式。

（3）脚色体制方面，李舜华《南戏中贴的分化与老旦的形成》（载《中国典籍与文化》，2003 年第 1 期）、黄天骥《论丑和副净——兼谈南戏形态发展的一条轨迹》（载《文学遗产》，2005 年第 6 期）等，重在探求丑、贴、老旦等南戏脚色的形成与分化；李晓《南戏脚色在剧本中的地位、串扮及其发展》（载《戏曲研究》，第 22 辑）主要分析了南戏脚色扮演的方式特征；王宁《早期南戏的女性扮演》（载《中华戏曲》，2003 年第 29 辑）则关注了南戏的女性扮演。

（4）其他相关研究，廖奔《宋元曲戏文物与民俗》（文化艺术出版社，1989）、车文明《20 世纪戏曲文物的发现与曲学研究》（文化艺术出版社，2001）整理了宋元明清戏台、文物的资料，为研究南戏实际演剧提供了宝贵的文物实证；王安祈《明代传奇之剧场及其艺术》（台湾学生书局，1986）深入探讨了明代后期传奇戏班组织、演唱、脚色、表演科介、砌末等形式，对明前期南戏形态也颇多涉足；宋俊华《中国古代戏剧服饰研究》（广东高等教育出版社，2003）也一定程度上考察了南戏服饰穿戴；康保成师《戏曲术语“科”“介”与北剧、南戏之仪式渊源》（载《文学遗产》，2001 年第 2 期）探讨了南戏动作术语“介”的仪式源起；任广世《基于演出视角的明清戏剧文本形态研究》（中山大学博士学位论文，2005）选择“吊场”“戏中戏”“戏剧仪式”等几个方面，深入分析传奇相关文本形态，其中也旁涉了明代南戏的文本演剧。

以上研究各居一镇，对南戏形态的研究都做出了一定贡献，但因囿于一面，未能综合呈现南戏整体形态特征。黄天骥、康保成师主编的《中国古代戏剧形态研究》（河南人民出版社，2009）则是一部有关古代戏剧各阶段形态的集大成研究著作。其中，由笔者负责执笔的南戏形态相关章节，比较全面地研讨了宋元南戏剧本体制以及明代南戏剧本形态、演出形态，反映了古代戏剧形态研究的深入。

（五）南戏文化的研究

南戏兴起于民间，复合了民间民俗、宗教及地方文化的诸多内容。因此，有关南戏与其他文化层面的交叉性研究，也是南戏研究的重要领域，其间成果也颇为丰富。

1. 南戏与宗教仪式的交叉研究

20世纪八九十年代，中国内地兴起傩戏热，学界纷纷从宗教戏剧的角度探索南戏源流与内涵。例如，康保成师的《傩戏艺术源流》（广东高等教育出版社，1999），考察了副末开场与南戏传播、净丑与南戏戏神的渊源关系；流沙的《从南戏到弋阳腔》（见《明代南戏声腔源流考辨》，财团法人施合郑民俗文化基金会，1999）论述了南戏向弋阳腔的流变过程中目连戏所起到的重要桥梁作用；王兆乾的《南戏〈刘文龙〉的演变及其在池州的遗存》（见《古腔新论——全国青阳腔学术研讨会论文集》，安徽文艺出版社，1994）以十余个贵池傩戏的《刘文龙》剧本为依据，说明了宋元南戏与傩戏剧目的密切关系。特别值得一提的是，日本学者田仲一成长期扎根中国宗教祭祀戏剧的田野考察，其《中国戏剧史》被誉为“是将戏剧与宗教祭祀结合研究中国戏剧形态的典范之作”①。

2. 与地方南戏遗存的结合研究

20世纪五六十年代以来，随着地方戏剧文献的发掘与整理，福建莆仙戏、梨园戏、庶民戏、广东潮调与宋元南戏的渊源关系开始受到人们的普遍关注。刘念兹的《南戏新证》（中华书局，1986）代表了南戏从案头走向田野的新方向。书中参引了大量

---

① 黄天骥、康保成：《中国古代戏剧形态研究》，2页，郑州：河南人民出版社，2009。

福建地方南戏，提出南戏起源的多点论，为南戏研究增添了新的路数与观点。台湾王秋桂主持的《台湾民俗曲艺丛书》，大量调查了大陆地区现存的目连戏、傩戏、古剧等演剧状况，为地方南戏研究提供了丰沛的田野资料。徐宏图《南戏遗存考论》（光明日报出版社，2010）全面调查了福建、安徽、江西、浙江、山西等地的南戏遗存状况，重点辑述了具有代表性的地方南戏脚本。此外，赵日和《福建南戏简论》（载《戏曲艺术》，1984年第1、2期）、吴捷秋《梨园戏艺术史论》（中国戏剧出版社，1996）、叶明生《福建傀儡戏考》（中国戏剧出版社，2004）、马建华《莆仙戏与宋元南戏、明清传奇》（中国戏剧出版社，2004）、毛礼镁《江西广昌孟戏研究》（财团法人施合郑民俗文化基金会，2005）等，都综合地方史料与田野考察，深入考察了不同地方戏与南戏的关系，并钩稽出各地南戏遗存的风貌。

总之，自20世纪20年代开始的南戏研究，点多面广，气象万千，形成了良好的发展态势。然而，仍存在可待挖掘之处。

第一，由于南戏与传奇的界定不清，研究者或将明代南戏纳入传奇的范畴，或与宋元南戏混淆一谈，忽视了对明前中期南戏作为单独戏剧史阶段的研究。近些年来，虽有郑尚宪、孙崇涛、俞为民等学者先后呼吁拓展明代南戏研究，然而这一工作仍然有待深入展开，尤其明代南戏如何向传奇的阶段演进，成为戏剧史研究的缺漏之一。

第二，重视南戏史、南戏剧本的研究，有关南戏艺术体制的系统性、综合性研究近些年虽有长足进展，但仍不够充分。一些剧本、舞台、表演等演剧形态的相关论述，多以单篇论文形式出现，处于一个角度分散、歧义纷出、散而不连的状态，不能充分展现南戏体制形态的特征和流变。当前随着戏曲研究的深入，戏曲艺术形态越来越引起学者们的关注，如何深入考察早期戏剧演剧风貌，成为研究的重点之一。

二、核心概念与研究内容

基于学界南戏研究的基本现状，本书力图以“南戏演剧形态”作为研究对象，致力探讨历代南戏的演剧活动、艺术形态与演变过程。首先我们有必要明晰两个核心概念的使用：南戏与演剧形态。

（一）南戏

作为戏曲种类的专有名词，“南戏”首见于元关汉卿杂剧《望江亭》第3折：

> （张稍唱）【马鞍儿】想着、想着跌脚儿傲；（亲随唱）想着、想着我难熬；（衙内唱）酩子里愁肠酩子里焦。（众合唱）又不敢傍人知道，只把这好香烧，好香烧，咒的他热肉儿跳。（张稍）黄昏无旅店。（亲随）今夜宿谁家？
>
> （杨云）这厮每扮南戏那！（众同下）①

这支【马鞍儿】曲，既有三人分句轮唱，又有众人合唱，属于南戏演唱的方式，故而杨衙内打趣是在扮演“南戏”。不过，臧懋循的《元曲选》却将衙内的诨语直接写为“扮戏”，夺了一“南”字，这使得“南戏”专称是否出现在关汉卿所在的元前期尚存在一定疑问。不少学者如钱南扬、刘念兹、曾永义等，均将南戏的首见权归于元末夏庭芝的《青楼集》名下，其载“龙楼景、丹墀秀”条云：“皆金门高之女，俱有姿色，专工南戏。”对此，刘晓明却从科白创作、戏剧效果层面分析，指出

---

① ［明］王骥德：《古杂剧》，见《古本戏曲丛刊》四集，上海：商务印书馆，1958。

《望江亭》:“该句说白出自原作者之手当无疑义。”①

到底南戏的专名出现于何时，本书为何又要采用“南戏”之称，这里暂且放下疑义，先来审视一下南戏各种异名，并逐次条析之。

(1) 温州杂剧、永嘉杂剧、鹘伶声嗽。这三种名称俱见明人文献：

> 南戏出于宣和之后、南渡之际，谓之温州杂剧。余见旧碟，其时有赵闳夫榜禁，颇述名目，如《赵贞女蔡二郎》等，亦不甚多。
>
> ——明祝允明《猥谈》
>
> 南戏始于宋光宗朝(1190—1194)，永嘉人所作赵贞女、王魁二种实首之，故刘后村有死后是非谁管得，满村听唱蔡中郎。或云宣和间已滥觞，其盛行则自南渡。号曰永嘉杂剧，又曰鹘伶声嗽。
>
> ——明徐渭《南词叙录》

三个名称均为南戏初始时期的异名，说明从明代成化至嘉靖年间，人们已经弄不清宋代南戏形成的具体状态。温州，旧名永嘉，故温州杂剧、永嘉杂剧所指当为一。它们显然延续了宋金杂剧的称呼，表演形式应该有一脉相承的地方。温州是浙江著名古都，经济、人文比较发达。汲古阁本《荆钗记》第二出《会讲》开头有一首古风说：“越中古郡夸永嘉，城池阛阓人奢华，思远楼前景无限，画船歌妓颜如花。”南宋、北宋交际之时，大批宗室宦裔南来温州，更加促进了温州的文化、经济发展，其间杂剧艺人一并而至。“鹘伶声嗽”一名显示了这种渊源。祝允明《猥

① 刘晓明：《鹘伶声嗽与南戏体制的创立》，见黄天骥、康保成：《中国古代戏剧形态研究》，172 页，郑州：河南人民出版社，2009。

谈》云："此本金元阛阓谈吐，所谓鹘伶声嗽，今所谓市语也。"钱南扬考之为"宋金市语"，指出"鹘伶"可能是"胡伶"的同音互转①，那么"鹘伶"也很有可能源自北方地区；郑西村认为"鹘伶"作"圆溜溜"解，"鹘伶声嗽"指"杂剧与戏文中的打诨杂砌"②，刘晓明进一步考证"鹘伶"为能够戏谏的艺人，并且不是普通伶人，而是教坊伶人③。这就逐步揭示了鹘伶北方杂剧艺人的身份。目前所见的南戏剧本确实保留了不少宋金杂剧、院本的痕迹，但南戏与杂剧却不能因此而画上等号。南戏之所以被冠诸"温州杂剧""永嘉杂剧"之名，除了显示杂剧来源外，还突出了这种"温州牌"的杂剧与北宋杂剧仍有形式之别，是专属于温州一带的独特艺术形式，而它也是南戏的滥觞。

（2）戏文、南曲戏文、南戏文。南戏也被称为"戏文"，这个名称颇为流行，用者甚众。

> 温州乐清县僧祖杰……旁观不平，惟恐其漏网也，乃撰写戏文，以广其事。后众言难掩，遂毙之于狱。越五日而赦至。
>
> ——宋周密《癸辛杂识别集》卷上"祖杰"

> 湖山歌舞，沉酣百年。贾似道少时，佻达尤甚。自入相后，犹微服，间或饮于妓家。至戊辰、己巳间，王焕戏文盛

---

① 按：钱南扬据《董解元西厢记》卷一【点绛唇缠】尾云："这一双鹘鸰眼，须看了可憎底千万。"张深之本《西厢记杂剧》第一本第二折【小梁州】云"鹘伶渌老不寻常"。弘治本、刘龙田本、六幻本、六十种曲本《西厢记》俱作"胡伶"，判断"此等形况语，只取其音，原无一定写法"，"作胡伶者，则因北音鹘、胡相同故"。见《戏文概论》，5页，上海：上海古籍出版社，1981。

② 郑西村：《鹘伶声嗽新释》，见《南戏论集》，447～448页，北京：中国戏剧出版社，1985。

③ 刘晓明：《鹘伶声嗽与南戏体制的创立》，见黄天骥、康保成：《中国古代戏剧形态研究》，176页，郑州：河南人民出版社，2009。

行于都下，始自太学有黄可道者为之。一仓官诸妾见之，至于群奔。遂以言去。

——元刘一清《钱塘遗事》卷六“戏文诲淫”

沈约之韵，乃闽浙之音，……南宋都杭，吴兴与切邻，故其戏文如《乐昌分镜》等类，唱念呼吸，皆如约韵。

——元周德清《中原音韵·正词作语起例》

俳优戏文始于王魁，永嘉人作之。识者曰：若见永嘉人作相，宋当亡。及宋将亡，乃永嘉人陈宜中作相。其后元朝南戏尚盛行。及当乱，北院本特盛，南戏遂绝。

——明叶子奇《草木子》卷四下“杂俎篇”

南戏优人的戏场也常常用之。成化本《白兔记》开场：“戏文搬下不曾?”汲古阁本《幽闺记》第四十出：“戏文自古出梨园，今日里且欢乐散，明日里再敷演。”富春堂本《千金记》开场：“今宵搬演谁家故事，那本戏文?”钱南扬解释“戏文”之名，说：“是指演戏的本文，也即是后世的所谓脚本，和宋朝说唱的称‘话文’，金朝杂剧的称‘院本’同例。”① 曾永义亦释戏文之“文”云：“即用文字所叙述之故事情节。”② 也就是说，“戏文”更大程度是指南戏文本。徐渭的《南词叙录》序中有一段话，隐约透显出“戏文”的本来含义：“惟南戏无人选集，亦无表其名目者，予尝惜之。客闽多病，咄咄无可与语，遂录诸戏文名，附以鄙见。”对于“戏文”，李复波、熊澄宇注释为“即南戏”③，然而，短短数言将南戏与戏文分而述之，似乎显示出

① 钱南扬：《戏文概论》，3页，上海：上海古籍出版社，1981。

② 曾永义：《戏曲源流新论》，87页，北京：文化艺术出版社，2001。

③ ［明］徐渭著，李复波、熊澄宇注释：《南词叙录》，1页，3页，北京：中国戏剧出版社，1989。

两者存在一定的差别。前者似从剧体角度称名，后者则是针对文本剧目而言。当然，戏剧演出在脚本之上，更复合了表演，故而“戏文”的含义之后又有所延伸，从故事文本的本义扩大为舞台表演的综合戏剧，至今南方人仍称看戏为“看戏文”。

又有称“南曲戏文”“南戏文”者。元钟嗣成《录鬼簿》(天一阁本)：“萧德祥，名天瑞，杭州人。以医为业……又有南戏文等。”同条，曹寅藏本作“又有南曲戏文”[①]。二者所指同一，最大特色是在“戏文”前冠以“南”字。同样添加“南”的名称，还有“南戏”、“南词（《南词叙录》）”、“南曲”（《南词叙录》“南曲固是末技，然作者未易臻其妙”）等。为何人们常常会在戏文这一剧种前特意加上一个“南”字呢？明代何良俊云：“金、元人呼北剧为杂剧，南戏为戏文。”[②] 可知，南戏是金、元人与北杂剧相对的称呼。当南戏尚在南方流行时，自然不会用外来者的眼光，自称为“南”，而只会称“戏文”或“戏曲”等；一旦南戏流播北方，就会出现北人称“南”的说法。俞为民、刘晓明认为，南戏之名流露了一定的民族和地域歧视。[③] 金、元时期，南北文化的对立因为时代原因表现得极为突出，连南方人都被呼为“南人”，何况区区一戏呢？不过，在笔者看来，或许南戏初至北方之际，南戏之名包含了北人对南人的歧视，但随着元代南戏的日益成熟壮大，元人称“南戏”“南曲戏文”“南戏文”等，未必再会掺杂此类色彩，更有可能是为了

① ［元］钟嗣成：《录鬼簿》，见《中国古典戏曲论著集成》，第2册，134页，北京：中国戏剧出版社，1959。

② ［明］何良俊：《曲论》，见《中国古典戏曲论著集成》，第4册，6页，北京：中国戏剧出版社，1959。

③ 俞为民：《南戏通论》，3页，杭州：浙江人民出版社，2008；刘晓明：《南戏本义与南戏体制的渊源》，见黄天骥、康保成：《中国古代戏剧形态研究》，173页，郑州：河南人民出版社，2009。

突出它与北杂剧的差异。因此，作为习惯术语，明人也相继沿用，没有刻意夺去“南”字。

（3）永嘉戏曲、戏曲。宋元时人刘埙于《水云村稿》卷四《词人吴用章传》载：“当是时，去南渡未远，汴都正音、教坊遗曲犹流播江南……词行盛于时，不惟伶工歌妓以为首唱，士大夫风流文雅者，酒酣兴发辄歌之。……至咸淳（1265—1274），永嘉戏曲出，泼少年化之。而后淫哇盛，正音歇，然州里遗老犹歌用章词不置也，其苦心盖无负矣。”① 这则材料中的“永嘉戏曲”之所以被判定为“南戏”，一是因为南戏出自永嘉的母体渊源，一是缘于江西南丰边邻浙江的地域关系，故此当为南戏异名之一。

“永嘉戏曲”之名重点标出了“戏曲”二字。元代陶宗仪《南村辍耕录》说：“唐有传奇，宋有戏曲、唱诨、词说，金有院本、杂剧、诸宫调。”② 这个“戏曲”无疑是有别于院本、杂剧、诸宫调之类的专有名词，应指的是南戏。元代夏庭芝《青楼集》亦载：“后有芙蓉秀者，婺州人，戏曲、小令不在二美之下，且能杂剧，尤为出类拔萃云。”③ 此条赘在龙楼景、丹墀秀之后，且与“杂剧”分列而称，显然“戏曲”专指南戏，而非元人杂剧。

元人何以用“戏曲”代称南戏呢？这大概主要强调了南戏曲唱的独特性。上举关汉卿杂剧《望江亭》中，杂剧演员用南

---

① ［元］刘埙：《水云村稿》卷四，见文渊阁《四库全书》，第1195册，370~371页，上海：上海古籍出版社，1989。

② ［元］陶宗仪：《南村辍耕录》卷二十五，306页，北京：中华书局，1997。

③ ［元］夏庭芝：《青楼集》，见《中国古典戏曲论著集成》，第2册，32页，北京：中国戏剧出版社，1959。

戏曲唱打诨语，让听惯元杂剧曲唱的观众，立刻耳目为之一新。南戏曲唱的独特之处，大致体现为用南曲曲牌、脚色俱可开口唱的方面，它与元杂剧俱唱北曲，且正旦、正末主唱，其他脚色只能念做的方式很不一样。此外，元人燕南芝庵《唱论》又有“南人不曲，北人不歌”的说法，似乎在歌唱方式上北杂剧的“曲”与南戏的“歌”也有区别。徐渭指出早期南戏：“即村坊小曲而为之，本无宫调，亦罕节奏，徒取其畸农市女顺口可歌而已，谚所谓‘随心令’者，即其技欤!”① 宋代南戏的“歌”类似民间里巷歌谣，恰如刘克庄《神君歌》所云“村乐殊音节，蛮讴欠雅驯”，是可以不入弦索、蛮声干讴的村歌。明代杨慎《升庵诗话》云“南方歌词，不入管弦，亦无腔调”，祝允明《猥谈》云“若披之管弦，必致失笑”，都指出了南“歌”粗野嘈杂的特点，它与配入弦索、依字行腔的北曲唱法不可同语。但这种演唱方式的吸纳力很强，侯百朋指出温州作者所写的四部南戏（《张协状元》《荆钗记》《琵琶记》《白兔记》）中，各类村坊小曲占了48%，词牌占了38%，大曲唱赚约10%，余下来自其他。具体以《张协状元》为例，所用不同名称的曲共164调，其中民间小调俗曲66，古诗词调55，余者大曲、诸宫调、影戏、赚词、佛曲、舞鲍老等②，曲子来源极为广泛，相融共生，如果以宫调严格律之，恐怕没有这样丰富的效果。

（4）传奇、杂剧、院本。传奇，本指唐人小说，后借为话本、南戏、杂剧的代名词，明清时期又成为一个新的戏曲种类名词，其所指可谓历代而变。南戏被称作“传奇”的情况比较常

---

① ［明］徐渭：《南词叙录》，见《中国古典戏曲论著集成》，第3册，240页，北京：中国戏剧出版社，1959。

② 吴戈：《戏文的艺术渊源及其初期形态试探》，见《南戏论集》，50~63页，北京：中国戏剧出版社，1985。

见。宋张炎《山中白云词》卷五【满江红】小序："赠韫玉，传奇惟吴中子弟为第一。"① 这个戏被收入明初《文渊阁书目》卷一〇，载为"东嘉韫玉传奇一册"。明中期叶盛《菉竹堂书目》亦存同目。"东嘉""吴中子弟"反映出《韫玉》传奇的南戏身份。明代施愚山《矩斋杂记》："传奇荆钗记，丑诋孙汝权。"亦称南戏《荆钗记》为"传奇"。"传奇"也是南戏优场的习用语。《小孙屠》开场："后行子弟，不知敷演甚传奇？"元本《琵琶记》开场："论传奇，乐人易，动人难。"富春堂本《韩湘子升仙记》开场："问后房子弟，今朝扮演谁家故事，那本传奇？"南戏之所以借用"传奇"之名，钱南扬采信了明代胡应麟的说法："若今所谓戏剧者，何得以传奇为唐名？或以中事迹相类，后人取为戏剧张本，因展转为此称不可知。"② "传奇"重在传奇人奇事，以叙事为主，戏剧、话本也要讲述故事，故借用之亦属自然之理。

明人也出现将南戏混称为"杂剧""院本"的情况。明丘濬《五伦全备记》（世德堂本）副末开场【临江仙】云："每见世人搬杂剧，无端诬赖前贤，伯喈负屈十朋冤。九原如可作，怒气定冲天。"《琵琶记》《荆钗记》乃南戏经典剧目，在此却被称为"杂剧"。明梧子《笔梦叙》附记"演戏院本：《跃鲤记》《琵琶记》《钗钏记》《西厢记》《双珠记》《红梨记》《浣纱记》《荆钗记》《玉簪记》"③，则将南戏、传奇一律称为"院本"。清姚

---

① ［宋］张炎撰，吴则虞辑校：《山中白云词》卷五，90 页，北京：中华书局，1983。

② ［明］胡应麟：《少室山房笔丛》卷四十一，见钱南扬：《戏文概论》，6 页，上海：上海古籍出版社，1981。

③ ［明］梧子：《笔梦叙》，见［清］虫天子：《香艳丛书》，第 1 册，326 页，北京：人民文学出版社，1994。

燮《今乐考证》仍如此混称。由于杂剧、院本在元人观念中已有较清楚的分别，所指甚明，如夏庭芝《青楼集》云："宋之'戏文'，乃有唱本，有诨。金则院本、杂剧合而为一。至我朝乃分院本、杂剧而为二。"① 明清如此混称，或许有些好古之嫌吧。

以上梳理与辨析了南戏的种种异名。归总来看，南戏之名体现了南戏阶段性的发展：第一阶段"温州杂剧""永嘉杂剧""鹘伶声嗽"，此时南宋、北宋交际，南戏尚处于形成阶段，由于受到北来杂剧的影响，故带有浓厚的杂剧戏诨特征。另外"永嘉""温州"之称，也说明它可能刚刚流出温州一地，外乡人故有此称呼。第二阶段"戏文"，南宋时期，南戏渐渐融入各种故事内容，扩大了剧情容量与表演长度，诸如王魁戏文、王焕戏文、乐昌分镜戏文、祖杰戏文等，说明了它剧情表演的丰富。第三阶段"永嘉戏曲"，宋末元初，南戏已形成了独特的曲唱方式，并自成一系，所以当人们一提起南戏，便以"戏曲"代之。由于"永嘉戏曲"出现在宋末元初的江西南丰，说明此时南戏已日益成熟，进入到跨省的流播。第四阶段"南戏"，随着元一统时代的到来，南戏跨越长江，深入北方，故南戏之名始见元代。回到上面南戏出现时间的疑义，笔者认为，"南戏"始入北方不太可能迟至元末，还应该提前。从《录鬼簿》作家活动情况看，元大德、元贞年间，南北交流已经颇为频繁，故"南戏"最晚应出现在此时，甚至可能更早。

当然，各种名称的使用，并没有那么断然的时间界限，像"戏文"之名流传至今，仍为人沿用。而本书之所以选择以"南戏"为题，主要因为"南戏"的名称流露了清楚的剧体观念，

---

① ［元］夏庭芝：《青楼集》，见《中国古典戏曲论著集成》，第2册，7页，北京：中国戏剧出版社，1959。

义界明晰，既不像传奇、杂剧、院本之名那样，容易与其他艺术体裁混淆一体，概念模糊，也不像永嘉杂剧、永嘉戏曲那样，具有形成时期的时代特征，范围狭窄，地域色彩过于强烈。值得一辨的是，“戏文”因其沿用广泛，为不少南戏研究者所采掇，如赵景深《宋元戏文本事》，钱南扬《宋元戏文辑佚》《戏文概论》，庄一拂《古典戏曲存目汇考》，孙崇涛《明人改本戏文通论》，等等。钱南扬谈到弃用“南戏文”的原因：“戏文既吸取了北曲，不再是纯粹的南曲，南戏文这类名称已不能名副其实。”① 可是，南戏文、南戏的称名，最初是就起源地而言，并不仅仅因为其用了南曲联套。到了元人眼中，已用了清晰的剧体观念，指示其独具一格的演剧方式，并与北杂剧区分开来。而“戏文”，最初之意偏重文本故事，后在长期使用的过程中，边界逐渐扩大，早已突破了南戏的特定含义，庶几与“戏”“戏曲”相等同。因此，目前学界也更多取用“南戏”之名，如各类戏剧史（王国维《宋元戏曲史》，张庚、郭汉城《中国戏剧通史》，周贻白《中国戏剧史长编》，廖奔、刘彦君《中国戏曲发展史》等），戏剧剧目（傅惜华《明代传奇全目》一卷“南戏复兴时期传奇家作品”、李修生《古本戏曲剧目提要》“宋元明南戏”等），个人研究论著（刘念兹《南戏新证》、金宁芬《南戏研究变迁》、俞为民《宋元南戏考辩》及其《续编》等）。“南戏”成为通行的术语专词。

（二）演剧形态

形态，是指物体的内在构成与表现形式。作为一种学科观念与方法，形态学最早发源于自然生物学的领域，主要考察生物机体外形和内部结构及其功能。随后“形态”作为中心词，被引入到很多社会学科的领域，如社会形态学、景观形态学、语言形

① 钱南扬：《戏文概论》，7 页，上海：上海古籍出版社，1981。

态学、文学形态学、故事形态学、艺术形态学等。在谈到美学的形态学研究时，托马斯·门罗主张“用科学的方法对艺术进行分析、描述和分类，对这种尝试，我们可以称之为‘审美形态学’”①。我国学者赖大仁认为文学批评也应引进形态学的观念，他指出：“形态学主要是研究事物的形态。而所谓‘形态’，通常指的是事物的结构形状。”② 也就是说，不管何种领域的形态学研究，它的核心方法是对研究对象的外在形状与内在结构的分析，一定程度上属于形式主义与结构主义的研究范畴。

可惜的是，此类观念与方法在我国传统文论界向来缺乏市场。古代文论重“道”轻“技”，强调伦理道德批评，忽视形式分析，将重“技”者归为形而下的一类。从孔子评诗推崇“兴观群怨”的社会功能，到诗歌“美刺”的讽谏功能，再到“文以载道”“文以明道”的文学教化功能，文艺的内容批评一直占据了上风。不仅主流的诗文批评如此，小说、戏剧等俗文学也被赋予了这样教化批评的重任。修髯子说《三国演义》“裨益风教，广且大焉”，冯梦龙的《三言》意在“导愚适俗”，高明《琵琶记》主张戏曲“不知风化体，纵好也枉然”，明王世贞批评《拜月亭》“无词家大学问”。崇“道”的批评导向压抑了审美形式的研究，使形式沦为内容的附庸，甚至成为“礼教治政”的政治传声筒。

不过，古代戏剧素来被视为末道小技，四库不收，正史难寻，这倒一定程度地解除了它身上的道德压力，使得针对它的形式研究稍获宽松的空间，像燕南芝庵《唱论》、周德清《中原音律》、王骥德《曲律》、李渔《闲情偶寄》、金圣叹批评《西厢

① ［美］托马斯·门罗著，石天曙、滕守尧译：《走向科学的美学》，239页，北京：中国文艺联合出版公司，1984。

② 赖大仁：《文学批评形态论》，28页，北京：作家出版社，2000。

记》、黄幡绰《梨园原》等，从曲律、演唱、结构、文辞、表演等诸多方面，解剖了戏剧的表现形式与特征。但是在这些曲论中，除了李渔的《闲情偶寄》稍具戏剧形态的整体观念，其余大多仅阐述戏剧的单方面要素，不能覆盖戏剧方方面面的构成，有的甚至还只是停留在文献记录的层面。这当然与缺乏整体戏剧形态的观念不无关系。实际上，直到近现代，戏剧研究也还存在这样的问题。20 世纪前叶，王国维“考证型”曲史研究、齐如山“舞台型”表演研究和吴梅“声韵型”曲律研究，开创了具有现代学术和学科意义的戏曲研究。这三种研究路数分坛树帜，各自为政，取得了斐然成绩。可是，囿于论者不同的戏剧观念，它们只是拆分出戏剧形态的一部分机体，而没有旁及其他的构成部分。

这里我们再将“形”“态”二字分开来理解，“形”指外在形象，《易辞》云：“在天成象，在地成形。”它是事物存在的空间尺度概念。“态”指一定条件下的表现状态。这个“态”是发生着的、变化着的状态，它包含了事物存在的时间尺度概念。在我们的经验世界里，任何物质都体现为时间尺度、空间尺度下的活动状态，各类艺术的表现形态概莫能外。俄罗斯美学家莫·卡冈说：“艺术作品首先作为某种物质结构——声音、体积、颜色斑点、词汇、动作的组合，也就是说，作为具有空间特征，或者时间特征、或者空间—时间特征的对象被创作出来，存在并出现在知觉面前。”① 不论何种艺术，实际都表现为时空概念下的“活”的存在状态。

这种“形态学”的视角与方法，既具有内在肌理的分析，又不乏宏观规律的探索，并且拥有不断变化着的辩证观念，对于

① ［俄］莫·卡冈著，凌继尧、金亚娜译：《艺术形态学》，278 页，北京：生活·读书·新知三联书店，1986。

深化戏剧艺术特质的研究非常有启益。有关戏剧形态，王廷信认为："特定的戏剧形态就是其组成因素、各因素之间的组织结构、这种形态的运行方式。"① 谭帆、陆炜将戏剧形态分为形式结构形态、艺术表现方式两个部分，前者重视戏剧艺术内在的构成要素，后者指艺术综合的表现手法。② 在既有的认识之上，笔者将戏曲形态研究分为三个方面展开。

首先，析其"形"。中国戏曲是一门极具综合性的艺术形式，构成要素十分庞杂，诗词、歌曲、舞蹈、浑话、乐器、脚色、竞技、武术、仪式……真如七宝楼台，令人眩迷。因此，王国维定义戏曲："戏曲者，谓以歌舞演故事也。"《辞海》对"戏曲"也有一条释文："是包含文学、音乐、舞蹈、美术、武术、杂技以及人物扮演等各种因素的综合艺术。"③ 可以说，戏曲是由不同方面的质素构成的一个艺术综合体。戏曲形态的研究，正可以从外在形状的细部入手，先将戏曲之机体拆分开来，如庖丁解牛，化整为零，再根据不同的质素，逐一分析它们的外部形状与特征。

其次，寻"结构"。"形态学"更深一步的要求是：化零为整。它立足宏观整体，探照各个细部质素的内部关联，以发现它们的组合规律，了解事物形成与呈现的结构方式。莫·卡冈说："形态学——这是关于结构的学说。"④ 按照此种思路，当我们逐一剖析了戏曲艺术各项质素的形式特征之后，便应深入考察这么

---

① 王廷信：《中国戏剧之发生》，215 页，首尔：韩国新星出版社，2004。

② 谭帆、陆炜：《中国古典戏剧理论史》，20 页，北京：中国社会科学出版社，1993。

③ 《辞海》，1127 页，上海：上海辞书出版社，1979。

④ ［俄］莫·卡冈著，凌继尧、金亚娜译：《艺术形态学》，15 页，北京：生活·读书·新知三联书店，1986。

多庞杂的、多种多样的外在质素是如何综合为一体，其组成方式是什么，形成规则又是什么，是否又有统一的内在体系。要注意的是，形态“结构”与清代戏曲家李渔所提出的戏剧“结构第一”，是两个完全不对等的概念。李渔所云“结构”指人物情节的组织编排，而形态“结构”着重的是事物分类与整合的模式规律，是从千变万化的事物形态中寻找具有普遍意义的结构。

最后，求其“态”。作为舞台表演的艺术，戏曲占用了一定的舞台空间，表现为演员的角色扮演，它的形态复合了时间—空间的尺度，是不可能静止不变的，其间充满了变数，不断发生着变化。比如说“曲无定本”，同样一部《琵琶记》，看似文本相对固定，但放到舞台表演上，不同时间、空间条件下的搬演都会呈现一个新的演剧形态。而置于戏曲发展的整体进程中，戏曲也从来不仅拥有一种单一的形态，像角抵戏、戏弄、院本、杂剧、南戏、传奇、花部乱弹等，每一个历史阶段出现的戏剧样式，都拥有自己的形态特征，而且彼此代递，在“变”中不断演进，重塑其形。因此，我们的研究也应该把握对象的流动的历时形态。

本书核心词“演剧形态”，正是基于戏剧形态研究的基础而提出来的。它需要考察南戏剧本的各部分组成，如分出标目、副末开场、下场诗、收场、吊场等，但又不能止步于静态文本的形式分析，须从文本之本深入舞台之演。事实上，每一种南戏文本后都隐藏了不知多少次的却业已消失的舞台表演。因此，“演剧形态”实际涵盖了极为丰富的形式元素，诸如演剧场合、活动方式、戏班演员、脚色、曲唱、科介、化妆、服饰、道具等，它们之间相互交叉，又彼此独立，共同组成了一个南戏“活”的演剧形态的巨大网络。

同时，我们还需要关注南戏形态的历史演变。从两宋之际的兴起，到明代中叶的蜕变，南戏像一个孩子渐渐茁壮成长，成长为一个流行南北的全国大戏剧种。它始终处于变化的状态，我们既不能用南戏的最初状态取代成熟时期的认识，也不能用成熟状态要求早期南戏的形态特质，否则只会起到削足适履的反作用。

三、研究对象的时限范围

本书研究对象的时限纵跨宋元明三代。对于南戏兴起的上限，学界虽有歧见，但大致集中在南北宋过渡时期，前后差距不大，而有关南戏的下限，我们则需要多花一点篇幅讨论。目前学界普遍肯定宋元南戏的存在，上面笔者也提出了宋元南戏“永嘉杂剧”—“戏文”—“永嘉戏曲”—“南戏”的四个发展阶段。然而，到了明代之后南戏是否存在，如果有其下限又是在什么时间，对此学界存在相当的争议，我们稍作撮述。

第一种观点：明代无南戏，归属传奇时代。持论者有吴梅《顾曲麈谈·中国戏曲概论》（岳麓书社，1998），卢前《明清戏曲史》（台湾商务印书馆，1971），徐慕云《中国戏剧史》（上海古籍出版社，2001），周贻白《中国戏曲发展史纲要》（上海古籍出版社，1979），孟瑶《中国戏曲史》（传记文学出版社，1979），张敬《明清传奇导论》（华正书局，1986），朱承朴、曾庆全《明清传奇概说》（广东人民出版社，1998）等，一律称明代为传奇时期。这种观点是“以元末五剧为南戏高峰时的产物，而以明朝的建立作为南戏和传奇的时间分界”①。

第二种观点：明代有南戏，但具体下限各说互有差异。

（1）以成化年间为南戏下限者，如青木正儿《中国近世戏曲史》称元中叶至明正德为“南戏复兴期”，成化之后则为传奇时期；郭英德称成化初年至万历十四年为“传奇成长期”，明确将邵璨、郑若庸等骈丽派作品作为传奇产生的标志。不过，郭先

① 金宁芬：《南戏研究变迁》，8页，天津：天津教育出版社，1992。

生对此似有矛盾，同书中他又认为："传奇文学体制的定型约完成于嘉靖中后期，它标志着传奇的真正成熟。"① 则又将传奇的真正形成推至嘉靖时期。

（2）以嘉靖为南戏与传奇分界期者。如钱南扬《戏文概论》、庄一拂《古典戏曲存目汇考》、曾永义《戏曲源流新论》等，均将昆曲兴起，梁辰鱼创作《浣纱记》作为传奇形成的标志。

（3）将南戏下限推至明末。台湾林鹤宜认为晚明曲调声腔之流变，是区分南戏与传奇的本质元素。针对晚明弋阳腔戏剧是否为传奇的问题，他还提出自己的新见，认为弋阳腔的质变在于联套组织的突破以及滚和帮腔的运用，而直到乾隆年间王瑞生《京腔谱》出来，才为"弋阳腔由戏文蜕生为传奇，完成了满足文人观点的注脚"②，实际又将南戏生命推长到了清代前期。

第三种观点：南戏一直存在。俞为民《南戏流变考述》认为，广义来说，南戏、传奇是同一种戏曲样式，明清传奇只是南戏在雅文化圈内的分化，而民间南戏一直流变于历史长河之中。③

以上观点，第一种固然简化了戏曲发展史的分期操作，却忽略了戏曲形态内在的逻辑发展，也许并不与朝代更替完全同步。第二种观点肯定了明代南戏的延续存在，却过于拘泥于南戏与传奇某个断限时期的划分。第三种观点启发我们不应该僵化看待南

---

① 郭英德：《明清传奇综录》，4 页，石家庄：河北教育出版社，1997。

② 林鹤宜：《从戏剧内涵的质变论戏文传奇的界说问题》，见《南戏国际学术研讨会论文集》，14～32 页，北京：中华书局，2001。

③ 俞为民：《南戏流变考述》，载《艺术百家》，44～53 页，2002 年第 1 期。

戏与传奇的区别，理应秉持流动的观念考察戏曲的整体变迁。应该看到，经过反复的研讨，人们已经认识到，南戏不止一种形态，而是随着历史变迁在不断进化、蜕变，明代南戏恰好处于宋元南戏到明代传奇的过渡形态。孙崇涛的《中国南戏研究之检讨》（载《戏剧艺术》，1987 年第 3 期）一文，将明初至嘉靖时期视为“南戏向传奇的演进期，归入广义的南戏历史范畴”[①]。吴新雷再次申说广义南戏和狭义南戏的划分[②]，而“广义南戏”即涵盖了明初至明嘉隆这个时期。李修生认同明前中期是南戏到传奇之间的“过渡期”[③]。徐扶明则云：“自明初至成化正德年间，可以视为南戏向传奇的演进期，但不应归入广义的南戏历史范畴。过渡时期，乃是两不相属，承上启下。我是把这个过渡时期，作为明传奇的准备时期，为传奇的兴起准备好了条件。”[④]这个“两不相属”的独立阶段，正体现了明代南戏在戏曲发展史上的独特地位。孙玫则在集评众说后，表达了更为融通的观点：“在南戏与传奇之间没有一个历史的临界点，南戏是在元代末期至明嘉靖末年这一相当长的历史阶段中逐渐完成了它向传奇的转型，这个过渡转型期既是南戏发展的尾声，同时又是传奇发

① 孙崇涛：《中国南戏研究之检讨》，见《南戏论丛》，40 页，北京：中华书局，2000。

② 吴新雷：《论宋元南戏与明清传奇界说》，见《中国戏曲史论》，42 页，南京：江苏教育出版社，1996。

③ 李修生：《什么是传奇》，载《古典文学知识》，58 页，1987 年第 6 期。

④ 徐扶明：《致孙崇涛先生信》，见《南戏论丛》，135 页，北京：中华书局，2000。

展的前奏，它是趋于消亡的南戏和逐渐成长的传奇交错并行的时期。"① 1998 年，孙崇涛提出了一个明代南戏的专门概念——"明人改本戏文"，希望借此专名，"弥补缺失的环节"，"希望恢复、还原这两百年南剧在中国戏曲历史长河中醒然独立的地位"。② 这标志着学界对明代南戏的研究进入了一个新的阶段，真正开始了有意识、有系统，并且步入具体特征的考察阶段。

由此，本书所要考察的"南戏演剧形态"，将重点突出明代南戏形态的研讨，时间下限暂截至明代嘉靖末年。这个时间点的截取，参照了以上学界大多数的观点，目的是方便凸显从宋元到明中期的南戏形态演变，并不是说在这个时间点上，南戏就一下子转身为传奇形态了。南戏各个声腔、各个剧目的蜕变，总有一个前后渐进的过程，有的较早脱身转型，有的恐怕生长缓慢，甚至在传奇规范建立后，仍然保留早期南戏之风，沉淀为今天考察南戏的"活"化石。

本书所选择的南戏剧目、剧本，一般也会归属于这个时间范围内。凡是参照诸家著录，能够确定为此时限内所创作的剧本，我们都将视为研究对象。但要说明的是，南戏剧本存少佚多，而且现存剧本大多为嘉靖之后的刊本，带有明人改编的痕迹，这就给南戏形态历史的客观判断造成了困难。例如，《琵琶记》多达五十几种版本，包含了元本、古本、时本、坊本以及昆本、徽本等多种版本形态；《荆钗记》分船会和庙会两种结局的版本，《九宫正始》又载"十八折"本《荆钗记》；《白兔记》存成化

① 孙玫：《南戏——中国戏曲最早的样式》，见华玮、王瑷玲：《明清戏曲国际研讨会论文集》，62～63 页，台北：台湾"中央研究院"中国文哲研究所筹备处，1998。

② 孙崇涛：《明人改本戏文通论》，载《文学遗产》，65 页，1998 年第 5 期。

本、古阁本、富春堂本、锦囊本、青阳腔等版本，风貌各异；《杀狗记》亦经“吴中情奴、沈兴白、龙子犹三改矣”①；《拜月亭》《苏秦》《牧羊记》《赵氏孤儿》等无一不广为传唱，产生了不同时期的各类版本。② 它们或多或少渗入了明清人修改的痕迹，反映出各个时期演剧的状况。对于一些不属于南戏活动时限内的刊本，我们既不能弃之不论，丢失了基础的研究对象，同时又要审慎辨别，尽可能不被其中非南戏演剧形态的成分所左右。同时，我们还要认识到，不同的南戏版本层叠了不同的改编形态，也沉淀了各个时期的演剧痕迹，如果站在形态变迁的视角，对比宋元南戏、明代南戏、明代传奇之间的差异，反而能够更清晰地呈现南戏各个阶段形态的演进轨迹。这也是我们所期待达到的最重要的研究目的。

四、研究资料、方法与思路

根据来源不同，本书研究资料大体可分为三个方面。

第一，剧本资料。这是南戏研究的最基础资料，包括现存南戏全本与选曲本，以及可资参考的传奇剧本等。

据笔者所辑，现存创作于明嘉靖之前（含嘉靖）的南戏剧本有62种（见附录），其中嘉靖之前（含嘉靖）的刊本为数很少，共10种：《永乐大典戏文三种》、清陆贻典抄本《元本琵琶记》保留了较多宋元南戏的原始风貌。明宣德本《刘希必金钗记》、明成化本《白兔记》，属于明前期的南戏演剧本；嘉靖写

① 赵景深：《元代南戏剧目和佚曲的新发现》，见《戏曲笔谈》，31页，北京：中华书局，1962。

② 俞为民：《宋元南戏考论》，台北：台湾商务印书馆，1994。按：该书对宋元戏文《琵琶记》、四大南戏、《苏秦》、《牧羊记》、《赵氏孤儿》等均有详细的源流探索。

本《蔡伯喈》、嘉靖苏州巾箱本《琵琶记》、嘉靖刊本《荔镜记》、嘉靖刻本《宝剑记》、嘉靖原本《王状元荆钗记》等，此5种为明代中叶的南戏剧本。选曲本唯有嘉靖刊本《风月锦囊》一种。它们是南戏形态研究的第一手资料。

鉴于本书的重要目标之一是力求考察南戏向传奇演剧形态的演变轨迹，因此剧本资料的范围会扩展至晚明刊本的南戏剧本。根据资料性质的不同，可采用两种研究方法：①直接取证法。根据学界已有的研究成果，一些南戏剧本属于古本系统，保留了较多南戏的风貌，因此可以直接从现有剧本形态中取证。例如，奎章阁本《五伦全备记》，富春堂刻本《赵氏孤儿》《东窗记》，世德堂刊本《拜月亭》，等等。当然，在具体参考过程中，务必注意所叠加的不同时期的剧本特征。②对比法。目前学界对很多南戏刊本都有深入研究，可排类出古本系统、今本系统的不同形态。利用这部分成果，我们可以针对同一南戏剧目的不同刊本，进行对比性研究，以资考察不同版本及其背后隐藏的演剧形态的流变。例如，《荆钗记》有嘉靖原本、屠赤水评本、汲古阁本，后两者均为晚明刊本。三者对比异同，可较为清晰地揭示剧本形态乃至演剧形态的变化。

第二，相关文献资料。主要包括官修史书、野史笔记、文人文集、各地地方志、地方戏曲志、小说、散曲等各方面的史料。通过梳理相关史料文献，可深入了解南戏各个阶段的历史文化背景和演剧活动的基本状况。

第三，文物与田野考察资料。此类资料对戏剧形态的研究意义重大。作为舞台艺术，南戏曾经活跃在各个演剧场合，从演员到观众，从剧场到表演，表现为一种活着的艺术生命体。文物可以提供图像资料，弥补纸上文献与剧本的不足。田野资料，则可以通过对古代南戏地方遗存的考察，打通今古，获得南戏历史形态的深层信息。

总体来说，本书研究将以剧本资料与文献资料为主，以文物与田野考察资料为辅，力图呈现南戏各阶段活动的内容状态和方式特征，并且通过不同版本、改本之间的对比研究，勾勒出南戏剧本体制、脚色体制、演出艺术等各方面的表现形态及其演变过程。最后，在行文方面还有一点要说明：根据学界研究成果，本书一般引用古本系统的南戏剧本，用以论述南戏演剧形态。鉴于版本众多，剧本会标注具体版本，剧本引文则不再出注。文末附录有参见版本汇编，以便对照。

第一章　宋元南戏的演剧活动

第一节　宋元南戏的祭祀演剧

"国之大事，在祀与戎"。祭祀是统治阶层维系国家与地方统治的大事，也是关乎民众精神信仰的重要活动。自古而下，国家祭祀与民间祭祀生生不息，香火传续，各类祭祀仪式竞献祭坛，表达人们对各路神灵的虔诚敬崇。宋元时期，南戏流行的浙、越、赣、闽地区，素盛巫风，信仰繁多。本节欲在宋元神祇祭祀的背景下，研讨各类祭祀仪式中的南戏演剧活动。

一、宋元时期南方的祭祀赛社

南方长江流域一带，民众祭祀风气自古浓厚。秦汉时，荆楚之地"信巫鬼，重淫祀"，"其祠，必作歌乐鼓舞以乐诸神"①，江浙地区亦盛淫祀之风，"会稽俗多淫祀，好卜筮"②，"夫瓯俗好鬼，迎神赛社，其来尚矣"③。此风历代不辍，经久不衰。唐

① ［宋］洪兴祖：《楚辞补注》，55 页，北京：中华书局，1983。

② ［汉］应劭著，王利器注：《风俗通义校注》卷九，401 页，北京：中华书局，1981。

③ ［明］姜准：《岐海琐谈》卷七，见车文明：《20 世纪戏曲文物的发现与曲学研究》，64 页，北京：文化艺术出版社，2001。

末陆龟蒙《野庙碑》具体写到江浙地方的祭祀情况：“瓯越间好事鬼，山椒水滨多淫祀。其庙貌有雄而毅、黝而硕者，则曰将军；有温而愿、皙而少者，则曰某郎；有媪而尊严者，则曰姥；有妇而容艳者，则曰姑。”各种“将军”“郎”“姑”“姥”等神灵层出不穷，面目多变，来路不清，制造与操控了南方民间信仰的巨大网络。人们匍匐在祭坛之下，牲酒之奠，豕鸡之荐，不敢懈怠，甚至“缺于家可也，缺于神不可也”①。

两宋时期，南方巫祀之风得以延续，并有所强化。贾二强认为：“在宋代，民间信仰尤其是民间的神鬼观念方面，继承了唐人而更加丰富多样而且细致具体。”② 其具体表现，概有二端：其一，宋代民间各路鬼神愈出。《夷坚志》“江南木客”条云：“大江以南地多山，而俗禨鬼，其神怪甚诡异，多依岩石树木为丛祠，村村有之。二浙江东曰‘五通’，江西闽中曰‘木下三郎’，又曰‘木客’，一足者曰‘独脚五通’，名虽不同，其实则一。”③ 依据南方不同的山形地势，宋人创造了不少新的神祇，造成了南方祀典之外，淫祀丛生，宋人有关正祀、淫祀之辨的文献剧增，时人已经不能不关注淫祀合法、合理性的存在。宋代官方开始根据灵验与否，对民间神祇进行普遍封赐，更加剧了民间祭祀的盛行。④ 其二，宋代神祇身份出现了不少新的特征。美国学者韩森指出，随着宋代的商业革命，宋代神祇除了一般的、传统的神祇外，还新兴了平民神祇、区域性神祇。平民神祇，没有

① ［唐］陆龟蒙：《野庙碑》，见［清］董诰等：《全唐文》卷八百零一，8418~8419页，北京：中华书局，1983。

② 贾二强：《唐宋民间信仰》，6页，福州：福建人民出版社，2002。

③ ［宋］洪迈撰，何卓标点：《夷坚志》丁志卷十九，695页，北京：中华书局，1981。

④ 皮庆生：《宋代民众祠神信仰研究》，272~317页，上海：上海古籍出版社，2008。

传统神祇的显赫出身，且多死于非命，因为灵验而受到人民祀祷，而区域神，不仅本地有本庙，还在外省各地有行庙、分庙，体现出神祇崇拜的区域规模一体化。[①] 此外，神祇的行业功能也有所凸显，像预估价格、保佑行业顺利等。这些新的变化，无不影响了宋元南戏的发展。

元代官方祭祀"稍稽诸古"[②]，祭祀对象大多秉承了汉地的传统祭祀。而需要我们重点关注的地方祭祀，由于文献有限，目前学界梳理远不若宋代丰富细致。不过，元代统治者对地方祭祀还是较为留意。元世祖至元十八年（1281），"招讨使方文言择守令、崇祀典、戢奸吏、禁盗贼、治军旅、奖忠义六事，诏廷臣及诸老议举行之"[③]。对于"非理祭祷"，则予以了限制。元文宗至顺三年（1332），太常博士王瓒进言："各处请加封神庙，滥及淫祠。按《礼经》，以劳定国，以死勤事，能御大灾，能捍大患，则祀之。其非祀典之神，今后不许加封。"[④] 然禁令背后亦透显出元代地方"非祀典之神"的发展之势。江南地区依旧延续了两宋以降的祀神风气，如镇江路，"祝史巫觋惑世诬民，增益土偶，妖形怪状，违越典礼，非一而足"[⑤]；昆山县，"其信鬼则又加于昔……举家岁往常熟之福山朝五通者，远至婺源之灵

---

① ［美］韩森著，包伟民译：《变迁之神——南宋时期的民间信仰》，杭州：浙江人民出版社，1999。

② ［明］宋濂等撰：《元史》卷七二，第6册，1779页，北京：中华书局，1997。

③ ［明］宋濂等撰：《元史》卷十一，第1册，232页，北京：中华书局，1997。

④ ［明］宋濂等撰：《元史》卷三六，第3册，804页，北京：中华书局，1997。

⑤ 《至顺镇江志》卷八，见《宋元地方志丛书》，第5册，3223页，台北：大化书局，1980。

顺，凡有迎引，竞巧争奇，尤为奢靡”①；松江府，“娄氓尚淫祀，祠庙遍村墟”②；庆元路，“史巫纷若，邪怵妖诱，民不知礼”③。

宋元神祇的多样化，大大推动了祭坛仪式的蓬勃兴盛。围绕各类神祇而举行的迎神赛会，盛行于宋元南方的城镇乡村。陈淳《上赵寺丞论淫祀》一文，针对福建漳州的祠庙祭祀云：“某窃以南人好尚淫祀，而此邦之俗为尤甚。自城邑至村墟，淫鬼之名号者至不一，而所以为庙宇者亦何啻数百所。逐庙各有迎神之礼，随月送为迎神之会。”④《梦粱录》云南宋临安“每遇神圣诞日，诸行市户，俱有社会迎献不一”。刘克庄《即事十首》描写广东赛海神：“香火万家市，烟花二月时。居人空巷出，去赛海神祠。”⑤ 真是万人空巷，盛况空前。

除去神诞赛会，还有春秋社日、禳灾还愿、丧葬礼仪、节令风俗等也都会举行祀神祛邪的活动。南宋诗人写下不少赛社诗，像福建崇安刘学箕的“绿阴林下笑声好，箫鼓赛社祈丰年”（《社日喜晴分韵得前字》），浙江绍兴陆游的“箫鼓迎神闹，钮耰下麦忙”（《梅市道中》），钱塘诗人白珽的“雨后散幽步，村村社鼓鸣”（《春日田园杂兴》）等，均生动描绘了南方乡村春秋

① 《至正昆山郡志》卷一，见《宋元地方志丛书》，第 4 册，2607 页，台北：大化书局，1980。

② ［明］袁华：《耕学斋诗集》卷四《娄侯庙》，见文渊阁《四库全书》，第 1232 册，291 页，上海：上海古籍出版社，1989。

③ 《至正四明续志》卷九，见《宋元地方志丛书》，第 9 册，5951 页，台北：大化书局，1980。

④ ［宋］陈淳：《北溪大全集》卷四十三，文渊阁《四库全书》，第 1168 册，851 页，上海：上海古籍出版社，1989。

⑤ ［宋］刘克庄著，辛更儒笺校：《刘克庄集笺校》卷十二，第 3 册，719 页，北京：中华书局，2011。

社日社鼓迎神的场面。此外，久旱祈雨的赛会，如“祷旱急农夫，迓神击村鼓”（南宋邓深《乡人祷雨有应，时寓乌石》），“吹鼓打笛农祷雨”（南宋韩淲《十九日》），“赤日黄埃槁欲焚，赛神迎佛正纷纷”（南宋方岳《即事十首》之一）①；驱邪求福的赛会，如“长沙土俗率以岁五月迎南北两庙瘟神之像，设长杠舆几三丈，奉土偶于中。恶少年奇容异服，各执其物，簇列环绕，巡行街市”②；民间节令赛社，如南宋范成大《上元纪吴中节物俳谐体三十二韵》诗有“轻薄行歌过，颠狂社舞呈”③。各类赛社此起彼伏，愈演愈烈。

出于整饬民风、维护秩序的现实目的，统治者还曾出台禁令，对祭祀赛社的活动予以限制与打击。淳熙十四年（1187），浙江秀州（嘉兴）知事赵亮夫奏：“所在州县有神祠去处，每岁秋收丰稔，多用器械之属前后导引，乞申严条令。”④ 宁宗庆元年规定：“祠赛社会，执引兵杖，……造意及首领者，徒二年。”⑤ 元朝统治者则直接明示聚众祈赛的刑罚：“立集场，唱淫词，犯人四十七下”，“鸠敛钱物，聚众妆扮，鸣锣击鼓，迎神

① 北京大学古文献所：《全宋诗》，刘学箕（第53册，32916页）；陆游（第40册，25409页）；白珽（第70册，44272页）；邓深（第37册，23330页）；韩淲（第52册，32502页）；方岳（第61册，38291页），北京：北京大学出版社，1998。

② ［宋］洪迈撰，何卓标点：《夷坚志》三补，1808～1809页，北京：中华书局，1981。

③ ［宋］范成大著，富寿荪标校：《范石湖集》卷二十三，326页，上海：上海古籍出版社，2006。

④ ［清］徐松辑，刘琳等校：《宋会要辑稿》“刑法二”，第14册，8351页，上海：上海古籍出版社，2014。

⑤ ［宋］谢深甫：《庆元条法事类》，484页，北京：中国书店，1990。

赛社，为首正赛人五十七下，为从者四十七下”① 等。但民众祭赛禁而不止，卷而复来，如星火点点，已成燎原之势。

二、宋元迎神祭赛中的南戏演剧

宋元时期，各种祠庙赛社如火如荼。在迎神拜神、祈福禳灾的过程中，人们已不甘于祭酒献牲、庄乐祷词的一般性祭祀仪典，从简单的巫祝歌舞到集体性的狂欢，逐渐发展出娱神兼及娱人的娱乐性表演。南戏本发源于民间文化土壤，与娱神祭祀有着水乳交融的渊源关系。笔者以为，尽管目前已经很难从宋元文献中找到明确充分的证据，但南方大量的赛社活动中应该夹杂了南戏的演出，兹结合史料，试推论如下。

（一）赛社“百戏”“杂剧”可能包含了南戏的表演

宋元赛社娱乐性的一个重要表现，是各种各样的演艺活动充盈其间，统称为“百戏”。例如，仁宗嘉祐五年（1060），四川成都诸州祭赛鬼神，“一坊巷至聚三二百人，作将军、曹吏、牙直之号，执枪刀、旗幡、队仗，及以女人为男子衣，或男子衣妇人衣，导以音乐百戏，三四夜往来不绝”②。南渡之初，浙江衢州“所盖东岳神祠气象雄伟，州人每遇岳神生日，人户连日聚集，百戏迎引，其服饰仪物大段僭侈”③。“百”者，多也，不单指某种特定伎艺形式，而是门类庞杂，琳琅满目。《武林旧事》对“社会”有具体说明：“二月八日为桐川张王生辰，震山

① 黄时鉴辑点：《元代法律资料辑存》，69 页，杭州：浙江古籍出版社，1988。

② ［宋］李焘：《续资治通鉴长编》卷一九二，17～18 页，上海：上海古籍出版社，1986。

③ ［清］徐松辑，刘琳等校：《宋会要辑稿》“刑法二”，第 14 册，8375页，上海：上海古籍出版社，2014。

行宫朝拜极盛，百戏竞集。如绯绿社（杂剧）、齐云社（蹴鞠）、遏云社（唱赚）、同文社（要词）、角抵社（相扑）、清音社（清乐）、锦标社（射弩）、锦体社（花绣）、英略社（使棒）、雄辩社（小说）、翠锦社（行院）、绘革社（影戏）、净发社（梳剃）、律华社（吟叫）、云机社（撮弄）。……若三月三日殿司真武会、三月二十八日东岳生辰社会之盛，大率类此。"① 可见，"百戏"概括了戏剧、歌唱、讲说、武术、杂技、民间手艺等伎艺形式，而以"杂剧"为代表的戏剧，一跃为赛社百戏的代表艺术样式。

南戏，作为专名，首见于关汉卿《望江亭》杂剧第三折："这厮每扮南戏那！"元人已意识到南戏体制与杂剧体制的不同，但是否当时通行了此称呼，却无法定论。该剧《元曲选》本夺"南"，息机子、王骥德古杂剧本则存，至少说明宋元人对于南戏的称呼并不一定。南戏初名"温州杂剧""永嘉杂剧"或"鹘伶声嗽"，后又有"永嘉戏曲""戏文""南曲戏文""传奇"等名称。而且，早期称名在民间仍有沿传。此有实例可证。宋度宗咸淳四年至五年（1268—1269），嵊县知县陈著出榜严禁"永嘉杂剧"艺人入境，而邻邑新昌不禁，激起新昌退隐官员王爚的不满，致书严加质问。② 此时南戏兴起已有一百多年，嵊县、新昌等周边各地仍以"永嘉杂剧"而非"南戏"名之。

这就产生了一种可能：南宋时期，由于南戏的活动地域对南戏称谓尚不统一，那么，当地迎神赛社之中很有可能用其他称谓指代南戏表演，要么干脆混称于"百戏""杂戏""优戏"之

① ［宋］周密：《武林旧事》卷三，见《东京梦华录（外四种）》，377页，上海：古典文学出版社，1957。

② 中国戏曲志编辑委员会：《中国戏曲志·浙江卷》，33页，北京：中国ISBN中心出版社，1997。

中，加上这些地方祀神频繁，优场遍布，相关文献大多描述简略，安能一一辨明其中具体的演艺种类！比如，南宋绍兴二年（1132）十月，“丙辰，禁止温、台二州民结集社会”①。温州是南戏发源地，此集会社火之中或许就掺杂了南戏。又如，绍兴诗人陆游留下了很多赛社演戏的诗歌：“太平处处是优场，社日儿童喜欲狂”（《春社》），“比邻毕出观夜场，老稚相呼作春社”（《三山卜居今三十有三年矣屋陋甚而地有余数世之后当自成一村今日病少间作诗以示后人》），“空巷看竞渡，倒社观戏场”（《稽山行》），“巷北观神社，村东看戏场”（《幽居岁暮之三》），“高城薄暮闻吹角，小市丰年有戏场”（《初夏闲居》）② 等等，这些戏场之上或许有南戏的演出吧。

我们再试着给出一个可能的例证。绍兴三十年（1160），王十朋知湖州，“剡之市人，以崇奉东岳为名，设盗跖以戏先圣，所不忍观！因书一绝：里巷无端戏大儒，恨无司马为行诛。不知陈蔡当时厄，还似如今嵊县无”③。市人即艺人，打着敬奉东岳神的旗号，演出“盗跖以戏先圣”戏，引来王十朋的强烈不满。这个戏并没有具体指明是杂剧还是南戏，丁淑梅以为这种祀神赛戏：“演盗跖以为孔子伪而设戏，能轰动里巷，招摇于市，说明它是包含有一定长度的故事情节的，敷演似也有不小规模。”剡、嵊县是温州南戏向临安流播的必由之地，上引文献亦证明永嘉杂剧艺人对嵊县、新昌等地多有渗透，所以“它抑或就是早

① ［元］脱脱：《宋史·高宗本纪》卷二十七，501 页，北京：中华书局，1977。

② ［宋］陆游著，钱仲联校注：《陆游全集校注·剑南诗稿校注》，第 4 册 88 页，第 5 册 80 页，第 7 册 73 页，第 8 册 108 页，第 7 册 135 页，杭州：浙江教育出版社，2011。

③ ［宋］王十朋：《梅溪先生文集》前集六，上海涵芬楼藏明正统刘谦温州刊本。

期南戏在民间盛传盛演的一个剧目呢”①？

到了宋元之际，人们有称“戏文”之名。脉望馆本元明杂剧《王矮虎大闹东平府》第三折赛社社头：“自家东平府在城社头，时逢稔岁，节遇上元，在成鼓楼下作一个元宵社会。数日前出了花招告示。俺这社会，端的有驰名的散乐，善舞的歌工。做几段笑乐院本，搬演些节义戏文。更有那鱼跃于渊的筋斗，惊眼惊心的百戏。”②“节义戏文”，应指南戏。东平府是元代戏剧演出的中心，《宦门子弟错立身》中擅演南戏的王金榜，就出自东平府。这里说的是元代后期的情况，此时南戏已经延伸至北方地区的迎神赛社了。

（二）傀儡戏可能夹杂了南戏演出

两宋时期，南方地区傀儡祭祀之风盛行。朱彧《萍洲可谈》：“江南俗事神，……又以傀儡戏乐神，用禳官事，呼为弄戏。遇有系者，则许戏几棚。至赛时，张乐弄傀儡，初用楮钱，爇香启祷，犹如祠神，至弄戏，则秽谈群笑，无所不至。”③南宋时期，此风不辍。以福建漳浦地区傀儡祭祀为例。宋光宗绍熙元年（1190），朱熹任福建漳州知事，即颁布《劝谕榜》：“约束城市乡村，不得以禳灾祈福为名，敛掠财物，装弄傀儡。”朱熹弟子陈淳也对此深恶痛绝，有《上傅寺丞论淫戏》一文，云：

> 某窃以此邦陋俗，常秋收之后，优人互凑诸乡保作淫

---

① 丁淑梅：《中国古代禁毁戏剧编年史》，125页，重庆：重庆大学出版社，2014。

② ［明］赵琦美：《脉望馆钞校本古今杂剧》，见《古本戏曲丛刊》四集，上海：商务印书馆，1958。

③ ［宋］朱彧著，李伟国、高克勤校点：《萍洲可谈》卷三，54页，上海：上海古籍出版社，2012。

> 戏，号“乞冬”。群不逞少年，遂结集浮浪无图数十辈，共相唱率，号曰“戏头”。逐家裒敛钱物，豢优人作戏，或弄傀儡，筑棚子居民丛萃之地、四通八达之郊，以广会观者；至市廛近地、四门之外，亦争为之，不顾忌。今秋自七八月以来，乡下诸村，正当其时，此风在在滋炽。①

南宋诗人刘克庄（1187—1269），是福建莆田（古称兴化）人，多次遭弹劾罢官回乡，观看了不少家乡优戏，其中就有傀儡赛戏。《闻祥应庙优戏甚盛》二首：“空巷无人尽出嬉，烛光过似放灯时。山中一老眠初觉，棚上诸君闹未知。游女归来寻坠珥，邻翁看罢感牵丝。可怜朴散非渠罪，薄俗如今几偃师。”“巫祝欢言岁事祥，丛祠十里鼓箫忙。衣冠优孟名孙□（原缺）。”《观社行》：“非惟儿童竞嗤笑，更被傀儡旁揶揄。”② 足见当时兴化傀儡祭祀之盛。

我们知道，福建莆田、仙游、漳州、泉州等地也是宋元南戏的演出重镇。陈淳一文中，优人戏与傀儡戏同场“乞冬”祭献，刘克庄诗中也涉及优人演戏，如《田舍即事》有“儿女相继看市优，纵谈楚汉割鸿沟”③ 等。人戏与偶戏的交互作用，产生了千丝万缕的联系。宋元南戏的地方遗存——莆仙戏，就与傀儡戏之间渊源极深。据《莆田戏剧史》说：“相传汉武帝时，东越王余善，与其兄郢相攻杀……士卒无聊，善命捏泥为头，编竹为身，取藤为线，作傀儡戏。因此后来旧戏班中，遗留下这么一个

① ［宋］陈淳：《北溪大全集》卷二十七，见文渊阁《四库全书》，第1168册，875~876页，上海：上海古籍出版社，1989。

② ［宋］刘克庄著，辛更儒笺校：《刘克庄集笺校》，第4册，1163页；第6册，2225页，北京：中华书局，2011。

③ ［宋］刘克庄著，辛更儒笺校：《刘克庄集笺校》，第3册，618页，北京：中华书局，2011。

规矩……要是与傀儡唱对台戏，则不问傀儡戏几时开台，都要让它居左，说道傀儡是戏兄，因为它先来莆田。”① 莆仙戏不但以傀儡戏为源，而且尊傀儡居大。两者祭拜相同的戏神，表演许多相同的剧目，也共用相同的音乐曲牌。莆仙戏还留下傀儡表演的诸多痕迹。演员的基本功被称为“傀儡核”，手部动作“上不超于眉毛，下不低于肚脐”，还有生脚“抬步”、旦脚“蹀步”、净脚“挑步”、丑脚“七步遛”等，都保持了傀儡的造型。整节戏如“《三鞭回两锏》《苏武牧羊》《吕蒙正》（中‘数十八罗汉’一折）、《公背婆》等戏，都属于模仿傀儡动作”②。

我们固然还不可证明莆仙南戏出自傀儡戏，但二者如此亲密的关系，至少说明莆仙戏在发生时期就受到过傀儡戏的深刻影响，甚至某些傀儡戏与莆仙戏交杂一起，难分彼此，或者它根本就是莆仙戏的前身。笔者大胆推测，身居莆田城镇的刘克庄，既然看见了社庙的傀儡弄戏，或许也曾目睹与傀儡并时而演的祭祀南戏吧。

三、宋元南戏剧本的祭祀演剧痕迹

如果说，以上论述只是从文献史料进行的或然性推论，接下来将回到现存的宋元南戏剧本，从文本内部求证祭祀演剧的痕迹。现存宋元南戏剧本，几为明清刊、抄本，一定程度地遮蔽了我们对宋元南戏原始风貌的探寻。然而，戏剧相传自有其规定性，受承传方式、习俗环境的制约很深，这使我们能够从中发现隔代沉淀下来的早期南戏的演剧面貌。据此，我们整理出几点与

① 叶明生：《福建傀儡戏史论》，119页，北京：中国戏剧出版社，2004。

② 福建省地方志编纂委员会编：《福建省志·戏曲志》，129页，北京：方志出版社，2000。

祭祀演剧相关的剧本内容，且作思考。

（一）宋元南戏中的祭祀内容

宋元南戏剧本中，有不少与神鬼祭祀有关的内容。例如，《小孙屠》祭东岳、《琵琶记》祭坟、《荆钗记》祭江、《孟姜女》超度、《破窑记》祭灶、《东窗记》冥判、《金钗记》萧氏祭夫等。当然不能简单视它们为参与了祭祀演剧的明证。但有趣的是，一些南戏的祭祀表演充当了现实中的祭仪，具有宗教祭祀的功能。例如《孟姜女》"过关"，据朱恒夫《江苏傩戏概论》介绍："江苏南北傩戏都有的《过关》，原为《孟姜女》中的一出。在六合、扬州一带，当演《过关》时，观众中许多人把生病的小孩或独生子交于扮孟姜女的演员带过'关'去。在连云港，'过关'是整个演出的高潮，规模宏大，场面热烈，演出场所移到了庄子的空场上，木棒围成一个四方形的框架，人和牛从一边进，从另一边出，意谓人与牛都过了'关'，从此无灾无难。"① 江西广昌赤溪曾村的《孟姜女送寒衣》系古南戏传本。第30出"河边超度"，演孟姜女为万杞良超度亡魂："工部、礼部、众僧、众道，孟姜女及手下均出场"，"（作超度科介）（僧做法事，敲木鱼，唱）【佚名】炉春宝焚法界，幪幢诸佛海会，逍遥通闻诸佛现金身，南无香云盖菩萨，摩诃萨"②。随着长篇超度文的诵读，演出至此中断，穿插入为全村本年度亡魂超度的祭祀仪式，此时《孟姜女》一戏也摇身变为具有祭祀功能的仪式剧。应该说，南戏中的祭祀内容，大多源自所处环境中大大小小的祀神仪式，是戏曲舞台对各类祭祀活动的现实反映。虽然我

① 朱恒夫：《论戏曲的历史与艺术》，24页，上海：学林出版社，2008。

② 毛礼镁：《江西广昌孟戏研究》，210页，台北：财团法人施合郑民俗文化基金会，2005。

们还不能准确判断出，这些具有祭祀功能的内容是作为仪式在先，还是作为戏剧在先，但像《孟姜女》这样从傩戏走来的南戏，无疑在祭祀场合内充当了重要的角色。

（二）宋元南戏开台的“啰哩嗹”

1967 年出土于上海嘉定城东的明代成化本《白兔记》，开场云：

> （扮末上开云）国正天心顺，官清民自安。妻贤夫祸少，子孝父心宽。喜贺升平，黎民乐业。歌谣处，庆赏丰年。香风馥郁，瑞霭盘旋。奉请越乐班真宰，邀鸾驾早赴华筵。今宵夜愿，白舌入地府，赤口上青天。奉神三巡六仪，化真钱，齐攒断，喧天鼓板，奉送乐中仙。
>
> 【红芍药】哩啰连，啰啰哩连，哩连哩，啰哩连，哩连啰，连哩连，啰哩啰连，啰哩连，哩连啰连，哩连啰连，啰□□，啰哩连，啰哩啰哩。

“喜贺升平，黎民乐业。歌谣处，庆赏丰年”，表明《白兔记》是当地民众的祀神献戏。而正戏开演之前，先要“奉请越乐班真宰”，即敬请戏神降临。【红芍药】“啰哩嗹”曲，饶宗颐认为是南戏戏神咒，具有请神净台的作用①。此段开台，固是明代成化年间南戏舞台表演的实录，然其所凸显的南戏驱邪娱神的祭祀性质，应非一时而成。汤显祖云：“子弟开呵时一醪之，唱啰哩嗹而已。”② 可见，唱“啰哩嗹”一直被奉为南戏戏班开台行规。据康保成师考察，“啰哩嗹”本为梵曲，晋代传入中原，

① 饶宗颐：《说和声的啰哩与啰哩嗹》，见《饶宗颐史学论著选》，643～649 页，上海：上海古籍出版社，1993。

② ［明］汤显祖：《宜黄县戏神清源师庙记》，见徐朔方校笺：《汤显祖全集》，第 2 册，1188 页，北京：北京古籍出版社，1999。

隋代衍为酒令，宋代变为路岐人“打夜胡”口中的“莲花落”①。那么，随着宋代路岐人唱着“啰哩嗹”走街串巷，沿门逐疫，这个无实义的外来拟声词也会相应地被赋予越来越强烈的神秘性，当路岐人又把它带进南戏后，便成为具有宗教意味的秘密咒语，故南戏“开台”唱之，以求祛除邪污，安平祈福。我们很难定位具体“啰哩嗹”曲什么时候成为南戏开台咒语，只能推测至少明之前应已出现。像福建泉腔傀儡戏开台祭祀仪式《大出苏》，所唱【大嗹呾】【嗹呾】“有曲无文，均以‘唠哩嗹’反复颠倒地唱”②，福建梨园戏开场“踩棚”“踏棚”，亦唱“啰哩嗹”曲，其意乃请戏神田元帅踏棚③。作为宋元南戏的地方戏遗存，至今它们还保留了这种祭祀仪式的痕迹。

（三）南戏仪式剧的个案考察

南戏包含了一类专门用于祭祀演出的仪式剧。它们根据场合要求的不同，承担不同的仪式功能。例如，四川搬《东窗》戏专门用来禳解旱灾；江西广昌《孟姜女》戏，专为超度死者亡魂；安徽贵池傩戏《刘文龙》，每年正月初七到正月十五在宗族祠堂内上演，舞台面向祖先神位，具有祈福免灾的功能。此三种戏于宋元南戏中均有著录④，有可能在当时便承担了仪式剧的功

---

①　康保成：《傩戏艺术源流》，76～100页，广州：广东高等教育出版社，1999。

②　叶明生：《福建傀儡戏史论》上册，107页，北京：中国戏剧出版社，2004。

③　康保成：《傩戏艺术源流》，82页，广州：广东高等教育出版社，1999。

④　按：《东窗记》，《南词叙录·宋元旧篇》收“秦桧东窗事犯”，《永乐大典》题“秦太师东窗事犯”；《孟姜女》，《南词叙录·宋元旧篇》收“孟姜女送寒衣”，《永乐大典》题“孟姜女送寒衣”，《九宫正始》题《孟姜女》，注“元传奇”；《刘文龙》，《南词叙录·宋元旧篇》收“刘文龙菱花镜”，《永乐大典》题《刘文龙》。

能，故此一脉相承。各地流传至今的目连戏，更是宋元南戏仪式剧的典型代表。这个被称为“戏娘”的剧目，早自北宋便已出现于东京（今河南开封）瓦舍勾栏内：“七月十五日中元节，……潘楼并州东西瓦子亦如七夕，要闹处亦卖果食种生花果之类，及印卖《尊胜目连经》。……构肆乐人，自过七夕，便搬《目连救母》杂剧，直至十五日止。观者增倍。”① 它专在中元节上演，似乎流露出特殊的仪式意义。据学界研究，目连戏正是在宗教祭祀土壤中生长出来的，整个演剧过程充满了宗教仪式活动。例如，江西弋阳目连戏的开台收煞仪式，“由韦陀、护法簇拥地藏王唱一支【点绛唇】，保佑地方平安，然后韦陀、护法将卷在锏、鞭上的长爆竹点燃在台上转圈收煞”。而在演出中，也添加了不少祭祀内容，有时照搬宗教仪式。“清代莆田万福班演出《超度团圆》一出时，要诵《心经》《大悲咒》《往生咒》与《回回文》等。”② 后世目连戏充分发挥了劝善超度的科仪功能，一定程度印证了宋元目连戏的仪式剧性质。其时虽被称为“杂剧”，但延续了十五日之久，演剧篇幅上反倒更接近南戏的体制了。

四、宋元祭祀演剧对南戏发展之影响

宋元时期，南方各地形形色色的祭祀活动极大地促进了南戏的发展。祭祀从“岁有常典”的祭拜仪式，逐渐与各类娱乐艺术活动相结合，走向了娱神与娱人兼重的民众集会。这不但提供了南戏祭祀演剧的场合环境，而且也促使南戏表演内容与方式有

---

① ［宋］孟元老：《东京梦华录》卷八，见《东京梦华录（外四种）》，49页，上海：古典文学出版社，1957。

② 刘祯：《中国民间目连文化》，154～155页，成都：巴蜀书社，1997。

了进一步发展。

（一）跨区域祭祀对南戏发展的影响

宋代南方祭祀神祇增多，为南戏的发生、发展提供了丰厚的文化土壤。刚刚萌生的南戏，附着于各类祭祀活动，流播四方，借此获得城乡广阔空间，逐渐发展壮大。我们重点以宋代新出现的影响较大的一类神祇——区域性神祇，来具体探讨祭祀演剧之于宋元南戏发展的影响。

区域性神祇，是指神祇的跨地区崇拜，不仅本地有本庙，而且外地有行庙、分庙。它从传统“祭不越望”转变为“越望之祭”，“标志了南宋时期民间宗教最显著的变化：祠祀由一地向另一地传播”。① 即是说，区域性神祇最突出的功能在于促使不同地区的民众拥有共同的神祇信仰，相互联合，以神祠为中心，进行大型跨地区的朝拜会社活动，从而形成跨地域的信仰文化共同体。例如，南宋昆山四月望日山神诞会，“县迎神设佛老，教以祈岁事，并社为会，以送神。自山塘至邑前，幕次相属，红翠如画。它州负贩而来者，肩袂陆续。后两日，则观角抵于山之西”②。又如，嘉兴五通神崇拜规模蔚为庞大，两浙闽楚的信众们不下百万众，跑到婺源参加五通诞会，而且“岁岁朝献不绝”③。广德张王祭祀也遍布江、浙、楚、淮等地，“祠山春会，四方毕集”④。这些本来属于某个地方性的神祇，因为信仰的流

---

① ［美］韩森著，包伟民译：《变迁之神——南宋时期的民间信仰》，185页，杭州：浙江人民出版社，1999。

② ［宋］凌万顷，边实纂修：《淳祐玉峰志》卷上，1082页，北京：中华书局，1990。

③ ［宋］鲁应龙：《闲窗括异志》，见《中华野史·宋朝》卷三，2892页，济南：泰山出版社，2000。

④ ［宋］黄震：《申诸司乞禁社会状》，见《黄氏日钞》卷七十四，文渊阁《四库全书》，第708册，746页，上海：上海古籍出版社，1989。

播，最终成为众多区域的共同神祇，带来了跨地域的文化盛会。

跨地域的祀神朝拜，成为推动地区之间经济与文化交流的重要力量。因为时间与地点相对固定，商贩往往凑集而来，堆列百货，使祠庙变成一个巨大的集贸市场。而戏曲等演艺活动穿插其间，释放出赛社的娱乐激情。尤其一些信众范围广，时间持续较长的赛社集会，更能吸引外来艺人的参与。比如，常熟东岳行祠诞会，“旁郡人不远数百里结社火，具舟车，赍香信，诣祠下”①。东岳神不是区域性神祇，但因为来源悠久，信众广泛，吸引旁郡人不远百里，组社参加竞演。在这些区域神祇或传统神祇的宋元庙会之中，或许就有来自南戏艺人“赶赛”的身影。

南戏“赶赛”演出，是促使宋代南戏走出一方偏隅，在东南各地遍处开花，形成一个跨地区代表剧种的重要力量。我们可以从区域性神祇的传播，更仔细地切近这个问题。以广德张王信仰为例。这个起源于安徽广德，传说在水旱祈祷方面特别灵验的神祇，南宋时期行祠流布东南大地，信仰臻至历史高潮。其行祠分布“以广德、建康、临安三地为中心，西起湖南的湘阴，东到海中的昌国，北到淮河附近的盱眙、长江以北的安庆，最南到福建路的泉州，都有张王的行祠”②，总数约有 75 座。这个庞大的行祠网络，覆盖了宋元南戏主要的活动区域，使人不能不将二者联系起来思考。再如，源出福建莆田的天妃信仰，系沿海民众的海神崇拜。南宋天妃祠主要分布于福建沿海一带或者大运河沿线的零散地区，影响力还有限。元代天妃信仰空前繁荣，元世祖于至元十五年（1278）册封“泉州神女”为天妃，经陆路、海

① ［宋］孙应时纂修：《琴川志》卷十，1244 页，北京：中华书局，1990。

② 皮庆生：《宋代民众祠神信仰研究》，73 页，上海：上海古籍出版社，2008。

路的大力传播，形成一个行祠纵布江、浙、闽、粤、淮的全国性神祇崇拜。以元代福建内部的天妃祠来说，莆田、漳州、泉州、福州、福清、连江、南平等地均建天妃祠庙。这些地方是福建海运的主要所在，恰恰也是南戏流入福建的重镇。像元末李士瞻曾因“公委，一行公私人众，参随下官，顾搭温州楚门戴某大亨船只，前往福建”，途中遭遇风暴，幸得天妃护佑，转危为安①，走的正是温州至福州的海运路线，而温州九山书会《张协状元》一剧中也有【福州歌】的传唱。因此，我们得出这样的可能性结论：宋元南戏的传播，有一部分是沿着跨区域神祇的流布路线行进的。

（二）祭祀演剧的舞台建制与宋元南戏的发展

现存最早的中国神庙戏台，几乎集中于金元时期，俱在山西、陕西、河南一带，反映出当时北方祭祀赛社中戏剧演出的繁盛。据所保存的金元戏台资料来看，大多上演的是金元杂剧，南戏则未见一二。南方地区几乎没有发现宋元神庙戏台的遗存，祭祀表演有的在祠庙露台上进行，如孟元老《东京梦华录》载，宣和时汴京万胜门外神保观，传六月二十四日二郎神诞辰“其社火呈于露台之上，所献之物，动以万数，自早呈拽百戏，如……色色有之，至暮呈拽不尽”②。南宋临安霍山张王祠二月八日庙会，“沿路迎引到庙上露台上相扑，捧正殿妓乐、社火酌献”③。但是，露台主要是抬高建造的方形高台，上无顶盖，四

① ［元］李士瞻：《海上祈风投词》，见《经济集》卷五，文渊阁《四库全书》，第1214册，485页，上海：上海古籍出版社，1989。

② ［宋］孟元老：《东京梦华录》卷八，见《东京梦华录（外四种）》，48页，上海：古典文学出版社，1957。

③ ［宋］西湖老人：《西湖老人繁胜录》，见《东京梦华录（外四种）》，114页，上海：古典文学出版社，1957。

无遮拦，其过于发散的形制，缺乏视觉与听觉的空间聚拢功能，不利于观众欣赏有剧情的戏剧表演。车文明推断，元代“露台的衰落标志着戏曲的成熟”①，这也意味着，露台虽有献演功用，然因场合限制，所演戏剧者恐怕不宜过长，因此笔者推测，“温州杂剧”时代的南戏也许因形制类同“杂剧”之短，曾在祠庙露台与其他社火一起竞演，但随着剧情表演的丰富，南戏祭祀表演需要更加专门的舞台空间。

南方祭祀也有在戏棚内演剧的记载。朱彧《萍洲可谈》云：“又以傀儡戏乐神，用禳官事，呼为弄戏。遇有系者，则许戏几棚。”② 此“棚”属傀儡戏棚，其构造可以参看宋代画家苏汉臣的《宋人婴戏图》（图1－1）。戏棚用竹子挑起棚梁，用布幔挂设。傀儡操纵者隐身布幔后，悬丝操纵台前表演。优人戏棚的形制也颇为类似。宋梁克家《淳熙三山志》“土俗类二”载：“州向谯门设立，巍峨突兀，中架棚台，集俳优倡妓，大合乐其上。渡江后，停寝。绍兴九年（1139），

图1－1　宋人婴戏图

① 车文明：《中国神庙剧场》，49页，北京：文化艺术出版社，2005。

② ［宋］朱彧著，李伟国、高克勤校点：《萍洲可谈》卷三，54页，上海：上海古籍出版社，2012。

张丞相浚为帅，复作，自是不废。”[①]“棚”说明有遮盖，“台”说明高出地面。比起一无遮拦的露台，南、北宋交际时期福州的这种“棚台”更加便于观众集中注意力，也突出了戏剧表演的展开。而且，由于主要材质为竹木布幔，易建易拆，流动性强，是临时演剧的良好场所。演出者往往选择民众聚集的地方搭建，像漳州乞冬戏“筑棚子居民丛萃之地、四通八达之郊，以广会观者；至市廛近地、四门之外，亦争为之，不顾忌”，招揽观众的效果良好。

临时戏棚在南宋的福建很流行，深受观众喜爱。刘克庄诗中多次描写了戏棚内的演出，如“棚空众散足凄凉，昨日人趋似堵墙”（《无题》），“不与贤豪竞华毂，且随儿女看优棚”（《灯夕》），“边头刁斗幸小休，棚上鼓笛姑同乐”（《观社行》），等等。[②] 至今福建莆仙一带还有此类棚台，俗称“小棚”，是当地最为古老的传统棚台，“小棚平面呈日形，后台深两米，宽四米，前台宽深均为四米，故当地古老的民谚云‘三步到棚前’”[③]。虽然形制比较小，足可南戏七个脚色一台戏。前后台的分区，也使得演员上下有序，表演获得独立空间。从当时演剧状况来看，刘克庄诗“山中一老眠初觉，棚上诸君闹未知”（《闻祥应庙优戏甚盛》二首之一），陈藻（淳熙前后在世，福建福清人）诗“结棚妆俚戏，达旦听淫哇”（《寄杨南仲》）[④]，棚内可

---

① ［宋］梁克家修纂：《淳熙三山志》卷四十，640页，福州：海风出版社，2000。

② ［宋］刘克庄著，辛更儒笺校：《刘克庄集笺校》，第4册，1245页；第4册，1462页；第6册，2225页，北京：中华书局，2011。

③ 刘闽生：《福建古代民俗活动与戏棚演剧论》，载《戏剧艺术》，81页，2006年第6期。

④ ［宋］陈藻：《寄杨南仲》，见《乐轩集》卷三，文渊阁《四库全书》，第1152册，61页，上海：上海古籍出版社，1989。

以通宵达旦演出一个晚上，剧情已有足够长度。刘克庄《再和》诗曰："陌头侠少行歌呼，方演东晋谈西都。哇淫奇响荡众志，澜翻辨吻矜群愚。狙公加之章甫饰，鸠盘谬以脂粉涂。荒唐夸父走弃杖，恍惚象罔行索珠。效颦酪肖渥洼马，献宝远致昆仑奴。"① 所涉剧目如《夸父追日》《象罔索珠》《昆仑奴献宝》等，包含了历史故事、神话传奇。这种临时棚台的演出对于宋元南戏的成熟，无疑具有重要的促进意义。

第二节　宋元南戏的城市演剧

宋元时期，城市经济文化的繁荣早已引起世人的关注，曾有不少学者从这一角度研讨宋元戏剧的发展。② 相对而言，南戏因为史料的有限性，其在宋代城市发展状况的研究则相对薄弱。这里力求通过多重材料的分析，考察南戏在宋元城市的活动形式，并探讨城市文化对于南戏发展及形态的影响。

一、宋元城市发展与娱乐艺术

两宋时期，城市商品经济繁荣，各类商贸频繁，大小市镇林立。郑行巽《中国商业史》曾将宋代商业都市分为四类："其一，就是政治中心的都市，如北宋的汴京（开封）和南宋的临安（行在）；它们都是因政治的关系而同时为天下商业之重心

---

① ［宋］刘克庄著，辛更儒笺校：《刘克庄笺校集》，第 6 册，2227～2228 页，北京：中华书局，2011。

② 按：代表性成果有薛瑞兆《宋代瓦舍勾栏》（载《戏曲研究》，第 12 辑）、吴晟《瓦舍文化与宋元戏剧》（北京：中国社会科学出版社，2001）、刘晓梅《宋元戏剧的雅俗源流》（北京：文化艺术出版社，2010）等。

的。其二，就是东南沿海一带的商埠，即贸易良港的所在，如广州、泉州、明州、杭州、华亭、上海、江阴、温州、澉浦和密州；这些地方都是宋代国际贸易的中心地点。其三，就是内地江河航运往来的冲要所在，如扬州、真州、楚州、泗州、虔州、江陵、婺州、台州、潭州、吉州、嘉州和凤翔、斜谷等地。其四，就是和北番及西南蛮夷贸易的重要城市，如镇州、易州、霸州、雄州、沧州、保安军、镇戎军以及永康军、威茂州等。"① 处在通衢要冲的城市，往往成为宋代城镇经济的中心，尤其南方长江流域的商贸城市，更据天下大半。

在开放的商品经济背景下，宋元城市发生了革命性变化：唐代居民区与商业区的分隔格局被打破、夜市出现、市籍制终结。这些变化冲破了传统城市封闭的坊市制度，带来了城市市场空间的扩张，大小商铺遍及市坊街巷，城市固定与流动人口骤而壮大。以宋代杭州为例，北宋不过"参差十万人家"，到南宋发展为一个近百万的大都市，"杭城之外城，南西东北各数十里，人烟生聚，民物阜蕃，市井坊陌，铺席骈盛，数日经行不尽，各可比外路一州郡"②。

同样的城市格局也出现在元代。我们以人口作为城市的重要指标，元代城市也呈现北疏南密的分布局势。"当时全国五分之四的人口集中在江南的江浙、江西、湖广三省，余下的近五分之一人口的一半以上居住在中原地区，陕川、辽东等地人口稀

① 郑行巽：《中国商业史》，见《民国丛书》，第四编第 30 册，118～119 页，上海：上海书店出版社，1992。

② ［宋］吴自牧：《梦粱录》卷十九，见《东京梦华录（外四种）》，299 页，上海：古典文学出版社，1957。

少。”[①] 北方城市中，大都是政治经济中心，商贾辐辏，人口稠密。《马可波罗行记》描写大都盛况：“彼处营业之妓女，娟好者达两万人，每日商旅及外侨往来者，难以数计，故均应接不暇。至所有珍宝之数，非世界上任何城市可比。”[②] 黄河流域还有西安、太原、大同、涿州和临清州等，也是商贸频繁的城市，流动人口较多。南方仍是城市经济的重中之重，百万人口城市远远超过北方。[③] 一些沿海港口城市，因得海陆交通之便，国内外商贸十分发达。阿拉伯旅行家伊本·白图泰曾描写泉州：“为世界最大商港之一，城中织造天鹅绒及缎，品质均及优良。港中船舶极多，大者约有一百，小者不可胜记，其间回回商人则另成一市。”[④]

城市商业的发展，人口的膨胀，自然带动了城市文化的多样化需求。商人、士人、手工业者、外侨、妓女等各色人群，通过各自的活动，促成了多种多样的消费方式。周密《武林旧事》载南宋杭州市民消费：“都人凡缔姻、赛社、会亲、送葬、经会、献神、仕宦、恩赏之经营，禁省台府之嘱托，贵珰要地，大贾豪民，买笑千金，呼卢百万，以至痴儿騃子，密约幽期，无不在焉。”[⑤] 为满足各种消费需求，宋代城市新生出一种娱乐场所——瓦舍勾栏。“瓦舍”，又称瓦子、瓦市，取“来时瓦合，

① 史卫民：《都市中的游牧民——元代城市生活长卷》，11 页，长沙：湖南人民出版社，1996。

② ［意］马可波罗著，陈开俊等译：《马可波罗游记》，48 页，福州：福建人民出版社，1981。

③ 史卫民：《都市中的游牧民——元代城市生活长卷》，12 页，长沙：湖南人民出版社，1996。

④ 王孝通：《中国商业史》，157 页，上海：上海书店出版社，1984。

⑤ ［宋］周密：《武林旧事》卷三，见《东京梦华录（外四种）》，376 页，上海：古典文学出版社，1957。

去时瓦解”[1] 之意。它最初是商品交易的临时集散地，但随着商业人口需求的发展，逐渐变成宋代市民的文化汇合场所，里面既有酒肆、茶房，又汇集各种娱乐艺术，将商业经营与文艺娱乐融于一身。瓦舍中的艺术表演，是用一个个围栏搭设分场，称之为“勾栏”或“游棚”，其间百戏杂陈，吸引了大量的观众。据《东京梦华录》记载，北宋东京瓦舍遍布城市四周，尤以东南商业区的桑家瓦规模最大。其中大小勾栏有五十余座，像里瓦的夜叉棚、象棚，都可以容纳上千观众，“不以风雨寒暑，诸棚看人，日日如是”[2]。

瓦舍勾栏汇集了非常多的伎艺，《东京梦华录》“京瓦众伎”、《都城纪胜》“瓦舍众伎”、《西湖老人繁胜录》“瓦市”、《梦粱录》“百戏伎艺”、《武林旧事》“诸色伎艺人”等，均记载下南北宋开封、杭州瓦舍伎艺表演的繁盛场面，涉及伎艺形式百种。像《都城纪胜》“瓦舍众伎”囊括了杂剧、大曲、诸宫调、细乐、清乐、小唱、嘌唱、叫声、唱赚、杂扮、相扑、踢弄、杂手艺、傀儡、影戏、说话、合生、商谜等。而其下又有细分，如“踢弄”条，下有“上竿、打筋斗、踏跷、打交辊、脱索、装神鬼、抱锣、舞判、舞斫刀、舞蛮牌、舞剑、与马打球、并教船水秋千、东西班野战、诸军马上呈骁骑、街市转焦馌为一体”[3]。真可谓门类丰富，琳琅满目。

百戏之中，戏剧表演是最为重要的伎艺之一。灌圃耐得翁

---

① ［宋］吴自牧：《梦粱录》卷十九，见《东京梦华录（外四种）》，298页，上海：古典文学出版社，1957。

② ［宋］孟元老：《东京梦华录》卷五，见《东京梦华录（外四种）》，30页，上海：古典文学出版社，1957。

③ ［宋］灌圃耐得翁：《都城纪胜》，见《东京梦华录（外四种）》，97页，上海：古典文学出版社，1957。

《都城纪胜》“瓦舍众伎”条云：“散乐，传学教坊十三部，唯以杂剧为正色。”① 这主要缘于包含杂剧、院本、南戏的戏剧表演是一种新鲜的伎艺形式，宋金杂剧、院本歌舞与滑稽并行，元杂剧、宋元南戏更丰富了故事的演述，因此，这种熔曲唱、舞蹈、故事、杂伎等于一炉的戏剧表演形式，深受观众喜爱。金元之际杜散夫有一套《庄家不识构栏》散曲，描写时人对构栏戏剧的追捧，“正打街头过，见吊个花碌碌纸榜，不似那答儿闹穰穰人多”，人们簇拥在勾栏门前，准备入场，“要了二百钱放过咱，入得门上个木坡，见层层叠叠团圞坐。抬头觑是个钟楼模样，往下觑却是人旋窝”。② 内场观众或站或坐，早已拥挤不堪。观众的热情还催生了很多戏剧明星。《青楼集》杂剧艺人众多，诸如珠帘秀、顺时秀、天然秀等都是当时的杂剧明星，而龙楼景、丹墀秀也是享誉一时的南戏明星。这充分反映出戏剧演出在宋元城市娱乐文化中的巨大影响力。

二、宋元南戏的城市演剧

南戏，最早发源于温州村间陌上，是偏隅一方的民间土戏。但当宋元城市文化消费日趋庞大，温州南戏也不断跟随商贸势力，渗透到各大城市，充实着城市的文化娱乐市场。诸如南宋临安、元代大都以及内地河道冲要、东南沿海的贸易良港等，都曾有过宋元南戏活动的身影。我们依据不同的演剧场合，可将宋元南戏的城市活动，划分为四种方式。

（一）勾栏演剧

宋元时期，城市主要的演剧方式为瓦舍勾栏的演剧。然而，

---

① ［宋］灌圃耐得翁：《都城纪胜》，见《东京梦华录（外四种）》，95 页，上海：古典文学出版社，1957。

② 隋树森：《全元散曲》，上册，31 页，北京：中华书局，2000。

宋元南戏勾栏演剧的史料并不多，且相应集中在元代。像宋代城市文献《东京梦华录》《梦粱录》《武林旧事》《繁胜录》等，均只记载了北宋汴京、南宋临安的杂剧勾栏演剧，未曾涉及南戏表演。然而，文人文献所载有限，且宋代南戏尚有“杂剧”别称，很有可能其中便夹杂了南戏艺人的活动。南宋光宗朝，南戏《赵贞女》《王魁》滲入杭州，遭官府榜禁，咸淳年间《王焕》戏文盛行都下，引得诸妾群奔，都一度造成很大的社会影响，它们在勾栏公开演出的可能性更大。

南戏《张协状元》留下了勾栏现场演剧的痕迹。“末”开场云：“暂息喧哗，略停笑语，试看别样门庭。教坊格范，绯绿可仝声。”这本戏系温州九山书会才人所编，很有可能写于南宋中后期。① 绯绿，即绯绿社。《武林旧事》载“绯绿社”为杂剧社，《都城纪胜》“社会”录有“豪贵绯绿”，它是南宋杭州最著名的杂剧剧团。《张协状元》自夸能与内廷戏班、杂剧名社相媲美，当然欲以此为吸引观众的卖点，流露出商业演剧的特点。而且，如果身在简陋的演出环境，也没有必要如此夸大其实。该剧融合诸宫调、踏歌、闹夹棒、踢球、舞伞等多种形式的表演，篇幅庞大，伎艺繁多，难以在短时间内演完，不像流动做场的街头艺人所为，反而较大可能是在观众聚集的城市勾栏定场演出，赢求更多的商业利益。

元代南戏勾栏演剧的记载渐多。元末夏庭芝《青楼集》云：

---

① 按：对于《张协状元》的创作时期，学界有不同意见，有认为写于南宋中期，如胡雪冈《温州南戏考述》（北京：作家出版社，1998）、徐顺平《现存最早南戏剧本〈张协状元〉不会早于南宋中叶》（见沈不沉编：《南戏探讨集选编》，温州：温州市艺术研究所编印，2007）等，也有认为写于元代中后期的，如梁会锡《〈张协状元〉写定于元代中期以后》（载《艺术百家》，2001 年第 1 期），笔者取前者。

“内而京师，外而郡邑，皆有所谓构栏者，辟优萃而隶乐，观者挥金与之。”《青楼集》多女杂剧艺人，却也录入龙楼景、丹墀秀、芙蓉秀三位南戏艺人，她们应与其他杂剧艺人一样出入瓦舍勾栏之中。在南戏《宦门子弟错立身》中王金榜即擅演南戏，亦曾勾栏作场献艺。

元中后期赵半闲有一首《构栏曲》①，是展现元代街市勾栏演剧的重要资料：

街头群儿昼聚嬉，吹箫挝鼓悬锦旗。
粉面少年金缕衣，青鬟拥出双娥眉。
呆翁前驱嚚母诮，丑姬妒嗔狂客笑。
虬髯奋戟武略雄，蜂腰束翠歌唇小。
眼前幻作名利场，东驰西骛何苍惶。
栖栖犹是蓬蒿客，须臾唤作薇垣郎。
新欢未成愁已作，危途堕马千寻壑。
关山万里客心寒，妻子哀灯双泪落。
纷然四座莫浪悲，是醒是梦俱堪疑。
红铅洗净歌管歇，认渠元是街头儿。

该诗见于“古杭勤德书堂”刊刻的《皇元风雅》。《皇元风雅》分前后两集，前集有虞集至元二年（1336）“题辞”，后集有谢升孙同年撰序，可推知赵诗约作于此前，应在元代中后期。《四库全书总目提要》云是书“所录江西人诗最多”。学者陆林以为，赵半闲“或为江西人，抑未可确知”②。《皇元风雅》一书由“盱江梅谷傅习说卿采集、儒学学正孙存吾如山编类，奎

① ［元］傅习：《皇元风雅》前集卷四，《四部丛刊》初编集部，34页，台北：台湾商务印书馆，2012。

② 陆林：《元代戏剧学研究》，81页，合肥：安徽文艺出版社，1999。

章阁学士虞集伯生校选”，梅谷傅清江人，孙存吾庐陵人，虞集崇仁人，加上谢升孙亦江西抚州南城人，笔者更进一步推测，此书因“里闬之间，易于摭拾”① 的缘故，采掇赵诗入选，故《构栏曲》一诗大有可能描写了江西中西部抚州、吉安一带阛市勾栏演剧的景况。

诗中大致写了七个脚色表演：生，粉面少年；旦，歌姬（妻子）；贴，青鬟侍婢；末，呆翁；净，嚚母、狂客；丑，丑姬；外，虬髯客。前半类似李益、霍小玉的故事，包含烟花粉黛、科举中第的情节，后半转入两地相思，有南戏常见的客旅羁愁、闺中思亲的出目情节，是一个典型的科举爱情类南戏。考虑到江西是宋元南戏浸淫之所，再结合此诗的内容，我们有理由认为，《构栏曲》表现的是元代中叶南戏艺人勾栏演剧状况。

藏于江西丰城市博物馆的元代影青雕塑戏台式瓷枕，枕身造型为一座仿木结构的彩棚戏台，前后棚台较宽敞，两侧有彩门，彩结栏杆。戏台四面都有不同的演出场景，有专家认为“瓷枕上的雕塑以四个连续的场面表现了完整的故事情节”，“从四个场面的人物形象和动态看，所表演的类似《白蛇传》故事”，四幕场景可能为西湖借伞、还伞定情、水漫金山、救母团圆②。这

① ［清］永瑢等：《四库全书总目提要》卷一八八，总集类三，1709页，北京：中华书局，1997。

② 万良田：《江西丰城发现元影青雕塑戏台式瓷枕》，载《文物》1984年第8期，82~83页。按：从白蛇故事流变看，宋代白蛇故事并未发展到这样的情节阶段。《清平山堂话本》收有《西湖三塔记》，叙南宋孝宗淳熙年间书生奚宣赞与鸡精白卯奴西湖相遇，没有借伞还伞、水漫金山等片段。已经失传的明洪武郏经杂剧《西湖三塔记》，是现存最早白蛇故事的戏曲作品，从题目揣测，或许写的正是南宋话本的故事。此件元代瓷枕如果表演的是《白蛇传》，可以说明元代白蛇故事已经褪去了西湖三塔的故事原形，演绎出白娘子与许仙的动人爱情。但是否如此，尚待考证。

是勾栏艺人作场的又一明证。

（二）路岐演剧

路岐，本指道路，后借“指称走江湖的戏剧杂技团体”①。宋元城市经济吸引了四方路岐人辗转奔波，求食营利。有的因伎艺不高或身份不够，不能进入正式的勾栏场合，只能随地作场。《武林旧事》卷六“瓦子勾栏”说：“或有路岐，不入勾栏，只在要闹宽阔之处做场者，谓之打野呵。此又艺之次者。”② 南宋杭州是各色路岐人的汇聚地：

> 执政府墙下空地（旧名南仓前），诸色路岐人在此作场，尤为骈阗。（《都城纪胜》“市井”）
>
> 十三军大教场、教奕军教场、后军教场、南仓内、前杈子里、贡院前、佑圣观前宽阔所在，扑赏并路岐人在内作场。（《西湖老人繁胜录》）
>
> 又有村落百戏之人，拖儿带女，就街坊桥巷，呈百戏伎艺，求觅铺席宅舍钱酒之赀。（《梦粱录》卷二十“百戏伎艺”）③

这些空场聚集了大量商贸活动，人群往来频繁，路岐人在此作场，能够吸引更多市人的注意。

宋元南戏路岐演剧的资料非常少，但南戏之所以能走出温州，深入杭州、吴兴、北京、南丰、莆田、仙游、泉州、潮州等地，应是南戏艺人奔走四方的结果。饶宗颐曾就“啰哩嗹”一

---

① 钱南扬：《永乐大典戏文三种校注》，220 页，北京：中华书局，2009。

② ［宋］周密：《武林旧事》卷六，见《东京梦华录（外四种）》，441 页，上海：古典文学出版社，1957。

③ ［宋］孟元老等：《东京梦华录（外四种）》，91 页，119 页，311 页，上海：古典文学出版社，1957。

词考察南戏的传播，指出“啰哩嗹”是南戏戏神咒语。南戏艺人一路唱着“啰哩嗹”，从温州经福建至潮州，然后到南洋群岛和越南各地。[①] 康保成师认为，“啰哩”源自波斯语，有“无耻、放荡、可爱的、音乐家、轻浮的妇女、街头乞丐”等意思，他推测“啰哩人可能就是宋元时代主要以流动卖艺为生的路岐人”[②]。两位学者的考证，揭示出南戏艺人的路岐人身份。他们颠沛各地，被人称为啰哩或路岐，在城镇的“阛咽之市，官府之旁，迎神之所，画为场，恣旁观者笑之”[③]。《元史·刑法四》载：“诸民间子弟，不务生业，辄于城市坊镇，演唱词话，教习杂戏，聚众淫谑，并禁治之。”[④] 延祐六年（1319）禁罢江浙行省东安州等处集场，当地屡次“聚众立集场唱词”，造成管理上的不便。[⑤] 禁令中的“杂戏”“唱词”，恐怕就包括了南戏艺人的街头演剧。长谷真逸《农田余话》卷上有：“后至元丙子，丞相伯颜当国，……又禁戏文、杂剧、评话等。”[⑥] 则明确禁止了戏文即南戏的路岐作场活动。

---

① 饶宗颐：《言路与戏路》，见《文化之旅》，148～153页，沈阳：辽宁教育出版社，1998。

② 康保成：《傩戏艺术源流》，91页，广州：广东高等教育出版社，1999。

③ ［宋］周南：《山房集》卷四，见张发颖：《中国戏班史》，70页，北京：学苑出版社，2003。

④ ［明］宋濂等撰：《元史》卷一百五，第9册，2685页，北京：中华书局，1997。

⑤ 王利器：《元明清三代禁毁小说戏曲史料》，9页，上海：上海古籍出版社，1981。

⑥ 王利器：《元明清三代禁毁小说戏曲史料》，10页，上海：上海古籍出版社，1981。

（三）厅宅演剧

厅宅演剧，指艺人在官宅或家宅的演出活动。宋元时期，南戏虽比不上杂剧备受青睐，但也深入到家宅厅院，为人所喜爱。作为新声之剧，宋代南戏就曾延入豪门贵邸进行表演。《紫桃轩杂缀》卷三云："张镃，字功甫，循王之孙，豪侈而有清尚。尝来吾郡海盐，作园亭自恣。令歌儿衍曲，务为新声，所谓海盐腔也。"① 张镃生于宋绍兴二十三年（1153），在海盐的时间至迟在宁宗嘉泰（1201—1204）之前②。此海盐腔当然并非后来的南戏海盐声腔，然此时正值南戏初成，《赵贞女》《王魁》等剧已入杭州，而海盐距温州不远，新声流及宜属自然。张镃素性豪侈，作园亭自娱，采掇刚刚流入的南曲佐觞，创为早期海盐腔，也在情理之中。又如，宋元词人张炎（1248—1320）则有词描写吴中子弟表演南戏《韫玉》的场景，其中"洗尽人间笙笛耳，赏音多向王侯家"，这也是一次贵族家宅的演出。

元代戏曲走向成熟，社会影响更为广泛，南戏的厅宅演剧也相应频繁。创作于元代中叶的南戏《宦门子弟错立身》，就描写了金元之际行院艺人王金榜的家宅演出。剧中，完颜寿马以"唤官身"的名义，令王金榜"勾栏罢却"，入宅表演。王金榜当场敷唱传奇名目二十九种，像《张协状元》《王魁》《乐昌公主》俱为南戏名剧。如果说《宦门子弟错立身》乃戏剧虚构之故事，不足资证元南戏的家宅演剧，下面一则史料可为实证。元末杨维桢曾有诗记南戏宴会演剧，题为《午赴嘉树堂，佑尊者沈青青，演破镜重圆，题诗一首，并与缠头青蚨十缗。青青易名瑶水华》，小序云："午赴嘉树堂，招陪宾何伯大宪司、经历陈

---

① ［明］李日华：《紫桃轩杂缀》卷三，见《四库全书存目丛书》，子部第108册，44页，济南：齐鲁书社，1996。

② 钱南扬：《戏文概论》，24页，上海：上海古籍出版社，1981。

子约、教授诸士文、州判何舅俊民。佐尊者沈氏青青，演南戏破镜重圆，宋君玉子舍蒋山秀也。戏文彻，索题品，与诗一章，并与缠头青蚨十缗，青青易名瑶水华。”① 这就明明白白留下了元末嘉定地区南戏厅宅侑酒的记录。元末张择《青楼集叙》还曾描述好友夏庭芝的私人生活：“遍交士大夫之贤者，慕孔北海，座客常满，尊酒不空，终日高会开宴，诸伶毕至。”② 夏庭芝出生地松江，恰属宋元南戏流行地域，其所辑《青楼集》亦收南戏女艺人，恐怕在夏氏长达“一纪”即十二年的樽酒生涯中，少不了南戏的侑酒之举。

（四）祭祀演剧

祭祀演剧发源于宗教祭祀仪式，因据有民间信仰的深厚土壤与广泛的大众传播力，成为早期戏剧演出最为普及的一种方式。祭祀演剧往往有寺观祠庙之类固定之所。宋元时期，不少城市神庙森立，以南宋临安为例，吴自牧《梦粱录》将临安神祠分为“祠祭”“山川神”“忠节祠”“仕贤祠”“古神祠”“土俗祠”“东都随朝祠”“外郡行祠”等，加上“城内外诸宫观”“城内外诸寺院”，各类神庙已臻千数。依托大大小小的城市神庙，民间举行各种迎神赛社，不仅有佛道神鬼等的神灵祭祀，还包括民间节令风俗活动。《东京梦华录》《梦粱录》《析津志》等记载了宋元城市大量的神庙娱乐艺术，其中杂剧、杂扮、弄戏等均属于戏剧演出。南戏虽未见其名，但其与祭神仪式渊源密切，应该也跻身于城镇盛大的集体娱乐之中。有关宋元南戏的祭祀演剧，已见上节，此不赘论。

---

① ［元］杨维桢：《铁崖先生诗集十卷本》，见孙崇涛、徐宏图：《戏曲优伶史》，145 页，北京：文化艺术出版社，1995。

② ［元］夏庭芝：《青楼集》，见《中国古典戏曲论著集成》，第 2 册，6 页，北京：中国戏剧出版社，1959。

三、城市演剧对宋元南戏发展之影响

上面，我们已从宋元时期城市娱乐文化与南戏城市演剧的两个方面，揭示了宋元南戏在城市的活动情况，可知原本起于乡陌的民间南戏，借助城市演剧之力，获以广泛的传播与发展。接下来进一步研讨，城市演剧对南戏之发展究竟起到何种具体的作用。

（一）演出组织模式的转变

不同于“自给自足”的农耕文化模式，城市经济主要靠商业运作，通过内外物资的输出与输入，扩大经济效益，满足人们多样化的生活需求。作为一种娱乐文化的消费品，南戏经历了从农村走向城市的过程。

最早处于乡村社祭戏剧的南戏，每每春祈秋报、迎神赛会之时，是由社众组织戏剧进行祭祀。组织方式概有两种：一种由“农民自己通过假面装扮，演出诗赞体舞曲”；另一种“从城市请来专业的乐户，令其演出乐曲系统舞曲”。① 这两种方式当然不是并时而起，一般先有当地社民的自我组织，再发展为雇请外地乐班参与祭祀演出。

第一种属于封闭型农耕文化圈的产物。如江西广昌县甘竹乡的“孟戏”，当地每年正月都要演出《孟姜女》一剧，具有祭祀与超度亡灵的仪式功能。村里有两个戏班——曾家班与刘家班，均是当地村民自发组织，属自产自演式的演出。再如，福建梨园戏下南、上路有一种独特的“凑脚老戏”，即戏班由不同乡里的农民临时凑成，节令时由戏头组织演出。这又是属于乡村联合组织祭祀演剧的例子，乡村区域有所扩大，但还是以农民自我扮演

① ［日］田仲一成著，云贵彬、于允译：《中国戏剧史》，115页，北京：北京广播学院出版社，2002。

的方式为主。

后一种指来自外地的专业艺人深入村社赛会表演，体现了城市商业文化向自足农耕文化的渗透。比如，山西万荣县孤山风伯雨师庙柱“元大德五年三月清明节尧都大行散乐人张德好在此作场”，山西洪洞县广胜寺明应王殿的壁画“元泰定元年四月都大行散乐忠都秀在此作场”，都说明城市杂剧艺人因技高一筹，深受各地民众的欢迎，走向了农村祭祀场合。宋元南戏演剧也有这样的组织模式。宋代陈淳《上傅寺丞论淫戏》载：“某窃以此邦陋俗，当秋收之后，优人互凑诸乡保作淫戏，号‘乞冬’。群不逞少年，遂结集浮浪无赖数十辈，共相唱率，号曰‘戏头’。逐家聚敛钱物，豢优人作戏，或弄傀儡。”这是发生在福建漳州地区的戏剧活动，当地乃宋元南戏的流行区域。“优人”虽没有明指为“市优”，但作为职业名称看，这些“优人”已不可能属于农民的自发状态，而是具有专门伎艺的艺人。“豢优人作戏”，正指明了请外来优人作戏的方式。

两种南戏乡村演出的组织模式，尽管具体方式有所差别，但总体性质上，都是围绕当地会社组织而展开。后一种虽带有一些商业营利的色彩，但因时地、组织者、社祭内容的限定，所得资金恒定，演剧活动还是缺乏相当的自主性，艺人既不负责组织经营，所演剧目也受到祭祀场合的限制。

当南戏作为一种输入性的文化消费品，从农村进入城市后，其组织方式则由被动雇请变为主动出击。艺人们不受会社组织的安排，而需要在行业竞争的市场背景下，自己寻求利益的最大优化。他们要组织戏班，寻找演剧市场，摸索表演方式，甚至创作剧本。一切务必以市场为准则。此时新出现的具有商业性质的组织特点有：

1. 名角中心制

城市空间有一定的区域限制，但空间内部文化多元，人群流动大，致使一般性表演很难赢得恒定的观众群体，获取持久的市场效益。尤其路岐散乐，因为流动作业，更是缺乏市场号召力。因此，为分得城市演剧市场的一杯羹，元代时期自觉形成了名角中心制的戏班组织模式。《青楼集》记载了众多色艺表表的杂剧艺人，诸如珠帘秀、顺时秀、天然秀等均是行院戏班中的当家名角。

不仅杂剧演剧如是，宋元各类艺术都通行这样的组织模式。《水浒传》“插翅虎枷打白秀英”一出中，白秀英是驰名江湖的诸宫调艺人，白父靠其名头，行走江湖，卖艺为生。南戏《宦门子弟错立身》中，虔婆赵茜梅交代自己一家三口“只靠一女王金榜作场为活”，王金榜兼长杂剧、南戏，色艺双全，构成了这个小型家庭戏班的中心。《青楼集》中龙楼景、丹墀秀、芙蓉秀也是精工南戏的名旦。名角是戏班运营的核心，在形色驳杂的商业圈中，具有名牌符号的引导作用与经济效应。“乐官行径咱参破，全仗着声名过活”①，非行内的观众往往慕名而来，挥掷金钱。因此，名角制的出现是宋元戏剧投入商业市场运作后的产物，而且这种方式也一直延留至今，发挥着巨大的市场号召作用。

如果将“名角”外沿扩大化，剧作者中的“名家”同样具有影从云集的名牌效应。宋元南戏像高明那样的名家著手不多，没有形成一定数量的戏剧创作，但不可否认在南戏创作群体中，也会拥有令观众、演员追捧的一时“名家”。比如，元后期杭州剧作家沈和甫以南北合腔名传曲坛，人称“蛮子汉卿”②，武林

① ［元］睢玄明《咏鼓》，见隋树森：《全元散曲》，上册，547页，北京：中华书局，2000。

② 按：沈和甫应谙熟南戏创作，其剧作《乐昌分镜》《欢喜冤家》，南戏皆有同名剧作。

书会萧德祥所作南曲街市盛行，九山书会史九敬先写了南戏《东墙记》，连女婿刘一棒的名头也得依靠这位泰山，标为“史九敬先婿”。这样的南戏“名家”虽然比不上“姓字香四大神州”的杂剧名家“关马白郑”，但在南戏圈内也会受到演员们的青睐，若能有一两个剧本，不啻增加戏班跑江湖的声名资本。

2. 演出的商业广告手段

（1）挂招子。“招子”，即演戏的广告，是用文字张贴的形式，起广而告之的作用。在《宦门子弟错立身》中，王金榜一家本东平府人氏，到河南府作场，需要“挂了招子”宣传演出。钱南扬认为宋元南戏的题目就是写在招子上，使观众知道所演剧目的概况。到了明改本中，题目变为副末下场的落场诗，才失去招子的效用。①

（2）念套语。此处“套语”，指南戏表演中招呼观众的行话。宋元南戏已经形成了“副末开场”的表演，这是戏班面向观众，戏外表白的重要部分。表演者专由“副末”司职，除了介绍剧情概况外，还会抒发一番创作缘由，多为人生苦短、及时行乐的套话。除此之外，副末还会要求观众安静下来欣赏演出，甚至大大夸赞一番自身的表演能力：

《张协状元》：“真个梨园院体，论诙谐除师怎比？九山书会，近目翻腾，别是风味。……大家雅静，人眼难瞒，与我分个令利。”

《宦门子弟错立身》（古杭才子新编）：“贤每雅静看敷演：宦门子弟错立身。”

《小孙屠》（古杭书会编撰）：“想像梨园格范，编撰出

① 钱南扬校注：《永乐大典戏文三种校注》，4页，北京：中华书局，2009。

乐府新声。喧哗静，伫看欢笑，和气蔼阳春。”

这种起到静场、夸饰作用的套话，是南戏艺人面对市场演剧环境摸索出来的应对方式。尽管它搬来移去，形成一个话语模版，但仍能以不变应万变，有效地调动现场观众的情绪，为马上进行的戏剧表演做足气氛。

（3）饶送。“饶送”，指正戏之外赠送给观众的表演。《青楼集》载杂剧艺人魏道道擅舞【鹧鸪天】打散，即为饶送表演。这是典型的商品化行为，采用买赠促销的手段，吸引更多的观众。《水浒传》第五十一回写白秀英在勾栏“说唱诸般品调。每日有那一般打散，或有戏舞，或有吹弹，或有歌唱，赚得那人山人海价看”①。白秀英用丰富的饶送表演，赢得众多观众的欢迎。南戏《张协状元》也采取了这种商业策略：“（生）后行子弟，饶个【烛影摇红】断送。（众动乐器）（生踏场数调）（生白）【望江南】……适来听得一派乐声，不知谁家调弄？（众）【烛影摇红】。”生在正式进入张协角色之前，在【烛影摇红】的伴奏戏，载歌载舞，饶送了一段踏场与【望江南】念诵。这种买一赠一的商业方式，也为后世戏曲演剧所传承下来。

总之，进入城市演剧之后，南戏的组织经营方式有了相应的变化。它从封闭的祭祀扮演中走出来，投入城市行业竞争中。在营业利润的驱逐下，它注重文化供求的商业链条，追逐品牌的商业效益，满足观众的消费心理，其组织方式体现了浓厚的商业特征。

（二）南戏艺术形式的变化

1. 伎艺形态的聚合

宋元南戏城市演剧的重要场合是瓦舍勾栏。作为一种新型消

① ［明］施耐庵著，凌赓、恒鹤、刁宁校点：《容与堂本水浒传》，755页，上海：上海古籍出版社，1988。

费场所，瓦舍具有强烈的共容性，不但熔物质消费与文化消费于一炉，也将不同种类的百戏艺术汇集一所，不自觉地促进了各类艺术的交流互融。宋元南戏的最初形态可能是温州当地的民间歌舞戏或祭祀仪式戏，但当走入城市的瓦舍勾栏后，受各类艺术之影响，不断改变早先的简陋格局，自觉地进行艺术形态的聚合，开始形成兼容并蓄、自由肆意的表演形态。像宋元南戏《张协状元》《宦门子弟错立身》《琵琶记》《白兔记》等，都融合了不同艺术种类的表演，呈现诸伎纷呈的艺术风貌。

以《张协状元》为例。它是最早的南戏剧本，体现了浓厚的早期南戏的艺术风貌。这部戏中，各类伎艺形态聚合一起，彼此拼接的痕迹十分突出。首出末开场，先绕开正戏，来了一段《张协状元》诸宫调，边说边唱张协遇盗的故事；之后末白，“那张协性分如何？慈鸦共喜鹊同枝，吉凶事全然未保。似恁唱说诸宫调，何如把此话文敷演”，就此掐住话头；末讲唱诸宫调抛砖引玉之后，转入生的饶送表演，一支【望江南】，一曲【烛影摇红】，陆续表演完毕后，这才拉开正戏的剧幕。此外，全剧还穿插了闹夹棒爨、门儿爨、数药名、赖房钱、踢气球、白厮打、伞舞、幞头舞等杂剧、歌舞表演，尽管这些伎艺表演与剧情本身衔接得很不自然，拼凑痕迹严重，但它们在一戏之中同时共存，足以说明南戏在城市勾栏百戏的影响之下，很自然地形成了汇聚式的表演风格。

2. 故事题材的多元聚合

城市的瓦舍勾栏给各类艺术提供庞大的、自由的交流空间，不仅形式上可以相互借鉴融合，而且故事题材之间也彼此混杂、移植。例如，《张协状元》移植了同一故事系统的诸宫调唱本，《王焕》戏文也有同名杂剧在流播，《拜月亭》更与关汉卿杂剧多有叠合。在此演剧环境影响下，早先以神鬼祭祀为主的南戏，创作门廊大开，大量吸收不同类型的故事题材。田仲一成指出：

“风月剧和绿林剧这两种类型是市场构栏的主要演出剧目。”① 另一部分庆祝剧、家庭剧、思情剧也因都市商人、士人的家宅演出而不断衍生。这笼统说的是宋元戏剧的创作情况，却也包含了南戏题材的发展倾向。现存两百余种宋元南戏剧目，便大量包含了这几种题材类型。

同一故事经过多种多样的艺术载体传播，则会出现彼此共通，却又同中有异的故事景观。各类艺术形式的故事内容，经常是你中有我，我中有你。例如，南戏《赵贞女》故事的形成，不但汲取了民间孝妇、冤报、雷殛类等故事传说，还移植了孟姜女“万里寻夫”“过关曲”的故事片段，足见早期南戏故事的聚合能力。不能不说，这与城市传播空间的固定性有密切的关系。在固定的娱乐场所内，各种故事相互碰撞，题材可以借鉴，内容稍加改编。早期南戏流行婚变题材，演述夫荣身贵，抛弃妻子的故事，像是用一个相同的套子，塑出不同面目的人物故事，情节套路化严重。此类故事大量滋生，一定程度上也是得益于城市空间的故事传播环境。

（三）消费：南戏文化的双重性

城市文化一个明显表征是消费。因为物资与文化的汇聚丰富，城市消费欲望远比农村强烈。娱乐文化消费又是市民生活的重要组成。依据不同消费群体，城市娱乐消费分为两个层次：一为底层市民的娱乐消费；一为知识阶层的娱乐消费。前者注重浅表的感官声色，追求情爱、惊奇、刺激的心理满足；后者则偏重艺术的教化功能与审美趣味。这两方面的娱乐消费心理，都积极引导了宋元南戏的发展。

明代徐渭曾指出，早期南戏因卑俗的艺术形态，“士大夫耻

① ［日］田仲一成著，云贵彬、于允译：《中国戏剧史》，162页，北京：北京广播学院出版社，2002。

为之”。故进入城市之初，它是走不了知识阶级的上层路线的，而是以低姿态，先期迎合了市民大众的消费心理。早期南戏以无名氏的集体创作为主要方式，体现出强烈的大众化娱乐特征。比如，南戏特别擅长表现家庭情感或儿女情长，尤其标出女性情感，诸如《赵贞女》《王魁》《乐昌分镜》《张协状元》等早期代表作，都大打女性牌，赢得包含大量女性观众在内的市民阶层的喜爱。像《王焕》之类的风月戏，能造成“妾奔”的社会效果，正说明了南戏标出女性情感的有效性。故事形态上，早期南戏深谙大众的消费兴趣，往往强调故事的戏剧性，集夸张、虚诞、神异、诨亵等情节单元于一身，像“马踏雷轰”般的惨烈死亡，“神鬼显灵”般的冤报惩罚，“千里寻夫”般的女性传奇，“小二戏贫女”般的调笑戏谑，在早期南戏中十分常见，构成了一个个热热烘烘的故事大杂烩。

同在城市活动的知识文化圈，亦不可能绝缘于底层艺术。不管对南戏态度褒贬如何，他们势必目及城市里瓦舍勾栏、随场作剧的南戏，像黄可道、张炎、施惠、杨维桢等各层文人都有过参与创作、观评南戏的确证。一些南戏作家组成了书会组织，如武林书会、九山书会、永嘉书会等，自觉创作南戏剧本。宋元南戏的发展过程中，以元代中后期文人对南戏艺术的介入最深，出现了文人创作南戏的第一次高潮。仍就故事形态而言，文人作家大量改作旧本，势必会汰除一些原本不合审美趣味的地方。像高明《琵琶记》改编旧南戏《赵贞女》，就删去原有“马踏雷轰”“天降琵琶”的故事情节，有意淡化了原剧神异、虚诞的民间色彩，加强了悲剧伦理的文人叙述，并突出“子孝妻贤”的教化观念，加之苦乐相错的结构、深情清丽的语言，促使《琵琶记》成为南戏艺术的经典。应该说，知识阶层的介入，以他们的消费心理，一定程度地引导了南戏艺术的发展。

当然，这两种消费群体在城市阶层中一直历时并存，其文化心理也会交相作用于娱乐对象。因此，宋元南戏进入城市后，也呈现出双重的文化特征：一方面，遵循草根戏剧的文化特征，强调创作与表演的民间性，像重视丑脚、突出“做打”表演、夹杂大量科诨戏等，都反映其自由化、娱乐化的艺术风格；另一方面，寻求知识阶层的文化认可，善于进行创作与艺术形式的调整，经文人之手染，诸如教化之观念、情节之叙述、结构之秩序、语言之优雅、南北曲调之融合等，皆促使南戏从早期自由散漫的艺术风格中不断升华。应该说，这两种文化力量交织纵贯于元明两代，构成了南戏以民间文化为底色、以文人审美为装饰色的双重文化色彩。

第二章　明代南戏的演剧活动

第一节　明代南戏的宫廷演剧

明代宫廷教坊演剧，万历之前以北杂剧为主，其后传奇逐渐取而代之①，此几为学界之成识。那么，发端于两宋，流行于元代的南戏，入明之后是否在宫廷内有过演剧活动呢？其生存状态又是如何？

一、宫廷教坊演剧的俗乐背景

为文人士夫视为俗陋的南戏，一直与民间俗乐百戏相融共生。因此，欲了解南戏在明代宫廷的活动，不妨先考察一番民间俗乐在明代宫廷教坊的生存状况。

明代初期为整顿风气，稳固统治，明太祖朱元璋多次颁布禁戏的诏令，推行传统礼乐治国。初克南京即立典乐官，明年又置

---

① 按：史玄《旧京遗事》卷一载："神庙时始特设玉熙宫近侍三百全员，兼学外学，外戏本吴歈曲本戏也。先庙喜看曲本戏。"（见《四库禁毁书丛刊》，史部33册，311页，北京：北京出版社，1997）刘若愚《酌中志》载："神庙孝养圣母设有四斋，近侍二百余员，以习宫戏、外戏，凡慈圣老娘娘升座，则不时承应。外边新编戏文，如华岳赐环记亦曾演唱。"可知万历时期外戏即传奇演剧，宫中颇为盛行。（见《丛书集成初编》，第3966册，112页，上海：商务印书馆，1935）

雅乐。后复设教坊司，隶归礼部，与太常寺统管礼乐。太常寺主郊庙祭祀之雅乐，而教坊司则主日常升座宴会享用之乐。既是出于统治教化之目的，明初的教坊司就基本被打造成一个以雅乐为主的机构。《明会要》卷二十二载："洪武四年六月戊申，……（上）曰元时古乐尽废，惟淫词艳曲更唱迭和，又杂以北方之音，甚者以神祇祀典饰为队舞谐戏，殊非所以道中和，崇治体也。自今一切流俗喧哓淫亵之乐，悉屏去之。"①

然而，自唐以来，与主祭祀娱神之太常寺相比，职掌宴享乐舞为主的教坊司又素有俗化的娱人倾向，雅乐中常杂俗音。这一传统在明教坊司中也得到了延续。《明史·乐志》云："殿中韶乐，其词出于教坊俳优，多乖雅道，十二月乐歌，按月律以奏，及进膳、迎膳等曲，皆用乐府、小令、杂剧为娱戏。流俗喧哓，淫哇不逞，太祖所欲屏者，顾反设之殿陛间不为怪也。"② 以教坊俳优作歌曲，不免欲雅而实俗，连太祖亦无可奈何，足见俗乐影响之深。《明会要》载"宴享朝会兼用俗乐，领于伶人"；"俗乐有百戏承应，对舞承应，讴歌承应"。③ 此种在明前中期教坊司中出现的俗乐，在后来似乎还有加强之势，这从统治者类如"大乐寝废"的哀叹中可以反观。成化二十一年（1485）礼部上言："今教坊司乐工奏中和韶乐者多不谐，而弹瑟及箜篌、钟、磬者殊少，恐因循失传，渐至大乐不备"④；弘治之初，"孝宗亲

① ［清］龙文彬：《明会要·乐上》卷二十一，340 页，北京：中华书局，1956。

② ［清］张廷玉：《明史·乐志一》卷六十一，1507～1508 页，北京：中华书局，1984。

③ ［清］龙文彬：《明会要·乐上》卷二十一，339 页，北京：中华书局，1956。

④ ［清］龙文彬：《明会要·乐上》卷二十一，342 页，北京：中华书局，1956。

耕耤田，教坊司以杂剧承应，间出狎语，都御史马文升厉色斥去”①；正德三年（1508），钟鼓司康能等上言“庆成大宴华夷臣工所观瞻，宜举大乐。迩者音乐废缺，无以重朝廷”②，而“筋斗百戏之类，日盛于禁廷”③。总之，明前中期，尽管有统治者之摒弃、严控，然从教坊司中出现的大乐不备、雅乐废缺到杂剧百戏日盛于庭，确已是不争之事实。

明前中期俗乐本身的状况又是怎样的呢？这里我们主要考察南曲的流行状况。《盛世新声》《词林摘艳》《雍熙乐府》是三种刊行于明代前中叶的选曲集，收录了大量元明时期流行的南北曲。其中，北曲固然占优，南曲影响亦自不弱。以《盛世新声》为例，高儒《百川书志》存其目：九宫曲九卷、南曲一卷、万花集一卷。刘楫在《词林摘艳》序云：“顷年，梨园中人搜辑自元以及我朝，凡辞人骚客所作长篇短章，并传奇中奇特者，宫分调析，萃为一书，名曰《盛世新声》，版行已久。”④《盛世新声》既为梨园中人所收，则其中所录之曲当为时行歌场的南北曲。该本收有南戏《玩江楼》《拜月亭》《南西厢》《王祥》套曲各一，共四种，再加上其他南套曲，共得42首，虽远不及北曲278套，然从编撰者单编为一卷本，亦可知南曲之传唱也具有一定的影响力。嘉靖四年（1525），张禄编选的《词林摘艳》刊行，其选曲多袭《盛世新声》，又有所增删，共收南套数53种，

① ［清］张廷玉：《明史·乐志一》卷六十一，见《明史》，第5册，1508页，北京：中华书局，1984。

② ［清］龙文彬：《明会要·乐上》卷二十一，343页，北京：中华书局，1956。

③ ［清］张廷玉：《明史·乐志一》卷六十一，见《明史》，第5册，1509页，北京：中华书局，1984。

④ 郑振铎：《盛世新声与词林摘艳》，见《郑振铎文集》，第6卷，133页，北京：人民文学出版社，1988。

其中增“下江南戏文”套曲一，而北套数272种，略有回落，此亦可略见南曲渐盛之势。①

南戏无疑在南曲中占有重要位置。明代前期南戏演剧受禁令限制，势力未炽，然在民间仍有活动；至明代中期南戏渐呈盛势。祝允明《猥谈》云：“自国初来公私尚用优伶供事，数十年来所谓南戏盛行，更为无端，于是声乐大乱。”② 这“数十年来”，应是指《猥谈》成书之前的几十年。该书成书时间不详，但祝允明生于英宗天顺四年（1460），卒于嘉靖五年（1526），那么此书必在嘉靖五年之前出。因此，数十年约指成化至正德的几十年间，此时南曲戏文盛行于世。而正是在这段时期，南戏对宫廷演剧开始显示出一定的影响力。

二、南戏宫廷教坊的活动及演出剧目

南戏最早进入宫廷是在明初洪武年间。《南词叙录》载：“（明太祖）日令优人进演（《琵琶记》），寻患其不可入弦索，命教坊奉銮史忠计计之，色长刘杲者，遂撰腔以献，南曲北调可于筝琶被之，然终柔缓散戾，不若北之铿锵入耳也。”③ 此则材料是目前所能及见明宫廷南戏演剧的最早记载，它证实即使是在禁控的明太祖时期，南戏在宫廷都有过不止一次的正式演出。不

① 按：两种选曲集的南北曲数字，得力于郑振铎《词林摘艳里的戏剧作家及散曲作家考》附录二的“《盛世新声》及《词林摘艳》所载套数首句对照表”。该表中，《盛世新声》选曲下无标名，《词林摘艳》则有，故《盛》本戏文选曲名目可参照《词》本勾出。见《郑振铎文集》第5卷，643～659页，北京：人民文学出版社，1988。

② ［明］祝允明：《猥谈》，见《说郛三种·续说郛》，卷四十六，2099页，上海：上海古籍出版社，1988。

③ ［明］徐渭：《南词叙录》，见《中国古典戏曲论著集成》，第3册，240页，北京：中国戏剧出版社，1959。

过，明太祖扶植《琵琶记》，不仅仅是出于个人的喜好，更有其教化人伦的政治目的，所以《琵琶记》的特殊地位是别的南戏所不能比拟的。

从这则材料可知，在北曲正声的正统乐制下，宫廷演剧即便文辞清丽如《琵琶记》者，因其不拘宫调，也会为教坊乐官被以弦索，以北调歌之，受到诸多的限制或改编，更遑论其他“陋俗”之南戏。因此，在进入宫廷之前，那些原生态的南戏曲调势必要经宫廷乐官的严格汰滤，徐渭就曾对此深致不满：“今南九宫不知出于何人，意亦国初教坊人所为，最为无稽可笑。”① 南曲本村坊小伎，教坊司若欲使此下里巴曲登大雅之堂，就必须以九宫十三调规范之，因此，南九宫被制定，的确可能得益于教坊之力。明末宋懋澄《九籥别集》卷三“御戏”云：“院本皆作傀儡舞，杂剧即金元人北九宫。每将进花及时物，则教坊作曲四折，送史官校定，当御前致词呈伎；数日后，复有别呈，旧本不复进。南九宫亦演之内廷。”② 教坊司在御前呈演院本、杂剧时，其曲本尚要先送至史官处校定，南戏恐怕更难逃此“厄运”。因此，在经过教坊司、史官的层层过滤后，在宫廷内演出的南戏不太可能保持土生土长的原貌。

明洪武年间，南京教坊司还建有专门的演出场地——御勾栏。据明前期小说《南宋志传》载，说唱艺人可在内演出，平民还能自由入内观看。③ 南戏亦属民间艺术，是否曾在此上演，

① [明] 徐渭：《南词叙录》，见《中国古典戏曲论著集成》，第3册，240页，北京：中国戏剧出版社，1959。

② [明] 宋懋澄：《九籥别集》，见《四库禁毁书丛刊》，集部117册，784页，北京：北京出版社，1997。

③ 廖奔：《中国古代剧场史》，136页，郑州：中州古籍出版社，1997。

由于没有材料，我们难以确定。

明永乐十九年（1421）迁都北京后，南京教坊已不需供奉御前，而是改派内臣用事，与民间交流的机会也就更多。由于南教坊地处南都，故较北教坊，受南戏之影响更能得风气之先。成化年间陈铎《嘲南戏》套曲有“教坊一色为南戏”句①，非常明确地指出南教坊深受南戏演唱的影响乃至被同化之事实。《金陵琐事剩录》引沈越《新亭闻见录》云：“（正德十一年）内臣用事南京守备者十余人，蟒衣玉带，其名下内臣，以修寺为名，各寺中搭戏台扮戏。城中普利、鹫峰，城外普德、静海等处搬演，各处传来扮戏棍徒，领来妻女，名曰真旦。人看者钱四文，午后两文至一文，每日处得钱十余千。”内臣们在南京各处寺院扮戏，却没有让教坊司参与这次“外卖”活动，而是招来一批地方伶人搬演，结果获益颇丰，从钱数上计算，每日看戏者或达到上千人，可谓热闹非凡，这正可以反观出以杂剧为主的教坊演剧已渐失昔日影响力之事实。嘉靖年间，南戏风行于世。顾起元《客座赘语》云“南都万历以前，公侯与缙绅及富家，凡有宴会……大会则用南戏，其始止二腔，一为弋阳、一为海盐”②，顺乎民风，南京教坊也应时而变，“今教坊所唱，大率时曲为多，此等杂剧古词皆不传习”③。“时曲”即指海盐戏文，何元朗哀叹杂剧古词之不行，实际反映了南京教坊杂剧演剧的衰落，南戏演剧的勃兴与繁盛。

以上为南教坊的情况。南戏进入北京宫廷教坊则相对要晚些。可见最早一条材料是在天顺年间：“吴优有为南戏于京师

① 谢伯阳：《全明散曲》，第1册，619页，济南：齐鲁书社，1994。

② ［明］顾起元：《客座赘语》卷九，303页，北京：中华书局，1987。

③ ［明］何良俊《曲论》，见《中国古典戏曲论著集成》，第4册，6页，北京：中国戏剧出版社，1959。

者，门达锦衣奏其以男装女，惑乱风俗。英宗亲逮问之。优具陈劝化风俗状，上命解缚，面令演之。一优前云‘国正天心顺，官清民自安’云云。上大悦曰‘此格言也，奈何罪之？’遂籍群优于教坊。群优耻之，驾崩，遁归于吴。”① 吴伶入宫并非教坊内廷的延请，而是因男扮女装，有伤风化，才被锦衣门达奏上所致。所幸英宗不但赦免了吴伶，还把他们收归教坊司，以供承应。这些被正式收编乐籍的吴伶，应不会只有这一次演出机会。在宫廷的宴享承应之中，他们还有可能为很少观看南戏的皇室贵族们表演，可惜我们已无法获知他们所演南戏的剧目。不过，据此可以认定，此时南戏已经由南及北，深入京师演出，并产生了一定的影响。然而，南戏艺人在教坊司的地位肯定很低，故英宗驾崩后，吴优们便即刻回到更利于南戏生存和发展的吴中地区去了。

关于南戏在宫廷上演的剧目（这里主要谈的是北京宫廷教坊的演剧，南都则择洪武时期，迁都之后不论），目前能够确定的除《琵琶记》外，还有以下几种：

(1)《金丸记》。吕天成《曲品》载：“金丸，元有抱妆盒剧。此词出在成化年间，曾感动宫闱。内有佳处，可观。”②《金丸记》又称《陈琳抱妆盒记》，演宋真宗时内监陈琳妆盒救仁宗的故事。据此条，《金丸记》曾在成化年间入宫闱演出。然笔者认为其具体时间值得一辨。成化年间，宫廷内闱争斗十分严重。自宪宗当朝以来，极宠万贵妃。《明史》载：“时万贵妃专宠而妒，后宫有娠者皆使堕，柏贤妃生悼恭太子，亦为所害。”孝宗

---

① ［明］都穆撰，陆采辑：《都公谈纂》，见《四库全书存目丛书》，子部第246册，392页，济南：齐鲁书社，1997。

② ［明］吕天成：《曲品》，见《中国古典戏曲论著集成》，第6册，227页，北京：中国戏剧出版社，1959。

母纪淑妃自怀孕后就备受迫害，生下孝宗，便“藏之他室，贵妃日伺无所得，至五六岁未敢剪胎发，时吴后废居西内，近安乐堂，密知其事，往来哺养，帝不知也”①。孝宗至六岁方与宪宗相认，此后时时提防万贵妃的加害。孝宗的身世遭际与《金丸记》之宋仁宗极为相似，而成化宫中的乐人们焉敢上演这类题材的戏文，激怒擅宠专妒的万贵妃呢？《金陵琐事》又载：“徐子仁快园落成，……（美之）送银二百两与子仁造楼。美之乃黄太监侄，太监保养武宗最有功，及登极，赐赉甚厚，故美之得以遂其豪侠之举。今世搬演陈琳抱妆盒戏文，乃影黄太监事耳。”② 这里“今世搬演”约在弘治、正德两朝，《金丸记》盖于此时风行。笔者以为，与其说此剧是赞颂黄太监保养武宗有功，不如说是在影射孝宗避祸万贵妃之事。庄一拂亦持此论：“其情节与明纪太后事相类，或作者借宋事以寓意。”③ 故《金丸记》当是在孝宗弘治或武宗正德时进入宫闱，而非成化宪宗朝。

（2）《唐伯亨》。张大复《寒山堂曲谱》注“此本从里丈钮少雅处假来，前明内府官抄也”④。钮少雅所编《九宫正始》多采古本，内有《唐伯亨》选曲 14 首，标元传奇。查《寒山堂曲谱》所选《唐伯亨》戏文四曲，俱见于《九宫正始》，此可确证张谱与钮谱的渊源关系。钮谱所录多系古曲，故张谱之《唐伯亨》亦应为元南戏。又据《永乐大典》著录戏目有“唐伯亨因祸致福”；《南词叙录》“宋元旧篇”有“唐伯亨八不知音”；蒋

① 《明史·纪太后传》卷一一三，见《明史》，第 10 册，3521 页，北京：中华书局，1984。

② ［明］周漫士：《金陵琐事》，下册，50 页，上海：中央书店，1935。

③ 庄一拂：《古典戏曲存目汇考》，97 页，上海：上海古籍出版社，1982。

④ ［清］张大复：《寒山堂曲谱》，见孙崇涛：《金瓶梅所叙剧曲考》，载《文献》，42 页，1990 年第 1 期。

孝旧谱亦录之；《金瓶梅》第27回也曾摘演选曲，可知《唐伯亨》乃是历元至明前中期一直颇为流行的南戏。关于内府本，孙楷第《也是园古今杂剧考》一书考定为钟鼓司演出的御监戏。既《唐伯亨》为明内府抄本，则此剧必曾在明内廷上演过。

（3）《南词叙录》“本朝戏文”有《天赐温凉盏》《琼奴传》《兰蕙联芳楼记》三种戏文目录，均注为“教坊本”，显为教坊司乐人编作。《兰蕙联芳楼记》为元末佳话，《列朝诗集小传》《剪灯新话》记其事颇详，《九宫正始》又收其佚曲，标注“元传奇”，故此剧应是出于元末明初的民间创作，之后被教坊司采掇，改编而成。《琼奴传》本事无考。《温凉盏》，陶君起《京剧剧目初探》“朝代不明戏及补遗”载“背娃入府”一剧，又名《温凉盏》，演张元秀献温凉盏得进宝状元一事，京剧、昆腔、高腔、桂剧、河北梆子都有此剧目，乃清代流行的花部剧目①。此剧民间气息颇浓，恐亦是由教坊司采编民间改作的。

（4）《刘公子赏牡丹亭记》。明王鏊《震泽纪闻》卷下载：“里人赵宾者，工于词曲，戏作《刘公子赏牡丹亭记》。或以告安，遂达于禁庭。时上好新音，教坊日进院本，以新事为奇。一日，中使忽至宾家，索牡丹亭记。宾不在。明日以献，旋加粉饰，增入聚麀之事，陈于上前。”② 刘公子乃正德大臣刘珝之子刘鎡。《明史·刘珝传》载：“会珝子鎡邀妓狎饮，里人赵宾戏为《刘公子》曲。或增饰秽语，杂教坊院本奏之。”③ 我们知道，明代前中期最好戏乐的皇帝为宪宗和武宗。正德年间教坊司须日进院本来满足武宗的声色之好，故在剧本来源上，教坊司不

① 陶君起：《京剧剧目初探》，329页，北京：中华书局，2008。

② ［明］王鏊：《震泽纪闻》卷下，21页，北京：中华书局，1991。

③ 《明史·刘珝传》卷一六八，见《明史》，第15册，4526页，北京：中华书局，1984。

得不及时采用一些民间新声。《刘公子赏牡丹亭记》就是由里人赵宾所作，再由教坊司增饰聚麀之事，呈献进演内廷的。该剧一名《刘公子赏牡丹》，一名《刘公子曲》，然不见载于任何杂剧或南戏剧目。单从题目上很难判断其为何剧种，胡雪冈《元明戏文剧目掇拾》一文第二十八目率先录为南戏，然是否确实，尚待考证。①

复有《西池王母蟠桃会》一剧存疑。张大复《寒山堂曲谱》注云："前明官钞本，原题敬仙书会合呈。"② 究其名，当属庆寿恭贺一类的宴会演剧。《九宫正始》录为《王母蟠桃会》，标"元传奇"。"原题敬仙书会合呈"表明此剧是由元敬仙书会才人通力完成，且是为上层社会而作。"前明官钞"则说明了该剧乃是历元入明，曾经在明官府的寿诞宴享时上演。③ 现存脉本杂剧

① 《南戏探讨集》6、7合刊，85～98页，温州：温州市艺术研究所编印，1992。按：此剧胡文亦未肯定为南戏作品。王安祈《明杂剧的演出场合与舞台艺术》一文也认为此记为南戏，然无具证。见《明代戏曲五论》，105页，台北：大安出版社，1990。

② 赵景深：《元明南戏新资料》，见《元明南戏考略》，111页，北京：人民文学出版社，1990。

③ 按：王母蟠桃之剧在各个阶层均流传甚广，甚而远播越南。《大越史记全书·本纪全书》卷七载陈裕宗大治五年观《西方王母献蟠桃》剧，大定元年又曾在皇室上演《王母献蟠桃》（此为元明之际）。其载演剧颇详，录于下："春正月，令王侯公主诸家献诸杂戏。帝阅定其优者赏之。先是破唆都时，获优人李元吉，善歌，诸势家少年婢子，从习北唱。元吉作古传戏，有西方王母献蟠桃等传。其戏有官人、朱子、旦娘、拘奴等号，凡十二人。着锦袍绣衣，击鼓吹箫，弹琴抚掌，闹以檀槽，更出迭入为戏，感人令悲则悲，令欢则欢，我国有传戏始于此。"据此，王母蟠桃会已入越南王宫，甚至被奉为越南从中原的传戏之始。从伴奏乐器有弦索来看，此剧可能为杂剧，然更出迭入又类戏文，不详其究竟。孙歌、陈燕谷、李逸津：《国外中国古典戏曲研究》，18～19页，南京：江苏教育出版社，1999。

中此类剧目颇多，标名“本朝教坊编演”共有十八种，其中《众群仙庆赏蟠桃会》《祝圣寿金母献蟠桃》亦演蟠桃会的剧情，盖明前中期宫廷演剧多以表现热闹喜庆为主。当然，我们不能据此认定，《西池王母蟠桃会》必在宫廷内演出过，但此则材料至少给我们提供一个思路，即上流社会的朝庆宴享中并不排斥此类题材的南戏，否则也就不会有官抄本的流存，而盛产朝会承应戏的教坊宫廷也很有可能就地取材，移植该类戏文。

三、南戏进入宫廷的途径

以上我们考察了南戏在明前中期宫廷的演剧状况，接下来需要探讨的问题是，这“俗陋”之南戏是如何进入宫廷的呢？

从外省各地选取一批乐人入京承应，应是内廷大规模吸收民间俗乐的最直接、最有效的途径。据《明史·乐志》载，嘉靖之前的宫廷曾两次向各省征取乐人，以供承侍，且均在正德年间。“正德三年，……仍移各省司取艺精者赴京供应，顾所隶益猥杂。”紧接着，京城乐人“时时言居外者不宜独逸，乃复移各省司所送技精者于教坊。于是乘传续食者又数百人，俳优之势大张”①。《明武宗外纪》亦载之：“上称豹房曰新宅，日召教坊乐工入新宅承应，久之，乐工惣言乐户在外府多有，今独居京者承应，不均。乃敕礼部移文，取河间诸府乐户精技业者，送教坊承应，于是有司遣官押送诸伶人，日以百计。”② 外地乐人的入京，直接导致了正德年间百戏日盛于内廷的结果。

正德年间还是宫廷南北曲交流最为活跃的时期，正德帝尤好

① ［清］张廷玉：《明史·乐志一》卷六十一，见《明史》，第5册，1509页，北京：中华书局，1984。

② ［清］毛奇龄：《明武宗外纪》卷二，见［清］虫天子：《香艳丛书》，第3册，2988页，北京：人民文学出版社，1994。

新声，曾经南巡驻跸，幸杨一清宅，观看当地梨园新部出演的《西厢记》。他还喜欢收集曲本，“如杨循吉、徐霖、陈符所进，不止数千本”①。这些人恰恰都是当时著名的南曲作家，特别是徐霖，与武宗还过往甚密。故数千曲本中夹杂南戏戏文，不足为奇。武宗北归之时，带回了诸如顿老、王宝奴等一大批南方的教坊艺人。各地乐户汇集京都，无疑会促进民间与宫廷戏曲的相互交流，为日益僵化的宫廷戏曲带来民间清新、活泼的气息。同时，内廷艺人由于各种原因，也有一些从京城流入外地者，这样，宫廷演剧同样也会影响民间戏曲的曲唱和表演。《明史·英宗前纪》英宗即位元年（1436），“三月戊寅，放教坊司乐工三千八百余人”②；正德十六年（1521），遗诏“放豹房番僧及教坊乐人”③，著名曲家顿仁就是在这次流放中重回江南，就食于何良俊府第，对北曲在南方的传播发挥了重要的作用。

派中史等人员直接从民间采集词曲，也是南戏呈演内廷演剧的一条有效途径。这种采办一般与皇帝的喜好密切相关，如不喜优戏的孝宗就未有特召内使从民间采办曲乐的记载，而正德帝宠优伶，尤好新声，要求教坊日进院本，为投其所好，或迫于应付承应，内使向民间采办优伶或曲本，不胜其数。《列朝诗集小传》“汪佥事应轸”条载：“武宗在留都，中使传旨，令泗州进美人善歌吹者数十人。”④《明世宗实录》卷三载，正德十六年

① ［明］李开先：《〈张小山小令〉后序》，见卜键笺校：《李开先全集》，上册，533页，北京：文化艺术出版社，2004。

② ［清］张廷玉：《明史·本纪第十》，见《明史》，第1册，127页，北京：中华书局，1984。

③ ［清］张廷玉：《明史·本纪第十六》，见《明史》，第2册，212页，北京：中华书局，1984。

④ ［清］钱谦益：《列朝诗集小传》丙集，368页，上海：上海古籍出版社，1983。

(1521) 六月御史杨铨劾奏："江西烧造太监丘得前在凤阳夺取民间女子，杂以倡优，号为进奉，荧惑万乘。"① 上举《刘公子赏牡丹亭记》一剧，其实也正是出自正德内廷教坊人员的采办和进献。

成化宪宗亦好优戏，曾大量收集词曲。李开先《〈张小山小令〉后序》云："人言宪朝好听杂剧及散词，搜罗海内词本殆尽。"② 明之"杂剧"其实是一个较为模糊的称谓，有时可确指北杂剧，有时却是包含了南戏在内的泛戏曲概念。例如，谢肇淛《五杂俎》有："杂剧家如琵琶、西厢、荆钗、蒙正等词，岂必真有是事哉？……而新出杂剧，若浣纱、青衫、义乳、孤儿等作，必事事考之正史"③，即将南戏归于杂剧名下。因此，南戏混杂在这些词山曲海之中，被收罗入宫，当非没有可能。《宪宗实录》载："戊戌……太监李荣传奉圣旨，儒士华岳、周干、陈岳……悉与冠带，中书科食粮，仍旧办事，三年照例出身。时内府各监局及在外诸寺观皆有书办人员，传录道书佛经，及词曲小说。所至有近幸内官一二人领其事，书成上进，侑以珍玩，随其轻重，辄得恩典。"④ 宪宗专门设立中书办，用内府人员协同外书办人员传录道书佛经、词曲小说，坊间之书亦大量罗致入宫。我们知道，成化年间北京坊间已有南戏刻本流行，发现于上海嘉定县平民宣氏墓中的成化本《白兔记》，即为北京永顺堂刊印。

---

① 《明世宗实录》卷三，140 页，台北：台湾"中央研究院"历史语言研究所，1962。

② ［明］李开先：《〈张小山小令〉后序》，见卜键笺校：《李开先全集》，上册，533 页，北京：文化艺术出版社，2004。

③ ［明］谢肇淛：《五杂俎》卷十五，447 页，北京：中华书局，1959。

④ 《明宪宗实录》卷二一二，3685 页，台北：台湾"中央研究院"历史语言研究所，1962。

故南戏剧本极有可能通过这一途径被带入宫闱。

由此来看，宫廷教坊乐人在感应戏曲文化的脉搏上，虽有所囿限，却不会与时代之风气绝缘。万历年间的脉望馆杂剧剧目共234种，其中就收有大量的内府本杂剧。据邵曾琪《元明北杂剧总目考》一书考证，这些抄本的时间在弘治至嘉靖之间。[①] 在通览脉本杂剧后，可以发现一些内府本对一人主唱的北杂剧体制做出了突破，如《董秀英花月东墙记》分由生、旦、梅香三人演唱，并改末为生扮；《金环记》用旦、末轮唱，《哭存孝》为旦本戏，第二套插入末扮李存孝唱【梁州】曲；《庄周梦》第二折有四旦分唱【柳摇金】曲。这些演剧方式的改变，也透显出南戏演剧影响之痕迹。如果宫廷教坊人对南戏一无所知的话，是不太可能对北杂剧做出如此改动的。

第二节 明代南戏的城市演剧

明初统治者为维护政制，整饬风俗，屡次颁布禁令，钳制戏曲娱乐，致使元末以来盛行于世的演剧活动陷入低潮。而城市演剧，因其所依托的瓦舍勾栏更有公开化、大众化、商业化之特征，故所受冲击尤为严重，昔日繁华的勾栏瓦舍，几成人们隔代之想。然而作为一种草根的艺术，戏曲所表现出来的生命力又非统治者之禁令所能钳制。以北杂剧而言，明初的统治者亦不乏嗜好者，当时记载有关它的演剧活动较为常见。这里，我们拟将考察的问题是，南戏在明前中期是否延续了城市的演剧活动？呈现出何种状态？具有怎样的特征？

---

① 邵曾琪：《元明北杂剧总目考》，584页，郑州：中州古籍出版社，1985。

一、城市演剧之背景

特定时期城市演剧活动的盛衰，往往与该时期城市文化背景与市民的娱乐之风有着密切的关系，故在探讨明代南戏城市演剧活动之前，有必要考察当时城市的娱乐文化背景。

元末的士大夫雅尚女乐，宴会、社集时常常以乐佐欢，著名文人杨维桢与大批文士雅集玉山，即日日歌舞，夜夜笙箫，为一时之盛事。刘基亦描述了此种风气："予尝见世俗之为宴集，大率以声色为盛礼，故女乐不具，则主宾莫不黯然而无欢。"① 至明初，虽统治者屡颁禁令，此种风气受到遏制，但并未绝迹。明曹大章《士女列表》云："国初女妓尚列乐官，缙绅大夫，不废歌宴。"祝允明《猥谈》亦云："国初以来，公私尚用优伶用事。"反映明初士大夫常以优伶、戏乐飨宴的事实。而这种风气，甚至还引起了当朝的忧虑，宣德初顾佐曾上言说："臣僚燕乐，歌妓满前，纪纲为之不振。"② 为此，宣宗迭下禁令，严禁官吏狎妓，以整顿朝纲。然人心浮靡，耽享乐而厌俭素，岂禁令所能驭控？至成化、正德间，世风遂而大开。《万历野获编》载："国朝世风之弊，浸淫于正统，而糜溃于成化，……至宪宗朝，万安居外，万妃居内，士习遂大坏。"③ 此时，以戏侑乐已无所避讳，成为酒宴席间的常景。钱谦益《列朝诗集小传》记载了成弘、嘉靖年间诸多宴乐张剧之事。比如，葑门老儒朱野

① ［明］刘基：《牡丹会诗序》，见《诚意伯文集》，卷七，文渊阁《四库全书》，第1225册，181页，上海：上海古籍出版社，1989。

② ［清］姚之骃：《元明事类钞》卷十七，见文渊阁《四库全书》，第884册，286页，上海：上海古籍出版社，1989。

③ ［明］沈德符：《万历野获编》卷二十一，541页，北京：中华书局，1997。

航，每得好诗，则遍请吴中善诗者赏之，大为张具，征戏乐，流连数日；顾璘，吴县人，弘治丙辰进士，晚岁居都会之地，喜设客，每张宴，必用教坊乐工，以筝琶佐觞；祝允明、唐六如等人以相期宴饮为乐，王九思、康海以山水声伎自娱；陈铎以牙板随身，徐霖筑快园“极游观声伎之乐”①。

在民间，歌舞戏乐有着更为广泛的需求，特别是在婚丧寿诞、节令习俗等场合，更为百姓喜闻乐见。一般而言，统治者禁令所产生的效果往往呈逐级递减的特征，底层的百姓较士大夫更难移风易俗，乃至常游离于政令之外。嘉靖年间的袁衮曾慨叹道：“今士大夫之家，鲜克由礼，而况于齐民乎。其大者则丧葬婚娶，动逾古制，古者哭则不歌，今乃杂以优伶，导以髡缁，笙管铙鼓，当哀反乐。会葬者携妓以相娱，主丧者沉湎以忘返。”②关于明前期民间的歌舞戏乐上演的情况，由于材料的阙失，无法得到完整的揭示。不过，从一些家训、族谱遗存的材料，仍可反观当时丧葬婚宴等仪式中，俗乐、词曲的搬演乃较为寻常之事。元末浦江郑太和《郑氏规范》中有以下几则家训：

> 时祭之外，不得妄祀邀福，凡遇忌辰，孝子当素衣致祭，不作佛事，象钱寓马，亦并绝之，是日不得饮酒食肉听乐，夜则出宿于外。
>
> 俗乐之设，诲淫长奢，切不可令子孙听，复习肆之，违者家长棰之。

---

① ［清］钱谦益：《列朝诗集小传》丙集，“朱处士存理”（303 页），“顾尚书璘”（339 页），“祝京兆允明”（299 页），“唐解元寅”（297 页），“康修撰海”（313 页），“王寿州九思”（314 页），“陈指挥铎”（351 页），“徐髯仙霖”（350 页），上海：上海古籍出版社，1983。

② ［明］袁衮：《世纬》卷下，见文渊阁《四库全书》，第 717 册，20 页，上海：上海古籍出版社，1989。

棋枰双陆词曲虫鸟之类，皆足以蛊心惑志，废事败家，子孙当一切弃绝之。①

家训是针对家族子弟设立的家族行为规范，《郑氏规范》既三番五次提及子弟当弃绝俗乐、词曲，可反观出这种子弟行为已颇为严重。至明前中叶，逢节令时俗、红白喜事之日演戏唱曲的风气，仍然得以延续。写于成化十七年（1481）的广东石湾《太原霍氏崇本堂族谱》卷三《太原霍氏仲房世祖晚节公家箴》云："七月之演戏，良家子弟不宜学习其事，虽学会唱曲，与人观看，便是小辈之流，失于大体，一入散诞，必淫荡其性，后之子孙，遵吾墨嘱。"② 这则材料说明霍氏的良家子弟们不仅观看演戏，甚至还附从倡习，学会唱曲。嘉靖《许云村贻谋》为许氏家训，中有：

今有方值丰亨便生骄溢，喜筵庆赏过饰，婚丧伎乐声容沸腾倾动，什器服食珍丽整齐，胜绝乡邦，光暎门户，盖是谓已夫无德，富贵谓之不祥。

歌舞俳优，鹰犬虫家，戏剧烟火一切禁绝，虽乐宾怡老娱病，亦永勿用。

燕会亲宾，……则令子姓考钟鼓歌古诗为乐，近世淫声悉屏不用，于凡事皆然。③

这几条箴言反映了明中叶家族寿诞祝嘏、婚庆吊丧、节令喜

① ［元］郑太和：《郑氏规范》，见《丛书集成初编》，第975册，1页，14页，北京：中华书局，1985。

② 《中国戏曲志·广东卷》，6页，北京：中国ISBN中心出版社，1993。

③ ［明］许云村：《许云村贻谋》，见《丛书集成初编》，第975册，8页，11页，12页，北京：中华书局，1985。

宴的宴乐情况，家长虽复求古制，然终不得。

由上可知，明初城市娱乐文化环境因为统治者的屡次禁令而受到了一定程度的抑制和破坏，但是酒宴集会、时令习俗的戏乐风气一直未曾中断。而且，随着承平日久，世风渐变，此种风气至明中叶愈演愈烈，这为南戏在城市的演剧提供了必要的生存土壤。

二、明代南戏的城市演剧活动

城市演剧的场所一般有两处：其一为瓦舍、勾栏等专门性的演剧场所，具有较强的公开性和规范性；其二为士大夫府第和家族祠堂等临时性的演剧场所，具有私人性、临时性等特征。从目前所掌握的材料来看，明代南戏城市的演剧场所主要表现为后者，即多在私人宴会和习俗仪式之上举行，均属于私人的、家宅的娱乐活动；而像城市勾栏、瓦舍等的公开演剧，则较少及见。

明初禁戏令最为频繁，南戏仍留有在家宅上演的记载。洪武二十三年（1390）的诏令云：“凡乐人搬作杂剧、南戏，不许妆扮历代帝王、后妃、忠臣、烈士、先圣、先贤神像，违者杖一百。官民之家容令妆扮者，与同罪。其神仙道扮及义夫、节妇、孝子、顺孙劝人为善者，不在禁限。”① “官民之家容令妆扮者”，即指家宅演剧。可知，洪武年间南戏在官民之家的活动还颇为兴盛。官方禁令虽限制了一些不合法令的演出，但那些表现义夫节妇、孝子贤孙、神仙道扮之类的“正剧”，仍可继续在城市官家民宅中上演。比如“南戏之祖”《琵琶记》，就深为明太

① 王利器：《元明清三代禁毁小说戏曲史料》，11 页，上海：上海古籍出版社，1981。

祖本人推崇，被嘉许为“珍馐百味，富贵家岂可缺”①。明代南戏孝子贤孙、义夫节妇之类的道德风化剧尤多，或与统治者的三令五申有密切关系。

明前中期，随着城市经济文化的繁荣，北京、南京、苏州、杭州、临清等重要城市，都有过南戏演剧的活动。天顺年间，南戏艺人的足迹就曾深入北京：“吴优有为南戏于京师者，门达锦衣奏其以男装女，惑乱风俗。”成弘年间，很多“妆南戏”的巴蜀优伶还东至南京，如“靳广儿那一班，韩五儿这一起”，因“桩桩脚色都标致”②，在当地颇受欢迎。

这段时期，南戏的城镇活动方式仍以家宅演剧为主。首先，民间家宅常常招揽南戏子弟演戏。《调语长言》载：“夜饮之家生奸盗，予少时闻一大家主翁，号文雅，专容唱南戏诸子弟在家，一人狡狯与其室通，丑声闻于外，主人亦不疑。”③ 此为正统年间事，南戏子弟伴助夜饮，以至生出奸盗之事，想必居家时日必不会短。成化时期，陈铎《嘲南戏》写道：

> 【八煞】说川子每扮得来标，乐人每不甚喜。刘文斌可不强似荆钗记。一时间宅院喧哗起，半霎儿街坊聚会的齐。银两儿都花费，还魂钱再难科敛，隔手帐谁肯贴陪。④

这里，从《荆钗记》受欢迎的程度强似北杂剧《刘文斌》，

① ［明］徐渭：《南词叙录》，见《中国古典戏曲论著集成》，第3册，240页，北京：中国戏剧出版社，1959。

② ［明］陈铎：《嘲川戏》，见谢伯阳：《全明散曲》，第1册，618页，济南：齐鲁书社，1994。

③ ［明］曹安：《调语长言》，见文渊阁《四库全书》，第867册，54页，上海：上海古籍出版社，1989。

④ ［明］陈铎：《嘲南戏》，见谢伯阳：《全明散曲》，第1册，620页，济南：齐鲁书社，1994。

可知在四川南戏艺人串街坊，入宅院，深受老百姓的喜爱，致使南京教坊乐户失去了往日的风光，不得不与南戏抢一抢市场，争一争观众。约成书于嘉万年间的《金瓶梅》①，以山东临清为故事背景，围绕西门庆的生活，描写了大量的家宅演剧。书中几乎每一次宴会，都铺设戏乐，小则以散乐歌曲助兴，大则以杂剧、南戏侑酒，烘托出一派其乐融融的市民宴乐之图景。其中，还写到苏州戏子、海盐戏子北上临清，显示出南戏向城市渗透的强劲势头。

南戏演剧还曾深入藩府和士夫的家宅之中，频繁呈演。《明宫词》载辽藩王好制曲，“尤嗜宫商，其制小词艳曲、杂剧传奇最称独步，有春风十调、唾窗绒、误归期、玉阑干、金儿弄丸记，皆极婉丽”②。此条小词与艳曲、传奇、杂剧联称，彼此间为不相属的独立体式，故辽藩王所制传奇应为南戏。藩王与南戏曲家们还有密切的往来。《玉玦记》作者郑若庸就曾曳裾赵康王厚煜府门，其所制《五福记》亦为康王宴宾而作。但是，藩府毕竟存王家体面，故南戏演剧不敢大张旗鼓。《如梦录》载：“周府旧有数拨御乐，男女皆有色长，其下俱吹弹七奏、舞旋、大戏、杂记，女乐亦弹唱宫戏，宫中有席，女乐伺候。朝殿有席，只扮杂记，吹弹七奏，不敢做戏。”③ 此处“杂记”能登朝殿宴乐，说明为杂剧，而与之相对应，“大戏”“做戏”则指南戏。周藩王府御乐虽有做“大戏”者，但正式场合还不敢搬演

① 按：目前学术界对于《金瓶梅》的成书时间尚有争论。从全书出现的戏曲资料来看，多为南戏声腔的演出，因此纳入本书的研究范畴。

② ［明］朱权等：《明宫词》，195 页，北京：北京古籍出版社，1987。

③ ［明］佚名著，孔宪易校注：《如梦录》，88 页，郑州：中州古籍出版社，1984。

南戏，充当门面，只能私下里独乐乐罢了。

士夫宅院的南戏演剧，则较藩府更为随意，也更为兴盛。成弘年间，南戏渐渐成为文人士夫居家宴客的新好。成书于成化十年（1481）的《水东日记》云：

> 今书坊相传射利之徒，伪为小说杂书，南人喜谈如汉小王光武、蔡伯喈邕、杨六使文广，北人喜谈如继母大贤等事甚多。农工商贩，抄写绘画，家畜而人有之，痴骇女妇，尤所酷好。好事者，因目为女通鉴，有以也。甚者，晋王休征、宋吕文穆、王龟龄诸名贤，至百态诬饰，作为戏剧，以为佐酒乐客之具，有官者不以禁杜，士大夫不以为非。或者以为警世之为，而忽为推波助澜者，亦有之矣。①

此时，非但戏本家家蓄有，而且诸如蔡伯喈、王祥、吕蒙正、王十朋等南戏，也成为“佐酒乐客之具”，官家不禁，士夫不拒，颇为倡行。弘治戊午年，白云散仙《重订慕容喈琵琶记序》载：“白云散仙归自蓬莱，为酒食，演《琵琶记》以娱客。”② 何良俊《四友斋丛说》载：“（林小泉）公余多暇日，好客，喜燕乐，每日有戏子一班，在门上伺候呈应，虽无客亦然。长吴两县轮日给工食银五钱。戏子既乐于祗候，百姓亦不告病。”③ 对于南戏在明中叶南京的演出盛况，《客座赘语》有一段详细的记载：“南都万历以前，公侯与缙绅及富家，凡有宴会，小集多用散乐，或三四人，或多人，唱大套北曲。……大会

① ［明］叶盛：《水东日记》卷二十一，见《水东日记（外四种）》，130页，上海：上海古籍出版社，1991。

② ［明］白云散仙：《重订慕容喈琵琶记序》，见陶湘辑：《明刻传奇图像十种》，台北：广文书局，1975。

③ ［明］何良俊：《四友斋丛说》卷十三，109页，北京：中华书局，1959。

则用南戏，其始止二腔，一为弋阳、一为海盐。”① 至此，南戏已成为士夫缙绅高堂华筵的主要娱乐形式之一。

三、南戏家宅演剧的特征

随着城市经济的发展，文化娱乐需求的增加，明代南戏以家宅演剧的方式，逐渐渗入城市的各个阶层。那么，南戏的家宅演剧又具有怎样的特色呢？我们不妨参照明末的家乐演出，考察此期南戏家宅演出的特色。

其一，多以全本戏的演出为主，单折戏还没有流行于宴会演剧之中。

王安祈《再论明代折子戏》一文，曾据《礼节传簿》指出折子戏出现在嘉靖之时，笔者基本赞同此说。② 然有一点必须指出，《礼节传簿》是农村的赛社表演，且保存了宋代宫廷的供盏形式，所以才会产生零折单出的现象。而对于城市的家宅演剧，尚无史料证明此时已出现了折子戏。以《金瓶梅》为例，王安祈以之为万历时期家宅演剧的实录，其中出现了大量折子戏的表演，此说值得商榷。该书演戏、点戏，基本以整部戏名出之，鲜见点单折戏演出的实例。如第 43 回，“下边鼓乐响动，戏子呈上戏文手本，乔五太太分付下来，教做王月英元夜留鞋记……戏

---

① ［明］顾起元：《客座赘语》卷九，303 页，北京：中华书局，1987。

② 王安祈：《明代戏曲五论》，1 ~ 47 页，台北：大安出版社，1990。按：关于折子戏产生的时间，诸家纷说不一。陆萼庭《昆剧演出史稿》（上海文艺出版社，1980）认为产生于明末清初，颜长珂《谈谈折子戏》（载《中华戏曲》，第 6 期）则以为明前期的《词林摘艳》《雍熙乐府》都有发掘折子戏的可能。廖奔、刘彦君《中国戏曲发展史》指出“嘉靖时期是盛行将整本南戏简省演出的时期，万历时期则是折子戏演出占了重要比重的时期”。（第三卷，120 页，太原：山西教育出版社，2000）

文四折下来，天色已晚”；第76回，“然后才是海盐子弟上来磕头，呈上关目揭帖，侯公分付，搬演裴晋公还带记，唱了一折下来，又割锦缠羊……只坐到日西时分，酒过数巡，歌唱两折下来”；第64回，“子弟鼓板响动，递上关目揭帖，两位内相看了一回，拣了一段刘智远红袍记，唱了还未几折，心下不耐烦”，便改唱道情故事了。应伯爵事后说：“他只喜蓝关记捣喇小子，却歌野调，那里晓的大关目悲欢离合”，当晚西门庆“叫上子弟来分付，还找着昨日玉环记上来……于是下边打动鼓板，将昨日玉环记做不完的折数，一一紧作慢唱，都搬演出来……当日众人坐到三更时分，搬戏已完，方起身各散”。① 对于南戏，一般观众喜好的是“大关目悲欢离合”，即需要观看完整情节的演出。故演出之始，戏班准备了全本戏的表演，点戏手本上也应写的是整本戏的戏目，而非具体的出目。但由于观众、时间、演剧场合等多种因素的限制，全本戏的演出又往往不到数折，就要中止，很难真正全部上演，因此就给人造成了演折子戏的误解。当然，这种因客观情境造成的“将整本南戏减省演出”的方式，正是催化折子戏不断滋生的原因。到万历中后期，戏单上频繁出现单出单折的情况，折子戏也就风行于世。如《梼杌闲评》第43回武进士顾同寅“见单子上有本《彤弓记》，一时酒兴，……遂点了一出‘李巡打扇’，班头上来回道：‘这出戏做不得，不是要的。’顾同寅道：‘既做不得，你就不该开在单子上。’”② 此出名应是开在戏单子上的；《笔梦》载钱岱家乐演戏院本（即传奇）十种，每次演剧，“就中止摘一二出或三四出，演时王仙仙

① ［明］兰陵笑笑生：《金瓶梅词话》，1146页，2255～2256页，1081页，1084页，香港：太平书局，1981。

② ［明］佚名著，刘文忠校点：《梼杌闲评》，480页，北京：人民文学出版社，1983。

将戏目呈上，侍御亲点讫，登场演唱”①；《利玛窦中国札记》则明确记载：“凡盛大宴会都要雇用这些戏班，听到召唤他们就准备好上演普通剧目中的任何一出。通常是向宴会主人呈上一本戏目，他挑他喜欢的一出或几出。”② 可见，将折子戏目开在戏单上，任由观众摘选，在明末已非常流行了。

其二，没有形成固定的演出仪式程序。

从一些明末小说、文人日记中我们可以发现，明末演剧日盛于庭，弦歌繁管不绝于耳，戏曲已经全方位地渗入各个阶层的日常生活。在长期自觉的商业化操作过程中，戏曲演剧自然而然营构出了一套与家宅相适应的礼仪俗规。李静《明清堂会演剧史》曾指出明清堂会演剧从开始到结束都具有一套“约定俗成”的规则，其喊戏、定班、参场、讨座、开场戏、送客戏等都颇有讲究③。

其实，这套习俗在明中期的南戏演剧已现端倪。如《西樵野记》载录弘治癸丑年的一则轶事：“湖州俞氏敷演梨园。饭客酒罢，夜有二青衣持灯至，曰‘吾乃严尚书府中，召汝今夕演戏。’随以白金半锭授之。诸优如召，从至一大厦，雕梁画柱，席间章缝毕集，惟饮食殊不可啖，主公命云，夕宜演赵盾故事。直未许，鸣金，诸优演罢。久之未晓，复睡一觉。乃一古庙。天明乃一古庙，试以白金视之，冥锭也。或曰，云是国初严尚书旧游地也。”④ 严尚书家宴之前，先令人去请戏班，即喊戏；再以

① ［明］梧子：《笔梦叙》，见［清］虫天子：《香艳丛书》，第1册，326页，北京：人民文学出版社，1994。

② ［意大利］利玛窦、金尼阁著，何高济、王遵仲、李申译：《利玛窦中国札记》，24页，北京：中华书局，2012。

③ 李静：《明清堂会演剧史》，上海：上海古籍出版社，2011。

④ ［明］侯甸：《西樵野记》卷一，见《四库全书存目丛书》，子部246册，602页，济南：齐鲁书社，1997。

定金预约时日、地点，即定班；演出时，令演赵盾故事，即点戏，可谓具备了一套程序。若参看教坊乐人“唤官身”的演剧过程，这套程序实非南戏所独有。演剧之前的点戏渊源甚早，唐崔令钦《教坊记》载：“凡欲出戏，所习先进曲名，上以墨点者即舞，不点者即否，谓之进点。”① 元以来，通行做法是由乐人报戏名，往往有因博闻强记而出名的艺人。《青楼集》载李之秀“赋性聪慧，记杂剧三百余段，当时旦色，号为广记者，皆不及也”②；《宦门子弟错立身》王金榜亦曾通报传奇戏名 29 种，明初沿用应是常例。

在仪式规范上，明前中期南戏演剧也不甚明晰和具体。我们不妨以《金瓶梅》的演剧情况略作分析。小说中，无论是南戏还是杂剧的演出，都是点戏之后直接开演，戏还未完就草草散场，没有附演任何吉利小戏。第 43 回，西门庆升官生子不久，吴月娘和乔太太两家结亲，女方乔家初次过访男方家，在迎亲酒宴上点了《王月英元夜留鞋》南戏，戏只演了四折便散场。若移至明末清初生子、娶亲、升官等同类场合中，戏班多会加演张仙送子、天官赐福之类的小戏，以讨吉利彩头、迎合观众喜庆的心理。如《梼杌闲评》第 2 回，王尚书府里生日，“住了鼓乐，开场做戏，锣鼓齐鸣，戏子扮了八仙上来庆寿”，之后才点正戏③。清吴敬梓《儒林外史》第 10 回，蘧公孙婚宴上戏班演剧，先由戏子参堂，之后“打动锣鼓，跳了一出‘加官’，演了一出

① ［唐］崔令钦：《教坊记》，见《中国古典戏曲论著集成》，第 1 册，12 页，北京：中国戏剧出版社，1959。

② ［元］夏庭芝：《青楼集》，见《中国古典戏曲论著集成》，第 2 册，29 页，北京：中国戏剧出版社，1959。

③ ［明］佚名著，刘文忠校点：《梼杌闲评》，24 页，北京：人民文学出版社，1983。

‘张仙送子’，一出‘封赠’”①，再由副末上来，拿戏单请主家点戏。这种情况在明中叶是没有的。当然，明南戏演剧也有其相对固定套路，即开场为副末开场，收场则为脚色念全剧落场诗，也含迎客送客之意。但是，副末开场小曲“向来不切本题，止是劝人对酒忘忧、逢场作戏诸套语”②，收场诗也多是形制短小、劝善教诲的套话。在日益繁复的世俗化演剧中，这些套语已很难适应不同场合的仪式需要。因此，诸如八仙祝寿、天官赐福、跳加官、张仙送子等一些吉利小戏的兴起就显得很有必要。

其三，在剧目的选择上，观众点戏也没有普遍形成与场合配套选择剧目的演剧心理。

《金瓶梅》围绕李瓶儿丧礼，前后在各类场合共演出了四种南戏：第63回诸朋友吊丧，叫海盐南戏子弟演剧，剧目为《玉环记》；第64回薛内相、刘公公吊丧，点海盐戏子唱《刘智远红袍记》，之后改唱道情《韩文公蓝关记》；第65回西门庆与众官员见礼，教坊伶官上演《裴晋公还带记》；李瓶儿出丧，众内眷叫了一班提线木偶演《杀狗记》。这些剧情并不是十分适合吊丧出殡的场合，只是随观众各自的喜好而任意点戏。而明末观众点戏则大有讲究，不仅要因时因地，灵活机动，而且还需要照顾众人的喜好，所以一些点戏者往往不胜其累。明末清初的陈维崧《贺新郎·自嘲用赠苏昆生韵同杜于皇赋有小序》：“一日，旅舍风雨中，与其年杯酒闲谈。余因及首席决不可坐，要点戏，是一苦事。余尝坐寿筵首席，见新戏有《寿春图》，名甚吉利，亟点之。不知其斩杀到底，终坐不安。其年曰，亦尝坐寿筵首席，见

① ［清］吴敬梓：《儒林外史》，135页，北京：人民文学出版社，1978。

② ［清］李渔：《闲情偶寄》，见《中国古典戏曲论著集成》，第7册，66页，北京：中国戏剧出版社，1959。

新戏有《寿荣华》，以为吉利，亟点之，不知其哭泣到底，满堂不乐。”① 观众点戏已经完全自觉地把剧目与特定场合结合起来，使得演剧为各类场合而服务，这是为明前中期观演者所不具备的习惯心理和行为。

总之，家宅演剧程序的形成不仅需要民间各种风俗演剧的浓厚氛围，而且需要演剧与市场机制充分挂钩。一旦戏班以观众的需求作为其演剧第一位目的，就会十分自觉地完善演剧中的各个细节，以满足和适应不同的场合表演。这样，在观众和戏班相互的促进下，也会渐渐摸索出一套行之有效的演出程序和套路。

第三节　明代南戏的祭祀演剧

研治明代南戏史，常因文献匮乏而难以准确还原其历史的生态。上面我们考察了明前中期南戏的宫廷、城市演剧活动，而南戏民间祭祀的直接资料，则如雪泥鸿爪。本节除文献考证外，仍将适当采用逻辑思辨的方法，从明代祭祀文化的整体环境入手，考察南戏的活动状况、演剧功能与特征。

一、明前中期民间祭祀活动的发展

祭祀演剧，是人们通过戏剧表演的方式，表达对神灵的尊崇、祈福、取悦的心理。有明一代，随着国家祭祀政策的颁布和推行，民间祭祀演剧的发展，大体呈现出明初沉寂、中叶渐盛的态势。

明朝建立之初，朱元璋深知礼乐佐国之功，于洪武元年（1638）即诏命：“中书省下郡县，访求应祀神祇。名山大川、圣帝明王、忠臣烈士，凡有功于国家及惠爱在民者，著于祀典，

① 赵山林：《历代咏剧诗歌选注》，334 页，北京：书目文献出版社，1988。

命有司岁时致祭。”① 明廷对各类神祇的定性，本诸神道设教，意在规引民间宗教的走向。然普天之下神祇纷淆，孰为正祀，孰为淫祀，杂然莫辨。故洪武三年（1370）复诏令：“天下神祠不应祀典者，即淫祠也。有司毋得致祭。”② 此类严禁淫祠、淫祀的律令，在洪武三十年（1397）颁布的《大明律》中亦有体现。除区分正、淫祠外，统治者还试图规范祭祀的仪式。洪武三年（1370），中书省臣等奏：

> 凡民庶祭先祖、岁除祀灶、乡村春秋祀土谷之神，……其僧道建斋设醮，不许奏章上表，投拜青词，亦不许塑画天神地祇。及白莲社、明尊教、白云宗、巫觋、扶鸾、祷圣、书符、咒水诸术，益加禁止，庶几左道不兴，民无惑志。③

各类民间祭祀的仪式活动遭到禁止，而迎神赛社也在禁令之内：

> 若军民装扮神像，鸣锣击鼓，迎神赛会者，杖一百，罪坐为首之人。里长知而不首者，各笞四十。其民间春秋义社，不在禁限。④

这些严格的禁令条文，目的在于以官方的意识形态规束民间宗教祭祀。其实行之初，确有所成效，如广建城隍庙收纳“无祀鬼神”，定诸神封号等。然而，由于民间文化习俗的根深蒂固，加之经济繁荣，世风渐开，村落社祭组织形态的改变，以及

---

①② ［清］张廷玉：《明史·礼四·志二十六》，第5册，1306页，北京：中华书局，1984。

③ 《明太宗实录》卷五三，1037～1038页，台北：台湾“中央研究院”历史语言研究所，1962。

④ ［明］李东阳等：《明会典》卷一六五，848页，北京：中华书局，1989。

各地方官执行政策的力度不一等因素，实际很难使各地宗教祭祀的内容、仪式整齐有序。

随着时间的推移，各地群众性祭祀的热情重新高涨，正祀也好，淫祀也罢，僭越之举，靡费之行，时或见之。例如，宣德年间江苏昆山重建马鞍山山神庙，“每岁四月十五日祀之，俗遂讹传此日为神生辰，遍集城隍诸神，奔走街巷为会，邑人如狂者三日。弘治中知县杨子器悉禁绝之，及其去任而复兴矣”①。弘治二年（1489）广东顺德，“野鬼淫祠，克闾列巷，岁时祭赛，男女混淆，甚至强盗打劫，以资神以壮胆；刁徒兴讼，必许愿以见官”②。嘉靖年间浙江武康祭春社，“清明前数日，各村率一二十人为一社会，屠牲酾酒，焚香张乐，以祀土谷之神。乃若装扮师巫台阁，击鼓鸣锣，插刀曳锁，叫嚣隳突，如颠如狂。此最诡诞，鄙亵可恶之甚。前令公禁之，息已数载，今复炽矣”③。可见，在祭祀活动中，人们并不满足于以简朴仪式表达对神单一的礼敬，而力图释放更多的世俗激情，甚至使之成为一次次群众集会的狂欢。郑振满在《明清福建里社组织的演变》一文中，根据对福建地区的调查，指出“明中叶前后，里社祭祀活动逐渐为迎神赛会所取代，里社也就逐渐演变为神庙”④。

---

① 《嘉靖昆山县志》卷二“坛庙”，见《天一阁藏明代方志选刊》，上海：上海古籍书店，1963。

② 《广东通志·吴廷举传》“禁淫祠条约”。由于广东民间迎神赛社的繁盛，曾引起嘉靖时期一次大规模的捣毁淫祠活动。具见科大卫《嘉靖初广东提学魏校毁淫祠之前因后果及其对珠江三角洲的影响》，周天游主编：《地域社会与传统中国》，西安：西北大学出版社，1995。

③ 《嘉靖武康县志》卷三“风俗”，见《天一阁藏明代方志选刊》，上海：上海古籍书店，1962。

④ 郑振满：《明清福建里社组织的演变》，见郑振满、陈春声：《民间信仰与社会空间》，351页，福州：福建人民出版社，2003。

于是，在咚咚社鼓、喧闹百戏之中，戏剧演出逐渐步入神坛祭祀。弘治、正德年间姜准《歧海琐谈》描述了浙江温州一带迎神赛会中戏剧演出的盛况：

> 每岁元夕后，戏剧盛行。虽延过酷暑，勿为少辍。如府县有禁，则托为酿灾赛祷，非迁就于丛祠，则延香火于戏所，即为瞒过也。……且戏剧之举，续必再三，附近之区，罢市废业，其延款姻戚至家看阅，动经旬日，支费不訾，又不待言。①

尤其值得注意的是，组织者不仅以“酿灾赛祷”的名义在丛祠演戏，且在普通“戏所”也延香火为“瞒过”。《正德建昌府志》还记载了江西建昌府“浴佛会”的祭祀场面：“四月八日，浮屠作浴佛会。……是月，坊保多敛钱建醮，谓之禳灾，又谓之禳火。先时，装演剧戏，竞奇夸富，谓之迎神。今则省矣。”② 则说明祭祀演剧曾繁盛一时。又，《嘉靖池州府志》载岁时逐疫：“凡乡落自十三至十六夜，同社者轮迎社神于家，或踹竹马，或肖狮象，或滚球灯，妆神像，扮杂戏，震以锣鼓，和以喧号，群饮毕，返社神于庙，盖周礼逐疫遗意。”③ 嘉靖二十六年（1547）《西湖游览志余》记载，上元节时期西湖祭赛神庙活动十分丰富，有“社火、鳌山、抬阁、戏剧、滚灯、烟火”

---

① ［明］姜准：《歧海琐谈》，见沈沉《祖杰南戏与对金牌传奇》，载《艺术研究》，第2辑，378页，杭州：浙江艺术研究所，1985。

② 《正德建昌府志》卷三“风俗”，见《天一阁藏明代方志选刊》，上海：上海古籍书店，1964。

③ 《嘉靖池州府志》卷二“时序”，见《天一阁藏明代方志选刊》，上海：上海古籍书店，1962。

等。① 这些材料不仅体现了戏曲的强大祭祀功能，也反映出官方祭祀禁令的地方执行力度已大不如前。

二、明代南戏的祭祀演出

“南戏”在宋元或称“戏文”，或称“杂剧”，并无统一的定称。而上文所引明中叶迎神赛会的演剧材料中，“戏剧”“剧戏”“杂戏”仅是一个泛称，既没有说明剧种、所演剧本，更无表演形态的描述，故而不能率尔断定它们就一定指南戏表演。不过，民间祭祀表演往往夸富斗彩，热闹非凡，而明中叶南戏四大声腔又在各地迅速流行，谁又能否定在“戏剧”“杂戏”之中，不曾混融了南戏的身影呢？我们试举实例考察之。

《正德建昌府志》载官府《谕民榜略》道：“照得本府所属广昌县，虽是偏方小邑，实为诗礼名邦。不知近年以来，系是何人作俑，每岁七月二十二日，称是唐忠臣张巡生日。至期，本处居民互相纠敛财物，宰杀猪羊，扮装各样戏文，名曰迎神赛会。鸣锣击鼓，震动乡村。每当赛会之前，近而抚赣饶信，远而闽浙等处军民商贾，莫不会集，动至数百千人。如此者，半月方罢。”② “各种戏文”具指什么，难以判断。然援今证古，可知南戏亦曾是明代江西广昌祭祀活动的重要组成部分。今广昌县仍遗存一种古老的南戏——“孟戏”，因每年正月专演一次的《孟姜女》而得名。据多次深入该地考察的流沙先生称，广昌县唱孟戏者，唯有甘竹乡曾、刘两班。曾家班唱腔质朴简陋，似道士腔，戏神为“老郎神”，剧本《孟姜女送寒衣》，盖从古南戏出；

---

① ［明］田汝成：《西湖游览志余》卷二十，55页，上海：上海古籍出版社，1980。

② 《正德建昌府志》卷十“祀典”，见《天一阁藏明代方志选刊》，上海：上海古籍书店，1964。

刘家班约始于明代嘉隆年间，由外路人宋子明教习演唱，戏神为“田师父”，剧本《长城记》传自明代弋阳腔《长城记》，且无滚白，应属明中叶的南戏剧本①。可以说，曾、刘两家的“孟戏”演出，实则反映了明前中期多形态的新旧南戏层叠式的祭祀演剧状况。《谕民榜略》所言“各种戏文”，极有可能就包含了南戏。

又如，民国《南陵县志》卷四“风俗”载：“陵民报赛酬神，专演目连，谓父乐善好施，子取经救母。王阳明先生评目连曲曰：‘词华不似《西厢》艳，更比《西厢》孝义全，亦神道设教义也。’”② 据考，王阳明曾于弘治十五年（1502）、正德十五年（1520）两游九华山，当亲历了当地《目连救母》“报赛酬神”的景况。由于《目连救母劝善记》一剧乃九华山附近的青阳人郑之珍写定，且至今南方遗存的目连戏，几乎皆属南戏系统。故笔者以为，《南陵县志》所载“目连戏”也理应为南戏的祭祀表演。

现存的明代南戏剧本，也为民间祭祀中上演南戏的事实提供了有力的佐证。1975 年在广东潮安出土的宣德本《刘希必金钗记》，乃艺人手抄底本，所附残文末有“奉神禳谢弟子廖仲”的字样。③ 且不论廖仲是“奉神禳谢”主人，抑或南戏子弟，这条材料清晰地表明了该剧本酬神禳灾的性质。1967 年出土于上海嘉定城东的成化本《白兔记》，开场云“喜贺升平，黎民乐业。歌谣处，庆赏丰年”，明确表示该戏是对神灵佑护民富国泰的答

---

① 按：通过对刘家班《长城记》的曲牌分析，流沙还认为该戏可能保留了海盐腔的遗音。流沙：《明代南戏声腔源流考辨》，399～413 页，台湾：财团法人施合郑民俗文化基金会，1999。

② 《中国戏曲志·安徽卷》，12 页，北京：中国 ISBN 中心出版社，1993。

③ 广东省潮剧发展与改革基金会：《明本潮州戏文五种》，163 页，广州：广东人民出版社，1985。

谢。所唱【红芍药】“啰哩连”曲，亦为南戏请神净台的开场仪式。现存于嘉靖刊本《风月锦囊》中的明代孤本南戏《留题金山记》，副末开场云：

拍板初开艳戏台，鼓儿点动开情怀。莫道戏文无好处，引出公侯宰相来。鼓打数声雷霹雳，笛吹三弄小梅花。若要人欢神喜处，还是当行子弟家。①

“人欢神喜”一语，意味着南戏走出了“乐以和神”的单纯祭祀，扩大为人神共娱的表演，这无疑进一步释放了南戏作为娱乐艺术的能量。

为了应付繁忙的演出，南戏子弟四处赶场，参加各地的祭祀活动。成弘年间，陈铎写有一套《嘲川戏》，描写当时唱南戏的四川子弟，“三三五五厮追陪，不着家四散求食。生来一种骨头贱，磨抢多遭脸脑皮。扰动了妆南戏，把张打油篇章记念，花桑树腔调攻习”，大概因为他们的表演粗鄙，“士大夫见了羞，村浊人看了喜，正是村里鼓儿村里擂”。所以更多的是现身于乡村赛社上。其【二煞】写道：

远去有十数程，近行有七八里。破窑古庙是安身地，赛神赛社处哝一个饱。无钞无钱时忍一会饥，夜里熬日里睡，一缠一个钟响，一弄一个鸡啼。②

陈铎乃金陵人，尤精声律，看不起那些“鄙俗”的南戏，故语气极尽调侃、嘲讽。不过他留下的这条材料，分明写出了南戏子弟们不顾辛劳，赶趁村社赛会的热情。若无乡人对南戏祭祀

① 孙崇涛、黄仕忠笺校：《风月锦囊笺校》，659页，北京：中华书局，2000。

② ［明］陈铎：《嘲川戏》，见谢伯阳：《全明散曲》，第1册，617～619页，济南：齐鲁书社，1994。

演剧的需要，又何来陈铎所云“靳广儿那一班”“韩五儿这一起”，“四散求食”的南戏子弟呢？

三、明前中期南方戏台的建制与南戏演剧的发展

传统民间祭神献乐的重要场所是戏台、舞楼，而南戏则主要活动于南方地区。因此，考察现存的南方戏台，也是我们了解明代前中期南戏祭祀演剧的重要途径。根据车文明《20世纪戏曲文物的发现与曲学研究》一书所提供的戏台资料①，明代前中期现存南方戏台的建制年代、样式和名称大略如表2－1所示：

表2－1

始建年代	戏台名称	样式	出处
永乐年间	广东连县马带村戏台	单层伸出式	车表
	安徽怀宁孔雀台	双层伸出式	车表
景泰年间	江西弋阳湾里李氏祠堂戏台	双层伸出式	车表
正德五年	四川江津石镇清源道宫戏台	单层镜框式	车表
嘉靖元年	江西南城磁圭三真殿戏台	单层伸出式	车表
嘉靖年间	江西宁都小布乡万寿宫戏台	单层镜框式	车表
	江苏兴化宗臣府戏台	双层伸出式	车表
	安徽宿松廖河湾戏台	双层伸出式	车表
	江西婺源阳春方氏宗祠戏台	双层镜框式	车表
	安徽绩溪大石门戏台	双层镜框式	车表
明中叶年代不详	江西德安冰水塘陈氏祠堂戏台	单层伸出式	车表
	浙江龙游东坞绍衣堂戏台	双层伸出式	车表

① 车文明：《20世纪戏曲文物的发现与曲学研究》“戏曲文物资料附表XI－XII”，122～199页，北京：文化艺术出版社，2001。

据车文明的辑录，明代现存戏台有 70 ~ 80 座，而修建于明前中期的有 31 座，其中南方戏台计 12 座。由于南方气候潮湿，不利于戏台的保留，因此这些现存戏台尚不足以概括此期南方戏台的全貌。还有一些地方戏台，如洪武年间广东陆丰县碣石卫城隍庙戏台、成化年间四川汉源九襄五穀祠戏楼、正德年间福建尤溪城隍庙戏台等，仅存于纸上文献，实体均已湮灭。

从现存戏台修建的年代看，嘉靖年间最为繁盛，共 5 座，与明前中期南戏演出渐盛的发展趋势基本吻合；从戏台分布区域来看，江西 5 座、安徽 3 座、浙江 1 座、江苏 1 座、广东 1 座、四川 1 座，也基本与南戏繁盛于赣、皖、浙诸地的状况相符。

再从建制样式上看，明代现存戏台出现了两个新特点，尤为值得关注。

其一，双层戏台的出现，奠定了此后戏台建造的基本模式。双层戏台，又称山门戏台、过路台、山门舞楼等，指修建于神庙山门之上的戏台。它分两层，下层可任人通行，上层专供表演。舞台的山墙之外还可附建二层戏房，上层供艺人化妆用，下层则为艺人休息伙食之处。这种戏台样式大约出现于明代中叶前后。① 例如，江西弋阳湾里李氏祠堂戏台（图 2 – 1），前台阔三间，台上以木隔断分为前后台，设上下场门，整个戏台功能区分颇为清晰；此戏台始建于宣德二年（1427），景泰间重修，增加

① 山门戏台的出现时间，冯俊杰推为嘉靖年间，车文明则据《徐沟县志》卷三“祠庙”载“城隍庙，……成化间知县杨翱重修，庙门上建乐楼一座”，提前到成化年间。对于安徽怀宁孔雀台的建造时间，车文明在表格备注中表示了审慎的怀疑。（车文明：《20 世纪戏曲文物的发现与曲学研究》，164 页，北京：文化艺术出版社，2001）不过江西弋阳湾里李氏祠堂戏台，据《九川李氏宗谱》云为明宣德二年（1427）建，景泰年间重修，则这种戏台可能早在成化之前即已出现。

了戏台后厅和走马楼，前者方便演员休息，后者则便于观众的观看。双层戏台的出现，反映了舞台演出艺术日益成熟的趋势。它与宋、金、元的单层戏台相比，台面更为阔大，功能区分也更为细化，不仅利于舞台调度，也扩大了演员的表演空间。冯俊杰说："山门舞楼较比金元院内戏台、倒座戏台、过厅式戏台都是一个了不起的进步，它是神庙剧场高度成熟的标志。"① 明代戏曲，杂剧日呈衰势，南戏蔚然兴起。南戏旧有的七种角色逐渐发展为"江湖十二角"，表演阵容更加强大，人员众多，观演规模也扩大，双层戏台对戏剧表演和观演空间的延展，恰好体现了南戏艺术发展的客观需求。

图 2－1 江西弋阳湾里李氏祠堂戏台

其二，出现了宗祠戏台。明前中期的祭祀戏台，绝大多数附建于祠庙内。其中，城隍庙、五谷祠、万寿宫、清源道宫等神庙

---

① 冯俊杰：《略论明清时期的神庙山门舞楼》，载《文艺研究》，85页，2001 年第 4 期。

戏台，沿袭了传统的建筑观念，体现了“庙所以聚鬼神之精神，而乐所以和神人也”的祭祀意图。① 到了明中期，开始兴建大量宗祠戏台。明代是新宗族形态普及的重要时期，特别是明中叶兴建了大量宗祠，祠堂祭祀在南方地区（尤以江、浙、闽等地）显得十分突出。② 表 2－1 所显示的南方地区出现的宗祠戏台，基本吻合新宗族形态的发展。由此亦可知，宗族演剧渐趋兴盛。我们从各地乡约的禁戏令，可以反观到当时各类宗族演剧的流行。例如，嘉靖九年（1530）黄佐《泰泉乡礼》规定：

> 凡亲迎，不许用鼓吹杂剧送迎交馈。（卷一）
>
> 凡丧事不得用乐，及送殡用鼓吹、杂剧、纸幡、纸鬼等物，违者罪之。（卷一）
>
> 不许造唱淫曲，搬演历代帝王、讪谤古今，违者上司定行拿问。（卷三）③

嘉靖六年（1527）福建泉州府安溪县《古灵陈氏教词》，也规定“禁扮演杂剧”“禁元宵观灯”。④

从敬神性质和功能看，宗祠戏台与神庙戏台的祭祀演出或无太大差别，但它们的组织方式和支配力量，却发生了很大的改变。神庙戏台的演出由里社祭祀者操纵，而宗祠戏台演出的组织者则转为地方新兴的宗族势力。组织者身份、背景、趣味的改

① 王铉：《重修乐楼之记》，见冯俊杰：《戏剧与考古》，61 页，北京：文化艺术出版社，2002。

② 常建华：《明代宗族研究》，1～10 页，上海：上海人民出版社，2006。

③ ［明］黄佐：《泰泉乡礼》，见文渊阁《四库全书》，第 142 册，599 页，600 页，624 页，上海：上海古籍出版社，1989。

④ 《嘉靖安溪县志》卷一“地舆”，见《天一阁藏明代方志选刊》，上海：上海古籍书店，1962。

变，直接影响了民间祭祀戏剧。例如，安徽休宁吴氏家族《家典记》卷七“戒靡费”云：

> 吾族喜搬演戏文，不免时屈举赢，诚为靡费，自今惟禁园笋、保禾苗，及酬愿等戏则听演，余自寿诞戏尽革去。只照新例出银，以备常储，实为不赀。其视一晚之观艳，而无济于日用者，孰损孰益，必有能辨之。①

此条令制定于万历二年（1574），所云“戏文”应为南戏或传奇。既云“吾族喜搬演戏文”，故此种现象当在万历之前。田仲一成将演剧分为外神系与内神系：禁园笋、保禾苗、酬愿戏属于外神系，主要敬献给村落的社神，而寿诞戏属于内神系，主要奉献给宗族祖先。我们看，家族管理者对寿诞戏等宗族内的演剧十分不满，以为无补实用，过于铺张，这正说明了此类演剧重在娱乐的特征。管理者欲以条约钳制，扭转风向，只恐怕沦为一纸空文。田仲一成指出：“全族演剧的重点，由社庙外神祭祀的场所转向宗祠寿诞庆祝的场所，是显而易见的。”② 在地方宗族力量的介入下，南戏民间祭祀演剧，无疑会朝着世俗化、娱乐化的方向发展。

四、明代南戏祭祀演剧的两种类型

无论是文献资料还是现存的戏台建制，都证明了明代前中期民间南戏的祭祀演剧不仅未尝断绝，至明中叶还颇为繁盛。那么，南戏在祭祀演剧中的表现形态和功能又如何呢？根据对现有

---

① ［日］田仲一成著，云贵彬、王文勋译：《明清的戏曲》，39 页，北京：北京广播学院出版社，2004。

② ［日］田仲一成著，云贵彬、王文勋译：《明清的戏曲》，64 页，北京：北京广播学院出版社，2004。

资料的分析，我们大概可将其分为仪式剧和娱乐剧两种①。

先说仪式剧。此类剧出现得较早，极大地彰显南戏的仪式功能，实为祭祀活动的重要组成部分，传达了人们对神灵的崇拜和敬畏。明代南戏中的“雨醮戏”《东窗记》和“超度戏”《目连救母》，集中体现了这一类型。

《东窗记》，徐渭《南词叙录·本朝》曾著录《岳飞东窗事犯》《精忠记》两种，写秦桧东窗设计、岳飞屈死风波亭之事，俱为南戏。这两剧现存万历富春堂刻本《东窗记》、冯梦龙改本《精忠记》，从刊本内容、形式相互比较，内容基本一致，《精忠记》应为《东窗记》之改本。在民间，该剧主要用于旱岁求雨。比如，湖南有“祈祷雨泽有东窗戏，驱除疫厉有目连戏”之说；四川亦有“搬东窗”的演剧习俗，其全本共48出，大凡久旱设坛求雨不灵时，即搬演此剧，一般只演出十本②。民间称演出岳飞剧，为“搬东窗”“搬精忠”，说明“雨醮戏”所用底本，与明代南戏《东窗记》或《精忠记》存在密切关系。

《目连救母》，更是一部取材于宗教信仰、诞生于祭祀土壤的仪式剧。其演出历来充满了各类仪式活动。以福建莆田目连戏为例（与郑之珍本同一系统），当演到《三殿救母》一出时，民间多有寄牒超度亡魂的。据马建华五次调查，每次超度人数都超过一百人，时间长达两三小时③；当演至“目连六殿见母时，送乌饭给刘四真吃，民间也有人乞讨乌饭给孩子吃；五殿阎罗出场时，也有人把孩子的衣服请阎罗盖印。据说这些作法可以驱邪，

---

① 相关观点参见本书第七章第三节“南戏的仪式表演”。

② 《中国戏曲志·四川卷》，492页，北京：中国ISBN中心出版社，1995。

③ 马建华：《莆仙戏与宋元南戏、明清传奇》，218页，北京：中国戏剧出版社，2004。

祈保孩子平安长大”①。戏剧与仪式，彼此交错，水乳交融，鲜明凸显了《目连救母》超强的祭祀功能。

南戏仪式剧的表演，满足了人们不同的现实需求，承载着浓厚的宗教祭祀内涵。有时相同的剧本，甚至可以体现不同的祭祀功能。例如《孟姜女》一剧的演出，成化进士杨循吉【哨遍·观社】词记载说“尽保田蚕，一风五雨”，“有年少儿郎，咿嘎唱和，扮成彼孟姜女”，这说明此剧之演是为了“保田蚕”；但是，江西广昌县的孟戏却在演至追荐姜女时，突然中断表演，插入亡灵超度的仪式，所承担的功能大为不同。故笔者推想，明代南戏的仪式剧，会依据现实需求和祭祀场合，调整仪式表演的形态。

再说娱乐剧。随着世俗精神向祭祀演剧的渗透，特别是宗族势力染指祭祀仪式后，南戏的娱乐化倾向呈现上升之势。原来祭祀戏剧中的仪式逐渐淡化，出现了大量娱乐性质的表演，戏剧功能转向娱乐为主。根据表演形态的不同，我们可将其分为两种，即“仪中有戏”和“融仪入戏”。

“仪中有戏”，指在祭祀仪式中，融入娱乐化的戏剧表演。被发现于山西潞城县崇道乡南舍村的《迎神赛社礼节传簿四十曲宫调》，是明代南戏由南向北，深入北方民间祭祀舞台的重要佐证。该本为万历二年（1574）手抄，但其表演形态的形成应早于此前。其中记载赛社剧目合174种，有杂剧、院本、南戏等。属南戏者，有送米、芦林相会（《跃鲤记》）、断机教子、雪梅吊孝（《三元记》）、五娘官粮（《琵琶记》）、班超投北（《投笔记》）、南浦嘱别（《琵琶记》）、玉莲投江（《荆钗记》）、咬脐打围（《白兔记》）、旷野奇逢（《拜月亭》）、周氏拜月、唐儿送

① 林庆熙：《福建莆田〈目连戏〉》，载《戏曲研究》，87页，第37辑，北京：文化艺术出版社，1991。

行（《金印记》）、哭倒长城（《孟姜女》）、偷诗、姑阻佳期、秋江送行（《玉簪记》）等①，均为元明流行的南戏剧目。这些选目大多涉及家庭婚姻、爱情题材，并不具备仪式功能。其出现于迎神赛社，应为丰富表演，动人观听，娱神之余，兼具娱人。

“融仪入戏”，强调以“戏”为本，吸收一定的仪式形态，丰富南戏的舞台表演。例如，“祭亡”是民间的一种祭拜超度仪式。《荆钗记》王十朋祭妻、《白蛇记》刘妻祭亡夫、《三元记》祭奠商霖、《香囊记》上香荐亡等，或详或简，均有“祭亡”仪式的表演。但它本身并不具备现实科仪的功能，只当作一个表演环节，穿插于剧情之中。南戏所融入的“仪式”表演，非常繁富，如状元游街、婚礼、占卜、圆梦、社火等，由于贴近生活，为百姓喜闻乐见，故被大量阑入演剧之中，几乎演进为一种程式化的表演出目。如成化本《白兔记》没有“报社”的赛社表演，但到汲古阁本《白兔记》出现了；元本《琵琶记》“感格坟成”没有赵五娘“拜五方”，凌氏古本《琵琶记》增加了；嘉靖原本《荆钗记》王十朋“祭江”比较简单，到晚明曲选本《词林一枝》中祭祀过程变细致了。这些仪式从无到有，从简到繁，目的不在强化仪式本身，而在促使仪式与戏剧的结合，使仪式更好地为戏剧服务，成为感怀寄情或营造气氛的娱人表演。

需要指出的是，我们对仪式剧和娱乐剧的分类，主要依据南戏的基本演剧功能，并非将二者截然分立。实际上，在一部戏中，仪式和娱乐往往呈现交相影响、共存兼容的模式。例如，《目连救母》既是一个仪式剧，同时又有“度索舞絙、翻桌翻梯、筋斗蜻蜓、蹬坛蹬臼、跳索跳圈，窜火窜剑”② 等高难杂技

① 《迎神赛社礼节传簿四十曲宫》（调明万历二年手抄本影印），载《中华戏曲》，3~50页，第3辑，太原：山西人民出版社，1987。

② ［明］张岱：《陶庵梦忆》卷六，72页，北京：中华书局，2007。

和《尼姑下山》《和尚下山》等风情小戏①，体现了民间趣味向仪式剧的渗透。同样，娱乐剧中也存在大量的仪式表演。这种情况的出现，反映了仪式力量超乎想象的强大。娱乐剧虽淡化了祭祀戏剧的仪式功能，但化仪式入戏剧，本身就是一种重视仪式的有力说明。可以说，只要民间宗教信仰、神祇崇拜还存在，戏剧的仪式功能便不会消失。因此，祭祀戏剧在其后的发展中，仪式和娱乐的双重因子会一直存在。

五、明代祭祀组织与南戏伦理道德剧的兴盛

明代前中期鼓吹道德的南戏作品，层出不穷，甚至出现剿袭因陈、千戏一面的状况。过去，我们对它们重视不够，评价甚低。但是如果跳出简单的艺术价值评判，从明代祭祀文化的角度看，南戏的这种创作现象也颇值得审视。

明代社会的基层管理，主要依靠各地的里甲和里社组织。为加强控制底层的伦理道德观念，洪武三十年（1397），朱元璋曾发布《圣谕六条》“孝顺父母，尊敬长上，和睦乡里，教训子孙，各安生理，毋作非为”②，令乡里老人每月振铎宣讲。此后，又推行《教民榜文》，规定了基层社会的各种教化措施。《教民榜文》的颁布，可以视为明朝乡约制度的初立。此后，明前中期各地民间有过不少尝试和实践，浙江、广东、福建、安徽、江

① 按：《尼姑下山》，嘉靖刊本《风月锦囊》已收录，其后《词林一枝》《八能奏锦》等曲选本均见载，说明该本小戏在民间广为流传，郑之珍将之纳入《目连救母劝善记》中，恰恰说明仪式剧对民间趣味的吸收与融化。

② 《明太宗实录》卷二五五，3677 页，台北：台湾“中央研究院”历史语言研究所，1962。

西等地，都曾有地方官任上推广乡约，敦睦乡风。[①] 这其中，尤以正德年间王守仁“南赣乡约”最为著名。篇首曰：“凡尔同约之民，皆宜孝尔父母，敬尔长兄，教训尔子孙，和顺尔乡里。死丧相助，患难相恤，善相劝勉，恶相告戒，息讼罢争，讲信修睦。务为良善之民，共成仁厚之俗。”[②]

实际上，各地里社组织不仅是乡约制度的执行者，也是国家祭祀政策的具体推行者。日本学者滨岛敦俊指出，明初统治者所颁布的国家祭祀政策，如规定“禁淫祠制”和“神号改正诏”，访寻大量忠臣贤良纳入正祀对象等，均具有强烈的“儒教原理主义”。尽管在具体执行结果上，地方祭祀由于受到各种主客观因素的影响，未必能严防死守，但国家祭祀政策对它潜移默化的影响还是存在。如关羽祭祀，明代以前关羽虽已成神，但在国家祀典中的地位并不高。随着洪武二十七年（1394）中央王朝在南京鸡鸣山建汉寿亭侯庙，关羽崇拜在国家推手之下，祠庙几遍天下。[③]

因此，为配合“儒教原理主义”的官方祭祀政策，贯彻整肃道德的乡治思想，出现于祭祀场合的明代南戏，也很自然会朝教养生民、和睦宗风的方向靠拢，积极强化剧本的教化内容。例如，“双忠公”信仰，自洪武二十九年（1396）纳入国家祀典，岁时致祭[④]，此后在民间十分流行。安徽休宁《茗洲吴氏家记》

---

① 常建华：《明代宗族研究》，199～203页，上海：上海人民出版社，2006。

② ［明］王守仁：《王文成全书》卷十七，见文渊阁《四库全书》，第1265册，480～481页，上海：上海古籍出版社，1989。

③ 朱海滨：《祭祀政策与民间信仰变迁》，44页，31页，上海：复旦大学出版社，2008。

④ ［明］雷礼：《皇明大政记》卷三，见《续修四库全书》，第428册，557页，上海：上海古籍出版社，2003。

载正德十三年（1518）设坛祭祀张巡及其家族①，《正德建昌府志》卷十载广昌县有“东平王庙”，正德年间七月十五日祭祀张巡等。据何方整理，明代双忠祠庙可考者73座，其中建于明前中期有近40座，且大多集中于长江流域以南的地区，包括江西、福建、湖北等地。② 与此相应，南戏有《双忠记》，约作于成弘年间，敷演安史之乱时张巡、许远等人抗击安禄山叛军，殉节睢阳一事。该剧激扬忠烈，道德主题明确，可以避开僭越礼制的口实，恰如其分地在这样的祭祀场合表演。其他若《东窗记》演岳飞耿耿忠心，《寻亲记》演周孝子万里寻父，《白兔记》演三娘苦贞坚节，《目连救母》演目连劝善超度，《金钗记》演萧氏奉亲守节等，厚道德、美教化，无一不是迎合祭祀场合的上好选择。此外，不少南戏剧本中的人物，本身也是地方祭祀的人格神，具有解灾祈禳、福国庇民的作用，以戏剧为之歌功颂德，娱神与教化并存，不失为“神道设教”的良方。正如推行《南赣乡约》的王守仁所云：“今要民俗反朴还淳，取今之戏子，将妖淫词调俱去了，只取忠臣孝子故事，使愚俗百姓，人人易晓，无意中感激他良知起来，却于风化有益。”③

明代南戏道德伦理剧的兴盛，还与地方宗族组织的管理方式密切相关。宗族通过祭祖、修谱、乡约和族产等方式，规范族人的行为和信仰。明代中叶，各地大建宗族祠堂，巩固宗族管理制度。赵华富《徽州宗族祠堂的几个问题》一文指出明代徽州祠

① ［日］田仲一成著，云贵彬、于允译：《中国戏剧史》，66页，北京：北京广播学院出版社，2002。

② 何方：《唐至清代“双忠”信仰的地域扩展研究——以江淮与东南地区为中心》，36～40页，广州：暨南大学，2012。

③ ［明］王守仁：《王文成全书》卷三，见文渊阁《四库全书》，第1265册，100页，上海：上海古籍出版社，1989。

堂大兴于嘉靖时期，文献所辑39座宗族祠堂中，有13座确于嘉靖所建，余建号年代不详，约为明中叶所建者4座。① 宗族祠堂的兴建，促进了宗族演剧的进一步兴盛。尽管地方宗族的禁戏令，与此一时期同时兴起的地方官吏“捣淫祠”一样，未必得到有效的执行，但宗族乡约族范大力提倡崇礼教、敬长辈、讲孝友等伦理道德，仍坚持了明初国家的乡治理念，即倡导民间自律的礼法教化。② 在此基础上，宗族祭祀演剧也会积极体现这种风教精神。举例言之，《金钗记》，又名《刘文龙》，是宋元时期的南戏剧目，现存宣德本《金钗记》。该剧于今福建莆仙戏、梨园戏均有演出，而演出最密集地当属安徽贵池《刘文龙》傩戏。据王兆乾调查，当地太和章家演出的是曲牌体《和番记》，属于旧南戏《刘文龙》改本。此家族祖居福建浦城，明初由皖南泾县迁移至池州，正好构成了明代福建南戏向皖南，再至池州的流动路线。该戏每年正月十五日，只在太和章氏祠堂演出一场，体现了隆重的祭祖特征。与宣德本《金钗记》比较，《和番记》情节有所增衍，多出曹丞相招赘、匈奴招赘、文龙宁死不从等内容，“强调了文龙的‘忠’‘孝’，萧氏的‘节’和李夒的‘义’，从而完成了‘忠孝节义’五伦全备的道德标准。所以，太和章演出时舞台楹联有：‘负义宋中阴谋逼欠三千贯；怀仁李夒襄助和番十八年。’”③《和番记》所强化的五伦道德，体现的正是宗族祭祀演剧教化人伦的需求。

---

① 周绍泉、赵华富：《国际徽学学术讨论会论文集》，28页，合肥：安徽大学出版社，1997。

② 按：朱元璋制定《大诰》三编、《教民榜文》，官方刊行全国的《性理大全》中，就包含《蓝田吕氏乡约》和朱熹《家礼》，说明明统治者倡导民间自律的教化观念与地方管理策略。

③ 王兆乾：《南戏刘文龙的演变及其遗存》，见《南戏国际学术研讨会论文集》，211~225页，北京：中华书局，2001。

明代南戏讲述妇德的作品也很多。比起宋元南戏，明南戏对妇女的道德要求显得更加严格，甚至有些酷烈。《跃鲤记》庞三娘逆来顺受，《断发记》裴淑英剪发毁容，《五伦全备记》淑清割肝疗亲，《三元记》秦氏一丝既定，终身守节等，都是在屈辱的眼泪、激烈的血腥中，塑造着坚贞孝顺的女子形象。这些不合人情的陈腐行为，过去我们仅认为是代表官方意识形态的程朱理学的反映，但这只看到了问题的一个层面。我们应注意到，这些剧本有很多出自民间俗手，归属“杂调”，曾流行于民间迎神赛社的场合，受到了老百姓的喜爱。民众对这些贞洁烈女的肯定，实际一定程度地体现了明代地方乡治和祭祀教化的社会效果。特别是明代宗族乡治的出现，更是强化了对女性的伦理束缚。如江西饶州洪氏嘉靖二十七年（1548）刻本《世训》载：

> 家之隆替，关乎内助之贤否。贤者事舅姑以孝顺，奉丈夫以恭敬，待娣姒以温和，拊子孙以慈爱，如此之类是也。如其不贤，淫狎妒忌，纵意徇私，仗资财而欺凌柔弱，口舌而妄生是非，如此之类是也。呜呼！人同一心，事出各门，天道昭鉴，福善祸淫，为妇人者不可不钦。①

这些宗约族范显示了对女性强大的道德压力。因此，明代南戏强调“不关风化体，纵好也枉然”，所体现的实际是官方与民间伦理宣传和社会治理自上而下和自下而上的双向运作。

需要指出的是，南戏祭祀演剧，一方面为达到娱神与娱人的双重目的，加强了娱乐性的表演，流露出浓烈的世俗色彩；另一方面受限于乡约制度和祭祀仪式，鼓吹纲常伦理，树立道德典范，使南戏“野调”与“正声”齐唱，“淫靡”与“道德”并

① ［明］洪潞：《鄱阳洪氏统宗谱》，见常建华：《明代宗族研究》，326～327页，上海：上海人民出版社，2006。

存。这种表面矛盾的现象，体现了社会观念、组织与行为的复杂构成。正是在彼此制衡当中，南戏的民间祭祀演剧才得以获得更加广阔的发展空间，最终引起士夫精英阶层的关注，完成向传奇规范化的转变。

第三章　南戏的剧本形态

第一节　南戏分出标目的形成

早期南戏与明清传奇的剧本形态，有一个极为显豁的区别：早期南戏不分出，也没有出目名，像《永乐大典戏文三种》、元钞本《琵琶记》无不如是；而明清传奇分出标目，清清楚楚，一目了然。南戏与传奇有无出目很容易被视为抄写、刊刻的时代差异所致，这种认识令我们无法深入考察出目体制的形成动因。实际上，从不分出目到分出标目，不仅仅体现出剧本刊刻的形式变化，也涉及舞台表演的诸多要素，反映了南戏演剧不断发展演变的过程。

一、“出”——南戏独特的分场术语

在传奇分出标目的体例中，“出”是指剧本标示段落的特定术语，一出即构成一个表演段落。这种具有单元标示意义的“出”，最早出现在唐代：

> 药山乃又问：“闻汝解弄狮子，是否?”师曰：“是。”曰：“弄得几出?”师曰：“弄得六出。”曰：“我亦弄得。”师曰：“和尚弄得几出?”曰：“我弄得一出。”①

① ［宋］道原著，顾宏义译注：《景德传灯录译注》卷十四，第2册，1033页，上海：上海书店出版社，2010。

药山、云岩俱中唐僧人。此处“弄狮子”，即“西凉伎”，又名“雄狮恨”或“胡儿思乡”，是一种胡腾歌舞剧，包括了致辞、问答、乐舞等表演，任半塘以之为中唐“全能剧”①。那么，“六出”之表演竞技想必出出不同，故分为六个段落。可是，这种具有分段意义的“出”，没有成为宋元戏剧分段表演的通用术语。宋元时期，戏剧分段术语较为庞杂，出现了“段”“回”“盏”“折”等不同称名。

称“段”者，主要为宋金杂剧、院本。《都城纪胜》“瓦舍众伎”条载宋代杂剧：“先做寻常熟事一段，名曰艳段，次做正杂剧，通名为两段。”② “段”将宋杂剧表演分成了三个部分，包含“艳”的表演一段、“正杂剧”的表演两段。但要注意的是，在戏剧活动的早期，“段”常指不同剧目的种数。像南宋周密《武林旧事》载“官本杂剧段数”，列了280种杂剧名目；马致远【南吕·一枝花】《咏庄宗行乐》套曲云“内藏院本三千段”，指院本三千种③；《张协状元》有“此段新奇差异，更词源移宫换羽”④，也指《张协状元》本剧。因此，所谓“杂剧三段”很有可能是三种不同类型表演的拼接，彼此并无关联。杜散夫【耍孩儿】《庄家不识勾栏》套曲，曾描写金元之际的勾栏表演：“前截儿院本调风月，背后幺末敷演刘耍和”，就是将院本、杂剧放在一起，再加上开头还有“一个央人货”的爨弄表演，或许是宋金杂剧三段的遗存吧！所以，早期戏剧表演中，

---

① 任半塘：《唐戏弄》，529页，上海：上海古籍出版社，1984。

② ［宋］灌圃耐得翁：《都城纪胜》，见《东京梦华录（外四种）》，96页，上海：古典文学出版社，1957。

③ 傅丽英、马恒君：《马致远全集校注》，256页，北京：语文出版社，2002。

④ 钱南扬：《永乐大典戏文三种校注》，13页，北京：中华书局，2009。

"段"主要标示不同剧目的种数，通行于杂剧、院本，南戏则偶尔一见。

又有称"回"者。《水浒传》第八十二回有"这五人引领著六十四回队舞优人，百二十名散做乐工，搬演杂剧，装孤打撺"①，则"回"实指舞队的队形或行次。明代有过锦之戏，亦以"回"作为表演段落的术语名。《明宫史》云："过锦之戏，约有百回，每回十余人不拘，浓淡相间，雅俗并陈。"② 据胡忌考证，过锦戏实为优谏类的滑稽戏。③"每回十余人"，是以队伍为区间，表演不同风格的内容，过锦戏之"回"实际留下了从队伍行次延伸为表演次第段落的痕迹。

又有分"盏"者。《东京梦华录》载"宰执亲王宗室百官入内上寿"，教坊乐部众色齐备，共分九盏演出。第一盏御酒，歌板色；第二盏御酒，歌板色；第三盏左右军百戏入场；第四盏如上仪舞毕，发谭子，参军色执竹竿拂子，念致语口号，诸杂剧色打和；第五盏御酒，独弹琵琶④，云云。此"盏"指教坊乐官酒宴供盏的表演，是用御赐巡盏的方式区隔不同的表演段落。

以上"段""回""盏"均指涉段落单元，但在内容并无贯穿，不属于同一整体的分段。而与"出"一样，真正具有情节段落意义的戏剧单位名词是"折"。"折"专为元杂剧的分段术语，有关它的源起，学界尚未达成共识。孙楷第以为"折"通"摺"，源自伶人经摺装的曲本掌记，又指出"折"有"屈"

① ［明］施耐庵著，凌赓、恒鹤、刁宁校点：《容与堂本水浒传》，1205页，上海：上海古籍出版社，1988。

② ［明］吕毖：《明宫史》，见文渊阁《四库全书》，第651册，628页，上海：上海古籍出版社，1989。

③ 胡忌：《宋金杂剧考》，107页，上海：古典文学出版社，1957。

④ ［宋］孟元老：《东京梦华录》卷九，见《东京梦华录（外四种）》，52～55页，上海：古典文学出版社，1957。

"分"的含义，可作为分段的自然用语①；徐筱汀认为"折"由"遮"而来，"周折"即"周遮"，代表了一场戏的语言行动②；康保成师则推源了"折"的音乐属性，认为它是控制移宫犯调的重要手段，并由此衍变为宫调术语，进一步发展为杂剧之"折"，即一套宫调曲③。笔者较为倾向康保成师的推论。从元杂剧剧本形式看，以曲为中心的特点非常突出，四大套宫调规模俨然，"折"在当时已被视为一套宫调曲的单位名词。同时，用"折"来划分元杂剧的内部层次，兼具了音乐与内容段落的双重含义。例如，天一阁本《录鬼簿》李时中的挽词云："东篱翁头折冤，第二折商调相从，第三折大石调，第四折是正宫。"④"折"相当于同一戏剧内部表演的一个场次、一个片段。

上面流行于宋金元的种种称名，皆可用以区分表演的段落回次，然均未成为南戏分场的用词。这是何故呢？笔者以为，这与南戏特殊的表演体制分不开。首先，"段""回""盏"适用于宋杂剧、院本等拼接在一起的各类表演汇集，难以恰当地表示某种情节表演内部的段落层次。"折"虽兼具音乐与情节划分之功能，但却也不适合南戏演剧体制。"折"的最初音乐含义，是指控制移宫犯调的技术手段，延用于元杂剧之中，便成为"提示主动的旋宫转调"⑤。洛地指出，"北曲杂剧的音乐上的调高、

① 孙楷第：《元曲新考·折》，见《沧州集》，212～213页，北京：中华书局，2009。

② 徐筱汀：《小说戏剧中"回""折""出"三字的来历》，57页，《东方杂志》第42卷第2号，1946。

③⑤ 康保成：《重论"四折一楔子"》，载《中华戏曲》，1～26页，22页，第30辑，2004年第1期。

④ ［元］钟嗣成：《录鬼簿》，见《中国古典戏曲论著集成》，第2册，204页，北京：中国戏剧出版社，1959。

调式上的承受能力，只能运用四五个调”①。也就是说，北杂剧的音乐特性决定了北曲旋宫转调的次数不宜过多，而四大套即四折，是一个适宜北杂剧演唱的恰当形式。作为移宫转调的“折”，特别凸显了四大套曲的音乐技术，既反映了套曲组合的严密要求，又体现出套曲之间过渡、转换的重要性。可以说，它的出现，是与北杂剧的北曲联套体制相融相生的。相较之下，南戏故事篇幅长，南曲组套过多，转换频繁，演唱也十分灵活，整体音乐的规范远不如北杂剧联套严谨，因此，强调宫调转换技巧的“折”也就不适用南戏艺术。

既然南戏不像元杂剧以曲为本位，采用宫调联套即“折”为分场方式，那么，南戏的分场又有什么特点呢？我们知道，南戏剧情长，出场人物众多，场面更换频繁，因此十分强调上下场的转换。人物上场有上场引子、定场诗词，每出结束均有下场诗，收住一个场次。这说明，南戏的分场是视人物上下而划分，如果人物在场，则为一个场次，如果人物念诗俱下，场上无人，剧本标为“并下”，则一场结束。

再回到“出”的含义。早在宋代舞台表演中，它已有表演者上、下场的意思。宋史浩《鄮峰真隐大曲舞曲》载《采莲舞》，有“花心出” “先两人舞出”，表示舞者的上场；又有“五人舞转作一行，对厅杖鼓出场”②，表示舞者下场。又如，《东京梦华录》卷七“驾登宝津楼诸军呈百戏”载：“复有一装田舍儿者入场，念诵言语讫，有一装村妇者入场，与村夫相值，

① 洛地：《词乐曲唱》，331页，北京：人民音乐出版社，1995。

② 刘永济辑录：《宋代歌舞剧曲录要》，19～25页，北京：古典文学出版社，1957。

各持棒杖，互相击触，如相殴态，其村夫者以杖背村妇出场毕。"①"出场"表示村妇村夫下场，本场表演结束。可见，在两宋戏剧表演中，"出"已被用来指示人物的上下场，与南戏的表演形式十分契合。

早期南戏的人物上场，经常称"出"，《张协状元》第 8 出"丑做强人出""末做客出唱""净作客出"等。这种上场用词后为"某某上"的术语所取代，明代南戏中已很少见之，但它反映了南戏"出"的本来面目。这一点亦为诸多学者所指证。钱南扬《戏文概论》云："出的名称，疑由演员的出场、进场而来。"② 徐筱汀亦云："根据南戏常谓某脚上场曰某脚出的线索来看，宋元之际的南戏，颇有把一场戏叫做一出的可能。"③ 任半塘更强调说："演剧或奏伎中所谓'一出'，终是由出门上场而来，应予固定，不必动摇。"④ 从南戏脚色上场之"出"衍生出区分段落之"出"，应该是南戏舞台的实际反映。

还有一个与"出"关系极为密切的字——"齣"，南戏、传奇亦用之为分场标记。其与"出"何者先出，关系如何，前人亦多有推考。最早徐渭《路史》云：

> 高则诚《琵琶记》有第一齣。齣字考诸韵书，并无此字，必齝之误也。牛食吞而复吐曰齝，似优伶人入而复出也。考直音，音曰袍，义曰露齿，则字形虽近，而义不若齝之为尤近矣。……故予以齣为齝之误，音笞，又音师，字亦

---

① ［宋］孟元老：《东京梦华录》，见《东京梦华录（外四种）》，43 页，上海：古典文学出版社，1957。

② 钱南扬：《戏文概论》，168 页，上海：上海古籍出版社，1981。

③ 徐筱汀：《小说戏剧中"回""折""出"三字的来历》，载《东方杂志》，59 页，第 42 卷第 2 号，1946。

④ 任半塘：《唐戏弄》，985 页，上海：上海古籍出版社，1984。

作齣。①

徐渭指出“齣”“䶒”为异体字，其本义均为“牛食吞而复吐”，引申为南戏表演中演员的出入，但他并没有指明“齣”与“出”何者先出这一问题。其后陈与郊《樱桃梦》凡例云：“牛食已复出嚼曰齝，音笞。传写者误台为句，以齝为齣，而笞出相近之音，向在后人因字书无齣字，遂以出易之。”② 陈说显源自徐渭，且认为“出”为“齣”之简写，“齣”在先，“出”在后，此说恐未必如是。作为上场词，“出”早已出现于唐代伎舞剧、宋代歌舞戏及宋代南戏之中，由此过渡，也必是先有“出”，再有“齣”，何来“出”自“齣”说？

那么，“齣”又从何而来呢？“齣”于字书不见，徐渭之考，求其形似，却失之生僻。徐筱汀《小说戏剧中“回”“折”“出”三字的来历》一文则沿徐说，推“齣”由“齝”来，“齝”又为“折”之音转，则愈远矣。明代王骥德云：“元人从折，今或作出，又或作齣，出既非古，齣复杜撰。”③ 认为“齣”字系后人杜撰。钱南扬《戏文概论》又以“齣”为当时俗字，市人好奇用之。④ 二者所云虽少实证，但较“牛食”之说，似更令人信服。笔者亦倾向于“齣”为时人杜撰，出自市用俗字，惜其字源难考，暂付阙疑。

“出”“齣”既同为分场标记，二者又有何不同呢？或者说，

---

① [日] 日下翠：《“齣”字考》，见日下翠：《中国戏曲小说研究》，65页，东京：日本东京研文社，1995。

② [明] 陈与郊：《樱桃梦》凡例，见《古本戏曲丛刊》二集，北京：文学古籍刊行社，1955。

③ [明] 王骥德：《新校注古本西厢记》，见蔡毅：《中国古典戏曲序跋汇编》，659页，济南：齐鲁书社，1989。

④ 钱南扬：《戏文概论》，168页，上海：上海古籍出版社，1981。

“齣”又缘何成为“出”之代名词？日本学者日下翠《“齣”字考》一文，曾推论“齣”字是应戏曲版本刊行的需要而出现。①此说颇有道理。南戏民间艺人的手抄本大多用“出”，如《金钗记》为宣德年间艺人抄本，乃用“出”标记分段，嘉靖写本《琵琶记》也属艺人演抄本，中夹“第四出”字样，用的也是“出”。可以说，用“出”标记是南戏艺人们的抄写惯例，它源于宋元南戏脚色上场之“出”，进而由舞台表演衍为剧本分段的符号标记，并且一直沿习相传。“齣”字的兴起则约在明代中叶，如嘉靖原本《王状元荆钗记》、嘉靖巾箱本《琵琶记》都用的是“齣”，它是为了配合明代中叶戏曲刊刻而流行，因此也多出现在明中后期的戏曲刊刻本中。此在日下翠《“齣”字考》一文中有所申论，不复赘论。

二、南戏分出体制的形成

南戏从不分出到分出，不是一蹴而就的，而是经过了一个较长时间的演化过程。宋元南戏剧本尚未见分出，明代南戏的分出则渐渐萌芽。宣德本《刘文龙金钗记》全剧共分 67 出，俱明确标示“出”字，堪为明代南戏分出的力证。当然，这并不意味着此后南戏剧本皆一律分出。事实上，就分出与不分出而言，明代前中期的南戏剧本仍处于转型阶段，各种形态纷杂并存。这突出表现在以下三方面：

首先，至嘉靖时期，南戏分出与不分出的情况同时并存。像成化本《白兔记》、嘉靖写本《蔡伯喈》等基本不分出，而嘉靖刊本《新刻王状元荆钗记》、嘉靖本《宝剑记》则分出，可见当时南戏的分出与不分出还没有形成统一的剧本体制。这种情况与

① ［日］日下翠：《“齣”字考》，见日下翠：《中国戏曲小说研究》，63～86 页，东京：日本东京研文社，1995。

杂剧的分折情况相仿。明代前中期，杂剧分不分折也不统一。宣德正统年间《诚斋乐府》、宣德年间刘东生《娇红记》、嘉靖戊午年（1558）《杂剧十段锦》均是不分折的，而弘治十一年（1498）金台岳氏刻本《西厢记》每卷又分四折。所以，这个时期剧本形态处于一个转变时期。一方面不分出、折的旧传统仍在沿袭，另一方面分出、分折的新形式亦已生长，两者相互胶着，共时并存，还需要一定时日磨合，才能趋向统一稳定的剧本形态。

其次，明代前中期，作为标示南戏分场的“出”还出现过很多异名。有以“节”来标示分场的，如世德堂本《五伦全备记》副末开场，末下白：“此是戏场头一节，首先出白是生来。”又有称作“段”的，高儒1540年编成的《百川书志》收录《五伦全备记》，其下注“国朝赤玉峰到任琼台邱濬撰，凡二十八段”①。现藏韩国奎章阁本《五伦全备记》恰好是分段本，如第一段注云：“段内称大生为五伦全，小生即五伦备，净即安克和，末即永安，丑即醉汉。后凡言大生、小生者皆指伦全、伦备也。此下诸段曰丑、曰末、曰净、曰外者，非指一人，随事各异，故每段有别注，此一段记五伦全兄弟游春相劝戒辞。”②《乐府万象新》选曲本中，还发现南戏分“道”的例子。其前集四卷录有“荆钗记三道”“咬脐记三道”“投笔记四道”，一“道”即一“出”。③ 还有分“回”者。1954年发现于山西万泉县百帝

① ［明］高儒：《百川书志》，见《明代书目题跋丛刊》，1266页，北京：书目文献出版社，1994。

② ［韩］吴秀卿：《五伦全备记新探》，见华玮、王瑷玲：《明清戏曲国际研讨会论文集》，427页，台北：台湾“中央研究院”中国文哲研究所筹备处，1998。

③ 李福清、李平：《海外孤本晚明戏剧选集三种》，273页，上海：上海古籍出版社，1993。

村的四个青阳腔清抄本南戏《三元记》《跃鲤记》《黄金印》《陈可忠》，俱是称“回”。墨遗萍给赵景深的信中写道：“读了这四本腔戏后，我有一点感觉”，“不称折，不称出，而称回。……这对戏曲起自民间之说，更获有力的证明”。① 赵景深更推测，这四种南戏：“朝代早一些，就可以说是嘉靖三十八年左右留传下来的。”② 它们分回，“显然受评话影响，作者看来也像是民间艺人”③。还有一种用得最多的异名，即是“折”，如《百川书志》录《李日华西厢记》二卷，注“凡三十八折”，《金瓶梅》中南戏演剧俱称为“折”。许多有着旧南戏风貌的万历年间剧本亦以“折”为名，如富春堂本《千金记》《东窗记》，《双忠记》，世德堂本《拜月亭》《赵氏孤儿》等。

分段、分回、分道、分折都是南戏分“出”尚不稳定的表现，反映了旧南戏分段标记的混杂。明代前中期，民间南戏艺人还没有完全形成剧本分出的统一概念，在表演与传抄的过程中，会参鉴、吸收其他艺术表演的分段方式，诸如元杂剧之“折”、评话之“回”、宋金杂剧院本之“段”等，皆纷纷拿来，纳为己用，以致当时各类刊、抄本留下随意称名的痕迹。这种情况随着分出体制的形成，逐步得到统一。不但那些偶尔一见的异名已难寻见，用得最多的“折”也有所整饰。不少南戏剧本弃折为出（齣）。例如，凌刻臞仙古本《琵琶记》分折，到诸晚明刊本俱改作分“齣”；富春堂本《千金记》分折，到世德堂本、汲本、

① 赵景深：《明代青阳腔剧本的新发现》，见赵景深：《戏曲笔谈》，93页，北京：中华书局，1962。

② 赵景深：《明代青阳腔剧本的新发现》，见赵景深：《戏曲笔谈》，91页，北京：中华书局，1962。

③ 赵景深：《明代的民间戏曲》，见赵景深：《曲论初探》，115页，上海：上海文艺出版社，1980。

清初崇文堂本改为分“齣”；富春堂本《东窗记》分折，改本《精忠记》改为分“齣”；《双忠记》的海盐朱氏本、《幽闺记》的李卓吾评本俱易“折”为“齣”。至晚明时期，剧本分出已具备成熟的形式规范了。当然，一些崇尚古风的剧本仍喜欢采用分折，如晚明凌刻本《幽闺记》分折、富春堂本《十义记》分折、富春堂本《绨袍记》分折等。另有别出异名者，如万历杭州报恩寺僧人智达所作《净土传灯归元镜》，分段名称为“分”。该剧规约第六云：“此录不曰传奇，而曰实录，不曰齣而曰分者，以此中皆真谛，非与俗戏等，故别之。”① 作者为与俗戏相别，特以“分”代“齣”，由此亦可见，分出（齣）成为晚明剧本刊刻的通行体例。

最后，此阶段分出也不甚稳贴，尚未形成恰当的分出尺度。当时人们更多的是以舞台的分场裁断南戏剧本的分出，并没有充分考虑情节的因素，因此，“出”经常随着人物的上下场而转换，显得十分琐碎。例如，世德堂本《拜月亭》第16折至第18折，表现在番兵追赶之下，王瑞兰母女与蒋世隆兄妹逃奔的情景：

> 第16折　兰母惊散：二人赶路，丑净追介，夫先下，旦躲介。
>
> 第17折　兄妹失散：二人冲散，情节同上。
>
> 第18折　夫人寻兰：夫唱二曲，下。

这三个出目完全以人物的上下场分隔场次，放到舞台表演可以一气贯之，可是作为剧本形式，则分得太过细碎，不仅影响情节连接的紧凑，而且特别不适合剧本阅读。后出的李卓吾评本、

① 蔡毅：《中国古典戏曲序跋汇编》，1420页，济南：齐鲁书社，1989。

汲古阁本《拜月亭》，就将三出的内容合而为一，显然是从剧本情节而非舞台分场的角度考虑，因此更好地契合了分出的剧本体制。

相反，有的出目按情节段落本该分出，却并未分断，致使一出的情节囫囵吞枣，眉目不爽，这样的情况也是剧本分出不够成熟的表现。如世德堂本《赵氏孤儿》第 14 折“遣鉏行刺”，前部分屠岸贾嘱咐鉏麑行刺赵盾，鉏麑受命下场，后部分鉏麑途中遇见张维，第 15 折鉏麑到赵盾府上行刺。此处有三个场景交代三段情节，按照情节应该分为三出，但第 14 折却将前后两个场景连为一出，不甚妥帖。改本《八义记》删去了无关宏旨的张维过场，直接突出嘱咐行刺、赵府行刺两个重要场景，这样一来，情节与场面吻合，分出也更为清晰。又如《赵氏孤儿》第 22 折“奸雄得意”，也包含了两个部分情节。前半描写屠岸贾奸计得逞的得意，后半写程婴投奔公孙杵。按道理，这两部分内容都十分重要，而且中间屠岸贾等已经下场，应该分为两出交代，但该本连为一出，以“奸雄得意”概之，既混淆前后情节，也未能突出重点。故《八义记》改为“图形求盾”和“婴投杵臼”两出，情节层次更为清晰。

综上分析，南戏分出体制的形成，纵跨宋、元、明三代，经历了从无到有，从称名随意到形式统一的演化过程，分出的标准也渐渐从舞台分场发展为剧本情节分出。至明末传奇阶段，通过不断的整合探索，“出”大多表现为一个情节段落，传奇分出体制逐渐成熟、稳定。

三、出目名的形成

“目”的产生渊源有自。远一点讲，分段标目始自唐代变相图之题榜。所谓“题榜”是指讲经者为配合变文宣讲而在变相图旁边标注的一些讲唱题词。如敦煌莫高窟第九十八窟西壁

《祇园记图》题榜："外道被风吹急遮面时""风神镇怒放风吹劳度差时"等①，就是分指变文的若干场景。宋代讲经文、讲经诗话受其影响，亦有采取分节标题形式者，如《大唐三藏取经诗话》就存有"行程遇猴行者处第二""入大梵天王宫第三""入鬼子母国处第九"等十七段题目。② 程毅中认为《大唐三藏取经诗话》的题目属于唐代变文的遗迹，最初是与图画相配宣讲，此论良是。③ 这种标题方式又直接影响到金元诸宫调词话的标目形式。今存金刊本《刘知远诸宫调》，共分十二节，残目七节，余五节的标题分别为：

知远走慕家庄沙佗村入舍第一
知远别三娘太原投事第二
知远充军三娘剪发生少主第三
知远探三娘与洪义厮打第十一
君臣弟兄子母夫妇团圆第十二④

这五节标题，形式与宋代取经诗话之目几无二致。若将《刘知远诸宫调》与汲古阁本《白兔记》的名目再做个比较，二者的渊源关系一目了然。

诸宫调本第一（见上）——汲本"留庄"
第二（见上）——汲本"分别""投军"

---

① 程毅中：《关于变文的几点探索》，见周绍良、白化文：《敦煌变文论文录》（上），388 页，上海：上海古籍出版社，1982。

② 朱一玄、刘敏忱：《西游记资料汇编》，46～62 页，天津：南开大学出版社，2012。

③ 程毅中：《关于变文的几点探索》，见周绍良、白化文：《敦煌变文论文录》（上），389 页，上海：上海古籍出版社，1982。

④ 朱平楚校点：《全诸宫调》，3～45 页，兰州：甘肃人民出版社，1987。

第三（见上）——汲本“分娩”

第十一（见上）——汲本“私会”

第十二（见上）——汲本“团圆”

因汲本《白兔记》人物和情节上变动较大，故诸宫调小节标题中所表现之内容，有的在汲本中无法找到相对应者。但两相比较，南戏《白兔记》的出目多少可以窥见诸宫调分节之目的影子。

或问，既然南戏出目是以此为源头的，为何南戏分出标目要延至明代万历时期才普遍形成呢？从现存南戏剧本看，早期南戏《张协状元》等戏文三种、元本《琵琶记》均没有出目名称，而明代宣德本《金钗记》、成化本《白兔记》、嘉靖写本《蔡伯喈》、嘉靖刊本《宝剑记》、原本《王状元荆钗记》等剧本，也没有标示出目名。直至万历时期，出目名才普遍出现，毛晋《六十种曲》统一分出标目，刊本形式基本稳定成熟。

这个问题可从两方面考虑。第一，《刘知远诸宫调》的分节标目形式在金元两代并非一种普遍的刊行体例，像《元刊杂剧三十种》《永乐大典戏文三种》俱未分段标目，甚至嘉隆刊本金诸宫调《董解元西厢记》亦只分八卷，尚未标目。第二，《刘知远诸宫调》的分节标目不是一种文本形式，而是供讲唱者所用之提纲。赵万里云：“诸宫调原是宋金元时代民间说唱曲子，像《水浒传》白秀英演唱《豫章城双渐赶苏卿》那样，艺人边说边唱，每次篇幅不宜过长。刘知远分十二题，董西厢分八卷，就是暗示艺人们可分十二次或八次说唱。”①

《刘知远诸宫调》的体例提示我们，在大量流失的民间南戏

① 赵万里：《古本董解元西厢记跋》，见［金］董解元：《古本董解元西厢记》，247页，上海：上海古籍出版社，1984。

中，分出标目或一些相类似的形式有可能早已存在，然而由于它们大多流传于编演者、观众们的口头，没有进入剧本范畴，故而不为今人所知。所以，我们对南戏出目形成缘由的考察，亦应突破剧本之局限，而深入到南戏实际的演剧活动中去。

1. 表演套式形成出目名

在实际的演剧活动中，有些南戏片段因反复上演，久而久之成为舞台习见的表演套式。对于这种套式，人们通常会用一个特征性的称名予以标示，这就有可能成为早期南戏出目的一种来源。以宣德本《刘希必金钗记》为例。该剧已经分出，尚未标目。但在出土本的夹缝中，有一纸残页，上记“通册内有字七十五皮”，右附“媒婆一出、太公一出、黄门一出”①。这三出均阙原文，对照剧本应为第 36、37、38 出，上承吉公说媒，下接单于赏宴，大约是演述媒婆说肖氏改嫁，太公劝嫁以及黄门颁诏等情节。我们知道，“媒婆”“黄门”是南戏的常见出目，元本《琵琶记》也有“媒婆”“黄门”的情节表演。媒婆以媒婆科诨取笑，黄门以黄门赋说见长，都具有十分鲜明的表演特征，形成了陈陈相因的舞台套式。根据这个提示，演员或观众就会明白演什么、如何去演。这样的标目显然不是编创者的一时独创，而是获益于南戏艺人的演出实践。《金钗记》曾广泛在江浙粤流唱，艺人们在传抄演出脚本之时，可能为省笔墨人力，对于那些常见科套，不必具体照抄，只用简单提示即可明了，这或许就是“太公”“黄门”“媒婆”等熟套名目之由来。《金钗记》第 11 出开首还有“生净丑末勒路上”的字样，主要演才俊赶考登程的情节，亦为南戏的出目常套，《张协状元》、元本《琵琶记》均有此情节出目，“勒路”或许是早期南戏的熟套目名。

---

① 广东省潮剧发展与改革委员会：《明本潮州戏文五种》，162 页，广州：广东人民出版社，1985。

2. 观众的演剧要求促成出目名

在演出过程中，观众往往会要求上演一些特别的场次，也有可能促成出目名的形成。《金瓶梅》第63回西门庆为挽留客人，“令书童催促子弟，快吊关目上来，分付拣省热闹处唱罢。须臾打动鼓板，扮末的上来西门庆请问，小的寄真容的那一折唱罢。西门庆道，我不管你，只要热闹”①。戏子大约不解西门庆所讲“热闹”的含义，特别请示西门庆是不是该唱“寄真容”一折。从这个简略的称名看，应是艺人为应付看客点戏之需而特别提炼出来的。此折在明刊本《古玉环记》出目名为“玉碎遗容”，汲本《玉环记》出目名为“玉箫寄真”，盖由“寄真容”简称发展而来。民间艺人抄写的万历二年（1574）《礼节传簿》也录有不少南戏单出，如安安送米、玉莲投江、旷野奇逢、咬脐打围等，皆有比较规范的出目名，它们与杂剧、院本、队戏夹杂一起，以供盏形式进行演出。笔者怀疑这种非全本的演出形式，亦对南戏出目名的形成产生了影响。

3. 戏剧刊本图目对出目的影响

如上所述，“目”源于讲经宣赞之图目，其后曲本小说亦多配有图目，辅助文字叙述。如元至治年间建安虞氏新刊《全相平话五种》俱有图目，《风月锦囊》所录南戏亦配图目。以图配文，意在增加文本的趣味性、形象性，吸引更多的读者。弘治十一年（1498）金台岳家书铺刊行的《新刊奇妙全相注释西厢记》卷尾牌记云：“本坊谨依经书重写绘图，参订编次大字魁本，唱与图合，使寓于客邸，行于舟中，闲游坐客，得此一览始终，歌

① ［明］兰陵笑笑生：《金瓶梅词话》，1787页，香港：太平书局，1981。

唱了然，爽人心意。”① 所刊剧本图文并茂，令人耳目一新，体现了出版者精明的商业意识。

需要辨明的是，图目与出目何者先出？上举三例基本上是有图目而未有回目、出目，这至少可以说明，图目较回目更早为人们所采用。在出目的产生中，图目确实起到了一个直接的摹本作用。我们不妨结合小说回目形成的过程参证之。《全相平话五种》三种有图目而内无分段名，另外两种《三国志平话》《乐毅图齐七国春秋后集》则上有图目，下文有对应内容段落的阴文目名。如《三国志平话》卷上图目“三战吕布”对应下面阴文目名为“三战吕布”“张飞独战吕布”，图目“曹操斩陈宫”对应阴文目名为“曹操斩陈宫”“白门斩吕布”，图目“张飞见曹操”则无阴文目名对应。② 综观上栏图目简洁清晰，纲目分明，下文阴文目名要么不分段标名，要么直接重合图目，却分段琐碎，不分情节主次。这样来看，图目确实较话本回目更早产生，并影响到话本回目的定名。

明代戏剧刊本也有很多是有图目而无出目者。比如，万历富春堂本《商辂三元记》分折无目，配图 9 幅，图目有“商霖分付买物看岳丈”“秦父母雪梅赏春”“秦雪梅书房观画”“商霖见雪梅染病”等；《东窗记》分折无目，配图 17 幅，有“岳飞妻女请道士禳解”“旨命岳飞征讨”“岳飞番兵交战”等。这两剧的图目均以提示情节为主，措语浅近，几同白话。一些南戏图目也出现了四字目名。富春堂本《跃鲤记》分折无目，配图 25 幅，有“安安送米”“芦林相会”“安安汲水”“姜诗训子”等；《风月锦囊》中《商辂三元记》图目有“母子闲赏”“华堂饮

① 《新刊奇妙全相注释西厢记》，见《古本戏曲丛刊》初集，上海：商务印书馆，1954。

② 《全相平话五种》，386～399 页，北京：文学古籍刊行社，1956。

宴”“姊妹自叙”等；《杀狗记》图目有“孙华春宴”“路雪送兄”“贤嫂赐食”等，体现了图目发展的规范化。

对照这些南戏的图目和其后版本的出目，可以说，图目对出目的产生确实有着极大的影响。我们再以《杀狗记》《白兔记》为例进一步分析，见表 3－1。

表 3－1

锦囊本《杀狗记》图目	汲本《杀狗记》出目	锦囊本《刘智远》图目	汲本《白兔记》出目
令候请客	谏兄触怒	智远逢友	访友
孙华宴春	孙华家宴	夫妻游赏	游春
杨氏劝夫不允	孙华拒谏	三娘送水饭	看瓜
老丈询问孙荣	王婆逐客	夫妻相别	分别
路雪送兄	雪夜救兄	小姐绣楼赏玩	无
贤嫂赐食	归家被逐	三娘挨磨	挨磨
请读史书 援古向夫	看书苦谏	庆赏元宵	无
两乔唆讼	窑中拒奸	三娘汲水 咬脐遇母	汲水
托王老劝孙华	王老谏主	打破磨房 夫妻叙	私会
杨氏买狗	月真买狗		
旌表贤妇	断明杀狗 孝友褒封		

由于锦本是选节本，删减了很多内容，故其图目未必尽合汲本之出目。像“老丈询问孙荣”，截取了汲本第 10 出“王婆逐客”中的一段，所以二目不同。但尽管如此，两个不同时期不同版本的目录情况，还是有太多相近之处。由此看来，锦本的图

目对后来版本的出目，确实产生过积极的影响。联系讲史话本回目的出现，图目对出目的滋乳生长，无疑起到了过渡、传递和摹本的作用。

综上可知，南戏出目名的产生综合了演剧活动及刊刻等多方面的原因，与分出体制一样，经历了由无至有、由粗到细的演化过程。至万历时期，在戏曲小说大量刊行的背景下，戏剧出目名的发展也走向了规范化、体制化。

其一，剧本从无目走向有目，从不规则出目走向整齐的二字目、四字目。较早南戏版本无目，或出目不齐整，而到了晚明版本基本都统一为整齐出目。如元本《琵琶记》、凌刻古本《琵琶记》都无目，而李卓吾评本、汲本《琵琶记》加之；嘉靖本《王状元荆钗记》无目，屠赤水评本、汲本加之；继志斋本《香囊记》无目，汲本加之；嘉靖本《宝剑记》无目，改本《灵宝刀》加之①；《东窗记》无目，改本《精忠记》加之。这些都是属于出目规范化的表现。

其二，出目措辞逐渐文雅。这种变化与传奇文人作者、刊印者的审美旨趣相关。以《拜月亭》为例，分为世德堂本的古本系统和李卓吾评本的晚明时本系统，二者出目全然不同。世本"番王起兵"，李评本改为"虎狼扰乱"，世本"兴福遇隆"，李评本改为"文武同盟"，世本"瑞兰逃军"，李评本改为"相泣路歧"。世本明白质朴，李评本则经藻饰，文雅许多。世德堂本《赵氏孤儿记》与汲本《八义记》，继志斋本《玉簪记》与汲本、明刻本《玉簪记》，世德堂本《香囊记》与汲本《香囊记》

---

① 《灵宝刀》为晚明陈与郊所作。其后记云"山东李伯华先生旧稿，重加删润。凡过曲引尾二百四支，内修者七十四支，撰者一百三十支"。可知其为《宝剑记》改本。见傅惜华：《水浒戏曲集》，第二集，157页，上海：上海古籍出版社，1985。

均存在出目雅化的趋向。晚明传奇出目甚而出现追奇逐怪、不守成格的现象，如《荷花荡》全剧俱为三字目，《东郭记》专取《庄子》语录为目，无不体现时人求新求变的心态。

第二节　南戏的副末开场

南戏开场堪称独特。全剧正戏开始之前，总有一个戏外角色——副末，率先而出，念上两三阕词，交代作剧因由，抒发人生感怀，再奉上剧情大意。这种类似现代司仪报幕般的开场形式，与元杂剧迥乎不同。元杂剧首无开场，大多用一楔子交代由头，且在正剧之中。对于副末作为戏外人身份，打头阵、念词致语的开场方式，很多学者都予以过相当深入的讨论①，笔者将在这些成果的基础上，进一步探讨南戏副末开场的形成、表演形态及其发展演变之过程。

① 顾乐真《传奇的家门》（载《光明日报》，1961年12月7日）简单介绍了传奇副末开场的起源、基本形式和作用；翁敏华《副末开场与中国古代戏剧观的演进》（载《中华戏曲》，第4辑，1987）主要从包含在副末开场的一些作家创作剧论，探索戏剧观念的演进。徐扶明《试论明清传奇副末开场》（见《中国古典戏曲小说论集》2辑，上海：上海古籍出版社，1985）详细探讨了明清传奇副末开场的各类形式；蒋星煜《南戏、传奇的演出与副末开场》（载《杭州师范学院学报》，1996年第4期）则指出了副末开场的各种异名、宣布剧目的方式，以及对于戏曲史料的保存。廖奔《南戏体制变化二例》（见《南戏国际学术研讨会论文集》，北京：中华书局，2001）对副末开场在明戏文中一些不符合定例的情况予以了讨论。康保成《傩戏艺术源流》（广州：广东高等教育出版社，1999）中对副末开场之源流考证，发覆详明。元鹏飞《明清传奇开场脚色考》（载《国学研究》，2005年第16卷）主要探讨了开场脚色副末由“引戏”色而来。元鹏飞《明清传奇开场形式考源》（载《中华戏曲》，2005年第2期）罗列了各类艺术共生的开场形式，考察了它们之间的交互影响。

一、作为共生表演现象的南戏开场

开场，从语义上看，“场”指表演场地；“开”，本义开门，《说文解字》曰：“开，张也。”① 后衍出事物之开端、开始的含义。那么，“开场”二字便指最开端的表演。放眼古代各类艺术形式，“开场”是一种共生的表演现象。元鹏飞曾考察过说唱艺术（讲经、俗讲、鼓子词、入话）、歌舞艺术（大曲、舞曲）的开场表演，可以发现南戏开场类同于此两者门下诸多表演形式，此不赘引其例论。

（一）先秦艺术开场与南戏开场

如果我们溯源得再远一点，会发现先秦祭祀仪式就已包含了开场表演。屈原纪楚地之《九歌》，首章《东皇太一》曰：

> 吉日兮辰良，穆将愉兮上皇。
> 抚长剑兮玉珥，璆锵鸣兮琳琅，瑶席兮玉瑱。
> 盍将把兮琼芳，蕙肴蒸兮兰藉，奠桂酒兮椒浆。
> 扬枹兮拊鼓，疏缓节兮安歌，陈竽瑟兮浩倡。
> 灵偃蹇兮姣服，芳菲菲兮满堂，
> 五音纷兮繁会，君欣欣兮乐康。②

此段迎神曲中，灵巫用香草佳肴，美乐姣服，整洁一新，准备迎接神灵降临。而这种用迎神曲的开场方式，也沉淀在后世的祭祀仪式中。《汉书·艺文志》“歌诗”收录“送迎灵颂歌诗三篇”，《唐会要》亦载帝王祭祀乐章，开首降神例用豫和歌等，

---

① ［东汉］许慎撰，［清］段玉裁注：《说文解字》，588页，上海：上海古籍出版社，1981。

② 龚克昌、彭重光译注：《屈原赋译注》，2页，济南：山东大学出版社，1986。

如景龙三年（709）中宗祀昊天上帝："天之历数归睿唐，顾惟菲德钦昊苍。选吉日兮表殷荐，冀神鉴兮降闿阳。"① 与《东皇太一》歌辞可谓异曲同工，简繁有别而已。南戏的开场仪式也有同类铺述祭祀场景、迎接神灵的开场曲。明成化本《白兔记》末开场白："歌谣处，庆赏丰年。香风馥郁，瑞霭盘旋。奉请越乐班真宰，邀鸾驾早赴华诞。今宵夜愿，白舌入地府，赤口上青天。奉神三巡六仪，化真钱，齐攒断，喧天鼓板，奉送乐中仙。"后面紧随一支【红芍药】啰哩嗹曲。"真宰""乐中仙"当指戏神，"越乐班"可能是此南戏戏班名，此曲中鼓板喧天的场景，神秘咒语的祈祝，正展现了戏班艺人迎神开场的仪式。

华服丽裳也是"殷荐"神灵的重要方式，有了服饰妆扮，灵巫才能化身神灵，进入仪式情境。《九歌》开场词便刻画了长剑佩玉、姣服偃蹇的灵巫妆扮。南戏开场也有关于角色化妆的描述提示。《张协状元》开场末白：

> 【水调歌头】韶华催白发，光景改朱容。人生浮世，浑如萍梗逐西东。陌上争红斗紫，窗外莺啼燕语，花落满庭空。世态只如此，何用苦匆匆。　但咱们，虽宦裔，总皆通。弹丝品竹，那堪咏月与嘲风。苦会插科使砌，何吝搽灰抹土，歌笑满堂中。一似长江千尺浪，别是一家风。

开场词表达了戏班的多才多艺，特别提及演员"搽灰抹土"的妆扮。随后演张协的生脚上场，与乐队子弟说："罢！学个张协状元似像。"即提醒乐队以及场外观众，自己已妆扮成张协的模样，马上要开始进入剧内人物的表演了。明代南戏开场延续了强调这一表演习惯。在拉开正戏之前，副末往往会提醒角色化妆是否齐整。富春堂本《千金记》开场有："且问后房朋友，妆扮

① ［宋］王溥：《唐会要》卷九，161页，北京：中华书局，1955。

可曾完备了未曾？（内应介）俱已完备了。”富春堂本《韩湘子升仙记》开场末白：“借问后房子弟，今朝扮演谁家故事，那本奇传，妆扮停当未曾？（内应科）妆扮已完，等候多时。（内道）既然妆扮多时，是本韩真人三度文公雪拥蓝关记。”服饰化妆是区分真实演员和戏剧人物的重要标志，一旦服饰妆扮已完毕，演员也就进入表演状态。

当然，在先秦各类艺术形式中，我们还可以找到其他开场表演。荀子《成相》凡三章，杂陈古今治乱兴亡之效，每章开篇分为：

> 请成相，世之殃，愚闇愚闇堕贤良。人主无贤，如瞽无相，何伥伥。
>
> 请成相，道圣王，尧舜尚贤身辞让。许由善卷，重义轻利，行显明。
>
> 请成相，言治方，君论有五约以明。君谨守之，下皆平正，国乃昌。①

成相，王应麟《汉志》考证：“荀子成相篇注，盖亦赋之流也。相者，助也。举重劝力之歌。”② 它应是先秦一种赋体的众声歌谣，伴随着强劲节奏的开场，步入叙事说理的述唱。三章开场词中“请成相”，均承担了引导后续故事的功能，而其后的词也都概评了所叙之事理。对比元本《琵琶记》开场词：“秋灯明翠幕，夜案览芸编。今来古往，其间故事几多般。少甚佳人才子，也有神仙幽怪，琐碎不堪观。正是不关风化体，纵好也徒然。论传奇，乐人易，动人难。知音君子，这般另做眼儿看。休

① 梁启雄：《荀子简释》，342～354页，北京：中华书局，2009。

② 陈国庆：《汉书艺文志注释汇编》，177页，北京：中华书局，2011。

论插科打诨，也不寻宫数调，只看子孝共妻贤。”同样用韵文唱诵的方式叙说故事，表达题旨，而这也成为南戏、传奇开场词共有的体例。

以上只是近似形态特征的比较，并不能说明南戏与先秦各艺术有直接的源流关系。我们的目的在于，更加广阔地认识到艺术开场的普遍性。开场，是指正戏还未开始前的序幕，具有导入正式表演的作用。南戏开场与先秦仪式、艺术的开场具有众多的相似性，正可见开场是各类艺术表演早已有之，且行之已久的共生现象。

（二）南戏开场与“艳段”“开呵”“开”

作为共有的艺术形式，宋元戏剧艺术都采用了“开场”表演。宋元时期，杂剧分为三段式表演：艳段、正杂剧、杂扮。“艳段”即为杂剧的开场表演，表现为“先做寻常熟事一段”，《辍耕录》“院本名目”载有“拴搐艳段”，里面既有“襄阳会”“归塞北”“范蠡扯休书”等故事类戏剧，也有“四草虫”“四厨子”“千字文”“酒家诗”之类的滑稽说唱。院本还有“冲撞引首”，也和“艳段”表演内容差不多，从名称看，也应是放在开首的伎艺表演。南戏同样有放在开场的伎艺表演，《张协状元》开场便夹杂了末说唱《张协》诸宫调、生踏场、后行子弟奏乐【烛影摇红】等各种表演。可见，这是两宋勾栏艺术普遍采用的开场方式。

再来看“开呵”。徐渭《南词叙录》云：“开场，宋人凡勾栏未出，一老者先出，夸说大意，以求赏，谓之‘开呵’。今戏文首一出，谓之‘开场’，亦遗意也。”① 认为南戏开场源自宋代“开呵”。《水浒传》描写了两段“开呵”：

---

① ［明］徐渭：《南词叙录》，见《中国古典戏曲论著集成》，第3册，246页，北京：中国戏剧出版社，1959。

第三十六回：只见人烟辏集，市井喧哗。正来到市镇上，只见那里一夥人围住看着。宋江分开人丛，也挨入去看时，却原是一个使枪棒卖膏药的。……那人却拿起一个盘子来，口里开呵道："小人远方来的人，投贵地特来就事。虽无惊人的本事，全靠恩官作成。远处夸称，近方卖弄。如要筋重膏，当下取赎；如不用膏药，可烦赐些银两铜钱，赍发咱家，休教空过了盘子。"

第五十一回：雷横听了，又遇心闲，便和那李小二径到勾栏里来看。只见门首挂着许多金字帐额，旗杆吊着等身靠背。入到里面，便去青龙头上第一位坐了。看戏台上，却做笑乐院本。……院本下来，只见一个老儿裹着磕脑儿头巾，穿着一领茶褐罗衫，系一条皂绦，拿把扇子，上来开呵道："老汉是东京人氏白玉乔的便是。如今年迈，只凭女儿秀英歌舞吹弹，普天下伏侍看官。"①

这两个"开呵"都意在介绍身份，乞求通过伎艺表演，赢得观众赏钱。这种跑江湖的套话也可在一些南戏开场白中找得到。宣德本《金钗记》副末开场有："未开□句齿先寒，专伏□□耽带（担待），做成幔天锦帐，□□望遮拦，□等待子期打盾（盹）睡，方敢报弹琴。"副末希望观众多多担待戏班的讹漏。成化本《白兔记》开场也有："倘或中间字籍（迹）差讹，马音等（夺）字，香（乡）谈别字，其腔列（劣）调，中间有同名同字，万望众位作一床锦被遮盖。"也是期望观众不必追究腔调字句方面的错误。可知，这是艺人常年行走各地的江湖套话。

① ［明］施耐庵著，凌赓、恒鹤、刁宁校点：《容与堂本水浒传》，524～525页，755～756页，上海：上海古籍出版社，1988。

这种散说的“开呵”形式与明朱有燉《新编瑶池会八仙庆寿》中的“开呵”还不尽相同：“（末唱）【倘秀才】扯我向勾栏里发科，（末云）我不去。（徕云）你怎生不去？（末唱）怎禁那戏房里撅丁每絮聒。（徕云）他絮聒个甚的？（末唱）他敢道搀了他衣食待怎么。（徕云）既不呵，只拴一个焰爨也罢。（末唱）你教我拴一个新焰爨。（徕云）替那鼓弄每开呵些也好。（末唱）你教我打一个硬开呵，着那火看官每笑我。”刘晓明解释“硬开呵”为“焰爨开场”①，用焰爨开呵打头炮，肯定有一定表演难度，所以末才会担心别人看笑话。《雍熙乐府》载【寨儿令】：“开硬呵，发干科，泼生涯百般来做作。”②“开硬呵”应指“硬开呵”，“做作”二字说明“开呵”包含了乔装科介的表演。因此，“开呵”的表演并非专指老者的跑江湖套语，还可能有专门性的动作表演。

元杂剧没有正戏之外的“开场”，但在不少元杂剧内写有“开”，它又是怎样一种表演形态呢？通检《元刊杂剧三十种》，共有 18 种杂剧 60 处“开”，而且所有的“开”均用于人物上场。康保成师认为：“‘开’是戏曲演出时的一种具有宗教意义的仪式。这种仪式多数具有演员上场、脚色转换的意义。”③对此，笔者持保留意见。元杂剧不少“开”并不用在首折一开场，演员需要某种仪式才能转换为剧中脚色，而是在进行了一段表演后，方才用“开”。例如，《萧何月下追韩信》第一折：“（等漂母提一折下）（恶少年云了）（旦并外末上）（正末袍盔背剑冒

① 刘晓明：《杂剧形成史》，461 页，北京：中华书局，2007。

② 《雍熙乐府》卷十八，见《历代散曲汇纂》，435 页，杭州：浙江古籍出版社，1998。

③ 康保成：《傩戏艺术源流》，128 页，广州：广东高等教育出版社，1999。

雪上，开）自家韩信的便是……”在正末“开”之前，舞台表演早已拉开，各色人物已经进入角色，不必等到正末“开”之后方转换角色身份。这样的例子还有很多，甚至同一脚色第二次登场还会用“开”。《陈季卿悟道竹叶舟》第一折有“（等外末上，开住）”，外末陈季卿已经第二次上场，不存在脚色转换的问题，但再次用了“开”，此后又有“（正末扮鹤氅提荆蓝上，开）”。如果“开”是开场脚色转换的仪式，四折戏中岂不是仪式过于频繁了！因此，笔者认为，这个“开”是与正剧剧情相联系的。由于很多“开”的内容被省略了，我们只能举一反三地推论：

> 楔子，首句：（外末一折，云了）（正末扮张千上，开）小人是屠家张千的便是……
>
> ——《张千替杀妻》
>
> 楔子，首句：（外末上，开）老夫王员外便是……
>
> 第二折，首句：（正末扮上，开云）母亲，二月二十八将近……
>
> 第三折，首句：（正末扮急脚上，开）小人姓李名能……
>
> ——《小张屠焚儿救母》
>
> 第一折，首句：（正末扮诸葛上，开）贫道复姓诸葛，……
>
> ——《诸葛亮博望烧屯》

人物上场之“开”大多数在自报家门，引导人物上场。黄天骥师指出，元杂剧的“开”与宋金杂剧的引戏有关，承担了一定的引导宣赞作用。① 南戏开场也有导引上场的职能。成化本

① 黄天骥：《从引戏到冲末》，54～61页，载《传统文化与现代化》，1998年第5期。

《白兔记》开场末下场前念："剪烛生光彩，开筵列绮罗。来是刘知远，哑静看如何。"世德堂本《五伦全备记》第一出下场诗："此时戏场头一节，首先出白是生来。"然后转入生脚上场，起到了介绍、引导人物的作用。与元杂剧"开"的不同在于，南戏属于戏外的导入，而杂剧则为剧中人的身份介绍或引导。

二、南戏开场的剧本惯例

由于宋元南戏还未形成分出标目的通行剧本形式，现存明代前期或某些明中叶的南戏刊本，开场的剧本体例并不统一。例如《永乐大典戏文三种》、元本《琵琶记》、明宣德本《金钗记》、明成化本《白兔记》、明嘉靖本《宝剑记》、明嘉靖本《荔镜记》等，均未写"开场"之名，而嘉靖容与堂刊李评本《琵琶记》第一出则标明"副末开场"。可是，南戏实际舞台演剧上，"开场"的行业称名应该早已流行。徐渭《南词叙录》专列"开场"一条，说明至少嘉靖年间，"开场"之名已成为南戏舞台的惯称。明代中后期，"开场"又被称为"末上首引""家门始终""家门正传""开宗""标目""提纲""本传开宗"等，不过是后人的种种代名罢了。

从剧本体制看，南戏副末开场的基本形式一般由两阕词与四句下场诗组成。钱南扬《戏文概论》指出："第一阕浑写大意，第二阕叙述戏情。也有仅用一阕的，就是直截了当叙说戏情，把浑写大意的一阕省去"，"这些方式，一直沿用明清传奇而不变"。① 钱先生"不变"之说未必恰切，但对副末开场结构形式的归纳大体相当。《宦门子弟错立身》开场念【鹧鸪天】归总大意，元本《琵琶记》开场用【水调歌头】浑写大意、【沁园春】叙说剧情；嘉靖本《宝剑记》第一出用【西江月】【鹧鸪天】

---

① 钱南扬：《戏文概论》，171页，上海：上海古籍出版社，1981。

二词浑写大意，再用【满庭芳】表述剧情，所念开场词或长或短，体例却大致相仿。

在实际的舞台演出中，副末开场往往会增加一些内容，也形成了一定的剧本体例。最常见的是内外应答的形式，《张协状元》中已露端倪：

> （生）后行子弟，饶个【烛影摇红】断送。（众动乐器）……（生）暂藉轧色。（众）有。（生）罢，学个张协状元似像。（众）谢了。（生）画堂悄最堪宴乐，绣帘垂隔断春风。波滟滟杯行泛绿，夜深深烛影摇红。（众应）……

此时生脚还属于剧外人的身份，与内场乐队人员互动应答，既可以相互关照提醒彼此演剧的节奏，又可以活跃场上的表演气氛。明代南戏则逐渐演变为两阕词之间的问答形式。嘉靖本《宝剑记》【鹧鸪天】后穿插了一段问答：

> （末）试问当行作家：今日扮演那本传奇？
>
> （内应）扮的是《林冲宝剑记》。呀，原来是此本故事，听道出处。

之后再接【满庭芳】叙述戏文梗概。明万历年间刊本《古城记》开场在【顺水调头】【沁园春】两词之间有：

> （末）借问后房子弟，今日搬演谁家故事，那本传奇？
>
> （内应科）今日搬一本刘先生徐州失散，曹孟德独霸中原，关云长秉烛达旦，古城中聚义团圆。
>
> （末）原来此本传奇，待小子略言数句，便见戏文始末。

这种形式成为南戏、传奇的表演套式，剧本刊写上往往以“问答照常”代之。《六十种曲》共有23种剧本采用了“问答照常”的形式。

有的南戏开场，在副末概述剧情之后，还会添上一段末引导生脚入场的说白。《张协状元》也已经出现。末在唱念开场词、诸宫调后，云："后行脚色，力齐鼓儿，饶个撺掇，末泥色饶个踏场。""（生上白）讹末。（众喏）（生）劳得谢送道呵。（众）相烦那子弟。"末引出了末泥色即生脚的上场，而生上之后，差不多就揭开正剧的序幕。《张协状元》因为夹杂了生脚的戏外表演，这种转换还不太明显、迅速。明代南戏则在引出生脚后，即刻进入剧情。上举成化本《白兔记》、世德堂本《五伦全备记》皆如此。再看富春堂本《张巡许远双忠记》第一出"开宗"，末念【满江红】、内外问答、【满庭芳】之后，说："那来的不是别人，张中丞的便是。后房子弟，交过排场，慢做慢道。"直接用说白带出生脚，转入第二出的表演。《古城记》【沁园春】家门大意后，亦有"来者非别，刘玄德是也。交过排场，紧做慢唱"。明代传奇《荷花荡》卷下第 8 出"戏中戏"，记录下当时梨园表演《连环记》开场的实况：

（末出开场介）【连环开场白】（此词乃叙说戏文大意，略）那来者非别。

（内云）谁？

（末）王司徒是也。交割排场，紧作慢唱。（下）

（生带三鬒扮王允上）

查今存清抄本《连环记》"家门"一折，仅有【沁园春】一阕词，与该剧所载【连环开场白】几乎全同，说明《荷花荡》"戏中戏"保留了明代《连环记》表演的开场情况。由此可见，末说白引出生脚，在实际演出中运用广泛，成为南戏、传奇的剧本形式之一。

三、开场副末的表演

副末开场的中心脚色无疑是“副末”，实际相当于“末”[①]。这个末脚采用了怎样的表演，才能承担起开场，吸引观众的重任？是否还伴有某些特定的动作情态？这些是我们十分关心的问题。

首先，开场时，副末是主唱还是主白呢？据明梧子《笔梦叙》载，晚明钱岱家乐中有名冯翠霞者，“初装副末，仅能锦衣缓步，唱开场词”[②]，此副末开场是“唱”的。在明刊本南戏中，很多词牌所用书写体例有双行小字，也有黑体单行大字。一般明代剧本的刊行体例，黑体大字表唱，双行小字表白。以此，副末开场似乎唱、白兼有。但蒋星煜以为，副末开场词一般不唱，它是由副末念诵出来的。[③] 笔者较为倾向于蒋星煜的观点。补充说明之：其一，开场词俱用词牌，而非曲牌。词牌念诵富有韵律，既不同于唱曲，也不太可能用口语说白。像南戏、传奇人物上场的定场诗词，一般采用介于唱、白之间的韵白念诵，以此推之，开场词也是用韵白方式念诵。其二，成化本《白兔记》开场有“不须多道撒说，借问后行子弟戏文搬下不曾”“不须多道散说，我将正传家门念过一遍，便见戏文大意”之语。“撒说”即“散说”，这两个“散说”，指跑场套语及戏班夸饰之语，用的是口语化说白。它与“正传家门”的词牌念诵肯定不是一

① 元鹏飞：《明清传奇开场脚色考》，载《国学研究》，2005 年第 16 卷，北京：北京大学出版社，2005。

② ［明］梧子：《笔梦叙》，见［清］虫天子：《香艳丛书》，第 1 册，325 页，北京：人民文学出版社，1994。

③ 蒋星煜：《南戏、传奇的演出与副末开场》，载《杭州师范学院学报》，1996 年第 4 期。

回事，所以末要特别强调一声。

明晰副末的念诵之后，接下来探讨开场副末的穿戴以及表演方式。关于这两方面，我们可结合明刊本南戏中一些“副末开场”的插图（见图3－1至图3－8）来分析。

图3－1　《风月锦囊》“敷演关目”

图3－2　嘉靖本《荔镜记》开场

图3－3　富春堂本《周羽寻亲记》“家门始末”

图3－4　富春堂本《何玉秀玉钗记》“敷演家门”

图3－5　富春堂本《刘汉卿白蛇记》“敷演白蛇志”

图3－6　高石山房本《目连救母》上卷开场

图3－7　高石山房本《目连救母》中卷开场

图3－8　高石山房本《目连救母》下卷开场

图中所示，开场末脚俱为男脚，或为老者，或为后生，身着圆领袍服或交领袍服，头戴冠帽或幞头。有四幅图例的末脚，都在帽檐边插上了一支短羽雉翎，用以美化装饰。开场时，副末还伴有一些表演性的动作，有的一手甩袖，一手指天，脚步微踏；有的手执折扇，袍袖微摆，均为开场词的念诵增添不少风致。副末舞蹈的幅度不大，但衣袖之舞却很明显。末和引舞、引戏的关系，已为学界关注。唐代乐舞的引舞者为郭郎。《乐府杂录》载“傀儡子”：“其引歌舞有郭郎者，发正秃，善优笑，闾里呼为‘郭郎’，凡戏场必在俳儿之首也。”① 杨大年《傀儡诗》云“鲍老当筵笑郭郎，笑他舞袖太郎当”②。可见，副末开场“衣袖郎当”带有郭郎引舞的痕迹。明人张宁《唐人勾栏图》诗云：“初看散末起家门，衣袖郎当骨格存。咬文嚼字澜翻舌，勾引春风入座温。”③ 这段“散末家门”的开场表演，与南戏副末开场善于念诵，导引观众的职能十分近似，而且“衣袖郎当”也吸收了“郭郎”的舞姿。

徐扶明曾指出，副末开场还可不止一次，有两次甚至三次的情况。④ 高石山房本《目连救母》最后一出收场诗云“目连戏愿三宵毕”，该戏应分了三个晚上演毕，每演一晚就重新开场一次，用以承接上晚，提起今晚。该本所配三幅开场图，就是多次开场的实证。三幅图表明，每一次开场均有新的变化。副末脚色

① ［唐］段安节：《乐府杂录》，见《中国古典戏曲论著集成》，第1册，62页，北京：中国戏剧出版社，1959。

② ［宋］陈师道：《后山诗话》，见吴文治：《宋诗话全编》，1018页，南京：江苏古籍出版社，1998。

③ 蒋星煜：《〈唐人勾栏图〉在戏剧史上的意义》，见《中国戏曲史钩沉》，6页，郑州：中州书画社，1982。

④ 徐扶明：《试论明清传奇的副末开场》，见赵景深：《中国古典戏曲小说论集》，第2辑，140～157页，上海：上海古籍出版社，1987。

分别换了老者、儒士、武生三种装扮，特别最后一次副末劲装登场，动作幅度较大，不太同于一般副末开场的表演。舞台上还保留了焚香奉神的痕迹，两边挂着“楼台压地，锣鼓喧天”的对联，显示出开场与请神的联系，此在明成化本《白兔记》开场词也有所体现。

四、南戏副末开场的演变

钱南扬曾说，宋元南戏的开场延至明清传奇而不变。从上场词牌而言，南戏、传奇的副末开场无不有之，长短各宜，此论断大致符合实际情况。但如从细处深究，从宋元南戏到明清传奇，副末开场还是呈现出阶段性的演变过程。

（一）宋元南戏开场词的规范化

由南宋迄元末，南戏副末开场形成了开场词的规范形式。试对比《张协状元》、《宦门子弟错立身》、《小孙屠》、元本《琵琶记》四剧的副末开场：

《张协状元》：末白【水调歌头】（写作命意）—再白【满庭芳】（静场、自夸、报剧名）—诸宫调唱出来因—引出末泥色—饶【烛影摇红】、生踏场—生与后行子弟应答。

《宦门子弟错立身》：末白【鹧鸪天】（剧情梗概、静场、报剧名）

《小孙屠》：末白【满庭芳】（写作命意、静场）—内外问答—【满庭芳】（剧情梗概）

《琵琶记》：末白【水调歌头】（写作命意）—【沁园春】（剧情梗概）

从《张协状元》到《琵琶记》，副末开场呈现由繁至简的发展趋势。《张协状元》开场类似一个表演的什锦杂烩，尤其以诸宫调唱出来因，然后掐住话头，既可吊足观众胃口，吸引更多人观看，又可引起下面正剧的表演，反映出了南宋时期勾栏百戏商业化的开场形态。元中后期，南戏开场形式则趋向简化，并逐渐形成套式。《宦门子弟错立身》开场仅一阕词，却较《张协状元》增加了概陈剧情的功能，而不至于使开场表演过于游离于戏剧之外；《小孙屠》有两阕词，形成了寄发感怀、表述剧情、内外问答的表演体例，其中改变《张协状元》生脚与后台应答的做法，集中为末脚主导开场，这就基本奠定了明南戏、传奇的副末开场形式。有学者认为，《宦门子弟错立身》的开场过于简短，可能经过了文人的删减，其本来面目应有完整的两阕词。笔者以为，《宦门子弟错立身》的开场固然简单，却反映了当时的舞台表演：

> （末白）【鹧鸪天】完颜寿马住西京，风流慷慨煞惺惺，因迷散乐王金榜，致使爹爹捍离门。为歧路，恋佳人，金珠使尽没分文。贤每雅静看敷演，宦门子弟错立身。

这阕词既统括剧情，又要求观众静场，最后一句还通报剧名，实际包含了开场两阕词的众多功能。如果是经文人删除，这首【鹧鸪天】要么抒发感慨，要么叙写剧情，不可能呈现如此综合的功能形态，像《六十种曲》的副末开场，没有那一阕词包含这么多的功能。所以，《宦门子弟错立身》【鹧鸪天】应该是南戏子弟简化开场的一种方式。迨至《小孙屠》，已基本稳定为后来副末开场的体制。不过，其间连续使用两次【满庭芳】曲牌，仍显得不甚规范。而在元本《琵琶记》中，所用词牌互不相同，各司其职，规范形式已经形成。①

---

① 按：廖奔《南戏体制变化二例》一文，根据明前期《白兔记》《金钗记》不同的开场形式，证明"用一首或两首词开场的'定例'，是在明中叶以后的传奇创作中才形成的，南戏并没有这种'定例'"。（见《南戏国际学术研讨会论文集》，10页，北京：中华书局，2001）笔者认为此说值得商榷。明代南戏开场的变化，是结合演出现场而进行的调整，即在开场定例之上的变化。

（二）明代南戏开场下场诗的规范

在《永乐大典戏文三种》、元本《琵琶记》开场的前面，均有“题目”四句。例如《琵琶记》为：

极富极贵牛丞相，施仁施义张广才。有贞有烈赵真女，全忠全孝蔡伯喈。

徐扶明认为南戏的“题目”起到“报幕式地向观众介绍剧情提要的作用”①。但报幕需要表演者唱念，此四种南戏“题目”均放在末上场念白之前，也就是说，不入开场的体例，不需要末脚念诵。因此，钱南扬认为“题目”是一种广告：“在宋、金、元时代，各种伎艺的演出，必预先贴出广告，以招揽生意，题目正是写广告用的。”② 它相当于演剧的“招子”。据冯沅君《古剧说汇》考证，宋元时期的“招子”可用以标明剧名、主要演员姓名、演出时间等，方便招徕观众。③ 孙崇涛同样认为“名目”就是“题目正名”：“或是书写在彩色纸张的招子（又称‘花招儿’‘花招告示’）上悬挂起来，作为演出的宣传广告，或是书写张贴起来，供观众挑选希望观看的剧目。”④ 那么，作为广告或剧目张贴，南戏开场前的“题目”当然不需要唱念。不过，明代南戏淘汰了开场前的题目，统一变为开场词之后的下场诗。如《琵琶记》李卓吾评本、汲古阁本等明刊本，都将题目四句移到了开场的最后，入了末脚的念诵。徐渭云：“开场下

---

① 徐扶明：《元代杂剧艺术》，282 页，上海：上海古籍出版社，2014。

② 钱南扬：《戏文概论》，164 页，上海：上海古籍出版社，1981。

③ 冯沅君：《古剧说汇》，73 页，北京：作家出版社，1956。

④ 孙崇涛、徐宏图：《青楼集笺注》，218 页，北京：中国戏剧出版社，1990。

白诗四句，以总一故事之大纲。今人内房念诵以应副末，非也。"① 表明至明中叶南戏舞台，副末开场的下场诗均改由内房子弟与副末应答念诵，总一剧之纲领。

下场诗的内容，多以一人一事，点带关键的人物或事件。不过，早期南戏像《张协状元》，人物与事件的提炼不太妥帖。题目四句分为："张秀才应举往长安，王贫女古庙受饥寒。呆小二村□调风月，莽强人大闹五鸡山。"非但不能总领剧情，而且"小二""强人"之类的小配角，远不如王德用、李大公等重要。到了《宦门子弟错立身》《小孙屠》，人物事件的归纳要精当许多，而且最后一句增加了点题的功能。《宦门子弟错立身》"冲州撞府妆旦色，走南投北俏郎君。戾家行院学踏爨，宦门子弟错立身"。《小孙屠》"李琼梅设计丽春园，孙必达相会成夫妇。朱邦杰识法明犯法，遭盆吊没兴小孙屠"。明代南戏中，这种一人一事总领剧情，句末点题的下场诗，一直沿传下来，形成了统一的规范。比如汲本《杀狗记》、原本《荆钗记》、富春堂本《东窗记》、世德堂本《赵氏孤儿》均为一人一事，且剧末点题。再如，成化本《白兔记》下场诗意在引导人物，转换场次，富春堂本《白兔记》则改为"好赌倾家刘智远，剪发受苦李三娘。投军偶遇岳元帅，汲水幸会咬脐郎"。虽未剧末点题，却体现了每句叙述一人一事的基本规范。

（三）明清传奇开场的推陈出新

明代南戏由开场词、内外应答、下场诗组成的副末开场规范形成之后，开场表演却并不是一成不变，往往会在基本体例的基础上，应不同的演剧环境而做出适当调整。例如，成化本《白兔记》开场烦琐，反映了祭祀演剧的环境；宣德本《金钗记》

---

① ［明］徐渭：《南词叙录》，见《中国古典戏曲论著集成》，第3册，246页，北京：中国戏剧出版社，1959。

专增一阕词写戏班行走江湖的套话；《五伦全备记》三阕开场词后，又大大敷说一番道德言辞，以应和该剧的教化题旨，颇有点喧宾夺主之嫌。

明清传奇阶段，开场表演也会依据舞台之需，产生一些新的变化：

（1）简化。李渔《闲情偶寄》云："今之梨园，皆略去前词，只就'家门'说起，止图省力，埋没作者一段深心。"① 梨园子弟为方便起见，常常在实际演出中省去一、二阕开场词，独白家门大意。《六十种曲》中，开场省略内外问答的 33 种，只用一阕家门大意词加下场诗的 11 种，单用一阕家门大意词叙述剧情的 8 种。

（2）崇古。传奇《琴心记》"家门始终"，先有四句诗题写剧情，之后末上念【月下笛】【满庭芳】两词，显然开场四句诗不是由末来唱念。这种方式属于宋元南戏"题目"的用法，恐怕出于明人惯有的崇古心态。

（3）添加吉庆套词。清抄本《金丸记》副末开场为：

> （戏名开场白）百顺顺天时序，千金金印腰悬，连环还带中三元。荆钗钗与钏，八义义中缘。元宵闹，闹金鞭，双珠福寿为先，三星拱照照胆镜，万年欢庆团圆。教过排场。
>
> （又曰）财源福辏福无边，吉庆图开万里圆，为善最乐双红序，千祥五福醉中天，麒麟阁表忠矣，祥麟现处巧姻缘。昙花阁内花魁占，一种情关七子圆。教过排场。
>
> （家门。末上）……来者，李佐是也。

《金丸记》，著录于吕天成《曲品·旧传奇》，属明代前中期

① ［清］李渔：《闲情偶寄》，见《中国古典戏曲论著集成》，第 7 册，66 页，北京：中国戏剧出版社，1959。

南戏。但该剧两首由戏名组成的开场词，包括了《八义记》《元宵闹》《占花魁》《万里圆》等后出剧作，肯定为梨园子弟后来添加。全词吉祥欢庆，表达了浓浓的祝福之意。《金丸记》将开场与家门分而演之，则此开场词可能是伴奏乐队或后台子弟齐声唱诵的。

这种吉庆类的开场词，在清代戏剧舞台演出中广为使用。清钱德苍《缀白裘》十二集，每集开头均有一阕开场词，内容多为祝福、庆贺、赏怀等之类的吉利话，已不具备剧情梗概的叙说功能。例如，《缀白裘新集合编》初集的副末开场，唯【西江月】一词："一剪梅开映小桃，凤凰台上忆多娇。洞仙歌曲声声慢，虞美人行步步娇。红纳袄皂罗袍，醉扶归去月儿高，谒金门下朝天子，深感皇恩贺圣朝。交过排场。"① 整支曲子连缀一串曲牌名，流光溢彩，末句俯首皇朝，烘托了歌功颂德的主旨。《缀白裘》开场词与加官、招财、庆寿、魁星等吉利小戏合在一起，已经具有了一定的仪式功能。由于不再需要叙述家门大意，开场词可以四方转用，套演于大多数表演场合，由此形成了不少开场熟套。诸如"一曲新词酒一杯，梨园风月四时新""瑞日山河锦绣，梨园风月时新"等劝乐祈福的套词，被广泛用于酒宴歌会之中。

（4）开场词入正戏。清代一些传奇剧作家，喜欢在副末开场上翻出新花样。孔尚任《桃花扇》以末扮老赞礼开场，并以之为全剧始终的见证人，出入于剧情内外，体现了作者对副末开场的良苦匠心。清嘉庆程煐所作《龙沙剑》传奇第一出"仙机"，作为剧情之缘起，末扮太白金星带童子上场，陈说梗概，已属于剧本关目之一。其开场注云："开场用末乃传奇定例，然

① ［清］钱德苍辑：《缀白裘》初编集，49 页，见王秋桂：《善本戏曲丛刊》，第 5 辑，台北：台湾学生书局，1987。

不过表明通部大意，无串入关目中者。此却用作起结，弥见气脉贯通，结构紧密。”① 可见有意突破陈套。

清中叶后，末脚与外脚逐渐被划归老生行当，因此副末开场演变成老生开场，老生报台。1927 年上海昆曲新乐府老生郑传鉴，就专门承担报台任务，他所常念的报台曲牌正是上文例举的《缀白裘》集曲牌之【西江月】开场曲，而此时开场的表演变为“动口勿动手”②，与南戏副末“舞袖郎当”的开场表演相比，发生了很大的变化。至皮黄渐兴，乱弹纷纭之时，副末开场由于丧失了它的实用价值，逐渐淡出了舞台。《清稗类钞》载：“昆曲规矩最严，皮黄渐替，昔时副末开场，生旦送客，晚近已废。”③ 唯民间一些古老戏曲的遗存，还保留了副末开场的形式，如福建庶民戏、江西盂戏（图 3－9）的表演，均有报台一出。

图 3－9 江西盂戏“报台”

① ［清］程煐：《龙沙剑》，18 页，哈尔滨：黑龙江人民出版社，1986。

② 《中国戏曲志·上海卷》，710 页，北京：中国 ISBN 中心出版社，1996。

③ ［清］徐珂：《清稗类钞》，360 页，北京：书目文献出版社，1984。

第三节 南戏的下场诗

南戏每出结束时，一般采用人物念七言四句诗的下场方式。通常，我们称它为“下场诗”。南戏的“下场诗”，承担着分隔场面之功能，又兼及沟通情节脉络、情感评议之职责，对于南戏舞台表演与结构均有重要意义。本节拟对南戏下场诗的基本形态及其演变进行综合考察，以见南戏下场表演的独特与生动。

一、南戏下场诗的基本形态

南戏下场诗，指人物下场所念之诗。其基本形式为七言四句诗，如以《五伦全备记》为例，第 2 出下场诗为：“养子须当教读书，读书尤在择师儒。亲能教诲师严切，学不成名是下愚。”念对句也是下场诗的常见形式，如《宦门子弟错立身》第 13 出下场“路上有花并有酒，一程分作两程行”，《小孙屠》第 13 出下场为“（旦净白）在天同归碧落，入地共返黄泉”，前者七言对句，后者六言对句，字数不一，形式类同。

下场诗的形式，早自宋元南戏便已出现。《永乐大典戏文三种》中，《张协状元》的下场诗已颇为齐整。全剧 53 出，念四句诗落场者 47 出，念两句诗落场者 2 出，念十句诗落场者 1 出，余没有下场诗者仅 3 出，分别为第 1、7、27 出。《宦门子弟错立身》《小孙屠》的下场诗用法稍有一些不同。《宦门子弟错立身》残存 14 出，念四句诗落场者 2 出，念对句落场者 8 出，余 3 出残阙不详，不念落场诗者仅副末开场 1 出；《小孙屠》存 21 出，念四句诗落场者 6 出，念对句落场者 9 出，念六句诗落场者 1 出，余 5 出无落场诗，包括第 1、3、7、17、18 出。两剧多采用两个对句收束，四句七言的下场诗不多，不念下场诗的出目也有一定比例。但《永乐大典戏文三种》毫无疑义地显示：念诗下场已成为早期南戏下场的基本形式。

明代南戏主要延续了念七言四句的下场诗形式。像原本《王状元荆钗记》共48出，除两出未用下场诗，其余均为七言四句下场。世德堂本《五伦全备记》29出，共有25出采用了七言四句的形式。类似情况也存在于《琵琶记》、“荆刘拜杀”、《金钗记》等下场诗中。可见，念七言绝句成为南戏收住一出的惯例。同时，对句或四句以上者也并存一剧，但只做偶尔点缀，不是主要形式。四句以上的下场诗多用为全剧总收场诗，如《五伦全备记》最后一出为七言十句的下场诗：

> 大道根源出自天，人人身上五伦全。
> 进来古往忠为首，地义天经孝最先。
> 须把居家移治国，从来坤道要承乾。
> 交情不为存亡变，守志宁因祸乱迁。
> 这本传记从古少，千年世上不流传。

整体气势较四句诗更显磅礴，作为总收场诗，能够造成全剧的压场之势。

下场诗的念诵，一般标为“白”，说明属于舞台韵白。通常情况下，在场人物均参与念白，有的分念，有的合念。《王状元荆钗记》下场诗的脚色标记清晰，我们以之为例。第32出：

> （占）万里关山去路长，（末）可怜年迈往他乡。
> （占）江边不敢高声哭，（丑）恐怕人闻也断肠。

此时在场脚色占、末、丑三人，占扮王十朋之母，系三人中的主角，故念两句，其余两脚各念一句。又如第43出：

> （丑）路远山程莫怨迟，（外）一行孤雁望南飞。
> （净）小舟正在西江上，（合）衰柳依稀映落晖。

该出在场脚色外、丑、净三人，故每人分念前三句，再合念最后一句落场。如果在场一人，则由一人独白四句。第18出旦扮钱玉莲夜居深闺，思念王十朋，场面只有一人，下场诗也为一人独念："只为功名抛却亲，如今必定离京城。真个路遥知马力，果然日久见人心。"

当然，也有在场脚色不参与念下场诗的情况。《王状元荆钗记》第17出写开科考试，生扮王十朋先下，场上还剩丑所扮试官、净所扮考生、末所扮衹候三人。然而，下场诗却为丑一人独念。又如第26出，净扮速报神，令小鬼暗护钱玉莲，毋使溺水而亡。场上有速报神、小鬼两个人物，下场诗也唯净一人念。相对而言，这种在场人物不参与念诵下场诗，并非表演常态，似乎也难以归纳定律，或许视不同舞台而定吧。像"见母"一出，写王十朋终与母亲相见。屠隆评本、汲古阁本为贴、生、末三人在场，下场诗采用脚色分念的方式："（贴）追想仪容转痛悲，（生）岂期中道两分离。（末）夫妻本是同林鸟，（合）大限来时各自飞。"可在《大明天下春》《乐府菁华》等晚明选曲本中，就变为生脚一人念诵，"追想仪容"也相应改为"追忆娇妻"。选曲本多折子戏表演，所选出目需要集中表现核心人物情感，故采用生脚一人念诵落场，有助于烘托王十朋对妻子的追悼之情。

与元杂剧相比，南戏人物念下场诗结束本场表演的体例，显得较为独特。元杂剧折与折之间，并不常用诗句落场。笔者通检《新校元刊杂剧三十种》，没有一处用到下场诗①，人物往往唱毕联套曲或说完念白之后，直接"下"或"同下"，表示本折结束。如《拜月亭》：

第1折：正旦唱【赚煞尾】后，下。

---

① 徐沁君校：《新校元刊杂剧三十种》，北京：中华书局，1980。按：元刊杂剧《紫云亭》第4折散场之后，有【鹧鸪天】一曲，七言四句诗一首，但这并不属于下场诗，而是散场的一种表演。

第 2 折：正旦唱【黄钟尾】后，下。

第 3 折：正旦唱【黄钟尾】后，下。

第 4 折：正旦唱【阿忽令】后，“（孤云了）（散场）”。

也许有人会说，《新校元刊杂剧三十种》省略了大量科白，不足以展现元杂剧演出风貌。我们不妨再参照《元曲选》的刊本情况。比如，《楚昭王疏者下船》，元刊本没有下场诗，《元曲选》第 1 折、第 3 折末，俱增七言四句诗下场；《赵氏孤儿》，元刊本均为唱曲收尾，《元曲选》楔子和第 1、2、3 折末，变为念诗下场；《薛仁贵衣锦还乡》，元刊本多以人物说白下，《元曲选》四折皆增加了“诗云”落场。对比之下，《元曲选》下场诗的使用比例确实有所提高。但元杂剧每折结束，并没有全部采用人物念诵诗歌下场的形式，像《陈抟高卧》《任风子》《磨合罗》等，还是保持了元刊本唱曲或念白下场的主要方式，偶尔一折改为念诗下场，如《任风子》第 2 折马丹阳“词云”下场，《磨合罗》楔子李彦贵“诗云”下场。可见，元杂剧每折使不使用下场诗，并无一定之则，而《元曲选》之所以出现不少下场诗，抑或受到南戏或传奇表演的影响，故循而增之。

二、下场诗的功能

南戏的下场诗，既担负分隔场面之功能，又兼及沟通情节脉络、情感评议之职志，其于南戏剧本之位置不可或缺，于舞台表演之功用不可忽视。

（一）分隔舞台场次的标志

不同于元杂剧一脚主唱四大套曲的分折体制，南戏篇幅长，场次多，脚色演唱自由，很难通过联套曲清晰地划分场次，势必要寻求其他的分场标志。我们知道，“场”的形成，主要依据场面人物而判断。如果人物俱下，场面皆空，则表明本场结束。如果场面上还剩下一个人物，都说明本场戏尚未结束。所以，南戏剧本常以“同下”或“仝下”，标志一场戏的完成。而放到舞台上，则要求凸显“同下”的表演，使观众能在频繁的上下场中，准确判断一场戏的收束。

下场诗的出现，正是应合南戏分场需求的舞台产物。通过在场人物念诵四句诗，全场戏被很清晰地划分为一段段表演单位，好比一个个指路牌，可以区分不同地段，提醒观众一段行程已经结束，另一段行程即将开始，而演员与观众也不至于糊里糊涂，找不到“此身所在”。举例言之，《张协状元》第 18 出、第 19 出、第 20 出，连着三出都在演张协拟入京赶考之事，每场人物均有重现。第 18 出出场人物生张协、旦贫女；第 19 出出场人物末李大公、净李大婆、旦贫女；第 20 出出场人物生张协、旦贫女、末李大公。这三出中，旦脚三出皆在，末脚后两出皆在，生脚则先下后上，有一次空场。设若三出之间，没有四句七言下场诗的间隔，观众便闹不清楚从哪里区分舞台场次，很容易囫囵吞枣，将三场连为一场，造成场面与情节的混淆。

为凸显下场诗的分隔作用，人物在念诵下场诗时，往往会加上“正是”二字，以之为提示或语气强调词等。例如元钞本《琵琶记》中，“正是”的使用十分频繁：

> 第 22 出：（末白）公公，病里莫生嗔，（旦）宽心保病身。
>
> （合）正是：药医不死病，佛化有缘人。
>
> 第 30 出：（贴）正是：大家截了梧桐树，（合）自有旁人说短长。
>
> 第 34 出：（贴）姐姐，说那里话！无限心中不平事，一番清话又成空。
>
> （旦）正是：一叶浮萍归大海，人生何处不相逢。

观众一旦听到“正是”，自然明白人物、场次要开始转换了，它已经从一般的语言程式，过渡为舞台场次的表达程式。

还有一种强调方式，即“合”念。通过在场脚色的合声诵读，提醒观众场次已经结束。最常见的合念形式，为最后两句或者尾句的合念，起到落音收场之效。《小孙屠》第2出下场诗：“（生）莫负媚景艳阳天。（净）拼却西郊使万钱。（末）花谢尚有重开日。（合）人老终无再少年。（并下）”系在场生、净、末三个脚色一起念白。第6出下场诗：“（净）莫忘当初共把盏，（外）除却花名李琼梅。（合）当权若不行方便，如入金山空手回。（并下）”除净、外两脚外，在场尚有旦李琼梅、梅香，此“合”当为四个脚色齐声诵读。比起单个脚色的念诵，众人合念在声音气势上占据优势，自然更能吸引观众的注意。这也是南戏舞台摸索出来的分场经验。

综之，戏有起落，场有开合，下场诗无疑是南戏指示一场场戏起止的醒目标志。如同现代舞台的幕布，大幕一落，即表明本场戏的结束，其分场的指示意义特别突出。

（二）评述情节人物的作用

一般来说，戏剧的一个场次相当于一段故事情节。对于南戏来说，舞台的分场与情节的分段，虽未交融一体，但基本还是遵照这一尺度。所以，作为分场标志的下场诗，也不自觉地担负起概述本场剧情，兼及预示情节发展、评点人物的作用。如《张协状元》第19出，写张协要去赶考，贫女向李大公借钱。下场诗为：“（旦白）谢荷公婆妾自归，（净）明朝依旧守孤帏。（末）夫妻本是同林鸟，（合）大限来时各自飞。”第一句表达贫女对李大公雪中送炭的感激之情，第二句暗示贫女送别张协，回去独守空闺，均属于本出人物情节的表达。后两句则沿用流行成句进行情节评议，一方面预述贫女夫妻到头分飞的结局，另一方面针砭张协婚变的无情。

这种综合情节交代、提点、点评功能的下场诗，几乎构成元本《琵琶记》最基本的表述模式。全剧 42 出，除去不用下场诗句的 3 出，其他下场诗无不承担既述且评的作用。它往往表现为：前两句承接本出情节，或预示后来情节之发展，后两句予以剧外评点。例如，第 37 出张大公扫墓遇李安，愤怒控诉蔡伯喈亲死不归的劣行，临下场托李安传话蔡伯喈："你传示相公，道张大公道来"，念：

你的双亲死了两无依，便做今日回来也是迟。
（丑）夜静水寒鱼不食，满舡空载月明归。

首两句为张大公叮嘱李安之语，紧承上面剧情，抒发张大公对蔡伯喈不孝的强烈愤慨，后两句为李安念诵，则转为评议语气。"夜静"二句，出自《五灯会元》船子德诚六偈之一，原诗充满未得之得的心悦禅境。此处引之，却是反用其意，讽喻了蔡伯喈即便功成名就，衣锦归来，也是一场"空欢喜"。按理说，李安不过一仆人，岂能领悟这样的禅理。但作者显然不是从剧内人物身份考虑，而是令其临时变为局外旁观者，对蔡伯喈回乡一事，进行冷静的是非评议。

要强调指出，南戏下场诗的后两句，经常直接沿用成句，或采掇流行俗语，或化用前人诗句，而不另行创作。此类成句的使用，也能够更好地发挥剧外评点的效果。一则，成句的含义早已约定俗成，观众亦耳熟能详，舞台大量使用能够有效沟通观众，达到双方对人物情节是非判断的共识。如"休道成人不自在，须知自在不成人"（元本《琵琶记》第 6 出），用成人之难评议牛相训女，褒中含贬；"红颜胜人多薄命，莫怨春风当自嗟"（元本《琵琶记》第 8 出），引前人诗句，叹五娘红颜薄命，满含怜惜。这些成句均很好地利用了观众的先行理解，促成戏剧与观众的合声共鸣。二则，成句评议常常跳出剧内，进行剧外评点。由于语言形式为人熟知，所以演员一念成句，仿佛自觉形成了一种特别的声音符码，提醒观众开始区分场内与场外。而且，成句经常与“正是”、合念等下场标志连在一起，也很自然就营造出场外置评的氛围。以此，成句的念诵者，常常不受限于剧本人物的身份，变身为一个旁观评议者。相较剧内人的评论，这种剧外评点因对人物命运、情节发展、是非判断无所不知，叙述视角全能，价值观念先行，故所具的权威性更大，很大程度上引导了观众对情节人物的认知与情感倾向。

三、下场诗的演变

张敬指出，《永乐大典戏文三种》以下场诗分场的形式，成为后来传奇的雏形。① 从承续关系看，明清传奇之下场诗确系元明南戏一脉滋乳。不过，《永乐大典戏文三种》下场诗运用已经趋向成熟，创作者、表演者有意识采用下场诗句的方式，标识人物下场或剧情结束，实非雏形状态。明代南戏、传奇大致延续了早期南戏的基本体例。从明中叶至明末这段时期，下场诗依据编演者的不同，呈现出文人化与民间化两种流变方向。

（一）文人化的下场诗

明代中叶，文人涌入南戏创作、刊刻领域，对下场诗的规范化起到了巨大作用。主要表现在以下方面。

首先，没有下场诗的出目数量减少。早期南戏均存在不用下场诗的情况，如《张协状元》有3出，《小孙屠》有5出，元本《琵琶记》有3出，成化本《白兔记》有4出，等等。明代中叶文人编创的南戏剧作中，这种现象明显减少，像《宝剑记》《东窗记》《五伦全备记》《王状元荆钗记》均只有1出不用下场诗。有些南戏出目原来不用下场诗，到了晚明文人刊刻的版本中，也

① 张敬：《明清传奇导论》，6~7页，台北：华正书局，1986。

多有增益。元本《琵琶记》第14出无下场诗，巾箱本、汲古阁本、陈继儒评本均添之；《赵氏孤儿》第3出无下场诗，改本《八义记》亦增之。不过，到了明清传奇，下场诗使用反倒又灵活不拘，不用的比例很高，下文对此会有详述。

其次，减少下场对句、参差句的使用。我们看到，《小孙屠》《宦门子弟错立身》二剧，使用对句下场的出目数量较多，整体节奏颇为短促。《张协状元》虽以七言四句诗为主，却还存在一些句式参差的情况。如第45出下场：

（后白）娘行莫虑路途遥，（外）妈妈终朝怕寂寥。（旦）不拟今朝再重会，（丑）亚爹抬轿不辞劳。（末）相公尊重休闲说，婆子无心管我曹。（净）溪涧岂能留得住，终归大海作波涛。（末）到你作波涛。（合）曾驾小舟游大海，至今不怕浪头高。（并下）

统共有10句下场诗，像是众人一连串的对白或独白，中间还添加了一句末打趣净的浑话。又如，第16出下场：

（生旦白）谢荷公婆，又成聒扰。（末净）且图安乐，胡乱度日。（生）相看几日去京华，（净）未好寻思漾了它。（末）休念故乡生处好，（合）受恩深处便为家。

在四句七言的下场诗之前，添加了四句四言的对白，实际也属于下场的一部分表演，整个诗句形式不甚统一。

到了明代文人改编、刊印的剧本中，这种现象明显减少，下场诗基本统一为四句七言诗的体式。像嘉靖本《宝剑记》、世德堂本《五伦全备记》均只有1出对句下场，余均为四句七言落场。而对早期南戏一些下场诗参差不齐的现象，晚明刊本也会加以修饰。元本《琵琶记》第20出下场诗："（旦）如此，谢得公公！只为无钱送老娘。（末白）娘子放心，须知此事有商量。（合）正是：归家不敢高声哭，只恐人闻也断肠。"七言诗中添加了“如此，谢得公公”“娘子放心”“正是”之类的对口白。到了汲本、陈本《琵琶记》就删去了白语，将最末一句改为“惟恐猿闻也断肠”，形式变得更加齐整。又如，成化本《白兔记》第2出下场诗：“（生）相识如同亲眷，（末）朝朝每日厮见。（净）刘伯伯不使个破钱，喫了一碗腊汁素面。”前两句为六言，后两句为八言，下场诗较为随意，汲本《白兔记》后两句则改为“刘伯伯少坐片时，喫一碗合锅素面”，形式更加工整一些。

最后，下场诗语言的雅化。随着文人对南戏语言的整体修饰，下场诗也雅化不少，更接近了诗歌本来的形式与意境。例如，《东窗记》第31折“疯僧骂秦”，下场诗为“秦丞相心性太毒，撞着了风魔贼秃。你得些豆腐面斤，回家去吃碗冷粥”。《精忠记》改为“秦桧今朝会，胸中发尽言。祥云生足下，咫尺到西天”。前者通俗，后者端正，明显被雅化了。而发展到传奇阶段，更有一些剧作家着力于下场诗，以此点缀文章，显耀才华，甚而出现集句诗、集唐诗的下场诗现象。汤显祖《还魂记》、苏元俊《黄粱梦境记》皆以集唐诗下场，吴炳传奇《画中人》则“意欲与临川还魂争胜，观记中各下场诗，即可知命意所在。十六出后云：‘不识为情死，那识为情生。’末出后云：‘河上三生留古寺，从今重说牡丹亭。’是即临川生而可死，死而可生之谓也”①。表明了作者欲借下场诗追步《牡丹亭》的深刻用心。

（二）民间舞台化的下场诗

南戏编演者以底层无名氏、民间艺人为主，其剧本多为舞台而设，体现的是民间情感和审美趣味。故而，明代南戏流播至传

① 吴梅：《画中人跋》，见蔡毅：《中国古典戏曲序跋汇编》，1409～1410页，济南：齐鲁书社，1989。

奇阶段，下场诗一定程度延续了宋元南戏下场诗灵活自由的方式，采用诗加白、诗加科诨的表演，丰富人物下场的表演，呈现出民间舞台化的一面。

诗加白的形式，指在齐言下场诗中，添加白语，使得念白融入蛤蜊风味，表演更加活泼。它包括诗前加白、诗中夹白、诗后添白三种形式。诗前白者，往往以人物说白，引起下场诗的念诵。例如《琵琶记》第3出下场诗，古本系统的元钞本、凌刻本在丑唱完【前腔换头】一曲后，直接以四句诗落场：

（贴白）休听枝上子规啼，（丑白）闷在停针不语时。
（贴白）窗外日光弹指过，（合）席前花影坐间移。

而陈评本、汲本为晚明刊本，则在下场诗前，添了一句丑白“姐姐，你听那子规却是啼得好哩”，借以引起贴的“休听枝上子规啼”。陈评本、汲本属于后出的文人修订本，为何有此增益呢？凌刻本有一句眉批，暴露了这句“诗前白”表演的来源：“坊本增丑一白，以引起子规啼句。此弋阳梨园恶套，且与谨随侍句意不合。”① 原来，此句白语来自弋阳子弟的梨园表演，是舞台下场诗活生生的表演实例。它用丫头一句俏生生的呼叫，打破前面曲唱“谨随侍，窗下拈针挑绣”的沉闷，引起下场诗中牛小姐的批评，非但不与“句意不合”，反而点染出丫鬟的活泼灵巧，也对比出牛小姐的严肃板正。大概因为此句诗前白的表演舞台流传甚广，晚明坊本悉从之，连文人改订本亦受其影响，故留下了民间舞台的实录。

诗夹白，指在下场诗中添加人物对白。《张协状元》第45出下场诗加了一句末脚“到你作波涛”的浑话，即为诗夹白。

① 凌刻臞仙本《琵琶记》第3折眉批，见孙崇涛：《古本琵琶记汇编》，北京：中华书局，2007。

明代南戏中，最常见的“诗夹白”为添加人物的称呼，增强了下场诗脚色念白的互动性。例如，《荆钗记》“纳聘闹钗”一出后，有一个净、丑的吊场表演。原本、屠隆评本均以人物念对句下场：

原本：（丑白）晓得了。眼望旌旗捷，耳听好消息。

屠评本：（丑）计就月中擒玉兔，谋成日里捉金乌。

这两个本子皆全本刊刻，对句形式整齐。而晚明选曲本《万锦娇丽》同出下场对句的念白则为：“（净）姑娘，正是计就月中擒玉兔，（丑）嫂嫂，谋成日里捉金乌。”人物彼此称呼，将自念自说或对观众念说的下场诗，改为彼此对说，拉近了人物之间的互动，加强了对手戏的舞台效果。

诗后添白，指在下场诗后增添白语。李渔云：“尾后不可增尾，犹头上不可加头也，可怪近时新例，下场诗念毕，仍不落台，定增几句淡话。以极紧凑之文，翻成极宽缓之局，此义何居？令人不解。”① 本来下场诗是本场演出结束的标志，不宜再尾后续尾，可晚明梨园舞台表演已突破了这一成规，人物念完下场诗后，仍添加了一些说白。例如汲古阁本《千金记》第5折，生旦念完下场诗后，又互云：

（生云）你既不容我看书，还我书来。（旦云）你还我灯，我还你书。（生）灯在此。（旦拿书介）你拿书去。（生）啐！（旦）啐！

夫妻二人针尖对麦芒，一个抢了书，一个抢了灯，形成一个小的戏剧冲突。两人虽各自退了一步，落场前仍互相气愤愤

---

① ［清］李渔：《闲情偶寄》，见《中国古典戏曲论著集成》，112页，北京：中国戏剧出版社，1959。

“啐”一声，很具有喜剧性效果。这样的夫妻口角，应是民间生活的常态，放到舞台上深为百姓喜闻乐见，特别亲切动人。

还有一种“尾后增尾”的下场诗表演，是在人物下场诗后，增加科诨动作。汲古阁本《精忠记》第5出下场诗后，有一段“净作抽肠法浑丑，丑作猫惊法浑净，同下”的表演，以净丑的科诨戏，丰富舞台的喜剧气氛。而在富春堂本《东窗记》中，这段表演并不存在，它应该是晚明梨园子弟为了取笑观众后来添加的。

综观上述，明代南戏下场诗显示了文人和民间两条流变路线，文人编创本、刊刻本，倾向于文本意义上的规范，于无处添加，于简陋处改良，下场诗形式变得日益精巧、典雅和规范。而在梨园演剧中，南戏下场诗的体例则得以不断地变化、突破。在笔者看来，李渔所喟叹近时新例“翻成极宽缓之局”，倒是下场诗之板滞形式日见活泼了。

四、不用下场诗的原因

南戏以下场诗为结束一出表演的通常形态，但一剧之中也会出现不用下场诗的情况。像元本《琵琶记》有3出，成化本《白兔记》有4出，嘉靖本《宝剑记》、富本《东窗记》、世本《五伦全备记》等有1出，都没有使用下场诗。数量虽然不多，却确乎存在。这些不用下场诗的出目，是否编演者有意为之呢？排除一些刊刻、传抄等难以考实的具体原因，例如《琵琶记》“金闺愁配”一出，以【前腔】结束，贴、净并下，汲本有下场诗，但元本、凌本均无，其因难测，笔者试从南戏剧本内部探究不用下场诗的原因。

其一，根据剧情的需要，不用下场诗。

这种情况往往发生在人物终结性命，不可能再念诵下场诗的情况下。例如，嘉靖本《宝剑记》第38出结尾，老旦“作吊介下”，老旦既已吊死，则不可能再进行表演，故本出无下场诗。又如，《荆钗记》“投江”一出，晚明舞台颇为盛行，《乐府菁华》《时调青昆》《乐府万象新》等曲选本均有收录。诸选曲本皆集中渲染玉莲投江的悲痛心理，没有像原本、屠隆评本、汲古阁本等全本戏一样，后接钱安抚搭救玉莲的情节，故该选出以玉莲投江结束，也没有用到下场诗。有的传奇剧目，为追求下场诗体例的齐整，不审剧情内容，一律使用下场诗，反而显得不合适。传奇《想当然》第24出“僦居”，“旦掷笔同小旦急下”。此处本宜省去下场诗，以配合“急下”的紧迫情节。然作者仍机械填之，故眉批云：“未有急下之后又着落场诗者”①，难免招来曲评家的诟病。

其二，重要人物一直在场，不用下场诗。

汲古阁本《白兔记》有“拷问”“岳赘”两出，分别在第18出、第21出，各有对句和七言诗收场。但在成化本《白兔记》中，这两出是连为一出来演的。其间虽有小旦、净、丑等人物的下场，但主要人物“外”一直在场，他在“拷问”完女儿之后，紧接招刘智远为女婿，两出之间联系紧密，也就没有必要添加下场诗。

其三，某些特殊的曲牌，不用下场诗。

凌刻臞仙本《琵琶记》第五折有一句眉批：“凡【鹧鸪天】后不得用落场诗，俗添者谬。”【鹧鸪天】是一个引子作尾声的曲牌，《青楼集》载魏道道舞此曲打散，元杂剧《紫云亭》亦用之为剧末收场曲。可知，【鹧鸪天】本身就可以标示终场，无须再续下场诗。元本、凌刻臞仙本《琵琶记》第五折，均以【鹧鸪天】收场。不过，后出的陈评本、汲古阁本没有遵循，反而

① ［明］卢柟：《谭友夏批点想当然传奇》，见《古本戏曲丛刊》初集，上海：商务印书馆，1954。

增加下场诗，恐怕是受到下场诗统一体例的影响。另外，【哭相思】【临江仙】也属于引子作尾声者。如用这些曲子终场，也常常不用下场诗，元本《琵琶记》第38出【哭相思】后、《王状元荆钗记》第11出【临江仙】曲后，均无下场诗。

相较南戏，明清传奇不用下场诗的情况显得更为突出。明末史槃《樱桃记》36出，有18出没有下场诗；李渔《蜃中楼》30出，有13出没有下场诗；《奈何天》30出，有15出没有下场诗；《彩楼记》更仅有1出有下场诗句。至于零星单出无下场诗句的传奇，如《意中缘》7出、《彩舟记》2出、《风筝误》2出等，更是多不胜举，这与南戏下场诗的常见形态形成一个巨大的反差。

我们知道，南戏下场诗主要作用在于分划场次，可以承上启下，层层转换，有利于观众理解剧情表演。可是，它也有表演的弊端。通本下来，每出人物都一律念诗句下场，既不利于情节表现的紧凑性、连贯性，也容易造成拘泥僵化的表演模式。事实上，明末传奇剧本篇幅大有缩减之势，以30出为基本长度，部分取消南戏惯用的下场诗，一方面可以加快情节节奏，有效缩短演出时间；另一方面，也可以突破表演陈规，用新颖活泼的下场表演，带动舞台气氛，丰富演出趣味。我们以汲本《牡丹亭》第26出下场诗为例，加以说明：

> 【尾声】拾的个人儿先庆贺，敢柳和梅有些瓜葛？小姐，小姐，则怕你有影无形看杀我。
>
> 不须一向恨丹青，堪把长悬在户庭。惆怅题诗柳中隐，添成春醉转难醒。

此下场诗在《缀白裘》所录选出“叫画”中被删去，而在【尾声】之后，添加了生柳梦梅的一段科白：

> 【尾声】拾得个人儿先庆贺，敢柳和梅有些瓜葛？小娘

子呵，小娘子，只怕你有影无形盼杀我。

呀，这里有风，请小娘子里面去坐罢。小姐请，小生随后。岂敢！小娘子是客，小生岂敢有僭！还是小姐请。如此没，并行了罢！（下）①

这是乾隆年间的昆曲舞台演出本。艺人们删去了原本中的下场诗，增加了一段柳梦梅对画中人自言自说的表演，生动展现了柳生痴情酸迂、温柔体贴的人物个性。整个表演下来，演员臻至佳境，观众余味缭绕，情味、戏味极浓，比起死死板板念四句七言诗下场，要有情趣得多。这个“叫画”的下场表演，至今为昆曲舞台沿用。

可见，传奇剧本省去下场诗，不是剧作家们的一时兴起，而是适应明清演剧需求而自觉进行的舞台变革。南戏原有的下场诗体例，已无法满足快、紧、精的舞台艺术要求，所以不得不变，或变为“诗加白”“诗加科诨”的生动形式，或直接被删去，用另一种新鲜形式取而代之。尤其，随着明代后期折子戏的兴起，下场表演更是摆脱了全本戏的分场局限，从简单的下场诗模式中跳出，故不用下场诗的情况十分突出。如《荆钗记》“祭江”“思忆”“绣房议亲”等出，原本、屠评本均有下场诗，而《时调青昆》《尧天乐》《乐府红珊》等选曲本俱删之。有的折子戏还有意追求下场表演的“临去秋波那一转”，《牡丹亭·叫画》的下场表演就生动说明了这一点。

第四节　南戏的吊场

“吊场”术语，仅存在于南戏、传奇之中，元杂剧则不见用

① ［清］钱德苍：《缀白裘新集合编》，见王秋桂：《善本戏曲丛刊》，第5辑，188页，台北：台湾学生书局，1987。

之。在南戏中，它大致表现为一个过渡性场面，不能独立为一个出目，只能作为小小的穿插，依附于前后出目之间。南戏为何将这类中间场次称为“吊场”？它的演出形态又是怎样？这些问题值得我们深入研究。

一、释“吊”与“吊场”

“吊”的含义众多。有哀悼、吊唁之义，《仪礼·士丧礼》曰：“君使人吊，彻帷，主人迎于寝门外。”有“至”的含义，《诗经·小雅·天保》云：“神之吊矣，诒尔多福。”又有悬挂、钓取、勾住、掉落等多种含义，不暇一一例证。如果基于演出视角审视“吊”的多重意义，可以发现这其中包含了多种表演形态。

（一）搬演、调演伎艺

元散曲中，王大学士【仙吕·点绛唇】“牧儿杂耍”套曲，其中【天下乐】曲云：“一个树梢头啅歌不怕险，一个吊小鬼的灰抹眉，一个扮判官的墨画了髯，一个扮牛王着土抢脸。”① 陈铎【醉花阴】“元夜”套曲，【出队子】有：“社火每衣冠新制，灯影下乔躯老人未识。妆一个姜子牙大雪里钓磻溪，吊一个杜子美骑驴醉瀼西，扮一个苏子瞻乘舟游赤壁。”② 这两支曲子中，“吊”可与“装”“扮”“乔”等词互训，都表示扮演、妆扮的意思。它不仅仅指人物的妆扮，还指某种伎艺形式的搬演。《金瓶梅》第65回写李瓶儿灵前百戏，“先是歌郎并锣鼓地吊来灵前参灵。吊五鬼闹判，张天师着鬼迷，钟馗戏小鬼……各样百戏

① 隋树森：《全元散曲》，下册，1958页，北京：中华书局，2000。
② 谢伯阳：《全明散曲》，第1册，658页，济南：齐鲁书社，1994。

吊罢，堂客都在帘内观看”①。“吊”百戏也就是“调”百戏、搬演百戏的意思。元杂剧《冯玉兰》第4折中“接了使客转回来，闲向官厅调百戏”，《襄阳会》第1折中“我打的筋斗，他调的百戏”，“调”与“吊”即可通用。孙楷第解释说：“吊场即作场，乃乐家习用语。字又作调。《金瓶梅词话》第八十八回云：守备使人门前叫了调百戏的货郎儿进去，要与他观看。……调即要也。”② 故“吊”有调弄、调演的意思。《金瓶梅》第63回，戏文子弟演《两世姻缘》，西门庆“催促子弟快吊关目上来”③，“吊”也同样指搬演戏剧的含义。在一些地方戏曲中，还流行着关于“吊”的戏谚，也有搬演之意。江西戏曲谚语有“吊脚”一词，指有戏演的意思，浙江戏曲谚语有“不上吊台，难知演戏”，也暗含演戏的含义。

（二）勾吊下一幕表演

《聊斋志异·巩仙》载：“遂探袖中出美人，置地上，向王稽拜已，道士命扮瑶池宴本，祝王万年。女子吊场数语，道士又出一人，自白王母……”④ 何垠注“吊场”曰：“吊，都历切，至也。言至场才数语也。”⑤“吊”本有“至”之意，但此处若作“至场”解释，未免牵强。女子早在场上，不必此时方曰

① ［明］兰陵笑笑生：《金瓶梅词话》，1816页，香港：太平书局，1981。

② 孙楷第：《傀儡戏考原》，见《沧州集》，144页，北京：中华书局，2009。

③ ［明］兰陵笑笑生：《金瓶梅词话》，1787页，香港：太平书局，1981。

④ ［清］蒲松龄：《铸雪斋抄本聊斋志异》，381页，上海：上海古籍出版社，1981。

⑤ 罗竹风：《汉语大词典》（四），84页，上海：汉语大词典出版社，1989。

“至”。我们看，女子吊场之后，道士随即又出一王母，似乎是由女子数语才引吊出下一幕人物的表演。故笔者以为，“吊”在此乃勾钓、引出的含义，表示勾出一段表演或一个人物。《聊斋志异·巩仙》中，这属于一个前吊场的形式，主要以勾吊表演为职责。

（三）停歇演出

例如泉州傀儡戏中，傀儡收挂入棚称为“吊棚”，即戏已经全部演完，要把傀儡悬挂起来。这个“吊”显然是从悬挂、悬吊的本义而来，挂起傀儡，自然包含停止表演的意思。莆仙戏也有“吊棚”一说，表示演出中遇到演员来不及改扮脚色的情况，用敲打锣鼓歇场，时间大约三五分钟①，此“吊”则指暂时停歇，等待表演。后“吊棚”衍为“误场”的行话，大概由赶不及，导致停场的前义发展而来。高甲戏行话“吊角”意为怠工，也具有“停歇”表演的含义。② 笔者推测，“吊”之所以表示停止表演，恐怕都源于结束表演时悬挂傀儡的演出行为。福建傀儡戏由来盛行，莆仙戏、梨园戏与傀儡戏的密切关系早引起学界关注。傀儡戏的行话搬用到了其他福建地方戏曲之中，也是很自然的事。

以上“吊”的三种演出概念，实际包含停演与搬演两类含义，这两个看起来相悖的意义，却内含相通的元素。任广世指出：“‘吊场’的‘吊’，就是‘掉’的意思，即遗漏的意思。吊场之‘吊’，其本意是指场上的某个或某些脚色并不跟随其他脚色一起下场，而是留在场上继续演出，吊场前后的表演处于同

---

① 刘念兹：《南戏新证》，366页，北京：文化艺术出版社，2014。

② 福建地方志编纂委员会：《福建省志·戏曲志》，249～250页，北京：方志出版社，2000。

一个戏剧空间中。”[①] 也就是说，演员“遗漏”即“掉”在舞台上，需要通过表演，才能联系前后的场景。南戏、传奇文本中，吊场均不是正式出目，而是作为上下出之间的过渡场面，具有间隔场次、插空补漏的功能，既收住上一场次的表演，又为下一场次打下埋伏，其本身就包含了停歇上场与搬演下场两层含义。可以说，“吊场”的出现正是建立在两种含义的相融相通上。

何为“吊场”，学界也做过一些探讨。钱南扬释之为：“戏情告一段落，部分脚色已下场，剩少数脚色在场，作承前启后的交代，叫做吊场。”[②] 这里的“承前启后”，盖指对前后剧情的交代。不可否认，有相当数量的吊场确实起到了勾连前后两出情节的过渡作用。然而，笔者在细检许多剧本后，发现很多吊场实际产生不了“承前启后的交代”作用，对于剧情的连接味同鸡肋，可有可无，或者根本就是多余。例如，原本《荆钗记》第37出《民戴》下场诗后，有净、丑吊场一节，主要表现二人留靴、联句的笑闹场面，与情节全无关联。《金印记》第7出有“净丑吊场”，表现两个算命先生为卦钱争斗的科诨场面，这个段落也与上下剧情无关。如果弃之，不但于情节无损，反而有益于结构的紧凑。再看“少数脚色在场”，也与吊场的实际情况不尽相符。原本《荆钗记》第14出，末李成通告完迎请一事后先下，“老旦生旦吊场”，此为一人下而多数人在场；第15出分别，“生先下众吊场”，此亦为一人下而众在场。因此，吊场的实质不在于在场人物的多寡。

一些辞典对吊场也有简略解释。齐森华、陈多、叶长海

① 任广世：《吊场与戏剧文本关系研究》，见《基于演出视角下的明清戏剧文本形态研究》，广州：中山大学，2005。

② 钱南扬：《永乐大典戏文三种校注》，252页，北京：中华书局，2009。

《中国曲学大辞典》说：

> 在南戏、传奇中意谓当剧情告一段落，多数脚色已下场时，留一二角色于场上吊住场子，作承前启后的交代。可用于一出戏结束时，……也可用于一出戏的中间。……它起着把前后场次加以划分，显示戏剧情节发展阶段性的作用。……近代戏曲舞台，往往在折子戏开场时，设一个小场次，通过一二位次要脚色的对话、独白为剧情发展进行铺垫，也称为吊场。①

这个解释基本倾向钱南扬的说法，强调了吊场的剧情作用，但同时比较全面地观照了吊场可以居首、居中、居末的场面位置。《汉语大词典》释云：

> 一出戏的结尾，其他演员都已下场，留下一二人念下场诗；或一出戏中一个场面结束，由某个演员说几句说白，转到另一个场面。②

此定义不再停留于吊场的情节功能，而从场面的起止与转换方式考察吊场，指出其结构性场次的性质。同样关注吊场结构性质的，还有王学奇、王静竹《宋金元明清曲辞通释》：

> 吊场，戏剧术语。是以全部演员进入后台，前台上没有演员为断；如果前台上还有一两个人，就不能当作两场看待。这一两个演员或念下场诗，或说白、打诨，不使演出中

---

① 齐森华、陈多、叶长海：《中国曲学大辞典·曲伎》，819页，杭州：浙江古籍出版社，1997。

② 罗竹风：《汉语大词典》，第4册，86页，上海：汉语大词典出版社，1989。

断，以过渡到另一个场面，这叫做吊场。①

徐扶明《元代杂剧艺术》认为“吊场”：“把这场戏吊住，暂时不能收场，直到吊场的剧中人物下场，这场戏才算真正收场。”吊场的作用在于“既吊住本场戏而有所交代，又可吊住下边戏剧情节的发展”，它可分为前吊场、中吊场、后吊场三种形式，“无论吊场安排在一场戏的开头、中间或者结尾，都是这场戏不可分割的组成部分。这就要善于按照剧情发展的需要，运用不同的吊场，使其在连场戏中发挥各种‘吊钩’作用”②。对吊场位置、形式和结构作用的把握，应该说是比较全面的。

概上所述，吊场不单单表现为情节的承启，更主要的是对戏剧结构和场面的转换作用。接下来，我们通过分析南戏多种多样的吊场形态，清晰地审视吊场的文本与舞台性质。

二、南戏“吊场”的诸种形式

从情节的角度划分，吊场可分为两种：一种是有情节之吊场；另一种是无情节之吊场。先说有情节之吊场。此类吊场由于在剧情中所起作用不一，又可细分为三种。

（一）抒发情感的吊场

这种吊场重在表现人物的内心情感，舞台创造出相对独立的空间，让人物能够集中抒情。这类吊场多用在人物离别之时。如《刘希必金钗记》第10出“旦吊场”，念【鹧鸪天慢】词，唱【香柳娘】曲，抒发夫妻别离的伤情；原本《荆钗记》第11出钱玉莲出嫁别亲，“旦、丑吹打下，外吊场”，外扮钱父唱了一

---

① 王学奇、王静竹：《宋金元明清曲辞通释》，303页，北京：语文出版社，2002。

② 徐扶明：《元代杂剧艺术》，106～108页，上海：上海古籍出版社，2014。

曲【前腔】，抒发老父嫁女的不忍之情；第 15 出合家送别王十朋赶考，“生先下，众吊场”，场面剩下旦、贴、外三人轮唱五曲，祈愿王十朋金榜题名，荣耀门楣。此类吊场多以演唱为主，强于抒情，对剧情发展的推动作用却不大。

（二）调笑戏谑的科诨吊场

这种吊场重在博取观众一笑，一般以净、丑的科诨表演为主，滑稽念说或相互打斗，是编演者们为了考虑场面冷热、演员歇场或观众情绪而采用的舞台调剂手法。原本《荆钗记》第 37 出王十朋调任吉安太守，百姓前来送行。本出最后生、净、丑有一段“吊场”：“（下。净丑吊场）老爷请脱靴。（生）不消罢。（净丑）留遗百姓瞻仰。（生）一官去了一官来，你众人去罢。（净丑）老爷临去，说一官去了一官来。（丑）老爷晓得你我有学问老人，留这一句诗在，我和你联。”生在吊场中间说完“一官去了一官来，你众人去罢”一句后便已下场，舞台完全留给了净、丑，两人既联诗为戏，又讲荤话取笑。这段小小的科诨表演，与情节没有太大紧密关联，也不占有太长的表演空间，而在一出结束之时做个小小的点染，见好就收。它在结构上起到收住上一场次的作用，却不引起下一场次，即便删去这个吊场表演，也不影响情节演叙与场次转换，应该说结构上的自由度相当大。因此，此类吊场可以根据演剧所需，随时抽取或穿插。例如《千金记》第 6 出寄食漂母，世德堂本无生丑吊场，汲古阁本增之，演漂母之子纠缠韩信要饭钱一节。第 35 出衣锦还乡，世德堂本有丑贴吊场，演漂母之子得金痴想、见钱眼开的丑态，而汲古阁本却无之。① 这两个科诨吊场只是一个调剂品，穿插在演出之中，用或不用都可以，编演者可根据不同演剧现况来决定。

① 《千金记》另有明刻清初读书坊本、崇文堂本，与汲本的版本情况差不多。

（三）勾连上下剧情的吊场

此类吊场主要用以勾连上下情节，或埋下暗线，或预示人物命运，或转变情节，情节功能十分突出。这种吊场南戏所见最多，没有相对固定的表演内容与科范，主要视具体情境而定，形式较为灵活。例如，富春堂本《东窗记》第16出，道月向岳飞说了一首偈子即下，“生吊场”，与副将说了两句不解疑惑的对白，既收住上场偈诗，又暗示下面风波将起，此为典型的情节勾连的吊场。汲本《杀狗记》第24出“生吊场”的表演则非常长。生预谋杀弟，不料被妻子知晓劝阻，气恼不已，待妻子“先下。生吊场”：“正是夫妻且说三分话，未可全抛一片心。我方才正在此寻思一计，要害孙二，谁想院君走来听见了，瞒他不得，只得与他说了，如何是好？自古道早下手为强，思想起来，家中有一院子吴忠，在我家二十余年，却是中用。不免叫他出来，和他商量，教他去杀了孙二，多少是好。吴忠那里？”其后生嘱咐吴忠杀死孙二，吴忠领命而去。这个吊场不仅交代了预谋杀人的重要情节，也为后来杨氏杀狗劝夫做好铺垫，几乎与正式出目有同等分量，承上启下的情节功能十分明显。

再看无情节的吊场。因常为人忽视，故有详述之必要。此类吊场不仅与正本剧情没有关联，而且表演本身也不含有什么情节成分。

1. 开场之“吊”

例之一：富春堂本《目连救母》中册一卷第一折“开场”：【西江月】及四句下场诗后，“（末吊白）来者非他，却是傅罗卜来也”。

例之二：《金瓶梅》第63回：“下边戏子打动锣鼓，搬演的是韦皋玉箫女两世姻缘玉环记。……不一时吊场，生扮韦皋，唱了一回下去，贴旦扮玉箫，又唱了一回下去。”

例一“吊白”与例二“吊场”，位于全剧之首，都起到了勾吊人物上场的作用，两者属于同一种吊场形式，即副末开场中的吊场。《目连救母》“末吊白”，是指末引生罗卜上场。《金瓶梅》虽未具体明说是副末勾吊，不过从其后生韦皋上场来看，吊场引出人物的功能与前者无二致。① 开场之吊，主要目的在于勾出角色上场，故副末此时承担的是引戏之职。今河北武安固义傩祭戏中，有吊掠马、吊黑虎、吊四值、吊四尉等杂戏，其中有掌竹一行，亦承担起勾吊人物上场的职责，此与末吊场的形式颇相类似。据黄竹三考证，掌竹乃是源于参军色执竹竿子致语，也具有引导人物上场作用。试以《吊掠马》为例。先掌竹上场念开场词，“然后走到台口右侧，换用右手持戏竹，侧身面向上场门，勾出探神和关羽”②，勾吊功能十分明显。我们再看《风月锦囊》“副末开场”图，副末亦手持长形竿子，身子侧向出场口，就似乎在勾吊脚色上场，这幅图生动地印证了掌竹即竹竿子勾吊人物的表演形式。

后来的副末开场已经不使用竹竿子的勾吊了。高石山房本《目连救母》上册一卷第一折，副末开场后有一段表演：“（末揖生上）请了，大家齐肃静，另作眼儿观”，“末揖生上”，末面对上场门，作揖勾出生脚上场，这其实是取消竹竿子后的勾吊动作。南戏开场常有来者某某的话头，亦是勾吊人物的表现，然已不言吊场之名了，大概此种“吊场”已经融入副末开场的一部分，而无须言明。

---

① 按：《金瓶梅》对副末开场没有过描述，吊场也仅此一处提及，可能是小说省略之笔法。故按南戏惯例副末开场，判定乃为副末之勾吊也。

② 黄竹三：《戏曲文物研究散论》，315 页，北京：文化艺术出版社，1998。

2．表演性吊场

例之三：汲本《千金记》第21出末：“（外吊场，末上）留人留人，朝廷有旨，萧丞相奏过汉王，独留韩信。”

例之四：高石山房本《目连救母》第13出：旦玉女引外傅相至升天门、鬼门关处，“吊场”，生净天使上，丑鬼使上。

例之五：高石山房本《目连救母》第29出：“（丑背走介）（外）走耶！（丑）走耶！（外）百年恩爱重，急走莫停留。（吊上）（丑）地僻人踪少，娘行不用愁。（介）”

例三的吊场，是由外完成，之后再由末上场说白或唱曲，从而转入下一个场面。这个吊场不是指后面所转换的整个场景，而是指留在场上的角色进行了一番表演，要么舞弄了一番动作，要么站立等待其他脚色的上场，都不具备什么情节内容。任广世认为“吊”的戏剧本义就是舞台动作，从不少剧本写为“吊场介”“吊场科”的说明词来看，演员应伴有相应的动作表演。例如，汲本明传奇《蕉帕记》第30出：“老扶旦下，生吊介，小生上，末随介”，“吊介”就应该是个动作，但不知这种动作是否已经形成专门的表演程式。

例四的吊场比较少见。一般吊场先有人物下场，再由场上留下的人物吊场。此处场上脚色旦玉女、外傅相仍留在台面上，无人下场，直等到“吊场”过后，生、净等其他脚色上场后，方进入下一个情节场景的表演。这个“吊场”有可能是在场脚色进行了转场的表演，再过渡到鬼门关前。富春堂本则没有用“吊场”，更说明它作为动作科介而非情节内容的实质，故刊刻者或底本原抄写者没有将这个舞台记录表现于纸上文本。

例五的吊场，“吊上”前为外的下场诗，“吊上”后为丑的上场诗，说明外、丑二脚恐怕都已下场，当时场上空无一人，而当“吊上”后，丑与外再上。因此，这个吊场是一个“空吊场”。它也是一个演员走过场的表演，但与例四不同的是，例四台上前场脚色仍在，可能通过走圆场的方式，转入下一幕。可这个场子是空荡荡的，通过什么来引入下一场脚色，转换至另一个场景呢？笔者揣测，这里恐怕采用了莆仙戏“吊棚”时锣鼓吊场的形式。

通过以上分析可知，南戏中的“吊场”不论有无情节，主要起到了过渡场景的作用，是戏剧舞台结构之所必需的。它有些类似于元杂剧的楔子，不入四折四大套的正剧之中，而只穿插在需要连接的空隙中，协调着整个场面的安排。它的位置相对自由，大多放在一出之末，以收住本场戏，引出下场戏；也有放在开场的，像副末开场之“吊”，可以引出正戏人物或揭开序幕。南戏中，置于一出之首的“前吊场”情况比较少见，明清传奇则较常看到。如《四美记》第25出上场即为“小生吊场”，《红梨记》第24出开头：“（生吊场追叫）婆子转来。阿呀他去了！”《双蝶梦》第22出开头“生吊场更便服上”，前吊场人物往往是上一出的表演者，下一出开首用“吊场”的形式接连再上。这恐怕是考虑到场景转换之需。像《双蝶梦》生前一场戎装披甲，之后马上换为家居便服，转入了家庭场景，演员很难有喘息之机，如果不用吊场（也许采用锣鼓空吊场的方式），演员表演起来匆匆忙忙，也不利于观众自然过渡到下一幕的表演。

还有一种嵌入式的“中吊场”形式比较独特，不妨再做一些例证分析。元本《琵琶记》第29出蔡伯喈思念家中亲人，形容沉重，牛氏劝解，欲其倾吐心声，蔡伯喈不愿。此时牛氏下场，生有一段“吊场”表演：

（贴下）（生吊场白）难得我语和他语，未必他心似我心。自家娶妻两月，别亲数年，朝夕相思，番成怨叹。我这新娶媳妇虽则贤慧，累次问及，自家要对他说，也肯教我归去。只是我的岳丈，知我有媳妇在家，必怕我去不来，如何肯放我去？不如姑且隐忍，改日求一乡郡除授，那时却回去见双亲，多少是好。夫人，非是隄防你太深，只愁伊父苦相禁。正是：夫妻且说三分话……（贴上介）我理会得了，未可全抛一片心。好！好！你瞒我也由你，只是你爹娘和媳妇须怨你。

这是一个用在中场的嵌入式吊场，贴先下再上，舞台特意留出生一个人独处，让蔡伯喈不能向外人道的内心秘密有可以表白的空间。这段吊场的独白起到了扭转情节的关键作用。当贴听到生的自言自语后，才知晓了蔡伯喈的隐情，于是主动向父亲告白，促动后面牛相的转机。嵌入式吊场，部分人物落场后，场上往往留住一两个脚色进行表演，而后续仍有脚色上场，好比完整一幕戏中嵌入的独立表演，起到轴承般的重要作用。故此类吊场一般占据一定的舞台容量。再如，汲本《白兔记》第17出刘知远落魄为军中提铃更夫，与净丑所扮同伴一同夜巡。众人唱完【金钱花】小曲后，“众下。生吊场”。舞台留给刘知远一人。他唱了一支【月儿高】，抒发饥寒苦闷及发达际遇的渴望，其中“天若肯周全”一语，埋伏了天赐红袍的婚姻机缘。之后小旦上，引出刘知远命运的转机。富春堂本《商辂三元记》第24折两次吊场的运用也属于此类嵌入式。头一个“吊场”表示旦进入梦乡，商霖的魂魄上场，第二个“吊场”商霖魂魄下场，梦已经结束。两个吊场收上隔下，实际上形成一个独立的梦境场面。由此，中场嵌入式的吊场往往用来展现人物隐秘的内心情感，是舞台现实空间对于虚构心理空间的一种外化方式。表现手法上，通过暂时清空闲杂人等，给表演者创造一个单独表演的空间。由于它的表演不长不短，若划为一出则分场显得琐碎，故而只作为一个“吊场”处理。这也体现了南戏对场面结构如何调度的艺术把握。

三、吊场的发展

吊场之名，不知具起于何时。宋元杂剧无吊场之名，早期南戏如《张协状元》无一处标明吊场，《宦门子弟错立身》仅有第12出末“净末卜吊场下”一处，由于没有具体内容，故不详吊场的形式。《小孙屠》也只有第10出中间“婆吊场”、第15出末“末吊场”两处，都起到了承接剧情的作用。

然而，早期南戏虽少见吊场之名，并非不存吊场之实。《张协状元》第40出“净丑末下”，单留生张协一人在场独白，要杀死贫女泄愤，而下出即演张协杀贫女，因此这是一个典型的勾连剧情的吊场。第2出“末净下”，生独在场唱【粉蝶儿】“徐步花衢，只得回家，扣双亲看如何底”，外接上唱“草堂中，听得鞋履响，是孩儿来至”，生唱数句表明行至家中，再很自然引出外脚，这个转场实际上带有吊场的痕迹。因此，《永乐大典戏文三种》的表演，应该包含了转换场面、承接剧情的吊场形态。

吊场之名在明前期南戏中还留下了一些异称，说明吊场的定名还经过了一番演化。元本《琵琶记》第5出南浦嘱别，“外净丑先下”，“生旦在场”，此“在场”属于常见的生旦别离的吊场。第6出丞相教女，净丑扮媒婆下，“外在场白”，第17出义仓赈济，“外末丑下”，“旦在场白”，均指脚色一段在场独白的表演。这几种“在场”在明刊本中有了变化。李评本、汲本俱将“在场”二字删去，然未标出是吊场。嘉靖写本前两例原文残阙，第17出“在场”则被改为“旦又吊场白”，显然“在场”是等同于“吊场”的。元本《琵琶记》也有“吊场”之称，第30出“占下，生吊场”，生一人在场独白，此与外在场、旦在场的表演亦无二致。由此，“在场”的含义是从字面得来，即指某些脚色下场，而另一些脚色仍然留在场上的意思，系“吊场”的异称之一。又有称“通场”者，唯见一例。嘉靖原本《王状元金钗记》第24出“大逼”，玉莲与继母争执，净扮继母愤愤而下，四句落场诗后，旦独自在场表示投江的决心，屠评本、李评本俱称为“旦吊场”，汲本称“旦吊”，二者其实为一，而原本却称为“旦通场”，此盖指旦一直在场，接通上下两段的表演吧！《古城记》还有称“守场”之名，第11出“驿独守场科”，指驿臣独自一人在场，守场意通在场。在场、通场、守场、吊场，虽是名称上的差异，但它们说明了“吊场”之名乃经过一番演变才趋向稳定。今检宣德本《刘希必金钗记》均称为吊场，而无异名，吊场之名大约是在明初之后、宣德之前稳定下来。

吊场是属于过场形式的一种，由于形式短小，位置灵活，穿插在场次之间，可以过渡剧情，勾吊人物，转换场面。南戏一剧之中使用吊场的频率大多在3～6次，如元本《琵琶记》有吊场5处（含在场、吊场），汲本《白兔记》有5处，《千金记》有6处，《寻亲记》有6处，《荆钗记》有3处，《刘希必金钗记》有2处。有的甚至没有一处吊场，如《香囊记》《宝剑记》等。

吊场使用最多、形式最丰富的是《目连救母》，次之《古城记》。例如，《古城记》第11出就有4个吊场，出首为“（关吊场科）左右请皇夫人出来”；出中为“关下马作进驿，吊场科”“褚作吊场科”；出末为“驿独守场科”。除去最后驿丞吊场为单独处理的一个场次，其他均起到了勾引人物出场，进入下一个场面的作用。第16出又有两个吊场，“关吊场，卒持书慌上叫科”，“关与众先下科”“卒独吊场科”，头一个也是吊住场次，等待人物上场的作用。再看《目连救母》，形式更加多样。如第29出插科，用了三个吊场，“外吊”“丑吊”，都是未有人物下场、场上人物勾吊他人的吊场；后一个“吊上”则是无人在场的空吊场。几乎每一类型的吊场在该剧中都有反映。为何在这两剧中吊场会使用得如此频繁呢？这应与它们创作、演出的实际情况分不开。二者均属于无名氏作，前者为历史战争剧，后者为民间祭祀剧，人物上下纷杂，场面转换频繁。因此表演上不拘成格，大量使用吊场作为舞台自我调度的重要手段，体现出民间演剧随意、自由、热闹的舞台风格。由此，吊场最初应用于舞台的意义在于帮助完成人物上下场的过渡。越是频繁的上下场，愈是需要吊场来起承转合，这也可以说是吊场之“勾吊”“吊住”的本源意义。

不可否认，吊场使用过多，也容易造成场次分割细碎，转场繁乱，不利于舞台结构的严整有序。对此，李渔《闲情偶寄》云：“如两人三人在场，二人先下，一人说话未了，必宜稍停以尽其说，此谓吊场，原系古格。然须万不得已，少此数句，必添以后一出戏文，或少此数句，即埋没从前说话之意者，方可如此。是龙足，非蛇足也。然只可偶一为之。”眉批又云：“亦有下场不及更衣者，故借此为缓兵计。”① 可见至传奇时期，曲家对吊场的使用更加谨慎，主张从情节关联的角度考虑，最大效率地利用它在结构中的收束和铺垫作用。即使是舞台的缓冲救急之用，也只能是偶一用之。检李渔十种传奇，吊场确实出现得不是很多，《风筝误》《奈何天》均无吊场，最多者《怜香伴》亦仅用4次，余者均为两三次。一些南戏改本也删去了原有旧本的吊场形式，如富春堂本《千金记》第8出有两个吊场，前一个“净丑吊场”，指净丑等待韩信上场；后一个“生吊场”，表达韩信忍辱负重、谋略大计的胸怀。汲本删去了前者，而保留后者，其目的是突出核心人物，简化舞台场面。

---

① ［清］李渔：《闲情偶寄》，见《中国古典戏曲论著集成》（七），112页，北京：中国戏剧出版社，1959。

第五节　南戏的收场形态

书有卒章，戏有终场，任何文学艺术都有最终结束的部分。《九歌》用“礼魂”送神，善始善终；《离骚》以“乱曰”结括，发明词旨；《史记》用“太史公曰”终评，立现精神。结局部分往往因为压轴之地位，成为不同文体特别经营、各具特色之处。戏剧对收场表演也极为重视，倍加用心。我们看，宋金杂剧擅长“以猛诨出”，制造笑点，在高潮中落幕；元杂剧收场兼容并蓄，“下判”“祭出”“打散”“舞队子”，将收场演得精彩纷呈，有声有色。南戏的收场，亦属于南戏剧本与表演体制不可或缺的一部分，本节将重点考察其具体形态。

一、南戏收场的基本形式：以诗收场

一部戏的结束，大抵以情节完成为标志。每当剧情完结，戏便进入收场表演的环节。从南戏遗存的剧本看，南戏收场有一个最基本的形式，即采用人物念诵收场诗，收束整部戏。早期南戏《永乐大典戏文三种》中，此类剧末收场诗就已出现：

> （生旦白）古庙相逢结契姻，（丑夫）才登甲第没前程。
> （净贴）梓州重合鸾凤偶，（末合）一段姻缘冠古今。
>
> ——《张协状元》

> 驿程上拿获兄弟，房店中亡过尊灵。
> 无半点夫妻恩义，怀一片狠毒心肠。
>
> ——《小孙屠》

因为《宦门子弟错立身》是个残本，所以剧末没有收场诗。钱南扬注云：“本出是大团圆，不应如此草草收场，以下文字俱

已佚去。”① 情况应如是。

现存这两首剧末收场诗，有两个突出功能：概述剧情和评价题旨。《张协状元》前三句概陈张协与贫女的婚姻始末，末句评赏此段姻缘“冠古今”；《小孙屠》前两句点出“拿获兄弟”“孙母亡逝”两个情节，后两句毫不留情地谴责了导致这一严重后果的罪妇李琼梅。这实际与南戏每出结束时的下场诗功能一致，如《张协状元》第48出下场诗：“（丑）我女为妻抵万金，（生）分明张协不知音。（末）早知今日成闲管，（合）悔不当初莫用心。”前两句追述张协拒接丝鞭的前因，后两句评议王德用拒见张协，使其蒙羞的后果，也是兼具陈述与评价的双重功能。以此，收场诗应该是南戏下场诗体制的一个组成部分，它用在全剧最后，起到汇总剧情、终评人物的作用，具有一锤定音的效果。

早期南戏收场诗多为七言四句诗，乃收场诗之普通格式。例如，元本《琵琶记》剧末收场诗是一首七言四句：“（生）自居墓室已三年。（旦）今日丹书下九天。（末）要识名高并爵贵，（净）须知子孝与妻贤。”成化本《白兔记》亦如此：“湛湛青天不可欺，未曾举意人早知。善恶到头终有报，只争来早与来迟。”这种四句七言收场的形式，很有可能源于唐、五代俗讲变文的收场。《舜子至孝变文》终篇有“诗曰”两首四句七言诗，其一云：“孝顺父母感于天，舜子淘井得银钱。父母抛石压舜子，感得穿井东家连。”《季布骂阵词文》卷末为：“若论骂阵身登贵，万古千秋祇一人。具说汉书修制了，莫道词人唱不真。”②后一首明显暴露了讲唱人的身份。可见，收场诗是讲唱人利用韵

① 钱南扬：《永乐大典戏文三种校注》，255页，北京：中华书局，2009。

② 黄征、张涌泉：《敦煌变文校注》，203页，98页，北京：中华书局，1997。

诗吟诵的声音效果，打动现场观众，表达作者意旨的方式。

宋金时期，诸艺繁盛，收场成为不少艺术的成规，但形式并不统一。例如，诸宫调的收场，《刘知远诸宫调》用一支【尾】曲“曾想此本新编传，好伏侍您聪明英贤，有头尾结末刘知远”收住，《董解元诸宫调》则简述故事人物结局后，云：“方表才子施恩，足见佳人报德。怎见得有此事来，蓬莱刘汭题诗曰”，后缀一首四句七言诗收场。[①] 宋话本也用收场诗，但既有对句，也有长诗。《陈巡检梅岭失妻记》篇尾为：“正是：虽为翰府名谈，编作今时佳话。话本说彻，权作散场。”[②] 以六言对句收场，而《阴骘积善》话本则以七言十句诗收束[③]，收场诗的形式各各不一。依此，早期南戏收场诗恐怕也是形式多样，未可一定。现存明南戏就反映了这一情况。像明万历间刊本《古城记》以一首五言绝句大收场：“兄弟喜相逢，浑如一梦中。古城重聚义，方显是英雄。”世德堂本《五伦全备记》收场诗则为一首七言十句的长诗。但不管诗歌形式有了怎样的变化，长诗镗镗，短诗爽落，利用韵诗念诵美化收场的目的都是一样的。

至于怎样具体表演收场诗，则可能视演员的艺术习惯、剧本的具体安排、戏剧的脚色分配以及演剧的现场效果而定。例如，元本《琵琶记》收场诗为四句七言诗，生、旦、末、净四个脚色，一人念一句。但实际舞台上还有外、贴、丑三个脚色，没有参与念诗，所以明代巾箱本、明嘉靖写本均改为七言八句诗：

---

① 朱平楚辑录校点：《全诸宫调》，45 页，172 页，兰州：甘肃人民出版社，1987。

② 石昌渝：《清平山堂话本》，161 页，南京：江苏古籍出版社，1990。

③ 石昌渝：《清平山堂话本》，144 页，南京：江苏古籍出版社，1990。按：此诗《拍按惊奇》删除了前六句，余后四句。

（生）自居墓室已三年，（旦）今日丹书下九天。
（外）官诰颁来皇恩重，（末）麻衣换却锦袍鲜
（贴）椿萱受赠甘瞑目，（净）鸾凤衔恩喜弄肩。
（末）要识名高并爵贵，（合）须知子孝与妻贤。

一个脚色一句诗，最后一句众脚合念，脚色分配更为均匀了。

由于收场诗是整个表演的煞尾。情节归拢，场次不需再延伸，脚色也无须再上下，因此不少南戏往往集中全剧脚色，分念诗句或者齐声合诵，以营造收场的庞大声势。例如，《张协状元》采用两个脚色合念一句，颇有气势。明嘉靖写本、巾箱本《琵琶记》改元本收场诗之不足，由众脚色集体念诵。明嘉靖丙寅年（1566）刊刻的《荔镜记》全剧结束收场诗为：

（末）一家富贵感上天，（丑）衣锦回乡再团圆。
（外）林大发配涯州去，（占）知州贪赃罢职还。
（生）宝镜重圆今日会，（旦）荔枝为记两意传。
（净）潮阳隔别千山外，（合）闽泉会合旧姻缘。

南戏七脚一人一句，最后合念。这样安排还有一个好处，即剧中各个脚色最后都能登台亮相，齐刷刷面向观众，实际起到了收挽全剧、集体谢幕的作用。

这里还要特别谈谈《小孙屠》，其收场诗之前有一支曲，为净朱邦杰、外包拯联唱：

（净）　【同前】是当初不合同谋，告公相周全宽恕。
（外）休要狂口胡言，便押去！（和同前）

随后紧接的收场诗，应为外扮包拯所念。根据诗意，包拯是在做总结陈词，对本案予以终判。这种形式十分类似元杂剧剧末的“断出”，它是指戏到最后，由一个身份较高的人物，评判整

个剧情人物，元刊本杂剧往往写作“断出”“断出了”。由于“断”源于官吏断案的判词，元杂剧经常由驾、孤或外扮演的帝王或官吏来下断，如《博望烧屯》“驾断出”、《赵元遇上皇》“驾断出”等。下断的具体形式，像《海门张仲村乐堂》杂剧，末折一干人犯厅前听审时，府尹判云：“一行人听我老夫下断：二夫人败坏人伦，王六斤谋害情真。张孝友施仁重义，认送金回护姻亲。王同知复还旧职，大夫人无事拱明。今日个不能隐讳，将二人明正典刑。”① 用七言八句诗对本公案做最后的宣判。联系《小孙屠》与元杂剧的密切关系，它的收场诗恐怕受到元杂剧“断出”收场的影响。

同样下断收场的形式，在成化本《白兔记》中也有所反映：

【前腔】（外）把闲言碎语休提起，休提起。一笔尽撇东流水，东流水。□□□□人，怎比金章紫绶光辉。排画戟，人拥随，笙□□□蓬户里，蓬户里。

【尾声】贫者休要相轻贱，富者领□□泰时，衣锦还乡归故里。

湛湛青天不可欺，未曾举意人早知。善恶到头终有报，只争来早与来迟。

本出除末之外，生、旦、贴、净、丑、小外所有脚色俱在场，此处“外”又是指何人呢？从老吏下判似的语气看，不像出自小外咬脐郎的口吻，剧中凡咬脐郎均标为“小外”，仅此一处为“外”，故笔者以为，这个“外”应指戏外之“外”，抑或由小外临场转换身份，变为最终“断出”的“外”了。曲中“休提起”“一笔尽撇”之语，以掐住话头的方式，止住场上生、

① 隋树森：《元曲选外编》，第 3 册，913 页，北京：中华书局，1980。

净之间的“闲言碎语”，实际属于外的“按喝”，随后方进行人物总结与价值评判，这与《小孙屠》的外“断出”很相似，应是明代艺人对早期南戏收场形式的传承。

二、收场曲的加入

胡忌《谈杂剧的收场》一文，曾指出明中叶之前的“杂剧在终场后有念诗，在临终场时有赞语、念词、唱曲”的多种形式①，揭示出杂剧收场的丰富。而以《张协状元》《小孙屠》等为代表的早期南戏，除了一首收场诗结束全剧外，结尾曲收场意味不浓，仍停留于剧内情节的演述，收场形式显得有些简单，缺乏戏到终场的压轴气势。明南戏对此有所改变，注意铺排收场的表演，烘托场上的气氛，这主要体现在收场曲的增加。

为明确收场曲的形式，笔者将其分为剧内收场曲和剧外收场曲两类。前者依附于剧情之内，却已显示出归总剧情的特点；后者则为剧情完结后的剧外人表演。

元末明初，南戏已出现了这两种收场曲。我们看元本《琵琶记》的收场部分：

> （末净丑唱）【永团圆】名传四海人怎比，岂独是耀门闾？人生怕不全孝义，圣明世岂相弃。这隆恩美誉，从教管领何所愧，万古青编记。如今便去，相随到京畿。拜谢君恩了，归庭宇，一家贺喜。共设华筵会，四景常欢聚。
>
> 【尾声】显文明开盛治，□说孝男并义女，玉烛调和，圣主垂衣。
>
> （生）自居墓室已三年，（旦）今日丹书下九天。

---

① 胡忌：《谈杂剧的收场》，见胡忌：《菊花新曲破——胡忌学术论文集》，131 页，北京：中华书局，2008。

（末）要识名高并爵贵，（净）须知子孝与妻贤。

【永团圆】【尾声】二曲，是众人拜谢圣恩所唱，既点明孝义题旨，又赞颂君主圣明，属于终场的收场曲。前曲云“如今便去，相随到京畿”，属于剧内人的声气，后曲“说孝男并义女”则属跳出剧情的剧外人身份。① 此二曲元本为“末净丑唱”，而后出的陈眉公评本、汲古阁本改为“众”唱，也就是场上七个脚色放声合唱。它与收场诗的分脚色念诵一起，营造了热闹欢快的收场氛围。

我们再对比其他现存明南戏剧本，发现这种由剧内、外组成的收场曲，几乎成为明代南戏的收场模式。例如《荆钗记》，不同版本均在收场诗前添加了两种形式的收场曲。

原本：（生唱）【山花子】自思之昔日萧条，谁知道今日荣耀，诰封亲母贤妻孝，方才称加褒怀抱。（合唱）谢君王敕书紫诰，门阑义节名誉好，官清郡邑声价高，衣锦还乡福分非小。

【前腔】夫妻半载相抛，到今重复耀。为继母生嗔颠倒，苦逼奴奸心嫁富豪。去投江，幸蒙公相潜捞。（合前）

【尾声】荆钗传奇今编巧，新旧双全忠孝高，须劝诸人行孝道。

屠赤水评本：【大环着】（外）—【前腔】（旦）—【前腔】（贴）—【前腔】（生）—【前腔】（生）—【越恁好】（生）—【前腔】（旦）（按：各曲由各人分叙剧情之前因后果）

【尾声】新编传奇真奇妙，留与人间教尔曹，奉劝诸人行孝道。

① 按：汲古阁本将此二曲联为一体，恐属误勘。

汲古阁本：同屠本，贴改老旦

【尾】移宫换羽虽非巧，仿古依今教尔曹，奉劝诸君行孝道。

三个版本【尾声】之前俱属于剧内的收场曲。原本两曲，生谢皇恩，旦叙身世，点出全剧题旨与重要情节。屠本、汲本则一连缀上六曲，由各脚分叙各自经历，仿佛引领观众又重新回顾了一番剧情，不仅气势浩荡，也更具统领剧情的意味。【尾声】三本稍有不同，但无一不打出“旧戏新编”“劝人行孝”的口号，这样的话已不再是剧中人说的，转为创作者、表演者的叙述，标榜本剧情节新巧，并向观众进行谆谆教诲，显然属于剧外的收场曲。

再看《拜月亭》的收场曲。宣诏之后，进入收场表演（收场诗略）：

世德堂本：【团圆旋】三曲：前二曲谢皇恩加官封诰，后一曲叙剧情大概。

【尾声】亭前拜月佳人恨，酝酿就全新戏文，书府番腾燕都旧本。

李卓吾评本：【望吾乡】（众）—【皂罗袍】—【排歌】—【前腔】（外老旦）—【金钱花】（众）翰林史笔如椽，如椽。倒流三峡词源，词源。撰成离合与悲欢，千百载永流传，千百载永流传。

【前腔】铁球漾在江边，江边。终须到底团圆，团圆。戏文自古出梨园，今夜里且欢散。明日里再敷演，明日里再敷演。

汲古阁本：同李本

凌延喜朱墨刻本：同李本、汲本，【前腔】后增一支【尾声】：

【尾声】中山兔颖端溪砚，阙处完成断处连，从此人家尽可搬。

从剧内收场曲看，世德堂本以【团圆旋】舞曲曲牌，用于宣诏封赠的大团圆结局，有效突出了终场的喜庆气氛，颇为独特。然李评本、汲本、凌本犹觉不足，联唱四曲，浓墨重彩地烘托了感谢圣恩、姻缘成就的喜悦气氛。剧外收场曲亦互有不同。世德堂本为一支【尾声】，李评本、汲本连缀【金钱花】【前腔】二曲，凌本更在二曲之后，再增【尾声】曲，组成了三支曲的热闹阵容，收场表演越拉越长。从内容看，各支收场曲承担了更多实用性的功能，可概略剧情，说明题旨，而最重要的是表演者已跳出剧内人物的身份，进行自我夸饰，像“全新戏文”“翰林史笔”之类话语，好似现场的宣传广告，即时夸赞，即时传播。

根据南戏收场的现场特质，表演者会根据不同演剧场合，因地制宜，变动收场曲。凌延喜刻朱墨本《拜月亭》第 42 折【尾】有一句眉批：“此尾曲岂施君美之旧哉，可叹可叹!”说明凌本【尾】曲不是施君美原作，系为后人增加，尽管它措辞虽不甚文雅，却自我夸赞了连断补缺的功劳，暴露了翻改者的身份。世德堂本【尾声】中，“全新戏文”是翻改了“燕都旧本”，关汉卿《拜月亭》、施君美《拜月亭》以及该刻本之间形成了一脉相承的改本关系，透露出该版本的古本系统，没准它的收场还带上了古本演剧收场的影子。李评本、汲本则没有采用【尾声】收场，改为二曲联唱。两支曲子除了夸饰情节与文采之佳，还有一句“今夜里且欢散，明日里再敷演”，招徕观众明日再来，留下了现场表演活生生的痕迹。

同样，汲古阁本《白兔记》也有根据演剧现场，临时增加的收场曲：

【大环着】（众）因孩儿出路，因孩儿出路，打猎沙陀。偶见林中白兔跷蹊，若非他引见母，怎能勾夫妻相会。前生里今日奇，从此团圆永效于飞。

【红绣鞋】春有秀陌瑶池，瑶池，夏有流觞曲水，曲水。秋玩月，与冬时，观瑞雪，赏寒梅。拼今宵，共沉醉。

【尾声】贫者休要相轻弃，否极终有泰时，留与人间作话题。

这是收场诗之前众人齐唱的三支曲子。【大环着】回顾了咬脐郎打围遇母，引得李三娘夫妻相见、一家团圆的情节，属于剧本内的代言演述。但【红绣鞋】一曲咏唱春夏秋冬，赏玩四季佳景，则与剧本联系不强，亦为成化本、富春堂本所不存。曲子有“拼今宵，共沉醉”之句，点明了《白兔记》歌宴演剧的场景，属于临时助酒侑觞的应景之作。

三、场外打散

在正剧结束之后，戏剧还有打散的表演。何为打散？胡忌以为：“打散应该是杂剧演出全部完了后的另外自成段落的一个演出节目。”① 也就是说，打散是艺人特别饶送观众的附加表演，与正剧没有太大关系。

两宋勾栏瓦舍，百戏繁荣，打散是各类技艺表演常见的收场形式。宋杂剧即分为三段，艳段居首，又有正杂剧、杂扮。《都城纪胜·瓦舍众伎》说：“杂扮或名杂旺（杂班），又名纽元子，又名技和，乃杂剧之散段。在京师时，村人罕得入城，遂撰此端，多是借装为山东、河北村人，以资笑。今之打和鼓、捻梢

① 胡忌：《谈杂剧的收场》，见《菊花新曲破——胡忌学术论文集》，132页，北京：中华书局，2008。

子、散耍皆是也。”① 可见，杂扮是宋杂剧正剧之后的打散表演，多以滑稽村扮惹人发笑。打散收场的诸伎不限门类。《水浒传》第51回写白秀英在勾栏，“说唱诸般品调。每日有那一般打散，或有戏舞，或有吹弹，或有歌唱，赚得那人山人海价看”②。说唱之后的打散丰富多彩，歌舞器乐，无一不能。《青楼集》载魏道道于“勾栏内独舞【鹧鸪】四篇打散”③，高安道《嗓淡行院》云“打散的队子排，待将回数收”④，独舞、队舞，各各不同。元杂剧的打散延续了两宋勾栏变化多样的打散形式，意在娱人耳目，动人观听。元刊本《单刀会》末折，缀有【沽美酒】【太平令】二曲，从曲意揣摩，与正剧情节、人物均不符，应为周仓所唱，也应是临时添上的打散曲子。

南戏是否也有打散的形式呢?《永乐大典戏文三种》虽不能提供宋元南戏打散的实证，然不难想象，同生于宋元瓦舍勾栏之中，南戏恐怕没有免疫以打散取悦观众的方式。明代南戏中，我们还是可以找到此类的蛛丝马迹。明宣德本《金钗记》是艺人手抄的演出本，它的后面留有【三棒鼓】和【得胜鼓】的鼓谱一页、散曲【黑麻序】《四季歌》两页，前者属剧中曲牌的伴奏鼓谱，后者载录如下：

【黑麻序】：（春）春景融和，百草万花，绽开千朵。见游蜂浪蝶，颠播相套，惜花杨贵妃，娇姿艳色甚多，且问名

① ［宋］灌圃耐得翁：《都城纪胜》，见《东京梦华录（外四种）》，97页，上海：古典文学出版社，1957。

② ［明］施耐庵著，凌赓、恒鹤、刁宁校点：《容与堂本水浒传》，755页，上海：上海古籍出版社，1988。

③ ［元］夏庭芝：《青楼集》，见《中国古典戏曲论著集成》（二），24页，北京：中国戏剧出版社，1959。

④ 隋树森：《全元散曲》，下册，1111页，北京：中华书局，2000。

关欢，不怕岁月蹉跎。（夏）榴火金焰，烘波滚浪，龙舟斗唱菱歌。叹忠臣屈原，投水汨罗贬挫，青红五彩结，沉浮坠水波。应端午共赏凉亭，同饮蒲酒看新荷。（秋）嫦娥移近，天河朗，照阁浮，捻指如梭。那牛郎织女，会少离多。情可……美儿何。你两情和……吟哦。（冬）风雪冰冻□河，孝顺王祥救母，身卧动天恩，感应龙王，阴察资助，金鱼聚腋窝，娘忝病痊可。皆有孝心多，携手并肩，红炉唱饮高歌。

此曲铺排熟事，敷衍忠孝，用以申说剧本的创作意图，实与剧情无多大关系。以四季为题的咏唱实际是民歌时曲的惯见手法，若随时加演于剧末，正可尽正剧之余兴，饷观众于终场。可以说，馈送小曲是南戏打散之一种。汲古阁本《白兔记》末出也有一曲歌咏四季的【红绣鞋】，虽入剧中演唱，实与【黑麻序】的收场作用别无二致，都是采用老百姓喜闻乐见的时调小曲活跃气氛，表达对观众的谢意。

此外，清抄本的南戏《牧羊记》上卷结束时有：

（丑）看了半本牧羊记，还不爽利，亦要看一出提吼（诨下）

演出的上、下半场之间，还可饶加一出提线木偶的表演，虽非终场的表演，在性质上属于小收煞的打散。①

明末传奇时期，还出现了一种“找戏”的习俗，即正剧完毕后，应主人的要求，临时加演一两出折子戏。明末小说《梼杌闲评》第3回：“老太太点了本《玉杵记》，乃裴航蓝桥遇仙的故事。……等戏做完，又找了两出，众女眷起身，王太太再三

① 按：《牧羊记》仅存清抄本，此提吼表演亦有可能是清代艺人演出之实录，未可全为南戏演出之实证。

相留，复坐下，要杂单进来。一娘拿着单子到老太太面前。老太太道：‘随他们中意的点几出罢。’女眷们都互相推让不肯点。”之后点了三折戏，分为《玉簪记·听琴》《霞笺记·追赶》《红梅记·问状》。正本之后，又有加演，这种形式实际是“打散”在家宴、堂会演剧场合的流变。而随着戏园、戏院的风起云涌，主人“找戏”也就演变为观众点戏、戏班饶戏的表演形式。

综上所述，早期南戏收场以诗结戏，与元杂剧的形式颇为不同。自元末之后，南戏的收场不再满足于简单的收场诗形式，而热衷于添加剧内外的收场曲，其收场人数由少到多，唱曲由简至繁，都趋向场面的热闹可观。其中，剧内收场曲意在总结剧情，烘托团圆之气氛，剧外收场亦有评议、点题与造势的功能。这种收场曲奠定了传奇收场的基本模式，甚至一些收场曲还因为使用频繁，成为程式化收场套曲。例如，屠评本《荆钗记》【大环着】【越恁好】套曲，李评本《拜月亭》【金钱花】—【前腔】套曲都属于收场常套。尤其【大环着】套曲，《六十种曲》中共有16种俱用之。又如【山花子】【红绣鞋】【大和佛】等都是收场的常用曲牌，反映了收场形式愈趋程式化。最值得注意的是，剧外收场曲可以依据实际表演场合，标举梨园风格，增加夸饰宣传的现场功能，而正剧结束的场后打散表演也有效地吸引了观众。这些收场以陈述、评判、夸饰与娱众为职能，重视与观众面对面的现场交流，虽也有一定代言的成分，但整体所呈现出的剧外评赞的广告性质更为强烈。这一方面说明，南戏演剧在社会的普及程度越来越广；另一方面也说明观众需求是推动南戏剧本与表演体制发展的根本动力。

第四章　南戏的舞台艺术

第一节　早期南戏的“科介”标记

动作是构成戏剧的基本要素之一。然而，同为舞台表演的重要艺术手段之一，古代戏曲动作所得到的关注远不如曲唱。早在元代，就已出现第一部曲唱专书——燕南芝庵《唱论》，而直到清代中叶，才有《梨园原》《审音鉴古录》之类戏曲身段的舞台记录本出现。这大概缘于曲唱有辞文载体，而科介专属艺人能事，引不起文人的更多兴趣。重曲轻艺之观念，深刻影响了古代戏曲动作资料的保存以及相关研究的展开，尤其对于宋元南戏这样的早期民间戏剧样式，其动作形态更令后人难以探寻。目前，我们所能参考的资料，主要来自早期南戏文本的动作标示。它们既属于编创者对于剧本表演的文字说明，又一定程度地承载了当时舞台的动作形态，如同一个个有意味的符号，传递出南戏动作表演的生动信息。本节即力图通过梳理早期南戏文本的动作标记模式，探析早期南戏动作表演的发展形态。

一、南戏“介”的戏剧本义

古代戏曲身段动作有着特殊的行业标记符号，即“科”与“介”。后人往往并举二者，概指戏曲动作。不过，在早期戏剧之中，“科”“介”却不能随意混淆换用。一般来说，元杂剧称

“科”，如《元刊杂剧三十种》以“科”为标记；而宋元南戏称“介”，如《永乐大典戏文三种》基本为“介”，只有少量“科”的动作标记。

明代曲家徐渭率先注意到两者用法。他解释“科”：“相见、作揖、进拜、舞蹈、坐跪之类，身之所行，皆谓之科”，概括出“科”所指动作的普遍性。他又解释“介”：“今戏文于科处皆作介，盖书坊省文，以科字作介字，非科、介有异也。”① 也就是说，南戏“介”源自“科”的书坊刊刻的省文，两者含义实际没有什么差别。

可是，徐渭所解不具备充分说服力，难以满足后人对“科”“介”有别原因的追寻。今天学界对此歧说纷纭。关于“科”的起源，王季思怀疑“科范一辞，实源自释道二教之仪式也”②，而“介”呢，钱南扬依据《词语汇释》，注“介”云：“‘价’的省写。估量某种光景之辞，犹云这般或那般，这个样儿或那个样儿。”③ 洛地以为“介”是“個”的省写，属于南方方言的发音，意仍为这个或那个，代表师父向徒弟传艺时的动作提示习语④，俞为民也大致持同样看法，并认为杂剧“科”是南戏“個”的音转⑤。周贻白先后提出两种说法：一种以为“介”由

① ［明］徐渭：《南词叙录》，见《中国古典戏曲论著集成》，第3册，246页，北京：中国戏剧出版社，1959。

② ［元］王实甫著，王季思校注：《西厢记》，130页，上海：上海古籍出版社，1989。

③ 钱南扬：《永乐大典戏文三种校注》，53页，北京：中华书局，2009。

④ 洛地：《词语十二——戏文三种补注》，见叶开沅：《戏曲论从》，第二编，34页，兰州：兰州大学出版社，1989。

⑤ 俞为民：《南戏通论》，26页，杭州：浙江人民出版社，2008。

“开”而来①。另一种看法又认为，杂剧妆扮动作主要称为“乔”，“乔相扑”“乔三教”“乔学堂”“乔谢神”“乔亲事”等。今长沙班脚色们的身段动作还称为“乔”，排练动作称为“牵乔”，故“介”是“乔”的省文。② 康保成师则专门撰文，提出新解：“‘介’最早用于古代仪礼中傧相一类的角色，后用于傀儡戏，再用于南戏。其间经历了从傧相角色名到赞导者之语，再到提示角色动作的变化。”③ 各家说法，各持己证，令人难以定夺。

对于“介”的起源，笔者较偏向于洛地的提法，愿稍详述之。首先，南方方言中，“介”与“个”意思相通，都指这个、这么。《张协状元》就有证据。第9出：“（末）问我时须说破，当山土地吾亲做。怜伊现身说些介话。”④ “介”的含义为“这个”。南戏的“介”皆可解作“这个”动作或“这样”的表演。如《张协状元》第2出“打末着介”，指净做出打末的这个动作。今存南戏中，我们还能发现“介”“个”混用的情况。《张协状元》第2出“净有个白”、第48出“净丑相踢倒个”，世德堂本《断发记》第2出、第3出也出现“见个”“净众进个”“丑不个”⑤ 的写法。这恐怕不是简单的笔误，可能是当时舞台说明词的实录。

---

① 周贻白：《中国戏剧史》（上），210页，北京：中华书局，1953。

② 周贻白：《湘剧漫谈》，见《周贻白戏剧论文选》，427页，长沙：湖南人民出版社，1982。

③ 康保成：《戏曲术语科、介与北剧、南戏之仪式渊源》，载《文学遗产》，65页，2001年第2期。

④ 钱南扬：《永乐大典戏文三种校注》，51页，北京：中华书局，2009。

⑤ ［明］李开先著，卜键笺校：《李开先全集》，中册，1045页，1046页，1048页，北京：文化艺术出版社，2004。

其次，笔者赞同“介”是师傅向徒弟传授动作的一种提示习语。不过，需要进一步指出的是，这个提示语不是随处可用，而具有突出与强调表演的作用。

徐扶明曾谈到过一种说法：“介字乃界字之省文，当其读剧本时，于唱曲念白之间，表明其演时态度，以此为界线，唤起其注意也。”① “介”是否来源于“界”，难以确证，但这一被徐扶明否定的说法却包含一定的合理成分。在戏剧中，“介”好比一条醒目的界线，起到强调与提示表演的作用。

早期南戏一些“介”的使用，或多或少揭示了“介”的这一含义。《张协状元》第1出有一段末扮说书人的说唱：

> （白）……使留下金珠饶你命，你还不肯不相饶。（末介）（唱）【绕池游】张叶拜启：念是读书辈，往长安拟欲应举。

这里，“介”省去了动作前缀词，没有具体交代“末”做什么动作。但如果贯穿前后文来理解，末前面的“白”是用强盗口吻，表明要打劫书生张协，后面的“唱”则转为张协身份，向强盗乞怜。为避免观众混淆人物，“末介”表演一定要突出两者人物身份的转换。这就构成了一个具有区分性的独立表演单元，目的在于唤起观众的注意。

这种情况属于一个脚色分扮不同人物，故“介”的分界性质非常突出。如果是多个脚色的互动表演，“介”的使用则重在区分前后表演单元，凸显自我的表演区间。《宦门子弟错立身》第12出，完颜寿马想让王金榜父亲收留自己，加入杂剧戏班：“（末、卜上白）……（见生、旦介）（生借衣介）（说关介）”，

① 徐扶明：《元代杂剧艺术》，199页，上海：上海古籍出版社，2014。

三个“介”连用，强调的是三个表演区间。第一个“介”，王金榜父母乍见寿马，表现出大吃一惊的情态动作；第二个“介”，寿马做出向王金榜父母借衣服的动作；第三个“介”，钱南扬推测寿马是在向王父表达收留自己的意思。三个“介”，不同角色通过不同的动作、情态或者语言表演，完成一套连贯的对手戏。如果没有“介”的区分，表演区间就不那么明晰，演员演起来，很容易眉毛胡子一把抓。像第二、第三个“介”，均由生脚完成，各成一个表演单元，表演起来一定要明明白白，区分清楚，不然情节交代也就含含糊糊了。

康保成师援引过不少四川阳戏的例子，很能说明“介”的此种含义。例如，四川巴县接龙阳戏第五坛《领牲》：

> （白）吾神，领牲二郎，来在血气台前，遥看红云坠地，敢不是功曹到此。（介）报下。（介）功曹，手捧何物？（介）法师文牒。（介）披悬未曾？吾神当面一观。功曹。（介）有。（介）土主、药王位前投文未曾？（介）未曾。（介）功曹，前去土主、药王投文，吾神起马就到。（介）谢过菩萨。（介）三军！（介）有。（介）来此何地？（介）来此了愿场中。（介）裂开旗门，吾神赞叹一番。①

这里的“介”均为单用，使人有点不明所指。康保成师认为，通段为吾神、功曹两个不同角色的对话，一定程度地揭示了“介”的角色本义。② 笔者以为，“介”在这里更着意凸显的是角色的表演。也就是说，人物必须采取一定的动作言行，才能区

---

① 胡天成：《四川省重庆市巴县接龙区汉族的接龙阳戏》，158页，台北：财团法人施合郑民俗文化基金会，1994。

② 康保成：《戏曲术语科、介与北剧、南戏之仪式渊源》，61页，载《文学遗产》，2001年第2期。

分彼此不同的身份。“吾神”要有“吾神”的姿态，“功曹”要有“功曹”的动作，角色定位是通过角色的自我表演区间完成的。

即便是内外场对答的“介”，也需要营造各自的表演区间，形成舞台空间的区别。例如，汲古阁本《白兔记》第四出“祭赛”：

（净扮道士上）官清公吏瘦，神灵庙祝肥。乡间来朝贺，社户保灾非。自家马鸣王庙中提典是也。今年会首，却是前村李大公承赛。昨日已去报知。今日摆下香案，待我请神则个。（念介）奉请东方五千五百五十五个大金刚，都是铜头铜脑铜牙铜齿铜将军，都到庙里吃福鸡嚼福鸡，天尊！（内介）道人，不见下降。自古东方不养西方养，奉请西方五千五百五十五个大金刚，都是铁头铁脑铁牙铁齿铁将军，都到庙里吃福鸡嚼福鸡，天尊！（内介）为何又不来，道人？我家养家神道在那里。（内介）请他出来！（马鸣王鬼判上介）

三个“内介”，都是指戏房内的场外人员，与在场的“净”脚进行对答。“介”的使用，意在指示这些人员通过一定的表演手段，参与外场演剧。这种方式一定程度地打通了内、外场的表演。但是，由于属于戏外的呼应性表演，“内介”实际自成一个独立区间，而不应混同于在场表演，它的分界性质仍然比较清晰。一般而言，“内介”没有太多动作，只突出声音的对答，以避免过多干涉场面的表演，混淆观众对舞台空间的划分。

还要指出，南戏的“介”除了具体动作外，还包括一套表演内容。像上面例举生“说关子介”，自然不会简单到一个动作，而应该配合了语言的讲说，否则观众无以明了寿马到底在表达些什么意思。这样非动作化的“介”，早期南戏还有不少。如

《宦门子弟错立身》第2出，生完颜寿马叫左右请王金榜入府，“（末）厅上一呼，阶下百喏。（介）（生分付叫去介）（末介）（生唱）……”，此处三个“介”的表演单元，钱南扬云：“其间当尚有道白，已被删去。”① 所见十分恰切。生、末之间必须通过言语对话，完成末参见主人、生分付请旦、末申言辩驳的整个表演，不然下面两段生、末为请王金榜相互争执的对唱，将无从着落。所以，“介”的表演，并非专指某个动作或“做出……的样子”，也包含了动作、情态、语言在内的表演内容。

综上所述，因南方方言之关系，“介”最初来源于“个”，义项为这个、那个。用在戏剧表演中，意为“这个”动作或“这个”表演。但，“介”的表演往往构成某个独立的表演单元，具有定位角色身份、区分前后表演段落、凸显自我表演区间的作用。

二、早期南戏四种科介标记模式

南戏、传奇最常见的科介标记模式为“动作+介”，如“行介”“见介”“哭介”等，表示行走的样子、见面的样子、哭泣的样子……但，这已经是规范化的写法，是经过了长时间的发展，才如此定型。那么，早期南戏的科介标记是怎样的呢？在《永乐大典戏文三种》中，我们可以整理出四种科介标记模式。它们既同存于一种剧本，又各有偏重，透显出南戏“科介”层叠式的演变轨迹。

第一种模式：没有后缀“介”或“科”，直接标出动作或情态。

这种标记模式在《张协状元》中出现频率最高，而《宦门

① 钱南扬：《永乐大典戏文三种校注》，224页，北京：中华书局，2009。

子弟错立身》《小孙屠》则极少使用。以《张协状元》第16出为例，科介标记有："笑""净笑指末""净睁眼作威""净应""净偷酒肉有介""打丑介""丑哭""净偷酒""末捉""净挈鞋出""丑吊身""安盘在丑背上、净执杯、丑偷吃，有介""丑又偷吃"。这13处科介标记中，只有3个带后缀"介"的标记，其余均为直接的动作或神态标记。此类用法，全剧俯拾皆是。如第4出"丑在内应""丑捻末手"，第5出"末背净立""扯末耳"，第8出"净末相喂""打末脑"，第12出"丑揖""旦笑""打丑""丑扯旦"，第21出"拽末倒""丑坐末背，末叫""末起身，丑攧"，等等。可以说，它是《张协状元》科介标记的最主要形态。

第二种模式：单用"介"或"有介"。

这种模式，指没有添加任何动作，单独标记一个"介"或"有介"。戏文三种均有使用，使用频率虽不是最高的，却较为常见。

上文已指出，"介"指一段独立的表演单元，既可为一个动作，又可为一套表演，其意在于强调和凸显自我的表演区间。"有介"含义相同，指有这样一个动作或一套表演。不过，"介"或"有介"的单独使用，由于缺乏动作或表演内容的明确指示，使人无从分晓演员到底该怎么演，这个表演区间又包含怎样的具体内容。试举几例：

（末）开放死眼，介元在这里。（丑）在哪里？（有介）（末）不枉做陈听声。

——《张协状元》第4出

（末）都管，舍人唤你。（净介、去介、见介）。（生白）你如今和我去勾栏内打唤王金榜，来书院中与它说话。（净）去不妨，只怕相公得知连累我。（生介）（净）我有言语。（生介）

——《宦门子弟错立身》第2出

首例中，丑扮的算命先生可能做出摸索听声的动作。次例中，第一个“生介”，可能生拿出主人派头，恐吓净所扮仆人去请王金榜来；第二个“生介”，生让净发言辩解；至于“净介”，就很难猜测出具体的表演。尽管我们可以根据上下文，依稀推测某些“介”“有介”的表演内容，但落实到具体的动作情态，就难以考实了。

对于这种没有限定具体动作的“介”“有介”，清陆贻典抄本《琵琶记》附录云：“插科处止着‘介’字，任人搬演，今人硬作差排，未免死句。”① 也就是说，演员的动作表演可以自由发挥，不存在固定的规范，只要能够配合曲白，提示观众就可以了。康保成师推考这种方式源自傀儡戏的表演：“早期傀儡戏剧本中，凡木偶操纵者的言行均可以‘介’提示”，“早期戏文中‘介’的用法可能直接来自傀儡戏”。② 那么，傀儡戏的“介”是如何表演的呢？现存泉州傀儡戏的抄本中多有“自意亥”的字样，意思是插科打诨。标“自意”，指演员可暂时脱离剧情，自创台词，即兴发挥；标“亥”，指采取灵活机变的科介动作。③

傀儡戏的舞台标记，从一个方面印证了舞台科介自由的表演方式。南戏与傀儡戏关系密切，彼此影响，相互渗透，均有可能从对方表演之中，汲取这种表演方式。据黄少龙《泉州傀儡艺术概述》，福建泉州傀儡戏与早期梨园戏渊源极深。其落笼簿多为南戏剧目，像“织锦回文”“湘子成道”“观音修行”“十朋

---

① 清陆贻典抄元本《琵琶记》，见《古本戏曲丛刊》初集，上海：商务印书馆，1954。

② 康保成：《戏曲术语科、介与北剧、南戏之仪式渊源》，载《文学遗产》，63页，2001年第2期。

③ 黄少龙：《泉州傀儡艺术概述》，63页，北京：中国戏剧出版社，1996。

猜”等，都是明初南戏的传衍本。而梨园戏的演出脚本，便留有“如意”的舞台说明，亦为“任人搬演”的意思。进一步说，“亥”与“介”的发音很接近，完全有可能发生同韵相转。所以，我们推论，南戏单用“介”“有介”与傀儡戏标记“亥”“自意”异曲同工，均指演员可以根据上下文剧情，自由做出相应的表演。

第三种模式：“动作 + 介”。

这种标记方式，是在脚色动作后面附加一个“介”。由于明确指示了脚色的表演内容，我们很清楚科介的具体动作或情态。它最早出现于《张协状元》，如第 2 出“打末着介”、第 8 出“净使棒介”等，但使用比例不是太高。到了《宦门子弟错立身》《小孙屠》，就成为常态了，是南戏最常见的一般体例。

相较《张协状元》，《错立身》《小孙屠》两剧的科介说明很少有直接标记动作的，转以“动作 + 介”的模式取代。以“见介”为例。《张协状元》有不少见面的场景，朋友相见、官员相见、女儿见父亲、妻子见丈夫等，但多半没有科介说明，有的即便标了，也没有“介”化。第 24 出两个朋友见面：“（生白）拜揖！（丑）拜揖！尊兄高姓?”看得出两人在规规矩矩地对揖。第 2 出也有朋友见面：“（末净嗦呾出）（净有介白）拜揖！（末）一出来便开放大口，尊兄先行。”净应该做出滑稽的见面动作，引得末的讥讽。再有第 12 出小二见张协：“（旦）小二哥，解元在此，着个拜揖。（丑揖）”小二出身低微，贫女要他“拜揖”张协。

由于舞台动作遵照了一定的生活礼仪，同为男性的“拜揖”，虽有一定差别，但基本还是相近的。在此基础之上，男性作揖，女性行礼，幼向长拜，卑向尊跪，生活行为不断固化为统一的舞台表演，“见介”的动作程式逐渐形成。到《小孙屠》一剧，各种相见几乎均统一标注了“见介”或“相见介”。像第 2

出朋友“相见传问挨介”、第3出朋友“相见行令介”、第5出弟弟见兄长“末见生介”、第8出儿子见母亲“见婆拜介”、第14出晚辈见长辈“末净相见介”等，只需一个“见介”的舞台提示，便可指示演员按照各类人物既定的见面程式，完成舞台的科介动作。

还有一种相类似的标记模式“动作+有介”，也是具体标明了科介表演的内容。它出现于《张协状元》中，比如第24出“打丑，有介”，指旦做出打丑的动作；第48出“净丑踢，有介”，指净、丑对踢。不过，其使用不如“动作+介”普遍，《宦门子弟错立身》《小孙屠》两剧则难得一见了。

第四种模式：动作+“科”或“科介”。

这种标记模式，也是在具体动作之后，后缀一个“科”或“科介”的术语，表明该脚色表演的动作情态。在戏文三种中，它的使用比例最低。《宦门子弟错立身》完全不见，《张协状元》仅1处，《小孙屠》稍多，共计8处，分为第9出“作听科介”，第14出“末净相见科”“饭科”，第15出“扣门科介”“生问娘科”“见净许物科”，第17出“末上计物件科”，第20出“旦出科介”。这种标记模式的出现，一方面，用元杂剧惯用术语的“科”，部分取代了南戏的“介”，反映出杂剧与南戏科介表演共存互渗的现象；另一方面，它在元代中后期南戏中使用比例较低，说明此时科、介用法尚自有别，不能随意混同。

三、早期南戏科介标记暗含的表演变迁

通过梳理早期南戏剧本中的四种科介标记模式，我们发现此四者层叠架构于同一个剧本之中，《张协状元》《小孙屠》四种科介模式并存，《宦门子弟错立身》出现三种。它们各自代表不同的表演方式，出现时间应先后有序，标记模式的变化实际暗含了南戏科介表演的变迁。

首先，《张协状元》中直接标记动作的用法最多，显得原始、质朴，演员只需根据舞台提示，做出相应的动作，如打、拉、哭、笑、唉、叫、应等，随意性强，规范性少。不少动作标记十分琐碎，具体到某个动作细节、某种发声方式。例如，《张协状元》第12出，丑扮小二哥送米谷与贫女，见到张协，心中不满，想向贫女表白心事。两人有一场对手戏：

> （丑）我有些好事向你说。（笑）（旦）小二哥，有甚事？（丑）我有……（笑）（旦笑）且说。（丑有介）（旦）有甚事，如何不说？（丑笑）我要说，又怕你打我。（旦）我不打你，你自说。（丑）我便说。（旦）你说。（丑）我爹和娘要教你与我做老婆。（旦）教你来与我……？（丑）教你来与我做老婆。（旦唾）打脊！不晓事底呆子，来伤触人，打个贫胎！（打丑）（丑叫）好也！保甲，打老公，老婆打老公！（旦）作怪！我嫁你！……（丑唾）丫头儿胎发恁地长，你没我屋中，已饿杀了你！（旦）我去说与你爹娘。（丑扯旦）莫去说，饶我！老婆。

“笑”属情态表演，“唾”“叫”属发声方式，“打”“扯”属细节动作。整节戏贯穿了这一连串的科介表演，有的还反复使用，随文而生，反映了早期南戏当场即兴式的表演。由于早期南戏艺人由许多非职业化的乡村演员组成，动作随性，大多配合剧情，点到即可。《张协状元》直接标示动作，就反映了此期南戏的舞台表演，演员演到哪，动作也即兴发挥到哪。但是，“介”的出现，就将这种随身而动的表演，加以提炼，逐渐升华为一种表演程式。

上文指出，“介”的戏剧本义，是一个独立的表演单元。演员到这里，必须强化与突出这段表演，以自成一个表演区间，吸引观众的注意，增强舞台效果。说白了，它就是艺人揣摩出来的表演重点。我们看《张协状元》中，“介”往往夹杂在直接动作标记中，说明标记者对两者的使用，心中各有区分。上例“丑有介”，就是意在凸显丑扭捏做作，欲言又止的滑稽表演，它不能与“笑”“唾”“打”等即兴发挥的动作混为一谈。

既然“介”所呈现的表演，是南戏艺人精心经营的舞台重点，那么它的使用，好比用最简易的抽象符号，包含最丰富的舞台信息，召唤着南戏艺人演到这里，格外用心。所以，“介”的出现，反映早期南戏的表演，不仅仅只有随意而行的散漫动作，也具备醒目而富层次的表演重点。试看一例：

> （旦）外郎，你说这话，如今奴家不比在先门户。（净介）你在先借我三锭钞，不曾还我。（旦）在先钞都还外郎了。（净介）我不曾得。（旦背介）外郎莫是把为名，故意来此。（净介）这睡的是谁？（旦介）是丈夫。（净）怎中？（旦）不妨，醉也。（净介）（旦）外郎，休恋故乡生处好，受恩深处便为家。
>
> ——《小孙屠》第9出

依照前后的曲白内容，此段四个净“介”的表演大致为：净伸手要钱、净摆手不认账、净伸手指生、净亲昵旦，表现了男女逗引的情节，是《小孙屠》女主角负心情变、欲图谋夫的动作关钮。“介”的频繁使用，提示着本段表演的重要性，演员务必强调动作或神态的刻画，营造出浓烈骀荡的男女风情。

当然，最初“介”的出现，主要强化表演内容的精彩，对于具体动作要求还比较随意。前文已指出，“介”的表演方式相对自由，主要根据曲文生发，没有一定的身段规范。“介”与“有介”的单用，就说明了这种表演的特点。延至明代南戏，还大量保存了此种既强调表演，具体方式又较为自由的“介”或“有介”。宣德本《刘希必金钗记》第44出圆梦：“（净白）这等，相公听说。（唱）相公听我诉梦情。（生介）牡丹过园是你妻房聘人。（生介）”头一个介，生做出倾听诉说的样子；第二个介，生又须配合净的念白，对妻房另聘做出惊讶或愤怒的神态动作。嘉靖刊本《荔镜记》第13出：“【风入松】（潮腔）安排桌，扫拚厅。停待阮哑公出来行。（净介）……（哨角又鸣）障好姻缘，都是前世注定。（净介）十种，许远处一阵人来，亲像人送丧年。（净介）”① 净扮小七，一边扫厅，一边听着外面锣鼓哨角，三个“净介”表现了小七扫地、听声、模仿送丧的动作。这都是演员根据具体语意、情境，自由凸显表演内容。

然而，与直接用动作标记比较起来，这种“介”或“有介”的单用，显得更为合理。它可以突出表演层次，强化表演重点。尤为重要的是，在授业传习的过程中，艺人们为强化诸如此类的表演重点，会不断自觉提炼表演内容，摸索出一定的表演程式，指示受业者按照这个样子或这种方式演下去。作为统一的提示习语，“介”实际通过师徒的身口传授，简化了行业操作，使南戏表演更加有序，技艺传授也更有职业规范。它仿佛是一种充满意味的舞台符号，开启了南戏科介的程式化历程。

“动作+介”的标记，就是在此基础之上进一步程式化的发展。《张协状元》一剧中，“动作+介”的标记模式也已出现，而且，比起直接动作或“介”的单用，动作指示性更强，已经呈现出一定的表演程式。第8出，净扮客商使棒：

> （净使棒介）这个山上棒，这个山下棒，这个船上棒，这个水底棒。这个你吃底。（末）甚棒？（净）地，地头棒。（末）甚罪过！（净）棒来与它使棒，枪来与它刺枪。有路

① 泉州地方戏曲研究社：《泉州传统戏曲丛书》，第一卷，24页，北京：中国戏剧出版社，1999。

上枪，马上枪，海船上枪。如何使棒？有南棒，南北棒，有大开门，有小开门。贼若来时，我便关了门。（末）且是稳当。（净）棒，更有山东棒，有草棒。我是徽州婺源县祠山广德军枪棒部署，四山五岳刺枪使棒有名人。（末）只怕你说得一丈。（净）我怕谁！

舞台表演上，这套棒法如果一顿乱打，就不好看了。宋杂剧有《闹夹棒爨》，闹棒、斗棒已形成一套滑稽表演，南戏“使棒介”恐怕是照搬了此类表演程式，舞得是有模有样，步骤井然。又如，第48出各级官吏拜访王德用，“净丑相踢倒介”“净丑踢，有介”，舞台表演也不是双方乱踢。

（丑）那得一年踢气球，尊官记得？（净）相公踢得流星随步转，明月逐人来。记得耆卿踢个左簾，相公踢个右簾，耆卿踢个左拐。（丑）当职踢个右拐。（净丑相踢倒介）

净、丑上演的是一场踢球技艺表演。两宋时期，踢气球即蹴鞠，踢法花式很多，技艺高超，深受百姓喜爱，当时有专门的蹴鞠社——圆社。所以，舞台上净丑相踢，左右开弓，也应是移植了蹴鞠套路，包含了相应的动作程式。

后期南戏的发展，直接动作标记十分少见，“介”或“有介”的单用情况也相应减少，更多转化为“动作＋介”的标准模式，这反映出南戏科介表演的程式化、规范化。上面以“见介”为例，予以了适当说明。这里再举“开门”科介的例子。

《张协状元》第10出净、丑扮做庙门，旦扮王贫女叫拍门。科介标记为：“打丑背”“（旦叫）开门”“重打丑背”“旦打丑背叫”“移拄门开”，直接标出怎样打门，怎样叫门，门又是如何打开的动作说明。而同为叫开门，《小孙屠》第9出科介标记为“外扶生，叫开门介”、“旦开门介”、净“叫门介”、“开门”，除了最后一个动作为“开门”，其他均写做“某动作＋介”

的形式。演员演到此处，心知肚明，只需按照“叫开门”科介程式走就行了。

我们还可比较不同时期的南戏刊本，审视它们的科介标记的变化。元本《琵琶记》曾保留了不少单用“介”的舞台标记，但到了一些明刊本中，就被大量删改。以万历李卓吾评本为参照：

元本	李评本
“拐儿贻误”出：（末）待我请相公出来（介）	——请介
“感格坟成”出：【五更传】谩自苦（介）这苦凭谁告？（介）	——前作“悲介”、后删
（旦）（介）呀，怎地这坟台都成了？	——起看介
“丞相教女”出：（外云）把那两个吊起，各打十八。（末）领均旨（介）	——末扯打科

元本《琵琶记》中，“介”是演员根据文词，随意动作，表演相对自由。但这些“介”到了李评本中，被请、看、作悲、扯打等“动作＋介”的标记形式所取代，这说明演员口眼身手的摆位姿态已经被“介”化，也就是统一被“这个样子”“这个动作”程式化了。其基本格套已成，毋能任意发挥。

最后，谈谈南戏中“科”的标记模式。从《永乐大典戏文三种》的使用情况，我们可以推测，“科”的标记应当出现在元代中后期，反映了元代杂剧表演向南戏的渗透。元杂剧中，“科”的单用情况很少见，一般前缀一个动词，如“把盏科”

“见科”“悲科”等，具体动作的指示性非常强。冯沅君以为“科”是一种具有规定性的动作程式，“科有动作的含义”，科范“就是行动的规则和范畴”。[①] 彭松、于平《中国古代舞蹈史纲》认为：“‘科’是比较一般、正常的动态表演的提示，……‘介’作为动态表演的提示，是要求其表演得比‘科’更漫不经意些。”[②] 也就是说，杂剧的“科”比“介”的表演，更趋规范化。很多杂剧艺人是以动作程式和规范而闻名，《南村辍耕录》云：“其间副净有散说，有道念，有筋斗，有科泛。教坊色长魏、武、刘三人鼎新编辑。魏长于念诵，武长于筋斗，刘长于科泛。至今乐人皆宗之。”[③] 刘即刘耍和，他的科范动作在当时出了名。《宦门子弟错立身》第12出完颜寿马唱：“子这撇末区老赚，我学那刘耍和行踪布迹。”说明刘耍和的走步，行踪步线，丝丝不乱，动作极有规范，深为艺人所推崇、仿效。《青楼集》载赛帘秀，双目失明，而走台“其出门入户，布线行针，不差毫发，有目莫之及焉”[④]。《蓝采和》中，杂剧艺人蓝采和“试看我行针布线，俺在这梁园城一交，却又早二十年”[⑤]。

既然杂剧的科介动作已比较成熟，规范已具，以“教坊格范”“梨园师体”为榜样的南戏艺人，自然努力企及，积极仿

① 冯沅君：《古剧说汇·做场考·科泛》，82～87页，北京：作家出版社，1956。

② 彭松、于平：《中国古代舞蹈史纲》，139页，杭州：浙江美术学院出版社，1991。

③ [元] 陶宗仪：《南村辍耕录》卷二十五，306页，北京：中华书局，1997。

④ [元] 夏庭芝：《青楼集》，见《中国古典戏曲论著集成》（二），25～26页，北京：中国戏剧出版社，1959。

⑤ 隋树森：《元曲选外编》，第3册，971页，北京：中华书局，1980。

效，逐步推动了南戏科介的规范化进程。例如，元本《琵琶记》第15出蔡伯喈进殿，生："进入去咱。（介）（唱）【神杖儿】扬尘舞蹈，扬尘舞蹈，遥瞻天表，见龙鳞日耀。"这个"介"所指不明，依据曲白，生脚应该会做出进宫的动作。到了李卓吾评本、汲本等明刊本中，"介"被具体化了，替换为"（末）奏事官搢笏三舞蹈"，意为生必须采用"三舞蹈"的表演，进入皇宫。据尚秉和考"拜舞"云：

> 《老学庵笔记》先君言旧制朝参，拜舞而已，后增以喏。按拜舞者，盖既起而舞，以示欢欣舞蹈之义。今戏剧天子升殿，群臣拜起，辄扬臂举足撇袍，作势回旋者是也。喏者唐代有之，朝贺则无，今戏剧拜起而长声唱者是也。①

这种"既起而舞，以示欢欣舞蹈"的拜舞，专门用于觐拜帝王，亦名"扬尘舞蹈"。它有着专门的礼仪规范，率先为杂剧舞台所吸收，加以艺术化。马致远《青衫泪》第四折，裴兴奴见皇帝，"正旦拜舞科"，说明元杂剧"拜舞"已成科范，其步伐的进退、身姿的回旋、动作的反复，皆成一套表演程式。南戏应受杂剧之影响，化为己用。

"科"的术语在南戏中大量出现，要延至明代中叶之后。不少刻本均科、介混用，并无区别，像元本《琵琶记》原用"介"处，李卓吾评本、陈继儒评本、汲古阁本很多都改为"科"。笔者以为，这种情况并不是指"介""科"具体表演方式有何不同，反而说明，在宋元杂剧科介程式的影响下，明代南戏已经完成科介程式化的过程，南戏也好，传奇也罢，科、介使用比较随意，术语羼杂已成常态。就科介术语的大致分布情况而言，

① 尚秉和：《历代社会风俗事物考》卷二十四，见《民国丛书》，第一编，第17册，299页，上海：上海书店出版社，1989。

“介”主要使用于南戏艺人的抄本或台本中，而“科”更多出现在坊刻本或文人刻本中，这恐怕是文人崇尚北曲创作，而书坊刊刻亦追步北曲所致。

综上，四种“科介”标记实际反映出南戏科介表演不断程式化、规范化的过程。宋元南戏初期，南戏科介表演总体风格自由灵活，无拘无束，以即兴的生活动作为主。元代中后期，随着南北戏曲的交流，元杂剧的科范对南戏表演起到了积极的影响，促使其逐步脱离完全生活化、自由化的科介，寻求艺术升华。从“介”到“动作＋介”“动作＋科”标记模式的出现，正体现了早期南戏科介朝着程式化动作的舞台方向积极演进。

第二节　南戏的科介程式

戏曲是高度程式化的艺术形式。程式广泛存在于音乐、服妆、舞台、动作、唱腔等诸多方面，为各个部分提供规范的表演法则。作为其中的重要环节，动作程式规范了演员身体与情态的动作，清代《审音鉴古录》所载昆曲身段谱，已细化到一颦一笑，一举手一投足，足见当时科介程式的严谨与规范。南戏表演向以自由灵活的风格著称。早期南戏的科介标记有很多直接动作说明，或者单标“介”“有介”，演员可以根据上下文自由发挥动作，规范性不强。随着南戏舞台艺术的发展，科介标记的主要形式演变为“动作＋介/科”，原来自由化的表演积极向程式化、规范化的方向演进，本节意在探讨南戏科介程式的类型、表演与演变。

一、南戏科介程式的类型

科介程式，又称“科范”，亦作“科汎”。冯沅君《古剧说汇·做场考·科汎》认为：“科范犹言科法，意盖谓剧场上各脚色动作的法则。”① 王季思解曰：“科范，并谓剧中种种科段，有现成规范可循者。”② 可见，“科范”是指具有规定性的表演套路。“科范”一词本源于道教科仪，“是对道教信徒的行为规范或道教醮仪直接给予规定”，它既指具体的规范性动作，也包含“各种仪式的总的科条、规范、要求”③。基于此，戏剧“科范”表演，可包含两种类型：具体动作的程式与特定表演的程式。

（一）具体动作程式

它是指演员的“做”“打”之功，即由手、眼、身、步组成的一套套具体动作。元陶宗仪《南村辍耕录》卷二十五“院本名目”条记载一位擅长“科范”表演的杂剧演员：“教坊色长魏、武、刘三人鼎新编辑。魏长于念诵，武长于筋斗，刘长于科泛，至今乐人皆宗之。”刘，即金末杂剧名角刘要和。他所擅长的“科范”到底是一种怎样的表演呢？《宦门子弟错立身》第12出完颜寿马唱：“子这撇末区老赚，我学那刘要和行踪步迹。”说明刘要和以步法规范性闻名，《青楼集》女艺人赛帘秀“出门入户，步线行针”，杂剧《蓝采和》末脚蓝采和“行针布线”，大约都步武了刘要和“行踪步迹”的步法科范。这个“科范”显指具体步法动作的程式。

南戏很少直接标注“科范”一词，唯李九我评本《破窑记》第9出“破窑居止”有一例。当刘氏新婚，初至吕蒙正所居破窑，乍见窑内破烂不堪的场景时，不禁嘲诗一首：

（诗）团围都是壁，四处没风来。有朝归寿呵，不用买

① 冯沅君：《古剧说汇》，85页，北京：作家出版社，1956。

② ［元］王实甫著，王季思校注：《西厢记》，130页，上海：上海古籍出版社，1989。

③ 康保成：《戏曲术语科、介与北剧、南戏之仪式渊源》，56页，载《文学遗产》，2001年第2期。

棺材。（生科范）你初到我家，谓些好话，要改过。（旦）有朝身荣贵，改作栋梁材。

从上下句意揣测，这个“科范”大概是吕蒙正听了妻子嘲诗，做出酸溜溜、气愤愤的情态动作，亦属于具体动作程式。

虽然很少直接标注“科范”，但“见介”“哭介”“打介”等科介标记，同样可以说明南戏具体动作的程式性。它既可指举手抬足的身体动作，又可是拭泪蹙眉的情态表现，动作 + “介”的标记模式，正标示了程式动作的产生。上节曾举“见介”，说明南戏见面动作的程式化过程。再看“行走”的例子。这是一个最常见的生活动作。南戏人物众多，上下场频繁，“行走”科介运用得极为广泛，诸如“上”“下”“引”“走”“穿走”等说明词，都用到了行走的动作。南戏剧本中，还有不少反映行路的程式出目，如科考行路（《琵琶记》才俊登程、《破窑记》同侪赴试）、上路寻亲（《张协状元》贫女寻夫、《高文举珍珠记》金真寻夫）、出逃（《宝剑记》林冲夜奔、《断发记》淑英走雪）等，不同脚色行走必然会形成不同的步法规范，读书人要走出读书人的潇洒，闺妇要走出闺妇“鞋弓袜小”的步姿。这种程式出目不同行当的演员表演得多了，自然促成了“布线行针”般的动作程式。

我们具体分析一下净、丑的“行姿”。《张协状元》开场中，末脚曾有一句：“一个若抹土搽灰，趍鎗出没人皆喜。”“趍鎗”即“趋跄”，钱南扬注为“行动快慢合乎节拍”①，即表现为一种行步程式。此意还可做进一步探究。“趋跄”，《诗经·齐风·猗嗟》“巧趋跄兮，射则臧兮”，朱熹注“跄、趋翼如也”②；

---

① 钱南扬：《永乐大典戏文三种校注》，18 页，北京：中华书局，2009。

② ［宋］朱熹：《诗集传》，62 页，北京：中华书局，1958。

《论语·乡党》“趋进，翼如也”。邢昺疏曰：“趋进，翼如也者，谓疾趋而进，张拱端好，如鸟之张翼也。”① 可知，“趋跄”源自鸟张开羽翼、雀跃向前的舞态。康保成师推考此即为“商羊步”：“原是一种鸟名，常屈一足起舞，后巫者模拟以跳神、驱傩。”② 还可补充的是，“商羊”乃知雨之物，天将大雨前，常屈一足舞。《孔子家语·辩政》载：“齐有一足之鸟，飞习于公朝，下止于殿前，舒翅而跳。齐侯大怪之，使使聘鲁问孔子。孔子曰：‘此鸟名曰商羊，水祥也。昔童儿有屈其一脚，振讯两眉而跳，且谣曰：‘天将大雨，商羊鼓舞。’今齐有之，其应至矣。”③ 商羊舞的“趋跄”步姿，源自齐鲁民间巫者的求雨之舞，儿童皆习能歌舞，主要模拟商羊鸟单足跳跃的行姿，故而产生之初便带上欢快诙谐的风格。唐代周繇《梦舞钟馗赋》载钟馗舞姿：“顾视才定，趋跄忽前，不待乎调风管，拨鸾弦，曳蓝衫而飒缅，挥竹简以蹁跹，顿趾而虎跳幽谷，昂头而龙跃深渊。”④《东京梦华录》卷七记骷髅呈戏：“各作魁谐趋跄，举止若排戏，谓之哑杂剧。”⑤ 后世神鬼步伐都一定程度地延续了“趋跄”的跳跃和谐趣。由于净、丑脚色与巫傩渊源密切，所以吸收了巫者商羊舞的“趋跄”步态，化入杂剧、南戏的表演，成为丑、净滑稽行步的程式动作。元明杂剧中，杨显之《酷寒

① 李学勤：《十三经注疏·论语注疏》，126页，北京：北京大学出版社，1999。

② 康保成：《傩戏艺术源流》，201页，广州：广东高等教育出版社，1999。

③ 薛恨生标：《孔子家语》，67页，上海：上海新文化书社，1934。

④ ［宋］李昉：《文苑英华》卷九十五，见文渊阁《四库全书》，第1333册，723页，上海：上海古籍出版社，1989。

⑤ ［宋］孟元老：《东京梦华录》，见《东京梦华录（外四种）》，43页，上海：古典文学出版社，1957。

亭》“总觑他这趋跄”，指搽旦萧娥在场上的步态；朱有燉杂剧《牡丹园》“（四净趋抢云）俺虽然丑陋，却会耍笑”，“四净趋抢上，舞戏一折了”。《香囊怨》“净、占净趋跄科”，都用在了净的滑稽行步上。至今还未发现一例“趋跄”用于生、旦、末上下场的例子。所以，上面《张协状元》一句应释为：净或丑抹土搽灰，采用“趋跄”的步伐程式滑稽出入，引得观众欢喜。它吸收了仪式舞蹈的艺术养分，升华为特定脚色的动作程式。

（二）特定的“科范”程式

此类科范不局限于身段动作，可以由动作、唱、念等不同艺术手段组成，重在呈现一个自成段落的特定表演套路。如杂剧《西厢记》“洁引太医上。双斗医科范了。下”①。宣德刊本刘东生杂剧《娇红记》：“院本黄丸儿上，院本下”“院本行者说仙法上。末同院本一行下”“院本干打手上”等②，今人虽不明确“双斗医”“黄丸儿”“行者说仙法”“干打手”具体怎样表演，但既名之为“院本”，理应融合了说念做打等各项艺术手段，构成了一个具有特定表演内容的“科范”。

由于不局限于动作，这类特定的科范型大量表现为综合性的表演程式。举例说明，南戏常见“说关子介”，《宦门子弟错立身》第12出“生说关介”，第13出“生说关子介”，第14出“外说关”“外打认说关子配合介”；《小孙屠》第11出“净扮朱令史上介，说关杀人”“见外说关介”，第17出“净上说关介”。结合上下文，人物都在重叙一定的情节内容，表演重点应落在了“说”上。然不止于此，据《说文解字》“关”释为

① 《新刊奇妙全相注释西厢记》，见《古本戏曲丛刊》初集，上海：商务印书馆，1954。

② ［明］刘东生：《娇红记》，见《古本戏曲丛刊》初集，上海：商务印书馆，1954。

“以木横持门户也”①，“关子”指涉了戏剧中的关纽情节②。因此，作为紧要之处的表演，单纯的脚色念说还显得单调乏力，若辅之手势、眼神、身段、步法，配合音乐节点，定会大大强化语言念说的效果，制造出一个个精彩的看点。“说关子”只是剧作者的略写方式，其高频率的使用也从另一层面说明，“说关”表演已经形成较为稳定的表演套式，故只需稍加提示，艺人自然手到擒来。

有的特定“科范”，则会在相对固定的表演程式之上，根据剧本内容的不同，更换艺术手法，或为动作，或为念白，或综合为之。比如“三合”，《张协状元》第2出净、末科诨：

> （净）不是。外面啰唣开门看。（末）见甚底？（净）老鼠拖个驮猫儿。（末）只见猫儿拖老鼠。（净）老鼠拖猫儿。（三合）。（末争）

钱南扬注“三合”为：“生末净三人合念‘老鼠拖猫儿’一句。”③ 笔者以为不确。“三合”应为三次、三回。末净两人互不服输，彼此打嘴仗，来来回回争了三次，制造了滑稽可笑的科诨效果。南戏中，这种特定程式运用得十分广泛。嘉靖刊本《荔镜记》第6出“五娘赏灯”：“（内划船唱歌介）（丑白）唆阿唆唆阿唆唆恁婆。（三合介）。”“三合”指内唱歌，丑念白，往复应和三回；富本《东窗记》第9折“净丑排阵介”唱：“【滚滚玉】忙排阵……（杀三合介）”，强调双方交战三回，用

① ［东汉］许慎撰，［清］段玉裁注：《说文解字》，590页，上海：上海古籍出版社，1981。

② 龙潜庵：《宋元语言词典》，362页，上海：上海辞书出版社，1985。

③ 钱南扬：《永乐大典戏文三种校注》，21页，北京：中华书局，2009。

重复性的厮杀动作表示战斗的激烈场面；《古城记》第 15 出有“三次照前白科”，则是重复三次说白。元杂剧、明传奇也有不少“三合”的表演。元杂剧《虎牢关三战吕布》楔子中“做战科，三科了”①，传奇《运甓记》第 20 出“遇蛮兵杀三阵退介”，第 37 出“生部将彭李与峻三战，峻马蹶被戮介”②，这“三科”“杀三阵”“三战”，虽不写为“三合”，实仍指三次重复表演。这些例子充分说明，“三合”指三次重复性的表演，是一种高度程式化了的表演，无所谓核心内容，无所谓固定艺术手段，基本套路在于：以“三”为基数，通过人物唱、念或做的重复敷演，强化戏谑、激烈或紧张的场面。

由于“三合”的表演旨在重复，每一遍语言、动作皆没有变化，因此艺人们实在不必重费笔墨，再写一遍，故书写上以“三合”略而代之，有效提示舞台应有的表演。泉州傀儡戏《织锦回文·大考试》有：

> （管曰）令回衾看题目，做文章。（决自意）（亥下）（听事上）（管出题）（听事唱白）众秀才看题目，做文章。（三合）（下）

此处“三合”为反复看题、作文三次，各个脚色重复科举考试的舞台科范。傀儡戏还有“大三合套小三合”，更是指多次的反复表演。③ 可见，与“说关子”一样，“三合”科介提示语的出现，也与简化舞台表演记录有关。

---

① 隋树森：《元曲选外编》，第 2 册，493 页，北京：中华书局，1980。

② ［明］毛晋：《六十种曲》，第 6 册，73 页，北京：中华书局，1982。

③ 黄少龙：《泉州傀儡艺术概述》，55～58 页，北京：中国戏剧出版社，1996。

二、南戏科介程式的来源

南戏的科介程式来源广泛。一个最主要的来源是人们习以为常的生活。徐渭《南词叙录》:“相见、作揖、进拜、舞蹈、坐跪之类，身之所行，皆谓之科。”① 像行走、饮食、见面、开关门等，都属于人们日常生活中的动作行为。南戏最初照搬舞台，直接用动作或者用“介”标记之，艺人可依据上下文情境，参照生活动作表演。例如，富春堂本《周羽教子寻亲记》第26出：“（丑）郎多好种田（科介）”，丑做出插秧种田的动作；“（丑）怎么教我不要打他（科介）”，丑又做出打人的动作；“（旦）犹兀自道他虚骄。（丑、小生科介）。你多言啯噪”，旦唱的中间，丑、小生又分别做出虚骄、啯噪的情态。这种表演以生活的动作情态为效仿对象，表演规范性不强。然而在不断言传身教的沿习过程中，艺人们将这些行之有则的简单动作，艺术性地提炼为一个个可供后辈学习的动作套式，这就推动了南戏动作程式的出现。上举“见介”“走介”“开门介”“拜舞介”等，都是从社会日常生活中提炼出来的动作程式。

更值得关注的是，南戏还积极向姊妹艺术学习，通过模仿、移植，提炼为自我的科介程式。宋金杂剧、院本是南戏科介程式的重要取源对象。《张协状元》开场时，副末夸口“教坊格范，绯绿可仝声”，第2出生脚也唱云“真个梨园院体”，说明宋代南戏艺人曾努力企及杂剧院本的教坊格范。《张协状元》一剧中，第8出“闹夹棒爨”、第10出“门儿爨”、第24出“赖房钱”，都仿效了宋金杂剧、院本的表演程式。

南戏也吸收了武术杂技的表演程式。例如，“打筋斗”是一

① ［明］徐渭：《南词叙录》，见《中国古典戏曲论著集成》，第3册，246页，北京：中国戏剧出版社，1959。

种高难度的武术动作，金元时教坊色长武即以善翻“筋斗”著称。《张协状元》第21出有：“（末起身，丑攧）（末）这回饶个跌大。”钱南扬注“跌大”为：“仰跌在地，手脚开张，像个大字。”① 此解恐附会字意。“大”是“打”的音误，“跌大”应为“跌打”。《五代诗话》云：“能悬空筋斗脚不及地者，谓之跌打。”②“跌打”也是一种筋斗功，演员在空中翻筋斗，脚不挨地，动作难度相当大。当末不愿再装作椅子，立身站起，丑就采用了“跌打”的表演程式，从末的身上翻落。末云“饶”，表明这个高难度的动作程式是断送给观众看的，精彩之处能够获得个满堂彩。再如《张协状元》第8出“（净使棒介）这个山上棒，这个山下棒，这个船上棒，这个水底棒”，净使棒应吸收了棒术的武术套路，如果舞弄得好，也会形成一个小小舞台高潮。

舞蹈艺术也是南戏科介程式的重要源头。李日华《紫桃轩杂缀》云：“而（古）舞尤失传，今优场中走三方、摆阵、跌打之类，皆其遗意。”③ 认为戏场的摆阵、跌打、走三方均源自前代舞蹈。“跌打”，前面已指出源于武术“打筋斗”。再看“摆阵”，又名“调阵子”“变阵子”，起源自军舞的列队形。《东京梦华录》卷七载诸军百戏的“摆阵”表演，一字阵“击锣者指呼，各拜舞起居毕，喝喊变阵子数次，成一字阵”；偃月阵“有花妆轻健军士百余，前列旗帜，各执雉尾、蛮牌、木刀，初成行

① 钱南扬：《永乐大典戏文三种校注》，116页，北京：中华书局，2009。

② ［清］王士禛等：《五代诗话》卷四，见文渊阁《四库全书》，第1486册，585页，上海：上海古籍出版社，1989。

③ ［明］李日华：《紫桃轩杂缀》卷三，见《四库全书存目丛书》，子部108册，49页，济南：齐鲁书社，1997。

列，拜舞互变开门夺桥等阵，然后列成偃月阵”①，变幻巧妙。南戏常有战争对阵的表演。富本《东窗记》第9折“净丑排阵介”，排阵就是指摆阵；《古城记》第15出“（颜带众上排阵科）（众作一条鞭帅立后，呐喊请战科）（收阵下科）”，指众人排成一字阵站立，下场便收阵贯入。元杂剧、南戏、明清传奇中都有“调阵子”，均用在行军布阵上，以舞台队形变化凸显军威之壮。

再如“走三方”，也源自古代舞蹈，具体形态不详。据字面意思，疑亦为走阵形之一种。方指方位，指演员在舞台场面的具体站位。高石山房本《目连救母劝善记》中卷“遣将擒猿”出，有类似走方位的表演。净扮张天师做法，请出马赵温关四元帅，生“上舞，立东一位”，丑“舞上，立西一位”，末“舞上，立东二位”，外“舞上，立西二位”，四脚在场位置都有具体的规定。后小扮白猿与四帅争斗，“四将且舞且行介”，小上“与四将各战介”，“小下”，“四将各立本位”，“小又搀入阵中打筋斗走”，“小又下”，“四将各立原位”。这场战斗四脚各站东西南北四方，小搀入阵中争斗，应是处于中心地位，四脚围绕其“且舞且行”，每一回合就要各回本位。各个脚色很好地把握了舞台方位，满场的走动拼斗显得既有次序，又极具动感。据此剧来看，明代中叶南戏对舞台场面的把握已经具备了相当的艺术表现程式。

三、南戏科介程式向传奇的蜕变

前文指出，南戏科介动作的程式化始自元代中后期。这种程式化不再停留于某一两种特定科范的穿插展示，而要求舞台科介的整体程式化。在南戏向传奇蜕变的过程中，大量动作的“科

① ［宋］孟元老：《东京梦华录》卷七，43页，北京：古典文学出版社，1957。

介”化正说明了这种发展趋向。

传奇阶段的科介程式，已渗透到演员的一举一动，通过“手眼身法步”的配合，形成有规范的程式动作组成。例如，“起霸”程式常用于武将准备上场作战，包括披戴铠甲、跨抬试甲、勇舞验装、虎步试靴、挥臂抻甲、理盔紧甲、整装齐备、候点待令。它们由丁字步、弓箭步、蹲裆式、踢、抬、骗、跨腿、提甲、云手、山膀、正冠、紧甲等一系列动作组成。论起源头，《昆曲大辞典》说：“源出《千金记·起霸》中楚霸王上场的一套连续性的舞蹈动作。后即为武将整盔束甲准备上阵的表演程式，能烘托舞台上的战斗气氛。”① 《千金记》系明中叶沈采所作。富春堂本第四出写项羽精选兵士，欲远渡江东，逐鹿天下。净扮项羽上场有一段唱：“过人才量，拔山力兀谁比方？强兵百万我能降。且把盔甲披装，精神抖擞，伫看那烟尘扫荡。”剧本提示简化为一个“上唱”，而舞台表演要展现霸王盔甲披身的非凡气势，应配合了一组整盔束甲的动作。南戏多有武将战争场面，由于传习相同的舞台表演，“起霸”也就逐渐提炼成套，成为传奇武将英姿飒爽的程式动作。

传奇阶段，科介与舞蹈的关系融合得更为密切。潘之恒《鸾啸小品》云：

> 向时传奇之舞，仅有《连环》应曲，【对玉环】一阕可入谱。继之者，教西施歌舞，犹称效颦。探子“旗舞”，亦始于《连环》，而《金丸》“五报”继之。《西园》合成“五探”最奇，其昉有“五伞”“五旗”，而“探”即用旗法。湖口五艳同跃，去地尺余，腰玉莹露。他如梁溪“六旦”“八旦”之舞，分行山立，进退开阖，参错亦极变态，

① 吴新雷：《昆曲大辞典》，650页，南京：南京大学出版社，2002。

最为美观，而古意渐远。王居士云：“朱子青舞，少有佳致，仅学步连环，更宜就余舞师教之，令垂手、折腰有古意存焉，靡靡当一振。”①

南戏科介舞蹈而称优者始自《连环记》，《金丸记》《浣纱记》继之，其后传奇极尽腾挪跳跃、变化曼妙之姿。潘氏重点举了“探子旗舞”。宋金杂剧之时，已经出现了扑旗伎艺。《东京梦华录》卷七“驾登宝津楼诸军呈百戏”载：“次一红巾者，手执两白旗子，跳跃旋风而舞，谓之扑旗子。”② 表演者借助旗子挥舞扑跌，展现两军交战的激烈场面。元杂剧常见“探子报”关目，主要通过探子的旁观叙唱，演绎两军战争的场面，文本看似没有太多动作性扮演③，但舞台其实运用了探子“扑旗”动作。元杂剧《气英布》第4折有“正末扮探子执旗打抢背上”④，南戏《宦门子弟错立身》“折莫特调当扑旗”，均采用旗帜扑跌打斗，调当位置，已经形成“用旗法”的科介程式。南戏、传奇多有战争戏，“扑旗”科介表演对刻画战争场面起到了以一当十的作用。潘氏指出，从《连环记》到《金丸记》“五报”再到《西园》“五探”，探子旗舞的表演性在不断加强，所谓“古意渐远”，实是因为戏曲科介融合了多种舞蹈形态而呈现

① ［明］潘之恒著，汪效倚辑注：《潘之恒曲话》，90页，北京：中国戏剧出版社，1988。

② ［宋］孟元老：《东京梦华录》，见《东京梦华录（外四种）》，42页，上海：古典文学出版社，1957。

③ 赵建坤《论元杂剧“探子主唱”模式的表演本质》一文，指出“元杂剧的‘探子主唱’中，两人则仅有角色身份，除相互配合讲唱战况外，二人之间并无其他剧情设置和动作性扮演”。（载《戏曲艺术》，40页，2003年第1期）

④ ［明］臧懋循：《元曲选》，585页，杭州：浙江古籍出版社，1998。按，《元刊杂剧三十种》写为“正末拿砌末扮探子上”。

了新的风貌。《在园曲志》卷三“论舞”条云：

> 古舞法几亡，今梨园舞西施者，初以袖舞，即胡旋也。继以双手翻捧者，原本于番乐，如法僧作焰口也，……惟《浣纱记》所演西子之舞，犹存古意，然亦以美人盥手照面，梳妆坐卧之容以应歌拍耳。①

《浣纱记》的西施演舞，袖舞为胡旋，双手翻捧又为番舞，此犹存古舞之态。然至洗手照面、梳妆坐卧，皆与歌拍应和，却与古意远矣。实际上，这种疏离恰恰反映了传奇科介的舞蹈性，演员的举止身段不断与音乐节拍融合，趋向载歌载舞的表演程式。姚旅《露书·风篇上》云：“今戏场，歌舞之遗意也。近世歌舞道绝，直云戏剧耳。”② 舞蹈逐渐消融于戏剧科介之中，进入无歌不舞、无声不容的身段规范。

在文人阶层的审美要求下，南戏科介程式还向着传神细腻的艺术高度发展。明代潘之恒曾提出一度、二思、三步、四呼、五叹的五大剧评原则，其中“三之步”即言科介步态。

> 步之有关于剧也，尚矣。邯郸之学步，不尽其长，而反失之。孙寿之妖艳也，亦以折腰步称。而吴中名旦，其举步轻扬，宜于男而慊于女，以缠束为矜持，神斯窘矣。若仙度之利趾而便捷也，其进若翔鸿，其转若翻燕，其止若立鹤，无不合规矩应节奏。③

---

① ［清］刘廷玑：《在园曲志》卷三，92页，北京：中华书局，2005。

② ［明］姚旅：《露书》卷八，《四库全书存目丛书》，子部111册，687页，济南：齐鲁书社，1997。

③ ［明］潘之恒著，汪效倚辑注：《潘之恒曲话》，44页，北京：中国戏剧出版社，1988。

潘之恒肯定了步态在演剧中的重要地位，指出好的步态不是邯郸学步的形似，不是折腰款步的妖艳，也不是缠束举步的矜持，而在于通过步态表现出一种出入于规矩内外的飘逸自然的神韵，这表明科介已不单纯是拘泥于程式的身态动作，它还需要和剧情、人物心理结合起来，细致入微地完成对人物的传神写照。观众通过演员的每一个动作、每一个表情，不但可以揣摩剧角色的心理，还能得到轻松优美的形体享受。晚明不少优伶甚而家乐主人都以这种境界为科介表演的极致。汪季玄招曲师“教吴儿十余辈，竭其心力，自为按拍协调，举步发音，一钗横，一带扬，无不曲尽其致”①。阮大铖家乐“讲关目，讲情理，讲筋节，与他班孟浪不同。……余在其家看《十错认》《摩尼珠》《燕子笺》三剧，其串架斗笋，插科打诨，意色眼目，主人细细与之讲明，知其义味，知其指归，故咬嚼吞吐，寻味不尽”②。清中叶，科介程式渐而发展为一套套繁富的身段谱。《审音鉴古录》对这些程式表演做了详细的注解，例如《荆钗记·上路》一折【八声甘州】曲：

> 春深离故家，叹衰年，倦体（末引从左传至右下立，外随至中，副跟外行至左上，一流边势，各对右下介）奔走天涯。（外拐竖右足跟边，左手一指挟左臂指右下侧看，又对副侧点头，副右手搭外左肩，冲身亦看右下，顾外点头，末蹴身看亦指右下科）一鞭行色，（外转身对右上踏出右足，拐侧竖右胸，左手提左腰衣，冲身看右上地，末副在后傍作衬看介）遥指（外随前势，右肩高左肩低，纽身慢看至左上地，末副借势视科）剩水残霞。（外走中略对左随

① ［明］潘之恒著，汪效倚辑注：《潘之恒曲话》，211页，北京：中国戏剧出版社，1988。

② ［明］张岱：《陶庵梦忆》卷八，97页，北京：中华书局，2007。

身立直，左手捏拳，垂背后，右手捏杖随意直指左上，看左介，副看左柳树，走上折柳枝嗅，摇首掷地，末立外右肩后，借景看左上科）墙头嫩柳（外乘式右拐平落右腰边，左手一指直指左上，侧首强身对末笑，末蹓冲身对外点首科。副左手指柳头对外诉式）篱畔花（下略）。

《审音鉴古录》云："此出乃孙九皋首剧（创），身段虽繁，俱系画景。惟恐失传，故载身段。"① 孙九皋乃清代乾隆时期的昆曲名伶。该身段谱不但对身体各部位的动作有着极为细致的规定，而且融合身体与语言，以身写景，传达了丰富的视觉景象。此时手、眼、身、法、步已达到了高度融合、传神入韵的高度。

附论：南戏中的"双斗"科范

"双斗"科范源自宋金院本，陶宗仪《南村辍耕录·院本名目》录之，《西厢记》有"双斗医"院本，胡忌在元杂剧《降桑椹蔡顺奉母》也找到"双斗医"的运用。场面上，正净、净扮演两个糊涂医生相互斗嘴，直至对打；外脚作为剧外人，与正净、净呈答呈打，起到了调和与评议前者的作用。② 全场戏以念白与动作表演为主。

南戏中，这种院本表演运用也颇为广泛，出现了"双斗裁""双斗卜""双斗媒"等表演，形式大同小异。先看富春堂本《东窗记》第5折"双斗裁"的表演：

（净）㕶耐贱裁，抢我主雇！想你是个逃名的私匠，晓

---

① ［清］琴隐翁：《审音鉴古录》，见王秋桂：《善本戏曲丛刊》，第5辑，320页，324页，台北：台湾学生书局，1987。

② 胡忌：《宋金杂剧考》，80～89页，上海：古典文学出版社，1957。

得甚么，也到岳府来闲荡也！来我老师父厮傍，饶你一顿拳头，你休得在此口强！（丑）老贵休得惹我村！虽不说你行径，不说自家本事平，到来寻人节病！你缝褶何曾整齐，上护领何曾端正，偷裙幅心头惊碎，讨手工何曾脚定？今日撞着我，教你吃顿亏！【麻郎儿】我怪你抢人主顾，（丑）我怪你绝人道路。（净）我见你偷人缎子，（丑）我知你赖人细布。（末）且停嗔，休发怒。（净）踢杀你贱裁老贼，（丑）打杀你贵裁老驴。（末）这官差也没甚的，又何须二边狠毒，（净）忒杀欺负我，（丑）忒杀欺负我杀，大家拼命赴冥途。

贱裁与贵裁为抢夺主顾发生争斗，相互斗嘴争吵，末在一旁劝解，这种形式与杂剧《蔡顺奉母》“双斗医”相差无几。表演上，只添加了一曲【麻郎儿】。此曲在《东窗记》改本《精忠记》中改为【扑头钱】，曲词无别。江巨荣认为【扑头钱】即【幞头钱】。[①] 明重校本《金印记》第 7 出有净丑“双斗卜”的吊场，演两个算命先生的争斗：

【幞头钱】（净）畜生不思忖！（丑）畜生不安分！（净）都是主顾又来争作甚？只好打，瞎畜生！（丑）只好骂没眼睛！（净）无端恶语任伤人，不思君子甚谈论。（丑）想你发课全然不定。（净）想你算命全然不圣。（丑）全然不是有何能行？害了那门庭！（净）激得我生恶性。（丑）激得我生怒嗔。（净）打教你皮见筋。（丑）打教你血遍淋身。（打科。末上）大家放手且饶人，权息怒，且停嗔。（净）不用拐棒，只用拳头打你心。（丑）把棍子着你打一

① 江巨荣：《宋金杂剧在南戏和明传奇中的遗存》，见《南戏国际学术研讨会论文集》，241 页，北京：中华书局，2001。

顿。(净) 把头巾放下与你打一拳。

(末白) 不要打! (净自揪发, 丑自咬手) (末) 住住住! 你自手揪自家头发, 你自家口咬自家手。(净丑各唱【驻云飞】一曲, 略。夹白略。)

【前腔】(末) 二人听知, 若不和时人自欺。生意人同视, 何故相争敌。痴, 省气是便宜。收拳闭嘴, 两下和同, 并不遭条律。各自收科, 回家作道理。

同样也是为争夺主顾的争吵打斗, 同样也是末从中劝和, 场上唱的也是【幞头钱】, 还额外添加了三支【驻云飞】的时调小曲, 形式更显得活泼。

还有一种"双斗"科范, 展现的并非是医生、卜人、裁缝等行业人员的内部竞争, 而是围绕某个情节而展开的争斗。《张协状元》第 24 出, 净扮店主婆为争房钱, 与丑扮泼赖书生闹成一团:

(净) 你讨房钱还我! (丑) 你来劫我! (末) 嫂嫂住休! 不看我面, 也看这官人面, 须是它引至。(生) 娘子宁耐! (净) 赖我房钱! (丑) 它劫我钱! (净唱)

【麻郎】打脊篭篰赖秀! (丑) 打脊篭篰赖狗! (末) 两个不须动手。(生) 各请住休得要应口。(净) 贼猕猴! (丑) 雌猕猴! (生末) 看我面一齐住休。(丑)

【同前】我只是不还赁钱。(净) 赶出去桥亭上眠。(生) 看取同人劝您。(末) 休要出言恁偏。(丑) 你弄拳! (净) 我弄拳? (生末合) 看口休得要斗煎。(净)

【同前】少我那房钱到嗔。(丑) 骂得我教人怎忍。(末) 你两个八两半斤。(生) 好一对人客和主人。(净) 我去论! (丑) 我去论! (生末) 大都来能欠几文。(丑)

【同前】要你须着这秀才。(净) 我着它伊休要来。

（末）你两个贫胎苦胎。（生）没紧要休得要系怀。（净）我讨柴！（丑）我讨柴！（生末）要撕打只得请退。

这个戏出自“赖房钱”杂剧，净丑相斗、生末斡旋的表演手法就属于“双斗”科范，只是融入了争夺房钱的故事情节。汲古阁本《荆钗记》第29出“抢亲”也有一场净丑的双斗戏。净一方要娶亲，丑一方要嫁女，可钱玉莲人已投江，净无亲可娶，丑无女可嫁，双方免不了一番恶语争斗。

（净揭盖）好也，好也！你受了我的财礼，藏了侄女，赖我亲事。（丑）我不是骗你，我侄女已投江死，拼得还你财礼，大家罢休。（净）一倍还我十倍，我也只要老婆。（丑）呸，小鬼头儿，你倚恃豪富，威逼我侄女投水已身死，你要怎的？（净）这泼皮到来诬赖我。

【恁麻郎】我告你局骗人财礼。（丑）我告你威逼人投水。（净）怎误我白罗帕见喜？（丑）闷得他黄泉做鬼！（末）息怒威，宁耐取。（净）休想我轻轻放过你。（丑）我怕你强横小贼驴。（净）我那怕你腌臜臭髓。（末）算从来男不和女敌，自古道穷不共富理。（丑）打你嘴！（净）踢你的腿！（末）须亏了中间相劝的。（丑）这事情天知地知，（净）这见识心黑又意黑。（末）怎辨别他虚你实，也难明他非你是。（净）不放你！（丑）不放你！（末）自古饶人不是痴。

（净白）你藏了女儿，诬赖人命，若见了尸首，万事俱休；不见尸首，教你粉碎！

以上例子说明，“双斗”科范是从“双斗医”院本衍生而来，最初用滑稽手法展现行业人员之间的内部竞争，南戏中裁缝、卜人、媒婆、医生之类的争斗都属于这种类型。但为了辅助剧情，“双斗”戏也可以向情节人物挂靠。《张协状元》汲取“赖房钱”杂剧，变为房东与房客的矛盾，甚至生所扮张协也加入斡旋者的行列。《荆钗记》则上升为重要人物、重要情节的争斗，其和情节的融合程度在不断加强。

表演科范上，双斗戏一般由净、丑、末应工，净、丑负责打斗，末负责劝和与收束，表演手法主要为说白与动作，净、丑多为一人一句，制造不相上下的互斗气氛。末穿插其间，不时劝解。要指出，宋金院本中，末脚属于呈答呈打的戏外身份，但南戏转为戏内角色，所以原有戏外评点的功能也就随之淡化了。末脚还需要终场收住整个“双斗”的表演。所以，“双斗”戏经常安排在一出的最后部分，好比打着“猛诨”，一笑而出。

南戏不少“双斗”科范还包含了滑稽曲唱。最常见的是【麻郎】曲，曲风滑稽，对口性强，脚色随曲动作。【恁麻郎】【幞头钱】都属于【麻郎】曲的变格，句式相似。笔者怀疑，【幞头钱】原是表现争夺“幞头钱”的“双斗”院本，后衍为曲牌。也有不唱【麻郎】曲的。周密《武林旧事·官本杂剧段数》中，“赖房钱”杂剧唱【啄木儿】曲。《赵氏孤儿》第4折则有一段“赖酒钱”的表演，唱的则是【萃地锦】曲，内容如下：

> （丑）周坚赊酒吃了不还钱，（外）呀，婆子，你不要扯我。【萃地锦】原来是卖酒女杜康。（丑）我不是女杜康！你只还我五百酒钱。（外）五百赊钱贴直甚么。（丑）一钱也是债。（外）俺也是一个主顾好商量。（丑）无钱留下当头。（外）我不是神仙怎留下当？（丑）我只要钱。（外）激得我挥起拳。（丑）你打我。（外）饶你这老婆娘。（丑）又不敢打。（外）来日还钱不在忙。（丑）我便要钱。（外）急得我燥莽，不要钱时有一个比方。（丑）我只要取，不晓

甚比方。（外）养女似观音模样，养男为卿为相。（丑）不要他。（外）你不要时，做经营钱如水涨，好男孙兴旺。（丑）我只要酒钱。（外）交你男儿受殃，女儿落娼。（丑）你又骂我。（外）只等西方月上。（丑）你赊酒不还钱，还打我。

外周坚与丑店主婆为酒钱拉拉扯扯，脚色间一唱一白的形式，也应属于“双斗”科范。不同之处在于，净改为外，所唱之曲也缺乏【麻郎】的滑稽风味，且少了末脚的劝和与收束。这是依据情节人物而产生的科范变化。

综合而言，“双斗”的科介程式，可以是“赖房钱”的争抢房钱，也可以是“双斗医”的庸医互斗，内容情节可互有变化，但双方争斗的核心内容、净丑末脚的职责分配，以及唱念说白的综合艺术表现应该基本一致，舞台风格主要体现为滑稽有趣、热闹喧哗。

第三节　南戏的服饰穿戴

南戏留存下来的服饰穿戴资料十分稀少，既不如明清传奇剧本提示之具体，也难以比肩脉望馆本杂剧宏富详赡的穿关资料。本节主要从创作于明嘉靖之前的南戏剧本中，钩稽有关角色穿戴的舞台提示与剧内提示，力求总结南戏服饰穿戴的基本状貌与特点。

一、一张南戏的穿戴表

表 4－1　舞台提示

剧目	舞台提示	穿戴类型	人物/场景	行当
《张协状元》	第 53 出“巾裹”	首服	大团圆	生
《张协状元》	第 53 出“大庄”	体服	大团圆	旦
《宦门子弟错立身》	第 12 出“借衣介”	体服	寿马换上戏班表演的服饰	生
《琵琶记》（元本）	第 16 出“巾裹”	首服	上朝	生
	第 42 出“换衣介”	体服	官员、命妇接诏（孝服换吉服）	生、旦、贴
《宝剑记》（嘉靖本）	第 29 出“替生穿衣介”	体服	囚衣换锦衣	生
《杀狗记》（汲古阁本）	第 11 折“小生破衣上”	体服	落魄窑中	小生
《南西厢记》（李日华本）	第 26 折“穿衣上介”	体服	张莺欢会后	生、旦
	第 31 出“冠带介”	首服、体服	张生中榜	生
《南西厢记》（陆采本）	第 27 出“生手携裤带旦结裙上”	体服	张莺欢会后	生、旦
《玉玦记》（富春堂本）	第 21 折“捧袍笏上”	体服	得中状元	生

续上表

剧目	舞台提示	穿戴类型	人物/场景	行当
《玉玦记》（富春堂本）	第34折“睡魔引生冠带上”	首服、体服	官员	生
	第36折“凤冠霞帔”	首服、体服	命妇	旦
《商辂三元记》（富春堂本）	第27折“小生冠巾介”	首服	祭祖	小生
《冯京三元记》（汲古阁本）	第30出“众持袍笏冠带上”	首服、体服	状元	小生
	第34出“生旦冠带霞帔谢恩介”	首服、体服	赐封	生、旦
《目连救母》（高石山房本）	第28出“更衣介”	体服	改妆道人	贴
	第29出“扮介”	体服	乔装扮女人	外
	第44出“扮夫一样色衣”	体服	扮刘青提	旦
	第66出“僧帽”	首服	鬼使	小生
	第70出“牛头”	首服	成佛	生
	第73出“换冠”	首服	改扮二殿大王	外
《周羽教子寻亲记》（富春堂本）	第11出“包头介”	首服	装病	老旦

续上表

剧目	舞台提示	穿戴类型	人物/场景	行当
《周羽教子寻亲记》(富春堂本)	第 33 出“拿衣帽上介”	首服、体服	范仲淹	外
《高文举珍珠记》(文林阁本)	第 10 出“冠带上介”	首服、体服	丞相、状元	净、生
	第 21 出“免冠跪介”	首服	执法问生	生
	第 12 出“脱鞋袜介”	鞋袜	土地	外
《白蛇记》(富春堂本)	第 25 折“脱衣介”	体服	叔叔	末
	第 26 折“见血衣介”	体服	衣溅鸡血	末
《东窗记》(富春堂本)	第 27 折“旦占带孝上”	不详	岳氏母女戴孝	旦、占
	第 36 折“秦夫扮疾人上”	不详	秦桧夫妇生病	秦、夫
《古城记》(万历刻本)	第 7、8、15、17 出“戎装”“戎服”	体服	刘关张等武将	生、关、张
	第 11 出“倒戴纱帽出”	首服	驿丞	净
	第 12 出“剥衣帽站旁科”	首服、体服	山头目	丑
《黄孝子寻亲记》(清抄本)	第 9 折“偷换孝头巾介”	首服	改扮孝子	丑
	第 12 折“脱鞋袜介”	鞋袜	孝子上路	生

续上表

剧目	舞台提示	穿戴类型	人物/场景	行当
《金貂记》(富春堂本)	第21出“披发”	发饰	胡兵扮相	净
	第35出“着袍笏”	体服	土地、神仙	生
	第39出“衮”	体服	唐王	小生
《玉钗记》(富春堂本)	第20出“取纱帽介”	首服	县官	丑
	第36出“取袍带换衣介”	体服	高职文官	生
	第41出“换衣介”	体服	改为孝服	生
《苏英皇后鹦鹉记》(富春堂本)	第26折“脱衣介”“赤身走下”	体服	验证太子身上痕印	太

表4-2 曲白提示

剧目	曲白提示	穿戴类型	人物/场景	行当
《张协状元》	第8出“虎皮衣虎皮磕脑”	体服、首服	强盗	丑
	第19出“白麻衣”	体服	平民	末
	第27出“幞头”“羞帽”	首服	状元	生
《宦门子弟错立身》	第12出“串杖却似郑元和”	体服	乞丐	生

续上表

剧目	曲白提示	穿戴类型	人物/场景	行当
《商辂三元记》（富春堂本）	第23折“细网巾；马尾帽”	首服	乞丐回忆豪富时	净
《金印记》（重校本）	第3出“黄草布裤”“钟离双髻”	体服、发型	童仆	丑
	第5出“六幅罗裙”	体服	富妇人	贴
	第8出“凤冠霞帔”	冠服	命妇	旦
	第13出“朱衣”	体服	丞相	净
	第16出“破黑貂裘”	体服	落第书生	生
	第16出“戴裘幛，挂紫袍”	体服	状元	生
	第34出“幞头，玉带，紫罗襕朝衣”	巾服	六国丞相	生
《香囊记》（继志斋本）	第22出“公服”	体服	入朝	生
	第38出“圆领头巾”	巾服	一般文官	丑
《宝剑记》（嘉靖本）	第35出“鹤衫鹿冠”	体服、首服	道人	外
《还带记》（世德堂本）	第17出“青衫换绯袍”	体服	书生变为官员	生
	第17出“方巾束绦”	巾服	相士	丑
	第17出“乌纱官帽”	首服	官员	净

续上表

剧目	曲白提示	穿戴类型	人物/场景	行当
《还带记》（世德堂本）	第8出“破偏衫”	体服	和尚	丑
	第34出“色衣换麻孝”	体服	官妇，艳妆变孝服	旦
	第41出“绯衣绣袍”	体服	丞相	生
《破窑记》（李九我批评本）	第5出“幞头”“紫衣袍”	巾服	员外	外
	第5出“珠冠”	首服	员外夫人	夫
	第5出“花冠礼衣”	冠服、体服	富小姐	旦
	第5出“凤冠霞帔”	冠服、体服	状元夫人	旦
	第25出“金带悬腰”“荷衣挂体” 第26出“腰金衣紫” 第27出“紫袍、金带、玉绶”“蓝袍新艳”	体服	状元	生
	第26出“袈裟”	体服	和尚	丑
《投笔记》（存诚堂本）	第7出“破帽”	首服	穷儒	生
	第9出“白纶巾”	首服	书生	小生
	第12出“鹿皮冠”	首服	鄯善王	外
《周羽教子寻亲记》（富春堂本）	第33出“大帽”	首服	平民	净

续上表

剧目	曲白提示	穿戴类型	人物/场景	行当
《双忠记》(富春堂本)	第12出“道袍”“头巾角硬”	巾服	道士	净
《高文举珍珠记》(文林阁本)	第9出“头巾襕衫”	巾服	秀才	丑
《黄孝子寻亲记》(清抄本)	第19折“法冠”	首服	娘娘庙提典	净
	第19折“破唐巾”“黄布”“破草鞋”	巾、鞋、衣	孝子四处流浪	生
《荆钗记》(原本)	第2出“绿袍”	体服	状元	生
《跃鲤记》(富春堂本)	第10折“破布鞋袜”	鞋袜	秋娘：弄舌妇人	净
	第38折“仙衣”	体服	仙人	末
《白袍记》(富春堂本)	第10折“穿白衣”	体服	薛仁贵	生

综上两表，表4-1为舞台提示词中的穿戴，明确交代了各类脚色的装扮，是可以确信的第一手资料；表4-2为剧本曲白提示的穿戴，对人物服饰的描写更为详细。冯沅君《古剧说汇》曾探讨过元杂剧的穿戴，指出元剧“穿关”多与其曲白所描写相吻合①，故而对于南戏穿戴，我们亦可从曲白采之，并做审慎

① 冯沅君：《古剧说汇·做场考·戏衣》，74~82页，北京：作家出版社，1956。

之参考。两表显示，南戏的服饰穿戴从头至脚，涉及人身体的各个部位，与人们日常服饰分类基本一致，大致包括体服、首服、鞋袜、发式四个大类。体服，指身体所着衣装配饰，有衮、袍、裙袄、霞帔、腰带等；首服，指头部所戴冠、巾、帽、首饰等，表中没有女性头饰的说明，但实际舞台应含有这一部分；鞋袜、发式两类，南戏剧本所载不详，提示词也较笼统，具体情况不甚明了。由于南戏的穿戴提示极其简略，笔者整理抑或有所疏漏，现综此两表，概览南戏服饰穿戴的基本情况。

二、南戏服饰穿戴的类型化

现代生活中，服饰主要起文明美化的功用，只有特殊行业的工作服饰才具有身份标签的功能。而在古代社会，身份标签式的服饰构成了服饰文化的主要形态。统治阶级规定了社会各阶层服饰的款式、颜色和布料，甚至明令禁止服饰穿着的越规行为。明代曾对优伶的生活服饰有严格的规定。洪武三年（1370）定教坊司乐妓“明角冠皂褙子，不许与民妻同”，“教坊司伶人常服绿色巾，以别士庶之服”。① 刘辰《国初事迹》载：“太祖立富乐院于乾道桥，男子令戴绿巾，腰系红搭膊，足穿带毛猪皮靴……妓妇戴皂冠，身穿皂褙子，出入不许穿华丽衣服。”② 这些条令将伶人与普通人区别开来，带有赤裸裸的身份歧视，强烈凸显了古代服饰阶层身份的标识性。

这种身份标识性的生活服饰，自然而然渗透到戏曲舞台的服饰穿戴。元杂剧中，人物服饰已经呈现出身份类型的特征。《元

① ［明］王圻：《续文献通考》卷九十三，3630页，3626页，杭州：浙江古籍出版社，1988。

② ［明］刘辰：《国初事迹》，见《四库全书存目丛书》，史部第46册，12页，济南：齐鲁书社，1997。

刊杂剧三十种》中，《陈抟高卧》陈抟“道扮”，表明道士身份；《火烧介子推》介子推“披秉”，表示文官身份。今天遗存宋金元杂剧装孤的服饰文物，多为展脚幞头、圆领长袍、乌靴、执笏，指的就是这种“披秉”的文官装扮。① 冯沅君在考察脉本杂剧穿关时，归纳出元明杂剧的六大穿戴标准：“中外有别”“文武有别”“贵贱有别”“贫富有别”“老少有别”“善恶有别”。② 此六方面基本依据人物身份、地位划分。大抵什么身份地位的人物，就会穿与之相配的戏衣。

南戏舞台同样也呈现出人物穿戴的类型化特征。表4－1和表4－2中，如果按人物身份类型划分，可分为衮服、朝服、文官服、武官服、僧道服、女服、书生巾服等几大类穿戴。一般来说，朝官用袍笏，文官用冠带，武官用戎装，道士用道扮，和尚用偏衫，帝王用衮，书生用襕衫，女性用花冠裙袄，均呈现一定身份类型的穿戴标准。

“文武有别”。南戏有大量文职官员的角色，如果身为高级文官，处在比较正式庄重的场合，则从首服到体服，换为冠袍巾带，穿戴整体。像《南西厢记》张生中榜“冠带介”，《冯京三元记》御旨赐封时，“生旦冠带霞帔上”，《玉玦记》外扮考官，“捧袍笏上”，《玉钗记》生扮高级文官，“取袍带换衣介”等。南戏剧内曲白的服饰信息，能够适当补充这种过于简单的舞台提示。比如，《破窑记》吕蒙正中状元“腰金衣紫”，即腰悬金带，

① 按：山西永乐宫芮城潘德冲石椁门楼雕刻图、山西运城市西里庄元墓西壁杂剧壁画、山西洪洞明应王殿元杂剧壁画等均有装孤一脚，其穿戴皆如是。廖奔：《宋元戏曲文物与民俗》，206～237页，北京：文化艺术出版社，1989。

② 冯沅君：《古剧说汇·做场考·戏衣》，75页，北京：作家出版社，1956。

身着紫袍；《金印记》苏秦官拜六国丞相，幞头、玉带、紫罗襕朝衣；《还带记》书生升至官员，体服上“青衫换绯袍”，着重突出了袍服颜色和正式冠带，反映了高级文官的身份地位。如果属于低级文职官员，则多为“圆领头巾”，或者戴“乌纱官帽”，如《玉钗记》县官戴“纱帽”、《古城记》驿臣“倒戴纱帽出”、《香囊记》低职文官着“圆领头巾”等。要是一般书生的话，则戴头巾，穿素衣或青衫，显示人物的平民身份。南戏武官角色，则穿“戎装”“戎服”，如《古城记》刘关张等武将，俱为“戎装”打扮。具体装扮上，我们可参照现存正德九年（1514）雍山凤翔老人藏板的两幅《回荆州》木版戏画。图上赵云、刘备俱戎装，刘备肩披斗篷、腰挎宝剑，赵云身披铠甲、头戴三山冠，与今戏曲武将装束差别不大。不过该图版色泽清晰，是否为正德年间画板尚存疑虑，姑作参考（图 4 – 1）。

图 4 – 1　正德九年雍山凤翔老人藏板《回荆州》

“贫富有别”。《宦门子弟错立身》完颜寿马“串杖却似郑元和”，《杀狗记》孙荣“破衣”，《破窑记》吕蒙正“百衲衣”，《金印记》苏秦“破黑貂裘”，《跃鲤记》秋娘云为“破布鞋袜”，《黄孝子》孝子“破唐巾”“破草鞋”，俱为衣衫褴褛的贫者打扮；而《破窑记》刘员外着幞头、紫衣袍，刘小姐“花冠礼衣”；《目连救母》刘青提着“色衣”，则为富家装束；《金印记》《三元记》《玉玦记》旦“凤冠霞帔”，更凸显命妇身份。南戏主要通过体服形制之破与整，色泽之素与艳，对贫富人物穿戴加以区分。

此外，《金貂记》胡兵“披发”、《投笔记》鄯善王戴“鹿皮冠”，示意“胡汉有别”；《赵氏孤儿》第13出附图绘赵盾与屠岸贾当朝争执，两人同穿圆领袍服，玉带悬腰，足登乌皂靴，唯首服有所不同，外戴展脚幞头，净为曲脚幞头，恰好刻画了一者刚正、一者奸邪的品性差异（图4－2），此为“善恶有别”。由此可见，冯沅君所归纳的元杂剧穿关标准同样也适用于南戏舞台，服饰如同一张张标签，标示了南戏中不同人物的身份特征。

图4－2　世德堂本《赵氏孤儿》“屠赵交争”

三、南戏服饰穿戴的形制来源

既然南戏服饰的穿戴类型是基于生活服饰的标识性而产生，是否这些戏衣服饰在形制上与生活服饰完全相同呢？

对于这个问题，胡忌曾有过探讨。他指出宋金杂剧如果“大量采用当时社会背景编剧者，其服装定和一般情形相差不远”①，也就是说，宋金杂剧舞台穿戴可能是从生活服饰取源，人物各有本色常服，写实性比较强。元胡祗遹夸杂剧女艺人表演“危冠而道，圆颅而僧，褒衣而儒，武弁而兵，短袂则骏奔走，鱼笏则贵公卿”②，充分运用了本色服饰刻画不同身份的人物。其实不止宋金元杂剧如此，南戏的服饰穿戴，诸如巾裹、幞头、冠带、袍服等，实际也大量取材于生活服饰，凸显场上人物的身份类型。

举例而言，“状元”身份，穿戴多为衣紫腰金，或者绿衣挂体，冠带绶笏齐整。《张协状元》第27出“生扮状元出”：

(生扮状元出唱)【卜算子】张协受皇恩，乍着荷衣绿。……

(末)赫王相公请状元相见。

(丑)请状元卸了幞头，只带个羞帽。

(末)错了！卸了羞帽，只裹幞头。

(丑)不只带羞帽，且来学个钟馗捉小鬼。

(末)与我魆地里休说！

……

(丑)才着绿衫，出东华门外，便是破荷叶。

(末)只好裹着鸡头。

(丑)我不把女孩儿嫁它。才裹幞头，出东华门外，多是多年阶级。

(末)只难为上下。

① 胡忌：《宋金杂剧考》，289页，上海：古典文学出版社，1957。

② ［元］胡祗遹：《朱氏诗卷序》，见胡祗遹：《紫山大全集》卷八，文渊阁《四库全书》，第1196册，147页，上海：上海古籍出版社，1989。

（丑）我弗把（末合）女孩儿嫁它。

（丑）才系腰带，出东华门外，便是乌稍蛇。

张协穿绿衣，系腰带，戴羞帽，仪态庄重，前去朝谢皇恩。这种穿戴取材了宋代状元及第的礼服。《梦粱录》载文武三魁登科及第，须“更换所赐绿襕靴简”，“恩例各赐紫囊、金带、靴、笏”。“羞帽”，即便帽、小帽，及至状元游街赴宴时佩戴，“帅漕与殿步司排办鞍马仪仗，迎引文武三魁名，各乘马带羞帽，到院安泊款待”①。《张协状元》一剧中，丑、末对张协状元穿戴的诨语，恰好反映了舞台角色的服饰装扮。

有的南戏服饰还会紧跟时代风尚，吸收新出的穿戴款式，应用于舞台表演。例如“网巾”是明初开始流行的巾帽，用者颇广。《绿云亭杂言》载：“太祖一日微行，至神乐观，有道士于灯下结网巾。问曰：‘此何物也？’对曰：‘网巾。用以裹头，则万发俱齐。’明日，有旨召道士，命为道官。取巾十三顶，颁于天下，使人无贵贱皆裹之也。”② 明中叶南戏《商辂三元记》中，出现乞丐头戴“细网巾”的打扮，便是吸收了时行的服饰穿戴。又如“纱帽”，一名“乌纱帽”，起源于南朝，宋代始盛，至明代洪武三年（1370）定为文武官常礼服。《明史·舆服志三》“文武官常服。洪武三年定，凡常朝视事，以乌纱帽、团领衫、束带为公服”。“乌纱帽”成为官帽的代名词。明代南戏装扮顺应时变，亦采用了纱帽作为官帽服制。如《古城记》驿丞“倒戴纱帽出”，《玉钗记》县官“取纱帽介”，均如是。不过戏中所戴者一般官阶较低，而高级官员朝服上场仍需冠带，像

① ［宋］吴自牧：《梦粱录》卷三，见《东京梦华录（外四种）》，158页，上海：古典文学出版社，1957。

② ［清］陈元龙：《格致镜原》卷十四，见文渊阁《四库全书》，第1031册，182页，上海：上海古籍出版社，1989。

《赵氏孤儿》赵、屠两人所戴官帽，形制延续了宋代的展脚幞头。而到了明传奇中，高级官员的扮相是“戴貂穿蟒”，王安祈考“纱貂之式样是由展脚幞头演进而来”①。

在一些表演场合，南戏服饰穿戴还直接照搬生活，与日常服饰几无二致。《金瓶梅》第三十六回书童扮旦时，“四个戏子下边妆扮去了。西门庆令后边取女衣钗梳与他，教书童也妆扮起来，共三个旦两个生，在席上先唱《香囊记》”②。用当时女性的头饰衣服装扮书童，与南戏海盐子弟一起表演《香囊记》。如若戏服与常服差异太大，便很容易使看客出戏。是书明崇祯本第63回配有一幅堂会演剧图，上面男女二脚演《玉箫记》“寄真容”一折。贴扮玉箫、净扮小二，所穿戴的服饰亦与生活常服无异（图4－3）。

图4－3 《金瓶梅》堂会演剧图

特别要注意的是，南戏穿戴装扮还受到不同地域服饰的影响，形成了颇具地方特色的舞台装饰。胡朴安《中华全国风俗志》“潮州人之服饰”条云，潮阳、揭阳、普宁三邑妇女发髻，

① 王安祈：《明代传奇之剧场及其艺术》，261页，台北：台湾学生书局，1986。

② ［明］兰陵笑笑生：《金瓶梅词话》，957页，香港：太平书局，1981。

“名曰大后尾，至若两鬓使之耸然如蚌壳，名曰蓬头”，又云潮民作台演戏，“旦角之髻，则如上述大后尾或蓬头为多”。①《明本潮州戏文五种》中，《荔枝记》《荔镜记》的插图（图4-4），旦角发髻俱是高髻上耸，造型独特，极有可能吸收了当地妇女的“大后尾”或“蓬头”。20世纪50年代，揭阳潮剧团演出《龙井渡头》余娓娘一角梳的就是“大后尾”，沿传了这种古老的女性发髻。②

图4-4　嘉靖本《荔镜记》旦赵五娘“大后尾”

当然，作为舞台穿戴，南戏装扮也不可能尽与生活服饰相同，否则难以凸显戏剧假扮的特质与情境。比如，南戏常见“穷书生”的形象，《张协状元》张协“衣裳褴褛”、《杀狗记》小生扮孙荣“破衣上”，《宦门子弟错立身》完颜寿马“串杖却

① 胡朴安：《中华全国风俗志》下篇卷七，46页，上海：上海文艺出版社，1988。

② 林淳均：《潮州闻见录》，136页，广州：中山大学出版社，1993。

似郑元和”等，都是一副穷困潦倒的模样。舞台上，演员不会真的穿上破破烂烂的乞丐服。笔者推测，此类戏衣汲取了释徒所穿的“百衲衣”。“百衲衣”，原为释子袈裟，由一块块小的方形布料拼接而成，南宋陆游《怀昔》诗云“朝冠挂了方无事，却爱山僧百衲衣”，便指这种僧服。它的款型颇能形容“鹑衣百结”的人物窘态。李九我批评《破窑记》第5出旦刘氏彩楼招亲，生扮落魄时的吕蒙正前往观看，被小梅香打趣为“衣冠不正”，好似“雨打鸡”一般；第15出生闻钟乞斋，自叹“破衣百结难遮体”“鹑衣百事都不办”；第26出旦回忆当年彩楼招亲，生吕蒙正“破衣百结鬼逢愁”。这幅“百结衣”应仿效了“百衲衣”的形制，通体拼贴了不少补丁。后世戏曲舞台的“富贵衣”，即“穷衣”（图4－5），一般扮演穷酸书生，即由此发展而来。不同于僧徒“百衲衣”着色统一，“富贵衣”的补丁颜色各异，更引人瞩目，舞动起来自有一番风味，凸显了戏曲服饰美化身段表演的艺术功能。

图4－5 富贵衣

在英雄、强人、动物、神、鬼等夸张性的脚色装扮上，戏服穿戴与生活服饰的差异性体现得更加突出。例如磕脑，徐扶明释为“宋元时代覆压在额上的头巾”①，周汛等则认为是一种兜帽，左右两侧与脑后有下垂的帽裙，可套在头上，只露出脸部。宋代以后猎户、骑士尤为多见，普通士庶则偶尔戴之。② 戏剧舞台为了展现角色的强悍，特别强调了它的虎皮形制。《张协状元》第1出末讲唱诸宫调时，形容强盗打扮“虎皮磕脑虎皮袍”；第8出强人出场白：“有采时捉一两个大虫，且落得做袍搕脑。林浪里假装做猛兽，山径上潜等着客人。”丑所扮强盗，着虎皮衣，戴虎皮帕，装扮成虎兽形状，吓唬客商，抢掠财物。元杂剧舞台同样有虎皮衣、虎头磕脑的英雄装扮。陈以仁《存孝打虎》第2折：“您孩儿不用衣袍铠甲，就用这死虎皮，做一个虎皮磕脑、虎皮袍、虎筋绦。”③ 脉望馆本元明杂剧穿关中，还留下了虎衣、狮衣、象衣、鹿衣、狗衣之类的记载，由演员披穿在身上，扮成各种动物。这种模拟动物形体的戏衣，南戏舞台也应有所采用，《赵氏孤儿》中的神獒、《破窑记》中的老虎等，恐怕都是演员穿着动物形衣所饰。

神鬼类的角色穿戴也需夸张浓烈，务求突出人物身上的神性色彩。《张协状元》第10出“净佐神出”“末做判官出”“丑做小鬼出”，可惜都未说明具体扮相。下文两段科诨对此稍有提示：

旦：作怪，我嫁你！看牛骨自不中，三分像人，七分像鬼。

① 徐扶明：《元代杂剧艺术》，301页，上海：上海古籍出版社，2014。

② 周汛、高春明：《中国衣冠服饰大辞典》，71页，上海：上海辞书出版社，1996。

③ 隋树森：《元曲选外编》，第2册，561页，北京：中华书局，1980。

丑：我像鬼，鬼头发须红。

——第 12 出

旦：奴家见婆说多时，闲来割舍不得，而今剪一捻头发在此，怕婆要做头髭。若得些钱，便十分好。

净：好，好！我正要。只是颜色不好！

末：颜色恁地黑了。

净：不干，红色。

末：你要妆鬼！

——第 19 出

说明净丑所扮神鬼，要戴上一头火红的假发。由于舞台神鬼形象的塑造，更体现在面部化妆上，因此我们放到下节论述。

四、“改扮”——南戏以服饰演戏的常见手法

“改扮”是指脚色的临场变装。南戏篇幅体制长，人物角色众多，常常会采用改扮的方式，利用服饰的标识性，展现戏剧人物、情节、情境的变化。改扮经常出现在两种情况下：

其一，由于南戏一个脚色往往要兼扮多个人物，为反映不同的人物，就需要变换服饰穿戴。《张协状元》中，贴扮王胜花在病死之后，第 42 出“贴假妆野方养娘”，“假妆”是十分明显的改妆用语。贴换掉王胜花的衣服，改穿养娘衣装上场。第 15 出“外妆夫人出”，“妆”也说明脚色形象有了改变，由之前的男性人物张协父亲，改装为女性人物王夫人。有时同一个场次中，如果同一脚色扮演不同人物，也需要改扮、换装。元本《琵琶记》第 16 出“丑做丐子上”，紧接着丑又要扮另一个乞丐，于是“丑换扮上”，“换扮”即改妆。只有在戏衣的外形上产生差异，才能区别同一场中两个不同的人物，否则就会影响观众对剧情人物的理解。

其二，脚色在饰演同一个人物时，根据情节、场景的变化，

也经常要改换穿戴。元本《琵琶记》第42出“生旦贴换衣”，是由守孝之服改换为接诏的吉服。《张协状元》第53出生“巾裹”，旦“大庄”，也从日常之服换为婚嫁时的隆重礼服。富春堂本《跃鲤记》第37出“（末脱化渔翁介）【北江儿水】仙衣脱下如渔牧，冷眼看尘与俗。除下五岳冠，独坐曲江曲。脱巾露顶歌一曲”。唱词应证末脚上场，内穿渔翁服，外罩仙衣，演至脱化情节时，便脱去仙衣，摘下五岳冠，化身为一个引吭高歌的渔翁形象。高石山房本《目连救母》第28出占扮观音亦用“更衣介”，改变人物身份。

可见，“改扮”通常应戏剧情境之变化而使用，不仅具有改换人物形象的功能，由此还产生了以服饰演述情节的重要作用。汲古阁本《杀狗记》第25出贴迎春拿出衣帽，当场替狗尸“穿介”，假扮人形，这一改换令孙华认假成真，达到了孙妻劝化浪子回头的目的。徐渭《四声猿·玉禅师翠乡一梦》中，以穿戴演情节的表现更为精彩。第2出外扮月明和尚，频繁改换纱帽、女面具、僧帽、偏衫等穿戴，“（外取纱帽自带，作柳尹怒介。复除帽放桌上，又自戴女面具，向桌跪，叩头作问答起去介）”，“（外戴女面走数转，作敲门，却又倒地作肚疼自揉介，却下女面放地上，起戴僧帽，倒身女面边，解衣做揉肚介）”，“（外戴女面，指眉心介）”，“（外下女面换纱帽，又指眉心介）”，试图通过服饰转换人物身份，配合动作表演，重现前世场景。当柳翠目睹一幕幕场景后，终于猜出谜底，顿悟前世今生。她马上“丢下头髻，脱下女衣介”，“外急向搭连内取僧帽、偏衫，与旦穿戴”①。本出利用服饰穿戴的当场改变，在讲述前世故事的同时，也营造出人生瞬变、往事如梦的虚幻感。《四声猿》虽为杂

① ［明］徐渭著，周中明校注：《四声猿》，32～36页，上海：上海古籍出版社，1984。

剧，但由于徐渭本人对南戏十分熟悉，该剧分出体例亦显受南戏的影响，故其改扮可参证明代中叶南戏舞台表演的状况。

对于如何“改扮”，艺人们也摸索出行之有效的表演方式：①利用上下场的空隙，回到戏房内，进行换装。继志斋本《香囊记》第40出，生对旦云“且到后堂换了衣服出来”，旦“先下”后上，在戏房内换了一身官妇之服出来，显示出人物由贫及贵的身份变化。②当场改扮。《何文秀玉钗记》第36出，生扮何文秀先着占卜星士之服，后当场“取袍带换衣介”，露出朝廷命官的身份。《玉玦记》第21出“丑净捧袍笏上”，用试官换服表示科考开始。这种当场换扮的方式，生动展现了不同的情节场面。

由于南戏改妆次数相对频繁，故改妆方式也宜迅速、简便与醒目，重在鲜明凸显人物身份的转变，像换冠帽、包头、盖头等手法，就经常出现在南戏舞台上。例如，屠评本《荆钗记》第29出丑戏弄净抢亲，“丑带兜头哭上介”，“揭盖诨介”，用一块兜头巾假冒新娘，简便而有喜剧效果。《目连救母》第29出，村老人为丑和尚背自己，“扮介”，也用手帕盖头装成一个女人。同剧下卷“二殿救母”出，外“换冠上”，通过一顶冠帽的变化，从上出的一殿大王变为二殿楚江王。再如“包头”，以一块巾布缠头表示人物病态，简明易晓。《周羽寻亲记》第11出老旦装病“包头介”；《玉玦记》第31出“小旦病上”，附图为白布包头的形象（图4－6）；《商辂三元记》第14出生脚病入膏肓，配图为头扎白布巾。白布“包头”的方式也广见于杂剧、传奇，如元杂剧《刘千病打独角牛》刘千生病用手帕包头，明传奇《投桃记》生当场用白帕包头装病，至今戏曲舞台还保持着“包头”示病的穿戴惯例。

如果改扮运用不当，则会与情节气氛不协调。梅禹金传奇《玉合记》第20出，旦贴唱了两曲表示易服出逃，一边细声款

图4－6　富春堂本《玉玦记》“包头”示病

曲，一边追兵即至，缓慢与紧张严重失调，对于这种拖沓冗长的换装表演，李卓吾眉批曰“那得如此从容，删”①，一针见血地指出了舞台换装与剧本情节的矛盾。因此，改扮必须合理调配舞台场面，与剧情互相契合。南戏舞台“短平快”的换装手法，不能不说是艺人们长期舞台实践的结果。

五、余论

总体而言，南戏已经出现类型化人物的服饰穿戴，戏装身份标识基本清晰，然而，能够展现人物个性气质的戏服却还不常见，分类不够繁富，形制造型也不甚精美。明清传奇时期，随着人物角色的性格化发展，南戏戏服分类趋向细密，甚至出现表现人物个性气质的专门化戏服。明代南戏《跃鲤记》有一个孩童安安，知情懂礼，孝顺母亲，形象颇为感人，刻画他的折子戏“安安汲水”“安安送米”在明代舞台颇为流行。随着这一人物的深入人心，安安所着之服装也固定为此类人物的专门穿戴——“安安服”。清李斗《扬州画舫录》卷五“戏具”条

① 《李卓吾批评玉合记》，见《古本戏曲丛刊》初集，上海：商务印书馆，1954。

便收有“安安服”①。角色一旦着之，其形象便定格为深情明理的孝顺孩童。

明清传奇戏服穿戴还以华美、繁丽为审美规范，对于服饰细件、颜色搭配等均十分考究。明末张岱载“杨神庙台阁”：“果其人其袍铠须某色某缎某花样，虽匹锦数十金不惜也。一冠一履，主人全副精神在焉。”② 一些戏服还与舞台表演有了进一步的结合。如朱云崃女戏演西施歌舞，“长袖缓带，绕身若环，曾挠摩地，扶旋猗那，弱如秋药”③，充分展现了长袖善舞，缓带飘扬的舞蹈之美。李渔《闲情偶寄》又云：“近来歌舞之衣，可谓穷奢极侈。富贵娱情之物，不得不然，似难责以俭朴。但有不可解者：妇人之服，贵在温柔，而近日舞衣，其坚硬有如盔甲，云肩大而且厚，面夹两层之外，又以销金锦缎围之。……易以轻柔之衣，使得随身环绕，似不容已。”④ 李渔批评了清初梨园歌舞戏衣奢侈华美，一味追求美观，忽视质地，难以辅助身段舞蹈的表演，这就对舞台戏衣提出了更高的艺术要求。

第四节　南戏的面部化妆

面部化妆主要包含涂面化妆与面具化妆两大类。早在原始社会，人类就已经采用了这两种面妆方式。西安半坡彩陶上的人面鱼纹可能是半坡氏族人们的图腾黥面，浙江良渚文化玉器上的方

① ［清］李斗：《扬州画舫录》卷五，133～136页，北京：中华书局，1997。

② ［明］张岱：《陶庵梦忆》卷四，48页，北京：中华书局，2007。

③ ［明］张岱：《陶庵梦忆》卷二，26页，北京：中华书局，2007。

④ ［清］李渔：《闲情偶寄》，见《中国古典戏曲论著集成》，第7册，109页，北京：中国戏剧出版社，1959。

形神像也被推论为戴着面具的巫师。涂面与面具，寄托了人们自然崇拜、鬼神崇拜的文化心理，是沟通了人与神的一种特殊媒介。

戏剧的产生与发展，根植于信仰文化、民俗文化的深厚土壤。因此，涂面化妆与面具化妆也随之渗入古代戏剧表演中。从秦汉角抵百戏的“象人”到唐代“大面舞”，从“辽东妖妇”的“弄假妇人”到参军戏的“参军妆”，均采用了这两种面妆方式。作为一种成熟的早期戏剧样式，南戏亦运用了这两种面部化妆，我们专此述之。

一、涂面化妆

涂面化妆是指运用色料涂抹面部，进行人物的面部装饰。与面具戏遮盖脸部的方式不同，涂面化妆并不是为了掩饰，反而一定程度上有助于演员的面部神情，它成为成熟形态戏曲的主要面妆方式。

后世戏曲的涂面化妆，分为素面和花面两类。素面即不破坏演员脸部的完整形象，在本色脸的基础上，略施粉墨，以增强脸部的立体感与和谐美；花面则利用了强烈夸张的色彩调配，突出人物脸部形象的塑造。这两种涂面方式适用于不同的脚色行当。一般而言，诙谐滑稽的净丑行多为花面面妆，稳重严肃的生、旦行则用素面化妆。南戏中，脚色涂面化妆已显示出这样的行当分类。

（一）净丑的花面化妆

1. 黑白面妆

其主要运用黑白二色涂面，这是南戏净丑涂面中最常见的一种。

（丑）我便问它：贫女姐姐，你又恁地孤孤单单，我恁地白白净净底……

（末）只是嘴乌。

——《张协状元》第 11 出

（丑）钧候万福，愿我捉得一盏粉，一铤墨，把墨来画乌嘴，把粉去门上画个白鹿。

（末）好不尊重！

——《张协状元》第 27 出

前者丑扮小二，白面乌嘴，后者丑扮科考文人，白粉面，墨乌嘴，都采用了黑白二色相互映衬。净行也有采用黑白面妆的。明代南戏中，富春堂本《跃鲤记》净扮姜母，“搽的粉是石灰，穿的破布鞋袜”，涂的是白面。汲本《冯京三元记》第 27 出净扮考生、丑扮试官，相互打趣对方的面妆：

（丑）这个秀才好丑陋。

（净）学生的外貌虽陋，内才充足。

（丑）也罢。就把你外貌出一对与你对罢。麻面苍髯，好似羊肚石倒栽蒲草。

（净）学生也把大人尊容来对。歪唇白眼，犹如海螺杯斜嵌珍珠。

丑取笑净麻面似羊肚石，好似白面上点了一些黑斑；净取笑丑面色黝黑，眼眶涂白，整个脸部不对称，像是海螺斜嵌着珍珠。两人脸上的黑白妆色成为相互嘲弄的笑料。还有当场涂黑面的例子。汲本《琵琶记》第 8 出文场选士：“（净云）不济不济，将他黑墨涂脸，乱棒打出。”是试官惩罚考生的手段行为。当场以墨涂面，只会使净、丑脚的滑稽言行，变得愈发滑稽可笑。

黑白面妆是从宋金杂剧沿传下来的。净，又称“靓”“靓装”。裴骃《史记集解》曰：“靓庄，粉白黛黑也。”说明净的面妆采用黑白双色。《水浒传》第 82 回载：“第五个贴净的，忙中九伯，眼目张狂。队额角涂一道明创，匹门面搭两色蛤粉。”①贴净的两边面颊涂上了白色蛤粉，一道黑线由额眉划破面门。金元戏曲文物中的脚色也可以找到黑白双色涂面。山西平定县西关村金墓杂剧壁画中，最左边一人的面部，一道黑线由额眉处画至面颊，山西侯马董墓金院本彩俑，右起一人面中心涂了大块白粉，额角、嘴角、脸颊也画上一些黑道道，两者均为黑白相配，面妆滑稽，由此可察知南戏净、丑的黑白面妆。

除了黑白色的对比运用外，净丑面妆还在局部上做文章。文林阁本《高文举珍珠记》第 4 出施财：

> （外）为何把脸儿向外，不朝转来？
> （净丑）……争奈你没有嘴脸儿见我。
> （外笑云）是你没有脸嘴见我。
> （末云）员外，这两个乃是花嘴光棍。

陆采《南西厢记》第 6 出丑云：“夷，你道我嘴脸不好，做不得长老，我一生亏了这花脸。”两例都围绕净丑“花嘴”打诨，通过嘴巴夸张的涂色，造成面相的夸张滑稽。上举各例中，夸大眼圈造型，或将嘴眼画歪，或用黑线画破额面，均通过局部特征的强化引人眼目，凸显净丑形象的谐趣风格。

2. 多色面妆

这是一种较为浓烈的化妆，面部妆色不再局限黑、白二色，而综汇了各类颜色。宋杂剧净脚已出现了多色面妆，《水浒传》第 82 回有“第四个净色的，语言动众，颜色繁过”②。元杂剧搽旦一脚也用了这种多色面妆。《酷寒亭》第 2 折搽旦扮萧娥，“这妇人搽的青处青，紫处紫，白处白，黑处黑，恰便似成精的

①② ［明］施耐庵著，凌赓、恒鹤、刁宁校点：《容与堂本水浒传》，1205 页，上海：上海古籍出版社，1988。

五色花花鬼”①，一张脸上汇聚了青、紫、黑、白等多种颜色，很好地衬托了人物泼辣狠毒的性格。

南戏中的一些狠毒女性也采用了多色彩面妆。成化本《白兔记》净扮的三七嫂，为人狠辣，她夸自己：

是蜜蜂儿见老娘古怪标致，四千里地来老娘的头上累窝儿。

这里是用蜜蜂采花比喻面妆的色彩丰富。汲古阁本这句话写为：“蜜蜂儿见我脸上花斑斑的，在我脸上采花。”清晰揭示出净花斑斑的脸部化妆，与萧娥“五色花鬼”的面相异曲同工。李开先曾写过一曲【黄莺儿】刻画“副净”：“粉嘴又胡腮，墨和硃脸上排。”② 这副面妆上采用了白、黑、红三色，也属于多色系的化妆。

3. 整面面妆

整个脸部采用一种颜色涂面，突出脸部的完整造型。南戏表演中，它出现得最晚，应在明中叶左右。高石山房本《目连救母》第25出“遣将擒猿”，丑扮黑面赵元帅赵玄坛，外扮红面关元帅关羽，二者化的便是整面面妆。民间传说中，赵玄坛、关羽都是驱鬼逐疫的傩神。玄代表黑色，故赵玄坛即赵公明涂的是黑整面；关羽素有“面如重枣”之说，故涂的是红整面。明刻本《古城记》第14出刘备云“我二弟云长生得卧蚕眉，丹凤眼，面如重枣，胡分五须”，说明这出戏关羽开的也是枣红面。黑面面妆的还有《千金记》项羽、《古城记》张飞。富春堂本

① ［明］臧懋循：《元曲选》，458页，杭州：浙江古籍出版社，1998。

② ［明］李开先：《词谑》，见《中国古典戏曲论著集成》，第3册，282页，北京：中国戏剧出版社，1959。

《千金记》第10出丑云：“嗄，原来还是那黑脸老官说得明白”，“亏了那黑脸的爷爷”，黑脸指净扮的项羽。明刻本《古城记》第12出张飞自云：“若要问咱名和姓，黑脸阎王便是我。”张飞亦涂黑面。由于黑、红面完整庄严，常用以塑造性格正直、身份较高的人物形象。明代嘉万年间，杭州人谢天瑞撰《剑丹记》，又名《八黑记》，演八黑诛妖故事。《远山堂曲品》收入“杂调”，云“画工画鬼魅易，若词家反难之。盖如元曲所称为‘神头鬼脸’者，易涉于俚。至此记载八黑诛妖，以并宝钏之七红，尤为鄙俗可笑”①。八黑为项羽、张飞、周仓、尉迟恭、钟馗、赵玄坛、郑恩、焦赞八人，世俗盛传为黑脸，俱刚勇无畏、铁面无私之人。《七红记》，一名《宝钏记》，演的是红面神人助朱娉、陈芳华二人团聚的故事。“七红”分为张天师、王元帅、剑仙昆仑、虬髯张仲坚、秦叔宝、钟离权、关羽，均为忠心赤胆人物。《曲海总目提要》云七神：“皆秉南方丙丁之气，故赤心赤面，聘遂大捷。”② 据此，红黑二面在嘉靖至万历年间，已基本成为类型化角色的面妆，红色寓示忠义，黑色则代表刚烈。

还有一种蓝整面，基调沉郁，多为内藏机心的人物面相。南戏中唯有《幽闺记》净扮聂贾被称为“蓝面鬼”，可能涂的是蓝面。明传奇中，《昙花记》净扮卢杞“蓝面上”，《吕真人黄粱梦境记》卢杞也开“蓝面”，均取蓝色之阴郁，刻画人物重重奸心。整面化妆采用颜色褒贬忠邪、寓示忠奸，赋予人物不同的性格特征，使观众能够迅速通过颜色定位人物的正反品质，反映了脚色表演与戏剧人物的进一步融合。

---

① ［明］祁彪佳：《远山堂曲品》，见《中国古典戏曲论著集成》，第6册，92页，北京：中国戏剧出版社，1959。

② ［清］董康：《曲海总目提要》，2076页，北京：人民文学出版社，1959。

总之，南戏的净丑表演十分活跃，面妆以黑白脸、多色脸为主，滑稽可笑，经常被拿来当作科诨的噱头，用揭穿本相的方式，使得乖张的怪脸、可笑的行径、戏谑的言辞，成为讨笑观众的极好笑料。随着净丑脚色分工的细化，明代中叶出现了净行的整面化妆，专门饰演气质庄重的类型人物，尤其红黑二面，更寓褒贬于用色，对后来传奇及近现代戏曲脸谱影响深远。此后脸谱由简入繁，色泽绚烂，美术意味越来越强。

（二）生旦末外贴的素脸

素脸，指素色妆面，又称“俊扮”。它不同于有色面妆的色彩浓烈，主要用粉敷面，胭脂提红，朱色抹唇，黛色描眉，造成一种自然、健康、明亮、和谐的化妆效果。

这种面妆方式吸收了古代妇女的妆扮。宋玉《神女赋》云：“眉联娟以蛾扬，朱唇的其若丹。”《汉书》载：“明帝宫人，拂青黛扫娥眉。”唐宇文士及《妆台记》云：“美人妆，面既敷粉，复以胭脂晕掌中，施之两颊。”都是以粉脸红颊、娥眉丹唇为美。古代戏剧艺人则将这种生活面妆运用于舞台妆扮，饰演品貌端正的人物形象。南戏中，主要有生、旦、外、贴、末等脚色采用素扮。

宋元之际，词人张炎【满江红】曾描写了一次吴中子弟“韫玉传奇”的南戏表演，其中生“傅粉何郎，比玉树、琼枝漫夸”，旦“最可人、娇艳正芳年，如破瓜”①，就化的是“俊扮”面妆。元代赵半闲《构栏曲》描写元中后期江西吉安一带的南戏演剧，其中“粉面少年金缕衣，青鬓拥出双娥眉”一句，生敷粉，旦描眉，亦同为俊扮。明洪武初苏州训导袁华《客吴兴春日偶成》一诗，描写善和坊的《西厢记》演剧：“双眉刷翠小

① ［宋］张炎撰，吴则虞校辑：《山中白云词》卷五，90 页，北京：中华书局，1983。

红娘，斗酒梨花为洗妆。一曲缠头不知数，扬州城内善和坊。”① 贴扮红娘双眉翠黛，梨花粉面，也属于素妆。生、旦、贴的素扮，以接近生活的自然面妆，衬托男女正面人物的端庄品格。

末脚也采用敷粉饰面。元末李伯瑜【越调·小桃红】“磕瓜”：“兀的般砌末，守着个粉脸儿色末，诨广笑声多”②。明杨景贤杂剧《西游记》【雁儿落】曲：“见一个粉搽白面皮，红拴油鬏髻，笑一声打一棒槌，跳一跳高似田地。（张）这是做院本的。”③ 这个手执磕瓜、棒槌的副末，涂的是粉白妆面。宋金元杂剧中，末由于经常与净丑上演科诨戏，或许他的粉面中还透出一丝滑稽色彩，而南戏中，末脚常常要扮演一些端庄正义的角色，如《琵琶记》张大公、《东窗记》周三畏等，这种白粉敷脸的笑面化妆似与人物气质不太相称，也许面色上会调淡粉白色泽，使之更接近生活面妆。要指出，外、末有时也会采用涂色面妆。高石山房本《目连救母》中外扮关公就化了红整脸，这应是净脚不足时的临时应工。王安祈指出：“至于以末、外等其他脚色勾脸的，则纯粹是脚色不足，临时充任。”④ 而当外、末回归本行角色时，仍只会粉末敷面，不用其他色彩勾脸。

（三）髯口

髯口，即胡须。当脚色扮演中老年的男性人物时，往往会戴上髯口，表示人物年龄偏大。髯口有直接用黑墨涂抹在脸上的，如明应王庙“大行散乐忠都秀作场”壁画，前排左起第二人，

① ［清］陈田：《明诗纪事》甲籤卷二十五，第1册，503页，上海：上海古籍出版社，1993。

② 隋树森：《全元散曲》，下册，1222页，北京：中华书局，2000。

③ 陈万鼎：《全明杂剧》，第2册，493页，台北：台湾鼎文书局，1979。

④ 王安祈：《明代传奇之剧场及其艺术》，252页，台北：台湾学生书局，1986。

便是用墨画的络腮胡须，实际上属于涂面化妆的一种方式。更多则用“假髯”，即手制的假胡子，用绳子挂在双耳。元明杂剧中，假髯的形制已比较丰富。脉本穿关中，有苍髯、白髯、三髭髯、猛髯、青髯、红髯、黑冲髯、回回髯等十来种，刻画出老少有别、神凡有别、番汉有别等不同类型的人物。

元明南戏尚未发现如此丰富的戏剧髯口资料，但中老年男性挂髯口的化妆方式也时有发现。汲古阁本《杀狗记》第20出“外扮白须王老上”，用白髯饰演九旬老人。高石山房本《目连救母》“插科”出，丑揭穿外的骗局，白“原来是个胡子，怎么假妆哄我”，可知外扮老人也挂了白髯口。富春堂本《千金记》第10出丑自述己貌：“年二十九，面花略微须”，涂花面戴微须，表示自己年近中年。随着南戏向传奇演剧的发展，髯口也越来越常见，形制也越来越丰富。《拜月亭》第22出净扮演卖酒黄公，世德堂本没有“作掩须科”的提示，汲古阁本增之，说明净挂了髯口，扮相上更贴近黄公的长辈身份。明传奇《荷花荡》中，还保留了一幅《连环记》演剧图（图4－7）。图中，演出内场均挂着各种各样的髯口，长短不一，形制各异，可供饰演形形色色的人物。这充分说明，髯口化妆技术在晚明时期已达到了很高的造诣。

图4－7　明末刊本《荷花荡》中《连环记》插图

二、面具化妆

面具起源于古代的巫风傩礼。早在商周时期，方相氏“掌蒙熊皮，黄金四目”，戴着面具，引领傩队，沿门逐鬼除疫。这种凶神恶煞般的面具，隐含了巨大的震慑效力，安抚了人们对无形之鬼的恐惧心理。因此，历代傩祭经常使用面具，作为祛除疫鬼的有力保障。

戏剧的“面具”化妆与这种民间傩祭文化有着极为深厚的亲缘关系。戏剧形成的一条路径是沿着傩祭—傩舞—傩戏发展而来，傩祭中必不可少的面具也自然而然被引入戏剧表演之中。在傩俗与杂戏兴盛的两宋时期，便有了相关的记载。周去非《岭外代答》卷七载：“桂林傩队，自承平时名闻京师，曰静江诸军傩。而所在坊巷村落，又自有百姓傩。严身之具甚饰，进退言语，咸有可观；视中州装队仗似优也。推其所以然，盖桂人善制戏面，佳者一直万钱。”① 胡忌推测此处将傩面称为“戏面”，“正可以用来说明其时戏剧中普遍采用面具的情况，也不至于太过分吧”②！

我们以判官面具为例。南宋刘镗《观傩》一诗生动描绘了南宋江西南丰的傩舞表演，其中钟馗傩舞：“终南进士破鞮绔，嗜酒不悟鬼看觑。奋髯瞠目起婆娑，众邪一正将那何。披发将毕飞一映，风卷云收鼓箫歇。”③ 今天的南丰傩舞中，我们仍可发现此段表演的遗存。南丰傩舞有“酒壶仔”“跳凳”两个节目，均演判官祛邪。前者判官醉酒，与得力助手大鬼、小鬼嬉戏，后

① ［宋］周去非：《岭外代答》，222页，扬州：广陵书社，2003。

② 胡忌：《宋金杂剧考》，284页，上海：古典文学出版社，1957。

③ ［清］曾燠：《江西诗征》卷二十四，《续修四库全书》，第1688册，457~458页，上海：上海古籍出版社，2003。

者判官击剑作舞，与大鬼合力擒魔。它们的表演与南宋《观傩》钟馗捉鬼的表演一脉相承。南丰傩舞中的判官面具，黑面长髯，头戴冠帽，俨然一幅面目威严的文士打扮（图4-8），此与《东京梦华录》所载“舞判”中“假面长髯，展裹绿袍，靴简”的判官造型十分相似。

图4-8 南丰傩舞判官醉酒

这种判官面具可能也渗入了宋代南戏表演之中。《张协状元》有判官一角，第10出末作判官出场唱：“呼喝一声，悄如雷鸣，听得原来是吾尊神。未知说着缘底事，召语直恁恶狰狞，有何事殢人惊?”状貌甚是威严。它的造型如何呢?《张协状元》第27出丑嘲讽生的状元妆扮，白：“不只带羞帽，且学个钟馗捉小鬼”。说明状元穿戴颇似钟馗，恐怕与“观傩”中“终南进士”、南丰傩舞中“黑面判官”的文官妆扮很接近。该剧用末扮判官，从脚色气质上也靠近文判的形象。虽然我们不能判定《张协状元》判官是戴了面具上场，但为了凸显赏善罚恶的令人畏惧的神性，应某些祭祀场合的需要，用“假面长髯”的面具示人也是有可能的，该剧小鬼妆扮即采用了红发套的鬼头面具。

在傩祭面具文化的影响下，戏剧中采用面具最多的，就是神鬼之类角色。它们具有神秘惊惧的神性，不能轻易露出本来面目，故要戴上面具，和世俗常人相区别。明弘治年间游潜《梦蕉诗话》云：

> 优工以髹塑为神鬼面像而带之以弄，叫啸踊跃，百状惟怪，望之以为辟易，然其本来面目，终莫得而焉。李若虚尝于席间戏为吟云：铁面虬髯戟似霜，人人道是四金刚。一回戏脸都抛却，仍是郎当老郭郎。①

优人戴上面具为驱魔舞蹈的四大金刚，去之仍为梨园老郎，这无疑是由傩祭文化所赋予的神圣力量。明初朱权曾将杂剧分为十二科，其中有“神头鬼面”一科，即用套头、面具装扮神鬼形象。元明脉本杂剧穿关中，鬼卒妆扮亦多采用“鬼头”，如五色鬼头、雷公头、夜叉头等。此外，动物类角色也多戴面具、套头，脉本穿关中有蛤蟆头、虎头、鹿头之类。南戏剧本中，也有神鬼或动物角色戴套头或面具的例子，如高本《目连救母》中的小鬼戴“牛头”出场。一般来说，鬼面或动物面具颇为多见，而神道人物宝相庄严，似乎较少采用面具妆扮。

由于面具是民间傩祭文化的一种符号象征，它在戏剧演出中的使用程度，或多或少反映出古代戏剧与民间祭祀文化的疏密关系。因此，南戏对面具的使用状况，是一个很值得深入探讨的课题。我们以《孟姜女》戏作为考察的典型个案。这个戏流播程度很广，最早有金院本《孟姜女院本》、元杂剧《孟姜女千里送寒衣》、宋元南戏《孟姜女送寒衣》等，均无全本保留，唯宋元南戏存残曲十一支。明代有南戏《姜女破镜重圆》，收入《风月

---

① ［明］游潜：《梦蕉诗话》六二条，见《全明诗话》，第 2 册，1537页，南京：江苏古籍出版社，1997。

锦囊》，虽非全本，但首尾情节大致可见。以此为据，明清之后沿着南戏路子演出的孟姜女戏，既有舞台观演性质的剧本，又有民间祭祀性质的演剧。其使用面具的状况，大致分为全面具、全涂面和半涂面半面具三种方式。

第一，全面具戏。安徽贵池傩戏《孟姜女》，是当地傩祭活动演出的专门仪式剧。剧中孟姜女、范杞良等人物均由男子扮演，通场俱戴面具，他们既是戏剧角色，又具有浓厚的神性色彩，属于当地祭祀的傩神（图 4－9）。第二，全涂面戏。福建梨园戏《孟姜女》，可能是从明初南戏相沿而来，属于梨园上路老戏“十八棚头”之一。[①] 该剧为娱乐性演出，剧中角色皆为涂面化妆，相较面具所赋予的特殊神性，涂面淡化了神面的严肃，更带上了娱人的性质。第三，半涂面半面具戏。江西广昌甘竹乡孟戏，也是明代南戏民间祭祀演剧的遗存。不同于安徽贵池《孟姜女》傩戏通场戴面具的方式，该戏只是在“三元议事”“排朝”两个重要出目中，才由傩祭供奉的主神——三元将军蒙恬、王翦、白起戴上面具（图 4－10）。剧中其他人物，包括男女主角孟姜女、范杞良，都只按面具图谱涂面化妆。据班主介绍，这个剧原来所有人物、场次都戴面具演出，不知何时褪下面具，只在关键场目还保留三元将军的面具。另一支刘班孟戏的面具情况也与曾家班大致相同。剧中只有三元将军戴面具，其他人物非但不戴面具，亦不按面具图谱化妆，而采取了一般性的涂面化妆。

① 泉州地方戏曲研究社：《梨园戏上路剧目（下）》，见《泉州传统戏曲丛书》，第四卷，152～157 页，北京：中国戏剧出版社，2000。

图4－9　安徽傩戏《孟姜女》面具

图4－10　江西孟戏“三元议事”中面具交接

从遗存至今的孟姜女南戏来看，面具的使用与演剧性质有关。如果是祭祀仪式剧，面具被赋予象征神灵的浓厚意味，戴上它就从一个普通角色转变为一个神，故面具佩戴也成为一个重要的仪式。安徽贵池傩戏面具有专门的起坛仪式，人们用虔诚的祭拜，请下各副面具。江西广昌孟戏演员戴面具时，宗族长辈焚香祝祷，恭恭敬敬地从神坛取下三元将军的傩面，双手奉至台前，演员恭身接戴。此时演出中断下来，鞭炮响起，大门掩上，整个过程充满严肃、庄重、神秘的气氛。如果是娱乐性质的演出，面具的使用便很少，甚至没有。即使有，也多妆扮妖魔鬼怪或动物之类。并且，此类面具角色祭祀意味淡，没有专门的佩戴仪式，表演也趋向滑稽逗趣。

面具使用的变化，反映出从祭祀神坛中走出的戏剧，不断地剥离祭祀仪式功能，强化娱众形式。笔者曾赴江西东北彭泽县调研当地傩仪“赶野猫”，驱傩男童们都涂红、黑、白三色面妆，非常类似戏曲的净角。但据村中老人介绍，驱傩者原来要戴面具，后为了便宜行事，才改用涂面。这便宜行事的缘由背后，或许隐藏着戏剧表演形态向傩坛渗透的结果。再如江西广昌孟戏，最初全戴面具表演，至今曾家班演出的戏台前，仍供奉着孟戏中所有人物的面具。而随着明代中叶后外来戏剧的影响，孟戏面具的使用逐渐减少，除供奉的主神仍在有限的几个场次中保留面具外，其他人物纷纷褪去面具，涂面上场。曾班的涂面尚未能完全褪去原始傩面具的痕迹，而刘班涂面做出了更大的突破。类似“孟戏”这些半涂面半面具的戏剧表演，兼带祭祀与娱乐的双重性质，深刻反映出戏剧一步步从祭祀仪式中走出的过程与形态。

第五节　南戏的砌末艺术

“砌末”一词的由来，陈志勇《宋元戏曲砌末考论》一文梳理了三种说法：“音转讹变”说（王国维、董每戡）、“义近借代”说（徐扶明）、“词源转义”说（程学颐），若加上化用蒙语“砌末恰”的说法（钱南扬、陈志勇）[①]，则“砌末”一词的源头说法各异，难执一说。不过“砌末”的含义，基本以之为舞台道具。清代翟灏《通俗编》解释曰：“元杂剧凡出场所应有持、设、零杂，统谓砌末。”[②] 也就是说，演员手中所持之物器、演剧舞台之布设，以及诸种七零八碎的什物，均可视为“砌末”。这个解释几乎涵盖了所有的演剧用具，故钱南扬亦综括为“演戏用的道具”[③]。

论起历代表演中道具的使用，颇为久远。东汉角抵戏东海黄

---

① 陈志勇：《宋元戏曲砌末考论》，载《艺术百家》，2006 年第 2 期，46～49 页。

② ［清］翟灏：《通俗编》卷三十一，686 页，上海：商务印书馆，1959。

③ 钱南扬：《永乐大典戏文三种校注》，230 页，北京：中华书局，2009。

公佩赤金刀，隋唐歌舞戏兰陵王扬鞭击刺之容，宋代曲破剑舞飞扬，无不需道具状表演之生动。至成熟戏剧样式中，应剧情之需要，砌末的使用愈广。据陈志勇统计，《全元戏曲》直接标明“砌末”一词共 28 处，元杂剧就占了 27 处，南戏出现 1 处。“砌末”所指内容也十分广泛，包括各类杂什之物（《金钱记》“琵琶”、《冤家债主》“银子”、《误入桃源》“采药之具”、《生金阁》“生金阁”、《磨合罗》“磨合罗”、《对梳记》“衣饰”），还有舞台布景（《度柳翠》“月”）等。如若再算上元杂剧舞台说明词，以及实际演出时所用的物具，砌末所指真是琳琅满目了。《宦门子弟错立身》中，王金榜父母考验完颜寿马“只怕你提不得杖鼓行头”（第 12 出），王金榜心疼寿马“挑行李怎禁生受”（第 13 出），都说明行院人家的“行头”“行李”分量不轻，这里面不仅包括生活用品，也包括“戏衣”“砌末”等。杂剧《蓝采和》写戏班作场布置：“将旗牌、帐额、神帧，都与我挂了者”，“有那远方来看的见了呵，传出去说，梁园棚勾栏里末尼蓝采和做场哩”。① 则用了各色砌末招揽四方看客。

南戏与元杂剧一样属于扮演性的戏剧表演，毫无疑义也需要使用“砌末”。目前学界对于古代戏剧砌末使用的研究，分布并不均衡。像清代宫廷演剧之砌末、元代杂剧演出之砌末等成果较多，而南戏因距今久远，演剧史料匮乏，关注者较少。基于此，笔者欲综合考察南戏砌末使用的情况，冀为古代戏剧演剧形态拾残补缺。

一、早期南戏的砌末使用

南戏中，“砌末”一词仅见于《宦门子弟错立身》第 4 出：

---

① 隋树森：《元曲选外编》，第 3 册，972 页，北京：中华书局，1980。

（末）孩儿与老都管先去，我收拾砌末恰来。

（净）不要砌末，只要小唱。

这个词还是出现在人物对白中。作为舞台说明的“砌末”，迄今尚未发现。对此，钱南扬解释说：“在宋元戏文中往往直书某物，砌末一辞很少见；金元杂剧中则常见，疑本是北地方言。”① 也就是说，南戏说明词往往“直书某物”，具体列出所用道具名称，而不会统称“砌末”。笔者仔细梳理了《永乐大典戏文三种》，将所出现的、可能出现的“砌末”列表如下（见表4－3）。

表4－3 《永乐大典戏文三种》砌末的使用

剧目	砌末	出处
《张协状元》	雨伞 幢伞	第5出（末拖雨伞上） 第53出（末把伞出）（丑舞伞介）
	查裹	第7出（生挑查裹出） 第8出（末）苦，两人查裹都把去了
	短棒	第8出（净使棒介） 丑：这里狭，且打短棒
	担	第12出（丑作小二挑担出） 第40出　末：今日要离京，你各人肩着担杖。净：挑担尤闲
	盘、杯、瓶	第16出（安盘在丑背上、净执杯、旦执瓶）
	鞋子	第16出（净挈鞋出）

① 钱南扬：《永乐大典戏文三种校注》，230页，北京：中华书局，2009。

续上表

剧目	砌末	出处
《张协状元》	酒器	第 19 出（净执酒器）
	登科记	第 28 出　净：卖登科记，卖登科记
	交椅	第 32 出　丑：讨交椅来。（丑坐唱）
	招子	第 37 出（旦提招子上）
	剑	第 41 出　生：看剑！（旦倒）
	灯笼乐器	第 53 出（净执灯笼乐器上）
	花幞头	第 53 出（丑拖花幞头出）
《宦门子弟错立身》	招子	第 12 出（看招子介）
	行李、驴儿（想象）	第 13 出 旦：挑行李怎禁生受。 生：奈担儿难担生受，更驴儿不肯快走。 末：且担着担儿，疾速向前走
《小孙屠》	酒器	第 3 出　旦：梅香，怕有赏春佳客来买酒，你与我安排了酒器，整顿则个
	银子	第 3 出　生：酒钱多少？旦：这个不妨，看官人与多少。生：略有些小银子，权当酒钱。旦梅：谢得官人！ 第 5 出　生：小生不多，先有银子两锭，上下使用。哥根前小生当自重重拜谢！
	床（想象）	第 9 出　生醉酒酣睡
	刀或匕首等杀人器具	第 10 出（净杀梅香。扮梅香作旦死尸科。除梅香头介）

续上表

剧目	砌末	出处
《小孙屠》	枷锁	第 15 出（生担枷上） 第 17 出（末担枷上）
	骨匣	第 14 出（寄骨匣介）
	饭篮子之类物事	第 14 出（饭科） 第 15 出（见生送饭倮饭介）
	银子/箱	第 15 出（见净许物科） 第 17 出（末上计物件科）（见箱介）
	棒	第 19 出（见棒介）【北甜水令】拄杖身边，谁人撇下，手颤怎生拿？
	锄头、纸钱	第 19 出（生将锄头、纸钱上介）

表 4－3 中所列砌末门类庞杂，有零碎的生活用具，如匣子、酒器、盘、杯、饭篮子、雨伞、灯、银子、锄头、纸钱等；有武打器具，如剑、刀、棒等；有舞台布置用具，如交椅等；还有表示特殊身份的用具，如枷锁、乐器、招子、行李等。多数砌末器形小，简便轻易，方便携带上场。例如，《张协状元》第 8 出有一段净、丑对棒，“（净使棒介）这个山上棒，这个山下棒，这个船上棒，这个水底棒”，净脚免不了拿着一根棒子，上下挥舞，以壮声势。在表现生活场景时，南戏更是习惯采掇小而灵便的道具。一把“雨伞”代表人在途中，一盏“灯”暗示夜色笼盖，一个“酒杯”反映欢聚饯别。这些砌末多为生活实物，便携轻松，能够辅助演员展现剧情场景。

早期南戏舞台布置一类的砌末比较少见，表 4－3 中的“交椅”“床”即属此类。不过，它们是否以实物的形式存在还是个问题。《小孙屠》第 9 出，生扮孙达醉酒酣睡，此时场面需要一张“床”。但“床”的器形过于庞大，不易抬放，南戏舞台恐怕会采用椅子之类的小型物件，虚拟代之，或者干脆演员坐寐表演。再如“交椅”，《张协状元》第 32 出“（丑）讨交椅来”“丑坐唱”，看样子确实用到了“椅子”实物。但该剧第 21 出，丑亦命人取椅子坐，末再三推托，丑“拽末倒”，“没交椅，且把你做交椅”，“丑坐末背”，则是将人作交椅。第 48 出也有一段科诨：

（丑）请坐。（净）没坐物。（丑）虚坐。（有介）（末）你好不尊重。（丑）记得小年骑竹马。

丑大概是像骑竹马般“虚坐”，才引起了末的讥讽，那么舞台场面肯定是没有椅子的了。

由于舞台布景的缺乏，早期南戏发展出一种以人拟物的表演方式，这种独具特色的表演已为学界关注。《张协状元》第 10 出判官、小鬼作山神庙门，“末丑做门，有介”，就是两人双双并立，合则两扇门闭，分则两扇门开。第 16 出小二变作桌子：“（丑）我是人，教我做桌子”，“丑吊身”，“安盘在丑背上，净执杯，旦执瓶，丑偷吃，有介”。扮小二的丑脚“吊身”将背弓起，临时充当婚宴的桌子，供摆杯盘。这种以人拟物的表演，应属于早期舞台模拟砌末的一种方式。南戏来自田间陌上，艺人们没有多余财力置办行头砌末，舞台设施简陋，大多简宜从事，能省则省，这倒激发起南戏创造性的艺术表演艺术。“以人拟物”，不借助任何实物，采用了最原始的手段，发挥人的形体模拟能力，表演起来既方便灵活，还颇具喜剧性效果。

此类以人拟物的表演在明代南戏中也有遗存。富春堂本《商辂三元记》第 6 折商霖买物见岳父，“丑扮羊，净牵上”，是以人作羊；第 12 折商父为子求签，净扮小鬼变作签筒，是以人作签筒；富春堂本《跃鲤记》第 17 折净丑扮牧童放牛作戏，唱："【前腔】啰哩嗹哩，怎的麻绳穿鼻里，牛是人妆的，尾是棕毛的。嘻，番□小猴儿，把人骑。头是纸糊，角是木的。（合）打着跟斗闲耍戏。"则是以人扮牛。原本《王状元荆钗记》第7出陀满兴福出逃，遇丑扮土地偶像，推其下，自己扮之，瞒过追兵，也是以人作土偶。以人拟物的表演有一个显著特征，就是人与物能够自由出入。丑扮门而门能说话，丑作桌子而桌子能偷吃，净扮签筒而签筒亦能言，这就为表演带来了戏谑滑稽的科诨效果。现今一些古老南戏的剧种中，这种"以人拟物"的表演仍有它的舞台空间。莆仙戏《包公审鬼门》有小鬼作门，闽北庶民戏《刘文锡沉香打洞》判官、小鬼作泥象，等华山三娘一来，就变为活动的人，月仙老又叫小鬼变作屋了。[①] 人作物，物变人，科诨手段固然简单淳朴、天真活泼，但它能够长期存在，就说明了这种表演在乡土民众中具有不可取代的娱乐功能。

二、南戏砌末的虚拟化

陈志勇《宋元戏曲砌末考论》指出，元杂剧"砌末"大多为日常生活所需之小物什，具有演剧临时的适应性特征，故"实多虚少"，即实物多，虚拟性的少。验之宋元戏剧出土文物，我们的确可以发现不少实物性的砌末。例如，河南荥阳石棺杂剧图中，最左边一人手执长板，似皂隶模样，正在呵斥某人（图4－11）；四川广元宋墓石刻杂剧图中，有两人执笏板互相作揖；明应王殿"大行散乐忠都秀在此作场"壁画中，忠都秀也是手捧笏板，两边侍从演员手持扇子、长刀，这些"砌末"均为戏剧表演所需的实体物具。

应该说，早期南戏砌末，像棒子、雨伞、灯笼、扇子之类，恐怕都是实物。尤其对于那些村社或临时组成的南戏戏班，更有

① 唐湜：《民族戏曲散论》，7页，上海：上海古籍出版社，1987。

图 4－11 河南荥阳石棺杂剧图

可能从生活实物中暂时借用，充为舞台道具。不过，生活实物再真实，再细小，还是不能与舞台砌末画等号。齐如山认为砌末："因为它是舞器，都有特别的规定，绝对不许像真。它的性质，就如同国家庙堂舞，武舞所用的干盾，万不能以为它就是兵器。总之国剧中所用的东西，必须于舞能补助美观，至微末也须于舞无妨害。"① 这就将舞台砌末与实际物具区别开来，凸显了砌末的舞台美术性与表演性。我们虽然没有具象资料说明南戏砌末的实际形态，但可以肯定，它们一定不会都是真崭实货，在搬上戏剧舞台时，应该会进行某些戏剧化处理，或以假代真，或取其形似，发展为虚拟性、象征性的表演道具。

以"马"的砌末为例。南戏经常有骑马的情节，《张协状元》状元骑马游街，《千金记》骑马作战，《古城记》有"刘妆骑马，快走上"的舞台说明，《琵琶记》第 9 出更是上演了一出丑脚戏马的精彩表演。可是，舞台空间有限，不会当真牵上一匹马。我们不妨先参看元明杂剧的骑马。元明杂剧中，有不少

① 齐如山：《国剧艺术汇考》，第 2 册，294～295 页，沈阳：辽宁教育出版社，1998。

“竹马”登场的例子：元刊本《霍光鬼谏》“正末骑竹马上开”；元刊本《萧何追韩信》“正末背剑查竹马儿上”，“竹马儿调阵子上”；明脉望馆《生金阁》杂剧砌末有“踊马儿”等。“竹马”砌末是怎样的形状呢？这个问题学界有过不少探讨。孙楷第认为元明舞台多用的是竹马[1]，即扎成马匹形状的马具；王安祈推论高明《琵琶记》“丑坠马”一段用的是马鞭[2]。

我们稍微回顾竹马的源头。竹马之戏，早在唐代颇为盛行。其时形制恰如李商隐诗所云“截得青筼筜，骑走恣唐突”，是以竹竿当马，此有敦煌壁画可证[3]。宋元竹马戏主要呈现为民间舞队的形式，有男女竹马、小儿竹马与踏跷竹马等各类形式。竹马形制上，除了单根竹竿代马外，还出现了扎制马匹形状的马具。这两种形制的竹马，均留存在福建多地的竹马戏中。福建龙溪地区竹马戏有“跑四美”表演，由四个女孩扮春夏秋冬，唱四季赞歌，各执一根带枝丫的竹竿上场。[4] 福建漳州南靖金山村的竹马道具，则用毛竹篾制作，外面蒙以各色彩纸，扎成竹马形状，里面可以套人表演。[5] 据黎国韬、詹双晖考察，竹马戏形成时间大致在元代至明代中叶之间。[6] 此恰与南戏流传时间同步，且竹

---

① 孙楷第：《元曲新考·竹马》，见《沧州集》，219～221页，北京：中华书局，2009。

② 王安祈：《明代传奇之剧场及其艺术》，345～346页，台北：台湾学生书局，1986。

③ 胡朝阳、王义之：《敦煌壁画中的儿童骑马图》，载《寻根》，2005年第4期。

④ 周育德：《竹马说》，载《戏曲研究》，340页，1980年第2辑。

⑤ 张胜环：《漳州南靖竹马戏表演调查报告》，载《黄钟》，101页，2013年第3期。

⑥ 黎国韬、詹双晖：《竹马戏形成年代论略》，载《广东第二师范学院学报》，54～59页，2011年第1期。

马戏有不少剧目与南戏相通，如福建漳浦竹马戏中，《唐二别妻》出自《金印记》，《王昭君》传自梨园戏，《尼姑下山》同于《风月锦囊》所收剧目，还有《吕蒙正》《孟姜女》等，都与早期南戏剧目相同。我们有理由相信，同时期同地区流行的竹马戏与南戏之间存在一定的联系，而竹马戏最突出的道具——“竹马”，也会很自然地为南戏舞台所利用。由此而言，南戏“马”的砌末也可能存在两种形制：一是竹竿当马，一是竹制纸（或布）蒙的马套子。周育德指出：“浙江温州的和剧，早年演出即骑马形上场，五十年代，广东海陆丰的正字戏演出射郭淮等剧也是骑马形上场。”① 就采用了后一种马套子表演。我们认为，不论哪一种马砌末，均属于虚拟的、非实物形的道具。至于马鞭的出现，恐怕尚在其后。

又如“枷锁”，是表现罪囚身份的常用砌末，如《小孙屠》“生担枷上”“末担枷上”，富本《东窗记》第35折“丑净扮枷锁上”、第39折“夫披枷上”等。但演员不可能戴着一副真枷锁上台，这样既吃力也不讨好。南戏舞台很有可能进行艺术化改造，使之重量轻，形状小，演员好操作。后世戏曲舞台“枷锁”为硬纸制作，多为鱼形图案，轻巧灵便，美观大方，其源头或在南戏、杂剧。其他像“查裹”“行李”“箱笼”等，是表现人物行路的常见砌末，同样，演员不会真挑一副沉甸甸的包裹，边走边唱，应该也会做艺术化处理，模拟包裹形状，取代实际物品，减轻演员的表演负担。

砌末的虚拟化，有时是为了在实际操作中避免伤人，“刀”“剑”之类兵器即是如此。如果采用真刀真剑上场，演员很容易被误伤，故舞台多用“假刀”代之。“假刀”，宋代武舞已采用之。《东京梦华录》载：“有花妆轻健军士百余，前列旗帜，各

① 周育德：《竹马说》，载《戏曲研究》，340页，1980年第2辑。

执雉尾、蛮牌、木刀，初成行列，拜舞互变开门夺桥等阵”①。而到了明末戏曲舞台，几乎都用假刀作戏。晚明王季重《米太仆万钟传》云：“出优童娱客，戏兀术，刀械悉用真具，一错不可知。公喜以此惊坐客。”这个以真刀惊客的例子，反向证明了当时舞台通用的是假刀器械。而在此之前，南戏舞台通用假刀，亦在情理之中。还有的砌末，根本不可能采用实物。《赵氏孤儿》第12出表演割截人手：“（丑）砍去假的，真的还在此。”此处不可能截断“真手”，必以“假手”代之。当观众惊险过后，才恍然得知是一只假手砌末。

总之，南戏虚拟性、象征性砌末的出现，主要是为了方便演员演出，形制上各取其源，并进行一定的艺术加工，使之达到美观轻捷的舞台效果。

三、南戏砌末的功能

《宦门子弟错立身》一剧中，王金榜父准备收拾砌末，表演杂剧。老都管说：“不要砌末，只要小唱。”“小唱”者，乃宋元流行的曲唱艺术。《都城纪胜》“瓦舍众伎”云：“唱叫小唱，谓执板唱慢曲、曲破，大率重起轻杀，故曰浅斟低唱。”② 一般用管乐或鼓板等乐器伴奏，甚或用手拍曲即可。③ “小唱”不用砌末，而戏剧表演却要，老都管这句话有力地证明了砌末对于舞台表演的重要性。

---

① ［宋］孟元老：《东京梦华录》卷七，见《东京梦华录（外四种）》，43页，上海：古典文学出版社，1957。

② ［宋］灌园耐得翁：《都城纪胜》，见《东京梦华录（外四种）》，96页，上海：古典文学出版社，1957。

③ 车锡伦、刘晓静：《小唱考》，载《中华戏曲》，162页，2007年第1期。

（一）砌末可指示人物身份

这种砌末主要通过某种静物呈现，标示剧中人物的现状身份。早期南戏中，此类砌末不在少数，像罪囚之“枷锁”、行者之“查裹”、强盗之“短棒”、乞讨卖艺者之“招子”、送饭者之“饭篮子”等。明代南戏中，高本《目连救母》“占提鱼篮执柳枝舞上”表示人物扮作鱼篮观音；富春堂本《韩朋十义记》生持“渔鼓简子”则表示道士身份，同样也延续了砌末指示人物的功能。有时它们还能成为身份科诨的笑料。元本《琵琶记》第 11 出丑扮媒婆“挑鞋秤等物上”：

> （末白）婆婆，我且问你，挑着恁多鞋做甚么？（丑）总领哥，你不知近日来宅院中小娘子要嫁得紧了，媒婆与他撺掇出门去，临行做对鞋谢媒婆。今年知他撺掇了多少亲事，鞋都穿不迭，有剩的都卖了。
>
> （外白）媒婆，你挑着恁多东西做什么？（丑白）复相公：这个便是媒婆的招牌。

鞋、秤、斧、赤绳、袜等物，成了媒婆标榜身份的“招牌”。而围绕这些砌末，丑一件件抖搂出来，夸夸自白，又充当了笑场的身份道具。

（二）砌末可布置舞台场景

舞台场景的营造是多方面的，这里我们重点讨论南戏舞台布置类的砌末。早期南戏舞台简陋，常常取消砌末的使用，用人拟物的方式模拟实物，指示戏剧场景。应该说，这种手法还比较原始质朴，虽为后世南戏保存，但随着舞台艺术的演进，以人作砌末的表演还是大为减少，南戏的舞台布置逐渐丰富起来。《目连救母》“遣将擒猿”出，“香案介”指舞台上摆了一张香案，表明做法场或祭祀的场合；《古城记》第 11 出关羽秉烛夜读，“掇围屏遮科”，围屏将舞台分隔为明场和暗场两个场地，分指关羽所在外屋和二皇嫂所在内屋，“关作灯下看书科”表示正值夜深之际，而一夜过去“关收围屏科”，则表明天色已亮。一幅围屏、一盏灯起到了交代情境的重要作用。

（三）砌末可配合动作表演

南戏中，不少砌末与演员的动作表演结合起来，辅助情感或情节的演述。元本《琵琶记》第9出状元游街，丑不小心跌落马下，恰遇末扮陪宴官骑马至，两人充分利用了竹马的砌末，上演了“丑坠马介”“马跳过丑身上”“末介马不行介”的一连串高超身段。其后丑唱【北叨叨令】：“闹炒炒街市上游人乱。（末白）你马惊了？（丑唱）乖头口抵死要回身转。（末白）怎的不勒过？（丑唱）战兢兢只怕缰绳断。（末白）为甚不打他？（丑唱）怯书生早已神魂散。（末白）不害事么？（丑唱呻吟介）险跌折了腿也么哥，险搼破了头也么哥，我好似小秦王三跳涧。”丑边唱边做，使用马砌末，演示刚刚骑马的惊险动作。《目连救母》则有千手观音的表演：“先用白被拆缝，占坐被下，内用二三人升手白缝中出，各执器械作多手舞介。”多人事先藏在白布之下，同时从拆缝中伸手舞弄各色器械，代表千手观音法力无边，白布砌末有效辅助了演员的动作。

（四）砌末可转化情节场面

南戏砌末的使用，可以不必拘泥其本来形状，而依据情节之变化，灵活承担戏剧场面的转换。我们仍以“桌椅”为例。桌椅本为坐具，又可临场活用，转化出另一种场面。万历刻本《古城记》有“众行转身，上椅立望科”，将椅子化作象征性的高地，作为众人的观望之所。《玉簪记》“秋江”一出，汲古阁本有“老立高处望”，文林阁本与陈眉公评本均为“老旦立场上高处科”。“场上高处”应该就指桌椅砌末。老旦站在上面眺望，生在前场乘舟而去，凸显了舞台的层次感。梨园戏《朱文走鬼·认真容》中，小旦一撮金立于帐后椅子，代表处在高位的神像，也是借助了椅子上下代表人物所在场地。可见，舞台桌椅砌末已由普通砌末，逐渐发展为因事而变的象征性砌末。明传奇时期，桌椅的使用更是不拘成格，戏剧情境的转化能力愈来愈强。沈璟传奇《博笑记》中，“（净）姐姐，你权在枯井里坐一日儿，黄昏时分，我每就来取你”，“（横倒桌子，净将旦坐在内介）”[①]，桌子横倒，内凹处便可当作枯井。《牡丹亭》改本《风流梦》第25折杜丽娘回生，眉批云“旦先伏桌下，俟徐揭开桌裙，扶出”[②]，杜丽娘事先藏在桌子下，等众人开棺，就掀开桌幔缓缓而出，桌子又成为杜女回生而出的棺木。

（五）砌末可制造舞台效果

舞台是一个充满视听享受的艺术空间。砌末可以通过制造视听效果，冲击观众的感观。例如，“烟火”是一个重要的舞台效果砌末。宋代百戏已有烟火的使用，《东京梦华录》“诸军呈百戏”载：“忽作一声如霹雳，谓之爆仗，则蛮牌者引退。烟火大起，有假面披发，口吐狼牙烟火，如鬼神状者上场”；“又爆仗响，有烟火就涌出，人面不相睹，烟中有七人，……谓之七圣刀”。[③] 爆仗、烟火为神鬼百戏的登场，营造出神秘而热闹的气氛。南戏舞台上，烟火使用最多的是《目连救母》一剧。高本第10出“（内放火介）（外）忽见火光烛地，照人如昼”，随着烟火放出，旦占扮仙人现身于傅相一家面前；第31出“放火介，占下”“（占内叫介）众人听我吩咐（众跪介）（占升高

---

① ［明］沈璟：《博笑记》，见《沈璟集》（下），648页，上海：上海古籍出版社，2012。

② 徐扶明：《牡丹亭研究资料考释》，65页，上海：上海古籍出版社，1986。

③ ［宋］孟元老：《东京梦华录》卷七，见《东京梦华录（外四种）》，43页，上海：古典文学出版社，1957。

介）”，又利用烟火制造迷雾，掩护观音的人身下场，再上场时已经露出观音真相；“花园捉魂”出，“内放火出介”，表示地面开裂，地火燃烧，现出累累骸骨。烟火很好地配合了该剧的神佛色彩，利用杂技变幻，带给观众不一样的视觉享受。万历刻本《古城记》第20出，曹操一行欲毒酒陷害关羽，酒落刀上，“刀上起火科”，也是利用火彩表演，刺激观众视觉，制造场上紧张的气氛。不过，在其他南戏剧本中，这样燃放烟火的例子难得一见。笔者以为，作为一门特殊技艺，烟火毕竟属于杂技表演的一种，用于制造迷幻神秘的舞台效果，不具有舞台砌末的普遍性。《目连救母》之所以频繁采用，与其自身内容及其融杂诸种技艺的表演形态有关。一般南戏虽有神道情节，却没有必要为一两个人物上场，大造声势，奢靡财力。当然，实际的舞台演出要比单纯的剧本记录丰富得多，不能排除一些南戏戏班以烟火效果吸引观众的可能。类似《古城记》的烟火表演，想必还有不少，它们成为戏班卖艺的精彩看点。晚明戏剧家李渔《蜃中楼》采用放烟火砌末，凸显海上蜃楼的神奇效果。第5出“结蜃”写鱼虾蟹鳖“向鬼门吃烟，转身吐气介”，“四人并立，一面唱，一面放烟作蜃气介”，演员表演吞吐烟火的绝技，并利用烟火掩护内场将蜃楼迅速抬出，“使观众惊奇羡巧，莫知所来”①，产生了出色的舞台视觉效果。川剧演艺的一门绝艺即为吞吐烟火，明传奇《红梅记·鬼辩》中李慧娘口吐烟火，鬼光闪闪，将烟火技艺融入戏剧情境，表达了含愤申冤的人物情感。

总的来说，南戏砌末门类庞杂，最初以简单轻便的生活用具居多，不强调舞台布置，作为静物摆设，对人物身份与环境场所有着较强的指示功能。随着舞台艺术的发展，砌末逐渐与演员表

① ［清］李渔：《笠翁传奇十种》，见《李渔全集》，223～224页，杭州：浙江古籍出版社，1998。

演、情节发展和场面转换结合起来，其表演性质愈来愈强。特别是以简代繁、以假化真的象征性砌末，更为南戏舞台艺术增添了较为丰富的表现力。到了传奇阶段，舞台砌末还出现了求新奇、重华美的一面。张岱载朱云崃女戏，演出《浣纱记》"西施歌舞"："女官内侍，执扇葆璇盖、金莲宝炬、纨扇、宫灯二十余人，光焰荧煌，锦绣纷叠，见者错愕。"① 舞台利用灯彩、纨扇等砌末，呈现华光流金的奢美场景。刘晖吉女戏演《唐明皇游月宫》，用黑缦、轻纱缦布置戏场，又以羊角灯装点五色云气，燃赛月明数株，运用纱布、灯光营造光影效果，烘托神奇境界，令人"忘其为戏也"②。此类舞台装置大多是家乐主人尽个人之力，追奇求怪的做法，从中也透露出人们对于如何利用舞台砌末烘托戏剧情境的重视。

---

① ［明］张岱：《陶庵梦忆》卷二，26 页，北京：中华书局，2007。

② ［明］张岱：《陶庵梦忆》卷五，67～68 页，北京：中华书局，2007。

第五章　南戏脚色论

第一节　丑脚起源新论

“丑”是戏曲表演不可缺少的行当之一，它面目丑陋，滑稽风趣，舞台常用涂面装扮，喜剧色彩浓烈。然而，这个脚色为宋金杂剧院本、元杂剧所无，属于古南戏所独有。本节旨在探讨南戏“丑”脚的起源，其中或有一二推想，若有益于这一问题的推进，幸甚至哉。

一、“丑”起源众论及其问题的产生

丑是早期南戏独有的脚色名称，宋杂剧、院本、元刊杂剧中都没有这一脚色名称。对于它的来源，明清考原者众说纷纭，其中较为在理的说法，约可分为两种：①省文法。明徐渭云：“丑，以墨粉涂面，其形甚醜。今省文作丑。”① “丑”系“醜”之省文，指用涂面方式反映角色形貌丑陋。清人焦循以“丑”为“钮元子之省文”②，而钮元子是宋代杂剧散段的一种表演形

---

① ［明］徐渭：《南词叙录》，见《中国古典戏曲论著集成》，第 3 册，245 页，北京：中国戏剧出版社，1959。

② ［清］焦循：《剧说》，见《中国古典戏曲论著集成》，第 8 册，100 页，北京：中国戏剧出版社，1959。

式，滑稽幽默，故有此推断。②音转法。清李调元引《坚瓠集》云："丑，狃也。"① "狃"有"玃杂子女"之义，"玃""优"又义同音近，故这四个字同韵而转，义脉相贯，也就形成从俳优到丑的发展轨迹。古人重声义之训，故多从字源推考"丑"之来历，其间或有想当然之处，然若焦循联系纽元子的滑稽表演，徐渭关注丑的滑稽面妆，李调元推考俳优与丑之间的传承，皆围绕古代戏剧的喜剧形态进行考究，其视角与观点对丑脚起源的研究，均具有启发性。

近现代学者则注重戏剧形态与文化层面的考察。近人王国维提出，"丑"由"五花爨弄"之"爨"出，二者同声部，音转后加以省文②，仍采用相近音转字的方式，提醒后人"五爨爨弄"表演与丑的形态颇为接近；董每戡认为丑出自"捷讥"："这'捷讥'也就是'丑'，就是参军戏中的参军。同时，由其便捷讥谑的本领来看，祖宗就更远了，该数到《史记·滑稽列传》中所载的东方朔、淳于髡、优孟、优施、优旃等人。由这一脉相传，初为参军戏中的参军，继变为院本的副净，杂戏的捷讥，最后而变名为钮元子或扭元子，省文而为丑，直用到而今了。"③ 黄天骥师也主张丑是从宋金杂剧、院本副净的脚色中分化而来："在宋院本基础上发展而成的南戏，为进一步强化'副净'，乃至于把它从净行里分离出来，衍化为'丑'。"④

---

① ［清］李调元：《剧话》，见《中国古典戏曲论著集成》，第8册，40页，北京：中国戏剧出版社，1959。

② 王国维：《古优脚色考》，见《王国维戏曲论文集》，241页，北京：中国戏剧出版社，1957。

③ 董每戡：《说"丑""相声"》，见《说剧》，149页，北京：人民文学出版社，1983。

④ 黄天骥：《论丑和副净——兼谈南戏形态发展的一条轨迹》，载《文学遗产》，90页，2005年第6期。

人们还关注到丑脚身份的特殊性。清杨懋建《梦华琐簿》载："余每入伶人家，谛视其所祀老郎神像，皆高仅尺许，作白皙小儿状貌，黄袍被体，祀之最虔。其拈香，必以丑脚。云昔庄宗与诸伶官串戏，自为丑脚，故至今丑脚最贵。"自注："今入班访诸伶者，如指名访丑脚，则诸伶奔走列侍，其但与生旦善者，诸伶不为礼也。今召伶人侑酒者，间呼丑脚入座凑趣，斯为行家。"① 董每戡说："那一天剧目中如无'关戏'，开脸（画脸谱）总得先让'丑'先来，余角也不敢占先。"② 叶明生介绍，闽西上杭高腔傀儡戏中，有一个名为大田公的丑脚形象，上场时插科打诨，无所忌惮。一旦下了傀儡棚，便必须好好放置，不能乱碰。③ 广东潮剧中，唱啰哩嗹祭台的也只能是丑脚。戏班中，丑的地位的确显贵，甚至带了点神秘的色彩。由这一视角出发，康保成师从丑与傀儡、傀儡与方相氏的密切关系、丑的面部化妆、丑的"跳踉"表演等方面，缜密推考出丑的源头是古代驱傩的方相氏，他说："我们认为，傩神方相氏、魌头、傀儡、嫫母均是相貌极其丑恶之物，为丑角之源。"④ 这个观点令人豁然开朗，揭橥了丑的本来面目。

然而，这里也埋藏着另一个问题，那就是净、丑怎么会褪去方相氏惊怖凶恶的一面，从孔武有力的镇邪驱傩，变为嬉笑无忌的滑稽驱傩呢？我们知道，傩礼之初，由方相氏率领的驱傩队

① 张次溪：《清代燕都梨园史料正续编》上册，374页，北京：中国戏剧出版社，1991。

② 董每戡：《说"丑""相声"》，见《说剧》，145页，北京：人民文学出版社，1983。

③ 叶明生：《闽西上杭高腔傀儡与夫人戏》，70页，台北：财团法人施合郑民俗文化基金会，1995。

④ 康保成：《傩戏艺术源流》，359页，广州：广东高等教育出版社，1999。

伍，逐门索室，呼喝怒号，目的在于驱邪逐鬼，故方相氏“掌蒙熊皮，黄金四目，玄衣朱裳，执戈扬盾，帅百隶而时难，以索室驱疫”。郑玄注：“蒙，冒也。冒熊皮者，以惊驱疫厉之鬼，如今魌头也。”① 郭沫若认为，“魌”的初文是“鬼”，说明方相氏有着一副比鬼还可畏怖的形貌。历代而下，以方相氏为源头，产生了一系列面目凶猛型的傩神。例如，梁朝人宗懔《荆楚岁时记》云：“腊鼓鸣，春草生，村民并细腰鼓，戴胡公头，及作金刚、力士以逐除。”孙楷第说：“胡公头之称，不知缘何而起。或所扮是胡神，或本是方相，村民无知，以方相貌丑类胡，因呼魌头为胡公头。”② 胡公头可能模仿了胡人的异状形貌。隋唐歌舞戏《钵头》演胡人子与老虎的搏斗，今日本藏 12 世纪《信息古乐图》存舞者面具图，巨睛高鼻，面目狰狞，类似“胡公头”的样子（图 5－1）。金刚、力士，也是佛教中威严凶猛的护法神。历史英雄人物因为气质刚猛，也被引入傩坛或祀庙之内。影响最大的英雄神，恐怕要数关羽。他红面长须，刚正不阿，挥舞大刀，为人们降妖除魔，各地傩仪上经常可以见到他的身影，如贵

图 5－1　日本藏 12 世纪《信息古乐图》“钵头”

① ［汉］郑玄注，［唐］贾公彦疏：《周礼注疏》（中），1207 页，上海：上海古籍出版社，2010。

② 孙楷第：《傀儡戏考原》，17 页，上海：上杂出版社，1952。

州安顺地戏有《三国》、江西南丰傩舞有《关大王》等。总的来看，傩坛中方相氏一类的傩神，用狰狞万状的面目，祛除邪恶，威震鬼魅，护佑世人平安，凸显出“傩”索室逐疫的最初含义。

可是南戏中的丑脚，台词诙谐，举止滑稽，与方相氏之类的凶猛神祇似乎还对不上号。举例来说，《张协状元》中丑扮演算命先生、张协妹、王德用、强人、小鬼、李小二、脚夫之类的角色，动不动插科打诨，装疯卖傻，带给观众笑声一片。元末朝鲜汉语教本《朴通事谚解》解释：“曰‘丑’，狂言戏弄，或妆酸汉、大臣、官吏、媒婆之类。”可见，丑主要承担了胡言乱语、狂酸之态的“笑”的舞台职能。

因此，尽管学者们揭示了丑的神性起源，但从方相氏之惊惧到丑之可笑，这中间跨越了巨大的文化鸿沟，应该还有需要思考与填补的研究空隙。

二、喜剧性傩神与“丑”脚的关联

“傩”本指行傩之声，具有辟邪驱魔的含义，因此在傩坛祭礼上，率先呈现的是以方相氏为代表的凶神恶煞，显示了比凶恶更可怕的令人敬畏的力量。大约自宋代始，傩坛上涌现出喜剧性的表演，以及具有喜剧性格的傩神。与方相氏的凶神恶煞不一样，他们的样子和行为都要可爱、可亲得多。

喜剧性傩神具体何时出现，现在已不明确。早自东汉《东海黄公》中，黄公杀虎包含了斩妖除魔的傩的意味，醉酒的黄公或许就是早期被戏弄、被调笑的傩神形象。至宋代，傩坛出现明显的戏剧化倾向。南宋刘镗《观傩》一诗①，描写了南丰一户人家戏剧性的演傩，其中包括“红裳姹女掩蕉扇，绿绶髯翁握

① ［清］曾燠：《江西诗征》卷二十四，《续修四库全书》，第1688册，457～458页，上海：上海古籍出版社，2003。

蒲剑”的角色对比、“五方点队乱纷纭，何物老妪绷犹熏”的动作场面、“终南进士破鞮绔，嗜酒不语鬼看觑”的情态刻画，展现南宋南丰傩表演上的戏剧性、故事性一面。《东京梦华录》中，北宋宫廷傩有“将军”“门神”“钟馗”“小妹”“土地”“灶神”“判官”等傩神，除了高大魁梧、凶恶丑陋的一类，还出现了温柔可亲、业已世俗化的“小妹”形象，说明“钟馗嫁妹”之类故事角色的表演，也逐渐融入行傩队伍之中。

傩仪的故事化、戏剧化，说明它增强了仪式中的娱乐趣味，而在这一趋向中喜剧性傩神趁势应运而生。周去非《岭外代答》载：“桂林傩队，自承平时名闻京师，曰静江诸军傩。而所在坊巷村落，又自有百姓傩，严身之具甚饰，进退言语，咸有可观，视中州装队杖似优也。”① 云南“百姓傩”进退言语，颇引人注目，也许这里面就埋藏着喜剧性的角色。我们可以从后世傩礼娱神乐人的表演中找到此类形象。以江西一带傩仪为例，江西万载古傩的“小鬼”，绿色面具，脸颊黄团花，面相颇为滑稽。他手把如意圈，就像一个顽童嬉戏杂耍，展现钻圈、爬竿的硬功夫。在“判官捉小鬼”里，小鬼频频戏谑判官，最后判官以麻糍逗起他的馋虫，总算诱而斩之。② 江西武宁双溪衙傩也有“钟馗捉鬼”的表演，钟馗红脸、二小鬼绿脸，三人相互扑捉，动作十分幽默。③ 江西南丰“酒壶仔”的傩舞，同样是判官与大鬼、小鬼的嬉戏。二小鬼一开始喝酒划拳，黑脸判官来后，便殷勤灌醉判官，甚至观傩的观众们也加入表演，拉着大鬼、小鬼讨酒吃，

① ［宋］周去非：《岭外代答》，222页，扬州：广陵书社，2003。

② 毛礼镁：《万载古傩文化刍议》，见《江西傩及目连戏》，105页，北京：中国戏剧出版社，2004。

③ 毛礼镁：《赣西北祭祖傩由来》，见《江西傩及目连戏》，143页，北京：中国戏剧出版社，2004。

保佑来年平安。[1] 这令人想起早期南戏《张协状元》中净五鸡山神、末判官、丑小鬼的对手戏。第十出山神让判官、小鬼扮门，判官在左小鬼在右，各缚一只手作一片门，三人插科打诨不断。

> （净）……有人到此忽扣门，两人不得要开口。（末）好似呆底。（丑）告尊神，做殿门由闲，只怕人掇去做东司门。（末）甚般薰头。（净）来依贫女，缚住庙门。开时要响，闭时要迷。稍稍有违，各人十下铁槌！（丑）单是铁槌，又着打钉。（末）钉杀了你！（净）演一番看。（末丑做门）（有介）。

场面风趣滑稽，类似傩坛上的判官小鬼之戏，安知不是从此中演化而来！

如果说傩仪中“判官”“小鬼”的面目形状还颇有几分恐惧，随着傩的娱乐性的加强，傩神面具中逐渐产生了一批面目可喜的角色形象。宋高承《事物纪原》卷九“嗔笑”载：“江淮之俗，每作诸戏，必先设嗔拳笑面，有诸行戏，时尝在故腊之末。”[2] 嗔拳怒目狰狞，笑面则笑脸可喜。康保成师认为，笑面是从丑陋凶恶的傩神系列分支出来的，是方相氏、魌头的变种。它的面相淡化了方相氏的煞气，更多带上了欢快愉悦的情绪。地方古傩保留了这种“笑面”的傩面形象。例如，江西南丰傩舞中，石邮村傩班共有十一个傩面角色，其中傩公、傩婆的面具都歪着嘴，面带笑容，据说他们八十得子，不由得笑歪了嘴[3]（图5－2）；江西宜黄神岗傩中，和合面具蓬头笑面，一个手持荷

①③ 章军华：《临川傩文化》，19页，南昌：江西高校出版社，2001。

② ［宋］高承著，金圆、许沛藻校点：《事物纪原》，495页，北京：中华书局，1989。

花，一个手捧圆盒，寓意“和谐合好”之意①；安徽贵池刘街茶溪汪村的伞童，负责将各路神灵引上傩戏场，所以满脸虔诚，笑容满面，还有土地神，头戴员外帽，笑得眼睛眯成了一条缝。②这些傩神主司祈福，保佑人们多子多福，生活平安。

图5-2　南丰傩公、傩婆面具

还有一类傩面具，面目丑陋而滑稽，也是从“笑面”中衍化而来，但它们没有了神性色彩，而是由民间俗相中提炼出来。例如，安徽贵池傩戏脚色行当有专门的“丑”行，面相细眉窄眼歪嘴，“夸张变形，以奸邪狡诈之感”③。贵州安顺地戏的丑角形象有笑嘻嘻、歪嘴老二，是军傩的产物。笑嘻嘻伸着舌头，一副嬉皮笑脸的样子，据沈福馨说，这个角色来自朱明军队与元梁王的作战，他头上戴的斗笠，正是元梁王手下兵勇的样式。④

① 章军华：《临川傩文化》，44页，南昌：江西高校出版社，2001。

②③ 张邦启：《贵池傩戏面具特征及其文化价值》，载《池州师专学报》，57页，1998年第4期。

④ 沈福馨：《试论安顺地戏和傩坛戏的异同关系》，见《安顺地戏论文集》，109页，北京：文化艺术出版社，1990。

“歪嘴老二”又称“老歪”，歪嘴龇牙，挤眉弄眼，鼻尖和人中上点了小块白斑，头上插一把木梳子，借鉴了苗族人的装扮。又如，贵州东北等地傩坛戏《甘生赶考》的丑角秦童，是一个书童兼挑夫，属于下层生活人物。他歪嘴笑脸，插科打诨，滑稽可爱：

甘生：哎哟，刚才那两个人，硬童又太硬了，软童又太软了，还有别的人没有？

把老：啊，甘先生，对门中十字街，王小二隔壁的那个秦童，不硬又不软，可能中意，你去请他。

甘生：（唱）行上一里又一里，赶上一程又一程，不觉行程来得快，秦童就在面前存。

（喊）秦童，秦童！

秦童：（里而不答）哎哟，哎哟！娃娃家妈，你的脚尖钩在我的鼻子里头去了。（转身又睡，鼾声如雷）①

这个傩神形象和南戏《金钗记》中丑扮挑夫唐二的表演非常相似。宣德本《金钗记》第十出苏秦外出求官请挑夫：

（末）不免叫声唐二，唐二。（丑上）是谁叫？（末）是我。（丑）呀，你叫我唐二如何？（末）叫你挑行李。……（丑）不去，不去。我记得一年跟他去赴试，一片糟姜吃了三个月日，骨头我也没吃。（末）休胡说。（丑）先小人后君子。你既要雇我去，老实说了工钱，说不定我不去。（末）只是每一日与你一贯。（丑）少少少，我不去。（生）再添你一贯。（丑）如此我便去。

① 沈福馨：《试论安顺地戏和傩坛戏的异同关系》，见《安顺地戏论文集》，106页，北京：文化艺术出版社，1990。

这场简单的科诨戏到了明代后期戏曲舞台大大增色，专门添加了唐二别妻的科诨情节。后世青阳腔、福建梨园戏、高甲戏、广东白字戏等都保留了这个丑脚的折子戏。我们不知秦童与唐二是否有渊源关系，但宋代出现的“笑面”傩，经常扮演可笑村夫的形象，这与丑脚的表演特征恰恰不谋而合，不能不说丑脚与此类喜剧傩面之间存在密切的关联，很有可能是从其中蜕变而来。

三、戏神的娱乐性质

康保成师《傩戏源流考》指出：“方相氏是傩神，丑脚是戏神。傩神乃戏神之源，故方相氏为丑脚之源。”接下来，我们再从傩神到戏神的角度，论证喜剧性傩神是丑脚的源头。

首先，南戏戏神源出傩神。

戏神者，是戏曲行业的崇拜神。我们知道，大多行业崇拜的兴起，是建立在本行业发展程度之上。当行业活动频繁，团体壮大，很自然就会出现“行业神”，为行业的继续发展保驾护航，凝聚本行业的精神信仰。宋元时期，南戏、杂剧流行于世，“戏神”崇拜应该兴起于此时。但目前戏神的文献资料基本留存于清人稗乘或地方传说，明代及明代之前的并不多见，我们只能转换视角，考察地方南戏遗存的戏神崇拜现象。

南戏主要流行地的戏神，传说众多，诸如二郎神、老郎神、清源妙道师、唐明皇、喜神、雷海清、田公元帅等，都是南方各地戏神之一。它们中大多又同时为当地傩神。例如，江西宜黄傩神是清源祖师，当地傩班参拜祭庙唱：“一座威神显灵光，今日弟子烧宝香。宗师盖保人人乐，清源祖师啃灾殃。”各户演傩进门时唱：“十二月梅花对雪开，不是新年我不来。宗师保佑人人乐，清源祖师送福来。”① 江西乐安傩神殿供有清源、七圣和金毛三个傩神②，清源即为戏神之一。湖北蕲州傩神有唐明皇、三太尉，三太尉即田氏三兄弟，据考证也是戏神之一田公元帅。

由于各地行傩之风在前，戏神崇拜在后，所以戏神从傩神中派生出来的可能性更大。例如，二郎神既为戏神，亦属傩神。李渝认为，二郎神来自上古神话的水神，贵州“傩坛中水神被称为灌口锁孽龙的二郎神。因灌口在西川，又称其为川主。二郎神又是傩坛戏神——川主、土主、药王三圣之一。也有的称四圣，加帝君或文昌，并用活动木偶制作”③。这说明，因为具有禳除水灾的功能，人们崇拜灌口锁龙的二郎神，供奉为神坛川主，此后它又渗入傩戏及后世戏曲崇拜之中，成为戏神之一。二郎神，一说为“清源道师”，《梦粱录》云：“二郎神，即清源真君，在官巷，绍兴建祠。旧《志》云：‘东京有祠，随朝立之。’”④ 汤显祖《宜黄县戏神清源师庙记》曰：“予闻清源，西川灌口神也。为人美好，以游戏而得道，流此教于民间。”⑤ 由此，戏神清源师也是从二郎傩神中衍化出来的。

再如“太子菩萨”，是各地广为崇拜的傩神。例如，江西靖安县傩神出队，“傩首手执板抱唐太子走前，次为轿抬着一将

① 章军华：《临川傩文化》，108页，南昌：江西高校出版社，2001。

② 毛礼镁：《江西傩及目连戏》，32页，北京：中国戏剧出版社，2004。

③ 李渝：《贵州傩面具的分类及其源流》，见王恒富：《傩·傩戏·傩文化》，29页，北京：文化艺术出版社，1989。

④ ［宋］吴自牧：《梦粱录》卷十四，见《东京梦华录（外四种）》，252页，上海：古典文学出版社，1957。

⑤ ［明］汤显祖：《宜黄县戏神清源师庙记》，见徐朔方笺校：《汤显祖全集》，第2册，1188页，北京：北京古籍出版社，1999。

军，唐明皇画相挂在轿旁"[①]，是以唐太子为核心，将军为正，唐明皇为配。安徽贵池信仰昭明太子萧统，供奉昭明太子牌位。[②] 云南昆明信奉释迦牟尼太子，每年四月八日有"浴佛会"，又谓之"洗太子"。[③] 各地"太子"名称不一，但都归属"太子菩萨"信仰。康保成师指出，"太子"本相为傩公傩婆所生的傩崽，是人们生殖崇拜与祈子心理的产物[④]，而它也渗透到戏曲的行业神崇拜之中，成为戏神"老郎神""田公元帅"的一个源头。像云南昭通端公"太子菩萨"又名"老郎神"，安徽贵池傩戏昭明太子亦称"老郎"，是一个农村小孩的形象。宜黄戏班的戏神清源道师，传说本是玉皇大帝的外孙，也是个太子形象。福建金门信仰"哪吒太子"，乡人也称为"太子爷""公子爷"或"九天雷风火院大士天下统军大元帅"，"九天雷风火院大士天下统军大元帅"就是戏神田公元帅。可以说，老郎神、清源师、田公元帅的出现，正是吸收了当地太子傩神的崇拜，才积极转化为自身的行业信仰。

其次，戏神的游戏与笑面源出傩神的南戏戏神，名号固多，但它们具有一个很相似的共同特征，即喜欢游戏。汤显祖《宜黄县戏神清源师庙记》指出，戏神清源妙道祖师"为人美好，以游戏而得道，流此教于人间"，所谓"游戏得道"，即好冶游嬉戏。江西宜黄戏班戏神清源道师传说好游戏，吃喝嫖赌样样都

---

① 毛礼镁：《论古代南方民间"驱傩"的发展》，见《江西傩及目连戏》，10页，北京：中国戏剧出版社，2004。

② 王兆乾：《安徽贵池傩戏剧本选》，570页，台北：财团法人施合郑民俗文化基金会，1993。

③ 丁世良、赵放：《中国地方志民俗资料汇编·西南卷》，793页，北京：北京图书馆出版社，2014。

④ 康保成：《傩戏艺术源流》，339～351页，广州：广东高等教育出版社，1999。

来，是个风流倜傥之人，身边常有金花小姐和银花小姐做伴，宜黄中港乡保存下来的清代年间木质雕刻清源戏神像背部贴红纸，上面即书“金花小姐，银花小姐”①。

这个好冶游的特点，在其他南戏戏神身上也可以得到印证。清光绪《蕲州志》卷三十“外地·鬼神”载，湖北蕲州戏神田太尉为田氏三兄弟，喜穿“花衣帽”，“尚游侠”，曾“醉卧天津桥”，死后被赐为傩神，“每春巡行花柳”，暗含寻花问柳之意，属于放荡不羁的形象。戏神二郎神，也有轻薄游戏的一面。明钱希言《狯园》载苏州“二郎庙”祭祀：“传六月二十四日是神诞生之辰。先一夕，便往祝釐，行者昼夜不绝，妓女尤多。明日即醵钱为荷荡之游矣。吴城轻薄少年，相挈伴侣，宣言同往二郎庙里结亲。一进庙门，便阑入珠翠丛中，双拜双起，日以为常，神亦不以为异。”② 它之所以成为妓女、轻薄少年的祭祀对象，也说明了放浪狎戏的特点。《醒世恒言·勘皮靴单证二郎神》的故事中，庙官正是假扮二郎神的模样，与宋徽宗内宫韩夫人私通。南戏戏神“好游戏”的背后，隐藏的是世人对生殖与性文化的崇拜，像“老郎神”“太子神”等小儿戏神神偶，也都是这种信仰崇拜的偶像体现。康保成师《傩戏艺术源流》围绕二郎神、太子菩萨的个案，揭示出诸神内在的生殖文化功能。反映到南戏舞台上，能够肆无忌惮开性玩笑的，恰也是丑、净之流，这也许是因为丑脚源于生殖崇拜之戏神的缘故。

好“游戏”也有娱乐之戏的表现。江西赣南采茶戏的戏神田师傅，一说为宫廷乐师，因与宫女相恋犯禁，逃出宫后，来到九龙山，喜欢吹拉弹唱，故教习茶农，载歌载舞；一说为田石

---

① 章军华：《临川傩文化》，56页，南昌：江西高校出版社，2001。

② ［明］钱希言著，栾保群点校：《狯园》卷十二，389页，北京：文物出版社，2014。

匠，酷爱歌舞，得九天仙女（一云南海观音）传授得艺，随拍起舞，舞过不忘。这两个戏神传说，都指的是对歌舞游戏的喜爱。

"好游戏"的特征，致使戏神常常不自觉以"笑面"示人。例如，江西南丰甘坊乡傩神"二郎神"，黑色总髻，弯眉亮眼，嘴角上扬似微笑①；湖北蕲州戏神田太尉，"醉卧天津桥，明皇微行见之，戏命墨粉涂其面，相视大笑遂死"。福建各地戏神田都元帅，造型多为红脸笑容，嘴边画有螃蟹的少年形象。② 台湾雷海青戏神一副天真无邪的童子笑容，据说能医治小孩，"凡婴孩疮疔，辄祷之"，很有灵验。③ 潮剧戏神田元帅传说中，李世民爱演戏，要文武百官化妆登台，不许嬉笑，否则砍头。时有雷元帅年少英俊，扮演状元，因平时面带笑容，故李世民怒欲杀之，却又不忍心。便想出一个折中的办法，杀姓不杀人，故将"雷"头砍去，变成了"田元帅"。④ 这种不由自主的笑面形象，与歪嘴带笑的傩面、滑稽面相的丑角如出一辙。闽西木偶戏戏神大田公，发秃额宽，圆眼薄唇，面相憨厚中透着喜庆，长相可喜，人称王胖子、王溜大伯或王捏大伯，它就专扮身份低贱的布衣丑一类角色，这个形象又与宋代多扮村夫的"笑面"傩面何其相似！

笔者认为，这种游戏"笑面"是压抑不住的天性流露，既

① 章军华：《临川傩文化》，101页，南昌：江西高校出版社，2001。

② 林胜利：《戏神田都元帅与雷海清浅探》，见叶明生：《福建戏曲行业神信仰研究》，157页，福州：田公信仰文化学术研讨会文集编委会，2002。

③ ［清］施鸿保：《闽杂记》卷五，见叶明生：《福建戏曲行业神信仰研究》，180页，福州：田公信仰文化学术研讨会文集编委会，2002。

④ 《中国戏曲志·福建卷》，595页，北京：中国ISBN中心出版社，1993。

包含了求子祈福的实际需要，也流露放纵嬉戏的一面，折射出人类追求自由的本能。利普斯谈到西方丑角起源时，说："当宗教性戏剧长期延续对观众灵魂压迫太重时，有一种要求安慰的愿望。于是就创造出一种戏剧角色，以其滑稽和突然出现来驱除对神圣巫术的恐惧，把笑带回给人们，与宗教仪式性戏剧那种真诚成鲜明的对照。这一角色是快活的开玩笑者，是愉快的英雄，是'米姆斯'中那些才华焕发的演员、滑稽家和丑角的老祖宗。"① "笑面"是从威严庄重的傩坛中走出来，用面带笑容、放纵游戏的方式，释放出方相氏神秘驱傩所隐藏的内心恐惧，也承托了人们繁衍子孙、平安康健的祈福需求。下面这个例子，或许能说明这种转变过程。云南端公戏传说中，唐王李世民因错斩泾河龙王，梦中为鬼魅索命，为超度老龙亡灵，禳灾驱邪，于是斋醮诵经。由于仪式枯燥无味，便开台唱戏，唐明皇亲自粉墨登场，引得观众无数。皇太子也夹在其中看戏，正欢乐间，被拥挤人群踩死了。唐王非常伤心，因皇太子死于唱戏，便敕封为"老郎太子戏主大神"②。这个传说主要表现超度亡魂的仪式，而皇太子早亡也隐含了民众因殇子而禳灾的心理。一开始人们为亡魂荐亡，举办禳灾超度的正式仪式，但随后这种单调正规的仪式被替换为欢乐的唱戏，由此冲淡了超度仪式的悲伤与恐惧，满足了欢快放肆的世俗心理。

最后让我们稍微总结一下上面的思路：发源于方相氏的傩面，凶恶狰狞，导致了丑脚具有面目丑陋的根本特征，亦为其打上神性的烙印。宋元时期，傩与社戏、百戏的结合，促使方相氏

---

① ［德］利普斯著，汪宁生译：《事物的起源》，273～274页，成都：四川民族出版社，1982。

② 郭思九、王勇：《云南省昭通地区镇雄县泼机乡邹氏端公庆菩萨调查》，31页，台北：财团法人施合郑民俗文化基金会，1995。

傩神支衍出兼具驱邪逐疫与祈子求福的“笑面”戏神，它们面带笑容，言无忌惮，送来欢乐，走向世俗化、娱乐化的一面，成为南戏丑脚的重要源头，影响了丑的喜剧性的表演风格。

第二节　南戏至传奇脚色名目的演化

一、宋元南戏的七种脚色

宋元南戏的脚色，据徐渭《南词叙录》记载，有生、旦、外、贴、丑、净、末七种，验之《张协状元》、元本《琵琶记》二剧，无不由此七种脚色合力表演完成。唯“贴”有时写为“后”“占”，应为简笔所致，非别有脚色名。其中，生、贴、丑系南戏独有，外、旦、净、末与元杂剧共有，而末、净、旦更与宋金杂剧兼有。以此，早期南戏七种脚色的形成，既有自我形成的部分，也有受到宋金杂剧、元杂剧等外来影响的部分。

生，是宋元南戏中的男主角，可与北杂剧的正末相对应。清焦循《剧说》云：“考元曲无‘生’之称，末即‘生’也。今人名刺，或称‘晚生’，或称‘晚末’‘眷末’，或称‘眷生’，然则‘生’与‘末’通称，尚为元人之遗欤?”① 认为南戏之“生”即是杂剧之“末”。《张协状元》第1出末云：“末泥色饶个踏场。”随后生上场表演，则生即为末泥色。

然而，生与末地位相当，性质相近，却不能说明南戏之“生”是由杂剧之“末”转变而来。有关“生”的最早记载，出自《玉壶野史》卷十：“韩熙载才名远闻……蓄声乐四十余

① ［清］焦循：《剧说》，见《中国古典戏曲论著集成》，第8册，94页，北京：中国戏剧出版社，1959。

人，阃检无制，往往特出外斋，与宾客生旦杂处。”① 任半塘认为此即“生”的脚色名称。② 刘晓明引证材料，指出此“生”系门生之意。③《宋史·南唐李氏传》云：“熙载善为文……由是蓄妓妾四十余人，多善音乐，不加防闲，恣其出入外斋，与宾客生徒杂处。”④ 龙衮《江南野录》亦云：“熙载惧祸，肆情坦率，破财货售乐妓以百数……俾门生舒雅执板，随房歌舞求焉，以足日膳。旦暮不禁其出入，窃与诸生淫杂，熙载过之，笑曰不敢阻兴而已。”⑤ 诸条参证，“生”为“门生”“生徒”之意一目了然，系时人对男性的俗称。《南词叙录》云：“即男子之谓，史有董生、鲁生，乐府有刘生之属。”⑥ 祝允明《猥谈》也说：“生净旦末等名……此本金元阛阓谈吐，所谓鹘伶声嗽，今所谓市语也。生即男子，旦曰妆旦色，净曰净儿，末曰末尼，孤曰官人，即其土音，何义理之有。”⑦ 此说也得到冯沅君、徐扶明的赞同。南宋官本杂剧段数有“郑生遇龙女薄媚”，南戏中也有很多书生的故事，这种说法还是比较可信的。

旦，是宋元南戏的女主角。它的源起说法不一，有雌猿说、

① ［宋］文莹：《玉壶野史》卷十，见文渊阁《四库全书》，第1037册，353页，上海：上海古籍出版社，1989。

② 任半塘：《唐戏弄》，805页，上海：上海古籍出版社，1984。

③ 刘晓明：《杂剧形成史》，268页，北京：中华书局，2007。

④ ［元］脱脱：《宋史》卷四七八，第10册，13866页，北京：中华书局，1977。

⑤ ［宋］曾慥编纂，王汝涛校注：《类说》卷十八，564页，福州：福建人民出版社，1996。

⑥ ［明］徐渭：《南词叙录》，见《中国古典戏曲论著集成》，第3册，245页，北京：中国戏剧出版社，1959。

⑦ ［明］祝允明：《猥谈》，见文渊阁《四库全书》，第859册，343页，上海：上海古籍出版社，1989。

花担说、木笪说、外来说、乐妓说、女弟子说等。[①]“旦”的异文写法，有“妲”（《武林旧事·官本杂剧段数》“老姑遣妲”，《辍耕录·院本名目》作“老孤遣旦”）、“但”（宋史浩载《柘枝舞》“花心出念，但儿等名参乐府，幼习舞容”），显示了“旦”与唐宋大曲歌舞、宋金杂剧院本的渊源关系。宋代大曲中“但儿”兼擅歌舞，宋金杂剧中“旦”不但扮演角色，还承担过引戏之职，此亦恐源自引舞、舞头，故旦脚形成之初即以歌舞见长。检视宋元南戏中的“旦”，主工唱曲，《张协状元》中旦扮贫女，《宦门子弟错立身》中旦扮王金榜、《琵琶记》中旦扮赵五娘等无不承担繁重唱工，且兼长身段表演，像贫女与小二哥的对唱，王金榜说唱剧目时的载歌载舞，赵五娘上京寻夫的唱念身段，都应该源自旦脚的歌舞本职。

末，宋元南戏中实指副末，与北杂剧男正角主唱的正末名同而实异。《张协状元》第2出：“（外）你交副末底取员梦先生来员梦看。”下面末就请了丑扮圆梦先生来为张协圆梦。第5出又有：

> 净白：嗷，叫副末底过来！
> 末出：触来勿与兢，事过心清凉。

---

① 雌猿说，见朱权《太和正音谱》：“当场之妓曰狚。狚，猿之雌也，名曰猵狚，其性好淫，俗呼旦，非也。”花担说，见徐渭《南词叙录》：“宋伎上场，皆以乐器之类置篮中，担之以出，号曰花担，今陕西犹然。后省文为‘旦’。”木笪说，见徐筱汀《释旦》（载《新中华》复刊，第三卷第四期，1945）：“唐代《教坊记》的‘木笪’曲名，到了宋朝的打揭短剧里面，却变成了木大，而为女性角色的名称了。”外来说，见黄天骥《旦、末与外来文化》（载《文学遗产》，1986年第5期）；乐妓说，见刘晓明《杂剧形成史》；女弟子说，见黎国韬《古剧续考》（广州：中山大学出版社，2014）。

说明南戏的“末”归属“副末”行当，称“末”可能是南戏舞台的一种习称。由于南戏男主角为生脚扮演，末无须分正、副，一律扮演次要男性角色，故副末之名也就渐渐隐去不提，统一称为“末”了。

副末起源较早。欧阳修《与梅圣俞》云：“某启承宠惠二篇，钦诵感愧，思之正如杂剧人上名下韵不来，须勾副末接续尔。”① 说明北宋杂剧已经有了副末的脚色，其前身可能为唐参军戏的“苍鹘”，《南村辍耕录》有：“院本则五人，一曰副净，古谓之参军；一曰副末，古谓之苍鹘。鹘能击禽鸟，末可打副净，故云。”② 它主要承担与副净的滑稽对手戏，手拿磕瓜击打副净。李伯瑜【小桃红·磕瓜】：“兀的般砌末，守着个粉脸儿色末，诨广笑声多。”③ 可见就本原说，副末是一个擅长接续、与副净打诨的脚色。南戏的末恰有着相类的表演。它总是扮演无名姓的小配角，如院子、祗候、家人、黄门官之类，与净、丑一起插科打诨，体现了与副末一体的关系。

净，有女净、男净，所饰人物专一逗弄，取人欢笑。它一般和末、丑形成科诨关系，尤其与末的对手戏最多，这和宋金杂剧副净的表演十分相似。《梦粱录》载“副净色发乔，副末色打诨”，南戏中，净装乔发科、末接续收诨的例子也非常多。《张协状元》第5出：“（净）叫轻些，怕跌折了。（末）说话一似当门犬。”元本《琵琶记》第4出：“（净白）老贼！你年七八十岁，也不识做孝。披麻带索便是孝。（末收介）”南戏一般称净，

① ［宋］欧阳修：《欧阳修全集》卷六，1290页，北京：中国书店，1986。

② ［元］陶宗仪：《南村辍耕录》卷二十五，306页，北京：中华书局，1997。

③ 隋树森：《全元散曲》，下册，1222页，北京：中华书局，2000。

而不称副净，盖因无正、副之分，故统称之为净。不过，富春堂刊本《跃鲤记》第16出，丑称净扮的姜母为副净：

（丑）端的是副净？

（末）这是姜秀才的令堂。

还是留下了南戏“净”属副净行的痕迹。

丑，亦为南戏所特有。徐渭云：“丑，以墨粉涂面，其形甚醜，今省文作丑。”《张协状元》中，丑“抹土搽灰”，面貌丑陋滑稽，经常被当作插科打诨的对象。第12出：

（旦）作怪！我嫁你，看牛骨自不中，三分像人，七分像鬼。

（丑）我像鬼，鬼头发须红。

旦嘲笑了丑貌陋若鬼。丑的出场十分频繁，经常与末、净一起演出科诨戏。其扮演对象男女老少不限，多为酸汉、太医、吏员、媒婆之类，狂言戏弄，滑稽幽默。这和净的表演风格十分相似。元本《琵琶记》第17出有：

（丑白）小人也不是都官，也不是里正，休得错打了平民。

——猜你是谁？

——我是搬戏的副净。

丑以道科诨的方式，自称为副净。当然，这并不能说明丑脚从属于副净一脚，上文已揭示出丑的喜剧性傩神之根源。不过，丑脚的表演，还是充分吸收和借鉴了宋金杂剧副净表演形态，形成了俗、闹、酸、呆的总体风格。

外、贴，是属于敷补性质的脚色。王国维云：“曰冲、曰外、曰贴，均系一义，谓于正色之外，又加某色以充之也。”①二者是正色之外的补充脚色，当人物众多，脚色不够敷用之时，外、贴就可及时补贴之。徐渭云“外，生之外又一外”“贴，旦之外贴一旦”②，即是以外补充生脚，贴补充旦脚，扮演男女配角。

由于外、贴是一种贴补性质的脚色，可以跨越其他行当，充当其他的脚色，故其扮演对象十分宽泛。《张协状元》“外”先演张协父，后扮王夫人，是为不限男女；“贴”演王胜花乃年轻女性，后妆野方养娘为年老女性，是为不分年纪；明代南戏中，嘉靖本《荔镜记》“外”扮陈三兄，黄五娘父，同时也兼扮随伴、公差等杂脚，是为不分身份地位；嘉靖本《宝剑记》有贴净、贴丑，是为不分行当。这无不说明，外、贴脚在脚色扮演上鱼龙百变，扮相多姿，游移于各行各脚之中，充分起到了“贴补敷用”的作用。

以上，我们稍微梳理了南戏七种脚色形成的渊源及各自表演的职能，足见其与宋金杂剧、民俗、傩戏之间的密切关联。由于学界此方面论述颇多，故不必多占篇幅。

二、明南戏脚色名目的分化

宋元南戏的七种脚色制，在长期发展的过程中，经过舞台自觉的选择和组合，从七种脚色中分化衍变出多种新的脚色名目，逐渐形成传奇十二种脚色制。以下材料大致反映出这一脚色体制的变迁：

---

① 王国维：《古剧脚色考》，见《王国维戏曲论文集》，192页，北京：中国戏剧出版社，1984。

② ［明］徐渭：《南词叙录》，见《中国古典戏曲论著集成》，第3册，245页，北京：中国戏剧出版社，1959。

胡应麟《庄岳委谈》："今优伶辈呼子弟，大率八人为朋，生旦净丑副亦如之，外即副末，丑即副净。"①

王骥德《曲律》："今之南戏，则有正生、贴生（或小生）、正旦、贴旦、老旦、小旦、外、末、净、丑（即中净）、小丑（即小净），共十二人，或十一人，与古小异。"②

此为从嘉靖至万历之间的脚色变化，正式确立的新脚色名目有小生、老旦、小旦、小丑，净行三分（净、中净、小净），脚色即从七八种发展为十一二种。至清昆曲传奇，梨园十二脚色制始定型成熟。清李斗《扬州画舫录》载十二脚色有："副末以下，老生、正生、老外、大面、二面、三面七人，谓之男脚色。老旦、正旦、小旦、贴旦四人，谓之女脚色。打诨一人，谓之杂，此江湖十二脚色。"③ 同书又录"小生"张明祖、汪建周之名，清代梨园脚色抑或为十三行。

从南戏到传奇，脚色名目由少到多、由粗到细，此为发展之基本态势。不过，有关南戏脚色的具体演变情况，还需要进一步探究。④ 事实上，早在明嘉靖之前，南戏七种脚色就已经产生了

① ［明］胡应麟：《少室山房笔丛》卷四十一，427 页，上海：上海书店出版社，2001。

② ［明］王骥德：《曲律》，见《中国古典戏曲论著集成》，第 4 册，143 页，北京：中国戏剧出版社，1959。

③ ［清］李斗：《扬州画舫录》卷五，122 页，北京：中华书局，1997。

④ 按：不少学者详细考察了南戏、传奇脚色的变化，例如张敬《明清传奇导论》（台北：华正书局，1986）、曾永义《古代脚色概论》（见《说俗文学》，台北：联经出版事业公司，1980）、王安祈《明代传奇之剧场及其艺术》"明传奇的脚色分化"（台北：台湾学生书局，1986）、李晓《南戏脚色在剧本中的地位、串扮及其发展》（载《戏曲研究》，第 22 辑）等，均注意到脚色之间的分化组合对后代脚色细目的影响。但由于所论传奇、南戏的重点不同，故对二者之间的过渡性脚色变化尚有发掘之空间。

分化，出现了一些新的脚色名目。徐渭《南词叙录》“外”条载：“生之外又一生也，或谓之小生。外旦、小外，后人益之。”① 说明小生、小外在明中期南戏确已出现。下面根据笔者所见明代南戏、传奇剧本，列出七种脚色所分化的脚色名目（大致按照先后顺序排列）：

生：大生、小生、正生
旦：大旦、小旦、老旦、正旦
外：外旦、大外、占外、小外、官外、老外
贴：贴旦、小贴、老贴（老贴旦）、贴生、贴净、贴丑
末：副末、小末
净：大净、中净、小净、副净、女净
丑：女丑、小丑

可见，入明至明末传奇阶段，早期南戏的七种脚色制陆续衍生出约三十种脚色名目，它们体现出如下特点：

1. 在南戏原有的七种脚色中，外、贴的分化与组合显得最为活泛

贴行内所有新脚色可归属旦、生、净、丑四行，而外行脚色可以分归生、旦两行；反过来，诸如小生、老生、小旦、老旦、大净、小净等其他各行新脚色，实际也可系属于外、贴行。因此，外、贴两行实际是滋生新脚色的主要来源。我们以《风月锦囊》所载南戏为例，探寻新的脚色名目如何从外、贴中衍变过来（见表5－1）。

① ［明］徐渭：《南词叙录》，见《中国古典戏曲论著集成》，第3册，245页，北京：中国戏剧出版社，1959。

表5－1　从外、贴中衍变而来的脚色名

剧名	剧本人物	锦囊本脚色名	各明刊本脚色名
《荆钗记》	王十朋母	占	原本：占；屠赤水评本：占；汲古阁本：老旦
	钱夫人	占	原本：夫；屠赤水评本：老旦；汲古阁本：老旦
	钱太守	外	原本：官外；屠赤水评本：外；汲古阁本：外
	周璧	无	原本：小外；屠赤水评本：小生；汲古阁本：小生
《金印记》	苏厉	外	重校本：小生；继志斋本：小生； 高一苇改本《金印合纵记》：末
	王氏	占	重校本：贴；继志斋本：贴； 《金印合纵记》：小旦
	苏父	净	重校本：老外；继志斋本：净； 《金印合纵记》：净
《拜月亭》	陀满兴福	外	世德堂本：外；李卓吾评本：小生； 陈继儒评本：小生
	王夫人	夫	世德堂本：贴；李卓吾评本：老旦； 陈继儒评本：老旦
	王瑞莲	占	世德堂本：贴；李卓吾评本：小旦； 陈继儒评本：小旦

续上表

剧名	剧本人物	锦囊本脚色名	各明刊本脚色名
《赵氏孤儿》	灵辄	占外/占	世德堂本：小外；富春堂本：小外；徐元改本《八义记》：小生
	孤儿	外	世德堂本：外；富春堂本：外；《八义记》：小生
	屠氏	占	世德堂本：贴；富春堂本：贴；《八义记》：老旦
	周坚	无	世德堂本：小外；《八义记》：小生
	鉏麑	无	世德堂本：小外；《八义记》：丑
《破窑记》	刘夫人	夫	李九我评本：夫；改本《彩楼记》：老旦
	梅香	贴	李九我评本：贴；改本《彩楼记》：丑
《刘知远》	岳小姐	贴	成化本：贴；富春堂本：贴；汲古阁本：小旦
	咬脐郎	外	成化本：小外；富春堂本：小生；汲古阁本：小生
	李母	无	成化本：贴；富春堂本：贴；汲古阁本：老旦
《商辂三元记》	商辂	生/占生/占	富春堂本：占（幼时）；占生、小生（长大时）
《香囊记》	张九思	外	继志斋本：外；世德堂本：小生；汲古阁本：外

续上表

剧名	剧本人物	锦囊本脚色名	各明刊本脚色名
《姜诗》	安安	外/小	富春堂本：小外（第23出一处为小生）
《五伦全备记》	五伦备妻	占	奎章阁本：小旦；世德堂本：小旦
《东窗记》	岳云	无	富春堂本：大外；《精忠记》：小生
	张宪	无	富春堂本：小外；《精忠记》：小外
	王氏	无	富春堂本：夫；《精忠记》：贴
	银瓶	无	富春堂本：占；《精忠记》：小旦
	岳夫人	无	富春堂本：旦；《精忠记》：老旦
《牧羊记》	李陵	小外/外	清抄本：小生
《寻亲记》	周瑞隆	外	汲古阁本：小生

南戏中，外、贴均属于正脚不够，临时敷补的脚色。两者灵活广泛的贴补方式，具备了产生新脚色的巨大潜能。表5－1显示，外、贴可以向其他各行分化，例如，“外”变“小生”，“大外”“小外”变“小生”，“贴（占）”变“小旦”“老旦”“夫”，“占”变“小生”，“贴”变“丑”，“老外”变“净”，“小外”变“丑”，等等。其中，向生、旦行分化的脚色名目最多，净、丑也有，却不多。这主要因为南戏生、旦固定扮演男女主角，而净、丑、末等脚色能够包演众多人物，所需贴补的空间不大。所以，当剧本出现与生、旦气质相近的一类人物，而净、丑、末气质又无法贴近时，就有必要从外、贴行调用补充性脚色。

2. 从名称看，新脚色多是在原脚色名目前加大、小、官、老等修饰词，以示同一脚色类型之区别例如，正、副、贴是就人物在剧中地位而言；小旦、老旦表示人物年龄；女丑、女净又是从性别上考虑。这种标示脚色特性的演变方式，反映出南戏脚色塑造人物的方式在不断细化。但这个过程不是一蹴而就，新生脚色名目中，有的一直保留下来，如小生、正生、小旦、老旦、正旦、贴、小丑等，融入传奇表演之中，成为传奇十二脚色之一。有的则已没有出现在传奇舞台，如外旦、大旦、大生、官外、占生、占外、大外、贴净、贴丑、小外等，成为南戏向传奇脚色演变中的一个过渡环节。下面，我们重点考察一些过渡性的脚色：

（1）大生、大旦、大外。这类脚色属于南戏脚色分化早期阶段的产物。例如，奎章阁本《五伦全备记》有大生五伦全、大旦全妻，对应小生五伦备、小旦备妻。此大小之分是依据妯娌、兄弟关系而自觉分化的。吴秀卿《〈五伦全备记〉新探》一文认为大生、大旦显示了分脚的原始分法，甚确。[①] 后世德堂本《五伦全备记》将大生、大旦改为生、旦，小生、小旦则沿用之，《风月锦囊》本小旦用了“占”扮。此外，富春堂本《韩朋十义记》第10出也有一例大旦、小旦的分化，大旦扮演牢子妻，小旦扮女主角李氏，此大、小同样意在临时表现人物的年龄之别。富春堂本《东窗记》扮岳云、张宪的大外、小外，采用相同方式区别人物的年龄大小。然大小生、大小旦、大小外的分化有一个严重不足，即将两个生、两个旦、两个外放在同一水平线上，无法突出人物的主次地位。故这种分法很快就被淘汰了，在现有的南戏剧本中，我们仅发现这么几例。

（2）小外、占生、占外。此三个脚色都是从外、贴行滋生

① ［韩］吴秀卿：《〈五伦全备记〉新探》，见华玮、王瑷玲：《明清戏曲国际研讨会论文集》，409～439页，台北：台湾“中央研究院”中国文哲研究所筹备处，1998。

出的过渡脚色，其后均转变为小生一脚。例如，成化本《白兔记》咬脐郎系小外扮，富本、汲本变为小生；世德堂本《赵氏孤儿》周坚为小外扮，《八义记》改为小生；原本《王状元荆钗记》周璧为小外扮，汲本改为小生。显然，“小外”充当了小生的一个过渡脚色。再看占生、占外。富本《商辂三元记》占扮商辂，第27出改标占生，后又出现小生，看似刊刻者误勘所致，却使得这部作品留有不同时期的脚色印记。锦囊本《东窗记》灵辄“占外”扮，有时又称占，世本改为小外，《精忠记》则改称小生。显然，“占生”“占外”都是脚色初分时期的名目，应出现在小外之前，现存剧本很少见到，尤其“占外”一脚，纵跨贴、外两行，脚色属性十分模糊，非常不利于类型化的脚色表演。

（3）外旦。南戏“外旦”脚色名称唯见《南词叙录》，归于外脚。元杂剧“外旦”之名则颇常见，元刊本、《元曲选》无不有之。《元刊杂剧三十种》计有4例，扮5人：《调风月》扮千金小姐，《小张屠》扮张氏，又扮王母，《紫云亭》扮侍婢，《冤家债主》亦为侍女。由此可见，外旦扮演的对象既有闺中少女、青年少妇，也有老年妇女，人物较为宽泛，可证外脚供过丰富的特点。杂剧中又有老旦、小旦之分，元刊杂剧中计4例4人，二者显为年龄之分，小旦扮少女、少妇之类，如《拜月亭》瑞莲、《汗衫记》张妻；老旦扮老妇之类，如《薛仁贵》薛母。就三者扮演对象言之，老旦、小旦均可归入外旦的行当，而就剧中地位，外旦、小旦、老旦亦均非正旦，属于配角、次角，外旦更可充当临时供过的侍女一类，情况更为驳杂。笔者认为，元杂剧之老旦、小旦，是从外旦中演化出的两个女配脚，剧中地位次于正旦，相较于其他仅为供过之类的外旦杂脚，二者更具有角色人物的特征性。

然而，南戏中外旦一脚于剧本中全然不见，这让我们怀疑

《南词叙录》所载“外旦”是否可靠。不过，外旦有时又可省为“外”，比如元刊杂剧《魔合罗》“二外一折”，其中之一便为旦脚刘玉娘。① 王骥德《校注古本西厢记凡例》有“古本，以外扮老夫人，署色止曰夫人”②，外扮中老妇人一类。早期南戏中，外扮女脚的也有一例，《张协状元》外饰王夫人，与《北西厢》外扮夫人无二，此“外”实为“外旦”。有论者以为“外旦，实系老旦”③，此说没有实据。外脚扮演灵活多变，明富春堂本《草庐记》第23折有“外扮老儿、老妇、小儿上唱”，“外”所扮不分男女老幼，其中老妇应为外旦应工。这说明，“外旦”是由“外”产生而来，有可能与元杂剧一样，能够扮演各个年龄阶层、身份地位的女性配角，而不仅仅为“老旦”。

还有一个问题必须说明，徐渭云南戏七种脚色，外旦、小外乃为后人益之，以此外旦可能出现在较晚阶段。然而，杂剧已有外旦之名，《张协状元》为代表的早期南戏亦有外旦之实，为何外旦之名的产生却会落后？这可从两方面考虑，其一，宋元南戏中外脚包容了各种脚色用法，而统名为外，外旦之用不过其一；其二，南戏有贴专门饰演次要女角，而杂剧没有。故杂剧正旦之外的女角，外承担十之八九，从外脚中分化外旦，势在必然。而南戏除去外行，又有贴行可分扮女性脚色，故最初外、贴二行就可以承担许多角色的扮演。直到明代，脚色分化成为大势所趋，才从外贴行中催生了一系列的新脚色名目。

---

① 按：经徐沁君校订后改为“旦、外一折”。徐沁君校订：《新校元刊杂剧三十种》下册，413页，北京：中华书局，1980。

② ［明］王骥德：《校注古本西厢记》凡例，见蔡毅：《中国古典戏曲序跋汇编》，659页，济南：齐鲁书社，1989。

③ 李晓：《南戏脚色在剧本中的地位、串扮及其发展》，载《戏曲研究》，126页，第22辑。

（4）小贴、老贴旦（老贴）。这两个脚色很容易和小旦、老旦联系起来，是否与小外、外旦一样，也是一个过渡性的脚色呢？目前我们尚未找到小贴直接转为小旦、老贴转为老旦的具体实例。汲本《冯京三元记》有小贴扮金氏之母，可见小贴之“小”，不因人物年龄为名，有可能是贴补贴旦之意，即为贴之次角。它在剧中不太重要，比较靠后出场。像《冯京三元记》金母纯属赘笔，可有可无。汲本传奇《昙花记》有小贴扮查清泰子之妻，乃新婚少妇，也是继旦、贴、小旦之后才出场的人物，故小贴纯属衬角。老贴旦即老贴，嘉靖本《宝剑记》有老贴旦扮高母，地位大约与小贴相差无几。该剧中已有旦、贴、贴旦等脚色扮演正派女脚，对于最后出场且作用不大的高母，故以老贴扮之，“老”是言其年长，全剧仅出场一次，足见临时之用。笔者以为小贴、老贴都是由贴行分化而来，小贴属同类脚色的临时敷补，而老贴则是为了区分年龄差异，也许后者稍晚于前者。

（5）夫。南戏中还出现不少“夫”的脚色名，如原本《荆钗记》钱夫人、富本《东窗记》秦夫人、锦囊本《拜月亭》王瑞兰母等。它的出现约在元代，是由人称称谓而来。元杂剧中，王瑞兰母即由“夫人”扮，可知“夫”系“夫人”的简化，多指一些年岁较大或地位较高的女性人物。弘治岳刻本《西厢记》有“夫人”扮崔母。王骥德云：“古本，以外扮老夫人，署色止曰夫人”。那么“夫人”应归属外脚一类。外扮崔夫人与《张协状元》外扮王胜花之母是同一脚色用法，《西厢记》署“夫人”而《张协状元》署“外”，只是写法上的不同，且《张协状元》最后一出的下场诗还出现一处“夫”①，指的正是“外”扮的胜

① 钱南扬：《永乐大典戏文三种校注》，216页，北京：中华书局，2009。

花之母，可知南戏之“夫”亦属外脚。从脚色性质上看，“夫”并没有成为南戏一个专门性的脚色名，而是类似杂剧的卜、婆、孛老等，属于半人物半脚色的过渡型名称。列表显示，夫脚多演化为贴、老旦，催生了老旦脚色的出现。但是，夫脚并未就此完全消失。例如，万历文林阁本《高文举珍珠记》有夫扮老奴，今存《高文举还魂记》之青阳腔裔本《水云亭》亦为夫扮丫鬟。丫鬟在该剧中的作用相当于老奴，性格庄重，但年纪偏小，此以夫脚扮之，显然是受了《高文举珍珠记》夫扮老奴的影响。这说明南戏古剧的流传保存了“夫”的脚色名。至今，长沙湘剧还专设夫脚，又称婆旦，也就是老旦的意思。据周贻白介绍说：“夫脚的戏不多，设班中脚色不够，即以夫扮，不过也有规定，非所当扮者决不使扮。”① 湖北汉剧十门脚色中也留存了“九夫十杂”的脚色，“夫”的地位仅在“杂”之上。汉剧源于弋阳腔的支流清戏，湘剧也是高腔系统的剧种，可知夫脚在明代弋阳声腔系统中得到更完整的保存。

（6）贴净、贴丑。这两个脚色出现于嘉靖本《宝剑记》。第29出净先扮草大使出，原净扮的驿丞后出则改为贴净；第30出贴丑扮李不顺，因场上已有丑扮傅安，故作贴丑，到第31出李不顺又改为丑扮，此时场上只有一个丑脚。所以，贴丑、贴净是依据净、丑在场人数确定的，如果不够敷用，则出之贴净、贴丑。要指出的是，《容与堂本水浒传》第八十二回已有了贴净的脚色名：

> 第五个贴净的，忙中九伯，眼目张狂。队额角涂一道明创，匹门面搭两色蛤粉；裹一顶油油腻腻旧头巾，穿一领刺

① 周贻白：《湘剧漫谈》，见《周贻白戏剧论文选》，419页，长沙：湖南人民出版社，1982。

刺塌塌泼戏袄。吃六棒枒板不嫌疼，打两杖麻鞭浑是耍。①

可能宋金杂剧之时，便有了贴净之称。然唯此一例，难以确证南戏贴净源乎于此。嘉靖本《宝剑记》之后，贴净、贴丑就难得一见。

三、传奇十二脚色的形成与发展

随着南戏舞台表演的发展，脚色名目的分化与整合也日益成熟，明末清初形成了“江湖十二脚”。

最中心的脚色当属正生、正旦。它们是从南戏生、旦而来，吸收了元杂剧正末、正旦的正角含义，专指剧中担任男女主角的脚色。这两个脚色名，最早见于万历王骥德《曲律》：“尝戏以传奇配部色，则西厢如正旦，色声俱绝，不可思议；琵琶如正生，或峨冠博带，或敝巾败衫，俱啧啧动人；……还魂、二梦，如新出小旦，妖冶风流，令人魂销肠断，第未免有误字错步。”②从“新出小旦”一句推测，正旦在此之前应已流行了一段时间，故未同称“新出”。然在嘉靖、万历剧本中，我们很少发现正旦、正生之名，《六十种曲》唯有《彩毫记》正旦扮许氏、《金莲记》正旦扮梦巫，正生则未见，这已然是明末的戏曲作品了。《彩毫记》中，正旦在人物首次出场时标出，余皆标“旦”；《金莲记》正旦亦只出现一次，其后皆标人名，且剧中有旦扮的王氏出场就没有梦巫，有梦巫在场就无王氏，故二者显由同一旦脚妆扮，这说明正旦与旦是同一脚色的不同名称。盖正生、正旦属于舞台演出的俗称，因与生、旦的含义重叠，故多数刊本只标

① ［明］施耐庵著，凌赓、恒鹤、刁宁校点：《容与堂本水浒传》，1205页，上海：上海古籍出版社，1988。

② ［明］王骥德：《曲律》，见《中国古典戏曲论著集成》，第4册，159页，北京：中国戏剧出版社，1959。

生、旦，而没有采用当时的俗称。

清代昆曲传奇时期，剧本中标正生、正旦名者渐多，《缀白裘》《审音鉴古录》中随处可见。有关明代生、旦（正生、正旦）与清代正生、正旦的不同，王安祈在《明代传奇之剧场及其艺术》“明传奇的脚色分化”一节中阐释甚明①：由明入清，生、旦主要发展为两种气质类型，一类端正型，正旦端正娴静，正生严谨方正；一类风流型，小旦风流妖冶，小生倜傥多情，他们均可充当正角。例如，明刊本《琵琶记》《荆钗记》蔡伯喈、王十朋用生扮，《缀白裘》《审音鉴古录》改为小生，突出二者青年儒雅的形象；《荆钗记》钱玉莲由旦改为小旦扮，《琵琶记》赵五娘则用正旦扮，也是分从人物不同气质着眼。据此可知，清代传奇主要根据人物气质来配置生旦脚色，至乾隆剧坛两类气质的生、旦主脚全然确立。

还有两点需要补充说明：①万历时期正旦、正生还没有产生分流。如西厢之浓艳，王骥德照样以正旦喻之，誉之为“色声双绝”，而这却是后来小旦的表演特征。明末传奇中，生旦所饰演的人物端正与风流兼有，如《红梨记》之生旦为一对风流佳偶，《昙花记》之生旦又端正严肃，脚色气质分类还未确立。②小旦作为次脚，据王骥德所言约在万历时期新出。然而。奎章阁本《五伦全备记》分大旦小旦、嘉靖本《宝剑记》第13出以小旦扮张氏，老旦扮林母，故小旦一名应在嘉靖前后已出现。王氏云“新出小旦，妖冶风流，令人魂销肠断”，盖万历之后小旦开始孕育出自己的气质类型。明末传奇中，《三祝记》小旦扮美人、韩女；《投桃记》小旦扮谢后、表妹；《彩舟记》小旦扮侍婢素娥等，均属风流艳丽的年轻女性。不过，此时正旦也可饰演

① 王安祈：《明代传奇之剧场及其艺术》，224～231页，台北：台湾学生书局，1986。

风流艳丽的人物类型，小旦主要扮演配角，位居正旦之次。陈与郊《樱桃梦》旦扮小姐郑霓裳、小旦则扮多情的丫鬟，史槃《樱桃记》旦扮穆小姐，小旦则扮嫁过两人的店主婆女儿，孙仁孺《东郭记》演旦齐人妻，小旦齐人妾等，都是处于这种正副关系。

再看老旦、老外。两者分从南戏贴、外行分化而来。例如《赵氏孤儿》的屠岸贾妻，锦囊本、世德堂本均为贴扮，《八义记》改为“老旦”；《白兔记》李母，成化本为贴扮，汲古阁本改为“老旦”；《拜月亭》王夫人，世德堂本为“贴”，陈继儒评本改为“老旦”，都说明“老旦”滥觞于贴行。老外显属外脚。当一出之中，有两个外脚人物同时在场时，则自然产生小外、老外、官外之类的分名。例如，原本《荆钗记》，周璧小外，钱太守官外（单独在场时，简称外）；嘉靖本《宝剑记》，高衙内小外，高俅老外（单独在场时，简称外）；富春堂本《草庐记》孙权为小外，乔国老为外。当老旦、老外分流出来后，他们所扮演的人物类型比较统一，大多扮演年龄偏长，气质稳重的男女性。

末脚在传奇阶段也有了分化。首先，副末不再与末混为一体，而成为一个独立的脚色，它较多延续了院子、祗候之类小角色的表演，起到穿合串引的功能。原来的末脚则朝着较为重要的角色方向发展。例如《三祝记》中，末扮王纯祐，仅次于主角，副末则扮使臣，只出现了一次。再次，一些末脚因为塑造人物形象的需要转变为其他脚色。以下对比明代南戏与各个改本之间末脚的扮演情况：

苏三叔	《金印记》（重校本）末
《金印合纵记》外	稳重知礼
鲁智深	《宝剑记》末
《灵宝刀》外	粗中有细

山神		《赵氏孤儿》第36出末	
《八义记》外		神仙	
李逵		《宝剑记》末	
《灵宝刀》净		率真粗莽	
金兀术		《东窗记》末	
《精忠记》净		敌兵将帅	
尉迟敬德		《白袍记》末	
《歌林拾翠》收"犒赏三军"净		率直勇猛	

一般来说，性格老成持重者，末改为外；勇猛暴躁者，末改为净。这说明，南戏中形象笼统的脚色扮演，至传奇阶段愈见细腻，脚色与人物性格、气质趋向统一。

传奇脚色名目还有大净、中净、小净或小丑。这些脚色大概产生于隆万年间，如《浣纱记》第22出"访女"，富春堂本净扮北威，汲古阁本改作小净扮北威；高濂《玉簪记》也有小净扮尼姑。① 晚明时期，此类脚色相当程度地照顾到人物的身份、气质和地位，且与表演进一步结合。潘之恒《鸾啸小品》载："大净轩昂叫笑，英毅合体，皆小班之可观者"；"其大净小悍而有亮节。亮节者，亮而有节。以之定净品，殊无满意。此色最忌秾烦，尚简贵。若副净倘尚科诨，蒜酪最忌琐屑"；"二净，色中之蒜酪也。解识吴侬善滑稽，憨情软语态如痴。略加粉色非真面，便放机锋不自持"。② 大净嗓音高亢嘹亮，风姿大度，重在表现权高势重的人物形象，如高俅之奸诈，魏齐之刚愎，包拯之

① 按：郭英德云《浣纱记》"约作与隆庆四年至万历元年之间（1570—1572）"，《玉簪记》"似作于隆庆四年（1570）"。见《明清传奇综录》，59页，74页，石家庄：河北教育出版社，1997。

② ［明］潘之恒著，汪效倚辑注：《潘之恒曲话》，52页，54页，215页，北京：中国戏剧出版社，1988。

铁面，项羽之霸气，都由大净应工。大净十分注重唱工，明末钱岱家乐有“吴小三名扮大净，实未独出登场，声音细不能唱高调”①，可见没有嗓音条件无法胜任大净。中净、小净（小丑）则注重说白，滑稽调笑，仍保持了原有的帮闲气质和喜剧色彩。这些净行脚色入清后转为大面、二面、三面，延续了相应的脚色气质。

外行对于净丑脚色新名目的增加作用不大。不过，有不少人物形象由外转为净扮，这也是值得注意的一类分化：

魏齐　《绨袍记》富春堂本　外　　第23折　净
高俅　《宝剑记》老外　　《灵宝刀》净
包拯　《袁文正还魂记》外
《胭脂记》净包拯、《渔篮记》净包拯
项羽　《千金记》富本外　　世德堂本　净
苏父　《金印记》重校本外　　高一苇本　净
尉迟敬德《金貂记》富春堂本外
《八能奏锦》收“南山牧羊”净

明代南戏中，外脚多扮演身份较高、老成持重的一类角色，有别于早期南戏供过贴补的外脚。到了传奇阶段，由于净行当时分化出了三类，其中“英毅合体”之大净，恰与外脚的此类形象吻合，因此，外脚的这类扮演一部分转由净承担，而且大面化妆如包拯之黑面、项羽之大花面，也更能烘托人物的性格气质。

综上所述，早期南戏由七种脚色构成，各就各位，各司其职。随着南戏人物塑造艺术的发展，七种脚色已无法再恰如其分地承担人物角色的妆扮，因此，脚色的分化势在必然。南戏的脚

① ［明］梧子：《笔梦叙》，见［清］虫天子：《香艳丛书》，第1册，324页，北京：人民文学出版社，1994。

色分化经历了一个渐进的过程，最初舞台依据人物年龄、身份或者角色正副的差异，予以简单粗略的分化，如大旦/小旦、大生/小生、官外、夫、小外等，而外、贴行也在脚色分化中起到重要的作用，所产生的新脚色有的沉淀下来，有的则被淘汰，成为南戏脚色发展的一个中间环节。至传奇阶段，脚色与人物的关系越发融合，脚色力求烘托人物的气质、性格，表演也贴近人物形象，脚色分化着力呈现细致、细腻的舞台效果，最终确立了十二脚色制。

第三节　南戏的分脚与分场

一、南戏的分脚体制

不同的戏曲种类都有着各自的脚色体制，比如元杂剧的"一正众外"脚色制，"一正"指担任主唱的正脚，"众外"指诸如净、外、徕儿、孤等不唱的配脚，它构成了元杂剧表演的标志性特征之一。与元杂剧相比，南戏的分脚体制也自成特色。

（一）生旦为主的基本脚色纲线

南戏最基本的脚色制是以生旦为中心，指"以扮演男女主角的生、旦为主，其他脚色皆为配角"①，即七种脚色体制中，生、旦处于最核心的地位，其他脚色都围绕二者设戏敷演。

从剧本地位看，南戏之生旦与元杂剧之正末、正旦颇为相似，均处于脚色中心地位，但由于南戏、杂剧表演体制之区别，两者实不能等量齐观。首先，南戏的生旦固定扮演男女主角，除了偶尔、临时贴补一些角色外，一般不兼扮其他人物。元杂剧之正旦、正末有更为宽泛的表演对象。它能够包演各种人物类型，

---

① 俞为民：《南戏通论》，79页，杭州：浙江人民出版社，2008。

上至帝王将相，下至贩夫走卒，而且一剧之中，还可以不受脚色限制，换扮不同人物。例如《薛仁贵》正末扮薛父、薛仁贵两个人物，《单刀会》正末兼扮乔国老、司马德操、关羽三个人物。以此来说，南戏生旦脚色的人物意义要大于杂剧正末、正旦。造成这种差别的原因在于，元杂剧是一人主唱制，正末、正旦主曲唱，决定其扮演何种人物的是其曲唱职能。而南戏却任何脚色都能唱做，生、旦之所以担纲主线，则主要基于所塑造人物的主人公地位。

其次，在与其他脚色的关系上，末旦与生旦也有不同。前者担纲主唱，决定了它在杂剧中的绝对中心位置，而其余各脚皆承担供过之职。洛地指出，杂剧表演属于“一角众脚”“一正众外”制：“班社演员因主衬而有角、脚，一角众脚；演出当场因唱曲、过戏而分正外，一正众外。”① 在元杂剧的四折中，几乎没有一折无正旦或正末的演唱。而南戏的生旦虽是故事主角，但若缺少其他各脚的配合，是唱不成独脚戏的。所以，除去副末开场外，南戏中没有生或旦的出目比比皆是，像《宦门子弟错立身》为2出，《小孙屠》为5出，《张协状元》为12出，而且这些出目有的与剧情关系紧密，表明南戏非常倚重其他脚色的协调合作。

生、旦为主的脚色纲线，决定了南戏一般采取生旦双线的演出结构模式。廖奔指出南戏这种结构的方式：“男女主角最先分别上场，用唱曲、说白和念诗的手段交代清楚各自的情形、处境和心境，为后面的矛盾展开和情节发展奠定基础，然后场景就按

① 洛地：《一正众外，一角众脚——元杂剧非脚色制论》，载《戏剧艺术》，86页，1984年第3期。

照双线延伸。……分别展开，递相发展，到一定的时候合为一处。”① 这种双线对举的结构安排，实与南戏多家庭、婚姻、爱情的题材关系密切。在剧中，生、旦组成一对对夫妻、恋人，生首出，旦次出，再由双脚分扯出两条线索，或平行或交会，几度悲欢，几度离合，最终生旦团聚，两线重合。例如《张协状元》围绕张协与贫女的婚姻故事，以生、旦分叙二线，平行交叉，组织全剧，《宦门子弟错立身》《琵琶记》以及“荆、刘、拜、杀”等宋元南戏，也都同样呈现生旦为主，双线对举的脚色安排。这构成了南戏乃至之后传奇的基本演出结构。据笔者所见，早期南戏中唯《小孙屠》一剧稍显独特。该戏亦设生、旦二角，生饰孙贵、旦饰李琼梅，廾场是常见的生旦春游际遇，此后生求婚，旦脱籍，双方结婚，基本行走在南戏生旦双线的常轨上。直至第 9 出剧情转入奸情、杀人、错判的公案情节，主角位置换为末扮的小孙屠，敷写他如何撞破奸情、如何携母远走，如何回转家乡，如何遭受盆吊，如何冤案得破的情节。可以说，全剧末扮的小孙屠才是名副其实的主角，生、旦反而退居其次，沦为配角。这种脚色安排恐怕受到了元杂剧《小孙屠》的影响。

明代南戏中，生旦双线的剧本也占据了绝大多数。一些本来不利于生、旦双线叙事的南戏剧作，也会有意按照这样的脚色体制布置情节人物。像《目连救母劝善记》演述目连救母的佛教故事，《古城记》《草庐记》展现三国鼎立的历史战争，《韩信千金记》表现韩信投军征战的战争风云，故事内容庞杂，人物纷纭，且侧重男性角色的行动叙述，不太方便增入旦脚情节，但南戏创编者们为了照顾生旦对举的脚色制，仍勉力采掇旦脚出场。《目连救母劝善记》衍出曹小姐一线，“三国戏”增衍糜夫人、

① 廖奔、刘彦君：《中国戏曲发展史》第一卷，345 页，太原：山西教育出版社，2000。

孙氏等女角情节，《韩信千金记》特意增加韩妻的相当戏份，都平衡了旦脚的情节叙事与表演。而在实际舞台上，生旦对举的脚色安排还会进一步得以凸显。例如，成化本《白兔记》删去了岳小姐的出目，嘉靖写本《蔡伯喈》删了两出牛氏之戏，目的在于集中生旦双线的叙述，突出生、旦的表演。

晚明传奇阶段，以生旦为中心的脚色体制仍是主流形态，但人们已逐渐认识到生旦双线模式对人物剧情的囿限。吕天成评《韩信千金记》："且旦是增出。只入虞姬、漂母，亦何不可?"评沈璟《义侠记》："但武松有妻，似赘。叶子盈添出，无紧要。"① 都语中旦脚于情节人物的赘衍。可见，南戏传统脚色观念已悄然在变，那些不利于人物情节的脚色安排，开始受到质疑和批评。因此，一些传奇剧本不再拘泥于生旦对举的脚色体制，自觉进行舞台的改良。这主要表现在对旦脚戏份的弱化上。由于生脚是牵合剧情始终的关键脚色，其行动意义要远远大于旦脚。清黄幡绰云："生者，主也。凡一剧由主而起，一轶之事在其主始终。"② 故对生旦双线的脚色制改造，一般以减少旦脚戏份，降低其主角地位为主。要么直接删除旦脚情节，如传奇《八义记》删去原南戏《赵氏孤儿记》三出的旦脚戏，使旦所饰赵朔妻成为若有若无的人物设置；要么采用旦脚兼扮的方式，弱化旦扮女主角的中心地位。例如，明蒲俊卿的《刘秀云台记》是一部历史战争戏，旦扮刘秀妻穿插其中，类似《韩信千金记》之韩妻、《义侠记》之武松妻，特意遵循了旦与生的对举脚色模式。但实际上，这部戏的旦脚不只扮演了女主角，而且转换了多个人物，先后扮演了王蟒夫人、孙氏、平帝母后等几个较为重要

① ［明］吕天成：《曲品》，见《中国古典戏曲论著集成》，第6册，226页，229页，北京：中国戏剧出版社，1959。

② ［清］黄幡绰：《梨园原》，见《中国古典戏曲论著集成》，第9册，10页，北京：中国戏剧出版社，1959。

的女性角色，这就突破了南戏生、旦只饰演单个人物的脚色扮演方式，弥补了脚色分工的不足。又如冯梦龙改本《酒家佣》，也采用了旦脚兼扮的方式。剧中，旦脚分扮了男角秦宫、女角友通期、滕女，前两个角色属过场人物，后一个角色虽与生脚对举，稍见分量，但其出场却迟至第22出，且戏份明显不足。该剧真正女主角实际是老旦文姬，却已非正旦应工。还有的传奇干脆不用旦脚，如冯梦龙改本《精忠记》将原《东窗记》旦扮岳妻改老旦扮演，并减少了相应的情节戏份，既使脚色贴近人物的年龄，也使情节结构更加紧凑。当然，也有改变生脚地位的传奇剧本。最典型例子当属李渔《奈何天》，它以丑扮主角阙里侯，生沦为过场之配角，旦并列于三个女主角之一，且与丑脚对举，这不可不说是对传统脚色配置的重大突破。

（二）其他脚色的协调配合

南戏脚色以生、旦为中心，主要是建立在剧情结构的基础上，并不意味着其他脚色处于表演的附属地位。各个脚色所扮演的人物虽有主次，它们的舞台地位却同等重要。据统计，《张协状元》生出场25出，旦出场24出，末（不含首出开场）出场38出，丑出场26出，净出场23出，外出场14出，贴出场11出；《琵琶记》生21出，旦19出，末（不含首出开场）34出，丑31出，净24出，外10出，贴14出。末、丑、净的出场次数与生、旦不相上下，甚至还要多。可见，一出戏少不了这些次脚的协调与配合。

洛地认为，各个脚色的组织安排，主要依据主、合、离的情节功能。生、旦一般固定饰演男女主角，生为故事之“主”，旦为故事之“合”，两者分分合合，交相呼应，贯穿始终。“离”，指阻碍“主”“合”双方、使之分离的人物，故净、丑一般饰之。外、末、贴则分为“主”方或“合”方人物，推动生、旦双方的离合故事。[①] 笔者认为，若依情节功能，主、合、离三方还可进一步简化为合、离二方，“合”即促使男女之聚合，生、旦、外、贴、末气质偏正，品相端正，故多属其类；“离”即迫使男女双方分离，净、丑因容貌丑陋，花面妆扮，气质滑稽，故多承其职。最具代表性的例子为《荆钗记》。该剧演生王十朋与旦钱玉莲的爱情故事。因净扮孙汝权、玉莲继母、丑扮玉莲姑母等人的从中作梗，二人姻缘拆分，钱玉莲被迫投江，为外钱安抚、贴钱夫人搭救，收为义女。王十朋离家赴考后，高中状元，因拒绝净万俟丞相的逼婚，也被派往僻地就职。后经曲折，终得团圆。这部戏中，净丑发挥了强大的离间功能，迫使男女主角由合而离，“各在天一涯”，而外、贴各属“主”“合”方，拉动男女双方由离到合。末所扮的李诚、承局之类的人物传书递信，则起到了串连各方的作用。它如富本《白兔记》净李洪一、丑李洪一妻、外李大公、小外咬脐郎、贴岳小姐，汲本《杀狗记》净柳隆卿、丑胡子传、外府尹、小生孙荣，元本《琵琶记》净拐儿、贴牛氏、末张大公，也都各自具有典型的脚色离合功能。

不过，脚色之正反与情节之离合的关系并不都是一一对应的。一些南戏中，净丑也有“合”的功能，原本《荆钗记》中，净扮邓谦，最后撮合了生、旦的重聚；《张协状元》丑扮王德用，救贫女，认义女，净扮谭节使，说合张协贫女婚事，推动了生、旦的重合。末外贴行中也有离间功能的人物，《琵琶记》外扮牛相，逼婚、软禁蔡伯喈，《宦门子弟错立身》外扮王恩深，

---

① 按：南戏脚色具体扮演情况，可参看洛地《〈张协状元〉的“敷演话文”及其衍化——兼简说“戏文”的戏剧结构及脚色综合制》一文所制脚色扮演出场人物表（《洛地文集》“戏剧卷一”，266～273 页，艺术与人文科学出版社，2001）；俞为民又列出九部南戏脚色扮演人物的情况（《南戏通论》，77 页，杭州：浙江人民出版社，2008）。

拆散儿子与王金榜的爱情，《拜月亭》外扮王尚书，也硬生生分开儿女情缘，也都是重要的“离”方人物。还有一些龙套角色，多由末净丑兼扮，所起离合作用也不尽与脚色正反气质相符，甚至有的根本没有什么情节功能。如《张协状元》净山神、丑小鬼，二者引贫女与张协相会，属“合”方人物。丑圆梦先生、小二哥，对情节推动力不大，很难说属“合”还是“离”方人物。因此，南戏分脚体制恐怕不仅仅受到脚色“离”功能的影响，更有可能与各自脚色表演职能密切相关。

南戏中，七种脚色各自形成了不同的表演职能。生、旦以唱曲见长；外、贴敷补生、旦等各行之不足，亦主唱工；净、丑专门插科打诨，说笑调弄，幽默滑稽；末除了与净、丑的滑稽对手戏外，还要负责穿针引线，导引宣赞。在以《张协状元》为代表的早期南戏中，这种脚色的职能分工已差不多明确（见表5-2）。

表5-2 脚色的职能分工

脚色名	所扮人物	主要表演职能
生	张协	曲唱
旦	贫女	曲唱
净	张协母、张协友、客商、山神、李大婆、士子、店主婆、卖登科记者、门子、脚夫、柳屯田、谭节使、喜郎	滑稽说白、科介
末	开场副末、张协友、院公、客商、李大公、土地、判官、堂候官、士子、买登科记者、府吏、门子	说白（开场词、赋诵、引吊人物上场、接续收住净丑滑稽戏等）、科介

续上表

脚色名	所扮人物	主要表演职能
丑	张协妹、圆梦先生、强人、小鬼、王德用、士子、小二、脚夫、喜郎	滑稽说白、科介
外	张协父、王夫人	曲唱
贴（占）	胜花、野方	曲唱

各行脚色的特定表演职能，反过来要求南戏的角色设置与之相适应，务求在一剧之中使每个脚色都能各尽其能。这就产生为了平衡各行脚色的表演，会添入一些与脚色性质不符的情节人物。例如，原本《荆钗记》净扮邓谦、《张协状元》净扮谭节使，都是撮合生、旦婚姻的正面人物，但舞台设为净扮，使这两个人物充满滑稽色彩。这并非编者特意设定的人物性格，作为过场人物，两者戏份不过一两出，完全属于功能人物，缺乏性格塑造。但他们所具备的幽默风趣，却是净脚职能使然，目的在于展现净插科打诨的表演，着力营造舞台的热闹气氛。再如，净丑所扮演的一些龙套角色中，正面形象亦不在少数，如读书友人、科考举子、脚夫、客商、喜郎、婆婆、小二等。之所以将他们设置为滑稽人物，也是为了通过净丑的科诨表演，制造舞台笑料，诸如讲书会友、科举考试、媒婆说亲等出目，因为净丑常见的科诨表演而成为南戏的滑稽程式出目。

外脚常扮“离”方人物，也与其“合”的正面形象不太相称。上文已指出，外最早属于敷衤供过的脚色类型，所补脚色不分行当，所饰人物亦不分正反，像生之外、净之外、丑之外、旦之外等脚色名目，所起的作用与所敷补各行相同，这一点在早期南戏中表现得更为突出。所以，用外扮离间生、旦的人物，实际是发挥了外净的情节功能。《琵琶记》的舞台演出，就是用净扮牛相，算是还原了外净的本来面目。这类角色大多位高权重，重视身架唱功，采用外扮也能发挥其主唱的脚色职能。

应该说，南戏出场角色众多，如果没有这些次要脚色围绕剧情，发挥离合功用，生、旦双线将无法合理布局与展开。如果没有这些次要脚色按部就班，各尽其能，整台戏表演也不能包融唱、念、做、打等丰富形态，庄谐并行。所以，以生、旦为主，以末、净、丑、贴、外为次，各脚协调配合，相辅相成，构成了南戏脚色杂而不乱、多而不芜的分脚方式。

二、南戏的分场

分场，从文本而言，是指剧本内容的情节发展；从舞台而言，则体现为正过、冷热、文武、静闹等各种形式。分场与脚色配置关系密切。张敬《明清传奇导论》指出："传奇的分场，是和分脚一事无法分离的。"① 他对传奇的分场与分脚进行了规律性的总结，提出"使用匀称"的基本原则。② 由于张敬所据的《琵琶记》《荆钗记》二剧，都体现出这一原则，此亦大略可视为南戏分场的特征。我们再依据南戏的出脚色及分脚情况，做出补充论述。

---

① 张敬：《明清传奇导论》，132 页，台北：华正书局，1986。

② 按：张敬总结了六大要点：（一）分脚的重复，会影响场景的效用。（二）生旦为中心的场面组合，并不做限定，但看各人慧心运用。（三）分场必须照顾到各角的休息和表演情况。（四）分脚之为主为副，是以各场唱做分量依据的。（五）分场的脚色必须寻求变化，不能偏于一脚。（六）在传奇里，主角和第一副角必在三折以内点出外，其余角色必须在十二折前次第出齐。（《明清传奇导论》，133～134 页，台北：华正书局，1986）

(一) 南戏开场是安排各脚色登场的关键性场次

正如李渔《闲情偶寄》论传奇出脚色所云：

> 本传中有名脚色，不宜出之太迟。如生为一家，旦为一家，生之父母随生而出，旦之父母随旦而出，以其为一部之主，余皆为客也。虽不定在一出二出，然不得出四、五折之后。太迟则先有他脚色上场，观者反认为主；及见后来人，势必反认为客矣。即净、丑脚色之关乎全部者，亦不宜出之太迟。善观场者，止于前数出所见，记其人之姓名。十出以后，皆是枝外生枝，节中长节，如遇行路之人，非止不问姓字，并形体面目，皆可不必认矣。①

开场出脚色，既可交代剧中人物身份，也可明晰人物之间的主次关系，故李渔认为，必须在十出之内完成主要脚色的出场。此说应是提炼了南戏、传奇长期的舞台表演实践。大多南戏在开场脚色的安排上，确乎饶费了一番脑筋。例如，《张协状元》除去开场之外的前3出，生、末、净、外、旦、丑悉数登场，唯贴扮王胜花在13出上场。又如，元本《琵琶记》第2出以“庆寿”带出生、旦、外、占一家登场，第3出以“玩春”带出丑春香、末院子、净老姆姆，再上贴牛小姐，第4出末张公出场，第6出外牛相出场，至此七种脚色、主要人物都有条不紊上场亮了一次相。原本《荆钗记》开场为“会讲”“堂试”“庆诞”三出，诸脚色纷纷得以上场，也基本交代了全部的主要人物。屠评本《荆钗记》略有改动，“堂试”移为第3出，改置“庆诞”后。之所以这样改动，是因为“堂试”与“会讲”皆属中粗正场，末净丑脚两场连用，场面不免重复，而屠评本将“庆诞”

① ［清］李渔：《闲情偶寄》，见《中国古典戏曲论著集成》，第7册，68页，北京：中国戏剧出版社，1959。

插在中间，既可调剂两个重复场面，又可使旦脚早一出上场，提前交代了重要人物，可以说照顾了分场与分脚的两个标准。开场中有“言怀自叙”一类出目，为男主角自言自唱，多为一人在台，场上有些冷清，故一些剧本在此出之后，接上一出热闹的出目，安排众脚登场，渲染气氛。如汲本《白兔记》“自叹”之后为“报社”“祭赛”，属于脚色众多，气氛欢快的群场戏。

（二）南戏的舞台演出，分脚与分场所呈现出来的关系较为复杂，并不像传奇大多兼顾“使用匀称”的原则

张敬将场次分为大场、过场、短场、正场、文场、武场、闹场、群戏同场、细场、中细场等，对《拜月亭》《琵琶记》《浣纱记》《还魂记》《长生殿》进行分场研究。[①] 参照这种分场方式，我们标出宣德本《刘希必金钗记》、成化本《白兔记》各出的场面和脚色，以此考察南戏演出本中分脚与分场的关系（不含“副末开场”出）：

宣德本《刘希必金钗记》：
第 2 出感怀述志　文静引场（生末）
第 3 出双亲庆寿　文静正场（公婆生旦末）
第 4 出家人劝试　粗细短场（生末净丑）
第 5 出雇请伴当　粗闹过场（末净）
第 6 出刘公迫试　文细正场（生旦公婆）
第 7 出剖钗折镜　文细正场（生旦小玉）
第 8 出辞别父母　文细正场（公婆生旦）
第 9 出伴当随从　粗细过场（净）
第 10 出洗马桥会　文细正场（生旦玉）
第 11 出登程上路　粗细过场（生净丑末）

① 张敬：《明清传奇导论》，109～135 页，台北：华正书局，1986。

第 12 出停针思夫　文细短场（旦玉）
第 13 出状元及第　群戏同场（末外丑净生）
第 14 出曹相遣媒　中细正场（末外占玉净）
第 15 出肖氏问卜　粗闹过场（旦末净）
第 16 出彩楼招亲　粗细过场（外末丑）
第 17 出文龙拒婚　粗细正场（生净丑末）
第 18 出曹相怒斥　粗细短场（外丑）
第 19 出肖氏忆夫　文细短场（旦玉）
第 20 出太行山寨　武短场（外末丑净）
第 21 出曹女病恹　文短场（占玉）
第 22 出奉使单于　文细过场（生末）
第 23 出托人寄书　中细正场（生净丑）
第 24 出肖氏怨夫　文细短场（旦玉）
第 25 出送书被劫　粗过场（丑末净）
第 26 出山寨毁书　粗短场（外净末）
第 27 出迷路问讯　粗细正场（生净丑）
第 28 出公主赏春　文细过场（占玉）
第 29 出公婆打　中细短场（公婆旦）
第 30 出到达单于　中细正场（外末生）
第 31 出单于招亲　文细短场（生末）
第 32 出强配公主　闹过场（末丑）
第 33 出文龙诉愁　文细正场（占生）
第 34 出童婢戏耍　闹过场（玉丑）
第 35 出吉龙说媒　粗短场（外末）
第 36～38 出阙
第 39 出花亭备宴　过场（疑为末）
第 40 出单于赏宴　群戏同场（末生占外丑净）
第 41 出刘公劝嫁　中细正场（公婆旦）

第 42 出公主秘计　文细正场（生净占）
第 43 出肖氏祭灵　文细过场（玉旦）
第 44 出文龙圆梦　粗正场（生末净①）
第 45 出公主放归　文细正场（生占）
第 46 出追荐亡魂　群戏同场（公婆末外旦玉）
第 47 出公主别　文细正场（生占净）
第 48 出阙
第 49 出乔装逃走　过场（生净）
第 50 出单于追赶　半过场（外丑末）
第 51 出公主忆　细短场（占番奴）
第 52 出随从被捉　过场（净外丑）
第 53 出文龙趱路　过场（生净）
第 54 出约定婚期　细短场（公婆末）
第 55 出回到京城　过场（生净）
第 56 出肖氏守孝　文细短场（旦玉）
第 57 出朝廷赐爵　文细正场（末生）
第 58 出宋忠纳聘　中细短场（公婆丑末）
第 59 出公婆迫嫁　中细正场（公婆旦玉）
第 60 出肖氏投水　过场（旦玉）
第 61 出太白神救　过场（末）
第 62 出内使赍敕　过场（外）
第 63 出洗马桥会　文细正场（旦外生净）
第 64 出探访吉公　中细短场（末生净）
第 65 出合钗相认　群戏同场（末公婆生外旦玉）
第 66 出探访吉公　过场（末外）
第 67 出一家团圆　群戏大场（末生旦丑净公婆）

① 此出本为外，后改净。

成化本《白兔记》（出目名参照汲古阁本）：
第2出访友　粗细正场（生末净）
第3出祭赛　粗细正场（净生外旦贴）
第4出偷鸡　粗细短场（外生净）
第5出留庄　粗细正场（贴旦外生）
第6出牧牛　中细正场（生外旦）
第7出迫走　粗闹正场（净生外）
第8出成婚　群戏大场（末外贴末净生旦）
第9出逼书　粗闹正场（净丑生旦外）
第10出说计　粗短场（净丑）
第11出看瓜　中细正场（生旦）
第12出斗瓜精　文武正场（生瓜精旦净）
第13出分别　粗细大场（净丑外旦生窦老）
第14出途叹　文细过场（生）
第15出投军　粗短场（末外二净生）
第16出巡更　粗细短场（二净生贴旦）
第17出拷问　粗细正场（外净丑生贴）
第18出岳赘　过场（外贴净生）
第19出挨磨　粗正场（丑旦净）
第20出分娩　中细正场（旦丑）
第21出窦问　过场（末旦）
第22出送子　粗细正场（旦末丑）
第23出见儿　中细正场（生贴净末）
第24出汲水　过场（旦）
第25出预猎　中细短场（小外生贴）
第26出诉猎　粗细正场（旦净小外贴净）
第27出忆母　中细正场（生净小外贴）

第 28 出私会　中细正场（旦生）
第 29 出团圆　群戏大场（净丑生小外旦贴）

应该说，宣德本《刘希必金钗记》的分脚，基本体现了以“冷热相济”“使用匀称”为原则：

（1）尽量不让同一个脚色连续出演，即便有三至四个连场，戏份上也轻重有别。例如，第 2 ~ 4 出生脚均在场，第 2 出冲场主唱，次出与众脚分唱，再下一出表演重点则转移到净丑末的插科打诨，生脚戏份很少。又如，第 2 ~ 5 出末脚，生冲场时，末扮院子辅之，有唱段，第 3 出仍为院子，只负责执酒供盏，属于无说唱的龙套脚色，第 4 出与净丑二脚打科诨，戏份有所增加，却不甚多，第 5 出则独与净脚对手，组成一个粗闹的短场，分量颇足。如此安排脚色的表演，一是考虑演员的休息和间歇，不能任意连演，加大脚色的表演强度，二是考虑观众对于舞台分场的接受程度，连演文细场或粗闹场，都可能造成观众的审美疲劳。

（2）张敬指出，每出脚色要寻求变化，若分脚重复则会影响场景的效用。宣德本《刘希必金钗记》上下出脚色很少全同，较好地照顾到分脚对场景氛围的影响。不过，有的出目过于倚重相同脚色，场面仍有沉闷重赘之感。第 6 ~ 10 出，以生旦表演为主，文细正场连用，场面不免闷滞。第 49 ~ 55 出，频繁以生净的过场戏连贯，则有零碎重复之嫌。《琵琶记》也出现相同的问题。张敬指出《琵琶记》弹琴、思亲、赏月、寻夫、盘夫等几出细场连接过密，场面沉闷①，从分脚考虑，应出于相同脚色连续出场的原因，由是可见分场与分脚的相互影响。

再看成化本《白兔记》的脚色分配，似乎就没有考虑“使用匀称”的原则。首先，脚色连用现象十分严重，造成了场次

---

① 张敬：《明清传奇导论》，130 页，台北：华正书局，1986。

冷热不调。如生脚，第2~9出连续出场8次，第11~18出连续出场8次，余下又有5次出场。也就是说，全剧29出，生脚就占据了21出，连续出演使得演员不得喘息之机，表演负担之重可想而知。这也使得分场处理受到了一定的影响。全剧没有一出文细正场，多为粗细交合或粗闹同戏的场面，致使舞台呈现一种粗朴闹耍的艺术风格。从分脚析之，主要由于频繁使用净丑脚色。全剧净丑脚合计出场20出，以众多科诨打闹的表演，中断或冲淡了文细场次的抒情氛围。如第19出挨磨，旦唱抒情慢曲，抒发胸中苦闷之情，结果丑出而打之，在相互争锋中扭转了抒情场面。第22出送子，亦是丑增添风波，激发矛盾，变旦脚的悲唱为粗闹的场景。

其次，由于脚色分工过于平均，场次因此主次不明，缺乏层次过渡。成化本《白兔记》第2~9出，中间仅插一个短场，其余均为正场、大场，且每出脚色分量相当，无明显轻重之别。比如，第2出生冲场抒怀，本为文细静场引子，后却继以末净大量科诨，使之变为一个正场规模。其后紧连几个正场，或粗或细，中间无一个中心脚色、中心出目，场次用力平均，过渡不明。再如，汲古阁本《白兔记》第8出“游春”、第21出“岳赘”、第23出“求乳”等，锦本《刘知远》“小姐绣楼玩赏”出，俱属人物唱曲为主的文细正场，可以沉静细曲缓冲上下出的热场戏。然而，作为台本戏，成化本《白兔记》为了加快演出节奏，删去了这几出与情节关系不大的静场戏，致使场面缺乏冷热调配。在晚明选曲刊本中，“游春”一出却是常选出目，表演上又加数花、摘花、戴花等诸多内容，兼以滚调唱之，极富情趣。

类似成化本《白兔记》的分脚方式，大多存于民间演出本。清抄本《彩楼记》也是一个节本性质的民间演出本。全剧20出，生脚便出场了14出，而原本《破窑记》的分场则穿插各行脚色，协调冷热场次。不过，为何同样是演出本，《白兔记》与

《刘希必金钗记》会呈现不同的分脚与分场排呢？这或许与各个南戏剧本不同的演出环境有关。《刘希必金钗记》篇幅长，《白兔记》篇幅短，应该受制于各自不同的演出时间与场合。前者抑或分天连台演出，后者也许要在当天演完，一长一短，一疾一缓，故而造成各自分脚与分场的差异。成化本《白兔记》为加快演出进程，突出情节主干，烘托喜剧风格，一方面要集中生、旦中心脚色的表演，不去考究场次正副之分；另一方面，其他副脚为化解中心脚色的繁重任务，必须加大表演内容，减少主脚压力，因此净丑诸脚被赋予相当的分量，使得场次详略失当，缺乏一张一弛的节奏感，整个演剧也呈现出闹剧的风格。《刘希必金钗记》《白兔记》的分脚方式，向我们生动展示了南戏演剧因场制宜、灵活便宜的分场与分脚方式。

三、南戏脚色串扮方式

分脚能不能达到分布均匀、劳逸结合、穿插有度的最佳效果，不仅与分场之优劣相关，也与有效协调演员、脚色与人物的关系密切。一般来说，南戏七种脚色俱各由一名演员应工，脚色职能分工十分明确。可是，为了适应剧本人物的变化，在不断的演出实践中，艺人们除逐渐增加脚色名目外，还发展了一些脚色串扮的其他方式，用以平衡演员、脚色、人物三者数量比例上的差异。这些方式对传奇脚色体制的成熟起到了不可忽视的推动作用。

（一）兼扮

兼扮是南戏最常用到的分脚串扮方式。《张协状元》净扮演李大婆，第33出又扮神出场，等到贫女拜别李大公时，净显然

（旦）乍别公公将息！奴家拜辞婆婆已毕。

（净）不须去，我便是亚婆。

（末）休说破。

是用了一赶二的兼扮手法。有时人物众多，就不得不一赶三，甚至一赶多了。《张协状元》净脚就承担了13个人物的演出，末为11个，丑为9个，外为2个，占为2个；元本《琵琶记》外扮演了3个人物，末为10个，丑为15个，净高达17个之多。嘉靖刻本《荔镜记》末为9个，净为12个，丑为10个，贴为3个，外为3个；汲古阁本《精忠记》净6个，末9个，丑12个，外3个。在所有脚色之中，净、丑、末三脚最为活跃，兼扮次数最多，外、贴用于补充人物，次数也不在少数，而生、旦由于担任全剧主角，戏份最重，一般是不予兼扮的。

一个脚色要扮演十余个人物，对于一个演员来说压力是沉重的。演剧上是如何处理脚色与人物一对多的矛盾呢？我们知道，末、净、丑都承担了自己的表演职能，净、丑负责插科打诨，说笑打斗；末则主要穿针引线，接续收结。表演分工的明确可以使脚色扮演有序化，在看似众多的人物中，找到适合各自表演的同类人物。一言概之，即各类脚色按部就班。以上所举例子中，末多扮演堂侯官、院子、使臣、祗候、黄门官、随从、伴友等；丑多扮演小二、随从、乞丐、疯子等；净多扮演婆婆、乞丐、随从、社长之类。他们所扮演的人物身份、气质彼此相似，表演方式亦可相同。因此，兼扮实际是以行当表演为中心，人物依随脚色职能而分类部署。

（二）反串

早期南戏的兼扮，脚色一般扮演符合自身表演职能和气质类型的各种人物。但舞台演出经常会有本行当脚色不够敷用，而借用其他行当串扮的情况，此即为反串。宋元南戏很少出现反串扮演，至明代南戏则比较常见了。原本《王状元荆钗记》第3出旦扮金瓜武士，生扮番兵，嘉靖本《宝剑记》末扮刚烈勇猛的鲁智深；富春堂本《玉玦记》第3出末扮梅香，富春堂本《东窗记》旦扮阎王，等等。这里，本为生行的扮净行，本为旦行的扮末行，本为末行的扮贴行，均属于跨行当的反串。

反串，是因演员或脚色不均而自觉进行的舞台调整，它体现了南戏分脚扮演的灵活。但由于各行当的相互混演，也容易造成舞台分脚的不合规范。试以富本《东窗记》及其改本《精忠记》说明之：

	《东窗记》	《精忠记》
金兀术	末	净
试官	丑	外
黄门	外	末
阎王	旦	无

金兀术是金国统帅，由末扮气质平淡，改净扮便突出了人物的骁勇形象。试官与黄门官都是南戏中经常出现的形象，《东窗记》试官由于法度公允，属于正派人物，因此丑扮不符人物气质，《精忠记》改外扮，就比较妥帖；黄门官素以末扮居多，《东窗记》以外扮，是属于临时的兼扮。《东窗记》旦扮阎王，唱念做功上均不相属，但是本出人物众多，生、末、净、丑、秦、夫俱在场上，以旦应工，也是无法之法的兼扮，《精忠记》则干脆删去这一角色。可见，只有当各行脚色的气质类型得以明确之后，不太合体的反串就会相应减少。

（三）南戏有以两个脚色装扮同一人物的现象

如《东窗记》第 16 折，道月和尚分以末、外二脚先后扮演，脚色装扮上显得比较杂乱。如果排除底本刊刻错误的原因，两种脚色扮演同一人物，恐怕还是出于协调舞台分脚的需要。由于同场之中还有同脚色的另一人物，因此原脚人物不得不临时改由他脚扮演。《东窗记》道月和尚本由末扮，而同场稍后，末脚又需扮演岳飞副将，所以道月和尚再出来时，就由外脚临时充任。

（四）同场出现两个以上相同脚色，此亦为南戏脚色扮演的特殊现象

例如，原本《荆钗记》第22出“获报”，末扮演了承局和李成两个人物。先末扮承局出场，继而李成上台。由于前面几出李成俱为末扮，该出为与末扮的承局相区别，直接标以人名，其实场上应有两个末脚。为调整这种局面，屠隆评本、汲古阁本此出均未安排李成上场，改由承局直接与贴、旦对话。还有富春堂本《玉玦记》第32出，同场有两个末，分扮左右、王便。富春堂本《韩湘子升仙记》第6出丑共扮演了使臣、报子、日游神、雪神四角，其中前两者是同时在场的，同为丑扮；第8出“净扮湘子上科”“净扮土地上科”“相见跪科”，两个净脚同场，亦为二人分扮。① 南戏本是一人一脚的分脚原则，但由于人物众多，脚色不够敷用，也只能打破陈规，做出相应调整了。

明传奇仍有意识延续了“一人一脚”的分脚表演，比较注意避免脚色的重复。如汲古阁本《灌园记》，太史敫本为外扮，冯梦龙《墨憨斋新灌园记》改为净代之，其第七折眉批云：“通本惟净脚色太少，番太史敫最匀，不然要用两外，不便矣。”② 外在上一折曾扮大臣王镯，本与太史敫不同场，但冯梦龙考虑到上下两折接连由外扮之，不便演员换装改扮，因此改以净扮。不然以两人同脚，又有何碍？可见冯氏仍是坚持了一人一脚的原则。再如，明传奇《冬青记》凡例云：“近世登场大率九人，此

① 按：《升仙记》一剧只出现净、丑、末、外、占、旦六脚，分折无目，副末开场云“原来此本戏文梨园少见，人世奇观，山声野调”，应属于一个较独特的民间南戏本子。它的脚色扮演体现了民间南戏舞台分脚的不规范。

② ［明］冯梦龙：《新灌园记》，见《墨憨斋定本传奇》，7页，合肥：黄山书社，1992。

记增一小旦、一小丑，然小旦不与贴同上，小丑不与丑同上。以人众则分派，人少则相兼。”① 该剧人物众多，不得已增加了小旦、小丑二脚，小旦不与贴同上，小丑不与丑同上，说明小旦、小丑是由原贴、丑二脚的演员扮演，如戏班人手够用，则分演员扮之，不够则仍由原脚兼任，如此苦心经营脚色分配，也是以一人一脚为分脚宗旨。

（五）内扮，也是脚色不够敷用的应变方式

“内”本指戏房，多负责副末开场、觐见帝王、打听道路的内外应答，以及鸡鸣犬吠、风雨火彩等背景制作等。既言“内”，一般没有人物出场，但明代南戏也有以“内”扮角色上场的例子。如《高文举珍珠记》第 7 出，“（内应介）酒在此。(外垂泪把盏介)”，是“内”上场以送酒供盏；汲本《杀狗记》第 12 出“内扮土地扯住介”，“内扮”指演土地一角。从第 26 出中出现的“外扮土地”，可知“内”是由外脚扮演的，其表演不过属于供盏执旗一类。

四、南戏的男扮女

早在宋元南戏之前，古代戏剧的角色扮演就已出现以男扮女的情形。《三国志 · 魏书》载，齐王曹芳使小优郭怀、袁信“于观下作辽东妖妇，嬉亵过度，道路行人掩目”②，隋唐盛行的《踏谣娘》“丈夫著妇人衣，徐行入场”③，都采用了以男扮女的

① ［明］卜世臣：《冬青记》凡例九，见《古本戏曲丛刊》二集，北京：文学古籍刊行社，1955。

② ［晋］陈寿：《三国志 · 魏书》卷四，129 页，北京：中华书局，1982。

③ ［唐］崔令钦：《教坊记》，见《中国古典戏曲论著集成》，第 1 册，18 页，北京：中国戏剧出版社，1959。

表演方式。

南戏演员以男性为主，不论女净、女丑，还是旦、贴，都是由男性艺人装扮的。《张协状元》第35出有：“（旦）奴家是妇人。（净）妇人如何不扎脚？（末）你须看它上面。”旦不扎脚，道破了男扮旦的真相。又如第16出：

（旦）大婆赤脚来。
（净挈鞋出唱）先来是我脚儿小，步三寸莲。
（末白）一尺三寸。
（净揍）一个水穴，阔三尺横在庙前。
（末白）是有一个水穴。
（净揍）被我脱下绣鞋儿，自作渡船。
（末白）教谁来撑住你？

末嘲笑净婆脚大，显然也是男扮的女净。南戏这种男扮女的扮演，可能与统治阶层限制女子男扮的禁令有关。《大元通制》载：“妇人衣男子服神附，决五十七下。”① 对民间祈赛降神的女扮男现象，予以明确的惩禁，这无形中刺激了男扮女的盛行。与杂剧多女扮男的情况恰好相反，元杂剧演剧以教坊乐人为主，女性演员居多，女扮男比比皆是，不足为奇。当元代南戏颇具影响之时，也有一些乐籍女艺人专门从事南戏演剧。《青楼集》载龙楼景、丹墀秀：“皆金门高之女也。俱有姿色，专攻南戏。龙则梁尘暗簌，丹则骊珠宛转。”② 然尽管如此，宋元南戏女扮的现象还是不太普遍。

---

① 黄时鉴：《元代法律资料辑存》，69页，杭州：浙江古籍出版社，1988。

② ［元］夏庭芝：《青楼集》，见《中国古典戏曲论著集成》，第2册，32页，北京：中国戏剧出版社，1959。

明代南戏沿袭了宋元南戏男扮女的传统。成化年间陆容《菽园杂记》记载了江浙一带南戏子弟："嘉兴之海盐、绍兴之余姚、宁波之慈溪、台州之黄岩、温州之永嘉，皆有习为倡优者，名曰戏文子弟。虽良家子不耻为之。其扮演传奇，无一事无妇人，无一事不哭，令人闻之，易生凄惨。此盖南宋亡国之音也。其赝为妇人者名妆旦，柔声缓步，作夹拜态，往往逼真。士大夫有志于正家者，宜峻拒而痛绝之。"① 陈大声《嘲川戏》描写"妆南戏"的子弟们，"都是些二十以上三十岁，常遭打骂常拖债。不养爹娘不赡妻。我不解其中意，且是的好模好样，且是也不蠢不痴"②。说明大多是些二三十岁、容貌姣好的男演员。明英宗时，南戏演员因为男扮女，还曾被北京锦衣卫以惑乱风俗的罪名，缚至英宗面前，盖当时的北京还未惯见。至《金瓶梅》所载海盐子弟、苏州子弟，深入山东临清，南戏的男扮旦脚，已为人司空见惯。

万历时期，沈璟《博笑记》第16出有【北仙吕寄生草】曲一支，为小旦数唱南戏剧名，净丑插白打诨云：

（净、小丑）你方才数的都是南戏，怎倒把北曲唱他？

（丑）你每说差了，他虽是男，如今要他去扮女，正该北曲。③

男唱南曲，女唱北曲，竟成为当时区别南戏北剧的标志性特征。

明南戏演剧也有女扮的情况，但大多集中在教坊，民间戏班

---

① ［明］陆容：《菽园杂记》卷十，见《水东日记（外四种）》，324页，上海：上海古籍出版社，1991。

② 谢伯阳：《全明散曲》，第1册，619页，济南：齐鲁书社，1994。

③ ［明］沈璟：《博笑记》，见《沈璟集》，下册，624页，上海：上海古籍出版社，2012。

则比较少见。成化年间陈大声《嘲南戏》有“教坊一色为南戏”，其中提到的乔粉头、朱聪儿都是女乐。此时，教坊女戏已较为普遍了。明代戏班女戏的真正崛起要在晚明时期，一大批有闲阶层的文人们为慕时尚，享风韵，开始畜养以优兼倡的女性家乐。徐树丕《识小录》卷二“女戏”条云：“十余年来，苏城女戏盛行，必有乡绅为之主，盖以倡兼优，而缙绅为之主。”① 女戏，很大程度上就是指这些私人家乐。

① ［明］徐树丕：《识小录》卷二，30页，上海：商务印书馆，1916。

第六章　南戏曲唱三论

第一节　明代南曲北调与北曲南腔

明代是南北曲进入全方位交流和发展的繁荣阶段，除纯南曲和纯北曲的演唱外，南北曲又在保持各自本来面目的基础上，不断吸收对方的特色，形成了两种新的演唱方式——南曲北调和北曲南腔。学界曾对此有所关注，赵景深曾就“北曲南唱的南曲化程度如何”，对后学者予以厚望①。胡忌、刘致中分析北曲的昆唱，“即用昆山腔的音律、腔格去改唱原来金元时代流行的北曲”②，洛地重点探讨了昆唱，认为昆唱实际源于北曲曲唱，可演唱北杂剧、南戏和明清传奇等各种戏曲③。本节欲在此研究基础之上，就这两种南北交融的曲唱方式做进一步研讨。

一、南曲北调的演唱

南曲北调是指用北曲的曲调来演唱南词，它基本保留原南曲

① 赵景深：《〈昆剧发展史〉序》，见胡忌、刘致中：《昆剧发展史》，4页，北京：中国戏剧出版社，1989。

② 胡忌、刘致中：《昆剧发展史》，33页，北京：中国戏剧出版社，1989。

③ 洛地：《戏曲与浙江》，杭州：浙江人民出版社，1991。

唱词，而在演唱上采用北曲的行腔运调和伴奏乐器，体现了南曲的北曲化。南曲北调的实际演唱最早可能产生在元代，当时北曲影响遍及南北，南曲难免借鉴北曲曲唱来赢得歌场的一席之位。虽然我们很难找到这方面的具体史料证明，但从曲辞文体上看，元代新出现的南北合套正反映了南北曲唱的双向交融，而这其中应含有南曲北调的唱法。

“南曲北调”一词首见于徐渭《南词叙录》：

（明太祖）日令优人进演（《琵琶记》），寻患其不可入弦索，命教坊奉銮史忠计之，色长刘杲者，遂撰腔以献，南曲北调可于筝琶被之，然终柔缓散戾，不若北之铿锵入耳也。①

早期南戏主要以箫管鼓板和腔，不寻宫调，难以配入弦索。朱元璋命乐官改撰《琵琶记》新腔，在保留原曲词的基础上，将南腔改为北调，以配合筝琶等弦索乐器的演奏。这里，以北曲为音乐主体，人为地将南曲纳入其轨范之中，显然是对南曲“不寻腔数调”的音乐形式的一种严格律化，而且这种律化还是在两个截然不同曲体之间进行，其难度更可想见。所以《琵琶记》的北唱，某种程度上是不成功的，它始终未能将南曲自然无痕地融入北曲音乐中，唱起来仍带有南曲柔缓曼声的风格，不具北曲真味。由于明代一直到“武宗、世宗末年，犹尚北调，杂剧、院本，教坊司所长”②，故而《琵琶记》的南曲北调得以在宫廷内府流唱，而民间知之者甚少。《潘之恒曲话》云：

① ［明］徐渭：《南词叙录》，见《中国古典戏曲论著集成》，第3册，240页，北京：中国戏剧出版社，1959。

② ［明］潘之恒著，汪效倚辑注：《潘之恒曲话》，51页，北京：中国戏剧出版社，1988。

> 麻城丘大语余：乙巳春，在京师，有老乐工过其寓，……其姊出见，慷慨擎破筝，理弊甲而弹。歌以合节。丘大始未审，至二三句方悟，为【春闱催赴】，尽四阕。丘问曰："此南词，安得入弦索？"姊曰："妾父张禾，尝供奉武宗，推乐部第一人。口授数百套，如《琵琶记》尽入檀槽，习之皆合调，今忘矣。惟【四朝元】【雁鱼锦】尚可弹也。"丘再怀忻，为再弹，则"思量那日离故乡也"。音毕，掷地曰："此亦《广陵散》矣！"①

【春闱赴试】【四朝元】【雁鱼锦】皆《琵琶记》中曲。张禾为武宗乐人，能授女弦索《琵琶记》百套，说明当时内廷尚能演出全本北《琵琶记》。然而明中后期，正值南曲日盛，北曲渐衰，连教坊供筵也不得不多用时曲（即南曲）承应，南曲北调一来编曲难度大，需要有深通南北曲曲律的专业乐师才能进行，故而新曲产生少；二来时事所趋，北唱已不受欢迎，因此至嘉靖末年已如《广陵散》，几不可闻。北曲曲师顿仁曾对这种现象发表过内行的见解：

> 弦索九宫之曲，或用滚弦、花和、大和钐弦，皆有定则，故新曲要度入亦易。若南九宫原不入调，间有之，只是小令。苟大套数，既无定则可依，而以意弹出，如何得□？□□管稍长短其声，便可就板；弦索若多一弹，或少一弹，则夺板矣，其可率意为之哉。②

顿仁以为，南曲北调之所以不能率意为之，是因为北曲演奏

① ［明］潘之恒著，汪效倚辑注：《潘之恒曲话》，87页，北京：中国戏剧出版社，1988。

② ［明］何良俊：《曲论》，见《中国古典戏曲论著集成》，第4册，11页，北京：中国戏剧出版社，1959。

自元蒙之时已成定则，它要求声调与曲词丝丝入扣，弦索节奏与曲唱声声合拍，以达到相互间配合的完美，弦索一旦错拍，或多弹或少弹，音出声落，就不可更改了。不像南曲箫管还可以通过气息控制发音的长短，以随腔托调，故这种改唱对于律化形式较强的南曲小令相对容易，却不利于大套剧曲的翻唱。这符合当时的实际情况。南曲北调以弦索弹唱居多，整本整本地翻唱南曲者却不多见。除《琵琶记》外，尚有《拜月亭》可入弦索，而且在民间传唱更广，所谓“世知《拜月亭》可合弦索，而不知《琵琶记》亦然”①。此外，何良俊《曲论》还列举了九支南戏中曲，“如《吕蒙正》‘红装艳质，喜得功名遂’；《王祥》内‘夏日炎炎，今日个最关情处，路远迢遥’；《杀狗》内‘千红百翠’；《江流儿》内‘崎岖去路赊’；《南西厢》内‘团团皎皎’‘巴到西厢’；《翫江楼》内‘花底黄鹂’；《子母冤家》内‘东野翠烟消’；《诈妮子》内‘春来丽日长’；皆上弦索”②。所举之曲均非剧场声口，只是作为只曲单套，在红氍毹上弦歌清唱。这些南曲之所以能成功地改唱北曲弦索，一个重要原因在于它们作曲之始，便带有金元之风，所谓“词虽不能尽工，然皆入律，正以其声之和也”③。如《拜月亭》为元末施惠作，出自关汉卿同名杂剧，曲词多有沿袭，不必刀割斧戕，就可以比较容易配上弦索节奏。

南曲北调既然是以北曲之声律来规划南曲，那么它是如何完成二者音乐上的转换呢？由于音乐资料阙如，我们仅能根据现有的、停留于文字上的材料做出一些大概的分析。王骥德《曲律》

---

① ［明］潘之恒著，汪效倚辑注：《潘之恒曲话》，87～88页，北京：中国戏剧出版社，1988。

②③ ［明］何良俊：《曲论》，见《中国古典戏曲论著集成》，第4册，12页，北京：中国戏剧出版社，1959。

云："世多以南之【点绛唇】【粉蝶儿】【二犯江儿水】作北调唱者，词隐辨之甚详，见谱中。"① 我们以这三首曲牌来对照沈璟《南词定律》，或许可以发现南曲北唱的一些特征。

首先，对于南北曲兼有的曲牌，南曲的宫调要相应转入北曲宫调。如【粉蝶儿】，南曲为中吕引子，唱北调时直接入北曲的中吕调；【点绛唇】，南曲为黄钟引子，北唱时则要改黄钟宫而入北曲的仙吕调。查沈谱，我们发现这两支曲牌南北曲的格式几乎完全一致，也许这正是南曲能相应转入北调的一个重要原因。【点绛唇】【粉蝶儿】原为北曲所有，南曲吸收变为南曲曲牌后，句式字格却没有产生多大变化，故时人仍习惯性地沿用以前的北曲唱法，而不作南唱。又如《南西厢》内"团团皎皎"，为【二郎神】套曲，南北曲皆入商调。比较它的南北曲牌体式，其首曲北南亦相差无几，只在换头后才有一些改变。这类南曲曲牌不用多大改动，就可以较为顺利地转换到北曲的宫调、节拍，和弦索相互协配。

其次，对于南曲有而北曲无的曲牌，沈璟没有具体阐明南曲宫调如何换到北曲，但却指出二者唱法上的不同。如【二犯江儿水】，应属于南曲自生的曲牌（北曲只有【江儿水】，一名【清江引】，句式与南曲大不相同），此曲沈璟考证系为几支南曲曲牌的集曲。《曲谱》云：

> 若欲如今作北调唱，则起处当先唱"围屏来靠"四字，后面又重唱"心儿里焦，想起来心儿里焦；青春年少，误了我青春年少"，何其赘也！今既知为南曲，则唱之者必不

① ［明］王骥德：《曲律》，见《中国古典戏曲论著集成》，第4册，61页，北京：中国戏剧出版社，1959。

可用此重叠之句矣。①

沈璟认为，此曲北唱的关键在于句子的迭唱。【二犯江儿水】整个曲式本来没有字句的反复，但唱为北调时连续重叠了首句和倒数第二、三句，这为我们留下了当时歌场南曲北调唱法的宝贵记录。在《宝剑记》《红拂记》《浣纱记》中，此曲俱唱为北调，都于相同的位置重叠了三句，由此可见，该曲南曲北调正是通过迭唱的方式进行的。王世贞曾云“北宜和歌，南宜独奏”②，北曲由于字多声少，调促而有筋节，适于合唱以壮声气；南曲字少声长，调缓而见板眼，更适合独唱以抒曲情。因此，南曲翻作北唱，可以借重叠的和歌，唱出北调的特色。又如，《杀狗》内“千红百翠”曲，属南正宫过曲【长生道引】，北曲无此曲牌。该曲首句重复一次，参照沈谱【长生道引】所录有的两体，一为《王魁》传奇旧体，一为《吕星哥》传奇新体，俱无重叠之句，此处叠唱便极有可能是北唱迭歌时留下的痕迹。《九宫大成》、吴梅《南北词简谱》均收首句重叠的“千红百翠”曲为正格，恐怕是没有考虑到此曲曾入弦索北唱的实际情况。按【长生道引】，蒋孝《旧编南九宫谱》收《杀狗》“千红百翠”；沈自晋《南词新谱》收《王魁》“三鼓将传”；《九宫正始》第一格收《杀狗》“千红百翠”，第二格收《王魁》“钟报晨昏”、《吕星哥》“暑雨收晴”、《红梨花》“催花时候”，均无首句重复之例。蒋谱、钮谱、沈璟谱，例曲采摘多以元本南戏为例，比较可信，而沈自晋谱沿沈璟谱而来，亦可征信。《九宫大成》则以清宫应时戏《月令承应》例曲首句重者为正格，《杀狗》例曲首

① ［明］沈璟：《增订南九宫谱》卷二十，王秋桂：《善本戏曲丛刊》，第3辑，647页，台北：台湾学生书局，1984。

② ［明］王世贞：《曲藻》，见《中国古典戏曲论著集成》，第4册，27页，北京：中国戏剧出版社，1959。

句重者为正格又一体，反以《王魁》例曲首句无重复者为变体，颠倒时间渊源，不足为信。故【长生道引】首句无重叠者来源较古，应为正体，而首句四字重叠者，乃因北曲之唱而增加，才是真正的变体。

此外，南曲北调的演唱还表现在平仄阴阳、用韵方式的要求，以尽量符合北曲曲律，这是转换曲唱的关键。沈谱【点绛唇】曲注云："此调乃南引子也，不可作北调唱。北调第四句平仄平平，南曲第四句仄平平仄；北无换头，南有换头；北第一第二句皆用韵，南至第三句方用韵。"① 从南北曲唱的不同，我们可发现时人或许遵照了【北点绛唇】第四句平仄、无换头、第一、第二句用韵的曲律方式，借以修饰南曲用律的差异。这是南北皆有同名曲牌的情况。至于那些北曲无而南曲有的曲牌，不可能直接以北鉴南，它们除采用入派三声、不可杂韵的北曲基本规律外，具体对字句的格律用韵如何处理，还缺乏材料的证实，此处暂阙疑。

二、北曲南腔的演唱

与南曲北调相反，北曲南腔是指用南曲唱法来演唱北词，它主要体现为南曲向北曲的渗透，是从北曲曲唱的谨严走向南曲曲唱的相对自由，反映了北曲的南曲化倾向。北曲曲唱之变亦肇始于元末。《乐郊私语》载杨梓兼习南北曲，其"家童千指，无有不善南北歌调者，由是州人往往得其家法，以能歌名于浙右云"②，杨梓之唱开启了海盐腔新声，其糅南北曲为一体，应该

---

① ［明］沈璟：《增订南九宫谱》卷十四，见王秋桂：《善本戏曲丛刊》，第3辑，452页，台北：台湾学生书局，1984。

② ［明］姚桐寿：《乐郊私语》，见文渊阁《四库全书》，第1040册，407页，上海：上海古籍出版社，1989。

包含了北曲演唱向南曲融合的一面。另外，元末出现的许多南北合套也是这种融合的产物，其中除南曲北调的唱法外，也应含有北曲南唱的方式。然而北曲南腔的真正盛行，则始自南曲整体势力大大超越北曲的明中后期。此时，北曲南腔流行于社会各阶层，得以广泛传播。

徐大椿《乐府传声序》云：“至北曲则自南曲甚行之后，不甚讲习，即有唱者，又即以南曲声口唱之，遂使宫调部分，阴阳无别，去上不清，全失元人本意。”① 可知北曲南唱包括了宫调、句格、字音的转换，歌者按照南曲的分宫布调、五音四呼、收声归韵、平仄阴阳演唱北曲曲式，使得北曲在套式句格上都产生了一定的变化。胡文焕《群音类选》有“北腔类”两卷，收了当时歌场流行的北曲唱段，其中有专门从南戏中摘出的北套曲或单曲。笔者发现即使此类专列为北腔的曲子也带有南唱的痕迹。如《绣褥记》【北寄生草】后连用四支【前腔】，已非北曲叠唱用“么篇”的做法，此处已经明显南化。清凌廷堪《论曲绝句三十二首》二十六云“前腔原不比么篇，南北谁教一样传”②，就是针对北曲演唱中普遍采用前腔取代么篇的现象而发的，这反映出由明入清，北曲在南曲的影响下，从演唱到创作都在不断融合南曲曲律的发展趋势。

嘉靖后，昆腔逐渐崛起为全国性大声腔。由于其曲唱与北曲有密切的渊源关系，因而此时北曲南唱多以昆唱的方式出现。昆唱北曲主要表现在吐字发音和腔调的转化上。沈德符《顾曲杂言》云：“今南腔北曲，瓦缶乱鸣，此名北南，非北曲也。只如

---

① ［明］徐大椿：《乐府传声》，见《中国古典戏曲论著集成》，第7册，153页，北京：中国戏剧出版社，1959。

② ［清］凌廷堪：《校礼堂诗集》卷一，见赵山林注：《安徽明清曲论选》，227页，合肥：黄山书社，1987。

时所争尚者【望浦东】一套，其引子‘望’字北音作‘旺’，‘叶’字北音作‘夜’，‘急’字北音作‘纪’，‘叠’字北音作‘爹’，今之学者，颇能谈之，但一启口，便成南腔，……奈何强名曰北!”①【望浦东】乃王实甫《西厢记》“草桥惊梦”一折中【新水令】套，是当时流行的弦索北套，然而我们看到，很多字的唱法实际已被南音取代，北曲韵味淡化，如叶、急、叠字北曲分别归为去、上与平声，而唱南音则归入声。沈宠绥《弦索辨讹》曾收录弦索王西厢全套，其中亦含此曲。该书目的就是在于辨清“北曲不可杂南字”② 的北曲南化问题，故而对其中一些容易发为南音的关键字，都据《中原音韵》标注了确切的北音，以此纠正歌唱上变北为南的唱法，达到北曲弦索的正确演唱。

北曲腔调的变化则在于向昆曲水磨调的靠拢。早在魏良辅改良昆腔之前，就有“弦索唱作磨调”③ 的现象出现，魏良辅斥之为方底圆盖，但自他融北曲之唱，创昆曲水磨之后，先前的北曲磨调也就开始转向北曲昆调了。徐大椿云：“至明之中叶，昆腔盛行，至今守之不失。其偶唱北曲一二调，亦改为昆腔之北曲，非当时之北曲矣。此风气自然之变，不可勉强者也。”④ 万历前后，昆曲不但遍及吴歙、江浙之地，并渐往北移，约于万历中后期进入北京，北曲昆调也随之波及京都。万历范景文《题米家童》云：

---

① ［明］沈德符：《顾曲杂言》，见《中国古典戏曲论著集成》，第4册，205页，北京：中国戏剧出版社，1959。

②③ ［明］魏良辅：《曲律》，见《中国古典戏曲论著集成》，第5册，7页，北京：中国戏剧出版社，1959。

④ ［明］徐大椿：《乐府传声》，见《中国古典戏曲论著集成》，第7册，157页，北京：中国戏剧出版社，1959。

> 一日过仲诏斋头，出家伎佐酒，开题西厢。私意定演日华改本矣，以实甫所作向不入南弄也，再一倾听，尽依原本，却以昆调出之。问之，知为仲诏创调，于是耳目之间遂易旧观，介孺云米家一奇乃正在此，不如是不奇矣。……诗云：生自吴趋来帝里，故宜北调变南腔。每当转处声偏慢，将到停时调入双。坐有周郎应错顾，箫吹秦女亦须降。恐人仿此翻成套，轻板从此唱大江。①

此谓米氏创调，在京都称为一奇，其实应该是米氏自吴趋京前，早在吴中就惯听了的北曲昆调唱法。诗中写到昆唱北西厢的关键在于，字声句调转折时声音延长曲折，曲牌宫调转换时调式过渡圆融，从而使得每一字每一句每一曲都能唱得饱满，唱出声情。沈宠绥《度曲须知》亦云："至如弦索曲者，俗固呼为北调，然腔嫌袅娜，字涉土音，则名北而曲不真北也，年来业经釐剔，顾亦以字清腔迳之故，渐近水磨，转无北气，则字北而曲岂尽北哉?"② 由于弦索北调演唱中过于强调"字清腔迳"，即对每个字吐音精雕细琢，使得字虽北，但腔调变得婉曲婀娜，接近昆曲水磨，而不再是令人声气激扬、毛发洒淅的纯正北调了。

沈氏还以为，北曲腔调的昆曲化主要发生在清唱的场合，优场中北调声口相传，较之清唱更带有"北剧遗音"，所以北西厢弦索曲【碧云天】与优场曲【不念法华经】同属北调，但声情迥异，甚而格律也判若径庭。③ 昆唱北曲须重新布置北曲曲调，既要

① ［明］范景文：《文忠集》卷九，见文渊阁《四库全书》，第1295册，589页，上海：上海古籍出版社，1989。

② ［明］沈宠绥：《度曲须知》，见《中国古典戏曲论著集成》，第5册，198页，北京：中国戏剧出版社，1959。

③ ［明］沈宠绥：《度曲须知》，见《中国古典戏曲论著集成》，第5册，199页，北京：中国戏剧出版社，1959。

包融北弦索乐器，又要同时吸纳昆曲之曲笛、冷板，的确不利于优场上整本北西厢的昆唱，李渔还从舞台演唱上分析了这个现象：

> （北西厢）但可被之管弦，不便奏诸场上。……兹请先言其故。北曲一折，止隶一人，虽有数人在场，其曲止出一口，从无互歌迭咏之事，……昆调悠长，一字可抵数字，每唱一曲，又必一人始之，一人终之，无可助臂者，以长江大河之全曲，而专责一人，即有铜喉铁齿，其能胜此重任乎？此北本虽佳，吴音不能奏也。①

优场北曲主唱者只限一人，以昆曲之啴缓悠长，很难由一个人唱完全本，因此北曲昆调更适合以单折或散套的清唱，流行于青楼酒宴中。

除昆腔外，北曲南腔还可以采用弋阳腔、四平腔、青阳腔、徽调等地方声腔来演唱。明陈与郊《义犬记》第1出有弋阳戏子唱杂剧的情节，能唱鸿门宴、凤仪亭、黄鹤楼等套，可知北曲可作弋阳腔唱；明万历南曲诸腔选刊本《摘锦奇音》中收录了《男后记》《敬德不伏老》等杂剧中曲，《词林一枝》《八能奏锦》《时调青昆》中又收了北西厢套曲，亦可证明北曲在万历前后曾被不断新生的诸声腔改调歌之，并且风行一时。须指出，诸腔的改调与北曲昆唱有所不同，现在我们听昆曲剧目中北曲与南曲的昆唱差别较大，而高腔剧目中北曲和南曲却没有什么差别，这说明昆剧中的北曲一定程度上保留了北曲曲律的音乐特色，而地方诸腔则是以真正的随心令形式改唱，更大地突破了北曲曲律的限制，使之带上浓烈的本腔色彩，因此不论南曲北曲，听起来相差无几。如《时调青昆》摘录北西厢记“月夜逾墙”一折，

---

① ［清］李渔：《闲情偶寄》，见《中国古典戏曲论著集成》，第7册，33页，北京：中国戏剧出版社，1959。

其中【新水令】【搅筝琶】【沉醉东风】较北西厢原本，各曲中均有一句增了一个“又”字，属于青阳腔帮腔唱法；【驻马听】分由红娘、莺莺两人唱，也是南曲唱法之一。[①] 另外不同于北曲昆腔的是，这些声腔对北曲的翻唱主要是现诸优场之上的。李渔释其因曰：“弋阳、四平等腔，字多音少，一泄可尽。又有一人启口，数人接腔者，名为一人，实出众口，故演北西厢甚易。”[②] 地方诸腔在曲律上较多保持南曲随心率意的风貌，有的只需干腔演唱，有的仅借锣鼓伴奏，场上可利用一唱众合的帮腔、字多调促的流水板，改善北曲一人主唱的限制，因此比起昆曲，弋阳诸腔更适于在场上演唱北调。

三、两个问题的辨析

对于南曲北唱和北曲南唱，还有两点必须加以特别指出：一是南北合套的问题，二是弦索的问题。在此做一些简要的辨析。

南北合套是指南曲与北曲合用于同一个套曲中，由于明杂剧、南戏、传奇兼用南北曲者数量很多，其中就涉及大量的南北合套，因此弄清了合套的唱法，一定程度上也就清楚了这类戏曲的演唱情况。洛地曾把南北合套划分为以北曲为主的北南合套和以南曲为主的南北合套两种形式。他指出，南北合套虽不等于南北合腔（前者属于文体概念，后者属于腔调概念），但合套往往意味着合腔。[③] 确实，要使得同一个套曲中两种截然不同的曲体取得腔调、节奏的协调统一，演唱时就不太可能混合或频繁地交

---

① ［明］黄儒卿：《时调青昆》，见王秋桂：《善本戏曲丛刊》，第1辑，165～166页，台北：台湾学生书局，1984。

② ［清］李渔：《闲情偶寄》，见《中国古典戏曲论著集成》，第7册，33页，北京：中国戏剧出版社，1959。

③ 洛地：《戏曲与浙江》，152页，杭州：浙江人民出版社，1991。

叉使用南腔与北调，而只能以其中的一种曲调为主。以首曲判定，北南合套应是以北腔演唱套中的北曲与南曲，其中包括了南曲北唱的成分，南北合套则主要以南腔来演唱南北曲，其中也具有北词南唱的成分。但是情况往往不是如此简单。由于南北曲的合套产生与流行地主要在南方，如《录鬼簿》所说首创南北合腔的沈和就是杭州人，传为关汉卿的【南仙吕·桂枝香】套，亦是关氏南下时而作于杭州的，所以合套中以北曲接受南曲的影响居多。如果说元末明初，合套由于北曲的擅胜，唱法可能多带北音，那么明嘉靖之后，南曲日渐繁盛，潜移默化之下北曲亦不免带有南音，此时无论是南北合套还是北南合套，采取的主要腔调应该是南曲系统的声腔，而合套中的北曲也以北曲南唱居多。因此我们在辨析南北合套的唱法时，要注意它的创作时间、地点以及传唱者使用的腔调。如前所举杂剧用弋阳腔一例，若唱合套时，内中北曲显然也应该是用弋阳腔唱了。

关于弦索，我们要注意辨清它在不同曲唱中的不同性质。比如，《群音类选》第六卷“南北调”，题下注“多入弦索”，我们能不能依据北曲多用弦索，就判定其中的曲唱基本上用的是北曲唱法呢？笔者以为必须首先厘清“弦索”所指涉的含义。“弦索”是一个宽泛的概念，它是指以弹拨为主的丝弦一类乐器的总称，包括琵琶、筝、胡琴等。弦索由西域传入中原，以筋节促劲见长，节奏鲜明，铿锵有力，故北曲多用之。在很多明人眼里，它成为北曲的代名词，所谓“北之披弦索，犹南之合箫管”①，弦索“俗故呼北调也”。沈宠绥专为北曲辨讹厘误，撰《弦索辨讹》一书，其弦索就是特指北曲。然而这只是弦索一个习惯性的特称。实际上，北曲不入弦索的情况很多，如何良俊

① ［明］臧懋循：《元曲选序二》，见［明］臧懋循：《元曲选》，3页，杭州：浙江古籍出版社，1998。

《曲论》云郑德辉杂剧十八本，“然入弦索者《㑳香梅》《倩女离魂》《王粲登楼》三本”①，其中《㑳香梅》第三折越调亦不入弦索。而南曲也有以弦索伴奏的，如《南词叙录》载“今昆山以笛、管、笙、琵按节而唱南曲者，字虽不应，颇相谐和，殊为可听，亦吴俗敏妙之事”②，特别是弦索被引入昆腔之后，昆曲用弦索屡见不鲜。至今昆曲舞台还保留了昆琶、大阮、小阮与笛鼓的合奏。此外有弦索伴奏的昆曲并不等于北唱，弦索的融入，只是作为一种乐器技巧的补充来改进和丰富南曲的演奏，它无法改变南曲基本的音乐风格和表现形式，因此我们不能笼统地认为“弦索”就是专指北曲，有弦索伴奏就等于北曲曲唱。

更值得注意的是，北曲弦索自明中叶之后，就基本上已经南音化了。沈宠绥云“北词之被弦索者，无谱可稽”③，故今之弦索非古之弦索。古今弦索的改变就在于南曲唱法的大量渗入。笔者以为张野塘就极有可能是北曲弦索昆唱的首创者，在他的影响之下，吴中盛行的北曲弦索清唱，分为太仓、苏州、嘉定三派，苏州悦耳，而余派又吴音较重，都已经是北曲南唱了。④

---

① ［明］何良俊：《曲论》，见《中国古典戏曲论著集成》，第4册，6页，北京：中国戏剧出版社，1959。

② ［明］徐渭：《南词叙录》，见《中国古典戏曲论著集成》，第3册，242页，北京：中国戏剧出版社，1959。

③ ［明］沈宠绥：《弦索辨讹》，见《中国古典戏曲论著集成》，第5册，19页，北京：中国戏剧出版社，1959。

④ 陆萼庭说：“北曲唱法流派很多，明末清初时期流行的是一种弦索调，北誉为弦索元音。”（《昆剧演出史稿》，上海文艺出版社，1980），其实这里的弦索元音并非正宗的北曲元音，实质已是被南音化了的北曲，特别是指弦索昆唱的北曲。杨荫浏《中国古代音乐史稿》（北京：人民音乐出版社，1981）专节谈到了弦索的南音化现象，指出纯北曲弦索实际在17世纪已经不见了。

明代中后期弦索的使用范围很广，杂剧、传奇、散曲、时调小曲等南北曲，均可采掇用之，犹用之于清唱场合。以上所说《群音类选》的“南北调”，就是以清弹为主。我们当然不能据“弦索”二字判定其全部为北曲演唱。不过，《群音类选》刊于万历二十一年（1593）至万历二十四年（1596）的南京，是时昆曲最为流行，同时也有金陵、吴中等北曲弦索擅场，因此“南北调”（南北合套），一种可能是用弦索伴奏的昆腔进行演唱，合套中的北曲则为昆唱；另一种可能是用北曲弦索歌之，唱法上带吴侬声口，亦属于南唱。

总之，从南曲北唱到北曲南唱，不但反映了明代曲坛北衰南盛的总体发展趋势，也体现出南北曲互为导向、交叉互渗的密切关系。撇开任何一方的联系影响，都无法正确认识明代曲坛繁荣的原因。我们还要看到南北曲唱的新变广泛触及曲学的方方面面，深刻影响了明代曲坛的发展，以此为先导，明代曲坛也出现了一系列的变化，体现为：①在南曲影响下，北曲演唱南化，导致创作中南杂剧的崛起，为杂剧发展注入了新的生命；②在北曲的影响下，魏良辅、张野塘等人吸收北曲演唱技巧、表现手法，促使昆曲走向成熟，成为全国性的大声腔，而随着昆唱的流播，文人传奇也逐渐成为由明及清创作的主流；③曲唱的新变势必要从歌场流向创作，最后进入理论领域的观照。所以明代曲学家对曲坛出现的各种新现象十分关注，并积极做出理论探讨，可以说关于戏曲音律与文辞、俗乐与雅音的论争就是在这一前提下发生的。

第二节 北曲对魏良辅改良昆腔之影响

明代前中期，南戏诸腔纷纭而出。其中，海盐腔、余姚腔、弋阳腔、昆山腔最为盛行，并称为四大声腔。徐渭《南词叙录》

云："今唱家称弋阳腔，则出于江西，两京、湖南、闽、广用之；称余姚腔者，出于会稽，常、润、池、太、扬、徐用之；称海盐腔者，嘉、湖、温、台用之。惟昆山腔止行于吴中，流丽悠远，出乎三腔之上，听之最足荡人。"① 由此可见，当时昆山腔的影响相对较弱，仅流行于吴中一带。然而，至隆庆、万历年间，余姚、海盐诸腔逐渐淡出曲坛，弋阳腔亦发生流变，昆山腔蔚然大兴，曲坛遂形成了昆腔为尊、诸腔在野的基本格局。

昆山腔之所以能取得如此显豁之地位，与它在唱法上的改良密不可分。而其中最为关键的人物当属嘉靖年间太仓魏良辅。魏良辅，字尚泉，生于弘治末年或正德年间，卒于万历十三年(1585)。他对昆曲曲唱的改良理论集中体现在所著之《南词引正》。《南词引正》具体写定的时日，由于文献无征，我们尚不清楚。不过，据文徵明写本著录嘉靖二十六年（1547）含斋曹大章跋《娄江尚泉魏良辅南词引正》，它至迟在嘉靖二十六年(1547）前就已经完成。由此，昆腔之改良必定在此之前业已开始。

魏氏之改良昆腔，乃"愤南曲之讹"，从字、腔、拍三个方面，潜心变革，曹含斋指出，其"发宋元乐府之奥，其炼句之工，琢字之切，用腔之巧，盛于明时"②。这是昆腔亦即南曲第一次有意识地建立和完善歌唱体系。然而，我们的考察绝不能仅仅停留于南曲层面，在昆腔改良的过程中，北曲之影响及其所起的作用，同样也应该予以重视。

在魏良辅改良昆腔之前，作为正声雅乐的北曲，为上流阶层

---

① ［明］徐渭：《南词叙录》，见《中国古典戏曲论著集成》，第3册，242页，北京：中国戏剧出版社，1959。

② ［明］曹含斋：《南词引正叙》，见吴新雷：《中国戏曲史论》，261页，南京：江苏教育出版社，1996。

所大力扶植，名家辈出，歌场流行，可谓执明初曲坛之牛耳。徐渭《南词叙录》云："本朝北曲，推周宪王、谷子敬、刘东生，近有王检讨、康状元，余如史痴翁、陈大声辈，皆可观。惟南曲绝少名家。"甚至"有人酷信北曲，至以伎女南歌为犯禁"。① 顾起元《客座赘语》亦载："南都万历以前，公侯与缙绅及富家，凡有宴会，小集多用散乐，或三四人，或多人，唱大套北曲……若大席，则用教坊打院本，乃北曲大四套者，中间错以撮垫圈、舞观音，或百丈旗，或跳队子。"② 在以北曲为尊的时代，魏良辅对昆曲的改良，不可能不受其影响。他对北曲的关注和借鉴，始终贯穿于他的昆腔改良活动中。

最初，魏良辅是习唱北曲的。余怀《寄畅园闻歌记》载："有曰，南曲盖始于昆山魏良辅云。良辅初习北音，绌于北人王友山，退而镂心南曲，足迹不下楼十年。"③ 在与王友山的比唱落败后，魏良辅转学南曲，这表明他对北曲演唱技法的熟悉程度，要比单唱南曲的歌者更为深厚。这种由北入南的特殊习唱经历，为其融合南北曲唱奠定了良好的基础。不过，良辅的改良并非"不下楼十年"，而是广交南北曲之名家唱功，在不断融合众家所长的基础上，逐渐提升昆腔的演唱水平。

正德末、嘉靖初，魏良辅北上，做客李开先家，见到了不少当时社会上有名的清曲家、弹奏家。这些人经常过往于李氏门庭，徵歌度曲，品音赏乐，组成了一个氛围浓郁的音乐沙龙。

---

① ［明］徐渭：《南词叙录》，见《中国古典戏曲论著集成》，第3册，244页、241页，北京：中国戏剧出版社，1959。

② ［明］顾起元：《客座赘语》卷九，303页，北京：中华书局，1987。

③ ［明］余怀：《寄畅园闻歌记》，见［清］张潮、王根林校点：《虞初新志》，48页，上海：上海古籍出版社，2012。

《词谑·词乐》载："琵琶有河南张雄，凤阳高朝玉，曹州安廷振，赵州何七；三弦则曹县伍凤喈，亳州韩七，凤阳钟秀之；长于筝者，则有兖府周卿，汴梁常礼，归德府林经（古北词清弹六十余套）；箫则姑苏陈姓，管则昆山唐姓，两人皆善吹者。就中张雄更出人一头地。有客请听琵琶者，先期上一幅新弦，手自拨弄成熟，临时一弹，令人尽惊。如拿鹅，虽五楹大厅中，满厅皆鹅声也。然皆不以歌名。如余姚董鸾，丰县李敬，谷亭王真，徐州邹文学，济宁周隆，凤阳张周，钱塘毛士光，临清崔默泉，鹿头店董罗石，昆山陶九官，太仓魏上泉，而周梦谷、滕全拙、朱南川，俱苏人也，皆长于歌而劣于弹。"又如，"周梦谷字子仪者，能唱官板曲，远迩驰声，效之者洋洋盈耳。乐人济南张庆，在京尹明，弹唱皆妙。可与之为敌者，西宁人指挥使李宁二仆，一李福，一李时春，并在京。人州守康世臣仆康溱，无论其弹，止据歌声，虽秦府周岐、李易，汤阴遏云、剪雪，皆不能及。然亦有出其上者，济南胡春，无论其弹、唱，只以鹅管作笛，有穿云裂石之声，名为'欺压乐官'，素长于竹声，惟旁观叹羡而已"。①

据陆萼庭推考，李开先所记载的这段文献应在嘉靖二十年（1541）前后。此时魏良辅约为四十上下，虽有一定声誉，却并不显著。② 故李开先将其归入"长于歌而劣于弹"之列，对他的特点也只说"兼能医"。可见，此时魏良辅或尚未开展昆曲改良，或改良还未取得显著成效。上举曲家多为山东、河南、安徽等北地籍，歌弹技艺甚得李开先之青睐，似比南方曲家更高出一

① ［明］李开先：《词谑》，见《中国古典戏曲论著集成》，第3册，354～355页，北京：中国戏剧出版社，1959。

② 陆萼庭：《昆剧演出史稿》，26页，上海：上海文艺出版社，1980。

筹。其中，更有兼擅南北曲者，如毛秦亭“南北皆优，北西厢击木鱼唱彻，无一曲不稳者”，文学“善南北，犹夫秦亭”。[①]这种环境无疑加深了魏良辅对北曲的认识，在之后的《南词引正》专论北曲一条，他就写道：“北曲与南曲大相悬绝，无南腔南字者佳，要顿挫，有数等。五方言语不一，有中州调、冀州调、古黄州调、有磨调、弦索调，乃东坡所传，偏于楚腔。唱北曲，宗中州调者佳。伎人将南曲配弦索，直为方底圆盖也。关汉卿云：‘以小冀州调按拍传弦，最妙。’”[②] 为我们留下了北曲各种腔调的宝贵记载。应该说，曲家们彼此间的相互切磋和交流，对于魏良辅融北入南，改良昆腔，提高演唱技艺和经验，裨益良多。

五十余岁时，魏良辅还结识了北曲名家张野塘。“野塘，河北人，以罪发苏州太仓卫。素工弦索，既至吴时，为吴人歌北曲，人皆笑之。昆山魏良辅善南曲，为吴中国工。一日至太仓，闻野塘歌，心异之，留听三日夜，大称善，遂与野塘定交。时良辅五十余，有一女，亦善歌，诸贵人争求之，不许，至是竟以妻野塘。吴中诸少年闻之，稍稍称弦索矣。”[③] 在吴中诸人诧异甚而嗔笑野塘所唱弦索北曲之时，魏良辅却能独具慧眼，从中捕捉到改良昆腔的信息，这正是缘于他对北曲的敏锐意识。而此时，魏良辅已完成《南词引正》，昆腔改良也产生一定影响，但只要有利于昆腔弹唱技法的进一步提高，他还是不吝心力，亲力亲为，兼容并蓄。

---

① ［明］李开先：《词谑》，见《中国古典戏曲论著集成》，第 3 册，354 页，北京：中国戏剧出版社，1959。

② ［明］魏良辅：《南词引正》，见吴新雷：《中国戏曲史论》，279 页，南京：江苏教育出版社，1996。

③ ［明］宋征舆：《琐闻记》，圣泽园影印本，1924。

从魏良辅习曲、唱曲之个人经历看，他对北曲的关注和熟悉程度，超乎了一般曲家。而以个人之力，兼具南北曲之素养，确乎为改良的有利条件。那么，魏氏又是如何吸收、融汇北曲的呢？

我们知道，北曲历经元明，演唱技法和理论已经成熟。其间，尤经元末燕南芝庵《唱论》、周德清《中原音韵》、卓从之《中州音韵》之理论和经验总结，其宫调之归属、平仄阴阳之分明、韵部之轨则相当完善，已建立起了一套规范和严整的体系。徐渭云“今日北曲，宜其高于南曲”①，正是基于此而言的。相较而下，南曲则显得不假修饰，粗糙、质朴得多。

南曲兴起之初，不过里巷歌曲，阎闾风谣。徐渭称之“随心令”，云乃“村坊小曲而为之”，“间有一二叶音律，终不可以例其余”②，均指其演唱不拘格调，发声自然，出乎天籁。入明以后，因各地风气，南曲流变为诸种声腔。弘正年间，祝允明《猥谈》载：“数十年来，所谓南戏盛行，更为无端，于是声乐大乱。……今遍满四方，辗转改益，又不如旧，而歌唱愈谬，极厌观听，盖已略无音律腔调。愚人蠢工狗意更变，妄名余姚腔、海盐腔、弋阳腔、昆山腔之类，变易喉舌，趁趁抑扬，杜撰百端，真胡说耳。”③ 此虽士夫轻视之言，却或多或少反映了诸腔曲唱之混杂纷纭、乖声离调之状况。昆山腔为南曲支裔，虽流丽出于三腔之上，但唱法上到底未成矩度。在这种情况下，魏良辅

① ［明］徐渭：《南词叙录》，见《中国古典戏曲论著集成》，第3册，241页，北京：中国戏剧出版社，1959。

② ［明］徐渭：《南词叙录》，见《中国古典戏曲论著集成》，第3册，240页，北京：中国戏剧出版社，1959。

③ ［明］祝允明：《猥谈》，见《说郛三种·续说郛》，卷四十六，2099页，上海：上海古籍出版社，1988。

的改良顺应而生。沈宠绥《度曲须知》载，其“愤南曲之讹陋也，尽洗乖声，别开堂奥”①。余怀《寄畅园闻歌记》亦载：“当是时，南曲率平直无意致，良辅转喉押调，度为新声。”② 可见，南曲曲唱的讹陋、平直，恰是导致改革昆腔的主因。而是时，魏氏所神追和轨模之对象和标准，有且只有体系俨然的北曲。以下明细数端，具言之。

其一，分宫别调。

元明之际，南曲分宫别调，出现了南九宫。对此，徐渭曾深表不满：“永嘉杂剧兴，则又即村坊小曲而为之，本无宫调，亦罕节奏，徒取其畸农、市女顺口可歌而已，谚所谓随心令者，即其技欤？间有一二叶音律，终不可以例其余，乌有所谓九宫？”“夫南曲本市里之谈，即如今吴下山歌，北方山坡羊，何处求取宫调。……大家胡说可也，奚必南九宫为？”③ 他以为，南曲本无一定之格律，即如高明《琵琶记》，也有“不寻宫数调”之说，根本无须以宫调规定之。

然而，从南曲发展之角度来说，南九宫的出现却是大势所趋。它既应合南曲演唱之内在需要，亦参照了北曲明宫析调的做法。徐渭曾云：“南之不如北有宫调，固也。”“至南曲，又出北曲下一等，彼以宫调限之，吾不知其何取也？”王骥德也说：“故作北曲者，每凛凛遵其型范，至今不废；南曲无问宫调，只

① ［明］沈宠绥：《度曲须知》，见《中国古典戏曲论著集成》，第5册，198页，北京：中国戏剧出版社，1959。

② ［明］余怀：《寄畅园闻歌记》，见［清］张潮、王根林校点：《虞初新志》，48页，上海：上海古籍出版社，2012。

③ ［明］徐渭：《南词叙录》，见《中国古典戏曲论著集成》，第3册，240页，北京：中国戏剧出版社，1959。

按之一拍足矣，故作者多孟浪其调，至混淆错乱，不可救药。”① 皆说明北曲宫调要比南曲严明得多。固然，我们不能说南曲宫调是直接承袭了北曲，毕竟二者是属于两个不同的音乐系统，但北曲对于宫调的重视和规范，应该给予了南曲积极的影响。身为曲师，魏良辅对南曲宫调的认识，更注重于歌唱的实践层面，与徐渭相较而言，要客观得多。他以为，每曲高低抑扬，各有不同，应归属一定的宫调，不宜相互穿度，“疾徐、高下、清浊之数，一依本宫”②。此点在初学者尤为重要，“初学不可混杂多记，如学【集贤宾】，只唱【集贤宾】，学【桂枝香】，只唱【桂枝香】。如混唱别调，则乱规格。久久成熟，移宫换吕，自然贯串”③。这确是习熟声场的不移之言。《词谑》记载了一位名为周全的曲师，徐州人，善唱南北词。“人每有从之者，先令唱一两曲，其声属宫属商，则就其近似者而教之。”④ 也是在教习之初，据各人声限之不同，择相适的宫调曲教之。可以说，唱者依声而歌的根本在于厘宫定调，只有明确宫调的分类，才能稳定音高、声律和曲子的声情。魏良辅深谙此理，故能依据曲唱之实际需要，进一步明确南曲的宫调，这对推动南曲曲唱的规范化，起到了积极的作用。

其二，考究字声。

《南词引正》有一条云：“中州韵词意高古，音韵精绝，诸

① ［明］王骥德：《曲律》，见《中国古典戏曲论著集成》，第4册，104页，北京：中国戏剧出版社，1959。

② ［明］余怀：《寄畅园闻歌记》，见［清］张潮、王根林校点：《虞初新志》，48页，上海：上海古籍出版社，2012。

③ ［明］魏良辅：《南词引正》，见吴新雷：《中国戏曲史论》，278页，南京：江苏教育出版社，1996。

④ ［明］李开先：《词谑》，见《中国古典戏曲论著集成》，第3册，353页，北京：中国戏剧出版社，1959。

词之纲领。切不可取便苟简，字字句句，须要唱理透彻。”[①] 这里，魏良辅对中州韵的尊尚，不能不引起我们的重视。中州韵，乃元卓从之所编，专为北曲而设，其韵谱基本依制元周德清《中原音韵》。《中原音韵》堪称曲谱之祖，亦为北曲所设，它的一个重要贡献是“字有定声”，即厘定北曲曲字的平仄阴阳，协调乐字与声调之关系。试引姚遂《别友》一例说明之：

【满庭芳·春晚】知音到此，舞雩点也。修禊羲之。海棠春已无多事，雨洗胭脂。谁感慨兰亭古纸？自沉吟桃扇新词。急管催银字，哀弦玉指，忙过赏花时。

评曰：此一词，但取其平仄，庶几。若“此”字是平声，属第二着。喜“羲”字属阴，妙。可惜第四、第五句，上下失粘。妙在“纸”字上声起音，“扇”字去声取务头。若是“纸”字平声，属第二着，“扇”字上声，止可作【折桂令】中一对。[②]

周德清评语对字声平仄、阴阳的搭配，极为关注，一一指陈，剖析肯綮。其曾云：“声分平仄，字别阴阳”，“乃作词之膏肓，用字之骨髓，皆不传之妙，独予知之”。[③] 此不仅为北曲之津梁，亦为南曲之关碍。我们知道，昆曲曲唱对字声也极为考究，甚者达到“每度一字，几尽一刻”[④] 的程度。而对字声的凸

---

① ［明］魏良辅：《南词引正》，见吴新雷：《中国戏曲史论》，279页，南京：江苏教育出版社，1996。

② ［元］周德清：《中原音韵》，见《中国古典戏曲论著集成》，第1册，244页，北京：中国戏剧出版社，1959。

③ ［元］周德清：《中原音韵》，见《中国古典戏曲论著集成》，第1册，175页，176页，北京：中国戏剧出版社，1959。

④ ［明］袁宏道：《虎丘记》，熊礼汇选注：《袁中郎小品》，137页，北京：文化艺术出版社，1996。

显，则不能不归功于魏良辅。

其实，早期南戏对字声的念法也很重视：“逐一字调平、上、去、入，必须极力念之，悉如今之搬演南宋戏文唱念声腔。”① 而在沿绪原有南曲字声念法的基础上，魏良辅充分吸收北曲依字声行腔的方式，极力强调字须四声分明，不可混淆，平仄搭配亦须协调。“五音以四声为主，但四声不得其宜，五音废矣。平、上、去、入，务要端正。有上声字扭入平声，去声唱作入声，皆做腔之故，宜速改之。”特别南曲以板为制肘，字又是下板的关键，因此，字不调平仄，往往无法落拍下板。“有迎头板惯打辙板，乃不识字戏子不能调平仄之故。”对于高明《琵琶记》，魏良辅极为推崇，认为学曲要“将《伯喈》与《秋碧乐府》从头至尾熟玩，一字不可放过”②。其原因也许正如沈璟所评：“东嘉妙处全在调中平、上、去声字用得变化，唱来和协。”③ 沈宠绥《度曲须知》对魏良辅改良昆腔的吐字行声，有一段十分精到的描述：“调用水磨，拍捱冷板，声则平上去入之婉协，字则头腹尾音之毕匀，功深镕琢，气无烟火，启口轻圆，收音纯细。”④ 对每一字的平仄搭配，发音的位置，如何启口，如何收音，皆细细拆分，细细琢磨，这正是魏氏拔高昆曲曲唱的关要之处。

然而，南曲因各地风气所致，土音叠出，吴语有吴语之病，

① ［元］周德清：《中原音韵》，见《中国古典戏曲论著集成》，第1册，219页，北京：中国戏剧出版社，1959。

② ［明］魏良辅：《南词引正》，见吴新雷：《中国戏曲史论》，278～280页，南京：江苏教育出版社，1996。

③ ［明］吕天成：《曲品》，见《中国古典戏曲论著集成》，第6册，224页，北京：中国戏剧出版社，1959。

④ ［明］沈宠绥：《度曲须知》，见《中国古典戏曲论著集成》，第5册，198页，北京：中国戏剧出版社，1959。

其他诸腔亦带有各地乡音，此每为南曲曲家所苦。如沈宠绥云："从来磨调曲，惟姑苏绝盛，而词谱亦姑苏编校者多。以苏人之谱，砭苏音之病。"① 沈璟也有《正吴编》，专门针对吴人吐字，纠其发音之偏。其实，魏良辅也早就意识到这个问题，他说："苏人惯多唇音，如冰、明、娉、清、亭类。松人病齿音，如知、之、至、使之类；又多撮口字，如朱、如、书、厨、徐、胥。此土音一时不能除去，须平旦气清时渐改之。如改不去，与能歌者讲之，自然化矣。殊方亦然。"② 苏、松人吐字的唇齿不清，撮口音过多，与魏良辅所要求的"字清"一绝相去甚远。为此，魏氏提倡中州韵，以对不同方音起到一定的规范作用。晚明之后有很多曲家都选用了《中原音韵》作为南曲曲谱的用书，可以说在一定程度上，魏良辅起到了导夫先路的作用。

其三，曲唱技法和经验。

北曲依字行腔，是昆腔改良"调用水磨"的关键。除此之外，魏良辅还参鉴了很多北曲的唱法，以丰富和完善昆腔的磨唱技巧。《南词引正》有以下几条：

> 唱曲俱要唱出各样曲名理趣，宋元人自有体式。如【玉芙蓉】【玉交枝】【玉山颓】【不是路】，俱要驰骤；如【针线箱】【黄莺儿】【江头金桂】，要规矩；如【二郎神】【集贤宾】【月云高】【本序】【刷子序】【狮子序】，要悠扬；如【扑灯蛾】【红绣鞋】【麻婆子】，虽疾而无腔有板，板要下得匀净方好。
>
> 双叠字，上两字接上腔，下两字稍杂下腔。如【字字

① ［明］沈宠绥：《度曲须知》，见《中国古典戏曲论著集成》，第5册，232页，北京：中国戏剧出版社，1959。

② ［明］魏良辅：《南词引正》，见吴新雷：《中国戏曲史论》，280页，南京：江苏教育出版社，1996。

锦】中“思思想想、心心念念”；又如【素带儿】中“它生得齐齐整整，袅袅停停”类，余仿此。

单叠字，又不比双叠字，如“冷冷清清”等，要抑扬。

长腔贵圆活，不可太长；短腔要遒劲，不可就短。

过腔接字，乃关锁之地，最要得体。有迟速不同，要稳重严肃，如见大宾之状，不可扭捏弄巧。

五难：闭口难，过腔难，出字难，低难，高不难（一作，转收入鼻音难）。

五不可：不可高，不可低，不可重，不可轻，不可自作主张。①

魏良辅主张，昆曲的演唱要细细研磨每一曲、每一句、每一字，特别是腔句的过渡，尤需引起歌者的重视。只有处理好了曲子每个部位的衔接，才能唱得宛转、清晰、圆活。我们知道，魏氏善用转喉之法，“取字齿唇间，跌换巧掇，恒以深邈助其凄泪”②。其实就是善于过腔接字。

以此，我们来对照《唱论》记载的一些北曲曲唱技巧：

歌之格调：抑扬顿挫，顶叠垛换，萦纡牵结，敦拖呜咽，推题九转，捶欠遏透。

歌之节奏：停声，待拍，偷吹，拽棒，字真，句笃，依腔，贴调。

凡歌一声，声有四节：起末、过渡、揾簪、攧落。

凡歌一句，声韵有一声平，一声背，一声圆。声要圆

① ［明］魏良辅：《南词引正》，见吴新雷：《中国戏曲史论》，279～280页，南京：江苏教育出版社，1996。

② ［明］余怀：《寄畅园闻歌记》，见［清］张潮、王根林校点：《虞初新志》，48页，上海：上海古籍出版社，2012。

熟，腔要徹满。①

显然，《唱论》对于曲子的字句节奏也极为重视。擅唱北曲者，一般善于转控声音的高低起伏、轻重疾缓，尤其对于腔句的起落和衔接，更是作为曲子的关键来处理。如节奏中，“待拍”“偷吹”，是过腔的技巧，格调中“顶叠垛换”“萦纡牵结”“推题九转”，则是过腔所达到的流动圆润之效果。从《南词引正》和《曲唱》相近的曲唱理论和技巧来看，应该说，“初习北曲”又屡经北曲耳濡目染的魏良辅，在改良昆腔的过程中，充分借鉴了北曲成熟的演唱手法，才使得昆腔清唱趋向细腻、流转，并进一步规范化。李昌集以为：“魏氏不是以昆腔为样板而对南曲唱作规范化的统一，而是以当时北曲的‘散曲唱’为原则，选择民间‘出诸腔之上’的昆腔作为改革的对象，从而完成了文人化‘词唱’——北（散）曲唱——南（清）曲唱的历史连接。”② 这种见解是很有道理的。

在歌者的唱态上，魏良辅的认识也与《唱论》《太和正音谱》极为相似：

> 《曲律》：“至如面上发红，喉间筋露，摇头摆足，起立不常，此自关人器品，虽无与于曲之工拙，然能成此，方为尽善。”③
>
> 《唱论》：“有唱声病，……有格嗓，囊鼻，摇头，歪

① ［元］燕南芝庵：《唱论》，见《中国古典戏曲论著集成》，第 1 册，159 页，北京：中国戏剧出版社，1959。

② 李昌集：《中国古代曲学史》，308 页，上海：华东师范大学出版社，1997。

③ ［明］魏良辅：《曲律》，见《中国古典戏曲论著集成》，第 5 册，6 页，北京：中国戏剧出版社，1959。

口，合眼，张口，撮唇，撇口，昂头，咳嗽。”①

《太和正音谱》：“凡唱最要稳当，不可做作，如：咂唇、摇头、弹指、顿足之态……皆是市井狂悖之徒。”②

此皆为整肃歌场之言。从中不难看出魏氏对北曲演唱经验的承绪关系。不同的是，魏良辅以为唱态无关曲之工拙，比起朱权斥为市井狂徒的态度，要更为宽容和合理。

其四，协调弦管。

因声律之差异，南北曲伴奏乐器各有不同。早期南戏不寻宫调，亦罕有节奏，“只是用打击乐按着节拍，随声转调”。明代诸腔中，如弋阳腔“一味锣鼓了事”，海盐腔亦以鼓板为主，不涉管弦。而北曲则主要用弦乐伴奏。按照曲理，北为弦索，南主鼓板，二者不可混为一谈。明代曲家多持重此论，如王世贞《曲藻》云：“凡曲，北字多而调促，促处见筋；南曲字少而调缓，缓处见眼。北则辞情多而声情少。南则辞情少而声情多。北力在弦，南力在板，北宜和歌，南宜独奏，北气易粗，南气易弱。”③ 魏良辅对南北曲乐器之差异亦有认识。其云：“北曲与南曲大相悬绝”，“伎人将南曲配弦索，直为方底圆盖也”。然而，在实际操作的过程中，魏氏却渐改南曲旧习，始备众乐器，成为协调南北乐器的积极倡导者。徐渭《南词叙录》云：“今昆山以笛、管、笙、琵按节而唱南曲，字虽不应，颇相谐和，殊为可

① ［元］燕南芝庵：《唱论》，见《中国古典戏曲论著集成》，第1册，162页，北京：中国戏剧出版社，1959。

② ［明］朱权：《太和正音谱》，见《中国古典戏曲论著集成》，第3册，46页，北京：中国戏剧出版社，1959。

③ ［明］王世贞：《曲藻》，见《中国古典戏曲论著集成》，第4册，27页，北京：中国戏剧出版社，1959。

听，亦吴俗敏妙之事。”① 《南词叙录》的成书不会迟于嘉靖三十八年（1559），此时昆腔改良业已展开，虽不一定四方流播，声名显著，但已取得一定成效。它的演唱，融管乐、弦乐于一体，谐和动听，引起了人们的关注，故徐渭云“吴俗敏妙之事”，应即言此。上面提到，魏良辅五十岁时知遇张野塘，也约在此时。宋征舆《琐闻录》载：“野塘既得魏氏，并习南曲，更定弦索音节，使与南音相近。并改三弦式，身稍细而其鼓圆，以文木制之，名曰弦子。”② 在魏良辅的影响下，张野塘加入了昆曲的改良。他改制了北曲乐器三弦，适度地融入昆曲之中。那么，弦、管、鼓板是如何融为一体的呢？由于魏氏的改良非戏场声口，锣鼓太过喧哗，难入清唱。所以，昆腔的节奏主要靠拍板来掌握。《南词引正》指出，“拍乃曲之余，最要得中”③，此为曲唱的第一要义。而笛、管等管乐器，“稍长短其声，便可就板”④，它们主要起到了托腔贴调的作用，在昆腔中控制了主乐旋律。而弦乐本来在北曲中演奏主乐，控制节奏，然融入昆曲后，其节奏之用则被板拍取代，主乐之用亦由管乐代替，因此它的地位已退居其次，主要用以协调声乐了。至此，昆腔众乐兼备，贯通南北之长，成就了众腔之尊的地位。

总之，北曲对于魏良辅改良昆腔的影响是全面而深入的，它不仅促成了昆曲本身质的飞跃和南曲曲唱的规范化，而且对于我们考察明代南北曲交融互渗的态势也裨益深远。

---

① ［明］徐渭：《南词叙录》，见《中国古典戏曲论著集成》，第3册，242页，北京：中国戏剧出版社，1959。

② ［清］宋直方：《琐闻记》，圣泽园影印本，1924。

③ ［明］魏良辅：《南词引正》，见吴新雷：《中国戏曲史论》，278页，南京：江苏教育出版社，1996。

④ ［明］何良俊：《曲论》，见《中国古典戏曲论著集成》，第4册，11页，北京：中国戏剧出版社，1959。

第三节　明代的“弋阳雅调”

晚明戏曲选本《新镌出像点板怡春锦曲》，收录了一类名为“弋阳雅调数集”的剧目散出。是书将弋阳腔称为“雅调”，甚为罕见。

弋阳腔本源自民间，一人独唱，众人帮腔，向无曲谱，使用乡语，腔体特征质朴、高亢、喧闹。此虽得四方土客喜爱，却深为士大夫文人所鄙视。杨慎称其“谬音相传，不可诘也”①；王骥德批评“其声淫哇妖靡，不分调名，亦无板眼”，将之与老丑伶人、穷行头、演恶剧、唱猥词等同列“曲之屯”②；李渔更说：“予生平最恶弋阳、四平等剧，见则趋而避之”③。可见，弋阳腔在人们的观念中，一直被打上民间的、土俗的烙印。然而，《新镌出像点板怡春锦曲》何以将民间性的、通俗化的弋阳腔称为“雅调”呢？笔者以为，称名虽小，却往往能透露戏曲发展史的一些重要信息，尤其处在晚明戏曲声腔的流变时期，“弋阳雅调”更能引起人们的关注。

一、“弋阳雅调”出现的原因

明代中后期，新旧声腔的兴替十分频繁。余姚腔、海盐腔的淡出，昆山腔的勃兴，弋阳腔的流变，都是在这个时期内完成

---

① ［明］杨慎著，见杨文生笺校：《杨慎诗话校笺》卷九，241 页，成都：四川人民出版社，1990。

② ［明］王骥德：《曲律》，见《中国古典戏曲论著集成》，第 4 册，117 页，183 页，北京：中国戏剧出版社，1959。

③ ［清］李渔：《闲情偶寄》，见《中国古典戏曲论著集成》，第 7 册，34 页，北京：中国戏剧出版社，1959。

的。而至万历时期，曲坛形成了昆腔为尊、诸腔在野的基本格局。声腔的雅俗分流，自此而显。

关于明代后期弋阳腔的传唱，汤显祖《宜黄县戏神清源师庙记》指出："至嘉靖而弋阳之调绝，变为乐平，为徽、青阳。"① 这一说法曾引起弋阳腔是否绝响的争论。然揆诸文献，嘉靖后弋阳腔非但没有"绝调"，反而在各地广为流传。王骥德《曲律》云："数十年来，又有弋阳、义乌、青阳、徽州、乐平诸腔之出。"② 说明至万历时期弋阳腔仍与后起诸腔并行于世，活跃在民间底层。明末清初李邺嗣《鄮东竹枝词》记载了浙江鄞县出海祭庙的弋阳腔演出："海船齐到大鸣锣，上水黄鱼网得多。先买肥牲供羊庙，弋阳子弟唱婆娑。"刊于康熙十二年（1673）的《弋阳县志》侯七乘序云："予童时闻里社演剧，即相传有所谓弋阳腔者。"③ 此约天启、崇祯年间弋阳县村社的弋阳腔演出。晚明，弋阳腔甚至还进入到城市，盛演于集会酒宴的红氍毹上。沈德符《万历野获编》卷二十四云："（京师）若套子宴会，但凭小唱，云请面即面，请酒即酒，请汤即汤。弋阳数折之后，各拱揖别去。"④ 明崇祯《盛明杂剧·义犬记》还专门刊插了一幅弋阳腔的演乐图，表现的就是弋阳腔的酒宴演出。甚而万历时期，弋阳腔以其自身的强大影响力，波及宫廷，成为宫廷常备的声腔戏剧。《万历野获编》"补遗"卷一载："至今上

① ［明］汤显祖：《宜黄县戏神清源师庙记》，见徐朔方笺校：《汤显祖全集》，第2册，1188页，北京：北京古籍出版社，1999。

② ［明］王骥德：《曲律》，见《中国古典戏曲论著集成》，第4册，117页，北京：中国戏剧出版社，1959。

③ 流沙：《明代南戏声腔源流考》，60页，台北：财团法人施合郑民俗文化基金会，1999。

④ ［明］沈德符：《万历野获编》，中册，611页，北京：中华书局，1997。

（神宗）始设诸剧于玉熙宫，以习外戏，如弋阳、海盐、昆山诸家俱有之。”①

弋阳腔的繁荣，对文人的娱乐生活产生了强烈的冲击，一些文人开始走下高台，观看起弋阳腔的演出。松江文人潘允端在《玉华堂日记》记载了万历年间七次观演集宴上的弋阳腔演出；冯梦祯《快雪堂日记》亦记曰：“（万历十八年九月）二十八，……唐季泉等宴寿岳翁，扳余作陪，搬弋阳戏。”② 也前后记录了三次弋阳腔在杭州的演出。在此耳濡目染之下，坚守雅部正音的文人，一边鄙视弋阳腔，一边却不自觉地接受了弋阳腔的表演。如曾斥弋阳腔为“下里恶声”③ 的袁小修，就认为“能唱弋阳腔者，亦自流利可喜”。④ 对弋阳腔流露鄙视不屑的潘允端，也会为听弋阳腔不成而生遗憾：“呈春备膳……唤弋阳小戏子做戏，顾振海强携生、旦去，可恨！”晚明著名文人屠隆、梅禹金更是对弋阳腔情有独钟，若嗜痂之癖，欲罢而不能。

精英阶层对弋阳腔不自觉的肯定，从一个方面反映了弋阳腔流行之广，影响之大；而另一方面，它也会促进和提升弋阳腔的品格。弋阳腔只有积极努力地改良自身，才能在城市站稳脚跟，获得更大的发展空间，从而迎合文人的审美趣味，争取更高层次的观演群体。事实上，具有顽强生命力的弋阳腔恰好具备了善变、易变的特征。《云间据目钞》卷二载：“戏子在嘉隆交会时，

① ［明］沈德符：《万历野获编》下册，798 页，北京：中华书局，1997。

② ［明］冯梦祯：《快雪堂集》卷五十，见《四库全书存目丛书》，集部第 164 册，715 页，济南：齐鲁书社，1997。

③ ［明］袁中道著，见钱伯城点校：《珂雪斋集》卷八，1282 页，上海：上海古籍出版社，1989。

④ ［明］袁中道著，见钱伯城点校：《珂雪斋集》前集卷十六，693 页，上海：上海古籍出版社，1989。

有弋阳人入郡为戏，一时翕然崇尚，弋阳人遂有家于松者，其后渐觉丑恶，弋阳人复学为太平腔、海盐腔以求佳，而听者愈觉恶俗，故万历四五年来，遂屏迹，仍尚土戏。”① 虽然这次弋阳子弟的改造没有成功，但为了改变生存环境，它主动向太平腔、海盐腔学习，力求以佳去俗，却很能说明弋阳腔灵活易变之特点。在此过程中，弋阳腔的雅化也就不足为奇了。而“弋阳雅调”也应是雅化过程的一种产物。

二、“弋阳雅调”的腔调形式

“弋阳雅调”到底是怎样的一种腔调形式呢？不妨先来看看《怡春锦》“弋阳雅调数集”所辑录的剧目选出。

《怡春锦》共收“弋阳雅调”剧目十四种，分为《青冢记》和番、《西厢记》传情、《琵琶记》分别、《荆钗记》祭江、《金印记》对月、《跃鲤记》诘妻、《断发记》走雪、《长城记》送衣、《玉簪记》阻约、《望云记》遇妖、《四喜记》弄月、《负薪记》整威、《唾红记》唾红、《登科记》试节。它们均为当时流行的南戏、传奇名剧，不但昆腔有本，而且其他诸腔传唱亦广。以刊于万历二十一年（1593）至二十四年（1596）间的胡文焕《群音类选》为例，该书“官腔”（笔者注：即昆腔）类载有《玉簪记》《四喜记》《望云记》《西厢记》等，“诸腔”（原书题下注：“如弋阳、青阳、太平、四平等腔是也”②）类载有《金印记》《跃鲤记》《断发记》《长城记》《登科记》等，皆与《怡春锦》所录弋阳腔剧目相同。这说明剧本的创作或者专为某

① ［明］范濂：《云间据目钞》卷二，见《笔记小说大观》，第6册，509页，扬州：江苏广陵古籍刻印社，1983。

② ［明］胡文焕：《群音类选》，第3册，1453页，北京：中华书局，1980。

种声腔而作，但这并不妨碍它们在各个声腔之间的移植和改唱。这一点弋阳腔尤以“改调歌之”而著称，《静志居诗话》卷十四云：“传奇家曲，别本弋阳子弟可以改调歌之，唯浣纱不能。”①生动说明了弋阳腔的灵活通变，十分善于汲取各种形式的剧本，演为自用。实际上，弋阳子弟连昆曲之祖——《浣纱记》也曾大胆移植过。晚明弋阳诸声腔选曲本《八能奏锦》卷五收“吴王游湖”“打围行乐”二出，《尧天乐》卷一收“送别越王”一出，均可为证。

对文人传奇的“改调歌之”，是弋阳腔在剧目选择上的极俗变雅。旧弋阳腔剧目多为金戈杀伐的连台武戏，不太适合城市家宴的演剧环境。《怡春锦》所收弋阳腔剧目选出，有《荆钗记》祭江、《金印记》对月、《跃鲤记》诘妻、《断发记》走雪、《长城记》送衣、《玉簪记》阻约、《唾红记》唾红等，无不是爱情婚姻题材的剧本，选出大多为表现生、旦内心情感的抒情性出目，其中大段戏曲的演唱，深情委婉，细腻优美，非常适合在家宴上小唱几折。

那么，剧本出目的雅化是否会带来演唱形式上的一些变化呢？笔者对比了《群音类选》《怡春锦》二本中的《玉簪记》阻约出：

> 【石榴花】听残玉漏，辗转动人愁，思量起竟含羞。我把玉钗敲断凤凰头，傍孤灯暗数更筹。出乖露丑，这事儿落了他人后。想昨宵雨约云期，到今朝凤泣鸾愁。
>
> ——《群音类选》“官腔”类
>
> 【石榴花】**听残玉漏，辗转动人愁，思量起竟含羞。**适

① ［清］朱彝尊：《静志居诗话》卷十四，430页，北京：人民文学出版社，1990。

才月到中庭，如今月又西斜了。**傍孤灯暗数更筹，玉钗敲断凤凰头。出乖露丑**，我想昨宵之事，岂是出家人所谓，因见潘郎人才出众，语句温存，因此上**出乖露丑，这事儿落了他人后**。我想潘郎与我好，比做那件来好？比做闺内之花墙外之蝶，未采其花，眷恋不舍，既采其花，飘然而去。冤家，**想昨宵雨约云期，到今朝凤泣鸾愁**。

——《怡春锦》“弋阳雅调数集”

二者曲辞基本一致，然所用声腔一为昆腔，一为弋阳腔，在演唱上差异较大。昆腔为一支整曲，而“弋阳雅调”则增添了大量念白，对曲意加以延伸、说明，反复渲染，有力地烘托了人物丰富的内心情感。此外，弋阳雅调还采取重唱的方式来敷衍声情。如汲古阁本《琵琶记》，《南浦嘱别》一出【犯尾序】曲唱道：

【犯尾序】（旦）**无限别离情，两月夫妻，一旦孤另**。官人，**你此去经年，望迢迢玉京，思省**。（生）娘子，莫不是虑着山遥水远么？（旦）**奴不虑山遥水远**。（生）莫不是虑着衾寒枕冷么？（旦）**奴不虑衾寒枕冷，奴只虑公婆没主，一旦冷清清**。

此曲《怡春锦》则唱为：

【犯尾序】（旦）**还有无限别离情**，（生）五娘，天下许多举子，那一个没有夫妇，谁似你这等悲泣不止。（旦）天下举子，那一个没有夫妇，也有周年半载的，谁似我两月夫妻，一旦孤另。官人，此处三条大路，今日往哪一条路上去？（生）卑人中道而行。（旦）明年衣锦回来，妾从中道相迎了。（生）多谢五娘。（旦）**此去经年，望迢迢玉京，思省**。（生）五娘思省，敢虑着**山遥水远**？（旦）奴不虑山遥水远。（生）敢虑着衾寒枕冷？（旦）奴不虑衾寒枕冷。

（生）既如此，所虑何来？（旦）**虑只虑公婆没主**。公婆，你今日苦要孩儿出去，异日要见孩儿不能够了。正是别儿容易见难。**撇得你一旦冷清清，撇得你一旦冷清清**。

这里，以曲夹白与重唱叠句是“弋阳雅调”有别于昆腔的不同之处。那么，它是否属于“弋阳雅调”的独有形式呢？笔者再将《怡春锦》“弋阳雅调数集”与《群音类选》“诸腔”类的同题剧目选出进行了比较，发现二者在具体曲牌的演唱上并无很大的差别，均有曲白相杂和重唱叠句的同样特色。可见，此两点是弋阳腔的固有唱腔形式，“弋阳雅调”不过一以继之。然而值得注意的是，以曲夹白的形式在《怡春锦》“弋阳雅调数集”中表现力度更大，展现得更为淋漓尽致。如《金印记·拜月》出，《群音类选》本唱【二犯朝天子】曲：

【二犯朝天子】**万里长空收暮云，海岛冰轮驾，碾碧天。故人千里共婵娟，阻关山，争奈皓月团圆，人又未圆。嫦娥在月里孤眠，受凄凉万千，受凄凉万千**。好把名香对月烧，愿夫雁塔姓名标。光阴迅速如飞电，金井梧桐叶乱飘。

《怡春锦》本唱道：

【二犯朝天子】**万里长空收暮云，海岛冰轮驾，碾碧天**。正是人居两地，月共一轮，遥忆故人千里外，今宵同玩月华明。**故人千里共婵娟**。君在湘江头，妾在湘江尾，相思不相见，所为何来？都只为阻关山。正是无情一轮月，偏向别离明。**争奈皓月团圆，争奈皓月团圆，人又未圆**。广寒宫里无人伴，孤负嫦娥彻夜明。**叹嫦娥怨嫦娥，叹嫦娥怨嫦娥，你在月里孤眠**。奴家差矣，嫦娥在广寒之宫，清虚之府，丹桂飘香，何等快乐。奴居此萧条庭院，寂寞香闺，怎比得他来么？正是落红晚点愁如海，家计空虚事事忧。**受凄凉万千**。

是曲所加入的念白中有很多整齐的上下偶句，四、五、七言不等，属曲中之韵白，这与万历时期出现的滚唱十分相似。

滚唱，即滚调。傅芸子指出："滚调之产生，当在万历三十八年左右。"[1] 从万历年间的诸多曲选本来看，以"滚"名之的唱法确在万历中叶出现。刊于万历三十八年（1610）的《摘锦奇音》、三十九年（1611）的《玉谷新簧》等，均在曲中明确标示"滚"：

> 【泣颜回】**新荷泛绿涌波心。**正是出水荷花能解语，采湖愁煞荡舟人。**（滚）熏风阵阵透人怀，紫陌红尘拂面开。蝶柏莺簧频奏语，时常惟有暗香来。浑如解语娉婷。**……
>
> ——《玉谷新簧》《三元记·雪梅观画有感》

然而，"滚"的实际形式的出现却是在万历初年，刊于万历新岁的《词林一枝》《时调青昆》，虽无"滚"名，但已有了曲中增白的表演，或散或整，与《怡春锦》"弋阳雅调"的表现形式基本一致。

> 【泣颜回】**新荷泛绿涌波心。**正是出水荷花能解语，采湖愁煞荡舟人。浑如解语娉婷。……
>
> ——《时调青昆》《三元记·书馆观画》
>
> 【前腔】（生）**孤影南枝乍冷。**下官在家攻书，见此乌鹊，寻归旧巢。今日在此为官，不能归去，侍奉三亲。见乌鹊缥缈惊飞，正是月明星稀，乌鹊南飞，绕树三匝，无枝可栖。那更栖止不定，**万叠苍山，何处是吾庐三径。**
>
> ——《时调青昆》《琵琶记·中秋赏月》

---

[1] 傅芸子：《释滚调》，见《白川集》，173页，沈阳：辽宁教育出版社，2000。

与滚调比起来，这种曲夹白的形式还显得比较简单。而至万历中叶，滚调与五言、七言诗充分结合，发展出散文体的“滚白”、韵文体的“滚唱”，以及曲牌之外的大段“畅滚”，酣畅淋漓，热闹可喜，极其生动地刻画了人物形象，渲染了舞台表演。尽管《怡春锦》是崇祯间的刊本，但由于“弋阳雅调”的选曲没有出现“滚”，且所增之白多为散白，偶句韵白的情况还比较少，所以它应属于万历初年的曲夹白形式，即滚调发展的早期阶段。

万历时期，唱滚调者以青阳腔最为知名。作为弋阳腔的直接支裔，青阳腔的最大特点就是继承和发展了弋阳腔的滚调。从万历初年的选曲本《时调青昆》来看，早期青阳腔的滚唱即为不标“滚”的曲夹白，它与“弋阳雅调”的曲白形式并无二致。笔者以为，“弋阳雅调”实际就是青阳腔继承、发展旧弋阳腔的早期形式。它多以散白穿插在曲牌唱词之间，并出现了偶句韵白的唱念。虽然不如后期的滚调曲情畅达，但比起旧弋阳腔的曲带白，则要生动流利得多。“弋阳雅调”的曲白形式一经出现，即风行于世，刊曲者纷纷选录此类剧曲，并冠诸新调、时调、时兴的名称，标示它们的新兴与流行程度，达到吸引读者的目的。这其中亦以雅调为名者，如《鼎锲徽池雅调南北官腔乐府点板曲响大明春》《新锲天下时尚南北徽池雅调》等。此“徽池雅调”就是指兴起于安徽池州府的青阳腔。而之所以用“雅调”，笔者揣测其因：一则因此新兴的曲夹白唱法声情并茂，感发人心，虽欠大雅，但比起旧弋阳腔的浅俗质陋，还是提升了很大的表现力；二则以雅调相号召，亦可吸引文人士夫的关注，乃是书商针对这一群体所采取的特殊商业策略。

三、弋阳腔其他的雅化方式

通过文本分析，我们推论“弋阳雅调”是青阳腔滚调的前身，它应属于弋阳腔发展过程中的一种独有声腔。然而，由于史料有限，笔者对于这一结论并无十足的把握。晚明时期，弋阳腔的流变形式多种多样。作为促进弋阳腔发展的重要手段，雅化弋阳腔的演唱其实也存在多种方式。以下试以弋阳腔系的诸声腔为例，探讨各种弋阳腔的雅化方式。

其一，改变帮腔形式，雅化弋阳腔。以四平腔为例，其兴起应在嘉万年间。胡文焕《群音类选》的诸腔类，即收录了四平腔剧目。顾起元《客座赘语》云："后则又有四平，乃稍变弋阳而令人可通者。"① 说明四平腔是由弋阳声腔变化而来。清代李声振《百戏竹枝词》云："四平腔，浙之绍兴土风也，亦弋阳之类。但调稍平，春赛无处无之。"② 它与弋阳腔的区别，主要在于调子低平些，不像弋阳腔那么高亢。据流沙考察，四平腔之所以被称为"四平"，源于帮腔句的韵头。弋阳系统诸声腔的帮腔韵头共有八平、六平、四平三种，韵头越多，声调也就越激昂，韵头减少，声调自然相对平和。四平属于减少帮腔的短韵，所以听起来会"调少平"③。可见，帮腔形式上的变化，可适当改编弋阳腔的演唱风格，化高亢激越为平缓柔和。

其二，加入弦管伴奏，雅化弋阳腔。以青阳腔为例，它的演唱除发展滚调之外，基本保持了弋阳腔锣鼓伴奏、一唱众和的风格，因此被龙膺嘲为"何物最娱庸俗耳，敲锣打鼓闹青阳"④。然而，不可忽视的是，青阳腔中还存有一类以笛子伴奏的横调，

---

① ［明］顾起元：《客座赘语》卷九，303页，北京：中华书局，1987。

② 路工：《清代北京竹枝词》，158页，北京：北京古籍出版社，1982。

③ 流沙：《明代南戏声腔源流考辨》，86～87页，台北：财团法人施合郑民俗文化基金会，1999。

④ ［明］龙膺著，见梁颂成、刘梦初校点：《龙膺集》卷二二，401页，长沙：岳麓书社，2011。

主要唱南北合套的【新水令】，它的声音近似昆曲韵味，悠长啴缓，声调低平。据流沙推考，它是从浙西传到安徽，再融入旧弋阳腔而形成。① 今在江西都昌、湖口的青阳腔、湖北麻城的高腔、广东正音戏中，均有这种横调曲牌的留存。湖南高腔名为“低牌子”，广东正音戏据笛子伴奏，称之为“笛牌”。横调、低牌子、笛牌，皆说明弋阳腔在发展过程中，适当地吸收了管弦乐器，改变了旧有的“不入管弦，亦无腔调”“其节以鼓，其调喧”的演唱形式，“使得青阳腔向雅音方面提升，如此与滚调并行，便成了雅俗共赏的腔调”。②

其三，厘定声腔的腔板，规范弋阳腔。以京腔为例，它最早出现于万历年间③，是弋阳腔流入北京后所衍生出来的地方声腔。早期的京腔在行腔方式上保留了弋阳腔随心入腔的唱曲风格，为改变这一状况，清初王正祥专门制定了京腔谱——《新定十二律京腔谱》。其在“凡例”中指出：“予又不满其腔板（即旧京腔）之无准绳也，故定为十二律，以为曲体唱法之范围……尚安得谓之弋腔哉！今应言之曰京腔谱，以寓端本行化之意，亦以见大异于世俗之弋腔者。”④ 有了定谱的京腔，在行腔走板上更加规范，与世俗之弋阳腔就大相径庭了。

其四，糅入地方语调，雅化弋阳腔。弋阳腔遍布南北各地，

① 流沙：《明代南戏声腔源流考辨》，115～152 页，台北：财团法人施合郑民俗文化基金会，1999。

② 曾永义：《弋阳腔及其流派考述》，载《台大文史哲学报》，60 页，第 65 期，2006 年 11 月。

③ 按：万历刊本《钵中莲·雷殛》一出中五雷正神所唱曲调，注明为京腔。孟繁树、周传家编校：《明清戏曲珍本辑选》，69 页，北京：中国戏剧出版社，1985。

④ ［清］王正祥：《新定十二律京腔谱》，见王秋桂：《善本戏曲丛刊》，第 3 辑，50 页，台北：台湾学生书局，1984。

其流入地方后，会与一些地方的语言声调相结合，雅化旧有的弋阳腔唱法。王正祥有云："但弋阳旧时宗派浅陋猥琐，有识者已经改变久矣。即如江浙间所唱弋腔，何尝有弋腔旧习。况盛行于京都者，更为润色，其腔又与弋阳迥异。"① 江浙、北京等地的弋阳腔均不同于旧弋阳腔，究其因恐源于语言声调的润色加工，故适当改变了原有腔调的陋俗。崇祯十四年（1641），冒辟疆曾记载在苏州半塘见名妓陈圆圆："是日演弋腔《红梅》，以燕俗之剧，咿呀啁哳之调，乃出之陈姬身口，如云出岫，如珠在盘，令人欲仙欲死。"② 陈圆圆乃苏州人，长于昆腔，这里唱的弋阳腔，身口不凡，吐音柔和，令周围的文人雅士闻之欲醉，恐怕不无地方语调对弋阳腔的雅化之功。

其五，采用官话行腔，规范弋阳腔。弋阳腔的流传遍及大江南北，徐渭《南词叙录》载："今唱家称弋阳腔，则出于江西，两京、湖南、闽、广用之。"③ 如果一味错用乡语，弋阳腔恐怕很难适应南北各地巨大的语言差异，因此采用普及性的官话，显得很有必要。晚明诸选曲本中，有不少直接标为官腔的，如《新刊徽板合像滚调乐府官腔摘锦奇音》《徽池雅调南北官腔乐府点板曲响大明春》等，虽均指青阳官腔，但作为弋阳腔的直接支裔，未必不是弋阳腔官话过程中的产物。今浙江调腔、广东正音戏、山东柳子戏青阳腔也都唱的是官话。

综上所述，在弋阳腔流衍为晚明诸声腔的过程中，确实出现了多种多样的雅化方式，它们使得原有的弋阳腔摆脱了质朴俚俗

① ［清］王正祥：《新定十二律京腔谱》，见王秋桂：《善本戏曲丛刊》，第3辑，49页，台北：台湾学生书局，1984。

② ［清］冒襄：《影梅庵忆语》，4页，上海：上海大东书局，1933。

③ ［明］徐渭：《南词叙录》，见《中国古典戏曲论著集成》，第3册，242页，北京：中国戏剧出版社，1959。

的单纯底色，融杂众声，成为一种雅俗兼容的大声腔体系。“弋阳雅调”很有可能就是其中雅化旧弋阳腔的唱法之一。

四、余论：弋阳腔的雅俗并存

长期以来，因正统观念之排斥和文献之不足，弋阳腔所凸显出来的只有通俗性、民间性的一面，甚至还出现弋阳腔“妖魔化”的极端偏见。但是，这并不能反映出弋阳腔客观的、全部的面目。“弋阳雅调”的出现，恰恰提醒我们不能再忽视弋阳腔在流传过程中所呈现出来的另一面，那就是弋阳腔也曾是上流社会、文化阶层的娱乐对象，亦有过被雅化的事实。其不论衍生滚调也好，抑或产生多种雅化的演唱方式也罢，均是弋阳腔为满足不同社会阶层的审美趣味所做出的改变。

弋阳腔的最大特点就是易变、善变，而其求变的两条路线就是俗化和雅化。俗化使得弋阳腔始终扎根于民间，具有顽强的生命力；雅化却使得弋阳腔能够不断地提升自身，完善自身，从而吸引更多阶层的观众，获得更大的发展空间。此二者并不相离相背，而是拧成一股绳。弋阳腔所繁衍出的庞大声腔系统，诸如青阳腔、四平腔、徽调、京腔等，无不是俗化与雅化结合的产物，而被称为“弋阳雅调”“徽池雅调”“潮泉雅调”，也直接体现了雅俗文化的交融。当然，弋阳腔的雅化，从根本上说是弋阳子弟为了求生存、求发展而做出的自我努力。因此，具有先天民间素质的弋阳腔，即使某种唱曲方式雅化了，其本身以及所流衍的诸种声腔也不可能如同昆山腔一样，成为雅调之正宗。就此而言，弋阳腔的雅化是有限度的，也是不动其腔调之根本的。

第七章 南戏的情节与表演

第一节 南戏的戏剧结构

戏剧是讲故事的艺术。故事怎样讲述，少不了对内部事件的组织结构。不同于文本载体的故事叙述，戏剧属于舞台艺术，故事主要依托角色表演而展开。戏剧学家范钧宏认为戏剧结构由两个部分组成，即分场的故事情节及与之相应的舞台技术安排。[①]台湾学者曾永义亦以为戏剧结构包括关目布置、排场处理与角色选用的要素。[②] 因此，戏剧结构实际包含剧本与舞台两个层面，即由系列事件而构成的故事内部结构和由角色表演而展开的舞台空间结构。

作为早期民间戏剧样式，南戏由南宋迄明，渐蜕为传奇，显示出极其绵久的生命力。但是，它的戏剧结构向来不为研究者认可，往往一言两语，便予终评。陆侃如、冯沅君认为《张协状

---

① 范钧宏：《戏剧结构纵横谈》，见《戏曲编剧论集》，25 页，上海：上海文艺出版社，1982。

② 曾永义：《评骘中国古典戏剧的态度和方法》，见《说戏曲》，3 页，台北：台北联经出版社，1976。

元》一剧缺乏张力①，卢冀野评《宦门子弟错立身》“全局的排场也非常幼稚”②。青木正儿评《永乐大典戏文三种》：“排场之法幼稚，而不知运用方法。”③ 此类看法未必不准确，却极容易遮蔽南戏结构的独特性。南戏故事庞大，剧本动辄五六十出，短亦二十出上下，远远超过元杂剧一本四折的篇幅。如此大容量的故事叙述，如何在有限的舞台空间内，其结构经营之法，很值得深入研究。下面欲从剧本故事内部与舞台空间结构两个方面，探析南戏戏剧结构的形态与特征。

一、悲欢离合：完整事件的结构框架

西方文论家福斯特认为故事：“是对一些按时间顺序排列的事件的叙述。”④ 任何故事都表现了时间过程中的人情物理的变化。不论其形态简单还是复杂，核心故事往往由各个事件前后连接而成，构成一种由此及彼的逻辑关系。

学界对于南戏故事结构方式曾有过一些探讨。俞为民指出，南戏故事情节安排，吸收借鉴了民间说唱艺术的情节结构，“以‘一人一事’为主，从‘一人’的‘一事’起，一直说唱到‘一事’之结尾，有头有尾，一线到底，来龙去脉，前因后果，

---

① 陆侃如、冯沅君：《中国文学史稿》，见张月中：《元曲通融》，34页，太原：山西古籍出版社，1999。

② 卢前：《中国戏剧概论》，见《民国丛书》，第四编，第63册，119页，上海：上海书店，1992。

③ ［日］青木正儿著，王古鲁译：《近世戏曲史》，93页，上海：商务印书馆，1936。

④ ［英］爱·摩·福斯特：《小说面面观》，26页，广州：花城出版社，1984。

交代得十分清楚”①。然而，作为戏剧结构的某种共性规律，“一人一事”也不同程度地适用于元杂剧、传奇，甚至近现代戏剧的，似乎难以凸显南戏故事结构的独特性。许建中则提出南戏“自然发展”的叙述特色。其评《张协状元》：“全剧的主要结构手法是平铺直叙，很少跳越，也很少运用结构技巧，场次的安排大致按照剧情的自然发展，体现出鲜明的叙事特色。”② 这个评价颇为恰切。所谓“剧情的自然发展”，即按照经验生活的时间，安排事件的顺序，以致接近自然化的方式呈现剧情。不过，对于南戏故事内部的具体构成，各个事件如何生发、如何衔接、如何收束，仍有待鞭辟入里之考察。

我们先以目前留存最早的南戏作品《张协状元》为代表，剖析该剧的事件安排。该剧故事可概括为“张协负心婚变，终与贫女团圆”，从张协赶考开始，至重婚贫女结束，中间由一系列事件组成，图示如下：

核心事件：张协负心婚变

↓

次一级事件（如下）

张协赶考—落难成婚—张协及第—拒婚结怨—贫女寻夫—协杀贫女—贫女被救—调解团圆

可以看到，《张协状元》基本围绕一个中心事件展开，这个中心事件又是由一系列次一级事件构成，它们之间按照时间发生顺序，依次排列，彼此构成因果联系，环环相扣，推动故事发展，其叙事的基本构成方式为：始聚—分别—风波—团圆。

---

① 俞为民：《南戏通论》，86页，杭州：浙江人民出版社，2008。

② 许建中：《明清传奇结构分析》，28页，郑州：中州古籍出版社，1999。

相当多的南戏都采用了这种叙述路线。例如“南戏之祖”《琵琶记》，中心事件为蔡伯喈再婚，事件结构为：从蔡府祝寿开始，至蔡伯喈辞亲赴考而分离，再至蔡伯喈再婚牛府掀起风波，最后赵五娘只身寻夫终得团圆。四大南戏“荆、刘、拜、杀”，也无一不呈现这种事件的结构方式。它在时间顺序中稳步前进，交代各个事件的前因后果，故事的起始、发展、结束，构成一个自然而完整的通盘框架。这实际是一种颇为简单的历时线性叙述，没有太多腾挪变化，只要依次定位好各个主要事件在时间轴与因果轴的位置，就能对号入座，有板有眼地推进故事的发展。

为此，世人提炼出“悲欢离合”作为南戏故事的重要标志。世德堂本《五伦全备记》副末开场云：“亦有悲欢离合，始终开合团圆。”《金瓶梅》第64回写道：“子弟鼓板响动，递了关目揭帖，两位内相看了一回，拣了一段刘智远红袍记，唱了还未几折，心下不耐烦”，便改唱道情故事了。应伯爵事后说：“内相家不晓的南戏滋味。……他只喜蓝关记倒喇小子，却歌野调，那里晓的大关目悲欢离合。”《刘智远红袍记》是一本已经散佚的南戏作品，“大关目”指剧情开合完整有序。应伯爵的话十分生动地反映出当时观众对南戏“悲欢离合”情节的喜爱。

亚里士多德定义悲剧：“是对一个完整划一，且具一定长度的行动的摹仿。”　“一个完整的事物由起始、中段和结尾组成。”① 无疑，故事结构的完整性，是衡量戏剧的艺术标准之一。我国古代早期戏剧中，宋金杂剧、院本，虽有人物扮演，但叙事很不充沛，近乎临时片段的戏谑，缺乏完整情节，故不足称成熟的戏剧形态。直至元杂剧与宋元南戏的出现，才将丰富多样的故

---

① ［古希腊］亚里士多德著，陈中梅译注：《诗学》，74页，上海：商务印书馆，1996。

事带上戏剧舞台。南戏对事件组织“悲欢离合”的基本形态，完全满足了亚里士多德所说的“完整”戏剧的定义，并且它的这种结构方式，还深刻影响了明清传奇的情节结构。明代曲家王骥德概括传奇结构为起、接、中段敷衍、后段收煞①，即托南戏衣钵而来。写男女爱情类的传奇作品，更是在“悲欢离合”的情节安排上大下功夫，《牡丹亭》《桃花扇》等经典名剧，无不贯穿男女主人公的聚散离合、错综悲欢之情，点染情节风波，就此而言，南戏对事件安排的基本方式，具有不容忽视的戏剧史意义。

二、冗长平铺：事件组织的内部构成

“悲欢离合”是南戏事件组织的通盘状貌，却不能作为南戏故事组织形态的最突出特征。事实上，元杂剧也有离合结构的作品，而明清传奇更沿用了此种结构。为进一步挖掘南戏事件组织的独特状貌，我们仍将《张协状元》的次一级事件再次细分下去：

张协赶考：张协言志—张协圆梦—张协辞亲—张协行程

落难成婚：张协五鸡山遭劫—贫女解救张协—两人完婚

张协及第：贫女筹备张协路费—张协赴京—张协应试—高中榜首

拒婚结怨：计议胜花婚事—张协拒接丝鞭—张协自负—胜花气死

贫女寻夫：贫女买登科记—贫女入京寻夫—张协驱逐贫女—贫女乞食回乡

① ［明］王骥德：《曲律》，见《中国古典戏曲论著集成》，第 4 册，123 页，北京：中国戏剧出版社，1959。

协杀贫女：张协赴任—中途杀贫女—贫女悲叹

贫女被救：王德用赴任—收贫女为义女—携贫女到任

调解团圆：张协任上受责—请人协调—王德用允婚—再婚团圆

以上，各个次级事件又套组更次一级的小事件，先后顺序也基本按时间推进，没有太多技巧性的叙述闪回、颠倒，呈现由此及彼的因果联系。如果再往下，有的还可分出更次一层次的细小事件。稍示几例：

贫女解救张协：贫女困守古庙—贫女古庙救张协—大公雪中送炭

贫女筹备张协路费：张协拟入京—贫女借路费—贫女被张协打骂—大公资助

贫女买登科记：贫女托小二买登科记—小二买登科记—贫女知张协中状元

张协任上受责：张协上任—王德用到任—张协参拜王德用被摒—王德用决心禁控张协

综合各级事件的构成，可以得出，《张协状元》的主要故事沿着线性时间自然发展，可切分为很多极为细小的细节事件，事件缺乏选择，缺乏剪裁，恰如许建中所言“剧情的自然发展”，事件组织呈现冗长拖沓、平铺直叙的特点。我们进一步参照其他南戏剧本，具体分析这种事件组织结构的形态特征。

1. 全景化的事件安排

南戏故事尽量从各个时间阶段、各个人物面向，全景展现事件的发展过程。其事件组织基本照搬生活时间顺序，呈现自然化的叙述方式。例如，宣德本《金钗记》演刘文龙辞亲科考的事件，分由第 6 出至第 10 出的 5 个出目组成，逐次表演夫妻家中别、父母家中别、伴当追随、洗马桥别的场面。夫妻家中别交代了托付古记信物，父母家中别是准备登上行程，伴当追随反映了离别地点的变化，洗马桥别则是最后的辞亲而别。这一组“别戏”，直接照搬经验生活，按发生的时间顺序，将男主人公与各个人物的离别，一一呈诸舞台。再如，《刘希必金钗记》刘文龙从番邦逃跑一节，也先后安排了四个次级事件，分为第49出乔装逃跑、第50出单于追赶、第52出随从被捉、第53出文龙赶路等，依次交代刘文龙如何准备逃跑、如何被追赶、追赶途中的惊险，以及惊险过后再逃的场面，也是按照事件顺序发展，自然铺叙，力求面面俱到，全景展现刘文龙逃跑的点点滴滴。下节讨论南戏中科举活动的表演，也同样采用了这种全景化的事件编排，从苦读备考、商量科考、辞亲赶考、赴考行程、科举考试、高中仪式，全线拉开主人公科举前前后后的过程。

2. 众多过场性的细节事件

全景事件的展现，决定了南戏最小事件的构成往往停留在一些过场性细节上，这是导致南戏故事冗长、体制庞大的原因之一。举例而言，南戏经常有饮宴场面，往往在正席之前，安排一些过场性的细节事件。元本《琵琶记》写琼林宴、宣德本《刘希必金钗记》写单于赏宴，均事先交代了如何备宴的过程，重校本《刘希必金印记》甚至连用苏厉排筵、王氏洒扫花亭两个最小的细节事件，烦琐交代酒宴的准备过程。有时，明明可以用一个出目完成的事件，偏偏要来上两出，甚至更多的出目。像《刘希必金钗记》送书人被抓与山寨毁书分为两出，肖氏祭祀文龙也用了两个场次，富本《东窗记》岳飞领兵与岳飞胜敌被分设为两出，《张协状元》交代胜花婚事，赘用三出（第15、17、21出），交代张协、王德用赴任、上任之事，更累叠五出（第40、42、44、46、47出）等。南戏编演者们仿佛不把这些过场细节一一交代清楚，就没有办法讲述故事的前因后果。这些细节呈现过多，对事件发展的推动性不强，造成南戏叙事过于贴近自然生活常态，场次细碎，拖泥带水，缺乏简单明快的情节节奏。

3. 高频率的非动力性事件

南戏故事叙述中，有不少事件并不具备太大的情节动力，它们频繁出现，延缓情节演进的进程，影响了南戏的叙述节奏。我们对此类“非动力性”性质的事件，以场次出目为单位予以考察。

笔者选取了五种不同时期的南戏代表剧作，整理出其中非动力性事件的出目，列表如表7－1所示：

表7－1　高频率的非动力性事件

剧作	非动力性出目	总数
永乐大典本《张协状元》，按钱南扬点校本出目名	第1出众友会讲①、第2出贫女困守古庙、第4出张协圆梦、第6出李大公提携贫女、第8出客商遇盗、第13出胜花自叙、第15出王夫人关心胜花婚事、第23出贫女思夫、第28出小二买登科记、第29出胜花伤感、第31出张协自负、第38出大公大婆思念贫女、第43出贫女悲叹、第46出张协到任、第47出王德用到任	15出全剧53出
元本《琵琶记》，按钱南扬点校本出目名	第2出蔡宅祝寿、第3出牛小姐规劝侍婢、第6出牛相教女、第8出赵五娘忆夫、第14出牛小姐愁配、第21出伯喈弹琴诉怨、第23出伯喈思家、第27出伯喈牛小姐赏月、第41出牛相出京宣旨	9出全剧42出

① 按：张协首出前大半出其实是众友会讲，后面场景虽有了转换，但开场的表现模式还是以会讲的滑稽表演为主。

续上表

剧作	非动力性出目	总数
宣德本《刘希必金钗记》，按刘念兹点校本出目名	第2出感怀述志、第3出双亲庆寿、第12出停针思夫、第19出肖氏忆夫、第21出曹女病恹、第24出肖氏怨夫、第33出文龙诉愁、第34出童婢戏耍、第39出花亭备宴、第40出单于赏宴、第46出超荐亡魂、第51出公主忆、第56出肖氏守孝	13出 全剧 67出
嘉靖本《宝剑记》，出目名笔者自拟	第2出为母祝寿、第3出高府家宴、第4出衙内戏耍、第10出林冲圆梦、第22出张氏忆夫、第27出林冲思乡、第28出衙内思张氏、第41出超度亡魂、第42出张氏守灵	9出 全剧 52出
万历继志斋本《香囊记》，出目名按汲古阁本	第2出庆寿、第3出讲学、第6出途叙、第7出题诗、第9出忆子、第13出供姑、第23出问卜、第34出赏雪、第38出治吏、第39出祈祷	10出 全剧 42出

表7－1中“非动力性”事件大略可分三类：①描写人物心理活动的出目，如思亲、伤叹、思乡等；②铺排场景的出目，如玩赏、赏宴、超度等；③与核心故事基本无涉的闹诨出目，如圆梦、戏耍等。各本中，这三类出目数量约为十出，占该本总出目数的20%，《张协状元》更高达28%。应该说，这个比例是相当高的。我们可以与明代传奇“非动力性”事件设置稍加对比。《六十种曲》中，《浣纱记》全45出，有捧心、打围、效颦、采莲、思忆5出，《琴心记》全44出，有相如倦游、文君新寡、汉宫春晓、空闺咏叹、长门望月5出，《彩毫记》全42出，有夫妻玩赏、湘娥思忆、游玩月宫、母子虑祸4出的静态型出目，

所占比例均约10%，下降了一半有余。

非动力性的事件出目频繁使用，造成了缓慢拖沓的叙述效果，使故事讲述的正常流程时时被拖延，甚至被中断。例如，《刘希必金钗记》刘文龙正在紧张逃出番邦的当口，下一个出目衔接的却是公主思忆文龙，变为文静的抒情场景，这就隔断了逃跑情节，将紧张的情绪化为缓慢的抒情。《宝剑记》开场用了两个静态出目，交代了林、高二家人物，接下来本应正式进入故事，可是硬生生又插入了一出高衙内的科诨场次，拖至第5出方才进入正式事件的叙述。《香囊记》“题诗”一出，更是与剧中人物、情节全不着干系，像是被夹塞入故事的。《张协状元》游离主线之外的非动力性出目尤属最多。第26、28出演小二买登科记，本无关宏旨，可以一笔忽略，却被敷演成两场；第8出客商遇盗，与张协遇盗的主干情节无甚干系，却也花费了一个场次。

由此，南戏故事对各个事件的组织，是按照事件发展的自然顺序，缓慢推进，其全景编排事件过程，强化过场细节，频繁设置非动力性的事件，使之呈现平缓铺叙、拖沓冗长的结构特点。不过，这种事无巨细、全景编排的方式，倒是可以照顾到低水平文化层次观众的理解水平，符合了南戏流播的民间阶层特质。

三、出目程式：分场结构框架

南戏创作上，存在大量的改编、移植，甚至抄袭的现象。戏与戏之间情节雷同，场面类似，不少出目内容或表现手法极为类似，在剧本的顺序位置上也十分接近，这导致南戏结构框架呈现高度的程式化，而其中构成南戏结构程式的基础单位，则为程式化出目。

为全面展现南戏程式化的结构框架，笔者选取《风月锦囊》所录南戏15种，按开场、中场、终场的结构秩序，将程式化出目胪列于下：

（说明：1．南戏存全本者按全本出目数录，无全本者则照锦囊本录；2．版本说明：《蔡伯喈》采元钞本，《荆钗记》采原本，《苏秦》采重校本《金印记》，《拜月亭》采世德堂本，《赵氏孤儿》采世德堂本，《吕蒙正》采李九我评本《破窑记》，《刘智远》采汲古阁本《白兔记》，《商辂三元记》采富春堂本，《紫香囊》采继志斋本《香囊记》，《姜诗》采富春堂本《跃鲤记》，《五伦全备记》采世德堂本，《双兰花记》《西瓜记》《解纵记》《金钱记》均采锦本，以下仅列简称；3．表中所列数字代表该出所在剧本的出目位置。）

表7－2　开场类

	喈	荆	苏	拜	赵	吕	刘	商	香	双	西	姜	解	金	五
祝寿	2	3						4	2	2	3		2		
自道			2	2				2 3			4	3			
会友		2				2	2		3						
玩赏					2						2	2 4	3	2	2

表7－3　终场类

	喈	荆	苏	拜	孤	吕	刘	商	香	双	西	姜	解	金	五
重会	36			42	41	25	32		40	14	14	40	阙	12	
还乡	39		还乡①			29		37							

① 按：参看锦囊本图目，有"衣锦还乡"的情节，重校本无。

续上表

	喈	荆	苏	拜	孤	吕	刘	商	香	双	西	姜	解	金	五
报恩仇					44				41						
团圆	42	48	42	43		29	33	38	42	15	15	42①		13	29

表7－4　中场类

	喈	荆	苏	拜	孤	吕	刘	商	香	双	西	姜	解	金	五
思亲自叹	8 14 21 23 27	18 29 39	4 29	8 11 30 33 37	23 34 38	11		17	9	12	8	6 39	9	8 10	
玩赏宴赏		42	6 15 27 35		11		8	7 8	34				8		14
行程赴任	7 31 38	16 43	11 24	26 34	39	16	14 22	31	6 35	7 11 13		5	5	3 9	7 15②
考试		17		36		③		28 32							9

① 按:《跃鲤记》“重会”为“一家释疑”,“团圆”为“涌泉跃鲤”。

② 按:《五伦全备记》第7出、第15出,都合写了“分别”与“行程”的内容。

③ 按:改本《彩楼记》增加“春闱赴试”一出。

续上表

	喈	荆	苏	拜	孤	吕	刘	商	香	双	西	姜	解	金	五
琼林游街	9					20		33	10						10
结婚	18	12					7 21	38					7		12
劝农治吏		37			8				38			6			17
看医				28								16			
圆梦					17					10					
占卜			7			2			23			27			
设祭解禳		32 35					9	16	24 39		12				
分别	5	15	10				13	30	5 12		13		4		
点将兴兵败敌			31 32 33	3			25 26 27		14 15 20			11			
显神		26		①	36	17		12				19 37 41			
供姑	20								13						23
寄书	23	20							28	4					

① 按：李卓吾评本《幽闺记》第7出增加末扮太白金星显灵一节。

上表显示，开场与终场出目，存在高度程式化的现象。开场程式化出目以祝寿、玩赏、众友会讲、书生自叹四类，最为常见，庶几概括所有南戏的开场模式。祝寿、玩赏的出目，大多表现阖家欢聚的场面，有群角唱曲，有独唱、轮唱、合唱等多种形式，一般为【瑞鹤仙】【祝英台】【绛都春】等套曲，气氛热烈；众友会讲的出目，以净、丑科诨为主，也重在渲染欢快的气氛。还有自叹叙志的出目，为生脚独唱，抒发胸襟抱负，场面虽不热闹，却有交代中心人物，提起下文的作用。由此，南戏开场程式化出目，擅长以轻松愉悦的方式，从容不迫交代人物身份、人物关系，舒缓地打开全剧，并不求快节奏地突入矛盾。如《琵琶记》，以蔡伯喈夫妇与父母祝寿开场，酒宴中蔡父提出儿子科考之事，但这个产生父子矛盾的情节，很快被搁置一边，消融于家宴的欢乐气氛，直到第 4 出“逼试”才接续去不去科考的问题，用一个回目重点表现父子矛盾。这也就是说，南戏开场情节，大多不具备推动情节发展的叙事功能，其目的在于出角色，造气氛，为下面的风波乍起做背景铺垫。

终场出目一般包括重会、报恩仇、赐封团圆等。重会暗示人物命运开始转折，情节正式进入收束阶段。南戏最常见的重会出目为“邮亭相遇”，人物多悲唱五更曲，惊醒久别的亲人，以引起子母、夫妻的不期而会。还有《荆钗记》《金钱记》之船会、《琵琶记》《双兰花记》之庙会，也是惯用的情节桥段。重会之后，人物得以始困终亨，赐封团圆。终场出目具有最终的大团圆、大结局意味，各个南戏剧本纷纷收拢各线离散的人物，使他们踏上还乡、重会之路，为最后的团圆欢声合鸣。故最后一出往往诸种脚色均要登场，从各人经历追叙往昔故事波澜，抒发今日欢庆的愉快心情，既有情节归总、复叙的功能，又集体营造出团圆美满的气氛。由于开场与终场的程式出目在南戏结构位置十分稳定，以喜庆开，以团圆合，为南戏制造了一个圆满的框架。

中场出目也存在大量雷同的现象。它们的出现，一方面是由于南戏创作彼此因袭，形成了一些常用的情节套路，如以“供姑”“投江”标示女子孝贞，以“神护”帮助主人公转危为安，以“改信”阻碍男女主人公的交流，以“思忆”“分别”抒发男女主人公内心情感等；另一方面则是因为舞台表演的长期沉淀，如“行程”“赴任”等过场程式出目，以众脚色鱼贯而出的流水曲，承担场景快速转换的功能；“科考”“圆梦”“看医”等诨闹程式，可以利用科诨笑料，带动场面的欢快热闹，协调动静场次；“解禳”“设祭”“游街”“超度”“结婚”等宗教或风俗的仪式程式，更可以照顾观众的信仰风俗需求，发挥戏剧的现实作用。中场程式化出目，形成了一个个情节或表演的套子，串合了南戏的舞台结构，使得南戏场次的组织结构呈现出稳固而单一的演剧风貌。

程式化出目对南戏之发展有利有弊。利的一面，可以便舞台之所需，投观众之所好；弊的一面，使南戏呈现出千戏一面的状貌，创作与表演为形式所累，像是戴着镣铐跳舞，不利于戏曲之提高与创新。

四、并行、交错与穿插：舞台场次安排

南戏的事件组织形态，比起体制短小的元杂剧，以及近现代地方戏，所消耗的故事时长肯定要长很多。如此平缓漫长的故事叙述，怎样形诸有限的舞台空间呢？这就需要考察南戏情节与舞台空间设置之间究竟存在怎样的关系。

我们知道，戏剧舞台现实尺度狭小，难以做到“一花五叶”式的全景展示，将不同场景并列叙述；也不可能采取先叙完一线的人物故事，再接叙另一线人物故事，这两种做法都容易造成观众对故事的理解混乱。当代戏剧舞台采用明暗灯光、旋转舞台等

手法，可以在同一空间内区隔不同的情节场景。南戏诞生于戏剧草创阶段，不可能有如此丰富的技术手段和鲜明的空间意识，它所采用的舞台场景呈现的基本方式是——脚色的上下场。

如果我们以一次脚色清场为单位划分空间，南戏大约可以分为几十个空间场景。以《琵琶记》为例，除首出副末开场外，人物活动的场景依次有：蔡家、牛府庭院、牛相府邸、行程、科场、五娘闺房、洛阳街市、旅邸、牛氏闺房、紫禁黄门、李社长家里、粮仓、领粮途中等。这些情节地点跨度大，东南西北，极为分散，南戏舞台采用脚色上下场的方式，交代剧内的具体空间。一般而言，脚色纷上，意味脚色所饰演的人物情节开始，本次空间呈现；在场脚色俱下，表示其所承担的情节终止，本次空间结束。一剧之中，脚色频繁的上与下，就构成了一幕幕活动的空间。脚色只需依凭言行表演，就可以自由快速地转换地点，将观众带到特定的人物情境。以此而言，构成南戏结构的关键要素，不是情节内的空间，而是脚色上下场与情节的构成关系。

刘念兹曾提炼宋元南戏的结构方式为："南戏的开场，副末登场介绍剧情，引出剧中人物，……然后才头出生，二出旦。把剧中生旦的主要人物介绍给观众，同时介绍了剧中次要人物出场，然后描写剧情和故事的发展，经过若干曲折地变化，最后收场必定是生旦团圆。"① 以《张协状元》为例，的确采用了副末开场、生冲场、次出旦、生旦团圆收尾的结构模式。但这只提供了南戏一个大致结构框架，而从生、旦所扮演的男女主角上场，到男女主角大团圆，其间所经历的离合聚散的情节，还需要编排大量的脚色活动空间。

1. 双线交错的舞台空间

南戏讲究"悲欢离合"的戏剧情节，很自然男女主人公成

---

① 刘念兹：《南戏新证》，277页，北京：文化艺术出版社，2014。

为舞台空间设置的中心人物，出场时间不在少数。看看实例，宣德本《刘希必金钗记》共 67 出，除去副末开场和所阙 4 出，生、旦合计出场 40 出，比例数为 65%，差不多有一半多时间两个脚色都在场。对于二者的情节组织形式，学界已基本达成共识，即南戏采用了生、旦双线式的结构。廖奔就指出南戏的演出结构为线性模式，是以生、旦或其他副线人物，各引一线展开情节，彼此相互交替、相互促进的演述形式。①

不过生旦双线具体的空间设置，还需要再进一步的分析。我们仍以《刘希必金钗记》为例，将生、旦活动场次制成图（见图 7－1）：

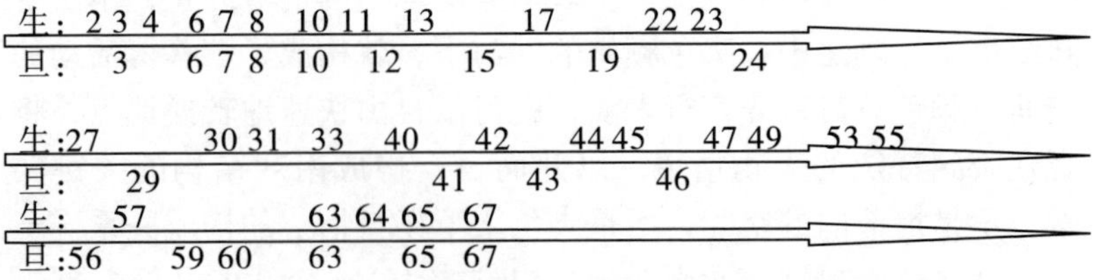

图 7－1 《刘希必金钗记》生、旦活动场次图

统计可知，生刘文龙出场 29 次，旦肖淑贞 19 次。两个脚色不担任其他人物，专职男女主角，从头至尾全线贯穿。前 10 出二脚重合，主要介绍人物，铺垫后来情节，从第 10 出刘文龙辞家赴考，原来的单线顺时叙述，变为双线分叙、交错并行的模式。生、旦双方各引一线，各行其事，直到最后 5 出方才重合，以团圆收拢双线。所谓“双线”，就是指生旦各自的经历，在剧内空间中共时存在，在舞台空间中彼此交错，顺时并列，称得上“花开两朵，各表一枝”的结构模式。由于它承担了故事叙述的

① 廖奔、刘彦君：《中国戏曲发展史》第一卷，345～346 页，太原：山西教育出版社，2000。

主体，我们重点考察这个部分。

在具体舞台空间的安排上，宣德本《刘希必金钗记》主要体现了如下特点：

其一，以生为重、旦为辅的双线空间设置。剧中，生刘文龙的剧内活动空间幅度大，天南海北，无所不至，故所占据舞台时间也相应增多，舞台空间的安排更多以生为重，短则一二出，长则四五出便要出场，有时接连登台，以表现一个连续的情节。而旦肖淑贞的舞台空间较生脚要少，双线之中，出场频率为四五出一次，有时隔了十出之久（不考虑中间阙出的情况）。限于贞妇身份设定，肖氏的活动空间比较单一，主要以刘宅、闺房、洗马桥为主。因此，生、旦双线的舞台空间数量呈现生多旦少式，出场频率则生高旦低。

其二，生在前、旦随后的双线空间排序。《刘希必金钗记》中，生旦空间呈现交错编排的方式，要强调的是，这种交错不是随意穿插，而是颇具匠心。图 7－1 有一个突出特点，即生的空间设置一般先旦而行，而旦的活动空间紧紧依附于生，她的每一次出场，均在生的出目后一两出内，如 11（生）—12（旦）、13（生）—15（旦）、17（生）—19（旦）、23（生）—24（旦）等，依次而下。仔细推敲，这种生先旦随、如影随形的空间交错，看似无关联，实际暗含了一种遥相呼应的情节逻辑关系。没有第 11 出刘文龙的行路赶考，就没有第 12 出肖淑贞的闺阁思夫；没有第 23 出刘文龙托人寄信，就无法照应第 24 出肖淑贞闺中怨夫无信的情绪。剧中第 40 出到第 46 出，两线交织尤为频繁，一方刘文龙被困番邦，谋求脱身，另一方肖淑贞祭奠亡灵，逼嫁风波渐起，造成一种前后对应、因果相连的内在关系。所以，生先旦后式的舞台空间设置，与南戏的情节编排有特定之联系。

《刘希必金钗记》的“生主旦从”式的双线模式，在南戏作品中比较常见。南戏题材以家庭、婚姻、爱情戏居多，生、旦所扮演的男女主人公，往往组成夫妻、恋人或母子。正常社会状态下，男主人公自由行动的程度要比礼教束缚下的女主人公大得多，所以往往由男主人公牵出推动剧情、布设矛盾的行动一线，而女主人公虽然也有适当的行动力，但大多相应成为矛盾风波的被动接受者、承担者，所牵一线多以情感抒发见长。所以，双线叙述之中，经常侧重生的情节叙述，而旦作为呼应方，依随而动，安排场景。

2. 频繁穿插的次要脚色空间

各类人物活动的穿插运用。《刘希必金钗记》中，其他脚色出场次数分别为：净 24 次、丑 17 次、末 31 次、公/婆 11 次、占 9 次、玉 15 次。他们有时与生、旦配戏，不单独占据一个场次，同时也拥有大量的专门表演空间。除所阙 4 出外，《刘希必金钗记》没有生、旦出场的出目共 22 出：

第 5 出雇请伴当　粗闹过场（末净）
第 9 出伴当随从　粗细过场（净）
第 14 出曹相遣媒　中细正场（末外占玉净）
第 16 出彩楼招亲　粗细过场（外末丑）
第 18 出曹相怒斥　粗细短场（外丑）
第 20 出太行山寨　武短场（外末丑净）
第 21 出曹女病恹　文短场（占玉）
第 25 出送书被劫　粗过场（丑末净）
第 26 出山寨毁书　粗短场（外净末）
第 28 出公主赏春　文细过场（占玉）
第 32 出强配公主　闹过场（末丑）
第 34 出童婢戏耍　闹过场（玉丑）
第 35 出吉龙说媒　粗短场（外末）
第 39 出花亭备宴　过场（疑为末）

第 50 出单于追赶　半过场（外丑末）
第 51 出公主忆　细短场（占番奴）
第 52 出随从被捉　过场（净外丑）
第 58 出宋忠纳聘　中细短场（公婆丑末）
第 61 出太白神救　过场（末）
第 62 出内使赉敕　过场（外）
第 66 出探访吉公　过场（末外）

次要人物的活动往往导致主要人物命运的变化，曹相、单于、公主、曹女、公婆、宋忠、吉公、太白神等，皆属于这类情节功能性人物。上面以他们为主构成的出目，大多为短场戏、过场戏，场面不大，唱曲不多，但或多或少起到了推动情节、转换场景的作用。比如，写曹相逼婚风波，安排曹相三出的篇幅，反映招亲、被拒、震怒的情节变化，写刘文龙书信被毁，也安排了三出的内容，凸显书信被毁的意外。这类功能性出目，在南戏乃至任何一种戏剧情节结构中，都是必不可少的。不过，由于受制于全景故事叙述的影响，南戏对他们的活动空间安排，显得很不简省，“雇请伴当”“曹女病恹”“公主赏春”“花亭备宴”“童婢戏耍”等诸多场次，即便删去，亦无情节之影响。而专门设置一出的舞台空间，主要可以造成一种全能视角，俯视故事中各个人物的活动状态，将之缀锦成篇，即能从各个方位、各个细节连接故事的时间叙述。

五、从南戏到传奇的结构艺术的提高

传统曲家历来重视辞采、音律，结构则置于末节。元代曲论鲜有涉及戏剧结构，至明中叶后，诸曲家方对此有所关注。孙旷提出“南剧十要”，第二即云“要关目好”①。凌濛初云：“戏曲搭架，亦是要事，不妥则全传可憎矣。”② 王骥德《曲律》列“结构”为剧戏之重要部分，吕天成、祁彪佳亦推“结构”为评骘戏曲优劣标准之一。至清初，李渔更举“结构”为戏曲第一要理，凌驾于文辞、音律之上。

元明曲家的评论，实际依托于当时戏剧的创作趋向。元代戏曲中，杂剧虽不乏结构佳制者，像《救风尘》《赵氏孤儿》种种波澜，皆曲折有致。然综观之，关目不究、结构散漫者，仍属多数，故王国维云“元剧最佳之处，不在其思想结构，而在其文章”也。③ 元杂剧为一人主唱的四折体制，关目的展开不免受到主唱者及体制篇幅的牵制，如《汉宫秋》《单刀会》《西蜀梦》，显然都是重曲而不重人物情节的。

宋元南戏形式甫成，缺乏叙述技巧，排场幼稚，遭受诟评更多。此固缘于草创期的粗朴，但更重要的是，其布设结构之关键不在于凸显戏剧冲突、塑造人物形象，而考虑更多的是各个脚色的表演、舞台空间的切换。易言之，早期南戏盖以表演为中心，以脚色上下场组织剧本结构，反映的实为舞台之结构方式，而非剧情之结构。从表演角度言，此种结构方式无疑有利于场景的转换、演员的分工以至观众的观赏。然因其未合理均衡舞台表演与情节叙述之间的关系，故致使表演场次与情节场次相脱离，表演是表演，叙事是叙事，从而结构拼接、杂凑的痕迹十分严重。如《张协状元》中“客商遇盗”“小二买登科记”是净丑末科诨表

① ［明］吕天成：《曲品》卷下，见《中国古典戏曲论著集成》，第6册，223页，北京：中国戏剧出版社，1959。

② ［明］凌濛初：《谭曲杂劄》，见《中国古典戏曲论著集成》，第4册，258页，北京：中国戏剧出版社，1959。

③ 王国维：《宋元戏曲史》，85页，长沙：岳麓书社，1998。

演的场次，“王德用赴任”“张协赴任”是为了表现二人迁职赴任的过场，在推动剧情的演进中，实在没有太多的意义。

元末，不少底层文人如高明、施惠、柯丹邱等，都加入了南戏创作队伍，对于南戏创作水平的提升起到了积极作用。在结构上，李渔赞评元末四大南戏云：

> 荆、刘、拜、杀之得传于后，止为一线到底，并无旁见、侧出之情。三尺童子，观演此剧，皆能了了于心，便便于口，以其始终无二事，贯串只一人也。
>
> 作传奇者，能以“头绪忌繁”四字刻刻关心，则思路不分，文情专一，其为词也，如孤桐劲竹，直上无枝。虽难保其必传，然已有荆、刘、拜、杀之势矣。①

与永乐大典戏文三种相比，四大南戏的结构更趋紧凑，其一线到底的叙事方式，无旁出侧见之枝蔓，无头绪纷繁之纠缠，皆体现了南戏结构技巧的提高。像高明的《琵琶记》，以蔡伯喈与五娘的离合悲欢为经，以蔡伯喈三不从三不孝为纬，紧扣主题，层层生发，主线与副线彼此扭合，苦境与欢情相互映衬，较好地处理了角色的分场与情节的演进，人物性格的塑造也较鲜明，故其结构多为后世奉为圭臬。吕天成评曰：“串插甚合局段，苦乐相错，具见体裁，可师，可法，而不可及也。”②

在元末南戏的影响下，明南戏的情节结构亦有所改进，这主要表现在两方面：其一，基本围绕主要矛盾构设，普遍确立了几个中心场目。如宣德本《金钗记》以刘文龙夫妇离合为主线，

① ［清］李渔：《闲情偶寄》，见《中国古典戏曲论著集成》，第 7 册，18 页，北京：中国戏剧出版社，1959。

② ［明］吕天成：《曲品》，见《中国古典戏曲论著集成》，第 6 册，224 页，北京：中国戏剧出版社，1959。

中心场次落在“剖钗折镜”“公主放归”“洗马桥会”等出上；嘉靖本《荔镜记》扣合陈三与五娘的爱情，重点写“观灯”“磨镜”“私奔”几出重头戏；嘉靖本《宝剑记》围绕林冲与高俅、张氏与高衙内的两组矛盾展开剧情，中心出目有“白虎堂构陷”“野猪林”“林冲夜奔”“庙遇”几出；富春堂本《跃鲤记》以婆媳不合为矛盾中心生发剧情，重要场次为“三娘汲水”“安安送米”“芦林相会”“泉涌鲤鱼”。矛盾的凸显和中心场目的确立，使得南戏情节开始摆脱单纯铺叙事件的模式，颇有波澜，人物形象的塑造也趋于深化。其二，戏剧技巧使用较多，提高了情节结构的表现力度。如《荔镜记》先有陈三、五娘灯会相遇，伏下扣子，再写陈三假扮仆人磨镜扫厅而五娘未识，巧设悬念，构局颇妙；《宝剑记》设立宝剑为中心物件，因宝剑生事，因宝剑团圆，开合有度；文林阁本《珍珠记》写高文举夫妻咫尺难见，借老奴米糷传递消息，终得相会，层层悬念，扣人心弦。这些结构技巧使得情节发展跌宕起伏，引人入胜，充满了戏剧性的效果。

传奇阶段，传奇对剧情的展现更是着意于情节的提炼和剪裁。我们可以对比明刊南戏之原本与改本的情况（见表7－5）：

表7－5　明刊南戏的原本与改本

原本	改本	原本	改本	原本	改本
《琵琶记》（凌刻本）	《琵琶记》（陈眉公评本）	《东窗记》（富春堂本）	《精忠记》（汲古阁本）	《赵氏孤儿记》（世德堂本）	《八义记》（汲古阁本）
无	文场选士	领兵 胜敌	合 胜敌	闺帏叙乐	无
返乡行程	无	占卦 解禳	合 兆梦	公主闻信	无
驿站	无	无	同尽	幽魂索命	无

续上表

原本	改本	原本	改本	原本	改本
传书 一门旌奖	合	周三畏自叹	无	山神点化 灵辄传疑 朔计下山	合 山神点化
		秦悔叹	无	赵朔云游	无
		母女升仙	无	婴计存孤	无
		吩咐捉秦	无	阴陵思忆	无
		黄门颁诏	无		
		冥判 团圆	合 表忠		

以上三例中，南戏改本对原本的情节做了不少修改，具体表现在：①删除对情节没有推动作用的出目。如《琵琶记》“驿站”一出，演牛相路过驿站，驿丞与随从的纠纷，是为科诨专场，对于情节无甚助力，改本删之。《东窗记》“三畏自叹”“母女升仙”，《赵氏孤儿》“闺帏叙乐”“阴陵思忆”“赵朔云游”都是以唱曲为主的文静细场，重在表现人物心理活动，不具备情节的推动功能，改本亦删之。②删去一些程式化过场出目。如《琵琶记》“返乡行程”，演蔡伯喈夫妻三人返乡路途，是一个过场套目，改本删之。《东窗记》“黄门”，演黄门下旨建庙，极为简短，也是个过场套目，改本亦删。③合并一些情节相连的分场戏。《东窗记》“领兵”写岳飞率兵赴战，“胜敌”写战场杀敌制胜，而两出之间又插入“骄虏”一出，演金兀术起兵，场次分割显得零散，《精忠记》合“领兵”“胜敌”为一出，“骄虏”则置前，敌我对阵，场次分明。《东窗记》“占卦”“解禳”两出演岳氏母女占梦禳灾一事，《精忠记》缩并为一出，更为精

练。再如《八义记》合“山神点化”“灵辄传疑”“朔计下山”为一出，陈本《琵琶记》合“传书”“一门旌奖”为一出，均为加强情节的紧凑感而缩并。④增加新的出目。由于三种戏文的改本，情节变动都不大，因此增加的新出目也不算多。如《东窗记》写岳飞父子风波亭遇害，采用了人物口述的侧面表达方式，《精忠记》为重点突出这个情节，增加“同尽”一出，专演岳飞父子风波亭就义的悲壮场面，有力烘托出岳飞精忠报国的崇高形象。《琵琶记》本无“文场选士”一出，后增加之，则是因为“科场考试”已经成为演出的套目。

改本出目的增删寓合，无不是为了凸显主要的人物情节，一些不利于情节演进的过场戏、静场戏都被删并，南戏结构随之趋向严谨、整饰，而这正是南戏向传奇结构递变过程中所显示出的重要倾向。王骥德云传奇创作：“贵剪裁，贵锻炼，以全帙为大间架，以每折为折落，以曲白为粉垩、为丹雘；勿落套，勿不经，勿太蔓，蔓则局懈，而优人多删削；勿太促，促则气迫，而节奏不畅达，毋令一人无着落，毋令一折不照应。”① 反映了当时传奇曲坛创作的理论与实践要求。

当然，传奇创作加快情节的叙述节奏，并不意味不重视舞台的调度，不重视情感的表现。相反，较南戏在表演和情节处理上所流露的粗涩之气，传奇演剧则显得更为圆熟。它有效地协调了舞台表演和故事演述的关系，使脚色表演服务于情节演述，而情节演述又充分展示了脚色的表演，二者从彼此分隔走向交融。如《牡丹亭》的“春香闹学”是一个小小的闹场，类似于南戏“众友会讲”之类出目。但“众友会讲”是与情节无关的纯科诨出目，而“春香闹学”则能在嬉笑嘲弄之中刻画出陈最良之迂腐、

① ［明］王骥德：《曲律》，见《中国古典戏曲论著集成》，第4册，137页，北京：中国戏剧出版社，1959。

春香之俏皮、杜丽娘稳重中不失锋芒的生动个性。这个出目既可起到调剂冷场的作用，又可以充分展示人物形象，较“众友会讲”确实是艺术上的重大提高。

传奇结构的变化不可能是一次性的脱胎换骨，它体现为一个蜕变过程。不少传奇在突破陈套表演的同时，仍沿袭了南戏的某些程式化出目。仍以《牡丹亭》为例，全剧共55出，在明代传奇中属于篇幅最长的剧目之一，其结构蹈袭戏文套路颇多，如劝农、道觋、淮警、御淮等出，或以笑闹作场，或穿插套式化出目，以作熟套。这种结构在晚明曲家看来，是属于难以登场的案头之作，故后来改本尽皆删去，以下列出各本所删出目，可见其详。

> 冯梦龙改本《风流梦》共37折，所删出目为劝农、虏谍、诇药、淮警、如杭、仆侦、急难、淮泊、榜下、闻喜；
>
> 徐日曦硕园改本《牡丹亭》共43出，所删出目为怅眺、劝农、慈戒、虏谍、道觋、缮备、诇药、御淮、闻喜；
>
> 臧懋循改本《还魂记》共33出，所删出目为怅眺、肃苑、慈戒、诀谒、虏谍、道觋、诊祟、拾画、旁疑、欢挠、诇药、淮警、仆侦、御淮、淮泊、索元。

改编者所删改的出目大致相同，表现了晚明相同的结构曲观，臧懋循批云：“今改《牡丹亭》三十五折，已几《琵琶记》十之八矣，常恐梨园诸人未知悉力搬演。而玉茗原本有五十五折，故予每嘲临川不曾到吴中看戏。”① 改本目的在于竭俳优之力，以悦当筵之耳，故去无关之枝蔓，存必要之肯綮，变长为短，变杂为精，是创作和表演的一种大众化趋势。此后，传奇结构更有求巧出新者，如阮大铖《石巢四种曲》多以巧合、错认者出关目，尤以《燕子笺》为著；吴炳《情邮记》刻意经营，

① 吴志达：《中华大典·文学典·明清文学分典》，842页，南京：凤凰出版社，2005。

如剥蕉抽茧，愈转愈隽；李渔十二种曲，沿阮氏一线，情节迂曲，关目新奇，更是快意剧坛，倡一时新风。

综述之，南戏的情节结构，从情节组织而言，系由各级事件组合而成，呈现自然历时的线性结构；从舞台空间设置而言，由各个空间场次衔接而成，各脚色活动并行、交错、穿插，舞台空间与人物情节基本对接，完成舞台演述的任务。尽管南戏的情节叙述冗长拖沓，结构框架程式化严重，但作为一种成熟的戏剧形态，南戏的情节结构完全满足了亚里士多德所说的“完整”戏剧的定义，其戏剧史意义不容忽视。

通过对南戏、传奇结构演化的考察，还可以帮助我们更深地理解中国戏曲之本质。作为表演和叙事的结合体，戏曲一直是在协调均衡二者的关系，从最初的拼接到呆板的组合，最后达到交融，从而成为一门融抒情、叙事为一体的成熟表演艺术，正如宗白华《戏曲在文艺上的地位》所说：“戏曲的目的，不是单纯地描写情绪，如抒情文学；也不是单纯地描写事实，如叙事文学；他的目的是‘表现那能发生行为的情绪和那能激成行为的事实。’戏曲的中心就是‘行为’的艺术的表现。”①

第二节 南戏中科举活动的表演模式

古老南戏与科举的关系颇为密切。无论是南戏形成的两宋时期，还是南戏流播与蜕变的元明时期，科举题材一直是南戏作家与观众最喜爱的类型之一，《琵琶记》《荆钗记》《拜月亭》《金印记》《破窑记》等均有大量篇幅涉及科举内容。南戏作家对科举的叙写，不仅是为了表现剧情、塑造人物，而且还经常设置很多出目，详尽地描写士人科举活动的前后过程，呈现出比较固定

① 宗白华：《戏曲在文艺上的地位》，见《美学与意境》，36页，北京：人民出版社，1987。

的表演模式。学术界以往关注较多的是科举对戏曲创作的影响①，较少留意戏曲舞台的科举表演，至于南戏中科举活动的表演更鲜见用心者。徐雪辉曾以元杂剧与《六十种曲》为考察对象，探讨了元明戏曲中科考场面的表演，其中部分剧目涉及南戏。② 本节则拟全面考察南戏中科举活动及其表演模式，并适当延伸科举文化对南戏演剧之影响。

一、南戏对科举活动的全景式展现

南戏虽起源甚早，但因托体近卑，尤为士林不屑，故流传剧目甚少。庄一拂《古典戏曲存目汇考》载宋元南戏剧目 210 种，明代南戏 125 种，多散佚无存。若略予董理本事可考者，有五十种左右涉笔科举，数量颇为可观。南戏所演科举题材，盖可厘为三种情形：其一，写寒士发迹史。例如《破窑记》《还带记》等，皆写中下层士人科举求名，登入仕途，衣锦还乡，一改穷酸落魄之命运。其二，以科举演自由爱情。例如《拜月亭》《南西厢记》等，剧中男、女主人公的爱情先是沉浮不定，但当男主人公一朝鱼跃龙门，遂柳暗花明，冲破束缚，喜结良缘，真可谓“洞房花烛夜，金榜题名时”，科举显然关系着爱情的成败。其三，以科举演伦理道德。例如《琵琶记》《金钗记》等，男主人公虽科举及第，脱白挂绿，但同时亦需面临重大的人生抉择，或

---

① 有关戏曲与科举之关系，学界研究相对集中于元代科举中断与士人心态、南戏婚变戏与两宋科举关系、八股文与明清戏曲等几个论题上。代表成果有幺书仪《元代杂剧与元代社会》（北京：北京大学出版社，1997）、黄仕忠《婚变、道德与文学》（北京：人民文学出版社，2000）、黄强《八股文与明清戏曲》（载《文学遗产》，1990 年第 2 期）、邱江宁《八股文技法与明清戏曲、小说艺术》（载《文艺研究》，2009 年第 5 期）等。

② 徐雪辉：《科举场面与戏剧效果》，载《齐鲁学刊》，123 ~ 127 页，2008 年第 2 期。

被迫另娶高门，或忠孝难全，陷入道德伦理争议之中。

科举及第与否，是关乎古代士人命运的人生大事。南戏的作者无不遵循此种事实，围绕“中第”做戏，不遗余力地铺展主人公的科举活动。例如现存最早南戏《张协状元》，写张协辞家赴考，不幸为强盗劫掠，因得王贫女所救，两人遂成亲。婚后张协再次赴试，高中状元，嫌弃贫女，将之驱逐出门，更欲夺其性命。所幸贫女得枢密使相王德用救护，在其主持下，与张协破镜重圆。全剧53出，约有1/5的篇幅，浓墨重彩地展现了张协的科举之路：“张协言志”“张协圆梦”“张协辞亲”等出，描写张协鸡窗苦读，欲赴功名；“张协行路”“张协被劫受伤”“张协拟入京应试”“贫女借路费”“张协赴京”等出，展现张协赶考行程的一波三折；“张协应试”“王府预备招赘状元”“张协拒接丝鞭”“贫女托小二买登科记”“小二买登科记”等出，刻画了状元及第前前后后的荣耀。

若将这条科举之路分为备考、赴考、考试、及第四个阶段，在其他南戏剧本中，同样可以找到与张协科举历程相类似的全景描述。我们根据李修生《古本戏曲剧目提要》所收48种宋元明全本南戏，整理出16种有关科举的剧作①，其中有13种采取了全景展现科举活动的模式（见表7-6）。

表7-6 科举活动的全景展现

剧目	备考阶段	赴考阶段	考试阶段	及第阶段
《张协状元》（钱南扬《永乐大典戏文三种校注》）	张协言志（2）	张协辞亲（5） 张协行路（7） 张协拟入京应试(18) 张协赴京（22） 张协应试（24）		张协拒接丝鞭（27）

① 李修生：《古本戏曲剧目提要》，222~255页，北京：文化艺术出版社，1997。

续上表

剧目	备考阶段	赴考阶段	考试阶段	及第阶段
《琵琶记》（钱南扬《元本琵琶记校注》）		蔡公逼迫伯喈赴试（4） 伯喈夫妻分别（5） 伯喈行路（7）		新进士宴杏园（9）
《荆钗记》（明原本）	讲书（2）	商量赴考（13、14） 离别赴考（15） 赴试行程（16）	太守考试（3） 考场开科（17）	
《五伦全备记》（明世德堂刊本）	延师教子（3）	遣子赴科（7）	为国招贤（9）	兄弟同登（10） 衣锦还乡（11）
《破窑记》（明刻李九我先生批评本）	卜问前程（2）	逻斋空回（15） 注：此出后半段叙说与妻离别赴考。 同侪赴试（16）		状元游街（20） 宫花报捷（24）
《还带记》（明世德堂刊本）		裴度别妻（14） 众朋看相（17） 赴试行程（15） 注：原本误为第22出	棘围考试（18）	众朋看榜（19） 报捷及第（21）
《香囊记》（明继志斋刊本）	众人讲学（3）	商量赴考（4/5） 赴试行程（6） 题壁预中（7/8）		琼林赐宴（10）

续上表

剧目	备考阶段	赴考阶段	考试阶段	及第阶段
《冯京三元记》（汲古阁本）	讲学（26）	辞亲（29）	应试（27） 及第（30）	登科（28） 荣封（34）
《拜月亭》（明世德堂本）	书帏自叹（2）	英雄应辟（31）	试官考选（33）	官媒丝鞭（39）
《绣襦记》（汲古阁本）	剔目劝学（33）	正学求君（2） 载装遣试（5） 结伴毗陵（6）	策射头名（34）	
《古玉环记》（明慎余馆刻本）		挈侪赴试（2） 怅别渭桥（8）	考试诸儒（4）（注：汲本《玉环记》添加此出）	
《玉玦记》（富春堂刻本，出目名据《六十种曲》本）		赏春（2） 注：后有夫妻商量科考的情节。 送行（4） 赴试（19） 注：落第后再次赴试	对策（20） 注：本出后节转入状元及第，鼓乐游街的场面	
《高文举珍珠记》（明文林阁刊本）	讲学（6）	赴试（7） 登途（8）	较艺（9）	闻报（12）

（注：表中数字为剧本出目数）

这 13 种南戏涉及科举出目，短者为三四出，长者为六七出，皆完整呈现个人的科举活动。可见，张协的科举之路，几乎是每一个南戏举子的必由之路。我们看到，在未及第之前，南戏中的士人或延师教学，或聚友讲学，或埋首鸡窗，为异日腾达而砥砺苦学。《五伦全备记》儒师向三个学生授经讲书，导圣人之学；《香囊记》好友相聚学校，会讲《诗》《书》《礼》《易》之大义；《破窑记》吕蒙正"学积三馀勤苦读，锦绣文章藏满腹"，生动揭示出读书人备战科举的情形。待大比之年，天下举子欲酬平生抱负，纷纷踏上这条"独木桥"。南戏遂从家庭生活的角度，叙写读书人与亲人商议科考、辞家远别的场面。《琵琶记》《五伦全备记》中望子成龙的父母说服儿子参加科举，《绣襦记》《三元记》中贤惠妻子为丈夫整理行装。南浦岸边，亲人依依话别；长亭路外，执手相看泪眼，南戏用无数的伤情悲歌，渲染了科举对普通家庭造成的巨大影响。离别之后，关山迢遥，赴考书生们行走在一条条征程上：看的是一路风景奇中趣，苦的是风餐露宿坎坷途，为的是风云际会龙虎榜，念的是堂上椿萱堂下妻，这几乎构成了南戏"同侪赴试"的统一内容。等到开科考试的重要时刻，读书人终于放手一搏，《荆钗记》王十朋鏖战三场，论经破题作诗，拔得头筹，《冯京三元记》冯京乡试廷试应对自如，一举夺魁。"蟾宫仙桂折高枝，不负趋庭学礼诗"（《冯京三元记》第 29 出），由此实现破茧而出的人生蜕变。状元及第，风光无限，南戏自然也不会放过这一幕。《琵琶记》写帝王赐宴琼林，状元游街长安，装点出一派锦绣；《张协状元》写"十里小红楼，人争看喝道状元来"，府眷们急递丝鞭，渲染出如斯闹景；《冯京三元记》状元荣封回乡，父母冠带霞帔，门楣光耀。南戏主人公的科举历程，也就在各种喜庆热闹的场景中落幕了。

元代杂剧也经常涉及科举活动的叙写。但相对而言，较少采用全景展现的方式，一般都节奏明快，力求简化主人公的整个科举过程。有的截取某一场面敷演，例如《陈母教子》写三子科考，主要涉笔送子科考和登门报捷的情节；《荐福碑》重在表现张镐科考行途的坎坷。有的用简单的唱白，进行过场性交代，例如《刘弘嫁婢》采用净脚第三者叙说，侧面略写科考场面；《鸳鸯被》《破窑记》则用当事人张瑞卿“去日刚携一束书，归来玉带挂金钩”、吕蒙正“到的帝都阙下，一举状元”，一语带过科考中第。甚至还有一些元杂剧对应有的科举情节，不费一词。例如，关汉卿《拜月亭》应涉及蒋世隆科举中第的情节，可剧中略过不提；《紫云亭》同样应包含男主人公误功名的情节，但也未作交代。

相较而言，南戏这种全景科举的展现方式，在宋元戏曲中显得颇为独特。它不忌烦琐地呈现科举的每一个阶段，慢条斯理地拉开主人公的科举历程，令观者一戏之间，尽揽士人科举的全流程，亦为后人提供了一幅读书人科场奋战的艰难、酸辛与荣耀的全景图。

二、南戏中科举程式出目及其表演

南戏何以能全景式地呈现士人参加科举的前后历程？我们注意到，不同时期，不同情节的南戏剧本，几乎都令人惊讶地采用统一的叙述模式，即男主人公从备考伊始，赴考启程，科考成名，夺魁收束。

在这种模式之下，各个剧本几乎踏着整齐划一的步调，依照不同阶段的科举流程，分配内容相似的出目。一般来说，备考阶段安排“读书讲学”“书生言志”出，表现学子十年寒窗的甘苦；赴考阶段安排“辞别亲人”“科考行程”出，反映亲人之间的分别，以及举子们的一路风波；而相对难以表现的考试阶段，南戏舞台也用“开科考试”出，直接呈现科举考试的场面；到了及第阶段，“状元游街”又成为较多南戏采用的一出。对于这些内容与表现手法类同的出目，我们可称之为“科举程式出目”。

“科举程式出目”的形成，并非一蹴而就，而是经历了南戏舞台的反复积淀。《张协状元》中，除没有“开科考试”出目外，已包含“会讲”“言志”“赴行”“游街”的情节表演。在钱南扬《宋元戏文辑佚》中，我们亦发现不少类似有关科举内容的佚曲。例如，《唐伯亨因祸致福》有主人公赴试途中的唱曲；《王魁》有赴试前王魁与桂英离别的唱曲；《孟月梅写恨锦香亭》不但写到赴试相别、科考行程的两幕，还描写了陈珪抡夺魁元后，状元游街、彩楼招婿的场景；《韩寿窃香记》同样保留状元及第游街、彩楼招婿的唱曲。[1] 这表明，在《张协状元》中已露端倪的全景科举活动，到了元代南戏，一些出目已逐渐积淀为固定的科举程式出目。到了明代之后，科举程式出目还有所新增，即“开科考试”。此出《张协状元》、元钞本《琵琶记》、凌瞿仙刻古本《琵琶记》、李九我评本《破窑记》均无，而至嘉靖写本《琵琶记》《破窑记》的明传奇改本《彩楼记》中，都增添了科举考试的出目。明宣德本《刘希必金钗记》也设开科考试一出，说明该出大约产生于明前期，应是南戏艺人根据当时科举考试应景增加的。

南戏的科举程式出目，不仅情节接近，而且表演方式也十分接近。一般来看，“众友讲学”“开科考试”为同场群戏，生、末、净、丑等脚色众备，以科诨取胜；“辞亲赴考”属唱工戏，重在展现生、旦的细曲演唱；“赴考行程”系一出过场戏，生、末、净等鱼贯而上，流水而下，各脚分唱一曲，不做过多停留；“状元游街”，场面大，脚色多，往往包含生的曲唱、末的赋赞、净丑的科诨、乐队的吹打等表演，意欲达到烘托气氛的效果。这

① 钱南扬：《宋元戏文辑佚》，上海：上海古典文学出版社，1956。

样的表演如出一戏，仿佛只需变换一下男主人公的名字即可，体现出高度的程式化特征。

我们以“赴考行程”为例，稍做分析。在此程式出目中，剧本一般会安排生、末、净等分饰赶考举子，用同一曲牌的轮唱，抒发举子们的甘苦心态。所唱曲牌亦多为【甘州歌】【水底鱼儿】【望远行】等。例如，《琵琶记》第7出，生扮蔡伯喈，与末、丑、净所扮无名考生一路携行，各脚轮唱【甘州歌】，刻画沿途风物，表达一路风尘艰辛，最后寄托长安之志。又如，《风月锦囊》本《荆钗记》第16出，生扮王十朋，与末、丑扮考生同行，或合唱或分唱【望远行】【甘州歌】曲，亦抒发举子们沿途之辛、思乡之情、功名之志。整出表演脚色虽众，然流水分唱，场面简净，体现了过场戏节奏的紧凑短快。

再看“众友讲学”与“开科考试”两出。前者演举子之间切磋学问，后者演考官与举子的考试问答，内容虽有不同，但表演程式大抵相同。两出一般均安排净、丑、生、末或外等脚色出场，生、末属正面形象，讲书、应考头头是道，一本正经，而净、丑属科诨角色，学识不高，讲起话来频频出丑，惹人发笑。例如，《张协状元》第2出，生扮张协，请末、净两位好友前来读书言志。三人登场拜揖，生念：“休讶男儿未际时，困龙必有道天期。十年窗下无人问，一举成名天下知。”末念：“诗书未必困男儿，饱学应须折桂枝。一举首登龙虎榜，十年身到凤凰池。”两人言辞煌煌，表现了举子应有的学识心胸。而轮到净呢，还未开念，便发语调笑：“（净）小子正是谭，正是谭。（末）到来这里打杖鼓。（净）嘤。（末）吃得多少，便饱了。”在做足滑稽气氛后，净随后读书开讲：

> （净）昨夜灯前正读书。（末）奇哉！（净）读书直读到鸡鸣。（末）一夜睡不着。（净）外面啰唣……（末）莫是报捷来。（净）不是。外面啰唣开门看。（末）见甚底？

(净)老鼠拖个驮猫儿。(末)只见猫儿拖老鼠。(净)老鼠拖猫儿。(三合)(末争)(净笑)韵脚难押，胡乱便了。(末)杜工部后代。(生)尊兄高经？(净)小子诗赋。(末)默记得一部《韵略》。(净)《韵略》有甚难，一东，二冬。(末)三和四？(净)三文酱，四文葱。(末)那得是市卖账？

这段科诨表演突出的是净、丑、末等次要脚色表演。净乱作口水诗，强解韵书，满嘴俚语，带来笑话不断。而末专门负责讥讽、点破净的笑语。至于生嘛，退为不起眼的边角人物。

“开科考试”也采用了相同的科诨手法。生、末为正，净、丑为破，同场群戏，滋生笑料。《荆钗记》第十七出“太守考试”，场上共四个人物：丑扮考官，生与净扮两个考生。末脚略有调整，扮礼部堂祗应人员。生由于饰演主角王十朋，故与丑的应对，端庄得体。反观丑与净之间，就可笑得多。考题所作的对子，不但丑出得怪，净也答得陋。

丑出：“无盐咬菜根，淡中又淡。”
净答：“有醋吃梅子，酸上加酸。”
丑出：“双人枕上行云雨，夫和妻柔。”
净答：“一床被底多风月，弄出儿孙。”

真是一嘴俚俗之语，满场风月荤话！开科考试的表演在明代颇为流行，不但南戏有之，传奇演剧亦不辍。值得注意的是，晚明毛晋汇刊《六十种曲》时，省去“开科考试”的内容刊刻，直接标以“考试照常”四字，提示读者按照舞台的表演套路自行理解，此足见考试表演的高度程式化的特征。

三、科举表演模式形成的原因

南戏全景式地演绎了士人的科举活动，并形成了一套行之有效的程式出目。平心而论，这些出目大多缺乏情节冲突，像讲学考试侧重经书的讲授考析，赶考行路描写举子们一路奔波，状元及第强调游街、赐宴、递丝鞭的场面，似乎都与剧情推动关系不大。但是，南戏何以如此不惮拖沓，将它们一股脑儿搬上舞台呢？蠡测其因，或有二端。

首先，受南戏演剧体制之影响。

南戏剧本一般篇幅偏长，多则五六十出，少亦三十出上下，有足够的文本与舞台空间全景展现科举活动。而元杂剧“四折一楔子”，尺短幅精，剧作家不可能事无巨细地铺叙整个科举历程。南戏的宏大篇幅，使它必须相应考虑舞台的排场表演。晚明曲家吕天成曾指出，好的南戏务必“搬出来好”，即搬演舞台要好看，能吸引观众，这就需要做到“要善敷衍，淡处作得浓，闲处做得热闹”①。其意所指是，舞台要善于调动冷热，将一些看似平淡无味、无关紧要的场面，通过适当的表演手段，点染生辉，从而冷中有热，闲中取闹。

“科举程式出目”的出现，正是建立在南戏舞台的表演需求之上。像“众友会讲”“开科考试”两出，经书义理，高头讲章，要是照搬实际，肯定枯燥乏味。不过，南戏舞台把它变成一出科诨戏，充分调动净、丑的插科打诨，以此引人发笑，吸引观众。又如，“状元及第”，场面阔大，仪式烦琐。《武林旧事》即载：“前三名各进谢恩诗一首，皆重戴绿袍丝鞭，骏马快行，各持敕黄于前，黄幡杂沓，多至数十百面，各书诗一句于上。呵殿如云，皆平日交游亲旧相迓之人。”②“帅漕与殿步司排办鞍马仪

---

① ［明］吕天成：《曲品》卷下，见《中国古典戏曲论著集成》，第6册，223页，北京：中国戏剧出版社，1959。

② ［宋］周密：《武林旧事》卷二，34页，济南：山东友谊出版社，2001。

仗，迎引文武三魁，各乘马带羞帽到院，安泊款待。……帅司差拨六局人员，安抚司关借银器等物，差拨妓乐，就丰豫楼开鹿鸣宴，同年人俱赴团拜于楼下。"① 这一过程十分烦琐。对此，南戏舞台做了有层次的简化，突出游街、递丝鞭的场景，而将唱名、宴会或参拜等仪式，用赋诵赞语的方式予以呈现，既节省了舞台空间，且念诵者有声有色的表演，也能起到动人耳目，烘托气氛的作用。例如《张协状元》第27出，末用一段短赋夸赞状元才华，为胜花娘子欲向张协递丝鞭做了铺垫；《破窑记》第20出，末上场念了一首七律，交代赐派、胪传、赐宴等仪式，随后揭开状元游街的大幕；而《琵琶记》更为热闹，先后安排丑说马赋，净说琼林宴赋。两赋的念赞，在"擂鼓"鼓点的衬托下，镗镗踏踏，气势如虹，很好地为状元游街先声造势。另外，本出还有游街时丑的坠马舞，春宴时净、丑的科诨诗，使得整场戏表演动感十足。

南戏艺人们用特别的聪慧与功力，摸索出一套套表演路数，将这些乏味的科举活动，点铁成金，脱胎换骨，变为各种抒情性、娱乐性、趣味性的舞台表演。而对于整个舞台结构而言，这些"善敷衍"的科举表演，还能很好地调剂场次的冷热场面。仍以元钞本《琵琶记》为例，前9出排场表演如表7－7所示：

表7－7　《琵琶记》前9出排场表演

出目	排场
第2出蔡宅祝寿	群戏引场，主唱曲
第3出牛小姐规劝侍婢	群戏正场，主科诨

① ［宋］吴自牧：《梦粱录》卷三，38页，济南：山东友谊出版社，2001。

续上表

出目	排场
第 4 出蔡公逼伯喈赴试	群戏正场，主唱曲
第 5 出伯喈夫妻分别	群戏正场，主唱曲
第 6 出牛相教女	群戏短场，主科诨
第 7 出伯喈行路	群戏过场，主唱曲
第 8 出赵五娘忆夫	独脚短场，主唱曲
第 9 出新进士杏园	群戏正场，兼唱科白

一般来说，主唱曲的出目重在人物抒情，性质偏冷；主科诨的出目倾向调谑戏笑，性质偏热。我们看到，元钞本《琵琶记》已经考虑到冷热场面的搭配，因此前 9 出中，主唱曲的科举出目与主科诨的科举表演相互交替，使得整个戏演下来，不至于太冷清，亦不至于太热闹。到了嘉靖写本《琵琶记》，为了调剂第七出、第八出的连唱场面，还在两出之间添上“文场选士”一出，以做对子应答的考场科诨，为刚刚的冷场戏加温升热。此后，万历各刊本《琵琶记》则在做对之上，又加猜谜、唱曲之戏，增添科场笑料。

南戏科举表演的模式，还与其独特的脚色体制有关。不同于元杂剧正旦、正末主唱的脚色体制，南戏属七种脚色制，生、旦主唱，末、贴、外兼唱白，净、丑兼诨白与科介，每个脚色都有自己的表演职能，其地位不可取代。在安排剧情之时，南戏必须通盘考虑每一个脚色的发挥，毋令任一脚色失去自己的功能，沦为壁上观。表 7 – 8 为各科举出目的脚色安排：

表 7－8　科举出目的脚色安排

科举程式出目	出场脚色	主要表演
书生言志	生，或添旦、末等	生主唱
众友讲学	生、末、净、丑	净丑主科诨
辞亲赴试	生、旦，或添贴、外、末	生旦主唱
赴考行程	生、末、净、丑	各脚分唱
科考场面	生、末、丑、净，或添外	净丑末主科诨
状元游街	生、末、净、丑，或添外	生主唱 净末丑兼唱科白

这些科举出目中，有的以抒情为主，如别离、行程等出，有的偏重笑闹，如讲学、科场、游街等出，可以充分调动不同脚色的表演，使之各司其职，各尽其能。此外，科举出目主要表现男主人公的科举活动，生脚出场最为频繁，也承担最多之表演。如果各出任由生脚挑大梁、唱主戏，那么负责该脚色的演员将会不胜其累。从脚色分工的角度考虑，适当穿插由净、丑、末等脚色为主的出目表演，会有利于生脚的休息，而轮到生脚主唱的科举出目，净丑等次要脚色亦可稍事休歇。因此，科举程式出目还能有效地、均匀地分配脚色，方便各个演员之间的轮休。

其次，科举文化之影响。

科举制定型于唐代，倡大于两宋，中断于元代，接续于明代。它的发展纵贯南戏始终，深深影响了南戏的创作与表演。像南宋婚变戏的盛行，就是在宋代寒门取士、榜下捉婿的科举文化背景中产生。要进一步指出的是，历代科举不仅催生了南戏的科举题材创作，也一定程度地促成了南戏科举表演模式的形成。

我们知道，南戏是社会文化活动的产物。它通过舞台呈现现实生活，表达某种特定的文化心态。对于科举戏而言，不论哪个时期、哪类题材的南戏，都表现出极其相似的科举表演模式。这其中无疑表现了南戏创作者对科举生态的始终关注，也积淀了历代世人推崇科举的共同心态。人们认为，科举是改变读书人命运的最佳途径，不论是背妻妄行的批判对象，还是文行合一的歌颂对象，都可以借助科举，摆脱现实困境，登第入仕。因此，在南戏中，人们对科举的尊崇态度如出一辙。如张协唱："近日须谐贫女，未是吾儒活计，依旧困其身。争如投上国，赴举夺魁名。"（《张协状元》第18出）蒋世隆云："琢磨成器待春闱，万里前程唾可期。"（《拜月亭》第2出）寇准唱："自古儒冠不误身，试看满朝朱紫贵，尽是读书人。"（《破窑记》第2出）

不仅读书人如是想，平常百姓亦抱有这样的观念。《香囊记》中，张九成兄弟不忍离开老母赴考，张母劝唱："常把文章教尔曹，只指望立身行道。况我衰暮，百年事难保。及早去取功名，及早去取功名，沐恩宠，显母妻，五花封紫诰。"张妻亦劝道："休恁的苦推辞，步云程，取青紫早把亲显耀。"（第5出）《琵琶记》专门设有"逼试"一出，写蔡父反对蔡伯喈居家孝亲的念头："家贫亲老，不为禄仕，所以为不孝，你去做官时节，也显得父母好处，不是大孝，却是什么？"（第4出）父母眼中，科考功名才是真正的大孝。还是张协父亲说得明白直接：科举可以"改换门闾，报答双亲"，满足"功名富贵人之欲"。（《张协状元》第1出）

这便是人们服膺科举威信的根本原因。它可以使成功者名利双收，光宗耀祖，封妻荫子，使整个家族沐浴无比荣耀的恩宠。南戏创作者大多出自民间底层，他们笔下的人物依据大众世俗心态而设计。剧中，"世上万般皆下品，思量惟有读书高""十载学成文武艺，今年货与帝王家""十年窗下无人问，一举成名天下知"之类的套话，被翻来覆去地应用，深刻折射出世人对科举趋之若鹜的风气。

因此，在这种创作心态下，南戏舞台很注重向世人展现科举的重要性，不自觉地形成了全景科举演叙的方式，并积淀出科举的程式出目。

一方面，全景叙述可以通过读书人始困终亨的命运变化，揭示出科举的巨大影响。在前面的科举出目中，“书生自叹”“众友讲学”“辞亲赴试”“赴考行程”等出，大多流露了读书人的辛酸不易，而此后“科考成名”“及第游街”“泥金捷报”“衣锦还乡”等出，则写得无比风光，热热闹闹，很真实地反映了科举带来“冰火两重天”的现实状态。

另一方面，一些科举程式出目，迎合了世人对科举的趋从心理。像“状元游街”“泥金报喜”“衣锦还乡”等出目，以热闹喜庆的场面表演为主，大肆渲染状元及第的荣耀，满足了世人对科举的幻想与需求。在某些特定场合、特定时刻，它们还发展成为一种仪式表演。江西德安县《上棚太公行案保断》傩本中，专门有田太公“游春送儿郎”的表演，保佑“合家满门生贵子，状元榜眼探花郎”①；明陶奭龄《小柴桑喃喃录》指出，五伦、香囊、还带、拜月、绣襦等属风雅之剧，可于宴会或别馆上演②。这种场合的选择，恐怕反映了科举戏的应景表演。明代选曲本《乐府红珊》专设“捷报”一类，选收《西厢记》“张君瑞泥金报喜”、《丝鞭记》“吕状元宫花报捷”、《米糷记》“高文

① 按：2014年1月，笔者的研究生黄晗赴德安当地调研，幸获民间艺人手抄傩本《上棚太公行案保断》，由其拍照携回，此处特向黄晗同学致谢！

② 王利器：《元明清三代禁毁小说戏曲史料》，268页，上海：上海古籍出版社，1981。

举登第报捷”等出，也属于科举出目在特定场合的仪式表演。[1]现存明代南戏地方遗存之一——江西省广昌县的“孟戏”，还保留了“状元游街”的演出。状元、榜眼、探花三人打马游街，披红挂彩。[2] 它被放在正戏开场之前，淡化了情节内容，追求喜庆的仪式效果，显然也是世俗科举心态的产物。

综上所述，经过长期的演剧实践，南戏中的科举活动形成了高度统一的表演模式。从十年寒窗的苦读生涯，到赴考前的依依话别，从一路上的仆仆风尘，到科举及第的无限风光，舞台不仅全景展现了士子的科举历程，还提炼出一套套科举程式出目的表演。这种表演模式不以情节取胜，不以关目炫奇，而重在烘托舞台的表演，通过调剂冷热场面、均衡脚色分工，对科举活动怎样“搬出来好”，起到了重要的作用。同时，这种模式的形成还深刻折射了世人唯科举是崇的普遍心态，一些科举戏或科举出目，还因此发展成为具有仪式意味的喜庆表演，在特定场合满足着世人对科举功名“鱼龙皆变化，一跃尽朝天”的热望。

第三节　南戏的仪式表演

南戏孕育、生长与发展于广袤丰沃的民间文化土壤，它的演剧形态充满了浓郁、丰富的民俗气息。这其中，各类民间仪式在南戏剧本的层出迭现颇值得关注。本节将重点考察南戏中各类仪式活动的演剧面貌。

---

① ［明］秦淮墨客：《乐府红珊》，见王秋桂：《善本戏曲丛刊》，第3辑，台北：台湾学生书局，1984。

② 2002年岁末，笔者曾赴江西省广昌县甘竹乡考察，亲见孟戏表演“状元游街”一出。

一、南戏中的仪式活动

为比较完整清晰地展现南戏演剧中的仪式活动，笔者选取《永乐大典戏文三种》、元本《琵琶记》作为宋元南戏的代表，《风月锦囊》所载剧目12种作为明南戏的代表，从中梳理各类仪式，列表如表7－9所示：

表7－9　南戏演剧的仪式活动

仪式	协	孙	嗜	荆	苏	赵	吕	刘	商	香	双	西	姜	解	五
状元游街	27		9				20		33	10					10
结婚	16 53	8	18	1 2				7 21	38						12
观灯						2									
劝农				3 7		8				38			6	7	17
圆梦	4					17					10				
占卜					7		2			23			27		
设祭解禳				32 35				9	16	24 39		12			

（说明：表中数字代表该仪式活动所在的出目数；各剧所依据版本，可参看出目程式表的说明）

由表7－9可知，南戏演剧对各类宗教、民俗的仪式活动有着丰富的展示。它们大多穿插在相关剧情之中，作为一个独立的出目出现。在南戏舞台上，它们有着怎样的演出风貌呢？成化本《白兔记》第7出，详细描写了李三娘与刘知远的婚礼场面：

（净）今日天黄地黄道，日月双黄道，就好请新人出来。（生旦上）【七娘子引】（旦）一朵花枝今有主，姻缘感谢苍天。（生）蒙君不弃我贫寒，洞房花烛夜，百岁永团圆。（净）一步一花开，二步二花开。三步花心落，奉请新人下轿来。金斗金梁柱，金毛狮子两边排。新人入得李家宅。怀里抱着银宝瓶。一上香，二上香，三上香，上香已经毕。望神天设拜，拜行，拜行，拜行，拜行，四拜平身。参拜堂上双亲，拜行。（外贴做倒介）（外）先生，刘知远前程有分，不要叫它拜我，哎，我头疼也。（净）大公，请二位新人吃交杯酒。（外）请先生撒撒帐。（净）一撒东，三姐招个穷老公，堂前行礼数，拜狗散乌龙；撒帐南，两口做事莫喃喃，白日莫要斗闲口，到晚炕土不要玩；撒帐西，双双一对好夫妻，三姐续麻线，女婿钓田鸡；撒帐北，夫妻永和睦，夜晚做的事，早晨不要说；撒帐前，双双一对并头莲，生下五男并二女，七子保团圆，三个会吃酒，四个会博钱，两个脚头睡，吴哥那头眠，九个齐撒尿，炕上好撑船。撒帐已毕，闲人请出。

拜堂撒帐是民间婚礼习俗之一。此处全景式展现了整个婚礼的场面，伴随着赞礼人有韵律的唱念，生旦完成了上香、拜礼、坐床、撒帐等仪式，特别撒帐表演具体生动。《白兔记》这一出各版本有所不同，汲古阁本简略，仅“拜堂介”，无上香、撒帐之赞礼，富春堂本改为丑奴掌礼，念词为一篇致语，文辞典雅，显出文人手笔。作为富本之裔本的青阳腔《白兔记》却没有保留这篇文绉绉的致语，反而更接近成化本的结亲场面：丑奴临时扮赞礼，先是请新人，拜天地、高堂，夫妻对拜，再送入洞房，最后坐床撒帐。通过这几个本子的比较，可以说民间演出本更加贴近生活，特别是一些民间习俗活动，表演得更为充分。

对于民间盛行的社火活动，南戏舞台也有展现。汲古阁本《白兔记》第3出还有“报社”的表演：

（净）今年齐整，跳鬼判的、踹跷的、做百戏的不能尽述，我们演与太公看。【插花三台令】（众舞）打和鼓乔装三教，舞狮豹间着大旗，小二哥敲锣击鼓，使牛儿箫笛乱吹，浪猪娘先呈百戏，驷马勒妆神跳鬼。牛筋引鼠哥一队，忙行走竹马似飞。（舞下）

这是一段众舞的表演，展现了元夕村民报赛的热闹景象，敲锣打鼓，箫笛乱吹，一队队跳鬼判、舞狮豹、挥大旗、乔三教，装神弄鬼，渲染出热闹的社火场景。南戏艺人们采入这些民间社火仪式，既渲染了舞台热闹的节日气氛，又使观众倍感亲切。不过，这场报台表演在成化本中却没有，盖因成化本是个舞台节本戏，为了节省演出时间，也就不必穿插过多与情节无关的表演。当然，也有可能是因戏班规模较小，没有足够人数支撑繁闹的社火队舞场面。不少南戏采用第三者叙述的方式，描述民间节令活动场景，适当简化了群体大场面。例如，文林阁本《胭脂记》第 34 出写元宵灯会：

【神杖儿】（众）妆成一个鲍老鲍老，令人谈笑。鼓锣杂剧催前后，太平钱舞得团团旋，好个闹元宵。（众插诨科）这样人儿也来玩灯，脚下麻鞋没了后跟，脚下麻鞋没了后跟。

“众”脚充当赏灯者，从旁述唱元宵灯会的场景，省去了舞鲍老、鼓锣杂剧、太平钱舞等场上队舞，而大家前脚踩后跟的科诨表演，同样营造出灯会拥挤喧闹的氛围。世本《赵氏孤儿》第 2 出“赵朔放灯”用末与生的问答，侧面烘托鳌山灯火的喧腾。嘉靖本《荔镜记》观灯则用了两出的篇幅，通过脚色的轮流唱曲和此上彼下的穿梭登场，描写男女共游、你对我答的欢快场面。

对于民间解禳、祭亡、拜神等祭祀仪式，南戏舞台也给予大量的表演空间。凌氏古本《琵琶记》“感格坟成”一出，有一段赵五娘“拜五方”的表演：

> （旦）不免拜了五方，奴家动土。（介）一拜中央戊己土，二拜左青龙右白虎，三拜前朱雀后玄武，四拜四远八方诸圣土。又恐冒犯神祇，请神各自游仙府。

凌氏眉批云：“如此等白俱可笑，然元人惯喜用之。今为学究骇倒，尽删抹矣。”① 然元钞本、汲古阁本《琵琶记》皆无此段，或许是元明南戏艺人因时因地而添加，以迎合民间拜五方的祭神仪式。再如《刘汉卿白蛇记》第20出刘妻江边设祭，念大段祭文，吊亡汉卿；富春堂本《商辂三元记》第16折商霖奠亡，“外上香介”，念祭文长篇；富春堂本《东窗记》第15折岳飞妻女占梦，请道士解禳，起法场，做经事，念祷辞，都穿插在南戏演剧中的仪式活动。不过，从这些出目的整体内容看，大多祭祀仪式没有完整的仪式过程，而是作为一个剧情环节，融入戏剧情节或人物情感的表演，舞台风格或庄或谐，各各不一。

由上可知，南戏演剧对仪式活动的采用十分广泛灵活。它会根据演出场合或戏班情况灵活调整，有的完整采纳仪式活动，有的则融入情节。但不论何种表演方式，南戏的仪式表演几乎不可或缺，成为观众喜闻乐见、演员乐此不疲的演剧常目。

二、南戏重视仪式表演的原因

应该说，这些大量穿插在南戏演剧之中的仪式活动，既与剧本的主体情节无大关联，亦不能有效展现人物性格，南戏舞台为何如此频繁地出现，有的甚至还成为程式出目呢？

---

① 凌刻本《琵琶记》第26折眉批，孙崇涛：《古本琵琶记汇编》，北京：中华书局，2007。

其一，娱乐精神的需要。早期南戏生长于宋元市民文化的土壤，诸种伎艺形式为南戏表演提供了丰富的源泉。《张协状元》开场，生脚有一段自夸的演唱：

【望江南】多忔戏，本事实风骚。使拍超烘非乐事，筑球打弹漫徒劳，设意品笙箫。　诨砌，酬酢仗歌谣。出入须还诗断送，中间惟有笑偏饶，教看众乐酶酶。

此时生脚以"本来面目"出现，而这段自夸无疑属于南戏艺人临场自我推销的广告词。他夸赞了本剧"风骚"之处："使拍""超烘""筑球""打弹""诨砌""歌谣""诗断送""笑偏饶"，举凡唱曲、说念、动作、噱头、游戏、乐器综汇一台，充分达到了"众乐酶酶"的演出目的。是剧之中，确实穿插了大量戏弄、杂技的表演片段：第 1 出——讲唱张协诸宫调；第 2 出——【烛影摇红】奏乐、踏场舞蹈；第 2 出——讲学作诨；第 4 出——圆梦科诨；第 8 出——闹夹棒爨；第 10 出——门儿爨；第 24 出——赖房钱杂剧；第 26 出——【吴小四】小曲；第 48 出——官员赋、踢气球、白厮打；第 53 出——结婚伞舞、幞头舞。整个舞台戏中有戏，戏中生戏，村野与市俗并呈，歌舞合笑乐齐飞，呈现出热闹、驳杂、活泼的舞台风格。

历元入明，南戏的演剧精神和风貌得到了很大限度的延续与传承。下面我们再以宣德本《刘希必金钗记》、世德堂本《五伦全备记》、继志斋本《香囊记》为例，展示明代南戏的演剧面貌：

《刘希必金钗记》：第 4 出——净丑讲学作诨；第 5 出——净扮伴当作诨戏；第 13 出——考场科诨；第 15 出——铺叙肖氏占卜请卦的过程；第 16 出——末念彩楼赋；第 20 出——丑净舞棒，演习武艺；第 40 出——番舞曲佐觞；第 42 出——刘文龙【降黄龙】曲讲唱故事；第 44 出——算命圆梦；第 46 出——详尽铺展请斋超度的过程；第63出——旦唱【牧羊歌】，水烧纸钱仪式；第65出——鲤鱼上竿。

《五伦全备记》：第3出延师教子——净念错韵诨；第6出央媒议亲——丑媒婆作诨；第7出遣子赴科——问姓字谜戏；第9出为国求贤——考场科诨；第10出兄弟同登——末赋说黄门、三甲游街；第12出礼行亲迎——迎亲场面，唱啰哩嗹曲；第14出庆寿萱亲——庆寿院本；第17出问民疾苦——官吏观风，丑净告状作诨；第27出备掌朝纲——说平话；第28出全统边宁——歌女献艺。

《香囊记》（出目名据汲古阁本，继志斋本无出目名）第3出讲学——问姓字戏，讲本经作戏；第6出途叙——问姓字戏；第8出投宿——行酒令；第10出琼林赐宴——赋说马、赋说筵席；第14出点将——赋说岳家兵将；第15出起兵——赋说边地光景；第23出问卜——净卜卦作诨；第24出设祭——赋说战场光景；第33出说亲——媒婆科诨；第38出治吏——净丑风流子弟作诨；第39出祈祷——道人上香祈安荐亡。

以上四种南戏剧本融汇歌舞、说唱、院本、民俗和宗教仪式等多种形式，充分反映了由元至明南戏一直保持着丰富多彩、千姿百态的演剧面貌。

南戏“重戏”的表演风貌与重娱乐的演剧精神密切相关，它可以最大限度地贴近生活，达到娱乐观众的目的。《风月锦囊》所存孤本《留题金山记》的副末开场云：“拍板初开艳戏台，鼓儿点动闹情怀。莫道戏文无好处，引出公侯宰相来。鼓打数声雷霹雳，笛吹三弄小梅花。若要人欢神喜处，还是当行子弟家。”① “人欢神喜处”正说明了南戏娱人娱神的演出目的。富

---

① 孙崇涛、黄仕忠：《风月锦囊笺校》，659页，北京：中华书局，2000。

春堂本《苏英皇后鹦鹉记》开场亦云："【鹧鸪天】戏曲相传已有年，诸家搬演尽堪怜，无非取乐宽怀抱，何必寻求实事填。身有限，景无边，及时行乐莫留连。"也指出戏曲重在取乐宽怀，及时行乐。甚至在明代文人的剧作中，重"戏"重"娱乐"的一面也得到高度的重视。《五伦全备记》开场【西江月】云：

亦有悲欢离合，始终开阖团圆。白多唱少，非干不会把腔填。要得看的，个个易知易见，不免插科打诨，妆成乔态狂言，戏场无笑不成欢，用此竦人观看。

邱濬对南戏易知见、竦人观看、逗人欢笑的演剧特征有着清晰的认识。在改编该剧之时，他没有从大学士的角度出发，对插科打诨、乔态狂言之杂流大加砍削，反而在剧中广泛使用，以笑声来吸引更多观众。难怪张志淳《南园漫录》评曰："（丘濬）所撰五伦记，虽法高明，而谑浪戏笑，尤胜高明，乃以此论圣神功化之极，不几于娼家读礼乎！"① 以"娼家读礼"喻戏场"谑笑"，可谓戏剧寓教于乐的妙解，而实质上，这正是南戏娱乐精神向文人创作渗透的积极结果。

从这种演出目的和表演风格出发，民间各类节令习俗和宗教仪式活动，自然成为南戏艺人取源的重要对象。它们融仪入戏，以仪演戏，不论是片段的穿插，还是整场的演出，都很好地起到了助兴佐欢、娱神娱人的作用，成为招揽观众、丰富南戏演出的必不可少的"人参汤"。

其二，祭祀仪式的需要。在南戏演剧中，一些仪式活动已经超越了单纯娱乐之目的，呈现为一连不厌烦琐的仪式过程。这就需要我们进一步考索南戏演剧中仪式表演的存在价值。

① ［明］张志淳：《南园漫录》卷三，见文渊阁《四库全书》，第867册，272页，上海：上海古籍出版社，1989。

文林阁本《胭脂记》第31出演赵公明伏虎。“（净扮赵玄坛上）”，“（扮虎上跳舞科）”“（虎作扑净，叫科）”，激得玄坛拿出霹雳手段，擒拿猛虎：

【天下乐】（净）激得我怒发冲冠气满胸，兀自敢与咱斗勇。（净作虎打科）摆尾摇头不敢动，我如今铁鞭重打，把锁上紧咙。畜生你咬定牙关不放松，叵耐这畜生侮弄。纵有些气力成何用，任你伸八爪龙，我将你牢锁在山洞，不要你行动。则着你忍饥受饿肝肠痛，须交你怒气消除，那时节方可放容。（骑虎下）

这段“玄坛伏虎”表演比较完整，但穿插在爱情剧中，不免圆凿方枘，扞格不入，且与情节无甚关联，作者放在这里究竟有何用意呢？我们看，虎害是戏剧表现主人公遇险的常用情节，《破窑记》有虎侵窑门，《黄孝子寻亲记》有孝子遇虎，《高文举珍珠记》有虎拦山道，《韩湘子昇仙记》《邯郸记》有虎噬仆人等，南戏、传奇类似情节颇多。民间观念中，虎堪称疾害，与疟疫疾病有密切的联系。《风俗通》载：“今人得病，烧（虎）皮饮之，系其衣服，亦辟恶，此甚验。”《酉阳杂俎》云：“俗好于门上画虎头，书聻字，谓阴刀鬼名，可息疫疠也。予读汉书旧仪说傩逐疫鬼，又立桃人苇索沧耳虎等，聻为合沧耳。”因此，民间“伏虎”“驱虎”实际带有驱除疾害、疫病的仪式意味。舞台“伏虎”手段多种多样。东汉时期，“东海黄公”是黄公施法与虎的角觝争斗，宋金院本有“打虎艳”的表演，《破窑记》用的是山神锁虎，《黄孝子寻亲记》是鬼护人走，《胭脂记》“伏虎”则以赵公明上场，施展打虎、锁虎的手段。赵公明本为上帝勾取人命的“三鬼”之一，元代他的神格发生变化，成为被道教五行八卦塑造出来的正神形象，其人头戴铁冠，手执铁鞭，身跨黑虎，形象威猛，又称赵玄坛。这幕“伏虎”生动展现了赵公明驱除或制服虎害的过程，也被赋予一定剪疟除疾、保病禳灾的色彩。《破窑记》改本《彩楼记》，在“虎侵窑门”后特意加上第15出“神坛伏虎”，改山神伏虎为赵公明伏虎，可与《胭脂记》互相参看：

【前腔】你那里不住的将身撼，俺这里伏神威睁睛看。那怕你摆尾摇头将路拦，那怕你张牙舞爪恁空蹿。也不用轮枪舞剑驾金鞭，也不用书符持咒驱雷闪。只叫你小毛团唬破胆。（重）（白）众神听令，仗吾神鞭，前去擒来。（众白）领法旨！（众擒住虎介）

这也是后世艺人们自行加上的演出，凸显的仍是驱病逐灾的仪式意义。

《刘希必金钗记》第46出“超荐亡魂”更是仪式出目的一个典例。这出写肖氏全家为刘文龙祭亡的情景。其演出过程为：由长老和尚主持刘文龙祭亡仪式，分为公婆上香、诵经请佛、公婆献花、献烛、肖氏上香、小玉献果、肖氏礼拜、散功德钱等步骤，其间长老念经，众人合诵，加上打鼓钵的伴奏，整个过程十分详细，显示出浓厚的祭祀氛围。从情节角度讲，这个出目并不重要，为什么抄本会如此详细地记录整个表演过程呢？答案只有一个，这种表演方式在当时深受人们的欢迎，而它所具备的完整仪式内容，也使之能够承担起在祭祀场合的仪式功能。这一点可在江西广昌孟戏中找到它的表演形态。孟戏以专演《孟姜女》一剧而得名。其中有“河边超度”一出，与《刘希必金钗记》“超荐亡魂”出的仪式功能极为相似。该出演为跳水而死的孟姜女超度亡灵。首先，孟姜女及其随从投江之后，演员迅速集体上场，布上香案，扯起白幡，中间一个道士敲打木鱼，念了一段长篇的祭文（图7－2）。当地班主介绍，每当演到此出的时候，村里逐家逐户就要放起鞭炮，一起追荐本年死去的亲人。直到祭亡活动结束，才能进入到下一个场次。因此，这个出目的演出要持续相当长的时间。

图 7－2 孟戏“河边超度”

《目连救母》更体现了仪式与演剧的关系。该剧演出时，台上与台下、仪式与演出融为一体，是宗教、民俗与戏曲交融的最好体现。《目连救母》也有“超度”一出，是目连戏最重要的一场表演，也是必不可少的宗教仪式。当戏演到“三殿告诉”时，台上目连在超度血盆池中的妇女，台下观众也在超度自己的亲属亡魂。在不少莆仙目连戏的抄本中，“三殿告诉”一出中都会注明“在此超度”或“在此超荐”。仙游本《目连尊者》的标注更为清晰：

> （目连白）敢问狱主，血湖许多罪恶人，小僧欲超度使其再转人身，狱主慈悲，乞行方便。（狱主白）此辈恶人，前生共禅师有缘，今日方得超升。下官从命。（目连白）多蒙我佛慈悲，弟子超度许多罪人，望我佛如来接引。（原

注：目连行超度仪式，先超度兰盆胜会筵内已有闽中托咐寄牒之亡人，向台内念密语，逐一宣读筵内各亡人的宫社名称，后用招魂旗调魂，口念各亡魂的姓名。)①

这说明，人们已经赋予目连戏“超度”一出实实在在的宗教仪式功能，将一场热闹的戏剧娱乐性表演，转变成一幕追荐亡魂的现实科仪活动。“超度”的时间则视斋主人数的多少而定。据马建华 2000 年至 2002 年五次调查福建莆仙地区的目连戏演出，每次现实超度的人数都一百多人，时间长达两三小时。②

孟戏和目连戏之演出，为我们透析《胭脂记》《刘希必金钗记》等明代南戏中这类仪式出目的演剧，提供了生动的思路。它们往往可以中断正常演剧，充当临时性的民间祭仪，起到“以戏行仪”的作用，等到仪式结束后，才转回正剧。这是南戏介入仪式活动的一条有效的途径，也是因民间仪式的需要而产生的南戏仪式化表演。

三、仪式的戏剧化和戏剧的仪式化

应当指出，南戏仪式出目的大量出现，很大程度上是依靠南戏娱乐性演剧在民间的普及和深入，才进一步促进仪式和戏剧的充分结合，从而出现仪式的戏剧化和戏剧的仪式化的双向发展趋势。

一方面，仪式可吸收南戏出目的表演，丰富仪式活动。例如山西上党潞县万历二年（1574）《迎神赛社礼节传簿四十曲宫调》，混合了队戏、杂剧、院本、南戏等各类演出作为对神的献

---

① 叶明生：《福建傀儡戏史论》，下册，861 页，北京：中国戏剧出版社，2004。

② 马建华：《莆仙戏与宋元南戏、明清传奇》，218 页，北京：中国戏剧出版社，2004。

礼，故又名“神戏”。从插入其中的南戏出目看，安安送米（《跃鲤记》）、芦林相会（《跃鲤记》）、潘葛思妻（《苏皇后鹦鹉记》）、玉莲投江（《荆钗记》）、秋江送行（《玉簪记》）等，均讲的是母子、夫妻之间的人伦情感故事，它们之所以成为“神戏”的一部分，显然不是因为出目本身具备了仪式功能，而是祭祀仪式为达到“人欢神喜处”的目的，吸收了老百姓喜闻乐见的南戏表演出目。

另一方面，南戏也可以从仪式取源，将现实科仪转化为戏剧表演的一部分，我们可以以《荆钗记》“王十朋祭妻”一出为例，来看看明代南戏是如何吸收仪式，丰富祭祀表演的。

①嘉靖原本《荆钗记》“祭妻”：王十朋上酒—上香—上酒—化纸—报子送报。

②《风月锦囊》“新增王十朋南北祭江”：王十朋祭奠—上香—念祭文长篇。整场没有报子一节，甚至省去了王母等人物。重头戏表现为十朋祷念祭文。祭文应是新增内容，据梁绍壬《两般秋雨盦曲谈》云，此文本为杨大年撰写的北朝祭皇太后文，非王十朋己作，后人移花接木，加之原戏文之上。

③汲古阁本“时祀”：设祭—王母主祭—十朋上香—念祭文—散纸钱。此本以王十朋母子的对唱为主，仪式过程包含在唱曲中。

④晚明选曲本《词林一枝》“王十朋祭妻”：设祭—司礼主持—主祭者就位—助祭者就位—主祭者上香—助祭者上香—主祭者行初献—助祭者行亚献礼—主祭者行终献礼—十朋宣读祭文。整个祭亡过程描述得十分详细。另有《大明天下春》《摘锦奇音》《时调青昆》等选曲本均基本同于《词林一枝》的表演。

从嘉靖原本到晚明曲选本，“祭江”一出的仪式功能在不断强化。原本多报子一节，情节略有涣散。其后改本皆删去此节，增加祭文一篇，突出了祭亡场面，特别至晚明诸曲本，有末扮专门的司礼者，按照一套完整的祭祀礼仪进行祭祀活动，“祭江”一出也就从单纯戏剧表演的出目，逐步丰富为具有祭祀功能的仪式出目。不过，与《金钗记》的“肖氏祭亡”一出比较，两剧还是有所不同。《金钗记》更偏重祭祀场面的细致交代，故更有可能赋予现实仪式的色彩，而《荆钗记》的表演兼重了王十朋母子的情感活动，与祭亡的礼仪交织在一起，精心营构了一个饱含悼念之情的祭祀表演出目。因此，它既可以充当祭祀仪式，又可以作为感怀寄情的娱乐性表演，其功能可依据不同的场合而发生相应的变化。

因此，南戏的仪式出目是南戏娱乐精神和民间仪式相互结合的产物，兼有娱人娱神的双重功能。它们或以戏代仪，或以仪演戏，在不同的表演场合，发挥不同的作用。

对于南戏民俗、祭祀的仪式出目，我们已经无法一一指证它们的演出场合、演出情景。然而，随着南戏不断融入社会生活，愈来愈倾向用更为广阔的舞台，表现民间生活百态，这势必会增强戏剧表演的仪式功能。明人陶奭龄《小柴桑喃喃录》卷上谓：

> 余尝欲第院本作四等：如四喜、百顺之类，颂也，有庆喜之事则演之；五伦、四德、香囊、还带等，大雅也；八义、葛衣等，小雅也，寻常家庭燕会则演之；拜月、绣襦等，风也，闲庭别馆，朋友小集，或可演之。至于昙花、长生、邯郸、南柯之类，谓之逸品，在四品之外，禅林道院，皆可搬演，以代道场斋醮事。①

① 王利器：《元明清三代禁毁小说戏曲史料》，268页，上海：上海古籍出版社，1981。

此时，人们广泛采用相适应的戏剧，为各种习俗、仪式活动添光加彩，凡不同的场合就有不同的戏曲出目应景。南戏、传奇已具备了特定场合的仪式性质。晚明选曲本《乐府红珊》将所选出目分为十六类，有“庆寿”“诞育”“捷报”“荣会”“伉俪”“宴会”等，无一不是戏剧仪式表演的应景划分。反之，戏剧表演的仪式化正因这种反复的演出实践，更得以一步步加深、强化。我们看到，明末清初人们已经习惯将一些戏剧出目作为民间仪式活动的一部分，承担起一定的仪式功能。像《破窑记》“夫妻祭灶”、《牡丹亭》“杜宝劝农”均发展成为专门性的仪式出目，入清以后，它们仍在宫廷或地方的仪式表演中流传。《清升平署志略》载清宫“祀灶承应”戏中，有“蒙正祭灶”一目，注云“宫中亦颇重此日，即改昇平署后，亦年年有演戏之事”①。而“劝农”一目，绍剧乱弹作为“彩头戏”在春耕之后演出②，湘剧高腔、祁剧也都常作节令戏上演③。

第四节　南戏穿插伎艺与情节演述

上文我们曾举《张协状元》《金钗记》《香囊记》等南戏，列陈了其中所穿插的伎艺形式，可见一剧之中，讲唱、歌舞、浑话、游戏、竞技、杂剧、院本、民俗、祭仪等诸多表演，如临潼斗宝一般轮番上演。大量伎艺汇聚一戏，自然会产生一个问题：南戏需要讲述“悲欢离合”的故事，太多穿插性表演会不会使故事叙述脱离正常轨道，变形走味呢？本节主要探讨这一问题，

---

① 王芷章：《清升平署志略》，73 页，上海：上海书店出版社，1991。

② 罗萍：《绍剧发展史》，122 页，北京：中国戏剧出版社，1996。

③ 《中国戏曲志·湖南卷》，148 页，北京：文化艺术出版社，1990。

以期推进对戏剧叙述与伎艺表演之间关系的理解。

一、南戏伎艺“演事”的历史溯源

讲述故事的艺术形式，可远溯至上古祭祀仪式。先民们为祷谢神灵，载歌载舞，模拟某次狩猎丰收的场景，抑或部落战争的胜利。这种简单质朴的仪式演事影响到先秦艺术叙事的方式，像《诗经·生民》歌诗颂扬后稷创业之伟绩，《九歌·湘君湘夫人》歌舞祭坛神灵之恋情，《荀子·成相》赋诵往事贤愚之是非，无不托以歌舞唱诵，演述往事。

我们知道，无论哪一种伎艺，都属于在场的表演艺术。当叙事者用口头语言或身体行为现场向接受者讲述故事，他所呈现的便是一种“演事”方式。例如《晏子春秋·外篇》中，晏子谏景公罢长庲之役之事：

> 景公筑长庲之台，晏子侍坐。觞三行，晏子起舞曰：“岁已暮矣，而禾不获，忽忽矣若之何！岁已寒矣，而役不罢，惙惙矣如之何！”舞三，而涕下沾襟。景公惭焉，为之罢长庲之役。①

晏子的言谈举止十分接近先秦宫廷劝谏的优人，采用当场歌咏、舞蹈的伎艺方式，成功达到了为君王谏的目的。当然，此处晏子所谏主要用了诗语，而非故事。《史记·滑稽列传》淳于髡为了进谏，则向齐威王讲述了一个小故事。齐威王给了菲薄的资金，派他到赵国搬救兵：

> 淳于髡仰天大笑，冠缨索绝。王曰：“先生少之乎？”髡曰：“何敢！”王曰：“笑岂有说乎？”髡曰：“今者臣从东

① 李万寿：《晏子春秋全译》，350页，贵阳：贵州人民出版社，1993。

方来，见道傍有禳田者，操一豚蹄，酒一盂，祝曰：‘瓯窭满篝，汙邪满车，五穀蕃熟，穰穰满家。’臣见其所持者狭而所欲者奢，故笑之。”①

淳于髡叙述了路旁禳田者所欲者奢，所给者狭的故事。为了丰富禳田者祝词的表演，惟妙惟肖地融入角色诵读的方式，此即为一种伎艺演事。

两汉时期，“大角抵”艺术形态的出现，极大地推动了各类伎艺的发展。由于没有文本故事的局限，最初“大角抵”的表演，一味追求磅礴的视觉冲击，根本不具备表意的集中性。但这种广场集合式的表演，促使了各类伎艺的融汇互渗，从而孕育出《东海黄公》之类的角抵戏剧雏形。至此，伎艺与故事的结合呈现了新的面貌。《东海黄公》的“演事”，包括了黄公与老虎的角斗搏击、角色妆扮，还有黄公“粤祝”的语言念诵，综合了不同种类的艺术形态，它将单纯的伎艺享受，变成了角色伎艺演事的新方式。

南北朝、隋唐时期，角色、伎艺、故事三者的结合形式变得多样起来。以《踏谣娘》为例，唐杜佑《通典》卷一四六记载这个小戏的演出：“河朔演其曲而披之管弦，因写其妻之容。妻悲诉，每摇其身，故号‘踏谣’云。”② 强调了妻子痛诉丈夫殴打的声乐表演。《乐府杂录》写作《苏中郎》：“后周士人苏葩，嗜酒落魄，自号中郎，每有歌场，辄入独舞。今为戏者，著绯，戴帽，面正赤，盖状其醉也。”③ 又以男子独舞为主。《教坊记》

---

① ［汉］司马迁：《史记》，727 页，北京：中华书局，2009。

② ［唐］杜佑：《通典》，卷一四六，3729 ~ 3730 页，北京：中华书局，1988。

③ ［唐］段安节：《乐府杂录》，见《中国古典戏曲论著集成》，第 1 册，45 页，北京：中国戏剧出版社，1959。

的描写最为详细："丈夫著妇人衣，徐步入场，行歌。每一叠，傍人齐声和之云：踏谣和来，踏谣娘苦和来。以其且步且歌，故谓之踏谣；以其称冤，故言苦。及其夫至，则作殴斗之状，以为笑乐。"① 不但有妻子歌唱的表演，后面还拼接了一段夫妻斗殴的"笑乐"伎艺。《踏谣娘》的例子说明，同一故事可以用不同的伎艺形式展现，风格悲喜各异。此时故事内容不是重点，重要的是采用什么伎艺方式，呈现这个广为人知的"打老婆"故事。

宋金杂剧阶段，角色演事的伎艺手段多种多样，并且得以进一步综合，形成不同类型的表演形式。例如，《莺莺六幺》《王子高六幺》《崔护六幺》《郑生遇龙女薄媚》《裴少俊伊州》等，用大曲、舞蹈演事；《论淡》《打淡的》《医淡》《照淡》等，用风言趣话演事；《秀才下酸擂》《急慢酸》《眼药酸》《食药酸》等，则注重科诨调笑，还融入了"苍鹘打参军"之类表演；《人参脑子爨》《变二郎爨》《讲百果爨》《断朱温爨》等，爨弄的伎艺手段愈多，采用足部踏爨、以歌伴舞、念诵诙谐的诗词歌赋，甚至融合幻术以演事②。鉴于此，戏剧研究者主张宋金"杂剧"的得名，缘于其表演形态的驳杂。周贻白指出："所谓杂，当系指其兼具各项表演形式，或所包含事物至为繁杂之故。"③ 黄天骥师亦认为："两宋时代演出的杂剧，包括口技、杂耍、说唱、滑稽小戏等等，它们同台演出，杂七杂八，称之为杂剧，那

---

① ［唐］崔令钦：《教坊记》，见《中国古典戏曲论著集成》，第1册，18页，北京：中国戏剧出版社，1959。

② 黄天骥：《爨弄辨析——兼谈戏曲文化渊源的多元性问题》，载《文学遗产》，2001年第1期，63～73页；刘晓明：《杂剧形成史》，308～310页，北京：中华书局，2007。

③ 周贻白：《中国戏剧的形成和发展》，载《戏剧论丛》，21页，1957年第1辑。

是名副其实的。”①

然而，宋金杂剧、院本的叙事缺乏应有的故事容量，长于爨弄而短于情事。到了宋元南戏、元杂剧阶段，开始注重“讲故事”，故事种类、故事内容都丰富起来。元人胡祗遹以此判断元杂剧何以称“杂”：

> 乐音与政通，而伎剧亦随时所尚而变，近代教坊院本之外，再变而为杂剧。既谓之杂，上则朝廷君臣政治之得失，下则闾里市井父子兄弟夫妇朋友之厚薄，以至医药卜筮释道商贾之人情物理，殊方异域风俗语言之不同，无一物不得其情，不穷其态。②

但宋元南戏、元杂剧仍惯性延续了角色综合多种伎艺演事的方式。元杂剧采用一人主唱的方式，为便于主唱演员歇息休场或换装改扮，不得不在“每折戏、每套曲的间场以及人物的登场方式”，插空表演诸类伎艺。臧懋循《还魂记》第25折眉批云：“盖见北剧四折，止旦末供唱，故临川于生旦等皆接踵登场，不知北剧每折间以爨弄、队舞、吹打，故旦末当有余力。”③《客座赘语》云：“若大席，则用教坊打院本，乃北曲大四套者，中间错以撮垫圈、舞观音，或百丈旗，或跳队子。”④ 足证北杂剧每折穿插伎艺表演的事实。此外，正剧之中也夹杂不少伎艺表演，如《降桑椹蔡顺奉母》中的“双斗医”院本、《飞刀对箭》中

---

① 黄天骥：《元剧的“杂”及其审美特征》，载《文学遗产》，40页，1998年第3期。

② ［元］胡祗遹：《赠宋氏序》，见《紫山大全集》卷八，文渊阁《四库全书》，第1196册，171页，上海：上海古籍出版社，1989。

③ 臧懋循改订：《玉茗堂四种传奇》，见黄天骥：《元剧之“杂”及其审美特征》，载《文学遗产》，42页，1998年第3期。

④ ［明］顾起元：《客座赘语》，303页，北京：中华书局，1987。

的“针儿线”院本、《刘千病打独角牛》中的对打摔跤、《刘玄德醉走黄鹤楼》中伴姑伴哥的《村田乐》歌舞等，都融在了故事情节之中。因此，黄天骥师《元剧的“杂”及其审美特征》一文精妙地用“以故事演歌舞”概括元杂剧之“杂”的表演风貌，即认识到杂剧以情节展示歌舞表演，而非借助歌舞表演完成情节叙述。

南戏也脱不了这种伎艺演事的模式。现存的南戏剧本，不论是民间编演，还是文人改作，几乎都高比例地充盈着各种伎艺的表演。我们再以元钞本《琵琶记》为例，说明南戏各类伎艺穿插表演的舞台风貌：

> 第 2 出——生赋说言志；第 3 出——末说太师富贵赋、娘子贤德赋，净、丑舞唱【雁儿舞】，净丑末打秋千戏；第 6 出——净丑媒婆厮打科诨；第 9 出——丑说马赋，数马名、丑坠马科段；第 11 出——丑媒婆鞋秤绳科诨；第 15 出——末说黄门赋；第 18 出——末念【水调歌头】，敷说婚宴；第 21 出——净末打十三、生弹琴；第 25 出——拐子家门；第 27 出——贴净丑合念【酹江月】，敷说月景；第 33 出——末说道场赋、旦弹唱行孝曲、净丑破衣袄作诨；第 35 出——末说书馆赋；第 41 出——净丑末驿站分例鞍马科诨。

这些表演包括念诵、歌唱、舞蹈、乐器、杂技、游戏、滑稽科诨等，有力说明了南戏演事伎艺“杂七杂八”的舞台状态。从艺术源流而言，这是由角色综合伎艺演事的历史传统决定的。高明《琵琶记》开场云：“休论插科打诨，也不寻宫数调，只看子孝与妻贤。”成化本《白兔记》开场曰：“今日戾家子弟，扮演一本传奇，不插科，不打诨，不谓之传奇。”均视插科打诨为南戏表演的最主要特征，实质也是遵守了这种约定俗成的舞台成规。

二、南戏穿插伎艺的方式

南戏中，各类伎艺杂戏的穿插表演，对此编创者或演出者到底是如何编排、组织它们，其具体方式如何呢？以下详述之。

1. 剧外补空

我们知道，南戏篇幅比较长，很难一次性结束，所以分天分段的表演很是平常。这就有了一种可能，南戏可以在开场、中场、终场隔断的时候穿插伎艺表演。《金瓶梅》第 74 回，南戏子弟演《双忠记》两折，酒过数巡，“小优儿席前唱这套【新水令】‘玉骢娇马出皇都’”，后西门庆又令春鸿唱了一套“金门献罢平胡表”，第 78 回唱《小天香半夜朝元记》戏文，两折下来，“李桂姐……四个唱的上去，弹唱灯词‘锦绣华灯半空挑’”。[①]这种戏外穿插与正剧既没有什么情节关联，也没有一定的表演成规，完全取决于演剧场合与观众的趣好。徐渭《南词叙录》载“打箱”条曰：“以别伎求赏也。”[②] 说明南戏确实存在穿插其他伎艺，向观众求赏的情况。《张协状元》开场有生脚饶送观众的“【烛影摇红】踏场”；宣德本《刘希必金钗记》剧本之外，附录了锣鼓谱【三棒鼓】和【得胜鼓】，陈历明推测是“作为广场演出的前奏，或演出中间休息时的插奏，对振奋观众情绪会起到一定作用”，又附南曲【黑麻序】咏唱春夏秋冬，“用于演出间

① ［明］兰陵笑笑生：《金瓶梅词话》，2159 页，2393 页，香港：太平书局，1981。

② ［明］徐渭：《南词叙录》，见《中国古典戏曲论著集成》，第 3 册，246 页，北京：中国戏剧出版社，1959。

隙演唱，调整气氛”①；南戏清抄本《牧羊记》上半场结束时，还有用“提吼”一出以飨观众，表明清代戏班保存了南戏剧外伎艺的方式。这些“别伎求赏”与正剧表演毫无关系，属于南戏艺人剧外招揽观众的方式。此外，像目连戏、孟戏等中断正常演出，插入现实科仪的方式，也属于一种特别的剧外补空，然所穿插的部分因承担了现实功能，已褪去了戏剧虚拟表演的成分。

2. 剧内展示

相比剧外伎艺表演缺少文献资料征考，现存南戏剧本留存了非常多的穿插正戏之内的伎艺形式。它们被安插在各个相应的出目之内，编排方式大致有：

其一，片段穿插。这是指一出之中，穿插某种伎艺表演。由于占据一定的舞台时间，构成了一个独立的表演片段，故谓之。

举例言之。《宦门子弟错立身》第五出，旦王金榜因唤官身，来到生完颜寿马府上，为其表演传奇名目：

> （生）不妨，你带得掌记来，敷演一番。（旦）这里有分付。（净看门介）（旦唱）【排歌】听说因依，其中就里：一个负心王魁，孟姜女千里送寒衣；脱像云卿鬼做媒；鸳鸯会，卓氏女；郭华因为买胭脂，琼莲女，船浪举，临江驿内再相会。

此段【排歌】之后，王金榜又连唱三曲，变换身段情态，敷演传奇名目。因为前有“敷演一番”的提示语，旦脚的载歌载舞就被清晰区隔成一个独立的伎艺表演片段。同样，本剧第12出也有相类似的例子。王金榜父云：“我孩儿要招个做杂剧的。”这个提示语后，完颜寿马按照王父的指示，边唱边舞，一

---

① 陈历明：《广东出土明本戏文》，45页，广州：广东人民出版社，2009。

一模拟杂剧、院本、掌记、鼓吹的功夫，最终考核过关。北方昆剧院2003年新编《宦门子弟错立身》，这场戏演起来满台生风，表演重点在于展示男主角高超的伎艺能力。

也有一些片段穿插没有专门的提示语，而与情节叙述粘连在一起，观众不知觉中才明白，这是演员所特意穿插的伎艺表演。例如，原本《荆钗记》第7出“遐契”丑夸赞钱玉莲的美貌：

> 不是老身夸奖我侄女，其实标致。看他：他眉薄新月，髻挽乌云，脸衬朝霞，肌凝瑞雪，有沉鱼落雁之容、闭月羞花之貌。秋波滴沥，云鬓轻盈，淡扫娥眉，薄施脂粉。舒玉指，露春笋，轻步下香阶，显金莲窄窄。

通篇为通俗明白的短赋，以四言为主，错综三、六言，其目的不止夸赞钱玉莲之美，更在于展示丑脚伶牙俐齿的嘴上功夫。

其二，过锦串演。这是指一出之中，接连串接不同伎艺的表演，令观众应接不暇。“锦”，胡忌释为“零碎、好玩”。洛地认为过锦戏的结构形态为：“有一个头，即提出事由的由头或提供一个背景，接着是一串戏弄的段子，最后有收科。”① 《明宫史》记载“过锦戏”的形态：“过锦之戏，约有百回，每回十余人不拘，浓淡相间，雅俗并陈，全在结局有趣。如说笑话之类，又如杂剧故事之类。各有引旗一对，锣鼓送上。所装扮者，备极世间骗局、俗态，并闺阃、拙妇、呆男及市井商匠、刁赖词讼、杂耍把戏等项。”② 地方傩戏也保留了此类串戏的形态。据余秋雨《中国现存原始演剧形态美学特征初探》一文介绍：“江西九江

① 洛地：《戏弄辨类》，见《洛地文集·戏剧卷》卷一，119页，北京：艺术与人文科学出版社，2001。

② ［明］吕毖：《明宫史》卷二，见文渊阁《四库全书》，第651册，628页，上海：上海古籍出版社，1989。

德安正月演出《潘太公游春》，潘太公新春骑马踏青，中间展示一个个技艺片断，杂技、相扑、玩杠、耍蛇，也有滑稽哑剧片断，潘太公河妻子分骑红马白马，以木偶形态出现，发覆串络在这些片断之中，使之连成一体。"① 笔者所获《潘太公游春》傩本，诸神陆续请上花棚，依次表演开山、走马、对打、捉蛇等伎艺，中间用"长吹一首唤打一遍"穿插，也清晰显示了过锦串演的痕迹。这种表演的特点就在于组接与串联形形色色的不同伎艺。例如，高石山房本《目连救母》"傅相济众"出：

净何有名、丑何有声：【吴小四】【半天飞】小曲
求棺孝妇：【味淡歌】
哑子背疯：【劝善歌】四支、哑子背疯的伎艺
净丑瘫子：四脚撑上和跳上的功夫，两人对打伎艺

本出讲傅相开仓赈济，饥民们闻讯，一个个前来领粮。但"赈济"只是一个情节轴，目的是串联演员们轮番表演不同的伎艺，这是最典型的过锦戏形态。情节像一条线，贯穿其间，若有若无，而真正璀璨的是颗颗穿线而过的伎艺珍珠。万历文林阁刊本《高文举珍珠记》第4出"施财"也有赈济放粮的串演，净丑分别演唱赛苏州歌、警世歌，最后用一段净丑末的诨闹戏下场。明代传奇中，"赈济""劝农""游春"等出目常见这样的过锦形式。陈与郊《樱桃梦》第2出"游寺"，演生末丑控驴游寺所见之景象，有捉蛇、傀儡等戏，亦是过锦之戏。汤显祖《牡丹亭》第8出"劝农"，串演净农夫唱田歌、丑牧童唱牧歌、旦老旦唱采桑歌、老旦丑唱采茶歌，各自插花饮酒。

洛地《戏弄辨类》还提出过锦有单本过锦剧的类别，如陈

① 余秋雨：《中国现存原始演剧形态美学特征初探》，见《戏曲研究》，第27辑，15页，北京：文化艺术出版社，1988。

大声杂剧《太平乐事》写元宵观灯，以灯市为各种行业的人的活动背景，分十五出（不含开场），每出表演一个或几个行业者的滑稽段落，最后由末念八句应景诗收场。万历时期林章传奇《观灯记》也是这种结构手法。从这个角度看，连台大戏《目连救母》的表演伎艺杂呈，某种程度也类似一个整台单本的过锦戏。

其三，专门表演出目。这是指整出内容都专门为了呈现伎艺或仪式表演，情节叙事性不强。比如“科考”“讲学”“看医”“圆梦”等，主要围绕净丑的科诨戏而展开，是南戏常见的科诨程式出目；又如，“超度”“祭亡”等，不少剧本详细铺展了仪式过程，可以充当专门的仪式出目。

由于经过长期舞台实践的提炼与整饰，此类出目逐渐形成了相对固定的表演套路。举个例子，行令、猜谜游戏，一般穿插于酒宴、行路、讲学之中，以生、末为正，净、丑为反，用谐音、误解或隐语的游戏方式滑稽取乐。《张协状元》第2出讲学已初露端倪，元本《琵琶记》“行路”出，生末净丑唱【甘州歌】四曲下，则还没有问白、游戏，锦本亦如是，说明游戏套路的表演还不够稳定。至嘉靖写本出现了问姓名的说白，再至李评本、汲本《琵琶记》，又增加了问志的行令游戏。凌刻古本《琵琶记》第7折眉批云：“诸本以词后妄增姓字问志等白，而反诡云古本所有，可恨！徽本又以易、书、春秋、礼记为题，各唱一本助兴，可叹！”① 民间演出本已演习成风，还另外添加了唱经书的游戏。再看《荆钗记》，原本“讲学”一出没有讲解四书的游戏，屠评本、汲古阁本后添之。继志斋本《香囊记》第6出途叙也有行令猜谜的游戏，《五伦全备记》第7出登程穿插了问姓

① 凌氏臞仙刻本第7折眉批，孙崇涛：《古本琵琶记汇编》，北京：中华书局，2007。

名的笑耍，说明此类伎艺穿插已成为明代南戏的表演套路了。

以上三种伎艺表演的穿插方式，没有严格意义的形态区分，彼此也有重叠交合。比如，“赈济”“劝农”的过锦串戏，整出都在串演各类伎艺，实际也属于专门出目的插演；而某些伎艺的片段穿插，因为连续组接在某出之内，某种程度上也属于伎艺过锦的表演模式。例如，《琵琶记》第3出前半部以花园游玩为情节背景，接连表演了末念诵富贵赋、贤德赋、净丑【雁儿舞】的歌舞、净丑末打秋千的游戏，之后才转入牛小姐登场，训说婢仆的中心情节。

三、南戏伎艺穿插与情节叙述的关系

伎艺杂戏的穿插表演，重在演员的伎艺表演。这么多穿插性的表演汇聚一戏，会不会影响南戏“悲欢离合”故事的正常叙述，其与情节叙述究竟呈现怎样的关系？

我们知道，故事叙述侧重表现时间流中的人生履历，“某一事件从某一点开始，经过一道规定的时间流程，而到某一点结束”①，是一个充满变化的动态过程。而对这个动态历程的叙述，不同文体会有不同的叙述特点。传统小说叙事强调事件的发生发展，以情节变化为主体内容，即便有景物、状貌、心理等静态叙述的成分穿插出现，但整体节奏比较快；杂剧、南戏等古典戏剧，则是用舞台表演的方式完成故事叙述，固然故事的“悲欢离合”是剧本表现的重要内容，但形诸舞台之上，还需要借助舞台表演的艺术手段完成。也就是说，叙事时空必须放到舞台时空内呈现，一方面要照顾到事件的叙述张力，另一方面也需考虑表演的安排，此即王国维所云“以歌舞演一故事”。

---

① ［美］浦安迪：《中国叙事学》，6页，北京：北京大学出版社，1996。

各类“杂七杂八”的伎艺、仪式的穿插表演，正是建立在戏曲“演事”的基本特征之上。它占据的是舞台表演的时空，而非剧情叙述的时空。当舞台进入专门的伎艺表演时，情节叙述节奏变慢，或者暂时中止，或者沦为背景式的存在。上面三种剧内展示的伎艺穿插方式，都表现出与情节一定的疏离关系。常见的“戏中戏”，就十分典型地体现了伎艺穿插的表演性特征。《五伦全备记》第14出“庆寿萱亲”，弟兄三人为老夫人庆寿，特请戏班表演：

> （众）我众子弟每，今日老夫人华诞之日，欲呈个口号，……（中略）。（诗曰）高堂戏彩乐无垠，满座春风笑语频。王母蟠桃重结子，杜家慈母定生孙。登龙令子来天上，跨鹤仙人下海滨。硕兴儿孙长作主，年年此日贺生辰。俺众人呈个口号，奖贺老夫人，先当付净，后当付末。（净）先当付末，后当付净。（末）小人占先，休怪！老夫人是海上一座山。（丑）好好一座山。（末）山上树木千万般，也有松，也有柏，也有檀。□日花千朵，清风竹万竿。有时飞来候山千岁鹤，有飞来吹五色鸾。任从他地覆天翻，我这山儿千万岁屹立，立长在天地间。（众）好请，好请。①

这个穿插的“庆寿院本”表演，包含了念致语口号、曲舞相生的表演，还夹杂诨白，占去了相当的舞台篇幅。但它所表演的内容，与正剧情节本身关联不大，即便摘去也不影响故事情节

① 按：其后净、丑也分别致呈口号庆寿，其中丑的口号随出诨语，逗人发笑，临了众人“齐舞个【蛾郎儿】喜乐老夫人”，末念庆寿词结束。这种以念口号致语为主的表演形式，与朱有燉《吕洞宾花月神仙会》的“长寿仙献香添寿”院本比较类似。它不包含情节人物，有曲有舞，也有诨语，最后同样是以末收住，笔者以为，此亦为一种院本形式，但脚色添上丑脚，应是受了南戏的影响。

的发展。

伎艺穿插是舞台楔入的、有别于故事框架的另一层演出空间。某些时候为了突出所演伎艺，会用一些提示语作为分界线，分划出情节叙述与伎艺表演的不同空间。提示语提醒观众，开始跳出正常的故事叙述流，进入舞台表演的“秀”时间。例如《宦门子弟错立身》第5出中，王金榜应寿马要求，载歌载舞敷演传奇名目：

> （生）不妨，你带得掌记来，敷演一番。（旦）这里有分付：（净看门介）（旦唱）【排歌】听说因依，其中就里：一个负心王魁，孟姜女千里送寒衣；……

“这里有分付”是念白的提示语，之后旦行腔走调，正式进入伎艺表演的状态。“听说因依，其中就里”八字，则是曲子中的提示语，明是王金榜唱给寿马听，实则提示台下观众开始欣赏。富春堂本《玉玦记》第8出，“（占）大姐，舞一个儿，我也把古时几个美人比俺女儿，各位休要见笑。（旦舞介）【北醉扶归】（占唱）……”随着“各位休要见笑”的提示，转入载歌载舞的情境。这种由提示语构成的片段穿插，南戏采用得非常多，它有效缓冲了观众对于正常情节叙述的心理期待，形成了另一层表演空间的边界框架。

程式化的表演套路也同样疏离了情节与表演的关系。由于舞台沿袭成套，观众也预先培养出舞台观赏经验，一到“科举考试”，便知道看的是对子、猜谜、错韵之类的游戏诨语；一看黄门或相府祗候登场，便预备听他们抑扬顿挫的赋赞念诵；一到“社火”“灯节”，便准备欣赏歌舞表演；一到“赈济”“劝农”，便要看过锦串戏的表演。此时，套式也是作为一道边框，区隔了情节与表演。当观众自觉开启套式表演的模式，便会毫不理会故事叙述该有的进程，悬置人物命运，暂搁情节发展，而一味沉浸在纯粹的表演氛围中。更不用说那些承担了现实科仪功能的“超度”“荐亡”类出目，它们极大限度地打破了观众戏内与戏外的界限。可以说，专门性的表演套路，分离开情节与表演的空间，仿佛一种约定俗成的艺术规约，使得观众能自由出入于情节内外，而不至于陷入情节与表演的离心旋涡。

还有一些埋伏在情节叙述中，区隔标志并不清晰的伎艺表演，看似与情节有一定关联，实则似连似断，也是南戏剧作者或戏班艺人着意穿插，重在舞台呈示的。举例说明，《张协状元》第48出“张协参见王德用被屏”，中心情节讲王德用拒见张协，表演内容为：

堂候官：赋说百官候见的繁华景象。

柳屯田拜见王德用：射弩踢球。“净丑相踢倒介”“净丑踢有介”。

谭节使拜见王德用：厮打。“净丑相踢倒介”。

张协拜见王德用：转入中心情节。

整出而言，中心情节只占三分之一。大半部分写两个地方官参拜王德用，重点放在了末诵赋、净射弩、净丑踢球、净丑白厮打等的舞台表演，属于缀锦式的伎艺展演。看起来，这种穿插表演是依附中心及次要情节而生，但实质上捏合拼凑的痕迹十分严重。净扮的柳屯田全剧仅此一见，主要为了表演“浪子班头”的风流伎艺；另一个净扮的谭节使后面还有一次登场，但本出见面便与王德用厮打、踢倒，显然意不在刻画人物形象，纯粹是为了演示伎艺，科诨取乐。所以，尽管表演一定程度地依附情节存在，但因侧重舞台表演的成分，删之亦对情节叙述毫无影响，情节与表演仍呈现相当疏离的关系。

当然，判断是否与情节叙述相关，最主要应该审视伎艺杂戏本身。如果所呈现的伎艺，与剧情人物无关或关联小，那么它主要强调的是舞台表演功能，对情节叙述作用不大；如果有一定关联，那么它就会具备一定的情节功能，加强情节叙述或凸显人物刻画。来看元本《琵琶记》第33出，穿插了一段赵贞女弹唱行孝曲儿，四支【前腔】从十月怀胎、抚育成人，一直唱到春闱赴试、科考不回，无一不与蔡伯喈之事相关。最后所唱“常言养子，养子方知父慈。算五逆儿男，和孝顺爹娘之子，若无报应，果是乾坤有私”，暗指了原南戏《赵贞女》“雷轰蔡伯喈”的命运结局。第21出蔡伯喈弹琴，更为自然地融合了伎艺与人物情感。蔡伯喈心中郁闷，不小心将【风入松】弹成了【思归引】，牛小姐追问缘故，蔡伯喈答：“当原是旧弦，俺弹得惯。这是新弦，俺弹不惯。”他唱道：“危弦已断，新弦不惯。旧弦再上不能，我待撇了新弦难拼。一弹再鼓，又被宫商错乱。（贴白）你敢心变了？（生唱）非干心变。这般好凉天，正是此曲才堪听，又被风吹在别调间。”曲白处处用新旧弦，关合新人与故妻，充满欲言又止的微妙情绪，琴艺巧妙隐喻了蔡伯喈自身的两难处境。

可见，伎艺与情节的融合，根本还在于伎艺能否为剧情服务。相对融合度比较高的表演，往往打破伎艺与情节的区隔，淡化穿插表演的性质，艺含事中，艺事相合。这也成为明代中叶之后戏剧伎艺演事的发展方向。例如，《苏皇后鹦鹉记》是明代中期的南戏。今存富春堂本第30折与第31折之间，夹有“新增潘葛下棋”出，盖为后续。是出写潘葛与周王的君臣共弈，首二曲描写对棋场面：

【驻马听】（周）散闷陶情，暂再闲中叠棋一枰，只见阵头摆列兵卒纷纷，车马纵横。常言道举手不容情，又，若差一着难扶整，着手分明，着眼分明，神机妙算方全胜。

【前腔】（生）再决输赢，好似楚汉争雄无二形。须信道棋逢敌手，用尽机关，各逞奇谋。当头一炮破重营，入更兼车马临边境，一个将军，再个将军，君王棋势将危困。

棋秤纵横，车马相战，生动展现了君臣斗智斗勇的对弈情景。首战周王举手无情，全面胜出，再战潘葛施展奇谋，周王落败。此二曲明写棋盘游戏，暗指君王听信谗言，对苏皇后无情迫害，赞颂潘葛营救苏皇后的忠义奇谋。两曲之后，潘葛步步深入，劝说周王，最终点悟了君王。此处游戏与情节融为一体，制造出明松暗紧的场上气氛，很是扣人心弦。《南西厢记》"莺红下棋"也有异曲同工之妙。这个情节最早见于弘治岳刻本附录上卷《围棋闯局》，注"此南吕一折，题《莺莺红娘着围棋》，所作接头卷第三折【越调】后"，也属于明前中叶添加的游戏之笔。李日华改作《南西厢记》亦袭用之，见富春堂本、闵遇五刻本。红娘名为手谈，不过是"将言语探他，看他如何"，意在试探莺莺之心。本出文词固平直，但棋内之戏，处处紧扣人物情节，给场上增添了不少看点，后世京昆《西厢记·跳墙着棋》一折都保留了这个出目。这两个例子中，伎艺表演开始融入人情事理的叙述，如同两股绳自然拧在一起，合力为"舞台演事"服务。

四、传奇阶段伎艺演事的演变

从整体情况看，以《张协状元》为代表的宋元南戏，融杂伎艺之多，与情节联系之松散，都较明代南戏表现突出。明代南戏阶段，一方面继承了融杂诸伎的表演形态，另一方面则一定程度地提高了伎艺表演与剧情的融合度。至明代传奇阶段，由于创作主体的文人化转向，南戏民间审美趣味受到了很大的冲击，各种旁逸斜出的表演被大幅度删除或更改。我们试对比李开先《宝剑记》与陈与郊改本《灵宝刀》。

首先，诸类杂戏所占比例，《灵宝刀》要远远低于《宝剑记》。后者51出，就有16处插科类的杂戏，而《灵宝刀》锐减至3处。这与《灵宝刀》的情节改编有关。这部戏只有35出，却在《宝剑记》林冲的单线故事上，又添加了宋江、李逵、一丈青的梁山戏。人物增多，情节扩增，剧本篇幅还又缩减，这就不得不加快演叙节奏，删除那些与情节没有太大关系的“杂”戏之流。《宝剑记》第12出、第25出、第41出等便因结构人物的调整，整出俱删。

其次，二剧相同出目对待“杂戏”表演上的变化：

《宝剑记》

第5出 净丑数说子弟家风
第14出 禁子牢狱赋
第24出 “吏白作诨，末脱衣见官，换吏衣还解子”
第26出 净丑乔讲故事诨
第27出 净末诨白
第28出 赵太医看病
第51出 净尼姑思凡

《灵宝刀》

第2出 改为浪子游春，唱两曲带过
第8出 删改字句，变得简短
第19出 改为“吏打发科”
第3出 删
第22出 同
第7出 删
第35出 缩短，删去后半的淫诨

《灵宝刀》删除了不少原有出目中的科诨杂戏。7个出目中，全删者2出，缩短者2出，改变表演形式者2出，而仅有1出保持不变。具体来看，“赵医生看病”的杂戏、“乔讲故事”的科诨，因脱离情节被彻底删除；《宝剑记》第5出净丑说子弟家风，《灵宝刀》删之，净丑改为“众”扮，唱两曲浪子游春带过，笔力集中在高衙内的形象塑造上；《宝剑记》第24出一段末、吏作诨的科白小戏，《灵宝刀》改得仅剩下一个动作；《宝剑记》第14出末诵牢狱长赋，《灵宝刀》大幅删减，将其中描写牢狱之苦的七言、五言、十言、十六言对句，统以“古人有语道：业镜台前参太岁，森罗殿下聚游魂”两句概过；《宝剑记》第51出后半有诸多恶诨，《灵宝刀》删减之。

以此，任意偏离情节，蔓延杂戏的做法，到了传奇阶段有了很大的调整。它着意加快演述的节奏，删除、缩短很多与情节无关的杂戏陈套，或者改变松散旁衍的表演方式，使伎艺表演更加紧密地贴近情节人物的发展。

一些旧的表演套路被传奇剧作家刀砍斧削。《宝剑记》第28出赵太医看病，其表演源自院本“医淡”，是南戏常见的科诨套路。世德堂本《拜月亭记》第28出翁医看病，《跃鲤记》第16折姜母看病，净或丑要么数药名，要么说猥语，表现了脚色念说逗趣的功力。《灵宝刀》将此段表演删去，除了整肃情节的作用外，还有可能因为旧套表演已不太受时人欢迎了。《李卓吾批评幽闺记》第24出眉批净诨说药名：“到此则太烦，可厌，删！”高濂《玉簪记》演陈妙常生病一节，亦未沿用“医淡”之套，对此清高宗元还批评道：“其精华在琴挑、问病、偷词、秋江等出，然词虽秀逸，诨嫌短少。兹每出增发其科，又加诊病、药诨二出足其诙谐。”① 然而，高宗元特别添加的“诊病”“药诨”，并没有受到后世舞台的青睐。

可见明代中后期，文人剧作家、剧评家们普遍形成了一种新的创作观念，即反对机械套用科诨陈套，造成情节与表演的脱节。例如，《玉合记》第4出有丑行酒令的科诨套路，李卓吾眉

① ［清］姚燮：《今乐考证》，见《中国古典戏曲论著集成》，第10册，292页，北京：中国戏剧出版社，1959。

批云："可厌，删！"①《幽闺记》第6出末净丑诨打，李卓吾眉批云："删！"② 玉茗堂批评《焚香记》第19出媒婆弄舌，眉批云："可删！" 后总评曰："凡科诨亦须似真似假，方为绝妙。若作必无之诨，便为可厌。"③ 大多认为科诨戏应与情节场面相融合，结合剧情人物进行有必要的喜剧性发挥，达到自然生发、妙趣横生的效果。王骥德说："插科打诨，须作得极巧，又下得恰好。如善说笑话者，不动声色，而令人绝倒，方妙。大略曲冷不闹场处，得净、丑间插一科，可博人哄堂，亦是戏剧眼目。若略涉安排勉强，使人肌上生粟，不如安静过去。古戏科诨，皆优人穿插，传授为之。本子上无甚佳者。"④ 这是明末文人对南戏长期沿用杂戏表演陈套所做出的理论反思与舞台探索。因此，传奇中出现的伎艺杂戏，倾向深化剧作思想，烘托人物情感，助力情节结构的发展。例如，《吕真人黄粱梦境记》"蝴蝶梦"的戏中戏，将庄周化蝶与黄粱一梦交融起来，梦中设梦，打通了"戏中戏"的戏里戏外之情；清代洪昇《长生殿》"觅魂"一出，铺叙大段设坛开法、行法、作法画符、元神升天的道家建醮科仪过程，真切体现了明皇"上穷碧落下黄泉"的一片精诚，对于明皇与贵妃的重逢，实有情节承转之功。

当然，明清文人传奇的表演不可能一味不偏不倚，端端正正。一些伎艺穿插仍然延续了南戏的风格，游离剧情之外，纯粹

① 《李卓吾批评玉合记》，见《古本戏曲丛刊》初集，上海：商务印书馆，1954。

② 《李卓吾批评幽闺记》，见《古本戏曲丛刊》初集，上海：商务印书馆，1954。

③ 《玉茗堂批评焚香记》，见《古本戏曲丛刊》初集，上海：商务印书馆，1954。

④ ［明］王骥德：《曲律》，见《中国古典戏曲论著集成》，第4册，141页，北京：中国戏剧出版社，1959。

为了辅助戏场的热闹，如《荷花荡》插演“连环计”，《麒麟罽》插演“王昭君”，《红梅记》插演“打凤阳花鼓”，冯梦龙《永团圆》改本“看生会嫌”穿插“社火队舞”，均营造出生动火热、活泼新鲜的舞台场面。还有的伎艺表演是为了投合文人的审美情调，像“舞蹈”表演，明清传奇颇为适用，《还魂记》“闹宴”之双人舞、《玉合记》“还玉”之歌舞、明刻本《鸳鸯绦》“忧愤”之舞蹈、《长生殿》杨贵妃之“盘舞”等，不胜枚举。其无锣鼓之嘈杂，有丝竹之悦耳，歌舞之曼妙，很适合文人娱情观赏。再如，“赋说”文体华美，气势奔泻，文人传奇亦喜用之。《牡丹亭》第 17 出道觋几乎整出俱为长赋，其间引经据典，寻章摘句，展现出汤显祖博采高华的才情。

我们还要注意到，传奇创作并不只局限于文人群体，民间传奇（包含原有南戏的改编本）也是重要组成部分。此类剧作仍然较多保持了南戏杂呈诸伎的舞台风格。一些古老的表演套路，经艺人身口相传，留存下来。如晚明《春秋记》保留“参军打”的古参军戏表演①，清方成培《雷峰塔》保留“说药名”的“医淡”表演，青阳腔抄本《水云亭》保留“赈济贫民”的过锦表演，清青阳腔抄本《白兔记》保存成化本结婚仪式，此均体现出民间表演绵延不息、难以割断的血脉联系。有的南戏传本还会添加新的伎艺内容。例如，世德堂本《香囊记》属于晚明民间改本②，在原本基础之上，又新添了第 7 出渔翁唱两大段

① ［明］祁彪佳：《远山堂曲品》，见《中国古典戏曲论著集成》，第 6 册，84 页，北京：中国戏剧出版社，1959。

② 按：笔者之所以有此推断，原因有二：其一，该本脚色出现了“小净”，系传奇新出脚色，为它本所无；其二，该本第 18 出“姑媳忆成”，为晚明选曲刊本《大明天下春》《乐府菁华》《乐府红珊》所收，亦为它本所无。此出必广为民间流唱，其曲词深情平实，恐非邱老原有的手笔。

【山歌】，第 14 出“探子唱”表演，第 27 出草寇出场的闹诨，这些穿插性伎艺杂戏为继志斋本、汲古阁本所无，应是民间舞台新增的内容。

这些添加倒不纯粹是表演性展示，有的会与剧情人物相结合，发挥有效的辅助作用。比如，万历富春堂本《白兔记》设置了刘知远赌钱的内容，为古本系统的成化本、汲古阁本所无，系明后期添加。富本对此表演概括为“赌介”“输介”两个科介，还看不出具体场面。其后裔本青阳腔《白兔记》则仔细描写了赌钱的具体规则和过程。先各人放下注头，分押青黄钱，再掷骰子，喊口令“一流水、满盘空”，小赌一场下来刘知远赢，另外二赌徒不肯放手，要求再大赌一场，刘知远爽快答应，结果刘输光了所有身家。这场穿插性的赌博游戏，非但活跃了场面，也刻画出刘知远破落困窘却不失豪爽的英雄气度。

不过，民间舞台因时地场合之不同，瞬息万变。既有新增加的穿插性伎艺，也出现了删减杂戏的做法。我们以《琵琶记》第 15 出“黄门赋”表演为例，说明舞台演出的多变性。末扮黄门上，唱【北点绛唇】【混江龙】曲后：

> （白）自家是汉朝一个小黄门，往来紫禁，侍奉丹墀。领百官之奏章，传一人之命令。正是主德无暇因宦习，天颜有喜近臣知。如今天色渐明，正是早朝时分，官里升殿，怕有百官奏事，只得在此祗候。

元本《琵琶记》后接“怎见得早朝？但见银河清浅，珠斗斓斑”百余字长赋，乃自问自答式；李评本、汲本《琵琶记》改为内问末答式，“（内问）怎见得早朝？但见银河清浅，珠斗斓斑”，后仍接长赋；嘉靖写本《蔡伯喈》为“怎见得早朝？臣但愿常瞻仙仗，圣德日新日日新；与群臣共拜天颜，圣寿万岁万万岁。从来不信叔孙礼，今日方知天子尊”，仅截取了原赋的最后几句；万历诸选曲本《玉谷新簧》《乐府菁华》《大明天下春》《摘锦奇音》等则全部删去了黄门长赋，直接后续“道尤未了，一个奏事官人早来”。乾隆时期《审音鉴古录》为清代昆曲表演的实录，《琵琶记·辞朝》眉批云“嫌宫殿赋，止唱混江龙亦可”①，也表示可以删减黄门赋。自嘉靖写本后，舞台演出本多选择了删去长赋的表演方式，这是从舞台效果来考虑的。黄门赋篇幅过长，演员道念过烦。为节省表演时间，突出本出情节，演剧之中或减或删，体现了艺人们灵活机变的舞台处理。

附论　南戏诸伎艺形态略考

南戏融入了大量伎艺形式，从现存南戏剧本中，笔者钩沉出不少穿插性的伎艺表演，以下择其要者，稍加考述，冀窥见南戏诸伎具体的表演风貌。

1. 赋诵

作为一种文体，赋源于先秦楚辞，兴盛于两汉，历代创作绵延不绝。“赋者，铺也；铺采摛文，体物写志也”。② 戏曲用赋，始自宋金杂剧、院本，如官本杂剧“黄河赋爨”，盖赋黄河壮丽之景象；院本名目“秀才家门”下列“大口赋”“风魔赋”“疔丁赋”，“列良家门”下列“由命赋”，“大夫家门”下列“痈赋”，均为滑稽人物的俳谐赋。宋元话本、诸宫调等讲唱文学，亦常见赋体的运用，像《清平山堂话本·西湖三塔记》中赋赞西湖景色、人物容貌，《张协状元》末说唱诸宫调中一段五鸡山赋，这反映出赋对于各类艺术的渗透。

① ［清］琴隐翁：《审音鉴古录》，见王秋桂：《善本戏曲丛刊》，第5辑，191页，台北：台湾学生书局，1987。

② ［南朝］刘勰著，周振甫注：《文心雕龙·诠赋》，80页，北京：人民文学出版社，1981。

南戏用赋十分常见，用法也很广泛，描人摹物、状景写志，无所不入。如《张协状元》第21出相府赋，第27出状元文采赋，第48出官员觐见赋，第53出花幞头赋；元本《琵琶记》第3出相府赋、第9出马赋和筵会赋、第15出黄门赋、第25出拐子赋、第33出寺院赋、第35出书馆赋；原本《荆钗记》第7出容貌赋、第17出科考赋、第19出相府赋，第45出打谯赋；嘉靖本《宝剑记》第3出富贵赋、第14出牢狱赋，等等，不胜枚举。

朱恒夫认为，戏曲用赋至少有三点舞台效果：一是“增加舞台上的滑稽气氛”；二是“弥补虚拟的戏曲舞台没有可观性的布景的缺陷”；三是“充分展现宾白的美听效果”。[①] 此论良是。赋的运用，在于通过抑扬顿挫的声韵、铺排扬厉的气势、通俗畅快的语言，壮声色之气势，美耳目之观听。如果念诵得精彩，很容易形成一个小小的舞台高潮，使观众提神醒目。这种对于听觉效果的强调，正是南戏借用赋的关键所在。

要补充说明的是，南戏舞台的赋，无论写人写物，多以静态描写为主，主要通过念诵者的叙述，进行身份、心志、物体或背景氛围的展现，很少见故事叙述的俗赋体。因此，赋的诵读大多由单个脚色承担。南戏最常见的诵赋脚色为“末”。常常是舞台需要铺写背景、渲染气氛时，“末”就会登台以家院、祗候、黄门、随从等身份，通过旁观者的赋诵叙述，呈现舞台所需要的情境。净、丑、生等诵赋，则主要按照行当或人物的身份设定，或庄或谐念诵，可以展示出自我的身份性格。旦、贴行则很少见诵赋，笔者仅见富春堂本《金貂记》第17折旦敷说黄门赋，但此时旦改扮黄门，实司末脚之职。南戏各个脚色都有自己的表演职

---

① 朱恒夫：《戏曲与赋》，载《同济大学学报》，30～31页，2001年第4期。

能，赋重在“不歌而诵”，故主唱的旦、贴行难工赋赞，而长于念白的末净丑行，则是赋诵的行家里手。昆曲末行就有“三大赋”——《琵琶记》“黄门赋”、《西川图》“辕门赋”、《三国志·刀会》“荆州赋”，均以末脚抑扬顿挫的念白见长，整篇数百字，镗镗鞳鞳，气若长虹，且无太多身段遮饰，对演员说白功夫是很大的考验。南戏也有两个脚色合念的赋诵方式，如富春堂本《千金记》第26折由末、生合说将台赋，富春堂本《金貂记》第2折用生、末问答念诵筵席赋，形式更为活泼，声音也更具气势。

此外，戏曲因舞台需求，所用之赋大多呈现通俗性与趣味性的特征。南戏中，像《荆钗记》容貌赋、《科考赋》措辞晓畅，它如《琵琶记》拐子赋、《荆钗记》打谯赋、《拜月亭》大夫赋（第25出）、《杀狗记》客店赋（第8出），皆为自嘲自讽的语调，夸张滑稽的言辞，令观众忍俊不禁。这应该是承传了宋金“家门”院本的表演，即便文人化的南戏剧作也务求措辞明白。王骥德指出：“琵琶黄门白，只是寻常话头，略加贯串，人人晓得，所以至今不废。”①

2. 陶真

陶真源自宋代，流行于乡村。《西湖老人繁胜录》云“唱涯词，只引子弟；听陶真，尽是村人”。② 明代陶真流传亦广，《西湖游览志余》载：“杭州男女瞽者多学琵琶，唱古今小说、平话，以觅衣食，谓之陶真。”③ 陶真开首词多为“太祖太宗真宗

① ［明］王骥德：《曲律》，见《中国古典戏曲论著集成》，第4册，141页，北京：中国戏剧出版社，1959。

② ［宋］西湖老人：《西湖老人繁胜录》，见《东京梦华录（外四种）》，120页，上海：古典文学出版社，1957。

③ ［明］田汝成：《西湖游览志余》卷二十，362页，上海：上海古籍出版社，1980。

帝，四帝仁宗有道君”①，是属于诗赞体系的讲唱艺术。

《琵琶记》有一段较为详细的陶真演唱，第17出：

> （净）……只有第三个孩儿本分，常常抢去了老夫的头巾，激得我老夫性发，只得唱个陶真。（丑）呀，陶真怎的唱？（净）呀，到被你听见了。也罢，我唱你打和。（丑）使得。（净）孝顺还生孝顺子。（丑）打打哈莲花落。（净）忤逆还生忤逆儿。（丑）打打哈莲花落。（净）不信但看檐前水。（丑）打打哈莲花落。（净）点点滴滴不差移。（丑）打打哈莲花落。（净）住休。（丑）你若不叫住，我直唱到天明。

这里的陶真为七言诗体，以莲花落的唱腔伴奏，叶德均认为“陶真在元代，只有《琵琶记》一例”②，但查元钞本、凌氏本《琵琶记》却没有此段唱陶真的表演，反是陈继儒评本、李卓吾评本、汲古阁本等明刊本有之，故这段陶真演唱更大可能为明人后加。另外，万历壬寅（1602）唐振吾刻本《新刊分类出像陶真选粹乐府红珊》，题名为陶真，其中收录却俱为南戏、传奇散出，叶德均推测，这是陶真受到了流行南北曲的影响，而改诗赞为乐曲③。也就是说，陶真的演唱已经由单纯的七言诗赞体式发展为乐曲体式来演唱。

3. 平话

平话源自宋代讲史，元代始有平话之名，原本用来敷演长篇

① ［明］郎瑛：《七修类稿》卷二十二，229页，上海：上海书店出版社，2001。

② 叶德均：《宋元明讲唱文学》，见《戏曲小说丛考》，653页，北京：中华书局，2004。

③ 叶德均：《宋元明讲唱文学》，见《戏曲小说丛考》，654页，北京：中华书局，2004。

历史故事，后渐扩大到公案、市井一类的题材。关于平话的艺术形式，胡士莹阐述云："这就是完全用散说的长篇说话。它的文字中虽常插有诗词，但并不歌唱，只是念诵，绝不用乐器弹奏，而只用醒木一块，舌辩滔滔地以前代轶事敷衍成文而口说之。"①南戏中，世德堂本《赵氏孤儿》第10出张维讽谏，有一段平话表演：

（贴）乐声絮繁。（净）夫人也说得是。张维会说评话，叫来说评话，说得好赏他。（丑）张维不说盘古共三皇，不说夏禹共陶唐，不说稼穑间关事，只说妲己荒淫说纣王。纣王乃商汤之后，商汤王坐了二十九年天下，传了三十二代，临了一个唤作纣王。（末）那纣王生得如何？（丑）那纣王晓诗书，知今古，生得眉清目秀，仪容奇伟，一心宠着一个妃子名妲己。……

评话是平话之本名。张维此段说的是武王伐纣史中的一部分，语言形式确为散文体。世德堂本《五伦全备记》第27出备掌朝纲则有净扮黄番绰说平话，也是用来解闷的穿插表演：

（占）相公倦了，交黄番绰来说个平话，与相公解闷了。（净）有。（占）黄番绰，你说个平话，与相公听。（净）夫人，交我说个甚的平话儿？（占）你说个宰相的平话。……（净唱摇介）唐唐房玄龄，房玄龄这个铃，金铸成，有好声，摇动处，乾清坤宁，地平天成。丁丁丁，登登登，荡荡荡。（末）这个是金铃，那玉铃声？（净）唐唐张九龄，张九龄这个铃，玉琢成，有清声，摇动处，朝廷清明，公卿肃静。贞贞贞，童童童，琮琮琮。（末）这是玉

① 胡士莹：《话本小说概论》，上册，168～169页，北京：中华书局，1980。

铃，那铁铃声？（净）唐唐裴延龄，裴延龄这个铃，铁打成，有恶声，摇动处，生灵伶仃，苍生婴婴，轻轻狂狂。（小）这厮说的虽耍话，不忘规戒。

此段平话比较特殊，它以三四五言组成，用摇铃伴唱，颇具节奏感，与平话散说的形式不尽相同，这或许是南戏采掇平话时的一种变异用法。这种摇唱，类似念诵的数说，而摇铃也代替醒木起到打节奏的作用。

4. 道情

道情是道士宣传道教思想的乐曲，源于唐代道教在道观内所唱的经韵，为诗赞体，宋代之后吸收词牌、曲牌，创制了由渔鼓简板伴奏，在民间布道所唱的新经韵。明代道情发展出叙事道情，主要唱劝世的道教故事，如《金瓶梅词话》第64回写两个唱道情的打着渔鼓，高声唱了一套“韩文公雪拥蓝山”。明代南戏中，富春堂本《韩朋十义记》第24折，生做云游道士唱了一段“孝悌忠信名词儿”道情词，举述郭巨埋儿、丁兰刻木、孟宗哭竹，以及皋鱼、王祥、闵损的例子，夹叙夹议，宣扬忠孝主题。但此段道情还不算叙事的讲唱文学，只属于劝世歌的性质。晚明选曲本《尧天乐》载录这段道情词，文词全同①，《乐府红珊》亦收录该出，题为“韩朋父子相逢”，所穿插道情的演唱基本相同②，可见其在民间流传甚广。

5. 民歌小曲

南戏主唱南北曲牌联套，但为了活跃场上气氛，经常穿插山歌、渔歌、樵歌等一些民歌小调，一般由净、末、丑演唱，欲以

① ［明］殷启圣：《尧天乐》，见王秋桂：《善本戏曲丛刊》，第1辑，171页，台北：台湾学生书局，1984。

② ［明］秦淮墨客：《乐府红珊》，见王秋桂：《善本戏曲丛刊》，第2辑，795页，台北：台湾学生书局，1984。

山声野调，给观众带来不一样的新鲜调味。原本《王状元荆钗记》第25出丑梢子唱【山歌】，汲古阁本《白兔记》第17出净丑唱【金钱花】巡更曲，文林阁本《高文举珍珠记》第4出净丑乞丐唱【赛苏州歌】三支，皆属山歌小曲。一些民歌还带有浓郁的地方色彩，《张协状元》中【福清歌】【福州歌】【杭州歌】为福建、杭州等地民歌，嘉靖本《荔镜记》的【潮调】是广东潮州传到泉州的歌曲，第7出“灯下答歌”有泉州元宵灯节答歌的表演：

> 【答歌】恁今向片阮障片，恁今唱歌阮着还。恁今还头阮还尾，恰是丝线缠竹片。（丑贴唱）阮今障边恁向边，阮今唱歌恁着还。阮今还头恁还尾，恰是丝线缠竹鼓。（净末唱）阮唱双歌乞恁知，待恁听知我也知。待恁坐落袂走起，待你走起我便来。（丑贴唱）阮唱山歌乞恁听，待恁坐听立亦听。待恁坐落袂走起，待恁起来又袂行。①

双方的答歌为民间七言歌诗，男女对唱，互答互嘲，具有浓郁的地域特色与生活气息。

小曲之中有一种形式较为独特的演唱，系“歌头曲尾”。这种演唱渊源甚古，院本“打略拴搐”有“唱尾声”，下有“诗头曲尾”一目②。“歌”是“诗”的演唱方式，“诗”是“歌”的内容形式，此二者应属同一演唱形式。李开先云：“世称诗头曲尾，又称豹尾，必须急并响亮，含有余不尽之意。”③ 从李开先

① 泉州地方戏曲研究社：《泉州传统戏曲丛书》，第一卷，16页，北京：中国戏剧出版社，1999。

② ［元］陶宗仪：《南村辍耕录》卷二十五，313页，北京：中华书局，1997。

③ ［明］李开先：《词谑》，见《中国古典戏曲论著集成》，第3册，356页，北京：中国戏剧出版社，1959。

所举“诗头曲尾”例子来看，“诗头”指起句高妙的诗歌首联，而“曲尾”则指结尾悠渺的套曲之尾，并不仅仅为响劲的“豹尾”。此当谓作诗作曲之法。作为一种歌唱样式，“诗头曲尾”也好，“歌头曲尾”也罢，却是杂合了两种形式的演唱，即歌诗与唱曲。元杂剧《金线池》第3折【醉高歌】云“诗句里包笼着尾声”①，说明诗曲两种形式羼杂一起演唱。

明代南戏留下了歌头曲尾的具体形式。富春堂本《草庐记》第8折：“（丑扮牧童上唱）【歌头曲尾】牛背平平软似毡，闲时坐了倦时眠。江湖常有风波险，真个骑牛稳似船。”此四句为七言诗体，然尾句“真个”两字，似为曲子口语的演唱。富春堂本《金貂记》第32折“敬德同村中作福”有：

> （外）也罢，也罢。各把生意嘲一个山歌儿，然后续上一个曲儿唱一唱。这个曲令儿，先从刘大哥起。

接下来，小生唱了一支【山歌】，续上【普天乐】曲。此恐为歌头曲尾的另一种方式，它由两支独立的歌曲组成，而非合为一支演唱。这种一首诗加上一支曲的“歌头曲尾”，在《清平山堂话本》已经出现。《柳耆卿诗酒玩江楼记》云：“这柳七官人在三个行首家闲耍无事，一日，做一篇歌头曲尾，歌曰：十里荷花九里红，中间一朵白松松。白莲刚好模藕吃，红莲则好结莲蓬。结莲蓬，结莲蓬，莲蓬好吃藕玲珑。开花须结子，也是一场空。一时乘酒兴，空肚里吃三钟。翻身落水寻不见，则听得采莲船上，鼓打扑冬冬。”② 前诗后曲，形式与《金貂记》一致。

---

① ［明］臧懋循：《元曲选》，569页，杭州：浙江古籍出版社，1998。

② ［明］洪楩、石昌渝校点：《清平山堂话本》，2～3页，南京：江苏古籍出版社，1990。

6. 傀儡戏、太平鼓

世德堂本《赵氏孤儿》第5出，写上元节民间艺人提演傀儡，虽没有具体交代表演内容，但旁附图一幅，上画提线艺人牵扯一个男装傀儡挥袖而舞，旁一人击打锣鼓伴奏，十分生动（图7－3）。这段表演在《八义记》中，改为本司乐人承应打太平鼓，诨解二十四孝的表演。这说明，本出在实际演剧的时候，会根据编演者或观众的喜好而改动，而不固定表演伎艺种类。《赵氏孤儿》采用民间傀儡戏的表演，纯粹为酒筵献乐，而《八义记》改作打太平鼓，用剧中赵朔的原话，是为了突出“天下无非，只要太平”的意思，显示了文人改作的良苦用心。

图7－3 世德堂本《赵氏孤儿》傀儡戏

结　语

到这里，本书的研究将暂时落下帷幕。

为明晰全书的主要观点，最后落场前不妨下个最后的“断词”。全书围绕“演剧形态”而展开，立足南戏艺术本体，打通戏剧文本与舞台艺术的隔膜，力图从案头走向场上，将古老南戏还原为舞台上“活”的生命体。全书不但考察南戏的历代演剧活动，而且重点分析其艺术形态的多方面构成，以期把握南戏演剧形态整体的构成规律与文化内涵。大致而言，可分为四个部分：

第一部分，考察南戏演剧活动。

这个部分的考察，主要提供南戏演剧坚实的历史背景，也是探讨南戏作为“活”的艺术形态的基础。针对宋元明南戏历史文献的匮乏，尤其明代南戏，依据某些戏曲史的说法，业已“流失”的问题，本书通过爬梳大量史料文献，结合文物与地方南戏的辅证，揭示出南戏在不同历史阶段的演剧活动。南戏一直牢牢扎根于民间土壤，灵活进退于城乡之间，扩大着自己的活动范围，明代中叶后终于广泛流播大江南北，崛起为全国性的代表剧种，遂而转型成为明清传奇。

为避免与原有南戏发展史的重复，这部分内容不重在对南戏发展史的历时性描述，而根据演剧场合的不同，分专题深入考察南戏祭祀演剧、城镇演剧的历史活动、方式与特征。鉴于南戏历史文献不足的难题，主要采用史论结合的方式，综合纸上、文物、田野之三种证据，力图对各种演剧活动加以客观性的考察与可能性的思辨。例如，南戏祭祀演剧于诸家史料不载，很难确考其实。本书结合不同阶段的民间祭祀文献、宗庙戏台等文物，以及现存南戏剧本中的祭祀内容、遗存南戏的祭祀功能等多重资料，不仅揭示了南戏祭祀演剧的活动存在、形态特征与影响，并且论述了祭祀演剧对南戏传播、舞台、表演、创作等多方面的影响。这种逻辑性的考述，应该是我们解决南戏无史可征的一种方式。

第二部分，横向剖析南戏演剧的各方面形态。

这个部分是全书最重要、最主体的研究内容。主要根据南戏现存剧本文献的分析，透视南戏已经消失的演剧形态。我们认为，南戏剧本是多种舞台因素综合作用的结果，它的形成与嬗变反映了舞台演出的活动痕迹。因此，我们从南戏剧本中，抽绎出剧本形态（出目、副末开场、下场、收场、吊场）、舞台艺术（科介、面部化妆、服饰、道具）、脚色体制（脚色名目、分脚、分场）、演唱形式（南北曲调交流、弋阳雅调、昆腔改良）等不同要素，力求较为全面地探讨南戏演剧各个组成要素的表现形态及其特征。

根据研究，南戏演剧已自成体系，剧本体制、脚色部伍、科介程式等，均形成了一套行之有效的方式。例如，宋元南戏中已经出现七种脚色制，各司其职，各自承担了不同的表演职能与场面调度；“剧本体制”在宋元南戏也布局初成，前有副末开场，后有总收场诗，中间穿插下场诗、吊场，体现出有序的场次调度；“科介”表演上，出现了两种不同的科介程式，反映了元明南戏表演的舞台轨范。此外，服饰、化妆、道具也都大略摸索出一定的舞台表演方式。

南戏还具有鲜明的民间特性。其表演随俗而变，因地制宜，充满了自由、灵动的表演风貌。同样是副末开场，祭祀场合南戏子弟要合唱“啰哩嗹”的净台曲，勾栏演剧要添加饶送观众的表演、而家宅演剧只唱小词即可；同样是分脚与分场，连天演出与当天完成则会因场制宜，体现或缓慢或快速，或匀称或粗闹的场面结构。南戏还重视丑脚表演，推崇娱乐精神，将各种各样表演元素综汇一体，其融杂于戏的伎艺演事风格极为突出。

第三部分，南戏演剧形态纵向流变的考察。

在横向解剖的基础上，本书还重点考察了宋元南戏至明南戏、明南戏至明传奇的各方面形态的纵向变迁。通过研究可知，南戏剧本形态上，分出标目之有无、副末开场之繁简、吊场使用之多寡等；脚色体制上，脚色名目之滋乳分化，分脚分场之粗糙精细；演唱方式上，南北曲、各个声腔的交融互渗；舞台艺术上，科介身段之自由与程式、化妆服饰、砌末道具之随意与精严，都呈现阶段性的演进趋势，那就是从自由散漫到程式规范，从形态粗糙到艺术精致的发展过程。比如，早期南戏的科介标记，暗含了南戏的身段表演方式。通过对四类标记模式的精细梳理，揭示出南戏最初体现为即兴随意的生活动作，元代中后期因受到元杂剧科范的积极影响，逐步脱离生活化、自由化的科介，提炼出程式化、规范化的舞台动作。在渐进发展的过程中，一些过渡环节尤为值得我们重视。像南戏从 7 种脚色制发展为 12 种脚色制，曾经出现了不少昙花一现的脚色名称，如外旦、大旦、大生、占生、占外、大外、小外等，它们属于南戏脚色分化早期阶段的产物，也成为南戏向传奇脚色演变的一个中间环节。这些分析皆从艺术内部深刻揭示出南戏向传奇转变的具体过程。

第四部分，南戏形态结构特征的专题探索。

形态学研究的一个重要指向，是化零为整的结构分析。为探寻南戏形态的组织结构规律，本书专设“南戏情节与表演”之章节，力图结合南戏表演与情节叙事的双重视角，深入考察南戏情节结构的深层规律。

通过对大量南戏剧本的类型化分析，我们挖掘出南戏叙述全景化、出目程式化、内容仪式化、伎艺化等多种文本形式特征。例如，南戏“穿插伎艺与情节演述”，学界虽已指陈南戏诸伎纷杂的表现形态，但怎样运用伎艺演事却少有论述。对此，我们梳理出剧外、剧内展示的两种方式，剧内展示又分为片段穿插、过锦串演、专门表演出目三种形式，足见南戏伎艺演事的灵活多样。当然，这部分不仅仅停留于对南戏文本特征的外在考察，更深入研究了文本形成背后的舞台表演与文化构成的深层原因。比如，通过归纳与分析科举题材的南戏，我们认为南戏之所以采取全景科举的叙事模式，其重要目的是在于运用备考、赴考、考试、及第四个科举程式出目，有效烘托舞台表演，调剂冷热场面，并深刻折射出世人唯科举是崇的文化心态。这个部分适当引入了文化学、叙事学、民俗学的学术方法，算是一次“小试牛刀”的研究，有很多不成熟的地方，只是期望能够抛砖引玉，为学界戏剧形态学、叙事学切中肌理的深入研究，开阔思路，拓展方法。

说实话，快要收笔之前，笔者心中仍有惴惴然之感。戏剧形态研究是一个庞大的体系，涉及文学、表演、音乐、舞蹈、服饰、美术、建筑、叙事学、民俗学、人类学等多个门类的知识，需要全面综合的艺术修养、学术识见与方法。单凭一个人的力量，似乎很难打通所有的门类，所以本书还有很多尚未触及或浅尝辄止的地方。例如，南戏演唱形态，由于曲律学深奥，声腔流变庞杂，令人徒生汪洋之叹，前辈大家如吴梅、王季烈、钱南扬、俞为民、流沙、郑西村等研究已珠玉在前，后学若非知音赏律，深谙此道，似不敢轻易置喙。本书所收录的南戏演唱形态的三篇文章，均只围绕南曲演唱发展的问题而展开，或许有助于洞悉南戏唱腔演变之轨迹，故不弃鄙陋，汇拢一章。又如，地方南戏的研究，虽已累积了不少学术成果，但仍不能说全备无遗。一方面全面整理南戏遗存，仍需各方人士齐心协作；另一方面如何利用现有的田野调查资料，以今鉴古，剖析层层叠叠的不同历史阶段的南戏素质，也仍是一个艰巨的课题。正如赵景深所说："在这方面，我们必须打破闭门研究的错误方向，深入到地方戏曲中，我们的戏剧史就将有大量的工作要做。"① 南戏研究需要走出书斋，求诸田野，以弥补单一纸上研究之不足。笔者也曾进行过一些地方调研，可惜因时日、地域之限制，个人学力之不逮，虽有一二收获，尚远难企及此宏阔的目标。

笔者深知，本书只能视为个人研究的一个阶段，更深入的探索还有待长期不懈的努力。

① 赵景深：《曲论初探》，110页，上海：上海文艺出版社，1980。

附录：南戏存本知见汇编

说明：1. 本目录主要参照古今戏曲目录。一般收录创作在嘉靖之前（含嘉靖年间）的宋元明南戏剧作，不在此时间范围内者不予采录。

2. 本目录仅收存本完整者，佚失或散出者不录。

3. 本目录所列版本皆为笔者过目，并非整理所有南戏版本，胪列于下，方便查览。

《永乐大典戏文三种》（《张协状元》《宦门子弟错立身》《小孙屠》）：阙名作，《永乐大典》“戏”目著录。

永乐大典本，见《古本戏曲丛刊》初集

钱南扬点校本，中华书局版

《琵琶记》：高明作，《南词叙录·宋元旧篇》著录。

清康熙十三年陆贻典钞校元本琵琶记，见《古本戏曲丛刊》初集

明嘉靖写本蔡伯喈，见《明本潮州戏文五种》

明虎林容与堂刻本李卓吾先生批评本，见《古本戏曲丛刊》初集

明万历刻本蔡中郎忠孝传①，现藏北京图书馆

明书林萧腾鸿师俭堂刻本鼎镌陈眉公先生批评本，现藏北京

① 其封面题“元刻本”，应是托古。

图书馆

明凌濛初朱墨套印本（王季烈据此影印为凌刻臞仙本），现藏南京图书馆

明末汲古阁刻印《六十种曲》，中华书局版

《荆钗记》：柯丹邱作，《南词叙录·宋元旧篇》著录。

明嘉靖姑苏叶氏刻本新刻原本王状元荆钗记，见《古本戏曲丛刊》初集

明万历屠赤水批评本，见《古本戏曲丛刊》初集

明万历继志斋刻本，现藏北京图书馆

明万历李卓吾批评本，现藏北京图书馆

明刻本古本荆钗记，现藏北京图书馆

明末汲古阁刻印《六十种曲》，中华书局版

《白兔记》：阙名作，《南词叙录·宋元旧篇》著录。

明成化北京永顺堂刻本，江苏广陵古刻本

明万历金陵富春堂刻本，见《古本戏曲丛刊》初集

明末汲古阁刻印《六十种曲》，中华书局版

《拜月亭》：施惠作，《南词叙录·宋元旧篇》著录。

明万历唐氏世德堂本，见《古本戏曲丛刊》初集

明虎林容与堂刊李卓吾先生批评本，见《古本戏曲丛刊》初集

明德寿堂重校拜月亭记，现藏北京图书馆

明凌延喜刻朱墨本，《喜咏轩丛书》影印版

明末汲古阁刻印《六十种曲》，中华书局版

《杀狗记》：徐仲由作，《南词叙录·宋元旧篇》著录。

明末汲古阁刻印《六十种曲》，龙子犹订定本，中华书局版

《破窑记》：阙名作，《南词叙录·宋元旧篇》著录。

明书林绣刻李九我先生批评本，见《古本戏曲丛刊》初集

《赵氏孤儿记》：《南词叙录·宋元旧篇》著录。

明万历世德堂刊本，见《古本戏曲丛刊》初集

《牧羊记》：阙名作，《南词叙录·宋元旧篇》著录。

清宝善堂旧抄本，见《古本戏曲丛刊》初集

《金钗记》：阙名作，《南词叙录·宋元旧篇》著录。

明宣德抄本，见《明本潮州戏文五种》

《周羽教子寻亲记》：王錂重订，《南词叙录·宋元旧篇》著录。

明万历富春堂刊本，见《古本戏曲丛刊》初集

明末汲古阁刻印《六十种曲》，中华书局版

《黄孝子寻亲记》：阙名作，《南词叙录·宋元旧篇》著录[1]。

清抄本，见《古本戏曲丛刊》初集

《荔镜记》：阙名作，《传奇汇考标目》增补本著录。

明嘉靖刻本，见《明本潮州戏文五种》

《荔枝记》：李氏作[2]。

明万历九年刻本，见《明本潮州戏文五种》

《颜臣》：阙名作[3]。

附刻于明嘉靖本《荔镜记》上栏，见《明本潮州戏文五种》

《金花女》：阙名作。

明重补摘锦潮调金花女大全，见《明本潮州戏文五种》

《岳飞破虏东窗记》：用礼重编，《南词叙录·本朝》著录。

明万历富春堂刊本，见《古本戏曲丛刊》初集

---

① 按：《南词叙录》作《王孝子寻母》。此剧讲黄孝子觉经的故事，《九宫十三调谱》作《黄孝子千里寻母记》，《南词叙录》应为音误。

② 按：嘉靖刻本《荔镜记》卷末题记有“因前本荔枝记字多差讹，曲文减少”，故“校正重刊”。以此，《荔枝记》尚在《荔镜记》之前。

③ 按：此剧唯曲牌，无科白。彭飞从此剧大量使用宣德、弘治、正德年间的曲牌，推断“此剧最晚也晚不过正德年间”。（彭飞：《新发现的宋元南戏——颜臣》，载《上海戏剧》，46～47 页，1990 年第 1 期）

《韩信千金记》：沈采作，《南词叙录·本朝》著录。

明万历金陵富春堂刻本，见《古本戏曲丛刊》初集

明万历间金陵世德堂刻本，现藏北京图书馆

明末汲古阁刻印《六十种曲》：中华书局版

明刻清初读书坊本：现藏北京图书馆

《还带记》：沈采作，《南词叙录·本朝》著录。

明万历世德堂刻本，见《古本戏曲丛刊》初集

《香囊记》：邵璨作，《南词叙录·本朝》著录。

明万历世德堂刻本，现藏北京图书馆

明万历继志斋刻本，见《古本戏曲丛刊》初集

明末汲古阁刻印《六十种曲》，中华书局版

《冯京三元记》：沈龄作，《南词叙录·本朝》著录。

明末汲古阁刻印《六十种曲》本，见《古本戏曲丛刊》初集、中华书局版

《姜诗跃鲤记》：陈罴斋作，《南词叙录·本朝》著录。

明万历富春堂刻本，见《古本戏曲丛刊》初集

《玉玦记》：郑若庸作，《南词叙录·本朝》著录。

明万历金陵富春堂刻本，见《古本戏曲丛刊》初集

明末汲古阁刻印《六十种曲》，中华书局版

《金印记》：苏复之作，《曲品·旧传奇》著录。

明万历刻二南里人注释重校本，见《古本戏曲丛刊》初集

明万历继志斋刻本，现藏北京图书馆

《投笔记》：华山居士作，《曲品·旧传奇》著录。

明万历存诚堂魏仲雪批评本，见《古本戏曲丛刊》初集

明继志斋本陈继儒批评本，现藏北京图书馆

《双忠记》：姚茂良作，《曲品·旧传奇》著录。

明万历富春堂刻本，见《古本戏曲丛刊》初集

《连环记》：王济作，《曲品·旧传奇》著录。

傅惜华藏旧抄本，见《古本戏曲丛刊》初集

《宝剑记》：李开先作，《曲品·旧传奇》著录。

明嘉靖原本，见《古本戏曲丛刊》初集，傅惜华收入《水浒戏曲集》。

《五伦全备记》：丘濬作，《百川书志》著录。

明万历世德堂刊本，见《古本戏曲丛刊》初集

《南西厢记》：李日华作，《百川书志》著录。

明万历富春堂刻本，见《古本戏曲丛刊》初集

明末汲古阁刻印《六十种曲》，中华书局版

《南西厢记》：陆采作，《曲品·新传奇》著录。

明万历周居易刻本，见《古本戏曲丛刊》初集

《明珠记》：陆采作，《曲品·新传奇》著录。

明末汲古阁刻印《六十种曲》，见《古本戏曲丛刊》初集、中华书局版

《怀香记》：陆采作，《古人传奇总目》著录。

明末汲古阁刻印《六十种曲》，见《古本戏曲丛刊》初集、中华书局版

《鲛绡记》：沈鲸作①，《曲品·新传奇》著录。

清顺治沈仁甫抄本，见《古本戏曲丛刊》初集

《双珠记》：沈鲸作，《曲品·新传奇》著录。

明末汲古阁刻印《六十种曲》，见《古本戏曲丛刊》初集

---

① 按：沈鲸，成化年间任嘉兴府知事。（郭英德：《明清传奇综录》，26页，石家庄：河北教育出版社，1997）

《四喜记》：谢谠作[①]，《曲品·新传奇》著录。

明汲古阁刻印《六十种曲》，见《古本戏曲丛刊》二集

《胭脂记》：童养中作，《远山堂曲品》著录[②]。

明万历文林阁刊本，见《古本戏曲丛刊》初集

《刘汉卿白蛇记》，郑国轩作，《曲海总目提要》录为“明初旧本”。

明万历金陵富春堂刻本，见《古本戏曲丛刊》初集

《焚香记》：王玉峰作，《曲海总目提要》录为“明初旧本”。

玉茗堂批评焚香记，见《古本戏曲丛刊》初集

《红拂记》：张凤翼作[③]。

明万历继志斋刻本，现藏北京图书馆

明万历容与堂刻本李卓吾批评本，现藏北京图书馆

明玩虎轩刻本，现藏北京图书馆

明末吴兴凌玄洲校刻朱墨套印本，见《古本戏曲丛刊》初集

明末汲古阁刻印《六十种曲》，中华书局版

---

① 按：谢谠，生于正德七年（1512），卒于隆庆三年（1569）。《四喜记》有沈寿卿、谢谠所作两种，谭正璧《三元记作者沈寿卿生平事迹的发现》一文认为，沈作在前，谢作在后，本目从之。（载《光明日报》，1962年9月9日）

② 按：童养中生平无考。元阙名有《王月英月下留鞋》，《九宫正始》题元传奇《留鞋记》或《郭华》，《风月锦囊》收《郭华》两出，均为《胭脂记》袭用，故系元南戏的明改本。

③ 尤侗《北红拂记题词》云此剧为作者少年新婚所作，一月而成。张凤翼乃嘉靖六年（1527）生，此剧明确作于嘉靖年间，故收入。

《目连救母劝善记》：郑之珍作①。

明万历高石山房原刻本，见《古本戏曲丛刊》初集

明万历富春堂刻本，现藏北京图书馆

《性天风月通玄记》：兰茂作，民国《崇明县志》著录②。

清乾隆五十七年抄本，见《古本戏曲丛刊》五集

《高文举珍珠记》：阙名作，《南词叙录·本朝》著录。

明万历文林阁刻本，见《古本戏曲丛刊》二集

《精忠记》：阙名作③，《南词叙录·本朝》著录。

明末汲古阁刻印《六十种曲》，见《古本戏曲丛刊》初集、中华书局版

《商辂三元记》：阙名作，《南词叙录·本朝》著录，《曲海总目提要》录云"成化间人作"。

明万历富春堂刻本，《古本戏曲丛刊》初集

《古城记》：阙名作，《远山堂曲品》著录。

明万历刻本，见《古本戏曲丛刊》初集

---

① 按：根据高石山房原刻本，此记作于万历七年（1579）。但该剧本属于安徽民间戏文，明初以来，民间报赛酬神，久盛行之。明弘治十五年（1502）、正德十五年（1520），王阳明曾两游九华山，评目连戏曰："词华不似西厢艳，更比西厢孝义全，亦神道设教义也。"（《中国戏曲志·安徽卷》，12页，北京：中国ISBN中心出版社，1997）故纳入明代南戏。

② 按：兰茂，生于永乐元年（1403），卒于成化十二年（1476）。对于此剧，清袁文典《滇南诗略·兰茂传》云"疑系伪托"。（郭英德：《明清传奇综录》，5页，石家庄：河北教育出版社，1997）

③ 此剧作者，《古人传奇名目》、吕天成《曲品》（刘世衍本、吴梅本）皆归为姚静山所作。然据《曲品》清河郡本、曲苑本，则为无名氏作。叶德均《曲品考》（《戏曲小说丛考》，149～186页，北京：中华书局，2004）、赵景深《增补本〈曲品〉的发现》（《曲论初探》，73～75页，上海：上海文艺出版社，1980），亦认为无名氏作更确。本目从后者。

《草庐记》：阙名作，《远山堂曲品》著录①。

明万历富春堂刻本，见《古本戏曲丛刊》初集

《薛仁贵白袍记》：阙名作，《远山堂曲品》著录②。

明万历富春堂刻本，见《古本戏曲丛刊》初集

《韩湘子升仙记》：阙名作，《远山堂曲品》著录③。

明万历富春堂刻本，见《古本戏曲丛刊》初集

《举鼎记》：《远山堂曲品》著录④。

清抄本，见《古本戏曲丛刊》初集

《古玉环记》：阙名作，《曲品·旧传奇》著录。

明慎余馆刻本韦凤翔古玉环记，见《古本戏曲丛刊》初集

《金丸记》：阙名作，《曲品·旧传奇》著录。

---

① 按：《远山堂曲品》云："三国传中曲，首桃园，古城次之，草庐又次之。"又评《草庐记》曰："此记以卧龙三顾始，以西川称帝终，与桃园一记，首尾可续，似出一人手。"（祁彪佳：《远山堂曲品》，84页，85页，见《中国古典戏曲论著集成》，北京：中国戏剧出版社，1959）《桃园记》已佚，《风月锦囊》有《三国志大全》，卷首题为《三国志桃园记》，彼此或有渊源。且《风月锦囊》有千里独行、单刀赴会等内容，其中第十五段【混江龙】套曲，见于《古城记·秉烛》。故本目纳入《古城记》《草庐记》二剧。（孙崇涛、黄仕忠笺校：《风月锦囊笺校》，578页，北京：中华书局，2000）

② 按：《风月锦囊》选录《薛仁贵自叹》散出，题为《薛仁贵》，曲词与《白袍记》一致，故本目收录之。

③ 按：郭英德《明清传奇综录》认为，"《词林一枝》卷3选录《文公责侄》，《八能奏锦》卷6亦选此出，改题《蓝关记》，则此剧作期似不晚于万历元年（1573）"。（郭英德：《明清传奇综录》，109页，石家庄：河北教育出版社，1997）本目从此说法，收录该剧。

④ 按：祁彪佳《远山堂曲品》云"此古本也，词不大失，然终非深解音律者"。（祁彪佳：《远山堂曲品》，84页，见《中国古典戏曲论著集成》，北京：中国戏剧出版社，1959）本目暂据此收录。

清康熙年间抄本，见《古本戏曲丛刊》初集

《断发记》：阙名作①，《曲品·旧传奇》著录。

明万历世德堂刻本，见《古本戏曲丛刊》五集

《彩楼记》：阙名作，《曲品·旧传奇》著录。

清内府抄本，见《古本戏曲丛刊》二集

《葵花记》：阙名作，《曲海总目提要》录云"明初旧本"。

明万历金陵广庆堂刻本，现藏北京图书馆

明刻本高彦真葵花记全传，现藏北京图书馆

《韩朋十义记》：阙名作，《曲海总目提要》录云"明初旧本"。

明万历富春堂刻本，见《古本戏曲丛刊》初集

《和戎记》：阙名作，《曲海总目提要》录云"明人旧曲"。

明万历富春堂刻本，见《古本戏曲丛刊》二集

《金貂记》：阙名作，《曲海总目提要》录云"明中叶时人手笔"。

明万历富春堂刻本，见《古本戏曲丛刊》初集

《观音鱼篮记》：阙名作，《曲海总目提要》著录②。

明万历金陵文林阁刻本，见《古本戏曲丛刊》二集

《苏英皇后鹦鹉记》：阙名作，《礼节传簿》载录散出③。

明万历富春堂刻本，见《古本戏曲丛刊》初集

---

① 按：《断发记》，《曲品》刘世衍本、吴梅本列为李开先作，清河郡本、曲苑本则为无名氏作，笔者有《断发记作者考辨》一文（载《中山大学学报》，2001 年第 6 期），认为是无名氏作品。

② 按：郭英德认为"此剧系弋阳诸腔剧本，关目琐碎，曲词朴质，宾白极简略，仅可成文耳，其作期似不应晚于万历初年"。（郭英德：《明清传奇综录》，113 页，石家庄：河北教育出版社，1997）本目从此说法。

③ 按：《礼节传簿》系万历二年（1574）抄本，该剧能进入民间赛社，说明其流行之久，传播之盛，必在万历之前创作，故录之。

《绣襦记》：作者存疑[①]，《古人传奇总目》著录。

明末刻朱墨套印本，见《古本戏曲初集》

明万历萧腾鸿刻陈眉公批评绣襦记

明末汲古阁刻印《六十种曲》

《何文秀玉钗记》：心一山人作，《远山堂曲品》著录[②]。

明富春堂刊本，见《古本戏曲丛刊》初集

---

① 按：此剧诸家说法不一，《古人传奇总目》为郑若庸撰，《静志居诗话》为薛近兖撰，《金陵琐事》为徐霖撰，郭英德归为万历无名氏作。《万历野获编·填词高手》云“南曲有四节、连环、绣襦之属，出于成弘间，稍为时所称”，以此本目收之。

② 按：钱南扬以之为余姚腔剧本（钱南扬：《戏文概论》，95页，上海：上海古籍出版社，1981），应出于明代中叶。剧中有明嘉靖年间事，抑或在此前后，本目暂收之。

征引参考文献

（征引文献以在文中出现次序排序）

一、今人文献

[1] 孙崇涛：《风月锦囊考释》，北京：中华书局，2000。

[2] 温州市文化局：《南戏国际学术研讨会论文集》，北京：中华书局，2001。

[3] 俞为民：《南戏通论》，杭州：浙江人民出版社，2008。

[4] 刘念兹：《南戏新证》，北京：文化艺术出版社，2014。

[5] 曾永义：《戏曲源流新论》，北京：文化艺术出版社，2001。

[6] 王国维：《宋元戏曲史》，长沙：岳麓书社，1998。

[7] 钱南扬：《戏文概论》，上海：上海古籍出版社，1981。

[8] 张庚、郭汉城：《中国戏曲通史》，北京：中国戏剧出版社，1992。

[9] 周贻白：《中国戏曲史长编》，上海：上海书店出版社，2004。

[10] 胡忌：《宋金杂剧考》，上海：古典文学出版社，1957。

[11] 黄天骥、康保成：《中国古代戏剧形态研究》，郑州：河南人民出版社，2009。

[12] 福建省戏曲研究所：《南戏论集》，北京：中国戏剧出版社，1998。

[13] 金宁芬：《南戏研究变迁》，天津：天津教育出版社，1992。

［14］郭英德：《明清传奇综录》，石家庄：河北教育出版社，1997。

［15］孙崇涛：《中国南戏研究之检讨》，见《南戏论丛》，北京：中华书局，2000。

［16］吴新雷：《中国戏曲史论》，南京：江苏教育出版社，1996。

［17］华玮、王瑷玲：《明清戏曲国际研讨会论文集》，台北：台湾“中央研究院”中国文哲研究所筹备处，1998。

［18］俞为民：《宋元南戏考论》，台北：台湾商务印书馆，1994。

［19］车文明：《20世纪戏曲文物的发现与曲学研究》，北京：文化艺术出版社，2001。

［20］中国戏曲志编辑委员会：《中国戏曲志》，北京：中国ISBN中心出版社，2000。

［21］叶明生：《福建傀儡戏史论》，北京：中国戏剧出版社，2004。

［22］毛礼镁：《江西广昌孟戏研究》，台北：财团法人施合郑民俗文化基金会，2005。

［23］康保成：《傩戏艺术源流》，广州：广东高等教育出版社，1999。

［24］车文明：《中国神庙剧场》，北京：文化艺术出版社，2005。

［25］张发颖：《中国戏班史》，北京：学苑出版社，2003。

［26］王利器：《元明清三代禁毁小说戏曲史料》，上海：上海古籍出版社，1981。

［27］［日］田仲一成著，云贵彬、于允译：《中国戏剧史》，北京：北京广播学院出版社，2002。

［28］庄一拂：《古典戏曲存目汇考》，上海：上海古籍出版社，1982。

［29］赵景深：《元明南戏考略》，北京：人民文学出版

社，1990。

［30］流沙：《明代南戏声腔源流考辨》，台北：财团法人施合郑民俗文化基金会，1999。

［31］［日］田仲一成著，云贵彬、王文勋译：《明清的戏曲》，北京：北京广播学院出版社，2004。

［32］马建华：《莆仙戏与宋元南戏、明清传奇》，北京：中国戏剧出版社，2004。

［33］任半塘：《唐戏弄》，上海：上海古籍出版社，1984。

［34］孙楷第：《沧州集》，北京：中华书局，2009。

［35］洛地：《词乐曲唱》，北京：人民音乐出版社，1995。

［36］蔡毅：《中国古典戏曲序跋汇编》，济南：齐鲁书社，1989。

［37］周绍良、白化文：《敦煌变文论文录》，上海：上海古籍出版社，1982。

［38］刘晓明：《杂剧形成史》，北京：中华书局，2007。

［39］徐扶明：《元代杂剧艺术》，上海：上海古籍出版社，2014。

［40］冯沅君：《古剧说汇》，北京：作家出版社，1956。

［41］张敬：《明清传奇导论》，台北：华正书局，1986。

［42］胡忌：《菊花新曲破——胡忌学术论文集》，北京：中华书局，2008。

［43］泉州地方戏曲研究社：《泉州传统戏曲丛书》，北京：中国戏剧出版社，1999。

［44］吴新雷：《昆曲大辞典》，南京：南京大学出版社，2002。

［45］廖奔：《宋元戏曲文物与民俗》，北京：文化艺术出版社，1989。

［46］王安祈：《明代传奇之剧场及其艺术》，台北：台湾学生书局，1986。

［47］胡朴安：《中华全国风俗志》，上海：上海文艺出版社，1988。

[48] 董每戡：《说剧》，北京：人民文学出版社，1983。

[49] 叶明生：《闽西上杭高腔傀儡与夫人戏》，台北：财团法人施合郑民俗文化基金会，1995。

[50] 孙楷第：《傀儡戏考原》，上海：上杂出版社，1952。

[51] 毛礼镁：《江西傩及目连戏》，北京：中国戏剧出版社，2004。

[52] 王兆乾：《安徽贵池傩戏剧本选》，台北：财团法人施合郑民俗文化基金会，1993。

[53] 胡忌、刘致中：《昆剧发展史》，北京：中国戏剧出版社，1989。

[54] 李修生：《古本戏曲剧目提要》，北京：文化艺术出版社，1997。

[55] 钱南扬：《宋元戏文辑佚》，上海：上海古典文学出版社，1956。

[56] 陈历明：《广东出土明本戏文》，广州：广东人民出版社，2009。

二、古代文献（含今人点校）

[1] 中国戏曲研究院：《中国古典戏曲论著集成》，北京：中国戏剧出版社，1959。

[2]《古本戏曲丛刊》（1－4），上海：商务印书馆，1958。

[3] 刘埙：《水云村稿》，见文渊阁《四库全书》，上海：上海古籍出版社，1989。

[4] 陶宗仪：《南村辍耕录》，北京：中华书局，1997。

[5] 洪迈撰，何卓标点：《夷坚志》，北京：中华书局，1981。

[6] 宋濂等：《元史》，北京：中华书局，1997。

[7] 陈淳：《北溪大全集》，见文渊阁《四库全书》，上海：上海古籍出版社，1989。

[8] 北京大学古文献所：《全宋诗》，北京：北京大学出版社，1998。

[9] 徐松辑，刘琳等校：《宋会要辑稿》，上海：上海古籍出版社，2014。

[10] 李焘：《续资治通鉴长编》，上海：上海古籍出版社，1986。

[11] 孟元老等：《东京梦华录（外四种）》，上海：古典文学出版社，1957。

[12] 脱脱：《宋史》，北京：中华书局，1977。

[13] 汤显祖著，徐朔方校笺：《汤显祖全集》，北京：北京古籍出版社，1999。

[14] 隋树森：《全元散曲》，北京：中华书局，2000。

[15] 傅习：《皇元风雅》前集卷四，见《四部丛刊》，台北：台湾商务印书馆，2012。

[16] 永瑢等：《四库全书总目提要》，北京：中华书局，1997。

[17] 钱南扬：《永乐大典戏文三种校注》，北京：中华书局，2009。

[18] 施耐庵著，凌赓、恒鹤、刁宁校点：《容与堂本水浒传》，上海：上海古籍出版社，1988。

[19] 史玄：《旧京遗事》，见《四库禁毁书丛刊》，北京：北京出版社，1997。

[20] 刘若愚：《酌中志》，见《丛书集成初编》，上海：商务印书馆，1935。

[21] 龙文彬：《明会要》，北京：中华书局，1956。

[22] 张廷玉：《明史》，北京：中华书局，1984。

[23] 祝允明：《猥谈》，见《说郛三种·续说郛》，上海：上海古籍出版社，1988。

[24] 谢伯阳：《全明散曲》，济南：齐鲁书社，1994。

[25] 顾起元：《客座赘语》，北京：中华书局，1987。

[26] 周漫士：《金陵琐事》，上海：中央书店，1935。

[27] 李开先著，卜键笺校：《李开先全集》，北京：文化艺术出版社，2004。

[28] 钱谦益：《列朝诗集小传》，上海：上海古籍出版

社，1983。

［29］《明世宗实录》，台北：台湾“中央研究院”历史语言研究所，1962。

［30］沈德符：《万历野获编》，北京：中华书局，1997。

［31］曹安：《调语长言》，见文渊阁《四库全书》，上海：上海古籍出版社，1989。

［32］兰陵笑笑生：《金瓶梅词话》，香港：太平书局，1981。

［33］侯甸：《西樵野记》，见《四库全书存目丛书》，济南：齐鲁书社，1997。

［34］赵山林：《历代咏剧诗歌选注》，北京：书目文献出版社，1988。

［35］李东阳等：《明会典》，北京：中华书局，1989。

［36］《天一阁藏明代方志选刊》，上海：上海古籍书店，1963。

［37］《明本潮州戏文五种》，广州：广东人民出版社，1985。

［38］孙崇涛、黄仕忠：《风月锦囊笺校》，北京：中华书局，2000。

［39］张岱：《陶庵梦忆》，北京：中华书局，2007。

［40］刘永济：《宋代歌舞剧曲录要》，北京：古典文学出版社，1957。

［41］李福清、李平：《海外孤本晚明戏剧选集三种》，上海：上海古籍出版社，1993。

［42］朱平楚：《全诸宫调》，兰州：甘肃人民出版社，1987。

［43］《全相平话五种》，北京：文学古籍刊行社，1956。

［44］傅惜华：《水浒戏曲集》，上海：上海古籍出版社，1985。

［45］《历代散曲汇纂》，杭州：浙江古籍出版社，1998。

［46］吴文治：《宋诗话全编》，南京：江苏古籍出版社，1998。

［47］王秋桂：《善本戏曲丛刊》，台北：台湾学生书局，1987。

［48］徐珂：《清稗类钞选》，北京：书目文献出版社，1984。

［49］徐沁君：《新校元刊杂剧三十种》，北京：中华书局，1980。

［50］黄征、张涌泉：《敦煌变文校注》，北京：中华书

局，1997。
［51］石昌渝：《清平山堂话本》，南京：江苏古籍出版社，1990。
［52］隋树森：《元曲选外编》，北京：中华书局，1980。
［53］王实甫著，王季思校注：《西厢记》，上海：上海古籍出版社，1989。
［54］李昉：《文苑英华》，见文渊阁《四库全书》，上海：上海古籍出版社，1989。
［55］毛晋：《六十种曲》，北京：中华书局，1982。
［56］潘之恒著，汪效倚辑注：《潘之恒曲话》，北京：中国戏剧出版社，1988。
［57］臧懋循：《元曲选》，杭州：浙江古籍出版社，1998。
［58］刘廷玑：《在园曲志》，北京：中华书局，2005。
［59］王圻：《续文献通考》，杭州：浙江古籍出版社，1988。
［60］胡祗遹：《紫山大全集》，见文渊阁《四库全书》，上海：上海古籍出版社，1989。
［61］董康：《曲海总目提要》，北京：人民文学出版社，1959。
［62］陈田：《明诗纪事》，上海：上海古籍出版社，1993。
［63］陈万鼎：《全明杂剧》，台北：台湾鼎文书局，1979。
［64］沈璟：《沈璟集》，上海：上海古籍出版社，2012。
［65］李渔：《李渔全集》，杭州：浙江古籍出版社，1998。
［66］高承著，金圆、许沛藻校点：《事物纪原》，北京：中华书局，1989。
［67］胡应麟：《少室山房笔丛》，上海：上海书店出版社，2001。
［68］冯梦龙：《墨憨斋定本传奇》，合肥：黄山书社：1992。
［69］冯梦祯：《快雪堂集》，见《四库全书存目丛书》，济南：齐鲁书社，1997。
［70］孟繁树、周传家：《明清戏曲珍本辑选》，北京：中国戏剧出版社，1985。

后　记

本书是在博士论文基础上修订而成，其间获国家哲学社科基金青年项目的资助。到今天，十余年已匆匆流逝，我也从青年步入了中年。

中大读博生活，留下了许多美好记忆。校园内，榕树垂须，芳草如茵，红墙碧瓦，气象渊深。草坪中央坐落的陈寅恪故居，是我去图书馆的必经之所，因故居当时还处于封闭状态，每次只能怀着敬意，远远眺望。三年来，我从宿舍到教室、图书馆，过着三点一线的简单生活，可是因为康乐园的美，化解了多少倦怠与烦恼。

最令人难忘的，还是跟随黄天骥、康保成两位恩师读书的日子。两位先生的课堂均属于开放式的讨论，每次或围绕一个主题，或研读一本书，大家相互切磋，畅申已论，先生从旁引导，引发思考。黄天骥师还常从动口到动手，向我们具体展示起戏曲的表演形态，气氛既严谨又活跃。记得每上完一次课，我就如同扎入了一片汪洋大海，深觉已身之渺小，学问之无涯。两位先生十分注重见微知著、精深求实的学习方法，鼓励学生从小题着手，往深里挖，根据戏曲形态的研究对象与特点，采用纸上文献、地下文物、田野考察三重证据法，力求一点一滴，还原戏曲活动的历史真相。我博士论文的选题，正是在课堂启发性的探讨中孕育而出，而实际写作也极大受惠于三重证据的实学方法。

授业恩师康保成先生对我的教导无处不在。我因资质驽钝，根底不牢，未免让先生多担了一份心。他先令我校点剧本文献，锤炼基本方法，又带领我深入实地，进行地方戏剧考察，而每一次小论文也都反复修改，督促甚严。先生还身体力行，激励我们攀登学术高峰。有很长一段时间，他大约每两周拿出一篇高质量的学术论文，在课堂内讨论。这看起来一蹴而就的背后，其实沉淀了先生覃思精研的艰苦过程。军人出身的先生，外严而内厚，少言而多行。犹记一次至先生家过年，师母掌勺，先生把盏，师生欢聚一堂，其乐何如！

毕业之后，我常忆起负笈中大的时光，曾有过“金针已无先生度，化雨春风何日来”的感叹。但实际上，黄天骥、康保成两位恩师对愚弟子的关怀，十余年来从未间断。此次拙稿蒙两位恩师青眼相待，推荐入王季思基金、黄天骥学术基金丛书，黄天骥先生还多次垂询进度，这份绵长深厚的关爱，既令人感动，更是对我的一种巨大的激励与鞭策。

同样还要感谢的，还有我的硕士导师王琦珍先生、博士后合作导师傅修延先生。王师学问精深，待弟子如同己出，手把手引领我进入学术之门。傅师中西融通，思维活跃，开拓了我治学的视野，本书不少思路与方法均得益于傅师的指点与启发。漫漫学术路上，能够得遇此良师，导之以路，示之以法，岂非人生之大幸！

感谢广东高等教育出版社能够出版拙稿，周景芳女士尽心编辑，帮助完善了书稿的质量。我的硕士生叶书安、舒欣妍帮忙查核文献，在此一并致谢！

最后，亲人们的支持，令我坚持了多年的研究工作。亲爱的父亲，你在遥远的天国还好吗？不知不觉你已经离开三年，就在春暖花开的四月。你走后，我愈发明白人生的意义，生命有限，应该做自己喜欢做的事，走自己应该走的路。夜深之际，总是想起你温和的笑容，鼓励我抛却尘嚣，励志前行。母亲、丈夫和女儿的左右相随，是我最强大的后盾，你们所有的爱都默默沉淀在我心里，化为我生命的血脉。

欧阳江琳

戊戌夏于江西师范大学瑶湖湖畔